第 2 版

作文選詞
百達通

中華書局教育編輯部——編著

中 華 書 局

責任編輯：黃海鵬　楊 歌

裝幀設計：明日設計事務所

排　版：楊舜君

印　務：劉漢舉

作文選詞百達通

（第 2 版）

□
編著
中華書局教育編輯部

□
出版
中華書局（香港）有限公司
香港北角英皇道 499 號北角工業大廈一樓 B
電話：(852) 2137 2338　　傳真：(852) 2713 8202
電子郵件：info@chunghwabook.com.hk
網址：http://www.chunghwabook.com.hk

□
發行
香港聯合書刊物流有限公司
香港新界大埔汀麗路 36 號
中華商務印刷大廈 3 字樓
電話：(852) 2150 2100　　傳真：(852) 2407 3062
電子郵件：info@suplogistics.com.hk

□
印刷
美雅印刷製本有限公司
香港觀塘榮業街 6 號海濱工業大廈 4 樓 A 室

□
版次
2016 年 7 月第 2 版
2019 年 6 月第 2 版第 3 次印刷
© 2016 2019 中華書局（香港）有限公司

□
規格
32 開（168 mm×118 mm）

□
ISBN：978-988-8394-06-7

給處於寫作困惑中的小讀者

提到作文，相信你會長嘆一聲。不知道你是否注意到，你的父母、老師也同樣會長嘆一聲。作文其實是利用文字，以描寫、敘述、抒情或議論等方式，來表達我們的感情和思想。作文是提高學生語言表達能力的重要手段，也是學生綜合語文能力的表現，故此，作文在任一階段的中文考試中都佔據重要地位。審題構思、佈局謀篇固然是作文的重要方面，遣詞造句卻無疑是作文的基礎與「臉面」。如何遣詞造句，以避免語言枯燥乏味，避免用錯了地方，常常令同學們感到頭疼。《作文選詞百達通》即針對這一問題編寫，可幫助同學們迅速提高語言表達水平。

一、 方便快捷地找到同義詞。寫作的時候，有時候想多用幾個同義詞，一時又想不出來，怎麼辦？要到分散在厚厚的詞典裏、不同音節、不同筆畫的各部分去廣泛查找，費時費力不說，而且對自己不曾見過的詞也無從查起。《作文選詞百達通》可以為你解決這個難題。本詞典按主題—義類歸納詞語，比如要表達心境哀痛、悲傷一類的意思，你可以在「感覺·情感·情緒」這一主題下，找到「哀痛」這個義類，下面列出了「悲哀、悲傷、悲痛、哀痛、痛楚、傷感、難過、傷心」等詞語（見 184 頁）。

二、 豐富你的詞彙。家長和老師經常反映，同學們寫作中運用的詞語較為貧乏，說蔬菜水果，只會說「靚」、「甜」，似乎「新鮮」、「嫩綠」、「可口」這些詞語從中文中消失了一樣。你在同一篇作文中，三個句子都用了同一個「傷心」，是不是有些乏味呢？

> 姑母知道後，既傷心又憤怒。
>
> 姑母見狀十分傷心。

但父親卻非常傷心。

有了《作文選詞百達通》，上面三個句子中的「傷心」，你一下子就能找到同義詞替代了。

姑母知道後，既悲痛又憤怒。
姑母見狀十分傷心。
但父親卻非常難過。

描寫媽媽的時候，你是不是也可以從「漂亮、美麗、靚、標致、秀麗、俊俏、俏麗」這些詞中挑幾個換着用呢？

三、教你用對詞語。本詞典按意義相同或相近的原則，把所收詞語按義類編排在一起。但並不是所有的同義詞都可以隨便替代，而要根據文章內容或語法規則選擇最恰當的那個詞。《作文選詞百達通》對一些同義詞進行了辨析。一時拿不準用甚麼詞形容有點兒胖的媽媽，那麼下面這些詞的解釋是不是可以幫助你？

「豐盈」比「豐滿」更具美感。
「肥胖」一般用來形容人。
「富態」是「肥胖」的委婉說法。（見 97 頁）

《作文選詞百達通》，收詞近 10000 條，以現代漢語常用的詞和詞組為主，適用於中小學生。每個詞目都有注音、釋義及例句，必要時還對易混詞進行辨析提示。可以說，這是一個實用的學生作文詞語資料庫。

中華書局教育編輯部
2016 年 7 月

總　目

凡　例

1. 本詞典收詞以現代漢語常用的詞和詞組為主。

2. 所收詞均按語義分類編排。分為十四大類，三百八十三小類。在同一大類下，各小類儘量按語義相近或相反的原則排列。正文中每小類均選有代表詞，標示本類收詞範圍。每小類內所收詞彙按音序排列，以便查檢。

3. 多義詞按其不同的意義分別收入相應的小類，同時以「注意」的形式提示其另外的含義或其他用法。

4. 所收詞條都有注音、釋義及例句，並對易混詞進行辨析提示。

5. 每個詞條都用漢語拼音注音，「一」、「不」按變調標注，其他不標注變調。

6. 詞條中的必讀輕聲字，注音不標調號，但在注音前加中圓點，如：【惦記】diàn·ji；【本事】běn·shi。兒化音注音時，只在基本形式後加「r」，如：【一股腦兒】yìgǔ nǎor。

7. 一般輕讀、間或重讀的字，注音上標調號，注音前再加中圓點，如【照顧】zhào·gù 表示「照顧」的「顧」字一般輕讀，有時也可以讀去聲。

8. 詞條後標〈書〉的表示為書面語詞，標〈口〉的表示為口語詞，標〈方〉的表示為方言詞。

9. 與詞條讀音和意義相同，但寫法不同的詞，在釋義前以「也作……」標出。與詞條意義完全相同，但說法不同的詞，在釋義前以「也說……」、「也叫……」標出。

分類目錄

一、天地・山水

天空 tiān kōng

【碧空】 bì kōng
青藍色的天空。例：昨夜下了一場雨，今晨～如洗，萬里無雲。

【蒼穹】 cāng qióng
蒼：青色。穹：穹隆，高起成拱形的。像半個球面似的籠罩着大地的天空，是比較形象的說法。例：～中無數星星在眨着眼睛。

【蒼天】 cāng tiān
天。古人常以蒼天指主宰人的命運的天神。例：～啊，你睜睜眼吧！

【長空】 cháng kōng
遼闊無際的天空。例：～萬里。

【重霄】 chóng xiāo
也說「九重霄」。指極高的天空。古代傳說天有九重。例：太空穿梭機升空，直上～。

【高空】 gāo kōng
距離地面很高的空間。例：飛機在萬米～翱翔｜～作業有一定的危險性。

【淨空】 jìng kōng
沒有一絲雲彩的明淨的天空。例：一夜春雨，洗得～碧透。

【九霄】 jiǔ xiāo
極高的天空。例：歌聲飛上～。注意：常用「九霄雲外」，表示極高極遠或沒邊際。例：只要一玩起來，他就把媽媽的吩咐拋到了～雲外。

【領空】 lǐng kōng
國家領土的組成部分。一個國家所領有的陸地、水域和海上的整個空間。例：這架偵察機擅闖他國～，結果被擊落。

【青天】 qīng tiān
藍色的天空。例：兩個黃鸝鳴翠柳，一行白鷺上～。

【晴空】 qíng kōng
指晴朗的天空。例：～萬里，陽光普照。

【上空】 shàng kōng
指一定地點上面的天空。例：老鷹在草原～盤旋，找尋獵物。

【太空】 tài kōng
即外太空。指大氣層以外的宇宙空間。例：人類遨遊～已不再是夢想。

【天】 tiān
天空。例：藍藍的～上白雲飄｜鳥兒在～上飛。

【天空】 tiān kōng
距離地面較高的空間。例：～中沒有一絲雲彩，真是一個適合郊遊的日子啊！

【天幕】 tiān mù
像幕布一樣籠罩大地的天空，是比較形象的說法。例：黛藍的～上鑲着幾顆星星。

【天穹】 tiān qióng
中間高起，四周垂下的天空。例：浩瀚的～。

【天堂】 tiān táng
某些宗教中指人死後所去的安樂居所。例：上有～，下有蘇杭。

【天體】 tiān tǐ
宇宙間日月星辰等實體。包括恆星、行星、衞星以及星雲、彗星、流星體等。例：人類對宇宙～的探索永遠都不會窮盡。

【天宇】 tiān yǔ
宇宙空間。例：樂曲響徹～。

【霄漢】 xiāo hàn
雲霄和天河，指極高的天空。例：凜然正氣，直衝～。

【星漢】 xīng hàn
本指銀河，也常泛指星空。例：節日焰火，光耀～。

【星空】 xīng kōng
夜晚星光閃爍的天空。例：～燦爛｜仰望～。

【夜空】 yè kōng
夜晚的天空。例：～中，星光點點。

【雲漢】 yún hàn
〈書〉銀河。常用以指高空。例：永結無情遊，相期邈～。

【雲天】 yún tiān
很高的天空。例：激昂的歌聲響徹～。

【雲霄】 yún xiāo
極高的天空。例：響徹～｜直上～。

太陽 tài·yáng

【白日】 bái rì
〈書〉太陽。例：～依山盡，黃河入海流。

【殘陽】 cán yáng
將要落盡的太陽。例：蒼山如海，～如血。

【殘照】 cán zhào
落日的光輝。例：夜幕吞沒了最後一縷～，村莊漸漸寂靜下來。

【晨光】 chén guāng
早晨的太陽光。例：～熹微，雄雞就啼唱起來。

【晨曦】 chén xī
同「晨光」。例：太平山頂的～很美。

【赤日】 chì rì
夏天炎熱的太陽。例：～炎炎，我真想吃冰淇淋，讓自己涼快一下。

【春暉】 chūn huī
春天的陽光。常用來比喻父母的恩惠。例：恩如～，永銘肺腑。

【紅日】 hóng rì
紅通通的太陽。例：海面上一輪～冉冉升起，甲板上的人們歡呼起來。

【驕陽】 jiāo yáng
〈書〉灼熱的陽光。例：頭上～似火，烤得行人無處藏身。

【烈日】 liè rì
指炎熱的太陽。例：～當空｜～炎炎。

【落日】 luò rì
即將落下地平線的太陽。例：大漠孤煙直，長河～圓。

【秋陽】 qiū yáng
〈書〉秋天的太陽。例：～高照，天高氣爽。

【日】 rì
太陽。例：農民～出而作，～落而息。

【日光】 rì guāng
太陽光。例：～眩目，令人睜不開眼。

【日頭】 rì·tou
〈方〉太陽。例：～快下山了。

【日夕】 rì xī
日夜、朝夕。也可指接近黃昏的時候。例：～相處。

【日照】 rì zhào
一天中陽光照射的時間。例：夏天的～時間比冬天的長。

【曙光】 shǔ guāng
清晨的陽光。常用來比喻美好的前景。例：黑夜即將過去，～就在前頭。

【太陽】 tài·yáng
銀河系的恆星之一，太陽系的中心天體，地球繞着它運行。例：～下山了。

【夕暉】 xī huī
日落時的陽光。例：～把樓宇抹上一層金黃色，城市顯得更加美麗了。

【熹微】 xī wēi
陽光微弱的樣子（多指清晨）。例：星星一顆又一顆地退去，～的曙光也愈加明亮。

【夕陽】 xī yáng
傍晚的太陽。例：～西下｜～無限好，只是近黃昏。

【夕照】 xī zhào
傍晚的陽光。例：大海在～下波光粼粼，景色美得令人窒息。

【霞光】 xiá guāng
陽光穿透雲霧射出的彩色光芒。例：太陽初升，～萬道。

【斜暉】 xié huī
傍晚的太陽光。例：～給樓頂抹上了一層金色。

【斜陽】 xié yáng
傍晚時西斜的太陽。例：～夕照，漁舟唱晚。

【旭日】 xù rì
剛出來的太陽。例：～東升，霞光萬丈。

【陽光】 yáng guāng
日光。可用於比喻。例：～普照｜她的笑容如～般燦爛。

【餘暉】 yú huī
表示太陽快要落盡時的光輝。例：太陽收斂了最後一縷～，天黑下來了。

【朝暉】 zhāo huī
初升太陽的光輝。例：城市沐浴在～中，更顯出勃勃生機。

【朝日】 zhāo rì
指早晨的太陽。例：一輪～，躍出海面，真是美極了。

【朝陽】 zhāo yáng
初升的太陽。例：小明迎着～上學去。

月亮 yuè·liang

【殘月】 cán yuè
農曆月末形狀如鉤的月亮。也指快落下去的月亮。例：～如鉤｜～西斜，天快亮了。

【嬋娟】 chán juān
〈書〉指月亮。例：但願人長久，千里共～。

【皓月】 hào yuè
明亮潔白的月亮。例：中秋之夜，～當空，我們一家人到公園賞月。

【皎月】 jiǎo yuè
白而亮的月亮。例：一輪～已升上中天。

【滿月】 mǎn yuè
也叫「望月」、「圓月」。多指農曆每月十五、十六的月亮。例：一輪～，遍灑清輝。

【明月】 míng yuè
明亮清朗的月亮。例：舉頭望～，低頭思故鄉。

【清輝】 qīng huī
清純的月光。例：月亮把～灑遍人間，千家萬戶團聚在中秋之夜。

【上弦月】 shàng xián yuè
農曆每月初七或初八，月亮的西半邊明亮時呈 D 形的月相。例：～高懸，今兒是初七了吧？

【下弦月】 xià xián yuè
農曆每月二十二或二十三，月亮的東半邊明亮時呈現的月相。例：今夜的月亮是～。

【新月】 xīn yuè
農曆月初，形狀如鉤的月亮。例：一彎～，羞羞答答，像新娘子的眼睛。

【玉輪】 yù lún
指月亮。例：中秋之夜，皎潔的～高掛天上。

【圓月】 yuán yuè
月相呈圓形的月亮。例：一輪～躍出海面。

【月宮】 yuè gōng
傳說中月亮裏的宮殿，即嫦娥奔月居住的廣寒宮。後用來代稱月亮。例：傳說～裏有嫦娥、玉兔和桂樹。

【月光】 yuè guāng
月亮的光線。例：～如水｜皎潔的～。

【月亮】 yuè·liang
月球的通稱。例：十五的～十六圓。

【月輪】 yuè lún
〈書〉指圓月。例：紅日西沉，～東升。

【月球】 yuè qiú
即月亮。科學用語。地球的衛星,本身不發光,反射太陽光。例:～是地球的衛星｜～上沒有空氣。

【月色】 yuè sè
月光。例:～皎潔｜～朦朧。

【月牙兒】 yuè yár
即新月。例:～彎彎,像一把鐮刀。

【月暈】 yuè yun
環繞在月亮周圍的光圈。例:爺爺說,出現～,就是要颳大風了。

星星 xīng·xing

【北斗】 běi dǒu
指北斗星。大熊星座的七顆星,在北方天空排列成勺形(像古代斗的形狀)。常用來比喻受景仰的人物。例:他是功夫界的泰山～,大家都很景仰他。

【北極星】 běi jí xīng
天空北部幾乎正對地軸的那顆亮星,屬小熊星座。從地球看,它的位置幾乎不變。亦作「北辰」。例:在野外露宿,我們可以靠～來辨別方向。

【彗星】 huì xīng
圍繞太陽運行的一種雲霧狀天體,它運行靠近太陽時,因太陽輻射壓力常出現長長的尾巴,俗稱「掃帚星」。古人認為彗星出現是重大災難的預兆。例:～把它那光怪陸離的尾巴伸向茫茫的夜空。

【牛郎織女】 niú láng zhī nǚ
牽牛星(俗稱牛郎星)和織女星。兩星隔銀河相對。神話故事說:織女是天帝的孫女,私嫁了人間的牛郎。天帝只准他們每年農曆七月七日在天河上相會一次。今常比喻分隔兩地的夫妻或戀人。例:喜鵲在天河上搭橋,～橋上相會。

【壽星】 shòu xīng
本指老人星,自古以來用作長壽的象徵。後稱長壽的老人或被祝壽的人為壽星。例:爺爺是我們家的老～。

【衞星】 wèi xīng
圍繞行星運行的本身不發光的天體，因反射太陽光而發亮。分天然衞星和人造衞星。例：月亮是地球的～。

【星】 xīng
夜空中閃爍發光的天體。例：～羅棋佈｜月明～稀。

【星辰】 xīng chén
天上星星的總稱。例：日月～。

【星斗】 xīng dǒu
天上的星星。例：我一抬頭，看見滿天～，發出一聲讚歎。

【星光】 xīng guāng
星星的光芒。例：～閃爍，仿如在眨眼一樣。

【星漢】 xīng hàn
銀河。例：～西流夜未央。

【星河】 xīng hé
指銀河。亦作「天河」。例：～璀璨。

【星空】 xīng kōng
羣星閃爍的天空。例：萬里～。

【星羅棋佈】 xīng luó qí bù
像天上的星星和棋盤上的棋子那樣分佈着。形容多而密集。例：南海上大大小小的島嶼～。

【星星】 xīng·xing
夜晚天空的星。例：在市區看到的～比在郊區看到的少很多。

【星夜】 xīng yè
天上佈滿星星的夜晚。多表示連夜活動。例：～兼程｜～行軍。

【星座】 xīng zuò
天文學家將星空劃為許多區域，稱星座，共八十八個，多以人物或動物的名稱命名。例：北斗七星屬於大熊～。

【銀河】 yín hé
夜空顯現出的雲狀光帶，由眾多恆星組成。俗稱「天河」。例：飛流直下三千尺，疑是～落九天。

大地 dà dì

【薄地】 báo dì
貧瘠不肥沃的土地。例：家有幾畝
～，聊以糊口。

【菜園】 cài yuán
種植蔬菜的園子。例：小剛的爺爺在
～裏耕作。

【草地】 cǎo dì
長滿草的大片土地。例：那羣人高興
地在～上踢球。

【草坪】 cǎo píng
平坦的草地（一般指人工修護的）。
例：這個足球場的～非常好，有利於
球員們發揮技術。

【草原】 cǎo yuán
草本植物叢生的大片土地，間或雜有
耐旱的樹木。例：～上到處是成羣的
牛羊。

【大地】 dà dì
廣闊的土地；地面。例：～一片葱
綠｜陽光普照～。

【大陸】 dà lù
廣大的陸地。特指中國領土的陸地部
分。例：爺爺每年都要回～探親。

【地畝】 dì mǔ
田地。例：丈量～。

【肥田】 féi tián
肥沃的田地。例：全家賴以生存的，
就是那塊～。

【耕地】 gēng dì
種植農作物的土地。例：農夫駕駛拖
拉機，在～上耕作。

【旱地】 hàn dì
表面不蓄水的田地。例：這種作物適
合～生長。

【旱田】 hàn tián
表面不蓄水的田地，或得不到灌溉、
只靠天然降水種植作物的農田。例：
～的產量不如水田穩定。

【荒地】 huāng dì
未經開墾或耕種的土地。例：開墾
～｜～上雜草叢生。

【荒漠】 huāng mò
荒涼的沙漠或曠野。例：土地～化日
益嚴重，威脅着人類的生存環境。注
意：又指荒涼而沒有邊際。例：這一
帶是～，寸草不生，人煙罕至。

【荒野】 huāng yě
荒涼的野外。例：地質隊員們經常露
宿～，生活條件十分艱苦。

【瘠田】 jí tián
不肥沃的耕地。例：爺爺小時候，家
裏只有幾畝～，生活十分困苦。

【曠野】 kuàng yě
空曠的原野。例：～裏，傳來牧羊姑娘的歌聲，十分動聽。

【良田】 liáng tián
適合農作物生長的大片好地。例：一場洪水，把～淹沒了，令村民生活百上加斤。

【農田】 nóng tián
耕種的土地。例：～防護林｜～水利建設。

【平川】 píng chuān
地勢平坦的土地。例：過了這座山，就是一馬～，道路也好走多了。

【平地】 píng dì
平整的土地或田地。例：以往的一片～，如今蓋起了高樓大廈。

【平野】 píng yě
廣闊平整的原野。例：山隨～盡，江入大荒流。

【桑田】 sāng tián
泛指田地。例：滄海～｜辭官不做，躬耕～。

【山地】 shān dì
在山上或山坡處的農田用地。例：這種植物適宜生長在～上。

【水田】 shuǐ tián
能蓄水耕種的田地，多用來種植水稻。例：這一帶是～。

【梯田】 tī tián
沿着山坡開墾的像梯子一樣逐級升高的農田。例：山坡上開闢了許多～，遠遠望去，十分好看。

【田】 tián
田地。例：在鄉村，村民都是依靠幾畝薄～，維持生計。

【田疇】 tián chóu
〈書〉田野；田地。例：～千里，一片豐收景象。

【田地】 tián dì
種植農作物的土地。例：爺爺整天在～上耕作，十分辛苦。注意：也指地步、程度。例：他怎麼也沒想到會落到今天這步～。

【田畝】 tián mǔ
耕地。例：眼前是一大片黑油油的～。

【田野】 tián yě
田地和原野。例：九月的～，莊稼開始成熟，遠遠看去，色彩斑斕。

【田園】 tián yuán
田地、園圃。也泛指鄉村。例：～詩｜～風光｜老守～｜不少詩人仕途失意後，選擇歸隱～。

【土】 tǔ
土地。例：寸〜必爭｜故〜難離。

【土地】 tǔ dì
田地；疆域。例：〜肥沃｜〜遼闊。

【沃土】 wò tǔ
肥沃的土地。例：〜千里｜〜肥田。

【沃野】 wò yě
肥沃的原野。例：〜千里。

【野地】 yě dì
野外的荒地。例：〜裏有一羣羊在吃草。

【園圃】 yuán pǔ
種蔬菜、瓜果、樹木的場所。例：〜裏種滿了鮮花，令人賞心悅目。

【原野】 yuán yě
平原曠野。例：廣闊的〜｜火車在〜上奔馳。

【沼澤地】 zhǎo zé dì
指水草茂密而泥濘的土地。例：〜裏到處都是蚊子和昆蟲，我們要穿戴好防護裝備才能去。

山 shān

【崇山峻嶺】 chóng shān jùn lǐng
高而險峻的山嶺。例：火車在〜中穿行。

【頂峯】 dǐng fēng
山的最高處。例：歷盡千辛萬苦，他們終於登上了〜。

【峯】 fēng
高而尖的山頭。例：珠穆朗瑪〜｜遠遠望去，長白山的一頂白雪皚皚，像一位白頭老翁。

【岡】 gāng
較低而平的山脊。例：〜上是一片平地。

【高峯】 gāo fēng
很高的山峯。例：攀登〜。注意：也常用來比喻事物的頂點。例：客流量〜時，北京火車站每天要迎送二十多萬人。

【荒山禿嶺】 huāng shān tū lǐng
沒有樹木的、光禿的山嶺。例：許多〜都被綠化起來了。

【火山】 huǒ shān
因地球上層壓力減低，地球深處的高溫物質從裂縫中噴出地面而形成的錐形高地。例：日本富士山是一座聞名世界的〜。

【絕壁】 jué bì
極陡峭無法攀緣的山崖。例：海邊就是險峻的～，他們無法上岸。

【嶺】 lǐng
泛指大小山脈或山丘、沙丘。例：秦～｜沙～｜大興安～。

【峭壁】 qiào bì
像牆一樣陡的山崖。例：山路一側是～，另一側是懸崖，司機必須萬分小心。

【青山】 qīng shān
形容長滿草木而呈綠色的山。例：～綠水｜薄霧籠罩，遠處的～時隱時現。

【丘陵】 qiū líng
連綿成片的小山。例：這個地方被～環繞，風景宜人。

【山】 shān
地面上由土石構成高起的部分。例：～清水秀｜綠水青～。

【山坳】 shān ào
山谷。也指山間平地。例：～裏只有十幾戶人家。

【山峯】 shān fēng
山的尖頂。泛指山。例：～陡峭｜～直入雲端。

【山岡】 shān gāng
不高的小山包。例：～上有一片小樹林。

【山溝】 shān gōu
山谷、山澗。例：～裏的杏花開得一片粉紅。

【山谷】 shān gǔ
兩山之間狹窄而低洼的地方。例：～裏有一條小溪。

【山腳】 shān jiǎo
山下部接近平地的地方。例：～下有一座小木屋。

【山口】 shān kǒu
山間較低處的通道。例：～的風特別大。

【山陵】 shān líng
高大的山。例：～險峻，崎嶇難行。

【山嶺】 shān lǐng
連綿不斷的大山。例：～連綿，蜿蜒不絕。

【山麓】 shān lù
山腳。例：他的家在天山～。

【山巒】 shān luán
連綿的山。例：～起伏，雲遮霧罩。

【山脈】 shān mài

成行列的羣山。山勢向一定方向延展，有如脈絡，所以叫山脈。例：太行一｜崑崙～。

【山坡】 shān pō

山頂與平地之間的傾斜面。例：～上有一羣羊。

【山丘】 shān qiū

不高的小山。例：～上栽滿了果樹。

【山頭】 shān tóu

山的上部。例：白雲在～繚繞。

【山塢】 shān wù

山間較平坦的地方。例：～裏藏着一個小村莊。

【山峽】 shān xiá

山間夾水的地方。例：～裏走過一羣遊客。

【山岩】 shān yán

高峻的山崖。例：～陡峭，怪石兀立。

【山腰】 shān yāo

山腳到山頂之間大約中部的地方。例：部隊在～駐紮下來。

【山嶽】 shān yuè

高大的山。例：～間有寺廟的鐘聲隱隱傳來，令人神往。

【險峯】 xiǎn fēng

險峻的山峯。例：天生一個仙人洞，無限風光在～。

【懸崖】 xuán yá

高而陡的山崖。例：羊腸小道在～峭壁中穿行。

【雪山】 xuě shān

長年覆蓋着積雪的山。例：青藏高原上有許多～。

【嶽】 yuè

高大的山。例：三山五～。

【嶂】 zhàng

直立像屏障的山峯。例：層巒疊～。

水 shuǐ

【滄海】 cāng hǎi
滄：青綠色。大海。例：～桑田，世事變遷｜～橫流，方顯英雄本色。

【池】 chí
多指人工挖掘的水塘。也指湖泊。例：滇～｜長白山天～。注意：又指護城河。例：城～。

【池塘】 chí táng
蓄水的坑。例：～的荷花開了，非常美麗。

【淡水湖】 dàn shuǐ hú
水中含鹽不超過百分之一的湖。例：太湖是一個～。

【地下水】 dì xià shuǐ
存在於地下的土壤或岩石孔隙、裂縫、洞穴中的水。例：這裏～資源非常豐富。

【分水嶺】 fēn shuǐ lǐng
兩個流域之間的山嶺或高地。常用來比喻不同事物的分界。例：那場比賽可以說是球隊翻身的～。

【幹流】 gàn liú
同一水系中，匯集全部支流的河流。例：到了下游，那些支流匯入～，江面變得寬闊起來。

【公海】 gōng hǎi
又稱「國際海域」。不受沿海國家管轄的、各國都可以航行的海域。例：～上有一艘輪船發出求援信號。

【海】 hǎi
靠近大陸比大洋小的水域。例：黃～｜東～。

【海洋】 hǎi yáng
地球表面連成一體的海和洋的統稱。例：保護～不受污染是每個人的責任。

【海域】 hǎi yù
指海洋的一定範圍，包括水面和水底。例：近海～｜黃海～。

【河】 hé
水道的統稱。例：黃～｜海～｜塔里木～。

【河川】 hé chuān
大小江河的統稱。例：水鄉澤國，～遍佈。

【河牀】 hé chuáng
河流所經過的洼地，被河水淹沒的地方。例：由於乾旱，～的大部分都裸露出來。

【河道】 hé dào
指能通航的河流的水道。例：清除淤泥後，～已經大大暢通了。

【河谷】 hé gǔ
河流所經過的狹長谷道。例：～完全
乾涸了。

【河口】 hé kǒu
河流流入海洋、湖泊或支流注入幹流
的地方。例：～泊着許多船。

【河流】 hé liú
陸地較大的自然水流。例：中國的～
一般都是由西向東流。

【河渠】 hé qú
河流和水渠。泛指水道。例：這裏～
密集，所以水田很多。

【河灘】 hé tān
指河邊的淺灘。例：～上有一羣孩子
在玩耍。

【河套】 hé tào
圍成大半個圈的河道。也指這樣的河
道圍住的地方。例：～地是最肥沃的
土地。

【河網】 hé wǎng
許多水道縱橫交錯。例：這裏～密
佈，非常適於水產養殖。

【湖】 hú
陸地上大面積的水域。例：西～的景
致非常美。

【湖泊】 hú pō
大小湖的總稱。例：江南水鄉，～遍
佈。

【活水】 huó shuǐ
有源頭而經常流動的水。例：為有源
頭～來。

【澗】 jiàn
夾在兩山間流水的溝。例：～水奔
流。

【江】 jiāng
大河。例：長～｜松花～｜雅魯藏布
～。

【江河】 jiāng hé
在陸地上流動的較大的水流，水中不
含鹽分。例：不廢～萬古流。

【界河】 jiè hé
兩國或兩地區分界的河流。例：～兩
岸有邊防軍在巡邏。

【近海】 jìn hǎi
指靠近陸地的海域。例：漁船在～水
域航行，捕捉海產。

【礦泉】 kuàng quán
含大量礦物質的泉水。例：飲用～水
對人體很有好處。

【流程】 liú chéng

水流的路程。例：水流湍急，～超過每小時百里。注意：也常指某一事物的過程。例：工藝～。

【流量】 liú liàng

指流體在單位時間內通過某一橫段面的體積。一般以每秒立方米計算。例：第三次洪峰到來時，水～超過了歷史最高記錄。

【流域】 liú yù

指一個水系的集中區域或受水面積。例：黃河～｜長江～。

【內海】 nèi hǎi

大部分為陸地所包圍，有狹窄水道與外海或大洋相通的海。注意：也指沿岸全屬於一個國家而本身也屬於該國家的海。例：渤海是中國的～。

【內河】 nèi hé

在一個國家國土之內的河流。例：～運輸十分繁忙。

【內陸河】 nèi lù hé

不流入海洋而流入湖泊或消失在沙漠中的河流。例：塔里木河是一條～。

【噴泉】 pēn quán

水向上噴射的泉。例：音樂～給廣場增添了情趣。

【潛流】 qián liú

隱藏於地面以下的水流。例：～淙淙｜地下～。

【渠】 qú

指人工開鑿的河道和水溝。例：開山挖～，引水灌溉。

【泉】 quán

泉水湧出的地方。例：趵突～｜蝴蝶～。

【泉水】 quán shuǐ

從地下自然流出的水。例：～一般都含有豐富的礦物質。

【泉眼】 quán yǎn

泉水流出的窟窿。例：池水中有個～，水多時翻湧的泉水高出水面十多厘米。

【人工湖】 rén gōng hú

人工修造的湖泊。例：公園裏有一個～。

【上游】 shàng yóu

河流接近源頭的地方。例：～一座化工廠排放的污水，造成了下游的污染。

【深淵】 shēn yuān

很深的水。例：汽車在盤山道上艱難行駛，稍有不慎，就會滾下萬丈～。

【水道】 shuǐ dào

水流的路線。包括江河、溝渠等。也指水路。例：～暢通｜黃金～。

【水網】 shuǐ wǎng

指河、湖、港、汊縱橫交錯。例：越到下游，～越密集。

【水位】 shuǐ wèi

江河、湖泊、海洋、水庫等的水面以及地下水相對於某個基準面的高度。例：～上漲，洪峰要來了。

【水文】 shuǐ wén

指自然界水的各種變化和運動。例：多年積累的～資料，對預防大洪水有重要的意義。

【水系】 shuǐ xì

江河流域內幹、支流的總體。例：長江～包括嘉陵江、漢水、湘江、贛江等。

【水域】 shuǐ yù

指海洋、湖泊、河流從水面到水底的一定範圍。例：～遼闊｜近海～。

【水源】 shuǐ yuán

河流開始流出和補給的來源。湖泊、冰川、沼澤、泉眼都是河流的水源。例：長白山天池是松花江的～。

【死水】 sǐ shuǐ

不流動的池水、湖水等。例：一潭～，波瀾不驚。

【潭】 tán

深水坑。例：桃花～水深千尺，不及汪倫送我情。

【塘】 táng

水池。例：荷～｜葦～｜爛泥～。

【溫泉】 wēn quán

水溫超過 20℃低於 45℃的泉水。也有的把水溫超過當地年平均氣溫的泉稱為溫泉。例：據說泡～對身體有好處。

【溪】 xī

山裏的小河溝。例：～水奔流｜小～從山岩間流下。

【下游】 xià yóu

河流接近出口的地方。例：長江越到～，江面就越寬闊了。

【鹹水湖】 xián shuǐ hú

水中含鹽分多的湖。含鹽分極多的湖叫鹽湖。例：青海湖是中國最大的～。

【洋】 yáng

地球表面上被水覆蓋的廣大地方，約佔地球面積的十分之七，分為四大部分：太平洋、印度洋、大西洋、北冰洋。例：地球上最大的～是太平洋。

【遠洋】 yuǎn yáng

距離陸地較遠的海洋。例：～貨輪｜～船隊。

波浪 bō làng

【運河】 yùn hé
人工挖成的可以通航的河。例：一般貨船在京杭大～上徐徐行駛。

【沼澤】 zhǎo zé
水草茂密的濕地。例：這是一大片～地，很難行走。

【支流】 zhī liú
流入幹流的河流。例：嘉陵江是長江的一條～。

【中游】 zhōng yóu
河流的中間段。例：船到～，兩岸的村莊漸漸密集起來。

【碧波】 bì bō
青綠色的波浪。一般表示清水、池塘微小的波紋。例：～蕩漾｜～萬頃。

【波峯】 bō fēng
波浪的最高部分。例：小船在～浪谷中掙扎。

【波瀾】 bō lán
波濤。例：湖面上～不驚，風平浪靜。注意：多用於比喻。例：激起感情的～。

【波浪】 bō làng
江、河、湖、海起伏不平的水面。例：小船衝開～，昂然前行。

【波濤】 bō tāo
大波浪。例：～萬頃｜～洶湧。

【波紋】 bō wén
小波浪形成的水紋。例：兩隻白天鵝在水中游泳，蕩漾起一圈一圈～。

【潮流】 cháo liú
由潮汐引起的水流運動。多用來比喻社會變動或發展趨勢。例：歷史～｜服裝～。

【驚濤駭浪】 jīng tāo hài làng
驚人的大風浪。例：考察船要穿越整個太平洋，須經受無數～的考驗。注意：也用來比喻險惡的環境和經歷。例：商場如戰場，一個企業家也要經受商場～的錘煉。

【巨瀾】 jù lán
巨大的波浪。例：海上的～打得輪船
搖搖晃晃，許多人都暈船了。注意：
常用來比喻大的社會變革。例：世界
經濟一體化是不可逆轉的～。

【巨浪】 jù làng
巨大的波浪。例：海上～滔天，小船
都進了港灣。

【狂瀾】 kuáng lán
同「巨瀾」。常用來比喻猛烈的社會
變革。例：五四運動的～，促進了社
會發展。

【浪潮】 làng cháo
海邊或江邊漲落的水勢。例：～起
落。注意：多用來比喻聲勢浩大的運
動。例：反戰～洶湧澎湃。

【浪谷】 làng gǔ
波浪的底部。例：小船一會兒被推上
浪峯，一會兒又跌入～，情況相當危
險。

【浪花】 làng huā
波浪激起的水花。例：～飛濺。注
意：常用來比喻生活中特殊的、小的
不平常現象。例：這件事不過是生活
中的一朵小小的～，不要太在意。

【浪頭】 làng·tou
湧起的波浪。例：一個～打過來，小
船差一點兒沉沒。

【漣漪】 lián yī
〈書〉細小的波紋。例：微風一吹，
湖面蕩起了層層～。

【怒潮】 nù cháo
洶湧澎湃的浪潮。常用其比喻義。
例：抗暴～。

【怒濤】 nù tāo
指洶湧的波濤。例：～拍岸。

【水波】 shuǐ bo
波浪。例：～不興｜蕩起～。

【水花】 shuǐ huā
揚起的浪花。例：小船悄然在蘆葦叢
中前行，蕩起～。

【微波】 wēi bō
微小的波浪。例：江面～蕩漾，鷗鳥
翔翔。

【軒然大波】 xuān rán dà bō
軒然：波濤高高湧起的樣子。洶湧澎
湃的大波浪。常用來比喻大的風波或
糾紛。例：他的言論在全校引起了
～。

島嶼 dǎo yǔ

【半島】 bàn dǎo
三面臨水、一面連接大陸的陸地。
例：九龍～｜朝鮮～。

【島】 dǎo
海洋、河流、湖泊中被水圍着的陸
地。例：因為～上沒有淡水，居民都
非常注意節約用水。

【島礁】 dǎo jiāo
由礁石構成的島嶼，隨海潮的漲落而
隱現。例：這一帶～很多，行船一定
要格外小心。

【島嶼】 dǎo yǔ
嶼：小島。海島的統稱。例：沿海有
許多～。

【孤島】 gū dǎo
孤孤單單、遠離陸地或其他島嶼的
島。例：魯濱遜一個人能在～上生存
下來，實在是個奇跡。

【海島】 hǎi dǎo
海洋中的島嶼。例：日本是由許多～
組成的國家。

【荒島】 huāng dǎo
荒涼的島嶼。例：利用人工造林，把
～變成綠洲。

【列島】 liè dǎo
一般指排列成線形或弧形的羣島。
例：澎湖～｜日本～。

【羣島】 qún dǎo
海洋中互相接近的一羣島嶼。例：南
沙～是中國的領土。

【洲】 zhōu
河流中由沙石、泥土淤積而成的陸
地。例：橘子～｜珠江三角～。注
意：也指一塊大陸和周圍島嶼的總
稱。例：亞～｜歐～｜大洋～。

二、季節‧時間

春天 chūn tiān

【初春】 chū chūn
春季的一段時間，一般指農曆正月。
例：～的天氣，出門仍需穿上外套。

【春】 chūn
春季。例：一年之計在於～。

【春風宜人】 chūn fēng yí rén
春天的和風使人感到舒適溫暖。例：
～，老人應多到戶外活動活動。

【春光明媚】 chūn guāng míng mèi
春天的景色鮮明可愛。例：～，百花
爭豔。

【春光融融】 chūn guāng róng róng
春天的景色使人感到溫暖、舒暢。
例：～，楊柳依依。

【春季】 chūn jì
一年四季中的第一季。中國習慣指立
春到立夏的三個月時間，即農曆正
月、二月、三月。例：～是賞花的好
季節。

【春節】 chūn jié
特指農曆正月初一，中國傳統的節
日。例：～到了，爺爺在貼對聯。

【春暖花開】 chūn nuǎn huā kāi
春天氣候溫和，鮮花盛開。例：現在
已到了～的季節，我們去郊遊吧！

【春天】 chūn tiān
春季。例：～來了，大地充滿生機。

【春意盎然】 chūn yì àng rán
春天的氣氛濃厚。例：花紅柳綠，
～｜窗外雪花紛飛，室內卻～。

【大地回春】 dà dì huí chūn
大地回到春天。例：～，萬物復甦。

【滿園春色】 mǎn yuán chūn sè
春色滿園，比喻到處都是春天的景
象。例：春日，遊園的人絡繹不絕。
～，令人流連忘返。

【暮春】 mù chūn
〈書〉晚春。例：～時節，天氣開始
熱起來了。

【新春】 xīn chūn
春節過後的一二十天泛稱新春。例：
～佳節｜恭賀～。

【陽春】 yáng chūn
泛指春天。例：～三月，正是出遊的
好季節。

【早春】 zǎo chūn
一般指春季的頭一兩個月。例：～二
月，農民在農地裏播種。

夏天 xià tiān

【初夏】 chū xià
夏季的一段時間，一般指農曆四月。
例：～，這地方經常下雨。

【酷暑】 kù shǔ
極熱的夏天。例：～天氣，出門別忘
了帶上一把遮陽傘，遮擋熾熱的陽
光。

【三伏】 sān fú
初伏、中伏、末伏三個階段的統稱。
一般是一年中最熱的時期。例：冷在
三九，熱在～。

【盛暑】 shèng shǔ
大熱天。例：～時節，到沙灘游泳的
人多起來了。

【盛夏】 shèng xià
夏天最熱的一段日子。例：～天氣，
要多喝水，以免中暑。

【夏季】 xià jì
一年四季中的第二季。中國習慣指立
夏到立秋的三個月時間，即農曆四
月、五月、六月。例：炎熱的～。

【夏令】 xià lìng
夏季。例：～營。注意：也指夏季的
氣候。例：春行～。

【夏日】 xià rì
夏季的日子。例：～炎炎。

【夏天】 xià tiān
夏季。例：一年中最熱的季節是～。

【炎夏】 yán xià
炎熱的夏天。例：～時節，人們都熱
得在家裏開冷氣。

秋天 qiū tiān

【殘秋】 cán qiū
秋季快結束的時節。例：～末盡，冬天已經到了。

【初秋】 chū qiū
剛到秋天的時節。例：～時節，我們到元朗大棠觀賞紅葉。

【寒秋】 hán qiū
寒意降臨的深秋。例：～來臨，黃葉飄落。

【金秋】 jīn qiū
金色的秋天，形容秋天是豐收的季節。例：東北的～十月，漫山遍野的楓葉都紅了。

【秋季】 qiū jì
一年四季中的第三季。中國習慣指立秋到立冬的三個月時間，即農曆七月、八月、九月。例：一年四季，～的天氣最好。

【秋令】 qiū lìng
秋天。例：～時節，菜市場出現了各種水果。

【秋色】 qiū sè
秋天的景色。例：～宜人｜漫山遍野，一片～。

【秋天】 qiū tiān
秋季。例：～到了，天氣涼了。

【深秋】 shēn qiū
秋季末尾。例：～時節，大雁南飛。

【晚秋】 wǎn qiū
指秋季的第三個月，即農曆的九月。也泛指秋天的末尾。例：一到～，早晚都要穿起棉衣了。

冬天 dōng tiān

【殘冬】 cán dōng
冬季快結束的時節。例：～季節，嚴寒越走越遠了。

【初冬】 chū dōng
剛進入冬季的時節。例：昨夜下了～的第一場雪。

【冬】 dōng
冬季。例：數九隆～。

【冬季】 dōng jì
一年四季中的第四季。中國習慣指立冬到立春的三個月時間，即農曆十月、十一月、十二月。例：～來臨，我們又可以去滑雪了。

【冬令】 dōng lìng
冬季。例：～時節，老人最好少出門。注意：也指冬季的氣候。例：春行～。

【冬天】 dōng tiān
冬季。例：～，我們這裏經常下雪。

【寒冬】 hán dōng
泛指寒冷的冬天。例：～臘月，人們都穿起了羽絨服。

【隆冬】 lóng dōng
冬天最冷的階段。例：數九～，滴水成冰。

【暖冬】 nuǎn dōng
指與歷年相比，較為溫暖的冬天。例：科學家說近年來不斷出現的～現象，與全球暖化有關。

【三九天】 sān jiǔ tiān
也說「三九」。冬至後第十九天至第二十七天，是一年中最寒冷的時候。例：～出遠門一定要多穿點兒衣服。

【十冬臘月】 shí dōng là yuè
指農曆十月、十一月（冬月）、十二月（臘月），是天氣最寒冷的季節。例：～出門一定要注意保暖，以免感冒。

【數九】 shǔ jiǔ
從冬至開始每九天為一個「九」，從一「九」數起，數到九「九」為止，共八十一天，是中國一年中天氣最冷的時期。例：對那些在～隆冬還堅持游泳的人，我真是打心眼兒裏佩服。

【嚴冬】 yán dōng
泛指嚴寒的冬天。例：～時節，冰天雪地，一派北國風光。

早晨 zǎo chén

【晨】chén
泛指破曉到八點鐘以前的一段時間。
例：一日之計在於～。

【晨曦初上】chén xī chū shàng
曦：日色；陽光。早晨的陽光剛剛露
出。例：～，剛剛升起的國旗獵獵飄
揚。

【旦】dàn
〈書〉天亮；早晨。例：通宵達～。

【東方欲曉】dōng fāng yù xiǎo
曉：天剛亮。東方的天空將要亮了。
例：～的時候，他已經開始一天的工
作了。

【拂曉】fú xiǎo
天快亮的時候。例：～突然下起雨
來，路更難走了。

【黎明】lí míng
天快亮或剛亮的時候。例：～到來之
前正是天最黑的時候。

【凌晨】líng chén
凌：逼近。天快亮的時候。一般指半
夜一點到日出之前。例：～時分。

【破曉】pò xiǎo
天剛蒙蒙亮。例：天色～，他們才離
開了酒吧。

【清晨】qīng chén
日出前後的一段時間。例：～，雄雞
啼唱，村子裏開始熱鬧起來。

【清早】qīng zǎo
清晨。例：一大～，媽媽就開始忙碌
了。

【曙光初露】shǔ guāng chū lòu
清晨的日光剛剛在天空出現。例：
～，他便行色匆匆地趕路了。

【天光大亮】tiān guāng dà liàng
天色已經大亮。例：～了，你該起牀
了。

【天亮】tiān liàng
夜晚結束，天空放亮的時候。例：他
一直工作到～。

【天明】tiān míng
天亮。例：～時，雨停了。

【旭日東升】xù rì dōng shēng
旭日：早晨的太陽。早晨的太陽從東
方升起。例：～，霞光萬丈。

【早晨】zǎo·chen
從天將亮到七八點鐘的一段時間。
例：～的空氣十分新鮮。

【早上】zǎo·shang
早晨。例：～這頓飯很重要，一定要
吃好。

【朝】zhāo
與「夕」相對。早晨。例：～辭白帝
彩雲間，千里江陵一日還。

夜晚 yè wǎn

【半夜】 bàn yè
夜裏十二點鐘前後。也泛指深夜。例：～三更｜平生不做虧心事，～敲門也不驚。

【徹夜】 chè yè
整夜；通宵。例：～不眠｜老師的屋子裏～亮着燈光。

【入夜】 rù yè
黑夜剛剛降臨。例：～了，街道兩邊的燈都亮了。

【三更】 sān gēng
舊時把一夜分為五更，三更即半夜。例：～半夜，有人敲門。

【深夜】 shēn yè
指半夜以後的時間。例：已是～，爸爸房間的燈還亮着。

【通宵】 tōng xiāo
整夜。例：～達旦｜他經常～工作。

【晚上】 wǎn·shang
太陽落山以後到深夜以前的時間。也泛指夜裏。例：哥哥經常～加班。

【五更】 wǔ gēng
天快要亮的時候。例：～時分，村裏遠遠近近的雞啼聲響成一片。

【午夜】 wǔ yè
〈書〉夜裏十二點前後。例：香港足球隊出線的消息傳來，球迷們狂歡到～還不肯散去。

【宵】 xiāo
〈書〉夜。例：良～｜難忘今～。

【星夜】 xīng yè
夜晚，多用於連夜在外面活動。例：地震發生後，醫療隊～從各地趕往災區。

【夜】 yè
從天黑到天亮的一段時間。例：～深了｜～裏氣溫驟降，玻璃窗上凝結了一層霜花。

【夜半】 yè bàn
夜裏十二點前後。例：～時分，街上的行人越加稀少了。

【夜半三更】 yè bàn sān gēng
深夜。例：～，突然有人敲門，是誰呢？

【夜間】 yè jiān
夜裏。例：老鼠總是～出來覓食。

【夜靜更深】 yè jìng gēng shēn
夜很深很靜。例：～，他睡不着，還反覆想着白天那件事。

【夜闌】 yè lán
〈書〉夜深。例：～人靜，萬籟俱寂。

【夜幕降臨】 yè mù jiàng lín
夜色像幕布一樣垂下來，形容天色黑了。例：～，路上的行人越發稀少了。

【夜晚】 yè wǎn
夜間；晚上。例：城市的～，霓虹閃爍。

【玉兔東升】 yù tù dōng shēng
傳說月亮中有玉兔，後多用玉兔指月亮。指月亮升起，表示已進入夜晚。例：～，萬籟俱寂。

【子夜】 zǐ yè
半夜。例：這是一個特殊的日子，～的鐘聲標誌着一個新世紀的到來。

代表詞

長久 cháng jiǔ

【百年】 bǎi nián
時間長久。例：十年樹木，～樹人。
注意：又指死。例：～以後｜～歸老。

【長河】 cháng hé
很長的河流。多用來比喻事物發展的漫長過程。例：歷史的～。

【長久】 cháng jiǔ
形容時間很長。例：這樣～下去，身體是要累壞的啊！

【長年】 cháng nián
一年到頭；整年。例：他～到社區中心當小義工。

【長期】 cháng qī
長時期。例：因為～堅持鍛煉，爸爸的身體好多了。

【長夜】 cháng yè
漫長的夜。多用來比喻漫長的黑暗歲月。例：失眠的人最能體會～漫漫的感覺。

【長遠】 cháng yuǎn
長久（多指未來的時間）。例：～目標｜～打算。

【成年累月】 chéng nián lěi yuè
形容時間長。例：爸爸～伏案工作，背都駝了。

【持久】 chí jiǔ
保持長久。程度不如「恆久」深。
例：學習外語的決心如果不能～，那
就不會有好的效果。

【地久天長】 dì jiǔ tiān cháng
也說「天長地久」。比喻時間的久
遠。例：友誼～。

【地老天荒】 dì lǎo tiān huāng
比喻時代的久遠。強調一種滄桑感。
例：～不變心。

【亙古】 gèn gǔ
亙：延續不斷。從古到今，時間長
久。例：～不變｜～未聞。

【恆久】 héng jiǔ
永久；持久。例：～不變。

【經久】 jīng jiǔ
經歷很長時間。例：這位鋼琴家的表
演博得了全場～不息的掌聲。

【經年累月】 jīng nián lěi yuè
同「成年累月」。但強調過程。例：
他是個水手，～在海上。

【久】 jiǔ
與「暫」相對，時間長。例：坐火車
沒有座位的話，站～了腿會受不了。

【久久】 jiǔ jiǔ
許久；好久。表示時間很長。例：他

～地凝視着照片，陷入了痛苦的回
憶。

【久遠】 jiǔ yuǎn
時間長遠。例：年代～，我們連他的
模樣都想不起來了。

【良久】 liáng jiǔ
很久。例：他們沉默～，終於還是開
口了。

【漫長】 màn cháng
長得沒有盡頭（用於時間、道路
等）。例：～的歲月｜～的等待。

【漫漫】 màn màn
長而無邊的樣子（用於時間、道路
等）。例：～長夜｜～長路。

【千古】 qiān gǔ
長遠的年代。含永遠義。例：蘇武牧
羊故事流傳～。注意：也用來哀悼死
者，表示永別。例：某某先生～。

【千秋】 qiān qiū
千年。泛指很長時間。例：～大業｜
功在當代，利在～。

【窮年累月】 qióng nián lěi yuè
同「成年累月」。多用於過去。例：
～潛心治學。

【萬古】 wàn gǔ
千年萬代。例：～長存｜～流芳｜不
廢江河～流。

【萬古長青】 wàn gǔ cháng qīng
也說「萬古長春」。千秋萬代永遠青翠。常用來形容精神、友誼等長存。例：岳飛精忠報國的精神～。

【萬年】 wàn nián
極其長久遠的時間。例：幸福日子～長。

【萬世】 wàn shì
很多世代，非常久遠。例：孔子被後人尊為～師表。

【萬壽無疆】 wàn shòu wú jiāng
語出《詩經・豳風・七月》：「躋彼公堂，稱彼兕觥，萬壽無疆。」永遠生存。用來祝頌健康長壽。例：～只是一種祝願，其實任何人都不可能長生不死。

【萬歲】 wàn suì
千秋萬代永遠存在。常用來祝頌歡呼。例：友誼～。

【永恆】 yǒng héng
永遠不變，含時間長義。例：～的友誼｜～的紀念。

【永久】 yǒng jiǔ
永遠；長久。例：這人拋妻棄子，對母子二人的心靈造成～性的傷害。

【永生】 yǒng shēng
原為宗教用語，指人死後靈魂永存。現多用來形容精神不死。例：他為搶救大火中的羣眾而死，在烈火中獲得了～。

【永世】 yǒng shì
永遠。比「永久」的程度更進一步。例：對您的救命之恩，我～不忘。

【永遠】 yǒng yuǎn
時間長久，沒有盡頭。例：我們～是朋友。

【悠長】 yōu cháng
時間很長。例：～的歲月。注意：也用來形容聲音綿延不絕。例：～的鐘聲。

【悠久】 yōu jiǔ
年代長久。例：歷史～｜文化～。

【悠悠】 yōu yōu
時間長久，強調遙遠。例：～歲月｜～時空。

短暫 duǎn zàn

【不久】 bù jiǔ
相隔不長時間。例：事情剛剛過去～，怎麼能忘記呢？

【剎那間】 chà nà jiān
也說「一剎那」、「剎那」。瞬間。例：～，雲消霧散，霞光萬道。

【短促】 duǎn cù
時間極短。例：時間～，沒來得及與朋友聯繫。

【短暫】 duǎn zàn
時間短。比「短促」時間稍長。例：他的一生雖然～，但對文化事業的貢獻卻是巨大的。

【俄頃】 é qǐng
〈書〉很短的時間。與「頃刻間」義近。例：～，他又出現在舞台上，繼續演出。

【片刻】 piàn kè
一會兒。例：請稍候～，他馬上就來。

【頃刻間】 qǐng kè jiān
極短的時間。例：～化為烏有｜，洪流滾滾，沖走一切。

【霎時間】 shà shí jiān
也說「霎時」。時間極短。例：～，暴雨劈頭蓋臉地下了起來。

【倏地】 shū dì
一下子；時間極短。例：日子～過去，我都快小學畢業了。｜聽見響聲，魚兒～游走了。

【倏忽】 shū hū
〈書〉時間極短。例：～間，一片漆黑，原來是發生了日全食。

【瞬間】 shùn jiān
一眨眼的工夫。例：天邊的流星～消失了。

【瞬息】 shùn xī
一眨眼一呼吸的極短時間。例：～萬變｜～之間。

【曇花一現】 tán huā yí xiàn
曇花開的時間短暫，比喻事物一出現很快就消失。例：他不練基本功，即使取得一些成績，肯定也是～，不會長久的。

【彈指間】 tán zhǐ jiān
用指頭一彈來比喻時間極短。例：～，二十年過去了。

【未幾】 wèi jǐ
〈書〉不多時。例：～，彤雲密佈，暴雨將至。

【須臾】 xū yú
〈書〉片刻；極短的時間。例：這件事必須立即去辦，不可延誤～。

從前 cóng qián

【旋即】 xuán jí
不久；很快。例：他辦完事～離開。

【一晃】 yí huàng
形容時間過得很快（含不知不覺的意思）。注意：讀成「yì huǎng」時，表示「人或其他物體很快地一閃」。例：有個人影在門外～，就不見了。｜～三年過去了。

【一會兒】 yī huìr
指很短的時間。例：再等一等，他～肯定能來。

【一瞬間】 yí shùn jiān
轉眼之間。形容時間極短。例：～，他就不見蹤影了。

【一朝一夕】 yì zhāo yì xī
朝：早上。夕：晚上。一個早晨或一個晚上。指短時間。例：學習不是～的事，須持之以恆才行。

【一轉眼】 yì zhuǎn yǎn
形容時間過得很快或時間極短。例：～，中秋節到了。

【暫】 zàn
與「久」相對。短時間內。例：～停｜～不辦理。

【暫時】 zàn shí
表示短時間之內。例：因為斷電，電梯～不能使用。

【從來】 cóng lái
表示從過去到現在時間流逝的過程。後面必須使用否定詞，如「不、沒、未、沒有」。例：這樣的好成績，是中國隊～沒有取得過的。

【從前】 cóng qián
過去的時候。例：這城市～的繁華盛況一去不復返了。

【古代】 gǔ dài
過去離現代較遠的年代。中國歷史分期，通常以 1840 年鴉片戰爭以前為古代。例：～文明｜～文化。

【古來】 gǔ lái
自古以來。例：～聖賢皆寂寞，唯有飲者留其名。

【古往今來】 gǔ wǎng jīn lái
從古代到今天。例：～，有多少文人墨客曾來過這裏啊！

【過去】 guò qù
以前的時間。例：網上聊天在～是不可想像的。

【既往】 jì wǎng
以往；已經過去。例：～不咎｜一如～。

【舊日】 jiù rì
過去的日子。例：～之交，都各奔東西了。

【舊時】 jiù shí
過去的時候；從前。例：這種～的服裝，現在反倒時髦起來了。

【往常】 wǎng cháng
過去的一般日子。例：～老師總是提前到校，今天是怎麼了呢？

【往年】 wǎng nián
從前；過去的年份。例：～過春節，我們在家吃年夜飯，今年我們在飯店包了一桌酒席。

【往日】 wǎng rì
以前的日子。例：走在小河邊，～的情景又湧上了心頭｜回首～相聚的情景，令人感慨萬千。

【往昔】 wǎng xī
〈書〉從前。例：～歲月，永不再來｜憶～崢嶸歲月稠。

【昔日】 xī rì
〈書〉往日；從前。例：～荒山變良田｜～同窗，今天同事。

【先前】 xiān qián
以前。例：這條街～可不是這樣｜～事情還沒這麼嚴重，現在已經不可收拾了。

【先頭】 xiān tóu
以前的。例：怎麼～說的與現在說的不一樣？注意：也指位置在前、前面等。例：～部隊。

【以前】 yǐ qián
現在或所說某時之前的時期。例：我上學～｜兒童節～。

【以往】 yǐ wǎng
從前；過去。例：我今年的成績比～進步了。

【原來】 yuán lái
以前；從前。例：他～不是這樣，怎麼變化這麼大啊？

【原先】 yuán xiān
同「原來」。例：現在的日子過得比～好多了。

【遠古】 yuǎn gǔ
遙遠的古代。例：精衛填海是從～流傳下來的神話｜～時代，這裏是一片大海。

【早年】 zǎo nián
多年以前。例：他～曾在歐洲學習建築設計。

【早先】 zǎo xiān
以前；從前。例：他的身體比～強多了｜～，鎮上連一輛汽車也沒有。

立刻 lì kè

【當即】 dāng jí
當時；馬上。例：我發言時用錯了一個詞語，老師～予以糾正。

【當下】 dāng xià
當時。程度比「馬上」重。例：聽到情況後，他～就做出了決定。

【當時】 dàng shí
當即；馬上。例：他因為私事而延誤了歸隊時間，教練～就做了換人的決定。注意：讀「dāng shí」時，表示過去發生某事的時候。例：～他不在場，所以不了解情況。

【登時】 dēng shí
當時；立刻。例：一聲怒吼，滿屋子人～沉默了。

【頓時】 dùn shí
立刻。用來敘述過去的事情。例：北京申辦奧運成功的消息傳來，人們～歡呼起來。

【即刻】 jí kè
立刻。例：這件事～就辦，不可拖延！

【即時】 jí shí
立即；就在這個時候。例：接到父親病危的電話，他～乘車返家。

【及時】 jí shí
適時；不拖延。例：～處理｜幸虧消防車～趕到，不然後果不堪設想。注

意：「及時」有來得及、剛好趕上的意思，與「即時」表示馬上去做的意思有所區別。

【立地】 lì dì
立刻。例：放下屠刀，～成佛。

【立即】 lì jí
馬上。例：他接到命令，～出發。

【立刻】 lì kè
馬上。例：這件事十萬火急，命令你～去辦。

【立馬】 lì mǎ
〈方〉立刻。例：他接到上司命令，～去辦這件事。

【立時】 lì shí
立刻。例：聽了他的話，我～感到希望不大了。

【馬上】 mǎ shàng
立刻。例：小明做完功課，～跑出去玩了。

【隨即】 suí jí
隨後就；立即。例：你先去吧，我～就到。

始終 shǐ zhōng

【從來】 cóng lái
表示從過去到現在。例：～如此｜他～不喝酒。

【從頭到尾】 cóng tóu dào wěi
從事情的開頭到結尾。例：這件事～都是他一手策劃的。

【歷來】 lì lái
從來；一向。例：～如此｜學校～重視品德教育。

【始終】 shǐ zhōng
從開始到結束。表示事物發展的整個過程。例：離開母校十幾年了，他～沒有忘記老師，假日還經常回去探望他們。

【向來】 xiàng lái
從來；一向。例：他～重信守諾，是值得信任的人。

【一貫】 yí guàn
一向如此，從未改變。例：我們學校的校風～淳樸。

【一向】 yí xiàng
從過去到現在。例：～如此｜他～喜歡下圍棋，但水平一般。

【一直】 yì zhí
情況持續不改變。例：他～想回家鄉，可至今願望也沒有實現。

【有始有終】 yǒu shǐ yǒu zhōng
有頭有尾，不間斷。形容做事堅持到底，不走樣。例：做任何事都應該～，你怎麼可以中途放棄呢？

【總是】 zǒng shì
一直；一向。例：母親～給他做荷包蛋吃。

三、氣象・光・色

雨 yǔ

【暴雨】 bào yǔ
大而急的雨。例：～如注｜～傾盆。

【春雨】 chūn yǔ
春季的雨。例：～綿綿｜～貴如油。

【大雨】 dà yǔ
很大的雨。例：～滂沱｜～如注。

【及時雨】 jí shí yǔ
應時的好雨。一般對農作物而言。例：正是耕種季節，一場～，讓農民們喜笑顏開。

【雷陣雨】 léi zhèn yǔ
伴有雷電的陣雨。例：～過後，太陽出來了。

【毛毛雨】 máo·mao yǔ
水滴極小，不能形成雨絲的小雨。例：這種～，不用帶雨傘。

【梅雨】 méi yǔ
指長江中下游一帶黃梅成熟時連續下的雨。例：～季節，到處都濕漉漉的。

【瓢潑大雨】 piáo pō dà yǔ
大得像瓢潑一樣的雨。例：～足足下了一夜，清晨上班單車都沒法騎了。

【傾盆大雨】 qīng pén dà yǔ
像盆裏傾倒出來一樣的大雨。指特別大的雨。例：這樣的～，今年還是第一次下。

【秋雨】 qiū yǔ
秋季的雨。例：～連綿。

【酸雨】 suān yǔ
人類活動排入大氣中的酸性氣體，在空氣中氧化，並在適當條件下形成的酸度較高的降水。例：～越來越頻繁，它提醒人類，地球的環境正在一天天惡化。

【喜雨】 xǐ yǔ
降得適時的、令人喜悅的雨。例：久旱逢甘霖，這真是一場～啊！

【細雨】 xì yǔ
雨絲像細線般的小雨。例：牛毛～下個不停。

【小雨】 xiǎo yǔ
雨量不大的雨。例：～霏霏｜～淅淅瀝瀝。

【霪雨】 yín yǔ
也作「淫雨」。連綿不斷的過量的雨。例：～成災。

【雨】 yǔ
從雲層降到地面的水。雲裏的小水滴，體積增大到不能浮在天空中時，就從雲層降落，成為雨。例：～天｜下～。

雪 xuě

【白雪】 bái xuě
潔白的雪。例：我愛～飄飄的北國。

【暴風雪】 bào fēng xuě
大而急的風雪。例：～造成內蒙古東部受災，各地正源源不斷地運去救災物資。

【殘雪】 cán xuě
冬天過去時尚未融化的雪。例：～消融，溪流潺潺。

【初雪】 chū xuě
入冬後第一次下的雪。例：～落過，正是打獵的好季節。

【春雪】 chūn xuě
早春下的雪。例：這場～下得好大。

【冬雪】 dōng xuě
冬天的雪。例：～紛飛，紅燈高照。

【鵝毛大雪】 é máo dà xuě
形狀如鵝毛大而輕的雪。例：～從天而降。

【飛雪】 fēi xuě
在空中飄着的雪。例：～迎春｜漫天～。

【風雪】 fēng xuě
夾雜在風裏的雪。例：～之夜｜～交加。

【積雪】 jī xuě
堆積起來沒有融化的雪。例：北方的城市常因～過厚而導致交通阻塞。

【瑞雪】 ruì xuě
應時的好雪。例：～兆豐年。

【雪】 xuě
從空中降落的六角形白色結晶體。大氣中水蒸氣冷至 0℃ 以下凝結而成。例；下～了。

【雪花】 xuě huā
指空中飄落的雪，形狀像花。例：～紛飛。

【雪片】 xuě piàn
飛舞的雪花。例：盛典舉行前，各界的賀電像～般飛來。

風 fēng

【暴風】 bào fēng
猛烈的風。例：～驟雨，電閃雷鳴。

【北風】 běi fēng
指冬天的風，一般從北方吹來。例：
～呼嘯。

【長風】 cháng fēng
〈書〉很大又吹得很遠的風。例：～
萬里。

【晨風】 chén fēng
清晨的風。例：～吹來，帶着絲絲涼
意。

【春風】 chūn fēng
春天的風。例：～送暖｜～和煦。

【大風】 dà fēng
風力很強的風。例：突然颳起～，把
我的帽子吹掉了。

【東風】 dōng fēng
指春風。例：～勁吹。

【風】 fēng
由於氣壓分佈不均勻而形成的空氣流
動。例：～把雲彩吹散了。

【風暴】 fēng bào
颳大風且往往同時下大雨的天氣。
例：海上～。

【海風】 hǎi fēng
從海洋颳來的風。例：～吹來，帶着
一股鹹腥味。

【寒風】 hán fēng
冬天寒冷的風。例：～凜冽。

【和風】 hé fēng
溫和的風。例：吹來一陣～，使人身
心舒暢。注意：也可用來比喻說話或
行事方式溫和、不粗暴。例：～細雨
式的談話使他打開了心扉。

【疾風】 jí fēng
急劇猛烈的風。例：～暴雨｜～知勁
草。

【季風】 jì fēng
隨季節而改變風向的風。例：太平洋
上的～吹來，空氣顯得很濕潤。

【颶風】 jù fēng
在大西洋上產生的極強烈風暴，破壞
力極大。例：海上起了～，輪船駛進
了港灣。

【狂風】 kuáng fēng
猛烈的風。例：～肆虐｜～大作。

【冷風】 lěng fēng
寒冷的風。例：～陣陣，好像是要下
雨。

【龍捲風】 lóng juǎn fēng
一種小範圍的猛烈旋風，形狀像一個大漏斗，風速往往達到每秒一百多米，破壞力極大。例：～把河水捲到了空中，十分壯觀。

【南風】 nán fēng
夏天的風。例：～吹來，天氣變得燥熱起來。

【逆風】 nì fēng
跟行進方向相反的風。例：～行船，不進則退。

【暖風】 nuǎn fēng
溫暖的風。例：～輕拂。

【清風】 qīng fēng
涼爽的風。例：～徐來，水波不興。

【秋風】 qiū fēng
秋天的風。例：～蕭瑟。

【沙塵暴】 shā chén bào
也說「沙暴」或「塵暴」。風中夾帶大量塵沙、乾土而使空氣混濁，天色昏黃的現象。例：近幾年～愈演愈烈，原因在於人類對自然環境的破壞越來越嚴重。

【順風】 shùn fēng
與行進方向相同的風。例：祝你一路～｜一路～順水，船行得很快。

【朔風】 shuò fēng
〈書〉北風；冬天的風。例：～凜冽。

【颱風】 tái fēng
發源於太平洋的熱帶氣旋，是一種極強烈的風暴。例：因為海上有～，輪船推遲起航。

【晚風】 wǎn fēng
夜晚的風。例：～習習。

【微風】 wēi fēng
輕微的風。例：～拂面，令人神清氣爽。

【西風】 xī fēng
深秋的風。例：簾捲～，人比黃花瘦。

【腥風】 xīng fēng
帶腥味的風。例：一進漁港，人就沉醉在～之中。

【陰風】 yīn fēng
陰冷的風。例：～怒號。

霧 wù

【靄】 ǎi
雲氣。例：煙～｜暮～。

【白霧】 bái wù
白色的霧。例：清晨的～把眼前的山啊、樹啊，全都遮住了。

【薄霧】 bó wù
淡霧；輕霧。例：～如輕紗般飄浮在河面上，傳來一陣划槳的聲響，半天才看見船影兒。

【大霧】 dà wù
濃重的霧氣。例：～彌漫，能見度不足兩米。

【淡霧】 dàn wù
稀薄、不濃厚的霧氣。例：河面上飄浮的一抹～，在太陽出來後就消散了。

【迷霧】 mí wù
濃厚的霧。例：～中，我們小心翼翼地向前走着。注意：常用來比喻事情不明朗，情況不清楚。例：～重重，一時還難以說清原因。

【暮靄】 mù ǎi
傍晚時的雲霧。例：傍晚，～籠罩着整個城市。

【濃霧】 nóng wù
濃厚而稠密的霧。例：～久久不散，飛機不能起飛，候機的旅客們心急如焚。

【輕霧】 qīng wù
薄而輕的霧。例：站在甲板上，～拂面，心裏十分愜意。

【山嵐】 shān lán
〈書〉山間雲氣。例：～瘴氣。

【水霧】 shuǐ wù
飄浮在水面上的霧氣。例：河面上飄着一層～，岸邊的山林、村莊只影影綽綽地呈現一個輪廓。

【霧】 wù
氣溫下降時，水蒸汽凝成的浮在地面的空氣中的小水珠。例：起～了｜大～彌漫。

【霧靄】 wù ǎi
〈書〉濃重的霧氣。例：～沉沉｜～籠罩了城市。

【煙霧】 yān wù
泛指煙、雲、氣等。例：～繚繞。

【夜霧】 yè wù
夜間的霧氣。例：～彌漫，燈光變得朦朦朧朧，仿佛十分遙遠。

【雲霧】 yún wù
雲和霧。常指低空的雲。例：～漫天，整個城市仿佛都消失了。

雲 yún

【白雲】 bái yún
白色雲朵。例：空中飄着朵朵～│遠遠望去，山坡上的羊羣如～落地。

【薄雲】 báo yún
少量的稀薄的雲。例：月亮周圍有一縷～在遊動。

【彩雲】 cǎi yún
彩色的雲。例：雨後初霽，～滿天。

【殘雲】 cán yún
剩餘的、將盡的雲。例：風捲～│天邊一抹～，被晚霞映得通紅。

【浮雲】 fú yún
空中飄浮的雲。例：他望着片片東去的～，心中不禁湧起縷縷鄉愁。

【黑雲】 hēi yún
指濃重的烏雲。常出現在雨前。例：～翻滾，一場暴雨就要來了。

【暮雲】 mù yún
傍晚的雲。例：～被晚霞染成了紅色。

【濃雲】 nóng yún
濃厚的雲。例：～密佈│～低垂。

【彤雲】 tóng yún
下雪前密佈的陰雲。例：天上～密佈，看來一場大雪就要來了。注意：也指紅霞。例：紅輪西沉，～滿天。

【烏雲】 wū yún
黑雲。程度比「雲翳」重。例：～遮不住太陽。

【陰雲】 yīn yún
烏雲。例：～密佈│～翻滾。

【陰雲蔽日】 yīn yún bì rì
蔽：遮擋；蓋住。烏雲遮住了太陽。例：～，光線很差。

【雲】 yún
在空中懸浮的由水滴、冰晶等聚集形成的物體。例：明天天氣多～轉晴。

【雲彩】 yún cǎi
雲。例：頭上飄過一塊棉絮般的～。

【雲層】 yún céng
層層疊疊的雲。例：～壓得很低，像是要下雨了。

【雲端】 yún duān
雲裏。例：直上～│響入～。

【雲海】 yún hǎi
指雲多而厚，濃密得像大海一樣。例：飛機在～上飛行。

【雲霧】 yún wù
雲和霧。常指低空的雲。例：～很濃，飛機不得不推遲起飛時間了。

【雲煙】 yún yān
雲霧和煙氣。例：城市的上空，被一層～籠罩。注意：可比喻事物很快消失。例：功名利祿只是過眼～。

陰 yīn

【陰】 yīn
天空被雲遮住。泛指烏雲密佈，不見陽光或星月的天氣。例：天～得很厲害，像是要下雨了。

【陰暗】 yīn àn
陰沉昏暗。用來形容天氣或令人不快的氣氛。有時也形容心理。例：天色～，一切都死氣沉沉。

【陰沉】 yīn chén
形容天陰的樣子。比「陰暗」更形象化。例：～的天總是不放晴，真叫人着急。

【陰晦】 yīn huì
陰沉昏暗。例：天色～｜～的臉色。

【陰冷】 yīn lěng
天氣陰沉而寒冷。例：天氣～，好像要下雨。

【陰霾】 yīn mái
天氣陰沉、昏暗。例：天氣～｜一陣狂風，吹散了漫天的～。

晴 qíng

【碧空如洗】 bì kōng rú xǐ
天空碧藍，像水洗過一樣潔淨，一絲雲也沒有。例：～，萬里無雲。

【風和日麗】 fēng hé rì lì
風很小，太陽很明亮，形容天氣晴好。例：今天～，我們大家去郊遊吧！

【晴】 qíng
天空沒有雲彩或雲彩很少。例：雨過天～。

【晴空萬里】 qíng kōng wàn lǐ
十分晴朗，一點兒雲彩也沒有。例：～，豔陽高照。

【晴朗】 qíng lǎng
陽光充足或星月明朗，沒有雲霧。例：天氣～。

【天朗氣清】 tiān lǎng qì qīng
天空晴朗，空氣清新。例：那是一个～的秋天的黄昏。

【萬里無雲】 wàn lǐ wú yún
整個天空，一絲雲彩也沒有。例：～，晴空如洗，有一隻蒼鷹在翔翔。

【豔陽高照】 yàn yáng gāo zhào
鮮亮明麗的太陽，高高地照耀。形容天晴。例：～，百花盛開。

寒冷 hán lěng

【豔陽天】 yàn yáng tiān
明媚的春天。指晴好天氣。例：這樣的～，你怎麼不出去走走？

【陽光普照】 yáng guāng pǔ zhào
天氣好，陽光遍照大地。例：雨過天晴，～。

【雨霽天晴】 yǔ jì tiān qíng
〈書〉霽：雨後或雪後轉晴。雨過天晴。例：～，後園的幾株海棠樹更鮮亮了。

【冰冷】 bīng lěng
很冷。例：冬天還有人在～的江水裏游泳。

【冰涼】 bīng liáng
形容物體很涼。程度輕於「冰冷」。例：躺在被窩裏仍是覺得～，他久久不能入睡。

【冰天雪地】 bīng tiān xuě dì
天空和地面佈滿了冰雪。形容天氣非常寒冷。例：臘月裏～，出門要穿上棉衣。

【滴水成冰】 dī shuǐ chéng bīng
滴下的水即刻凍成冰。形容天氣嚴寒。例：十冬臘月，～。

【乾冷】 gān lěng
乾燥而寒冷。例：一片雪也不下，這是一個～的冬天。

【寒風刺骨】 hán fēng cì gǔ
寒冷的風吹得骨頭疼。形容風大而寒冷。例：北方的冬天，滴水成冰，～。

【寒冷】 hán lěng
泛指冷。例：～的冬天，要穿起厚厚的棉衣。

【寒氣逼人】 hán qì bī rén
冷氣流襲人，形容非常冷。例：夜裏～，凍得人全身顫抖。

【酷寒】 kù hán
極其嚴寒或程度超常的嚴寒。是形容寒冷中程度最深的詞。例：臘月的黑龍江，穿上羽絨服都難以抵禦～。

【冷】 lěng
溫度低。例：今年冬天格外～。

【冷冰冰】 lěng bīng bīng
形容物體很冷。例：冬天，門把手～的。注意：也用來比喻人的態度冷淡。例：看他～的態度，我就知道這件事沒希望了。

【冷峭】 lěng qiào
形容冷氣逼人。例：入冬，天氣一天比一天～起來。注意：也用來形容態度嚴峻，話語尖刻。例：他～的態度，表明他的立場不可改變。

【冷森森】 lěng sēn sēn
形容冷氣逼人。冷的程度比「冷颼颼」重。例：地下室裏～的，叫人直打寒顫。

【冷絲絲】 lěng sī sī
形容有點兒冷。例：穿得少了一點兒，～的。

【冷颼颼】 lěng sōu sōu
形容很冷。例：車一開起來，渾身～的。

【料峭】 liào qiào
〈書〉形容輕微的寒冷。多指春寒。例：春寒～｜春風～。

【凜冽】 lǐn liè
寒冷刺骨。例：北風～，大雪紛飛。

【凜凜】 lǐn lǐn
寒冷。例：冬天來了，寒風～，冰天雪地。注意：也形容嚴肅、可敬畏的樣子。例：威風～。

【清冷】 qīng lěng
涼爽而略帶寒意。例：中秋之夜，已經讓人感到有些～了。

【天寒地凍】 tiān hán dì dòng
天氣寒冷，大地封凍。例：雖然～，但一家人聚在一起卻其樂融融。

【透骨奇寒】 tòu gǔ qí hán
寒冷穿透了骨頭。形容天氣出奇的寒冷。例：他是個南方人，從未經歷過這樣～的天氣。

【嚴寒】 yán hán
極冷。例：～的冬天｜～的北極。

炎熱 yán rè

【暴熱】bào rè
極熱。例：這幾天天氣～，要注意防止中暑。

【潮熱】cháo rè
熱而且濕度大。例：他是個北方人，受不了長江以南這種～的天氣。

【熾熱】chì rè
極熱。例：～的爐火把煉鋼工人的臉映得紅通通的。注意：也形容感情熱烈。例：～的心｜～的感情。

【滾熱】gǔn rè
非常熱。例：這沙子被太陽曬得～，光腳都走不了。

【滾燙】gǔn tàng
熱得發燙。例：用這種～的水泡茶，會破壞茶葉裏的維生素。

【火熱】huǒ rè
火似的熱。例：～的太陽當空照。

【酷熱】kù rè
天氣極熱。例：～難耐｜～的三伏天。

【酷暑】kù shǔ
酷熱的夏天。例：無論嚴寒～，他都堅持鍛煉。

【悶熱】mēn rè
氣壓低，溫度高，使人感到呼吸不暢。例：這種～的天氣很不適合比賽。

【熱】rè
溫度高。例：天～｜水深火～。

【熱不可耐】rè bù kě nài
非常熱，難以忍受。例：浴池裏的水溫度太高了，～。

【熱烘烘】rè hōng hōng
形容很熱。例：屋子裏生了火爐，馬上變得～的。

【熱乎乎】rè hū hū
也作「熱呼呼」。熱；暖和。例：這件羽絨服穿在身上～的。注意：也用來形容人心裏的好感。例：一句話說得他心裏～的。

【熱辣辣】rè là là
形容熱得像被火燙着一樣。例：太陽～地烤得人渾身冒汗。

【熱騰騰】rè téng téng
熱氣蒸騰的樣子。例：～的大饅頭剛蒸好，他兩、三口就吃掉了一個。

【濕熱】shī rè
熱而濕度大。例：南方～的天氣，實在叫我這個北方人難以忍受。

【暑】shǔ
炎熱。例：中～｜避～。注意：也指炎熱的季節。例：～假｜寒來～往。

【暑氣】shǔ qì
盛夏時的熱氣。例：～蒸騰。

涼爽 liáng shuǎng

【暑熱】 shǔ rè
指盛夏時的高溫。例：～難耐。

【燙】 tàng
溫度高。例：這水太～嘴了，怎麼喝呀！

【炎熱】 yán rè
天氣很熱。例：～的夏天｜氣候～。

【炎炎】 yán yán
形容夏日陽光強烈。含極熱義。例：～夏日｜赤日～。

【燥熱】 zào rè
乾燥悶熱。例：久不下雨，天氣～。

【炙熱】 zhì rè
像火烤一樣熱。程度比「炎熱」重。例：陽光～，人們都打起了遮陽傘。

【灼熱】 zhuó rè
像火燒一樣熱。例：舞台上的大燈～地照射，演員還要自如地表演，真不容易。

【冰涼】 bīng liáng
像冰一樣涼。例：冬天被窩裏～的，真是不願意睡。

【風涼】 fēng liáng
有風而涼爽。例：樓道裏～。注意：可用來比喻不負責任的冷言冷語。例：～話。

【涼】 liáng
溫度低，微寒。例：這種屋子冬暖夏～｜天～了，穿上毛衣吧。

【涼快】 liáng·kuai
〈口〉清涼爽快。例：夏天喝一杯飲料真～啊！

【涼爽】 liáng shuǎng
涼快。例：北戴河緊靠海濱，氣候～，是中國聞名的避暑勝地｜秋天到了，天氣一起來了。

【涼絲絲】 liáng sī sī
〈口〉形容微有涼意。例：這小雨～的，澆得人好愜意啊！

【涼颼颼】 liáng sōu sōu
〈口〉形容風很涼。例：走進地道，迎面就是一股～的風。

【清冷】 qīng lěng
冷清而略帶寒意。例：秋夜，～的後園只有幾隻蟋蟀在叫。

温暖 wēn nuǎn

【清涼】 qīng liáng
涼而使人感覺清爽。例：夏天傍晚沖個涼，渾身～多了。

【清爽】 qīng shuǎng
清新涼爽。例：早晨的空氣非常～。

【清新】 qīng xīn
清爽而新鮮。例：空氣～。注意：常用來比喻事物有新意。例：這篇作文格調很～。

【陰涼】 yīn liáng
因陽光照不到而涼爽。例：老人們在樓下～處聊天。

【和暖】 hé nuǎn
温暖。例：～的季節｜春風～。

【和煦】 hé xù
温暖。例：春風～｜陽光～。

【回暖】 huí nuǎn
天氣由冷轉暖。例：春節一過，氣候就開始～了。

【暖烘烘】 nuǎn hōng hōng
形容暖和宜人。例：暖氣開始送暖了，屋子裏頓時變得～的。

【暖和】 nuǎn·huo
氣候或環境不冷也不太熱。例：清明節過後，天氣漸漸～起來。

【暖洋洋】 nuǎn yáng yáng
形容温暖宜人。例：初夏的太陽曬得人周身～的。

【温和】 wēn hé
氣候冷暖適中。例：這裏的氣候一年四季都很～。

【温暖】 wēn nuǎn
暖和。例：氣候～。注意：也用來形容使人心裏感到温情或安慰。例：老師的關懷，～了他那顆孤寂的心。

【温潤】 wēn rùn
温暖濕潤。例：海風～｜氣候～。

光 guāng

【温煦】 wēn xù

暖和。例：海灘上～的陽光下，到處都是自由嬉戲的遊人。

【煦】 xù

〈書〉溫暖。例：～風拂面｜春風和～。

【燈光】 dēng guāng

燈的光線。例：～昏暗｜～搖曳。

【反光】 fǎn guāng

反射的光線。例：因為牆是新刷的，所以～很強烈。

【光波】 guāng bō

光。由於光具有電磁波的性質，所以叫光波。例：在一般情況下，～是沿直線傳播的。

【光帶】 guāng dài

條形的光，如光譜、虹以及流星移動閃耀出的軌跡等。例：銀河形成一條長長的～，橫貫夜空。

【光束】 guāng shù

呈束狀的光線。例：探照燈的～在夜空掃來掃去。

【光線】 guāng xiàn

光。由於光在一般情況下沿直線傳播，所以叫光線。例：～太暗，甚麼也看不清。

【火光】 huǒ guāng

物體燃燒時所發出的光。例：～衝天｜～照亮大半邊天。

【極光】 jí guāng

指在高緯度地區，高空中大氣稀薄的地方所發生的一種光的現象。例：觀看～是北歐冬季旅遊的重點節目。

【閃電】 shǎn diàn
雲與雲之間或雲與地面之間所發生的
放電現象，會發出強光。例：～劃破
了夜空。

【閃光】 shǎn guāng
一明一滅的光亮。例：螢火蟲的～吸
引了大家的注意力。

【曙光】 shǔ guāng
清晨的陽光。常用來比喻美好的前景
就要到來。例：黑暗即將過去，～就
在前頭。

【天光】 tiān guāng
天色。例：～大亮了，趕快起牀吧。

【霞光】 xiá guāng
太陽光照射雲層出現的彩色光芒。
例：～萬道｜～穿透雲層，照射到大
地上。

【星光】 xīng guāng
星星發出的光。例：～燦爛｜～璀
璨。

【陽光】 yáng guāng
太陽的光線。例：～燦爛｜～普照。

【銀光】 yín guāng
像銀子顏色的光。例：月光下，小河
～閃閃。

【月光】 yuè guāng
月亮的光線，是太陽光的反射。例：
～如水｜～融融。

【月華】 yuè huá
〈書〉月光。例：～如水，沐浴着村
莊和田野。

【月色】 yuè sè
月光。例：～皎潔｜荷塘～。

【燭光】 zhú guāng
蠟燭的光。例：～晚會｜～搖曳。

明亮 míng liàng

【燦爛】càn làn
光彩耀眼。例：霞光～｜光輝～。

【刺目】cì mù
光線強烈，使眼睛不舒服。例：光線
～。

【璀璨】cuǐ càn
〈書〉光彩鮮明。例：是夜，星漢
～，燈火輝煌，天上人間，交相輝
映。

【奪目】duó mù
耀眼。例：光彩～｜絢麗～｜她的出
現，像一顆～的新星，立刻引起了演
藝界的注意。

【光華】guāng huá
明亮的光輝。例：日月～，永耀千
秋。

【光亮】guāng liàng
明亮。例：陽光射在～的玻璃窗上。

【光芒四射】guāng máng sì shè
光輝極為耀眼，照射四面八方。例：
太陽初升，～，大地從黑夜中醒來。

【光芒萬丈】
guāng máng wàn zhàng
光芒極強，無可阻擋。例：初升的太
陽～。

【光明】guāng míng
明亮。例：路燈照得夜晚的街道一片
～。

【皓】hào
月色明亮。例：～月當空。

【輝煌】huī huáng
（燈火）光輝燦爛。例：節日的夜
晚，天安門廣場燈火～。

【豁亮】huò liàng
寬敞明亮。例：接近出口，山洞突然
～起來，大家爭先恐後地向前跑去。

【皎】jiǎo
白而亮。例：～～｜～潔｜一輪～
月，躍上東山。

【皎皎】jiǎo jiǎo
（月色）很白很亮。例：月色～，流
水潺潺，多麼安謐的夜啊！

【皎潔】jiǎo jié
（月色）明亮而潔淨。例：月色～。

【金燦燦】jīn càn càn
金光燦爛。例：～的佛塔，工藝精
巧，造型生動，令人歎為觀止。

【金閃閃】jīn shǎn shǎn
金光閃爍。例：～的大廳令人眼花繚
亂。

【晶亮】 jīng liàng
亮而透明。亮的程度比「晶瑩」重。
例：太陽一出來，～的露珠便蒸發掉
了。

【晶瑩】 jīng yíng
明亮而透明。透明的程度比「晶亮」
重。例：她戴的那對耳墜～透亮，可
能是翡翠的。

【炯炯】 jiǒng jiǒng
明亮的樣子。多用來形容目光。例：
目光～。

【亮】 liàng
光線強或發光。例：天～了｜燈～
了。

【亮晶晶】 liàng jīng jīng
透亮閃爍，有晶瑩感。例：～的星
星｜孩子～的眼睛透着純真。

【亮堂】 liàng·tang
〈口〉明亮。多表示空間明亮。例：
這屋子真～，讓人住着心裏舒服。注
意：也表示心裏舒暢、開闊。例：這
件惱人的事解決之後，老人的心裏～
多了。

【亮錚錚】 liàng zhēng zhēng
亮得閃光耀眼。多用來形容金屬器
物。例：劍擊運動員手中的劍雖然～
的，但一般情況下是不會傷人的。

【明】 míng
與「暗」相對。亮。例：天～了，星
星一顆一顆地消失了。

【明澈】 míng chè
明亮；清澈。例：屋前有一口池塘，
塘水～，深不見底。

【明晃晃】 míng huǎng huǎng
光亮閃爍的樣子。例：那把劍很鋒
利，～的。

【明朗】 míng lǎng
光線很充足的樣子。例：深秋的天空
十分～。注意：也形容事情明顯、清
晰。例：事情漸漸～了，與我們原來
猜測的差不多。

【明亮】 míng liàng
光線充足。例：房間裏很～，陳設也
很考究。

【閃亮】 shǎn liàng
發亮；閃閃放光。例：羣星～。

【閃閃】 shǎn shǎn
光亮閃爍不定。例：崎嶇的山路上，
車燈～，看樣子車隊快到了。

【閃爍】 shǎn shuò
光亮忽明忽暗，動搖不定。例：路燈
在雨霧中～，使人感覺這個夜晚更加
淒迷。

昏暗 hūn àn

【閃耀】 shǎn yào
忽明忽暗的光亮。比「閃爍」所指的光大且亮。例：太陽不時從雲層中露出臉來，～着萬丈光芒。

【通明】 tōng míng
都亮了。例：大廳裏燈火～，宴會正在進行。

【炫目】 xuàn mù
光亮很強，晃（huǎng）眼睛。例：大廳裏的燈一下子全亮了，令人～。

【雪亮】 xuě liàng
像雪那樣明亮。例：～的燈光照得人睜不開眼 | 眼睛～。

【耀眼】 yào yǎn
光線強烈而明亮，晃人眼睛。例：電焊槍迸濺着～的火花。

【熠熠】 yì yì
〈書〉閃光發亮的樣子。例：聖誕樹上無數的小燈泡～閃光，孩子們歡呼雀躍。| 星光～

【錚亮】 zhèng liàng
光亮耀眼，多形容金屬器物。例：他拿了一把～的短刀。

【灼灼】 zhuó zhuó
明亮，多用來形容目光和火光。例：目光～ | 火光～。

【暗】 àn
與「明」相對。光線不足；黑暗。例：屋子裏光線很～。

【暗淡】 àn dàn
形容昏暗無光，不明亮。常用來表示燈光、天色。例：夜色沉沉，燈光～。注意：也形容顏色不鮮亮。例：他臉色那麼～，是不是病了啊？

【暗淡無光】 àn dàn wú guāng
形容昏暗不明。例：浮雲蔽日，四周～ | 眼睛～。

【黯淡】 àn dàn
暗淡。例：他一個人在路上走，四周是～的夜，路仿佛也無盡頭。注意：也常用來比喻前景不光明。例：爸爸剛失業時，總覺得前景～，在媽媽的勸說下才振作起來。

【黯然】 àn rán
陰暗的樣子。例：元旦之夜，天安門廣場燈火輝煌，連天上的星星都～失色。注意：也比喻心裏不舒服，情緒低落的樣子。例：球隊在主場敗得這樣慘，有的球迷當時就～淚下了。

【黑】 hēi
昏暗無光。例：今晚沒有月亮，夜很～。

【黑暗】 hēi àn
暗而無光。例：天色～、陰沉，天邊沉雷隆隆作響，暴風雨就要來了。

【黑洞洞】 hēi dòng dòng
形容黑暗。比「黑暗」更形象化。
例：夜色～的，他小心翼翼地往前
走。

【黑乎乎】 hēi hū hū
也作「黑糊糊」。形容光線昏暗；模
糊不清。例：屋子裏～的，甚麼也看
不見。

【黑黝黝】 hēi yǒu yǒu
也說「黑幽幽」。黝：青黑色。光線
昏暗，看不清楚。例：洞裏～的，甚
麼也看不清楚。

【灰暗】 huī àn
暗淡。比「黑暗」的程度要輕。例：
大雨滂沱，天地一片～。注意：也常
用來形容情緒低落。例：比賽失利
了，那一段日子他心情十分～。

【灰蒙蒙】 huī méng méng
昏暗不明的樣子。強調不明，不如
「黑洞洞」、「黑乎乎」程度深。例：
～的煙塵，籠罩在城市上空。

【昏暗】 hūn àn
不明亮；暗。在感覺上比「黑暗」程
度輕一些。例：屋子裏只有一盞小油
燈，十分～。

【昏沉沉】 hūn chén chén
暗淡不明的樣子。例：太陽快要落山
了，周圍的一切都～的。注意：也形
容人頭腦不清。例：昨天一夜沒睡
好，今天一整天都～的。

【昏黑】 hūn hēi
天色黑暗。例：烏雲遮住了月亮，天
地間顯得異常～。

【昏黃】 hūn huáng
暗淡模糊的黃色，多用來形容天色、
燈光不明亮的樣子。例：月色～｜燈
光～。

【昏天黑地】 hūn tiān hēi dì
天地昏暗。例：沙塵暴颳得～，路上
幾乎沒有行人。

【冥冥】 míng míng
〈書〉形容天色昏暗。例：夜色～，
月影綽綽。

【暮色蒼茫】 mù sè cāng máng
暮色：日落黃昏時的天色。蒼茫：空
闊迷茫。形容昏黃空闊的天色。含漸
暗義。例：站在山頂望去，西邊天際
已是～了。

【天昏地暗】 tiān hūn dì àn
天地昏暗。例：沙塵暴來了，一時間
整個城市被颳得～。

黑色 hēi sè

【幽暗】 yōu àn
陰暗。例：～的角落裏蜷縮着一個人。

【幽幽】 yōu yōu
光線微弱不明。例：遠遠地可以看見竹林裏～的燈光。注意：也有低微、微弱的意思。例：～歎息 | ～啜泣。

【咫尺不辨】 zhǐ chǐ bú biàn
咫尺：形容距離很近。相距很近，仍分辨不清，形容很暗。例：這場沙塵暴來勢十分兇猛，下午三點的時候最厲害，已經達到了～的程度。

【暗黑】 àn hēi
深黑。例：～的天幕上，偶爾有幾顆星星在閃爍。

【黛黑】 dài hēi
青黑色。例：眉毛～ | 夜空～。

【黑】 hēi
與「白」相對。像煤或墨的顏色。例：傍晚，天漸漸地～了。

【黑不溜秋】 hēi·bu liū qiū
〈方〉形容黑得難看。例：這人～的，是幹甚麼的？

【黑油油】 hēi yóu yóu
黑得發亮。多用來形容頭髮的顏色。例：她有一頭～的長髮。

【黑黝黝】 hēi yǒu yǒu
也說「黑幽幽」。例：他的臉曬得～的。

【墨黑】 mò hēi
形容非常黑，像墨染的一樣。例：天色～，看來今天要下雨啊！

【漆黑】 qī hēi
非常黑。例：她有一雙～的眉毛，十分好看。注意：也形容光線很暗。例：～的夜。

【漆黑一團】 qī hēi yì tuán
也說「一團漆黑」、「漆黑一片」。形容非常黑暗，沒有一點兒光明。例：

紅色 hóng sè

洞內～，只能摸索着往前走。

【深黛】 shēn dài
深青黑色。多指自然景色的青黑色。
例：～色的河水｜～色的夜空。

【深黑】 shēn hēi
濃黑。例：這是一條～色的褲子。

【炭黑】 tàn hēi
形容顏色像炭一樣黑。例：～的夜
空，一顆星星也找不着。

【微黑】 wēi hēi
淺黑。用來形容人面龐的顏色。例：
他膚色～，給人一種十分健康的感
覺。

【烏黑】 wū hēi
深黑。常用來形容人的頭髮和眼睛的
顏色。例：～的眼睛｜她～的頭髮散
落在額角上。

【油黑】 yóu hēi
又黑又亮像塗了油。例：～的土地｜
小伙子頭髮～。

【黝黑】 yǒu hēi
黑而發亮。常用來形容人的皮膚。
例：他常常到海灘游泳，皮膚被曬得
～。

【暗紅】 àn hóng
發暗、不鮮豔的紅色。例：歲月久
了，廊柱已變得～。

【潮紅】 cháo hóng
兩頰泛起的給人濕潤感覺的紅色。
例：面頰～。

【赤紅】 chì hóng
紅色。例：這一帶的山岩都是～色
的，看上去像火焰一樣。

【大紅】 dà hóng
很紅的顏色。例：她穿一件～的外
套，顯得十分大方。

【丹】 dān
朱紅色。例：～陽｜～心。

【淡紅】 dàn hóng
程度較淺、不濃的紅色。例：柿子還
沒有熟，剛剛呈出一種～色。

【緋紅】 fēi hóng
鮮紅。例：聽了這句話，她的臉羞得
～。

【粉紅】 fěn hóng
紅中有白的淡紅色。例：～色的花
朵。

【紅】 hóng
像火焰和鮮血那樣的顏色。例：～
日｜～太陽｜～蘋果｜～臉蛋兒。

【紅燦燦】 hóng càn càn
紅而光彩奪目。例：正月十五，村裏家家戶戶都掛起了大紅燈籠，遠遠看去一片～的。

【紅撲撲】 hóng pū pū
形容人紅潤健康的臉色。例：這孩子小臉～的，真討人喜歡。

【紅彤彤】 hóng tóng tóng
特別紅，滿是紅色的樣子。程度比「紅燦燦」深。例：晚霞滿天，西邊天際～的。

【紅豔豔】 hóng yàn yàn
紅而鮮豔。不像「紅燦燦」那樣奪目。例：果園裏杏花開了，～的一片。

【火紅】 huǒ hóng
像火焰一樣的紅色。例：～的太陽跳出了海面。

【絳紅】 jiàng hóng
深紅色。例：我家的地板是～色的。

【橘紅】 jú hóng
像橘子一樣的顏色。例：君子蘭開花是～色的。

【深紅】 shēn hóng
與「淺紅」相對。很濃的紅色。例：她新買了一件～色的外套。

【桃紅】 táo hóng
像桃花一樣的顏色。例：天上有一隻～色的風箏。

【通紅】 tōng hóng
很紅。例：參加多泳的人們，渾身都被冷水浸得～。

【鮮紅】 xiān hóng
色紅而鮮豔。例：～的太陽，照亮了山川大地。

【猩紅】 xīng hóng
〈書〉像猩猩血一樣的顏色。例：那房間裏的地毯是～色的。｜木棉花開，滿樹～。

【血紅】 xuè hóng
像鮮血似的顏色。例：賣身契上，有一枚～的手指印。

【殷紅】 yān hóng
深紅或黑紅。例：～的鮮血流了出來。

【嫣紅】 yān hóng
鮮豔的紅色。例：姹紫～。

【棗紅】 zǎo hóng
像棗子一樣的紅色。例：～馬｜～色的幕布。

【朱紅】 zhū hóng
較為鮮豔的紅色。例：故宮的大門是～色的。

黃色 huáng sè

【紫紅】 zǐ hóng

紅色中略帶少許藍的顏色。例：～的地毯。

【橙黃】 chéng huáng

像橙子一樣黃裏帶紅的顏色。例：～色的壁燈。

【淡黃】 dàn huáng

淺黃色。例：那本書的封面是～色的。

【鵝黃】 é huáng

像小鵝絨毛的淡黃色。例：韭菜剛出土時，是一種～色。

【槐黃】 huái huáng

像槐樹花一樣的黃色。例：～色的宣紙。

【黃】 huáng

像葵花一樣的顏色。例：～皮膚｜～土地。

【黃燦燦】 huáng càn càn

金黃而鮮艷。例：油菜花開了，田野裏一片～的。

【黃澄澄】 huáng dēng dēng

大片的金黃色。例：秋天，樹上掛滿了～的梨。

【薑黃】 jiāng huáng

像薑一樣的黃色。例：他家裏的門窗都是～色。

【焦黃】 jiāo huáng

乾枯無光澤的黃色。例：你臉色～，是不是肝有病啊？

【金黃】 jīn huáng

金子般的黃色。例：向日葵開花了，
漫山遍野一片～。

【橘黃】 jú huáng

像橘子皮般的黃色，略微發紅。例：
窗子裏灑出一片～的燈光。

【枯黃】 kū huáng

乾枯焦黃。例：草木～。

【蠟黃】 là huáng

像黃蠟一樣的顏色。多用來形容臉
色。例：大病初癒，他臉色～，還需
要好好調養。

【米黃】 mǐ huáng

像黃米、小米的淺黃色。例：他穿一
件～色的風衣。

【嫩黃】 nèn huáng

像草芽初生時又嫩又黃的顏色。例：
黃瓜苗出土時，是兩片～的小芽。

【淺黃】 qiǎn huáng

淺淡的黃色。例：她有一件～色的裙
子。

【深黃】 shēn huáng

較深較暗的黃色。例：他有一頂～色
的帽子。

【土黃】 tǔ huáng

像黃土的顏色。例：我家的地板是～
色的。

【杏黃】 xìng huáng

像熟杏子一樣的黃色。例：水泊梁山
忠義堂前，高挑着一面～旗。

【鴨黃】 yā huáng

〈方〉像小鴨羽毛的淺黃色。例：爸
爸給我買了一件～色的羽絨服。

藍色 lán sè

【寶藍】 bǎo lán
鮮亮如寶石般的藍色。例：她戴着一枚～色的鑽戒，美麗大方。

【碧藍】 bì lán
青藍色。例：～的港灣裏，停泊着許多輪船。

【淡藍】 dàn lán
同「淺藍」。例：～色的天空。

【淡青】 dàn qīng
淺藍而呈微綠的顏色。例：那是一座～色的樓房，很顯眼。

【靛青】 diàn qīng
深藍色。例：這種鳥腦門上有一塊～，十分好看。

【藍】 lán
像晴天天空的顏色。例：～天｜蔚～。

【藍盈盈】 lán yíng yíng
也作「藍瑩瑩」。形容藍得透亮。例：一場小雨過後，天空變得～的。

【淺藍】 qiǎn lán
很淡的藍色。例：～色的窗簾看上去很雅致。

【青】 qīng
藍色。例：～天｜～出於藍而勝於藍。注意：也指黑色、綠色。例：～布。

【深藍】 shēn lán
很濃的藍色。例：～的大海。

【天藍】 tiān lán
像晴朗天空那樣的顏色。例：～色的屋頂。

【蔚藍】 wèi lán
像晴朗天空那樣的顏色。例：～的天空中，有幾朵白雲緩緩飄過。

【月白】 yuè bái
淺淡發白的藍色。例：她這件～色的上衣穿了好多年了，顏色越來越淡了。

【藏藍】 zàng lán
藍中略帶紅的顏色。例：這件～色的西裝看上去很莊重。

【藏青】 zàng qīng
藍中帶黑的顏色。例：老人戴了一頂～色的帽子。

【湛藍】 zhàn lán
深藍色。例：～的湖面上，有幾點帆影漸漸遠去。

綠色 lǜ sè

【碧綠】 bì lǜ
青綠色。例：遠遠看去，～的池塘像綠寶石一樣熠熠閃光。

【蒼翠】 cāng cuì
植物深綠色。例：松林～，鬱鬱葱葱。

【蒼翠欲滴】 cāng cuì yù dī
綠得很濃，仿佛要滴出汁液來。例：滿園花草，～。

【草綠】 cǎo lǜ
像青草一樣綠而略黃的顏色。例：～色的軍裝。

【葱蘢】 cōng lóng
形容草木青翠茂盛。例：這一帶土質肥沃，草木～。

【葱綠】 cōng lǜ
淺綠而微黃的顏色。例：～的園圃裏，花兒一朵一朵地開放了。

【翠綠】 cuì lǜ
像翡翠一樣的綠色。例：她戴着一隻～的手鐲，看上去很昂貴。

【翠綠欲滴】 cuì lǜ yù dī
同「蒼翠欲滴」。用來形容植物。例：漫山遍野，樹木葱蘢，～。

【黛綠】 dài lǜ
深綠色。例：滿山的松樹，一片～。

【淡綠】 dàn lǜ
與「濃綠」相對。淺綠。例：初春，柳樹枝頭生出～的嫩芽。

【豆綠】 dòu lǜ
像青豆一樣的綠色。例：這種點心是～色的。

【綠】 lǜ
像一般的草和樹葉的顏色，藍顏料和黃顏料混合就會呈現這種顏色。例：～軍裝｜～樹紅牆。

【綠葱葱】 lǜ cōng cōng
形容大片植物碧綠茂盛。例：春天，滿山遍野～的。

【綠茸茸】 lǜ róng róng
形容大片細小柔軟的植物碧綠而稠密。例：一場春雨，～的草芽拱出了土。

【綠茵茵】 lǜ yīn yīn
形容成片的小草碧綠，像絨毯一樣。例：一看見～的草場，足球運動員就興奮起來。

【綠油油】 lǜ yóu yóu
濃綠而潤澤。例：一場春雨，麥苗變得～的。

【墨綠】 mò lǜ
有些發黑的綠色。例：太陽快落山了，松林呈出一種～色。

白色 bái sè

【嫩綠】 nèn lǜ
鮮綠；淺綠。例：下雨沒幾天，～的小芽出土了。

【濃綠】 nóng lǜ
與「淡綠」相對。濃郁深厚的綠色。例：他有一件～色的褲子。

【淺綠】 qiǎn lǜ
與「深綠」相對。淡綠。例：一場春風，松枝一層～，那是新發的嫩葉。

【青葱】 qīng cōng
濃綠。多形容植物顏色。例：後園裏是一片～的竹林，點綴得小院更加典雅。

【青翠】 qīng cuì
鮮綠。例：遠遠望去，山巒～，湖水碧藍，真是個旅遊的好去處。

【青綠】 qīng lǜ
深綠。例：肥料多的地方，麥苗都是～色的。

【青青】 qīng qīng
形容大片草色青綠，含茂盛義。例：麥苗兒～菜花兒黃。

【深綠】 shēn lǜ
與「淺綠」相對。濃綠。例：～色蔬菜。

【水綠】 shuǐ lǜ
淺綠。例：她穿着一件～色的裙子，十分引人注目。

【皚皚】 ái ái
形容霜雪等潔白。例：～白雪。

【白】 bái
像霜、雪的顏色。例：他喜歡～襯衫。

【白皚皚】 bái ái ái
形容霜雪等潔白。例：長白山峯頂終年是～的積雪。

【白花花】 bái huā huā
白得耀眼。多形容面積較大的白色。例：棉桃開花時節，棉田裏一片～的。注意：也可以形容銀兩。例：～的銀子。

【白晃晃】 bái huǎng huǎng
白而亮。例：～一道手電光，射在人的臉上，叫人睜不開眼。

【白淨】 bái jìng
白而潔淨。常用來形容人的皮膚。例：新來的老師長相斯文，～的臉上戴着一副近視眼鏡。

【白粼粼】 bái lín lín
多用來形容水、石的明淨、光亮。例：春風徐來，水面泛起～的波光。

【白茫茫】 bái máng máng
多形容雲、霧、雪、大水等一望無際的白色。例：河水氾濫，河水漫了草原，～一片。

【白蒙蒙】 bái méng méng
多用來形容煙、霧、蒸汽等白茫茫而模糊不清。例：大雨過後，湖面上～的一片霧氣。

【白生生】 bái shēng shēng
白而嫩。例：新上市的白菜～的，又鮮又嫩。

【白刷刷】 bái shuā shuā
白而有光亮。多用來形容面積比較大的白。例：～一片鹽灘。

【白皙】 bái xī
〈書〉白淨。例：妹妹皮膚～。

【斑白】 bān bái
形容物體黑白混雜的樣子。多用來形容老年人頭髮的顏色。例：他一過六十歲，頭髮就～了。

【慘白】 cǎn bái
多用來形容人的面容沒有血色或顏色暗淡。程度比「蒼白」深。例：一聽到這樣的噩耗，她臉色～。

【蒼白】 cāng bái
臉色灰白而發青，缺少血色。例：他大病初癒，臉色～。

【粉白】 fěn bái
像擦了粉一樣白淨或像白粉一樣白。例：小弟弟的臉～～的，十分招人愛。

【花白】 huā bái
黑白混雜。義同「斑白」，但應用不如「斑白」廣，一般只用來形容人的鬍鬚或頭髮。例：爺爺刮掉了～的鬍子，顯得年輕了不少。

【灰白】 huī bái
淺灰發暗的白色。多用來形容天空、雲彩、炊煙或病人的臉色。例：天上飄過幾朵～的雲，有氣無力。

【皎潔】 jiǎo jié
明亮而潔白。例：一輪～的明月，使人一下子想起今天是農曆八月十五了。

【潔白】 jié bái
沒有被其他顏色污染的白色；乾乾淨淨的白色。例：天鵝在湖水中悠閒地梳理着～的羽毛。

【乳白】 rǔ bái
像乳汁一樣的白色。例：這個房間的空調是～色的。

【素白】 sù bái
白色。更強調純淨。例：她穿着一身～的運動服，給人一種冰清玉潔的美感。

【雪白】 xuě bái
像雪一樣的潔白。例：他的球鞋刷得～，穿在腳上十分耀眼。

【銀白】 yín bái

白中略帶銀光的顏色。例：冰封的小河在月光下閃着～的光。

【銀裝素裹】 yín zhuāng sù guǒ

白色的衣服，白色的裝飾。多用來形容雪景。例：大雪過後，整個城市～，十分美麗。

【魚肚白】 yú dù bái

也說「魚白」。像魚肚了的顏色，白裏略青。多用來形容黎明時東方天際的顏色。例：東方呈現～，天快亮了。

四、生命・身體

生存 shēng cún

【長生】 cháng shēng
永遠不死。例：任何人都不可能～不老。

【重生】 chóng shēng
相當於「再生」。重獲新生。常用比喻義。例：鳳凰浴火～。| 經過教育，他獲得了～。

【出生】 chū shēng
誕生；出世。例：這個孩子一～就白白胖胖的。

【苟活】 gǒu huó
得過且過地活着。含貶義。例：像他那樣～於人世，還不如早點兒死去。

【苟且偷生】 gǒu qiě tōu shēng
得過且過地活着。但貶義程度比「苟活」重。例：他背叛國家，～，為人所不齒。

【虎口餘生】 hǔ kǒu yú shēng
比喻經歷過如同虎口逃出的那種險境，幸而保存下來的生命。例：他在大山裏躲藏十幾年，～，年屆六旬才回到家鄉。

【活】 huó
與「死」相對。生存；有生命。例：人～一世 | 好心的老人把小貓救～了。

【健在】 jiàn zài
還健康地活着。多指老人。例：老爺爺還～，還讓我代他向您問好呢！

【劫後餘生】 jié hòu yú shēng
大災難之後幸而生存下來。例：大洪水過後，～的村民，無不交口稱讚抗洪英雄。

【九死一生】 jiǔ sǐ yì shēng
多次經歷生命危險而倖存下來。例：他能從大地震的廢墟裏爬出來，可以說是～。

【生】 shēng
與「死」相對。生存；活着。例：～的偉大，死的光榮。

【生存】 shēng cún
與「死亡」相對。保存生命；活着。例：我們要保護人類賴以～的地球。

【生活】 shēng huó
生存。例：他太依賴父母，離開他們就沒法～。

【死裏逃生】 sǐ lǐ táo shēng
經歷生死危險，幸而生存下來。例：他從五層樓墜地，被樹叢擋了一下，倖免於難，真是～。

【逃生】 táo shēng
從危險環境中逃離而求生存。例：他從戰亂中倉皇～。

死亡 sǐ wáng

【偷生】 tōu shēng
苟且地活。貶義程度比「苟活」輕。
例：存者且～，死者長已矣。

【倖存】 xìng cún
僥倖地生存下來。例：他是那場空難
惟一的～者，至今提起當時的情景還
心有餘悸。

【再生】 zài shēng
死而復生。常用比喻義。例：～父
母｜他當時已是奄奄一息，是張醫生
使他獲得了～。

【百年之後】 bǎi nián zhī hòu
指人死。婉辭。例：爺爺常囑咐爸
爸，他～，一定要把他的遺骨送回老
家去。

【暴亡】 bào wáng
突然間死亡。一般指非正常死亡。
例：張老闆沒病沒災，突然～在寓
所，警方就此展開調查。

【斃命】 bì mìng
喪命。含貶義。例：由於歹徒拒捕，
警察開了槍，歹徒當場～。

【病故】 bìng gù
因病去世。例：奶奶～以後，爺爺的
精神也大不如前了。

【病逝】 bìng shì
因病去世。義同「病故」。例：他一
生熱愛地質工作，七十五歲深入山區
考察時，不幸～在途中。

【長眠】 cháng mián
指死亡。婉辭。例：民族英雄岳飛，
～在西子湖畔。

【長逝】 cháng shì
永遠消逝，指死亡。例：老校長的
～，在教育界引起極大的震動，許多
人自發地舉行了悼念活動。

【斷氣】 duàn qì
〈口〉停止呼吸；死亡。例：因傷勢
太重，在送往醫院途中他就～了。

【粉身碎骨】 fěn shēn suì gǔ
身體粉碎。多用來形容為達到某種目的不惜犧牲生命。例：～也心甘。|～渾不怕，要留清白在人間。

【故】 gù
死亡。例：小王還不到二十歲，父母就雙雙～去了，剩下他一個人孤單度日。

【歸天】 guī tiān
也說「歸西」、「歸位」。指人死。迷信說法。例：命已～。

【過世】 guò shì
去世。例：爺爺～有十幾年了，但現在我還常常想起他。

【橫死】 hèng sǐ
非正常死亡。如因自殺、被害或意外事故而死亡。例：那個人為非作歹，最後～街頭，大家都說是老天報應。

【駕崩】 jià bēng
古時稱帝王死亡。例：慈禧太后死後的第二天，光緒也～了。

【就義】 jiù yì
為正義之事業而被敵人殺害。例：英勇～。|慷慨～。

【捐軀】 juān qū
為正義之事業犧牲生命。例：為國～。

【溘然而逝】 kè rán ér shì
也說「溘然長逝」。突然死亡。例：老人家昨天晚上還同兒孫們說笑，半夜裏突然發病，送到醫院不到兩個小時就～。

【客死】 kè sǐ
死在他鄉。例：老人從小到海外謀生，七十歲時～加拿大，是他兒子把他的遺骨送回故鄉的。

【離開人世】 lí kāi rén shì
死。例：父親過早地～，留給我的只是模糊的記憶。

【罹難】 lí nàn
〈書〉遇災、遇險或被害而死。例：唐山大地震，～者達二十四萬人之多。

【馬革裹屍】 mǎ gé guǒ shī
用馬皮包裹屍體，表示戰死。含悲壯色彩。例：出征之前，將士們個個摩拳擦掌，慷慨激昂地表示為了保家衛國，甘願～。

【瞑目】 míng mù
閉上眼睛死去。一般指人死時心中沒有牽掛。例：死不～|從海外回到祖國，老人說他死也可以～了。

【命赴黃泉】 mìng fù huáng quán
黃泉：也叫九泉，地下的泉水，指人死後埋葬的地方。剛剛死去。例：當

知悉兒子因車禍而～，她也差一點兒昏死過去。

【涅槃】 niè pán
佛教用語。指超脫生死的境界，也用作佛或僧人死亡的代稱。例：傳說釋迦牟尼～後，其舍利分成一萬八千份，散佈世界各地。

【千古】 qiān gǔ
指永別。用於輓聯等以哀悼死者。例：靈堂上有不少輓聯悼念張公～。

【去世】 qù shì
指一般人死去。注意：「逝世」多用於偉大人物，含莊重義。例：小明的父親剛剛～，同學們都想盡辦法安慰他。

【喪】 sàng
〈書〉死。例：～命｜父母早～。

【喪命】 sàng mìng
死亡，貶義詞。例：警匪發生槍戰，最後歹徒中槍～。

【殺身成仁】 shā shēn chéng rén
原意是為了成全仁德，可以不顧自己的生命。現指犧牲生命，以維護正義。例：文天祥英勇就義，～。

【捨生取義】 shě shēng qǔ yì
泛指為了維護正義而犧牲自己的生命。例：消防員為救市民而葬身火海，是～的英雄。

【身後】 shēn hòu
死後。例：這個人生前十分風光，想不到～那麼淒涼。

【身首異處】 shēn shǒu yì chù
指被殺頭而死。例：那個人作惡多端，最後落了個～的下場。

【逝世】 shì shì
去世。多用於偉大人物。例：總統因病～，享年八十。

【壽終正寢】 shòu zhōng zhèng qǐn
正寢：住宅的正屋。舊時指年老病死在家中。比喻事物的消亡。例：孫中山任中華民國臨時大總統，象徵着皇權制度的～。

【死】 sǐ
指生物失去生命。與「生」、「活」相對。作動詞時，與「生」相對；作形容詞時，與「活」相對。例：人～了｜花～了。

【死難】 sǐ nàn
遇難而死。例：～烈士｜～同胞｜～者。

【死亡】 sǐ wáng
與「生存」相對。失去生命。例：這次事故共～三人｜有正確的人生觀，才能正確地面對～。

【死於非命】 sǐ yú fēi mìng
遭受意外災禍而死。例：他在一次鬥毆中～。

【同歸於盡】 tóng guī yú jìn
和敵人或對手一同死亡。例：獵犬為救主人與毒蛇～。

【亡故】 wáng gù
死。例：時隔三十年他回到故鄉時，老輩人多已～。

【嗚呼哀哉】 wū hū āi zāi
舊時祭文中常用的感歎句，現在借指死了或完蛋了。含詼諧意味。例：他正做着升官發財的美夢，沒想到出車禍～了！

【犧牲】 xī shēng
為了正義捨棄自己的生命。例：他是為搶救遇溺兒童而～的。

【獻身】 xiàn shēn
貢獻出自己的全部精力或生命。多用於誓言或決心。例：他立志～於科學研究。

【謝世】 xiè shì
〈書〉同「去世」。例：老校長已於去年～。

【殉國】 xùn guó
為國家或民族利益犧牲。含悲壯色彩。例：甲午戰爭中，丁汝昌以身～。

【殉節】 xùn jié
戰爭失敗或國家滅亡時不願失去氣節而犧牲生命。舊時也指婦女為反抗凌辱或因丈夫死亡而自殺。例：文天祥為國～，留下了「人生自古誰無死，留取丹心照汗青」的壯麗詩句。

【殉難】 xùn nàn
為國家或正義犧牲生命。含悲壯色彩。例：這座紀念碑是為～的烈士建造的。

【殉職】 xùn zhí
為本職工作犧牲生命。例：小蘭的爸爸是一名警察，不久前在追捕罪犯時不幸以身～。

【咽氣】 yàn qì
指人死斷氣。例：老人～的時候，孩子們都在身邊。

【夭亡】 yāo wáng
未成年而死。例：爺爺哥兒三個，兩個弟弟因貧病交加而～了。

【夭折】 yāo zhé
未成年而死。例：弟弟的～，對爸爸是一個極大的打擊，他的頭髮幾乎一夜之間就白了。

【一命嗚呼】 yí mìng wū hū
指死。含貶義。例：那個守財奴生前吝嗇得很，現在～了，還不是分文也帶不走！

【永別】 yǒng bié
永遠分別，指人死。例：他神色安祥地～了花花世界。

【永訣】 yǒng jué
〈書〉永別，指人死。例：誰知這次見面竟成了我和她的～。

【遇害】 yù hài
被殺害，多指人為。例：張探員混入黑幫做卧底，被發現後～身亡。

【遇難】 yù nàn
因發生意外災禍而死亡。與因人為因素而死的「遇害」有所分別。例：這次大火～者達百人之多。

【羽化】 yǔ huà
道教徒稱人死，是成仙的意思。例：～成仙｜～升天。

【與世長辭】 yǔ shì cháng cí
逝世；去世。例：老先生～的噩耗傳來，同學們無比悲哀。

【圓寂】 yuán jì
佛教指僧侶死亡。例：法師～那天，剛好是他的九十歲生日。

【葬身】 zàng shēn
埋葬屍體，指人死。例：～大海｜死無～之地。

【陣亡】 zhèn wáng
在作戰中犧牲。例：在那次戰役中，～的將士有幾百人。

【作古】 zuò gǔ
指人死。恭敬之詞。例：老先生已經～了。

【坐化】 zuò huà
佛教指和尚盤膝坐着死。例：老和尚活到八十多歲，最後～而終。

年老 nián lǎo

【白髮蒼蒼】 bái fà cāng cāng
頭髮全白了。形容年紀大。例：老奶奶～，可一天都不閒着。

【鬢髮蒼白】 bìn fà cāng bái
鬢角的頭髮白了。形容年紀大。例：他剛過四十歲，就～了。

【鬢髮如霜】 bìn fà rú shuāng
鬢角的頭髮像白霜一樣，形容年紀大。程度比「鬢髮蒼白」重。例：十年不見，他已～，完全是個老年人了。

【蒼老】 cāng lǎo
面貌、聲音裏顯出老態。例：這幾年爸爸操心的事太多，顯得～多了。

【風燭殘年】 fēng zhú cán nián
風燭：風中蠟燭，隨時可能熄滅。比喻臨近生命終點的晚年。例：老人已是～，還惦記着尚未完成的研究。

【高齡】 gāo líng
稱老年人的年紀大。敬辭。例：張老師已八十一還堅持著書立說，真讓人敬佩。

【高壽】 gāo shòu
專用於問老人的年齡。敬辭。例：您老～啊？

【古稀】 gǔ xī
指七十歲。杜甫詩有「酒債尋常行處有，人生七十古來稀」。例：年近～。

【皓首】 hào shǒu
〈書〉皓：白。首：頭。白頭，指年老。例：～窮經｜老夫～雞皮，不中用了！

【鶴髮童顏】 hè fà tóng yán
鶴髮：白髮。童顏：兒童的顏面。比喻人年紀雖大，但身體還健旺。例：電影中那位～的老者，據說是一個不滿三十歲的演員飾演的。

【花甲】 huā jiǎ
指六十歲。例：父親已年過～，也該在家享享清福了。

【雞皮鶴髮】 jī pí hè fà
由於年老，皮膚多皺如雞皮，頭髮發白。只單純表示年老，意思與表示年老身健的「鶴髮童顏」有所不同。例：你還說爺爺不老？瞧瞧，爺爺已經～了！

【老】 lǎo
與「小」、「幼」相對。年歲大。例：爺爺～了，今後許多事都靠你了。

【老邁】 lǎo mài
年歲大，身體衰老。例：他年紀～，力不從心，一天只能寫一兩千字了。

【老氣橫秋】 lǎo qì héng qiū
形容沒有朝氣，跟不上潮流。含貶義。例：看他～的樣子，還會寫出甚麼好詩來？注意：也形容人擺老資格，自以為了不起的樣子。例：他是

公司的老員工，總是～地對其他人指指點點。

【老態龍鍾】 lǎo tài lóng zhōng
年老衰弱，行動不便的樣子。例：幾年不見，他已變得～了。

【老朽】 lǎo xiǔ
衰老。常用作老年人自謙。例：～不中用了，字寫得可能不合你的意。

【老眼昏花】 lǎo yǎn hūn huā
年紀大，眼睛花，看不清楚。例：我～，你給我讀讀這封信吧。

【兩鬢斑白】 liǎng bìn bān bái
鬢角花白，形容將近老年。例：爸爸過於操心，剛五十歲就～了。

【耄耋之年】 mào dié zhī nián
耄耋：指年紀到了八九十歲。泛指年紀很大的老人。例：老教授已是～，仍然孜孜不倦地整理着研究資料。

【暮年】 mù nián
晚年；人一生中的最後一個時期。例：烈士～，壯心不已。

【年邁】 nián mài
年紀老。義與「老邁」同。例：家有～的父親，他總是放心不下。

【年事已高】 nián shì yǐ gāo
年紀已經老了。例：爺爺～，過去的事已經記不清了。

【衰老】 shuāi lǎo
年紀大，精力衰弱。例：幾年不見，他～多了，畢竟是接近七十歲的人了。

【晚年】 wǎn nián
人一生中的最後一個時期。例：安度～｜幸福的～。

【行將就木】 xíng jiāng jiù mù
木：棺材。快要進棺材了。形容接近生命終點。指年紀很老。也指病入膏肓，生命即將結束。含貶義。例：已是～的人了，還爭名奪利，真是太貪心了！

【鬚髮皆白】 xū fà jiē bái
鬍鬚和頭髮全白了。表示年紀大。例：人羣裏，一位～的老者在表演拳術，引得人們一陣陣喝彩。

【鬚髮皤然】 xū fà pó rán
〈書〉鬍鬚和頭髮全白了。形容年紀大了。例：講學的是一位～的老者，他旁徵博引，侃侃而談，引起一陣陣掌聲。

年輕 nián qīng

【孩提】 hái tí
〈書〉指幼兒時期。例：～時代的記憶時時浮現腦際，還是那麼清晰。

【妙齡】 miào líng
指女子的青春時期。例：～少女。

【年富力強】 nián fù lì qiáng
年紀輕，精力旺盛。例：你正是～，應該到更有利的地方去發展啊！

【年輕】 nián qīng
年紀不大。一般指二三十歲的人。例：我們～人應該積極進取，努力工作。

【青春】 qīng chūn
青年時期。例：～是人生的黃金時代。

【青年】 qīng nián
指人十七八歲到三十歲左右的階段。例：～時代｜～讀物。

【弱冠】 ruò guān
泛指男子二十歲左右的年紀。例：父親～之年就出外謀生，飽嘗了人間艱苦。

【少年】 shào nián
指人十歲到十五六歲的階段。例：～要多讀書，增加知識，提高修養。

【少壯】 shào zhuàng
年輕力壯。泛指年輕。例：～派｜～不努力，老大徒傷悲。

【童年】 tóng nián
兒童時代；幼年。例：我～是在鄉下度過的，對那裏的一草一木都留下了深刻的記憶。

【幼年】 yòu nián
指人三歲到十歲左右的階段。例：人的～經歷會影響他的一生。

【幼小】 yòu xiǎo
未成年。例：～的兒童。

【幼稚】 yòu zhì
年紀很小。例：～的兒童。注意：也指缺乏經驗，不老練。例：他的想法雖然～，但敢想就好啊！注意：現在也用來形容人頭腦簡單，含貶義。例：行為～。

出生 chū shēng

【產】 chǎn
生產。例：李阿姨順利～下了一個小寶寶。

【出生】 chū shēng
胎兒從母體中分離出來。注意：不能帶賓語，後面可以用「於」連接時間、地點。例：聽媽媽說，她～的時候很瘦小。

【出世】 chū shì
出生來到人世。例：爺爺去世的第二年你才～，你對爺爺當然沒有印象。注意：也指新事物、新制度等的產生。例：舊制度滅亡，新制度～。

【誕生】 dàn shēng
指人出生，有莊重義。例：浙江紹興是魯迅先生的～地。

【分娩】 fēn miǎn
人生小孩。例：她是在醫院～的。注意：也指動物生幼畜。例：大熊貓今晚很可能要～，飼養員一步也不敢離開。

【呱呱墜地】 gū gū zhuì dì
〈書〉呱呱：擬聲詞，形容胎兒的哭叫聲。指胎兒出生。注意：「呱呱」不讀 guā guā。例：子夜的鐘聲響過，孩子也～了。

【降臨】 jiàng lín
原指到來，也引申為出生。例：她是在香港回歸一週年的時候～人世的。

【降生】 jiàng shēng
出生。例：從～那天起，小寶寶就得到了許多人的精心照顧。

【孿生】 luán shēng
同一胎出生的。例：她們是～姐妹。

【生】 shēng
誕生；出生。例：昨天張阿姨～了一個小女孩兒。

【生產】 shēng chǎn
〈書〉人生孩子或動物生幼仔。例：經過醫護人員的幫助，大熊貓終於～了。注意：也指人類創造、製造各種生產、生活資料的活動。例：～力｜工業～。

養育 yǎng yù

【哺育】 bǔ yù
〈書〉餵養。也可指培養。例：母親
～我們成長。

【扶養】 fú yǎng
養活。例：把孩子～成人。

【撫養】 fǔ yǎng
愛護、保護並培養。指長輩對晚輩。
例：～孩子｜～兒童。

【撫育】 fǔ yù
照料養育。例：～孩子｜～兒童。

【豢養】 huàn yǎng
原義是飼養牲畜，多引申用於人。比
喻收買並利用。含貶義。例：～打
手。

【教養】 jiào yǎng
教育；養育。適用於父母對子女。
例：～子女。注意：也是名詞，指文
化和品德修養。例：這孩子待人有
禮，真有～！

【教育】 jiào yù
指導；培養。主要用於老師對學生，
也可用於父母對子女，適用範圍比
「教養」廣。例：老師～孩子從小要
愛祖國，愛香港，愛家人。

【領養】 lǐng yǎng
把人或動物領到自己名下撫養。例：
～孤兒｜～大熊貓。

【培養】 péi yǎng
按一定目的，給以適宜的條件使其成
長。適用於人，若用於事物，則指使
其繁殖或更加發展。例：孩子們在學
校的～下茁壯成長。｜～細菌。

【培育】 péi yù
培養人或幼小的生物，使其發育成
長。多用於生物，若用於人則指撫
育、教養。例：～幼苗｜不忘母校的
～。

【贍養】 shàn yǎng
小輩供給長輩生活所需。例：～父母
是子女的義務。

【收養】 shōu yǎng
收下無人管的人或動物撫養。例：父
母～了一個孤兒，他和小明相處得像
親兄弟一樣。

【飼養】 sì yǎng
餵養動物。只適用於動物、家禽，不
適用於人，義與「餵養」稍有不同。
例：～雞鴨。

【餵養】 wèi yǎng
給小孩兒或動物東西吃，養其成長。
例：他是靠奶媽的～長大的。

【養】 yǎng
撫養。例：父母把你～大不容易，你
要好好孝敬他們。

喪葬 sāng zàng

【養育】 yǎng yù
撫養和培育。例：我永遠不會忘記父母的～之恩。

【養殖】 yǎng zhí
水產動植物的飼養和繁殖。例：農閒時，爸爸又在水塘進行魚苗～。

【育】 yù
養活；培養；栽培。例：我們的教育就是為了～人｜爺爺～了一畦小樹苗。

【哀悼】 āi dào
悲哀地追念死者。例：對先生的死，我們深表～。

【哀弔】 āi diào
悲痛地祭奠死者。例：烈士遇難週年之際，前往～者絡繹不絕。

【悼詞】 dào cí
對死者表示哀悼的講話或文章。例：這篇～寫得情真意切。

【悼念】 dào niàn
懷念死者。例：～先人｜～亡友。

【弔喪】 diào sāng
到死者家祭奠。例：爺爺去世後，親戚朋友都趕來～。

【弔孝】 diào xiào
弔喪。多用於晚輩對長輩，或對死者極景仰的祭奠。例：電視連續劇《三國演義》中，諸葛亮～這一場演得非常精彩。

【弔唁】 diào yàn
祭奠死者並向家屬表示慰問。比「弔喪」和「弔孝」更莊重嚴肅。例：大使代表國家去～。

【墳場】 fén chǎng
墳墓集中的地方。例：西郊外的亂石灘是一片～。

【墳地】fén dì
埋葬死人的地方。例：從前這裏是一片～，現在已經種了麥子。

【墳墓】fén mù
埋葬死人的墓穴以及上面的墳頭。例：他把一朵潔白的鮮花放在朋友的～前。

【墳頭】fén tóu
高出地面的墳的頂部。例：清明這天，許多～都上了新土。

【墳塋】fén yíng
〈書〉墳墓；墳地。例：他臨別時特意到朋友的～上去獻了一朵花。

【公祭】gōng jì
公共團體或社會人士舉行祭奠，向死者表示哀悼。例：每年 12 月，社會各界都會在南京舉行～儀式，紀念南京大屠殺中犧牲的同胞。

【公墓】gōng mù
公共的墓地。例：祭掃～。

【孤墳】gū fén
孤單的墳墓。例：千里～，無處話淒涼。

【古塚】gǔ zhǒng
古時候的墳墓。例：～開掘後，出土了漢代的珍貴文物。

【棺材】guān·cai
裝殮死人的東西，一般用木材製成。例：實行火葬之後，～差不多已經絕跡了。

【棺槨】guān guǒ
棺和套棺。泛指棺材。例：從～就可以看出這不是一般的墓葬。

【棺木】guān mù
棺材。例：從～上可以反映出死者生前的經濟狀況。

【荒塚】huāng zhǒng
荒蕪的墳墓。例：那些～已經被平了，種上了農作物。

【祭奠】jì diàn
為死者舉行儀式，表示悼念。例：～先祖｜～黃帝。

【祭文】jì wén
祭祀或祭奠時對神或死者朗讀的文章。例：這篇～寫得情真意切，叫人聽了忍不住潸然落淚。

【舉哀】jǔ āi
原指高聲號哭以示哀悼，現指舉行哀悼活動。喪禮用語。例：全國～，降半旗悼念。

【陵】líng
陵墓。例：定～｜中山～｜十三～。

【陵墓】 líng mù
名人或帝王的墳墓。例：趙王～兩旁
有一排排的蒼松翠柏。

【陵寢】 líng qǐn
〈書〉帝王的墳墓及墓地的宮殿建
築。例：明朝十三個皇帝的～，統稱
十三陵。

【默哀】 mò āi
低頭肅立，表示沉痛的悼念。例：全
體肅立～一分鐘。

【墓碑】 mù bēi
立在墳墓前面或後面的石碑，上面刻
有死者姓名、生前事跡等文字。例：
墳前有一塊大理石～。

【墓地】 mù dì
墳地。例：清明時節，～上祭掃的人
絡繹不絕。

【墓室】 mù shì
墳墓中放棺槨的地方。例：考古人員
進入～仔細考察。

【墓葬】 mù zàng
考古學上指墳墓。例：這是一片漢代
的～羣。

【墓誌銘】 mù zhì míng
舊時刻在石上埋入墳中的文字。分誌
和銘兩部分。誌多用散文，敘述死者
姓氏、生平。銘是韻文，用於對死者
的讚揚、悼念。例：這篇～寫得字字
泣血，令人讀之動容。

【憑弔】 píng diào
對着死者墳墓或死者曾經活動過的場
所懷念死者或追憶往事。含悼念義。
例：～烈士紀念碑。

【輓歌】 wǎn gē
哀悼死者的歌。例：唱～。

【輓聯】 wǎn lián
哀悼死者的對聯。例：他去世後，許
多人都送了～。

【唁電】 yàn diàn
對死者家屬表示慰問的電報。例：鄧
小平先生逝世後，各國領導人都發來
了～。

【唁函】 yàn hán
對死者家屬表示慰問的信件。例：老
藝術家去世的消息一發佈，各地的～
像雪片般飛來。

【衣冠塚】 yī guān zhǒng
只葬有死者衣帽等遺物的墳墓。例：
這裏並不是成吉思汗真正的墳墓，而
是他的～。

身體 shēn tǐ

【胴體】 dòng tǐ
軀幹，特指家畜被屠宰後的軀幹部分；亦可指人的軀體。例：那位男運動員的～很健美。

【後身】 hòu shēn
身體的後面。例：從～我就認出那是小明。

【肌體】 jī tǐ
身體。例：病毒侵害了他的～。

【軀幹】 qū gàn
人體除去頭部和四肢的部分。例：除了臉部，他的～都被嚴重燒傷了。

【軀殼】 qū qiào
與「精神」相對。肉體。例：人如果沒有靈魂，～還有甚麼用？

【軀體】 qū tǐ
身軀；身體。例：病魔嚴重損害了他的～，要想恢復健康就要加強鍛煉。

【人體】 rén tǐ
人的身體。例：～掛圖｜～模特兒。

【肉體】 ròu tǐ
人的身體。例：出賣～｜心靈的痛苦比～的痛苦還難以忍受。

【上身】 shàng shēn
人體的上半部。例：天太熱了，孩子們光着～踢球。

【身】 shēn
身體。例：他翻了個～又睡過去了。

【身材】 shēn cái
身體高矮胖瘦的形態。例：他～勻稱，穿衣服很好看。

【身段】 shēn duàn
身體的姿態。多指女性的身材。例：那姑娘的～非常美，完全可以去當模特兒。注意：也特指戲曲演員在舞台上表演的各種舞蹈化動作。例：每個戲曲的角色都有基本的～。

【身軀】 shēn qū
身體；身材。例：籃球運動員個個～高大。

【身體】 shēn tǐ
人或動物的生理組織的整體。例：爺爺快八十歲了，～還是那樣硬朗。注意：也專指軀幹和四肢。例：這個病人腦子還有意識，但～已經全都癱瘓了。

【身心】 shēn xīn
身體和心理。例：～健康｜全～投入。

【身姿】 shēn zī
身材；姿勢。例：～優美。

【身子】 shēn·zi
身體。例：坐了一天車，～很疲倦。

健康 jiàn kāng

【體】 tǐ

身體。例：車禍後他遍～鱗傷，現在已經好多了。

【體格】 tǐ gé

人體發育的情況和健康情況。例：從年輕時就堅持體育鍛煉，到老了～也會好。

【體魄】 tǐ pò

〈書〉體格和精力。例：～健康。

【體態】 tǐ tài

身體的姿態。例：～優美｜勻稱。

【體形】 tǐ xíng

人身體的形狀。例：他的～很勻稱，像個體操運動員。

【體質】 tǐ zhì

身體健康水平和適應能力。例：經常參加體育鍛煉，～當然會好。

【下身】 xià shēn

指人體的下半部。例：～癱瘓。

【形體】 xíng tǐ

身體的外觀形態。例：～美｜男人和女人的～是不同的。注意：也指形狀和結構。例：文字的～。

【安康】 ān kāng

平安和健康。例：祝老人～！

【敦實】 dūn·shi

矮胖而結實。例：那個人長得～，看上去非常健康。

【健康】 jiàn kāng

身體強壯，沒有缺陷和疾病。例：～長壽｜身體～。

【健美】 jiàn měi

身體健康，體形優美。例：體形～。

【健全】 jiàn quán

強健而沒有毛病。例：機能～｜頭腦～。

【健旺】 jiàn wàng

身體健康，精力旺盛。例：雖然他已年過半百，但精力還很～。

【健壯】 jiàn zhuàng

身強力壯。例：身體～。

【矯健】 jiǎo jiàn

形容身體強健有力。例：他走起路來步伐～，看來身體不錯。

【矯捷】 jiǎo jié

身體矯健而敏捷。例：他身手～，武術精湛，獲得了第一名。

【結實】 jiē·shi

〈口〉身體強健。例：這孩子長得很～。

【康健】 kāng jiàn
健康。例：祝你～。

【年富力強】 nián fù lì qiáng
年紀輕，精力旺盛。多用來形容中年。例：～的中年人是社會的中堅力量。

【年輕力壯】 nián qīng lì zhuàng
年紀輕，身體強壯。例：趁～幹一番事業。

【剽悍】 piāo hàn
敏捷而勇猛。含強壯義。例：那個工人長得很～。

【強】 qiáng
與「弱」相對。健壯；有力。例：～身健體｜身～力壯。

【強健】 qiáng jiàn
身體強壯健康。例：～有力｜體魄～。

【強壯】 qiáng zhuàng
健壯；有力氣。例：身體～。

【容光煥發】 róng guāng huàn fā
臉上發出光彩。形容人身體健康，精神振奮。例：老人～，身體已完全恢復了。

【身強力壯】
shēn qiáng lì zhuàng
也說「身強體壯」。身體強壯有力。例：足球隊的隊員們個個～。

【壯實】 zhuàng·shi
〈口〉身體強壯結實。例：這人真～。

【茁壯】 zhuó zhuàng
強壯；健壯。多指兒童，也指動物或植物。例：兒童～成長｜小樹苗生長十分～。

力量 lì·liàng

【拔鼎之力】 bá dǐng zhī lì
具有能舉起極重的鼎那樣大的力氣。
例：這個擁有～的漢子永不服輸。

【拔山扛鼎】 bá shān gāng dǐng
力量大得可以拔起大山、舉起重鼎。
誇張的說法。注意：「扛」的讀音是
gāng。例：《西遊記》中的孫悟空被
描寫得出神入化，他既有～的力氣，
又能變成小蟲鑽進鐵扇公主的肚子裏
去。

【鼎力】 dǐng lì
〈書〉大力。敬辭。例：多蒙貴公司
～協助，才使事情得以圓滿成功，不
勝感激。

【回天之力】 huí tiān zhī lì
回天：使天旋轉。借指能戰勝困難、
挽回危局的巨大力量。例：他病到這
種地步，就是華佗轉世，也絕無～
了。

【筋疲力盡】 jīn pí lì jìn
也說「筋疲力竭」。形容疲乏，一點
兒力氣都沒有了。例：最後幾十米，
他已是～，被後邊的選手追上，痛失
就要到手的金牌。

【雷霆萬鈞之力】
léi tíng wàn jūn zhī lì
雷霆：雷暴；霹靂。形容威力極大，
無法阻擋。例：火山口噴出的岩漿，
似有～，直上雲霄。周圍幾十公里都
能看到「蘑菇雲」，聽到響聲。

【力拔泰山】 lì bá tài shān
形容力氣非常大，能拽起泰山。誇張
說法。例：項羽是～的勇士，卻敗在
劉邦的手下。

【力不從心】 lì bù cóng xīn
心裏想做，可是沒有力量辦到。例：
他一心想把這個課題做完，無奈年邁
多病，～，只好把它交給了自己的學
生。

【力大無窮】 lì dà wú qióng
比喻力氣大得用不完。例：《水滸傳》
中描寫魯智深，說他～，能倒拔垂楊
柳。

【力舉千鈞】 lì jǔ qiān jūn
鈞：古代重量單位，三十斤為一鈞。
這裏千鈞非確數。形容力量非常大。
誇張說法。例：別看千斤頂小，卻可
以～。

【力量】 lì·liàng
力氣。例：人多～大｜知識就是～。

【力能扛鼎】 lì néng gāng dǐng
鼎：這裏指古代煮東西的器物。力氣
極大，能舉起極重的鼎。例：舉重隊
員個個都是～的大力士。

【力氣】 lì·qi
〈口〉力量。例：～用盡了｜他很有
～。

【膂力過人】 lǚ lì guò rén
體力超過常人。例：他雖然個子矮
小，但是～。

【蠻力】 mán lì
不靈活的猛勁。例：這是個巧活，只
用～是不行的。

【千鈞之力】 qiān jūn zhī lì
形容很大的力量。誇張說法。例：剎
那間，他周身似湧起～，硬是用肩膀
擋住了車轅。

【手無縛雞之力】
shǒu wú fù jī zhī lì
舊時形容文弱書生無力氣，兩手連捆
隻雞的力氣都沒有。例：他一介書
生，身體瘦弱，～，人不可能是他殺
的。

【泰山壓頂】 tài shān yā dǐng
泰山壓在頭頂上，比喻壓力極大。多
用在否定句中。例：～不彎腰。

【無力回天】 wú lì huí tiān
沒有力量或辦法挽回局面了，也作
「回天乏術」。例：有心殺賊，～。

【無能為力】 wú néng wéi lì
用不上力量；沒有辦法。例：你犯了
這麼嚴重的錯誤，我想幫你也～。

【心有餘而力不足】
xīn yǒu yú ér lì bù zú
心裏想得很好，但是力量不足。例：
他年輕時可以一連做幾十個引體向
上，現在～了。

【勇力過人】 yǒng lì guò rén
勇氣和力量超過常人。例：他～，很
適合去當刑警。

疲倦 pí juàn

【乏力】 fá lì
缺乏力氣。含疲倦義。例：周身～。

【筋疲力盡】 jīn pí lì jìn
形容非常疲乏，力氣全用盡了。例：全程馬拉松跑完，他已經～，站都站不住了。

【精疲力竭】 jīng pí lì jié
竭：用盡。精神疲乏，氣力用盡。例：最終完成這項任務時，他已是～了。

【困頓】 kùn dùn
非常疲憊。語意較「困乏」、「困倦」等重。例：總經理日理萬機，顯得十分～。

【困乏】 kùn fá
疲乏。主要突出疲倦而四肢無力的狀態，與「困倦」語意有別。例：坐了一天一夜的車，他顯得十分～。注意：也可分開用。例：人困馬乏。

【困倦】 kùn juàn
困乏；疲倦。主要指疲倦而有睡意的狀態，與「困乏」語意有別。例：時鐘指向夜裏十一點，大家都有些～了。

【勞頓】 láo dùn
〈書〉勞累。多指旅途奔波後的疲倦。例：鞍馬～｜旅途～｜舟車～。

【勞苦】 láo kǔ
勞累辛苦。多用作形容詞。例：～功高。注意：也指勞動受苦。例：～大眾。

【勞累】 láo lèi
因為勞動而感到疲乏。也可用作動詞，用法與「勞苦」有所分別。例：他因為～過度而暈倒在工地上。

【勞碌】 láo lù
辛苦忙碌。語意較「忙碌」重，只用於人。例：終年～，老人的背都彎了。

【疲憊】 pí bèi
非常疲倦。語意較「疲乏」、「疲倦」等重，強調勞累到了極點。例：～不堪｜身心～。

【疲憊不堪】 pí bèi bù kān
堪：經得起。疲乏得身體不能承受了。程度比「疲憊」重。例：為完成任務，大家一天一夜沒休息，完成後都已～了。

【疲乏】 pí fá
疲勞困乏。突出精力或體力不足，程度比「疲憊」輕，與「疲勞」一樣均可指精神、心理上的勞累。例：年紀大了，一天不怎麼工作，到晚上還是感到～。

【疲倦】 pí juàn
疲乏；困倦。程度比「疲憊」輕，同時強調困倦而有睡意。例：今天感到很～，我要早點睡了。

【疲勞】 pí láo
腦力或體力消耗過多而感到無力；因運動過度或刺激過強，細胞、組織或器官的機能或反應能力減弱。例：電視看久了，視覺會感到～。

【疲累】 pí lèi
疲勞；勞累。例：勞動過後，他感到很～。

【疲軟】 pí ruǎn
疲乏無力；不振作。例：跑完步，他渾身～，腳步都挪不動了。注意：也常用來形容其他事物衰弱。例：經濟～｜市場～。

【疲於奔命】 pí yú bēn mìng
奔命：奉命奔走。原指因受命奔走搞得筋疲力盡。後指忙於奔走應付，弄得非常疲乏。例：當上這個辦公室主任後，他整天～，人都消瘦了。

【人困馬乏】 rén kùn mǎ fá
人和馬都很困乏。形容一個群體內每個人都身體疲勞。例：工作了一天，～，大家休息吧！

【痠軟】 suān ruǎn
肢體發痠無力。例：渾身～｜兩腿～。

【委頓】 wěi dùn
因疲倦乏力而精神萎靡。例：看你精神～的樣子，是沒有休息好吧？

【無力】 wú lì
沒有力氣。含疲倦義。例：四肢～｜～再支撐下去。

【辛苦】 xīn kǔ
身心勞累。側重指因工作過度而勞累，可重疊為「辛辛苦苦」。例：老人～了一輩子，該歇歇了。注意：可表示謝意或用作客套話。例：您～了｜這件事就～您了。

【辛勞】 xīn láo
辛苦；勞累。着重指辛勤勞累，不可重疊，也不能作客套話。例：不辭～｜半世～。

【心力交瘁】 xīn lì jiāo cuì
瘁：過度地勞累。精神和體力都極度疲勞。一般形容單個人。例：為渡過難關，他苦撐數月，終於～，一病不起。

睡眠 shuì mián

【安眠】 ān mián
安穩地熟睡。例：樓下人聲嘈雜，讓人徹夜不得～。

【安息】 ān xī
安靜地休息。多用來表示入睡。例：樹林中的小鳥已經～。注意：也表示對死者的一種祝願。例：～吧，親愛的爺爺！

【安歇】 ān xiē
安靜地歇息。也用來表示睡覺。例：一路辛苦，天不早了，～吧。

【沉睡】 chén shuì
睡得很深。例：無論怎樣敲門他都不應門，看樣子是在～吧。

【打盹兒】 dǎ dǔnr
斷續地短時間入睡。例：昨晚沒睡好，今天白天老是～。

【酣夢】 hān mèng
酣暢的美夢；熟睡。例：電話鈴聲打斷了他的～。

【鼾聲大作】 hān shēng dà zuò
睡得香，呼嚕聲很響。例：他累極了，腦袋一挨枕頭就～。

【鼾聲如雷】 hān shēng rú léi
打呼嚕的聲音像打雷一樣響。例：他～，害得同寢室的人無法入睡。

【鼾睡】 hān shuì
打着鼾熟睡。例：幹完活後，他～了一整天。

【酣睡】 hān shuì
熟睡；睡得很香。例：丈夫還在～，她已經起身準備早餐了。

【昏睡】 hūn shuì
睡得昏昏沉沉的。也指昏迷。例：病後他一直在～，家裏人非常着急。

【假寐】 jiǎ mèi
〈書〉不脫衣服小睡。例：～片刻，他又開始打字了。

【就寢】 jiù qǐn
睡覺。例：鈴聲響過之後，大家上牀～。

【瞌睡】 kē shuì
半睡眠狀態。例：夜裏看了一場足球轉播，白天上課總打～。

【寐】 mèi
〈書〉睡。例：思潮起伏，夜不能～｜夢～以求｜他假～一會兒就起牀了。

【夢寐】 mèng mèi
睡夢。例：～以求。

【夢鄉】 mèng xiāng
指熟睡的狀態。例：鬧鐘的鈴聲把他從～中驚醒。

【眠】 mián
睡眠。例：失～｜安～。

相貌 xiàng mào

【入夢】 rù mèng
進入夢境，代指睡着了。例：打完電話，他不再擔心，安然～了。

【入睡】 rù shuì
睡着了。例：奔波了一天，晚飯後他很快就～了。

【熟睡】 shú shuì
睡得很深。例：孩子正在～，你小聲一點兒。

【睡】 shuì
睡覺。例：昨夜～得怎麼樣？

【睡覺】 shuì jiào
進入睡眠狀態。例：十一點多了，快～吧。

【睡眠】 shuì mián
一種生理現象。此時人體對外界刺激感受能力較弱，能恢復體力和腦力。注意：「睡眠」是名詞，「睡覺」是動詞。例：奶奶年紀大了，～很少，常常三四點鐘就起牀了。

【宿】 sù
過夜。例：住～｜露～街頭。

【小睡】 xiǎo shuì
短時間的睡眠。例：中午一定要～一會兒，下午工作起來才會有精神。

【歇息】 xiē xī
安歇；上牀睡覺。例：入夜，爸爸先上牀～了。

【臉】 liǎn
頭的前部，從額到下巴。例：他長着一張娃娃～，很討人喜歡。

【臉頰】 liǎn jiá
臉兩側從眼到下巴的部分。例：～紅潤。

【臉面】 liǎn miàn
臉。例：這孩子～俊俏，十分招人愛。注意：常引申為情面、面子。例：你學習成績還這麼差，讓爸爸都覺得沒有～。

【臉龐】 liǎn páng
面龐。例：他熟悉的～映入我的眼簾。

【面】 miàn
臉。例：～帶笑容｜見～｜笑容滿～。

【面頰】 miàn jiá
臉頰。例：那個人～瘦削，膚色黑黃，像是有病。

【面孔】 miàn kǒng
臉。例：熟悉的～｜他長着一張圓～。

【面貌】 miàn mào
相貌。適用範圍較廣。例：看～他像南方人。注意：常用來比喻事物所呈現的景象和狀態。例：家鄉的～發生了很大變化。

【面目】 miàn mù
臉形；面貌。例：～可憎｜～不清。
注意：常用來比喻事物所呈現的景象
和狀態。但多用於壞的方面。例：這
件事充分暴露了他的醜惡～。

【面龐】 miàn páng
臉的整個輪廓。例：他～圓圓的，總
是笑眯眯的，像個彌勒佛。

【面容】 miàn róng
面貌；容貌。例：～和善｜很老。

【模樣】 mú yàng
人的長相或裝束的樣子。例：這孩子
～好，人又乖巧，誰見了都喜歡。

【容貌】 róng mào
相貌。例：人的心靈比～更重要。

【容顏】 róng yán
容貌；臉色。例：～衰老｜改換～。

【外貌】 wài mào
人或物的表面形態。例：看他的～像
是維吾爾族人｜整座樓房的～已經煥
然一新。

【相貌】 xiàng mào
人的面部的樣子。例：警方查詢那個
人的～，可惜他已經記不清了。

【顏面】 yán miàn
臉部。例：從他的～看，不像是五十
多歲的人。注意：常引申為情面、面
子。例：～丟盡｜你做出這種事來，
還有甚麼～面對父母？

【儀容】 yí róng
〈書〉儀表；容貌；風度。所指要比
「相貌」寬泛。例：～俊秀，舉止大
方。

【長相】 zhǎng xiàng
相貌。例：別看他～一般，才氣可是
出類拔萃啊！

【姿容】 zī róng
身姿和容貌。例：～秀美｜～出眾。

【姿色】 zī sè
女子姣好的容貌。例：她雖已人到中
年，但～依然不減。

美麗 měi lì

【閉月羞花】 bì yuè xiū huā
容貌美得使月遮蔽起來，使花也害羞地低下頭。形容女子貌美。例：沒想到我們班竟然也有具～之貌的女生。

【標致】 biāo zhì
容貌、體形漂亮好看。含合乎標準義。例：她是個～的美人。

【沉魚落雁】 chén yú luò yàn
美貌使魚見了羞得沉入水底；雁見了，自愧地降落沙洲。常用來形容女子容貌的美麗。例：閉月羞花之貌，～之容。

【綽約多姿】 chuò yuē duō zī
形容女子體態柔美。應用範圍不如「婀娜多姿」廣泛。例：台上的舞蹈～，編排得十分新穎。

【婀娜】 ē nuó
姿態柔軟、美麗的樣子。多形容女子體態。例：體態～｜舞姿～。

【婀娜多姿】 ē nuó duō zī
形容女子體態柔美多樣。例：藝術體操運動員～的表演，博得全場觀眾熱烈的掌聲。注意：也用來形容河流、植物等。例：小河～、蜿蜒東去｜湖邊～的柳樹，令人爽心悅目。

【風采】 fēng cǎi
也作「豐采」。風度、神采。例：多年不見，你～依然。

【風韻】 fēng yùn
也作「丰韻」。（美好的）風度和神態。多形容女子優美的姿態。例：她雖然年過半百，但仍是～猶存｜模特兒大賽上，選手們萬般～，引起觀眾一陣陣熱烈的掌聲。注意：也指詩文書畫的風格、韻味。例：古詩～｜這幅山水畫～天然。

【風姿】 fēng zī
也作「丰姿」。（美好的）風度和姿態。主要突出儀表和姿態美好，多形容年輕人，不適用於老人，也不能像「風韻」般表示詩文書畫的風格。例：她～綽約，吸引了大家的目光。注意：也可以用來形容其他花草植物等。例：竹叢～秀逸，給小院平添了幾分雅致。

【國色天香】 guó sè tiān xiāng
原形容牡丹花色香俱佳。唐詩有「國色朝酣酒，天香夜染衣」句，後人以「國色天香」比喻女子的美麗。例：參加選美比賽的女孩子，個個堪稱～，令人眼花繚亂。

【花枝招展】 huā zhī zhāo zhǎn
招展：迎風擺動。形容女子打扮得漂亮豔麗。例：節日裏，少女們個個打扮得～，十分惹人喜愛。

【健美】 jiàn měi
體態健康而美好。例：她因為經常參加體育鍛煉，所以身材～。

【俊】jùn
〈口〉相貌好看。例：這孩子長得真
～。

【俊美】jùn měi
俊秀而美麗。強調美麗，多形容人，
尤其形容年輕女子的容貌。也可以形
容大自然的山川河流等。例：山川
～｜這位女演員的扮相很～。

【俊俏】jùn qiào
〈口〉相貌好看。多用於口語。例：
女大十八變，這姑娘越發出落得～
了。

【俊秀】jùn xiù
相貌清秀美麗。強調清秀，多用於書
面語。例：她那張～的臉上總是漾着
笑容。

【眉清目秀】méi qīng mù xiù
眉毛、眼睛都清秀、俊美。形容人容
貌美麗。例：這小孩～，真惹人喜
愛。

【美麗】měi lì
漂亮；好看。可形容人（多形容女
子），也可形容事物，適用範圍較
「標致」廣。例：～的姑娘｜～的風
光令人流連忘返。

【苗條】miáo·tiao
纖細而柔美。多形容女子身材。例：
模特兒個個都身材～。

【明眸皓齒】míng móu hào chǐ
明眸：明亮的眼睛。皓齒：潔白的牙
齒。形容美貌。例：那女子～，雖然
只露了一面，卻給人留下了深刻的印
象。

【裊娜】niǎo nuó
姿態優美。多形容女子體態。例：敦
煌壁畫中的飛天舞姿～，吸引了大批
遊客。注意：也可形容草木柔軟細
長。例：春風吹拂～的柳絲。

【漂亮】piào·liang
好看；美觀。可形容人，也可形容事
物。注意：「美麗」多用於書面語，
「漂亮」多用於口語。例：這幢別墅
外觀十分～｜運動會上舉牌的禮儀小
姐都是從各大學選拔出來的，個個都
那麼～。注意：還指做得出色。例：
這場足球賽踢得很～。

【娉婷】pīng tíng
〈書〉姿態優美。多形容女子體態。
例：望着她～的背影遠去，他心中一
陣悵然。

【俏】qiào
形容姿態美。例：俊～｜這件衣裳穿
在你身上，可真～～啊！

【俏麗】qiào lì
俊俏美麗。例：服裝展銷會上，最引
人注目的是那些～的妙齡女郎。

【傾城傾國】 qīng chéng qīng guó
城中的人和國中的人都為之傾倒。形容女子容貌非凡。《漢書·外戚傳》：「北方有佳人，絕世而獨立。一顧傾人城，再顧傾人國。」例：楊貴妃有～之貌，最後卻落得個馬嵬坡前被縊死的下場。

【清秀】 qīng xiù
美麗而不俗氣。例：姑娘長得十分～｜眉目～。

【帥】 shuài
〈口〉形容瀟灑、英俊。用於形容男子相貌。例：這小伙子真～。

【亭亭玉立】 tíng tíng yù lì
亭亭：聳起的樣子。玉立：比喻身體修長而美麗。形容女子體態修長俊美。例：她站在那兒，～，吸引了年輕男子的注目。

【嫵媚】 wǔ mèi
〈書〉姿態美好。多形容女性，也可用來形容花木。例：演員們舞姿～，博得觀眾陣陣掌聲。

【秀麗】 xiù lì
清秀美麗。可形容人，也可形容風光、字體等。例：面容～｜風光～｜字體～。

【秀美】 xiù měi
清秀而美麗。應用範圍比「秀麗」略小。例：這姑娘真是～。

【秀氣】 xiù·qi
清秀而俊氣。例：他幼年時已長得很～，深得長輩的疼愛。

【窈窕】 yǎo tiǎo
〈書〉形容女子文靜而美麗。例：～淑女｜身段～。

【儀態萬方】 yí tài wàn fāng
儀容姿態千變萬化，樣樣都美。例：參加大賽的模特兒選手們～，各有千秋。

【英俊】 yīng jùn
形容青年男子容貌俊秀，有精神。例：在舞台上，他還是個～小生呢。

醜陋 chǒu lòu

【醜】 chǒu

醜陋；不好看。例：～陋｜～惡｜沒見過這麼～的人！

【醜八怪】 chǒu bā guài

〈口〉指長相醜陋、很不好看的人。例：這個人簡直就是個～。

【醜陋】 chǒu lòu

相貌難看。含貶義。例：這個人長相實在～。注意：也形容人的行為、思想低下。例：這種～的行為實在有損國格，為人所不齒。

【醜陋不堪】 chǒu lòu bù kān

相貌或樣子難看到不能忍受的程度。程度比「醜陋」深。例：別看他長得～，心地卻很善良。

【醜小鴨】 chǒu xiǎo yā

源出於安徒生童話，後泛指尚未臻於完美的人，不單單指相貌。例：她總以為自己是一隻～，凡事不敢出頭露面。

【面目可憎】 miàn mù kě zēng

面目醜陋，令人厭惡。含貶義。例：也許是了解了那些醜事的緣故，我一看到他就覺得他～。

【難看】 nán kàn

醜陋；不好看。程度不及「醜陋」深。例：這個人真～。注意：也可用來形容神情、氣色。例：聽了這一番話，他的臉色變得很～。

【其醜無比】 qí chǒu wú bǐ

沒有比他（她）更醜的。例：哥哥娶了嫂嫂，別人都說她～，可哥哥卻十分愛她，說她心地善良。

【肉眼凡胎】 ròu yǎn fán tāi

〈口〉形容長相平庸，不出眾。含貶義。例：看他長得～，不像個出色演員。注意：也用於自謙，表示自己平庸、俗氣。例：我這～，根本看不出其中有甚麼奧秘。

【賊眉鼠眼】 zéi méi shǔ yǎn

形容鬼鬼祟祟的樣子。含貶義。例：他～的，一進大門就引起了保安的注意。

【獐頭鼠目】 zhāng tóu shǔ mù

相貌醜陋猥瑣。多用來形容心術不正的人。含貶義。例：那個人～，給人印象壞透了！

肥胖 féi pàng

【大腹便便】 dà fù pián pián
便便：肥大的樣子。肚子肥大的樣子。例：看他～的樣子，倒像個大老闆。

【敦實】 dūn·shi
形容人長得粗短而結實。例：舉重運動員個個都是～的身材。

【發福】 fā fú
發胖。多用於中老年人。婉辭。例：幾年不見，您～了。

【肥】 féi
與「瘦」相對。含脂肪多。除「肥胖」、「減肥」外，一般不用於人，多用於動物或人體的某個部分。形容人用「胖」。例：他很～。｜～豬｜～羊｜腦滿腸～。注意：也用來指土地肥沃。例：那裏的地特別～，產量肯定高。

【肥大】 féi dà
又肥又大。例：腰身～｜北極熊體形～｜他移動着～的身軀走出去了。注意：也形容衣服又寬又大。例：這件上衣太～了，不適合我穿。

【肥厚】 féi hòu
肥而厚。例：他～的嘴唇顫抖着，半晌說不出話來｜～的手掌。

【肥胖】 féi pàng
胖。用於人。例：～是健康的大敵｜他是個過於～的中年人。

【肥碩】 féi shuò
指肢體大而肥胖。例：他剃了個光頭，更顯得～了。注意：也用來形容果實又大又飽滿。例：～的穀穗。

【肥頭大耳】 féi tóu dà ěr
形容人長得肥胖。含貶義。例：那個傢伙～，不像個好人。

【肥壯】 féi zhuàng
（生物體）肥大而健壯。多形容動物。例：牛羊～。

【豐滿】 fēng mǎn
長得雖胖卻勻稱好看。用來形容人的身體，多用於女性。例：幾年不見，她變成個～的女孩子了。注意：也有充足之意。例：今年家裏的糧食很～。

【豐盈】 fēng yíng
形容身體豐滿。比「豐滿」更具美感。例：她體態～，看上去很健康。注意：也有富裕、豐富之意。例：衣食｜過着～的生活。

【豐腴】 fēng yú
〈書〉指人的體態豐滿。比「豐滿」、「豐盈」要胖。常形容女人的體態。例：她身材高大～，勻稱好看。注意：也形容土地肥沃或表示豐盛之意。例：珠江三角洲是一片～的土地｜～的酒席。

瘦弱 shòu ruò

【富態】 fù tài
體態肥胖。婉辭。例：瞧他長得挺
～，家庭生活肯定不錯吧！

【腦滿腸肥】 nǎo mǎn cháng féi
形容人養尊處優，吃得很胖。含貶
義。例：那幾位紈絝子弟整天無所事
事，一個個～。

【胖】 pàng
脂肪多；肉多。例：～小子｜最近你
又變～了。

【胖墩墩】 pàng dūn dūn
形容人矮胖而健壯。例：他～的像個
舉重運動員。

【胖呼呼】 pàng hū hū
形容人肥胖。例：這個人～的，走起
路來直喘粗氣。

【胖子】 pàng·zi
肥胖的人。例：大～｜打腫臉充～。

【乾巴】 gān·ba
〈口〉乾枯瘦小。例：他就是那麼個
～人，其實沒甚麼病。

【乾瘦】 gān shòu
瘦弱枯乾。例：我認識他時他就那麼
～，怎麼吃也不胖。

【骨瘦如柴】 gǔ shòu rú chái
形容瘦得只剩一把骨頭，像乾柴一
樣。例：他病得～，叫人好心疼啊！

【面黃肌瘦】 miàn huáng jī shòu
面色枯黃，人體瘦削。形容人營養不
良、不健康的樣子。例：這家人生活
太困難了，孩子～，咱們大家湊一點
兒錢幫幫他們吧。

【清瘦】 qīng qú
〈書〉清瘦。例：爺爺面容～，但很
健康。

【清瘦】 qīng shòu
指人瘦削。含清秀義。例：別看他那
麼～，卻有一副錚錚鐵骨。

【瘦】 shòu
指人或動物不肥胖。例：哎喲，幾個
月不見，你怎麼變～了？

【瘦巴巴】 shòu bā bā
瘦削枯乾。例：聽奶奶說，爺爺年輕
時就已經～的。

【瘦骨嶙峋】 shòu gǔ lín xún
〈書〉嶙峋：山石重疊不平的樣子。
形容人瘦得皮包骨，像山石一樣突兀
不平。例：他伸出～的手，指指胸
口，說自己有心臟病。

【瘦弱】 shòu ruò
肌肉不豐滿；不壯實。例：這孩子從
小就很～。

【瘦小】 shòu xiǎo
又瘦又小。例：別看他長得～，力氣
可大得很呢！

【瘦削】 shòu xuē
身體或臉很瘦。例：看上去他身材
～，但並沒有甚麼病。

【消瘦】 xiāo shòu
漸漸變瘦。例：自從奶奶去世，爺爺
變得沉默寡言，人也～多了。

五、飲食・醫療・衛生

吃 chī

【飽餐】bǎo cān
吃得很飽。例：～之後，不宜馬上做激烈的運動。

【飽食】bǎo shí
同「飽餐」。例：這些富家子弟～終日，無所事事。

【餐】cān
吃。例：少食多～，對患有胃病的人是有好處的。注意：也指飯食。例：早～｜快～｜中～｜西～。

【嘗】cháng
吃，有少吃並辨別滋味的意思。例：～一～｜這種月餅很好的，你～～吧。

【吃】chī
食物由嘴經過咀嚼到胃的過程。例：～飯｜～喝｜～糖｜～蘋果。

【吃吃喝喝】chī chī hē hē
也說「大吃大喝」。形容沒有節制地吃喝。例：這個人～慣了，節儉二字早就忘諸腦後了。

【吃素】chī sù
不吃肉、魚等葷菜。佛教徒除此之外還不吃葱、蒜等。例：奶奶一輩子～，身體很好。

【吃齋】chī zhāi
同「吃素」。例：～念佛。注意：也指和尚吃飯。

【充飢】chōng jī
〈書〉解餓。指吃東西。例：摘些野果子，也可～｜半路上，沒有～的東西，餓得肚子咕咕叫。

【服】fú
吃（藥）。例：連～了三劑藥，他的病好多了。

【會餐】huì cān
指慶祝或集會時多人一起，共食比較豐盛的佳肴。例：為慶祝公司開業三週年，老闆特意準備了酒菜，請大家～。

【進餐】jìn cān
〈書〉吃飯。例：晚上他和大家一起～時，精神已經顯得好多了。

【進食】jìn shí
〈書〉吃飯。多用於發病前後。例：手術後第二天他就～了｜小狗好像是病了，已經三天沒～了。

【就餐】jiù cān
〈書〉就：進入；開始從事。去吃飯。例：時間到了，我們到食堂～吧。

【聚餐】jù cān
幾個人或多人聚在一起吃飯。例：三五個朋友，週末一起～，快樂極了。

【嗑】 kè
咬開有殼或硬的東西。例：～瓜子。

【啃】 kěn
一點點咬硬的東西。例：～骨頭。

【狼吞虎嚥】 láng tūn hǔ yàn
像狼虎那樣吞嚥食物。形容吃東西又猛又急的樣子。例：小伙子是餓急了，一大碗飯～地就沒了。

【品嘗】 pǐn cháng
吃一點兒，並仔細辨別滋味。例：主人拿出自己釀的酒，請大家～。

【品味】 pǐn wèi
仔細品評滋味。例：他把糖放進口中，仔細～。

【食用】 shí yòng
做食物用；可以吃的。例：這種蘑菇沒問題，可以～的。

【舔】 tiǎn
用舌頭接觸東西或取食物。例：小狗真是餓了，把盆子～得乾乾淨淨。

【吞食】 tūn shí
吃東西時整個或大塊地咽下。例：那隻雞被老虎眨眼功夫就～了。

【吞噬】 tūn shì
吃掉。例：剛放養的小魚苗被烏魚幾口就～光了。注意：也比喻侵佔別人或公家的財物。例：上任三年，他～公款差不多一百萬，終於被逮捕了。

【吞嚥】 tūn yàn
吞食；咽下。多指吃東西的過程。例：最近我得了咽喉炎，～食物很困難。

【細嚼慢嚥】 xì jiáo màn yàn
形容吃飯時嚼得細碎，吃得穩穩當當。例：你的腸胃功能不好，吃飯應該注意～。

【咬】 yǎo
用牙齒把東西夾住或弄碎。有時可以等同於「吃」。例：這種月餅非常好吃，讓我～一口。

【野餐】 yě cān
旅行、野遊時帶了食品在野外吃。例：～不在於吃得多好，而在於那種情趣。

【啄食】 zhuó shí
鳥類取食。例：鳥兒～着小蟲子。

【午膳】 wǔ shàn
〈書〉午餐。例：他們今天在這家飯店用～。

喝 hē

【暢飲】 chàng yǐn
暢快地喝。例：開懷～。

【啜】 chuò
〈書〉喝。例：～茗。

【獨酌】 dú zhuó
〈書〉一個人獨自飲酒。例：花間一
壺酒，～無相親。

【對酌】 duì zhuó
兩人相對飲酒。例：爺爺和張伯～，
喝得有滋有味。

【豪飲】 háo yǐn
放開酒量痛飲。程度比「痛飲」重。
例：老同學幾年沒見了，見面免不了
～一番。

【喝】 hē
吸食液體或流質食物；飲。例：～
水｜～茶｜～酒｜～粥。

【開懷暢飲】 kāi huái chàng yǐn
心情舒暢，痛痛快快地盡情喝酒。
例：十幾年沒見的老同學來了，我們
～，一直到深夜。

【狂飲】 kuáng yǐn
縱情、大量地飲酒。例：球隊贏球
了，球迷們徹夜～。

【牛飲】 niú yǐn
像牛一樣大口地喝。例：如此～，實
在是斯文掃地啊！

【痛飲】 tòng yǐn
痛痛快快地喝酒。例：官司打贏了，
我們要～一番。

【小酌】 xiǎo zhuó
簡單地、少量地飲酒。例：兩人是老
朋友了，沒事常湊在一起～一杯。

【一飲而盡】 yì yǐn ér jìn
一口氣喝乾。形容喝得痛快。例：他
端起杯來～。

【飲】 yǐn
喝。例：～酒｜～水。注意：也指內
心存着、含着。例：～恨九泉。

【酌】 zhuó
斟（酒）；飲（酒）。例：小～｜獨～。

【自斟自飲】 zì zhēn zì yǐn
自己倒酒自己喝。形容一個人喝酒的
情景。例：奶奶去世後，爺爺常～，
以排遣思念之情。

饞 chán

【饞】 chán
看見好吃的東西就想吃；專愛吃好吃的；饞嘴。例：這孩子就是～，看見甚麼都嚷着要吃。

【饞貓兒】 chán māor
比喻饞嘴的人。含親昵語氣。例：她是一個～，甚麼好吃的東西都吃不夠。

【饞涎欲滴】 chán xián yù dī
嘴饞得口水都快要流下來了。形容貪饞的樣子。例：蛋糕還沒切好，小明就～了，那樣子逗得全家哈哈大笑。

【饞嘴】 chán zuǐ
饞。例：這孩子～，看見好吃的就不肯走開。

【垂涎】 chuí xián
涎：口水。因想吃而流口水，形容饞。也比喻看見別人的好東西就想得到。例：張三偷了～已久的小汽車，第二天就進了警察局。

【垂涎三尺】 chuí xián sān chǐ
口水流下來很長。形容嘴饞想吃。比「垂涎」更形象。多用來形容看見別人的好東西，就妄圖據為己有。例：他對那筆財產早就～，現在終於想辦法弄到手了。

【貪吃】 tān chī
貪嘴。例：你這樣～，不發胖才怪。

【貪嘴】 tān zuǐ
貪吃。例：他總是～，不知節制。

【饕餮】 tāo tiè
神話傳說中貪吃的惡獸。用來比喻貪吃的人。例：～之徒。

餓 è

【餓】 è
與「飽」相對。肚子空，想吃東西。
例：忍飢挨～。

【餓殍遍野】 è piǎo biàn yě
〈書〉到處都是餓死的人。例：影片
一開始，就把那裏連年災害、～的凄
慘景象表現得淋漓盡致。

【飢】 jī
飢餓。例：～一頓，飽一頓。

【飢不擇食】 jī bù zé shí
餓急了甚麼都可以吃，顧不上選擇食
物。常用來比喻需要急迫時，來不及
選擇。例：哎喲，這種飯怎麼可以
吃？你可真是～了｜沒書看也不可以
看這種書啊，這不是～嗎？

【飢腸轆轆】 jī cháng lù lù
飢腸：飢餓的肚腸。轆轆：車輪滾動
的聲音。形容十分飢餓，肚子咕咕
叫。例：早上沒吃飯，我已是～了。

【飢餓】 jī è
餓。例：從電視裏看到那些～的難
民，我更加痛恨戰爭了。

【飢寒交迫】 jī hán jiāo pò
冷餓交加。例：難民們～，亟待救
援。

【空肚子】 kōng dù·zi
〈口〉餓着肚子。例：他早晨上沒吃
飯，～上了一上午課。

【食不果腹】 shí bù guǒ fù
〈書〉吃的東西填不飽肚子。例：山
區裏許多人過着～的日子。

酒 jiǔ

【陳酒】 chén jiǔ
存放時間很長的酒。例：～的味道更醇。

【杜康】 dù kāng
相傳是發明酒的人，後用來稱酒。例：何以解憂，惟有～。

【佳釀】 jiā niàng
美酒。例：名酒～。

【酒】 jiǔ
用糧食、水果等含澱粉或糖的物質經發酵製成的含乙醇的飲料。例：白～｜啤～｜葡萄～。

【老酒】 lǎo jiǔ
存放多年的酒。例：這種～，價格比一般的酒貴出一倍多。

【美酒】 měi jiǔ
好酒。例：～飄香｜～佳肴。

【清酒】 qīng jiǔ
清澈、純淨的酒。也特指日本用米和米麴釀製的一種酒類。例：兩位老人～一杯，一直談到半夜。

【水酒】 shuǐ jiǔ
很清淡的酒。多用作謙辭。例：～一杯，不成敬意，各位多包涵。

【玉液瓊漿】 yù yè qióng jiāng
〈書〉對美酒的讚詞。例：他現在的心情糟透了，即便是～入口也味同嚼蠟。

【濁酒】 zhuó jiǔ
渾濁的酒。例：～一杯家萬里，燕然未勒歸無計。

香 xiāng

【芳】 fāng
芳香。形容花草的香氣。例：～草萋萋｜～香沁人。

【芳菲】 fāng fēi
〈書〉形容花草的芳香。例：百花吐蕊，滿園～。

【芳香】 fāng xiāng
香味。多用於花草。例：走進花園，滿園～，令人陶醉。

【芳澤】 fāng zé
〈書〉香氣。例：維園花展，群花怒放，～四溢，沁人心脾。

【芬芳】 fēn fāng
芳香。例：百花盛開，滿園～。

【芬芳馥郁】 fēn fāng fù yù
〈書〉形容香氣很香很濃。例：在～的花園裏看書，真是愜意啊！

【馥馥】 fù fù
〈書〉形容香氣濃郁。例：香氣～。

【馥郁】 fù yù
〈書〉形容香氣很濃。例：桂花雖然細小，卻帶有～的芳香。

【濃香】 nóng xiāng
香氣濃厚。例：爺爺不喜歡這種酒，說太過～。

【清香】 qīng xiāng
清爽的香氣。例：這道菜以花入饌，吃起來～可口｜野花的～。

【甜香】 tián xiāng
又甜又香。例：這種餅乾～可口，孩子們非常喜歡。

【香】 xiāng
與「臭」相對。氣味好聞。例：這花真～啊！

【香馥馥】 xiāng fù fù
形容香味濃郁。多用於花草。例：～的果園裏，蜜蜂嗡嗡地叫着。

【香噴噴】 xiāng pēn pēn
形容香氣撲鼻。例：媽媽蒸出來的餃子～的，小明一連吃了好幾個。

【香氣】 xiāng qì
香味。例：～撲鼻｜～四溢。

【香甜】 xiāng tián
又香又甜。例：這種水果沙拉～爽口，非常受小朋友歡迎。

【香澤】 xiāng zé
香氣。例：蘭露滋～，松風鳴佩環。

【馨香】 xīn xiāng
芳香。例：丁香樹開花了，庭院裏溢滿～。

【郁郁】 yù yù
〈書〉香氣濃厚。例：滿山杏樹開花了，香氣～，隨風飄散。

臭 chòu

【臭】 chòu
與「香」相對。氣味難聞。例：～不可聞｜～氣熏天。

【臭不可聞】 chòu bù kě wén
臭得沒法聞。例：工廠把污水直接排放到河裏，河水已經變得～。注意：也用來形容人的名聲非常不好。例：在學校裏，他的名聲已經～了。

【臭烘烘】 chòu hōng hōng
形容很臭。例：太陽一曬，下水道的氣味～的，叫人受不了。

【臭氣熏人】 chòu qì xūn rén
形容臭味很濃烈，使人難以忍受。例：這一帶垃圾成堆，～，市民都向相關部門投訴了。

【臭氣熏天】 chòu qì xūn tiān
誇張的說法。形容極臭，臭味直衝天際，義同「臭氣熏人」。例：這家商場的廁所～，令人作嘔。

【惡臭】 è chòu
極為難聞的臭味。例：由於河水被污染，一陣陣～隨風飄散。

【腐臭】 fǔ chòu
因腐爛而引起的臭味。例：法醫頂着～進行屍檢。

【其臭無比】 qí chòu wú bǐ
那樣的臭沒有可比的。常用其比喻義。例：他的棋藝～｜臭豆腐～，有些人卻很愛吃。

【奇臭無比】 qí chòu wú bǐ
很奇異、很少見的臭。例：不知那是甚麼東西，～。

【酸臭】 suān chòu
帶有酸味的臭。例：這個菜醃得太久，已經有一股～味了。

醫療 yī liáo

【華佗再世】 huà tuó zài shì
華佗：東漢時一位醫術高明的醫生。比喻醫術高明。例：張醫生醫術高明，好比～。

【急救】 jí jiù
緊急救治。例：學生食物中毒，醫生正在～。

【救護】 jiù hù
援救護理傷病人員，使其得到適時的醫療。也泛指援助護理傷病人員的人。例：飛機落地後，～人員已經在機場等候了，他被直接送進了醫院。

【救死扶傷】 jiù sǐ fú shāng
救治有生命危險的，醫治護理受傷的。多用來形容醫護工作者為病人服務的崇高精神。例：～是醫護工作者的神聖職責。

【救治】 jiù zhì
搶救醫治使脫離危險。例：經過全力～，中毒的人全部脫離了生命危險。

【療】 liáo
〈書〉醫治。例：《三國演義》中華佗為關羽刮骨～毒的故事十分生動，讀後令我久久不忘。

【療養】 liáo yǎng
以調養為主的治療。例：你這種慢性疾病應該去～一段時間。

【妙手回春】 miào shǒu huí chūn
妙手：技能高明的人。回春：使春天又重新回來。比喻醫術高明。例：醫生～，使她失明多年的雙眼重見光明。

【起死回生】 qǐ sǐ huí shēng
把將死的人醫活。比喻醫術高明。例：世上沒有～的藥。

【搶救】 qiǎng jiù
在患者病危的情況下迅速救護。例：～危重病人。

【藥到病除】 yào dào bìng chú
一副藥就能把病治好。比喻醫術高明。例：張醫生經驗豐富，～。注意：也常用來比喻解決問題迅速有效。

【醫療】 yī liáo
對疾病進行的治療。例：～隊｜～衛生｜～機構。

【醫治】 yī zhì
治療。例：他的病已經得到～，快要康復了。

【診療】 zhěn liáo
診斷和治療。例：這所醫院的～水平很高。

【診治】 zhěn zhì
〈書〉診斷和治病。例：他的病已經得到了徹底～。

【治】 zhì
醫治。例：有病就要馬上～，不可延誤病情。

疾病 jí bìng

【病】 bìng
生理或心理上產生的不正常狀態。
例：這種～很少見，專家們正在會
診。

【病魔】 bìng mó
比喻疾病。多指久治不好的病。例：
～纏身｜他每天都堅持鍛煉，決心戰
勝～。

【病入膏肓】 bìng rù gāo huāng
膏肓：中國古代醫學上把心尖脂肪叫
膏，心臟和膈膜之間叫肓。古人認為
這是藥力達不到的地方。形容病勢嚴
重得已經無法醫治。例：他已經～，
還是準備後事吧。

【病痛】 bìng tòng
疾病和疾病所帶來的疼痛。例：～難
忍｜～的折磨，讓他萬念俱灰。

【病危】 bìng wēi
病勢危險。程度比「垂危」輕。例：
他接到父親～的消息，立即買機票趕
回家。

【病懨懨】 bìng yān yān
有病而精神疲乏的樣子。例：看他～
的樣子，我心裏很難過。

【病殃殃】 bìng yāng yāng
〈口〉有病的樣子。例：奶奶整個冬
天都～的，一開春又好了許多。

【不治之症】 bú zhì zhī zhèng
沒辦法醫治好的病。例：這種病目前
還沒有辦法治療，可以說是～。

【垂危】 chuí wēi
病重而臨近死亡。程度比「病危」
重。例：～病人｜生命～。

【惡疾】 è jí
來勢兇猛很難治好的疾病。例：～突
如其來，令人措手不及，

【痼疾】 gù jí
經久難治的頑固的病。程度比「宿
疾」更深。例：如此～，只能慢慢調
養。注意：也指長期養成的不易克服
的毛病。例：怎麼批評也沒用，他就
是～難改。

【疾病】 jí bìng
病的總稱。例：～流行｜預防～。

【疾患】 jí huàn
〈書〉病。例：～使他長年臥牀不
起，痛苦不堪。

【急症】 jí zhèng
突然發作、不容延緩的病。例：他得
的是～，趕緊送往急診室。

【舊病】 jiù bìng
過去曾經得過的病。例：～復發。

昏迷 hūn mí

【彌留】 mí liú
〈書〉病重臨近死亡。與「垂危」義同。例：～之際，老人還不忘叮囑兒女。

【氣息奄奄】 qì xī yǎn yǎn
氣息：呼吸時出入的氣。奄奄：氣息微弱的樣子。形容生命垂危時的樣子。例：病人被送來時，已是～，不過現在好多了。

【宿疾】 sù jí
〈書〉老毛病。例：多年～，想根治難啊！

【危重】 wēi zhòng
病情嚴重而危險。例：～病人｜病情～。

【臥牀不起】 wò chuáng bù qǐ
臥：躺。躺在牀上不能起來了。形容病勢嚴重的程度。例：他接到電話趕到家時，父親已經～了。

【奄奄一息】 yǎn yǎn yì xī
氣息微弱，一息尚存。形容生命垂危。例：病人躺在牀上，～。

【不省人事】 bù xǐng rén shì
昏迷，失去知覺。例：事故發生後，他一直～，生命垂危。

【昏厥】 hūn jué
由於腦貧血、精神過度緊張等原因突然失去知覺。例：聽到家人去世的消息，她～過去。

【昏亂】 hūn luàn
頭腦迷糊，神志不清。例：他神志～之中還念念不忘工作。

【昏迷】 hūn mí
因大腦功能嚴重紊亂而較長時間失去知覺。例：自從出車禍之後，他一直～不醒。

【迷糊】 mí·hu
〈口〉神志不清。例：這一年奶奶總是一副～的樣子，看來她真是老了。

【神志不清】 shén zhì bù qīng
知覺和理智不清醒。例：病中他經常處於一種～的狀態。

【神志昏亂】 shén zhì hūn luàn
同「神志不清」。例：出車禍後，他一度～。

【休克】 xiū kè
昏迷。例：他驚嚇得～了五六分鐘才醒過來。

疼痛 téng tòng

【暈厥】 yūn jué
昏厥。例：她因為受不了打擊，～了過去。

【刺痛】 cì tòng
像被尖利的東西所刺那樣的疼痛。例：陰天下雨的時候，傷口還一陣陣～｜事情雖然已經過去三年多了，但現在想起來，他的心仍然一陣陣～。

【絞痛】 jiǎo tòng
由疾病引起某一器官陣發性的劇烈疼痛。例：心～｜肚子～。

【劇痛】 jù tòng
劇烈的疼痛，程度較重。例：夜裏，他的腹部～，送到醫院急診，原來是急性闌尾炎。

【傷痛】 shāng tòng
因受傷引起的疼痛。例：他強忍～，打通了報警電話。

【痠痛】 suān tòng
身上發痠發痛。例：勞累了一天，晚上躺在牀上渾身～。

【疼】 téng
痛。由於疾病或創傷引起難受的感覺。例：母親有風濕病，一遇雨天渾身關節就～。

【疼痛】 téng tòng
因病或創傷引起的難受感覺。用法同「疼」。例：他傷口發了炎，～難忍。

【痛】 tòng
疼。例：頭～｜肚子～。

傷殘 shāng cán

【痛苦】 tòng kǔ
身體或精神感到十分難受。例：對於那一段～的經歷，他現在連想也不願想。

【痛癢難耐】 tòng yǎng nán nài
又痛又癢，難以忍受。例：他得了皮膚病，～，整夜整夜睡不着覺。

【隱隱作痛】 yǐn yǐn zuò tòng
隱隱約約的痛感。例：他去年做了一次大手術，現在一到陰雨天，傷口還～。

【陣痛】 zhèn tòng
分娩時子宮收縮引起的疼痛。例：～襲來，年輕的媽媽忍不住叫出聲來。注意：常用來比喻新事物產生過程中面臨的困難。

【腫痛】 zhǒng tòng
因發炎紅腫引起的疼痛。例：他腳踝～，走路都很困難了。

【疤痕】 bā hén
傷口癒合後留下的印痕。例：皮膚上的～，時時提醒他不要再去動粗打架。

【遍體鱗傷】 biàn tǐ lín shāng
全身佈滿像魚鱗一樣密的傷痕。比喻傷勢嚴重。例：他被歹徒打得～，奄奄一息。

【創傷】 chuāng shāng
身體受傷的地方。例：這種～醫治起來是需要時日的。注意：也指心靈、感情受到損害或國家、民族由於災難而造成的破壞。例：那段經歷在他心裏留下的～是難以撫平的。

【內傷】 nèi shāng
內臟受到的損傷。與「外傷」相對。例：他受的是～，需要全面檢查一下。

【輕傷】 qīng shāng
與「重傷」相對。較輕的創傷。例：他從自行車上摔下來，受了～。

【傷殘】 shāng cán
人體受到損壞，外形或功能不再健全。例：那場車禍給他留下了永久性的～｜～人士。

【傷痕】 shāng hén
傷口癒合後皮膚上留下的痕跡。例：舊～又添新～。

清潔 qīng jié

【傷痕纍纍】 shāng hén lěi lěi
纍纍：連接成串的樣子。形容傷痕很多。例：爺爺曾經是拳擊運動員，身上～。

【傷亡】 shāng wáng
傷殘和死亡。例：這次戰鬥，雙方～慘重｜大地震後統計，～人數超過了三千。

【受傷】 shòu shāng
人體受到損害。例：警察一到，第一件事就是把～的人送往醫院。

【外傷】 wài shāng
人體外部受到的損傷。與「內傷」相對。例：他只是～流了一些血，整個內臟沒有甚麼問題。

【重傷】 zhòng shāng
與「輕傷」相對。很重的創傷。例：地震中，許多人受了～。

【窗明几淨】 chuāng míng jī jìng
窗戶明亮，桌子乾淨。形容房間清潔。例：新居～，令人心情愉快。

【純淨】 chún jìng
純潔；乾淨。例：喝～水有利於身體健康。

【乾淨】 gān jìng
清潔。多用於口語，適用範圍較「潔淨｜廣。例：教室裏打掃得很～。注意：也指一點兒不剩。例：把碗裏的飯吃～，不要浪費。

【潔淨】 jié jìng
清潔；乾淨而整潔。程度比「純淨」輕，語意較「乾淨」重，但適用範圍比「乾淨」窄。例：桌面十分～，像新的一樣。

【明淨】 míng jìng
明朗而潔淨。例：秋日～的天空，沒有一絲雲彩。

【清潔】 qīng jié
乾淨。用於環境、物品、身體的某部位等，還可作動詞。例：廁所裏打掃得十分～｜你去～一下桌面。

【清爽】 qīng shuǎng
整潔；乾淨。例：空氣～。

骯髒 āng zāng

【清新】 qīng xīn
清爽而新鮮。含清潔義。例：一場春雨後，林子裏霎空氣格外～。

【纖塵不染】 xiān chén bù rǎn
纖塵：細小的灰塵。一點兒灰塵也沒有。程度比「一塵不染」重。例：手術室的衛生要求十分嚴格，一定要～。

【一塵不染】 yì chén bù rǎn
佛教指色、聲、香、味、觸、法六者為塵，修道者達到真性清淨，不被六塵所染污為「一塵不染」。後用來形容環境或物體非常乾淨、清潔。例：屋子裏～，看得出主人是一個愛乾淨的人。注意：也指完全不受壞思想、壞風氣的影響。例：她雖在娛樂場中工作，卻潔身自好，～。

【整潔】 zhěng jié
整齊；清潔。例：女生宿舍收拾得十分～。

【骯髒】 āng zāng
不乾淨。例：你這雙手弄得太～了。注意：也常用來比喻醜惡、卑鄙。例：靈魂～。

【混濁】 hún zhuó
（水、空氣等）含有雜質，不純淨，不清澈。與「污濁」相比，「混濁」不一定髒。例：這水太～，別喝了。

【邋遢】 lā·ta
〈口〉不整潔；不利落。含髒義。例：小明的房間弄得太～了。注意：也說「邋邋遢遢」，以加深程度。例：這個孩子總是～的。

【齷齪】 wò chuò
不乾淨。一般不用來形容具體物體的不乾淨，而多比喻人的品質惡劣。例：他怎麼會幹出這種～的事呢｜在任何地方都不能說這種～的話。

【污點】 wū diǎn
物體上的髒東西。例：盤子上的～沖不乾淨。注意：也指不光彩的事。例：他被判過三年刑，無疑，這是他人生的一個～。

【污垢】 wū gòu
人身上或物體上的髒東西。例：這種洗衣粉很好用，把衣服上的～全洗掉了。

塵土 chén tǔ

【污痕】 wū hén
髒的痕跡。例：爸爸剛買了一輛新
車，就弄上了～，他十分心疼。

【污穢】 wū huì
〈書〉不乾淨。例：廁所裏～不堪｜
這種～的語言，簡直叫人不堪入耳。

【污泥濁水】 wū ní zhuó shuǐ
污濁的泥水。比喻落後、腐朽的東
西。例：一定要把迷信的～清除乾
淨。

【污染】 wū rǎn
使沾染上有害物質；空氣、土壤、水
源等混入有害的東西。例：環境～問
題已經刻不容緩地提到日程上來。

【污濁】 wū zhuó
髒或混濁的東西。例：空氣～，令人
呼吸不暢。

【髒】 zāng
不乾淨。例：手～了｜把衣服弄～
了。

【塵埃】 chén āi
塵土。例：～落定｜清掃～。

【塵垢】 chén gòu
灰塵和污垢。例：這裏的衛生條件太
差，家具上滿是～。

【塵土】 chén tǔ
細土。例：沙塵暴過後，滿屋子都是
～。

【塵屑】 chén xiè
細小的灰塵。例：在這種～飛揚的環
境裏工作，很容易得肺病的。

【浮土】 fú tǔ
附在器物表面上的灰塵。例：拂去
～，才露出家具的本色。

【灰】 huī
塵土。例：～塵｜積～｜這屋子裏～
太大了。

【灰塵】 huī chén
塵土。例：房間無人打掃，佈滿～。

【灰土】 huī tǔ
塵土。例：車後捲起一片～。

【沙塵】 shā chén
飛揚着的細沙土。例：～蔽日，讓人
不敢出門。

【微塵】 wēi chén
微小的塵土。例：陽光中有～在飄
浮。

【纖塵】 xiān chén
細小的灰塵。例：他十分注意環境衛
生，自己的臥室更是～不染。

【煙塵】 yān chén
煙霧和灰塵。例：～漫天｜～嗆人｜
～滾滾。

【揚塵】 yáng chén
揚起的沙塵。例：～天氣越來越多
了，這都是環境遭到破壞、草原沙化
的結果。

六、人際交往・社會關係

交往 jiāo wǎng

【打交道】 dǎ jiāo dào
〈口〉交際；來往；聯繫。例：爸爸自從經商後，經常和供應商～。

【互通】 hù tōng
互相溝通、聯絡、交換。例：～有無｜～信息。

【互助】 hù zhù
互相幫助。例：～合作｜～互利。

【交好】 jiāo hǎo
人與人或國與國互相往來，結成知己或友邦。例：但願兩國人民世世代代～下去。

【交際】 jiāo jì
人與人的往來接觸。例：商品經濟社會，人與人的～是不可避免的。

【交流】 jiāo liú
彼此把自己有的供給對方。例：他們經常在一起～學習心得。

【交情】 jiāo·qing
人與人互相交往而結下的感情。例：他們兩家多年比鄰而居，～很深。

【交往】 jiāo wǎng
交際來往。例：～密切。

【交易】 jiāo yì
買賣商品。例：公平～｜他們之間做成了一筆～。

【交誼】 jiāo yì
〈書〉因交往而結下的友誼。例：～深厚。

【交遊】 jiāo yóu
〈書〉結交朋友，遊歷四方。例：他是個詩人，～很廣。

【來往】 lái wǎng
互相往來。例：我們經常和其他學校的人～。

【聯繫】 lián xì
彼此接上關係。含交往義。例：雖然畢業了，我們還是經常～。

代表詞

拜訪 bài fǎng

【暗訪】 àn fǎng
私訪。但更強調其隱蔽性。例：明察
～。

【拜訪】 bài fǎng
訪問。敬辭。例：這次去北京，我～
了老作家張先生。

【拜會】 bài huì
拜訪會見。現多指外交上的正式訪
問。例：代表團～了該國總統。

【拜見】 bài jiàn
拜會；會見（從客人方面說）。比「拜
訪」更強調禮儀性。例：～恩師。

【拜客】 bài kè
拜訪他人。例：星期天爸爸和媽媽去
～，留下我一個人在家。

【拜謁】 bài yè
〈書〉虔誠地拜見。例：專程～。注
意：也指瞻仰。例：～陵墓。

【參拜】 cān bài
以一定的禮節進見敬重的人。例：～
國王。注意：也指瞻仰敬重的人的遺
像、陵墓等。例：～孔廟。

【朝拜】 cháo bài
古代臣子上朝向君主跪拜或宗教徒向
神、佛禮拜。例：伊斯蘭教徒走在前
往麥加～的路上。

【朝見】 cháo jiàn
指古代臣子上朝見君主。例：君主時
代，臣子～皇上，要行叩拜大禮。

【朝覲】 cháo jìn
古代臣子上朝見君主或宗教徒拜見聖
像、聖地等。例：～帝王。

【朝聖】 cháo shèng
宗教徒朝拜宗教聖地。例：在每年的
齋月，都有大批的伊斯蘭教徒到麥加
～。

【出訪】 chū fǎng
專用於到國外訪問。例：這次外交部
長～了非洲四國。

【訪問】 fǎng wèn
有目的地去某地或某處看望、探問某
人。例：這次去美國，我特地去紐約
～了我的高中同學｜外交～。

【回拜】 huí bài
在對方來拜訪之後去拜訪對方。例：
出國～。

【回訪】 huí fǎng
回拜。例：總理這次去意大利是對該
國總理去年來訪的～。

【來訪】 lái fǎng
到來訪問。例：星期天我家有客人
～。

相逢 xiāng féng

【進見】 jìn jiàn

前去會見（輩分或地位比自己高的人）。例：～長輩。

【晉見】 jìn jiàn

同「進見」。拜謁。例：～丞相。

【覲見】 jìn jiàn

〈書〉臣子朝見君主。例：～國王。

【私訪】 sī fǎng

指官員隱瞞身份到民間調查。例：微服～。

【謁見】 yè jiàn

〈書〉進見。多用於會見輩分或地位高的人。例：～天皇。

【造訪】 zào fǎng

〈書〉拜訪。但含冒昧義。例：深夜～，多有打擾，還望您原諒。

【不期而遇】 bù qī ér yù

沒有約定日期卻意外地碰上。例：在一次展覽會上，兩位闊別十年之久的老同學～，別提有多高興了。

【重逢】 chóng féng

重：再。分別後再次見面。例：久別～｜難得～。

【逢】 féng

遇到；遇見。例：人～喜事精神爽｜屋漏偏～連夜雨。

【會】 huì

會面。有時指特意去尋人找事。例：再～｜有機會我得～～他。

【碰見】 pèng jiàn

事先沒有約定而互相見到。例：在地鐵裏～一位老同學，真是巧極了。

【碰頭】 pèng tóu

遇見或特意見面。例：公司管理層每週三都要開一次～會｜我和他約在荃灣～。

【萍水相逢】 píng shuǐ xiāng féng

萍：在水面上浮生的一種植物，隨水漂泊。比喻本不相識的人偶然相遇。例：他們～，卻談得非常投機。

【適逢】 shì féng

正好遇上（機會、事情或時代）。例：～良機｜～下雨｜～其會。

【狹路相逢】 xiá lù xiāng féng
原指在很窄的道路上相遇，無地可讓。比喻仇人相遇，不肯輕易放過。例：～勇者勝。

【相逢】 xiāng féng
彼此遇見。多指偶然的。例：同是天涯淪落人，～何必曾相識。

【邂逅】 xiè hòu
〈書〉偶然遇見相熟的人。例：他鄉～，我們要好好喝兩杯。

【冤家路窄】 yuān jiā lù zhǎi
仇人在狹路上相逢，來不及迴避。比喻不願相見的人偏偏碰見。例：真是～，偏偏這個時候又遇上他了。

【遇】 yù
相逢；碰到。例：他鄉～故知｜今天上街～到一位老朋友。

【遇到】 yù dào
碰到。例：你我住在天南地北，今天能在火車上～，真是巧極了。

【遇見】 yù jiàn
遇到。例：半路上～了小明。

【遇難】 yù nàn
遭到意外災難而死。例：這次飛機失事，～者達一百三十二人之多。

【遇上】 yù shàng
遇到。例：沒想到～這鬼天氣。

【遇險】 yù xiǎn
遭遇危險。例：這次登山～，使他得到一個教訓，今後再也不敢獨自一人登山了。

【遭】 zāo
遇到（不好的事）。例：小明的爸爸～車禍死了，我們大家去安慰他。

【遭逢】 zāo féng
碰上或遇到（不好的事）。例：～不幸｜～海難。

【遭劫】 zāo jié
被劫持。例：～的飛機改道降落在東京羽田機場。

【遭遇】 zāo yù
碰上。例：兩軍的先頭部隊在岔路口～了。注意：也指遇到的不幸的事。例：那是一段不幸的～。

【撞見】 zhuàng jiàn
偶然碰見。例：哥哥和女朋友在小河邊約會，被小明～，小明扮了個鬼臉就跑開了。

【撞上】 zhuàng shàng
撞見；碰見。例：早上一出門就～了多日不見的朋友。

離別 lí bié

【別離】 bié lí
分離。例：人生自古傷～。

【不辭而別】 bù cí ér bié
不告辭就離去。例：他不想讓親人太傷感，只好～了。

【辭別】 cí bié
告別。例：他～了老師，到英國留學去了。

【辭行】 cí xíng
離別遠行前向親友告別。例：～的時刻到了，他忍不住流下淚水。

【分別】 fēn bié
分開；離別。只適用於人。例：為了參加訓練，他不得不暫時與家人～｜～三年以後，我們又見面了。

【分道揚鑣】 fēn dào yáng biāo
鑣：馬嚼子。原指分路而行，後多比喻因目標不同或感情不合等原因而各走各的路。例：因觀點不同他們～了，合作到此結束。

【分離】 fēn lí
分開；別離。「分別」只用於人，「分離」還可以用於物。例：我們已經～得太久了｜通過實驗把兩種物質～開。

【分裂】 fēn liè
分開；破裂。程度比「分道揚鑣」重。含貶義。例：～疆土。

【分手】 fēn shǒu
離別；分開。例：我們自 1985 年～後，一直再沒有見面｜哥哥和女友因性格不和而～了。

【告別】 gào bié
離別；分手；辭行。例：他～親人，一個人到國外去了。

【告辭】 gào cí
向人辭別。例：我～了，您留步｜～了師母，他一個人走向車站。

【話別】 huà bié
分別前在一起談心。例：畢業了，同學們徹夜無眠，聚在一起～。

【餞別】 jiàn bié
設酒席送別。例：大家在飯店為他～。

【訣別】 jué bié
永別。例：小明收到了朋友的～信。

【闊別】 kuò bié
長時間的分別。例：～多年，他已人到中年了。

【勞燕分飛】 láo yàn fēn fēi
勞：伯勞鳥。古樂府《東飛伯勞歌》有「東飛伯勞西飛燕」，伯勞和燕子分別飛向東西。後世用「勞燕分飛」來比喻人的分開、別離。多用於夫妻或情侶。例：他們夫妻已經～了，你還不知道嗎？

【離別】lí bié
跟熟悉的人或地方分開。例：他～故鄉，到大城市去闖蕩。

【離開】lí kāi
與人或地方分離、分別。比「離別」應用範圍廣，既可用於長久離開，也可用於短暫離開。例：～家鄉｜～親人。

【離棄】lí qì
離開並拋棄。例：沒有人知道他為甚麼會～家人，到那個地方去。

【離散】lí sàn
分離；分散。例：這一對～多年的姐弟終於團聚了。

【離異】lí yì
離婚。例：夫妻～最大的受害者是孩子。

【臨別】lín bié
臨近分別。例：～他又一次叮囑我要注意身體。

【生離死別】shēng lí sǐ bié
活着離開，死了也不能再見。形容難再見到的離別。例：面對這樣的～，他忍不住潸然淚下。

【失散】shī sàn
因遭遇變故而離散。多用於人。例：在警方的幫助下，他終於找到了～多年的弟弟。注意：也指散失。用於物。例：爸爸那些詩稿後來都～了。

【送別】sòng bié
送行。例：大家在車站～，依依不捨。

【永別】yǒng bié
永遠分別。專用於與將死之人的告別。例：我最後望了一眼彌留之中的他，我知道這將是我們的～。

【再會】zài huì
再見。分別時表示希望以後再見面的客套話。例：奶奶天天晚上看電視，一直看到播音員說～。

【再見】zài jiàn
人們分手時常用的客套話。例：說聲「～」，孩子們頭也不回地走了。

【作別】zuò bié
〈書〉分手；告別。指向多人辭別的舉動。例：夜色漸深，我們一一～｜臨出國前，他一一去朋友家～。

迎接 yíng jiē

【出迎】 chū yíng
出來迎接。例：盛裝～｜親自～。

【歡迎】 huān yíng
高興地迎接。例：熱烈～。注意：也
表示樂意接受。例：～批評指正。

【接】 jiē
迎接。例：我到車站去～爺爺。

【接待】 jiē dài
招待；款待。例：～客人，要講究禮
儀。

【接風】 jiē fēng
宴請遠來的朋友或客人。例：爸爸今
天為他多年不見的老同學～，喝了不
少酒。

【接洽】 jiē qià
接頭；洽談。例：今天有客人來，請
你～一下。

【迎候】 yíng hòu
到某處等候迎接客人。例：貴賓走下
飛機時，主人已經在停機坪前～了。

【迎接】 yíng jiē
到某處去陪同客人一起來。例：市長
親自到機場～客人。

親近 qīn jìn

【比翼齊飛】 bǐ yì qí fēi
也說「比翼雙飛」。翅膀挨着翅膀
飛。多用來比喻夫妻和睦，共同前
進。例：你們夫妻可要互相鼓勵、～
呀！

【不分彼此】 bù fēn bǐ cǐ
彼：那；對方。此：這；我方。關係
密切，不分你我。例：他們好得曾經
～，現在卻形同路人，真不知是因為
甚麼。

【耳鬢廝磨】 ěr bìn sī mó
鬢：面頰兩旁的頭髮。廝：互相。耳
朵、頭髮在一起互相磨擦。形容兩人
在一起親密相處的情景。例：他們倆
從小～，長大結成了夫妻。

【火熱】 huǒ rè
像火一樣炎熱。形容人和人之間的關
係極密切。例：那兩個人最近又打得
～。

【密切】 mì qiè
關係很近。例：他們的關係很～，經
常來往。

【親】 qīn
與「疏」相對。關係近；感情深。
例：不分～疏遠近，一視同仁。

【親愛】 qīn ài
關係十分密切，感情極其深厚。應用
範圍比「親近」、「親密」廣泛。例：
～的朋友｜～的老師｜～的祖國。

【親近】 qīn jìn
因感情融洽、和睦而互相接近。例：他們雖然不是親兄弟，可因為從小就在一起，還是很～。

【親密】 qīn mì
指關係密切，感情很深，與「疏遠」相對。例：小強的爸爸和張老師曾經是～的同學。

【親密無間】 qīn mì wú jiàn
形容關係、感情密切，沒有一點兒隔閡。程度比「親密」深。例：他們是多年～的朋友，怎麼說分開就分開了？

【親昵】 qīn nì
十分親近。多形容親人、戀人之間的親熱。例：媽媽～地撫了一下小明的頭，說：「去吧，我等着你的好消息。」

【親切】 qīn qiè
多用於上級對下級、長輩對晚輩。例：老師的一番話語～感人。

【親熱】 qīn rè
關係親密，交往熱情。多用形容態度、感情等。例：老同學見面，分外～。

【親如手足】 qīn rú shǒu zú
用手和腳的關係比喻兄弟般的情誼。例：他們～，有了困難互相幫助。

【親善】 qīn shàn
親近而友好。多用於國與國的關係。例：她作為～大使，出訪期間做了大量有益的工作。

【情深意長】 qíng shēn yì cháng
感情深厚。例：他對故土～，臨終前還念念不忘。

【情同手足】 qíng tóng shǒu zú
親如手足。例：他和那同學不是親兄弟，卻～。

【情投意合】 qíng tóu yì hé
投：相合。形容感情融洽，合得來。例：他們是～的夫妻，從來都沒吵過架。

【如影隨形】 rú yǐng suí xíng
也說「形影相隨」。像影子伴隨形體一樣時刻不分開。形容親密。例：兩個人～，一刻也不分開。

【相濡以沫】 xiāng rú yǐ mò
〈書〉濡：沾濕；使濕潤。沫：唾沫。池水乾了，魚就吐唾沫互相沾濕求生。比喻患難之交。例：在嚴重自然災害期間，大家～，共渡難關。

【相依為命】 xiāng yī wéi mìng
互相依存，誰也離不開誰。例：父親死得早，他和母親～，過着簡樸的生活。

【心心相印】 xīn xīn xiāng yìn
相印:相同;相合。形容彼此的思想
和感情完全一致。例:夫妻二人志趣
相投,~。

【形影不離】 xíng yǐng bù lí
像形體和它的影子那樣不可分。形容
彼此關係極好,總在一起。與「如影
隨形」的形容對象不同:「如影隨形」
是被動跟隨,「形影不離」是平等相
伴。例:他們是~的好朋友,現在要
分手了,還不知哪一天能再見面。

致謝 zhì xiè

【拜謝】 bài xiè
施禮表示感謝。例:星期天,爸爸帶
着小明去~鋼琴老師。

【酬報】 chóu bào
用物質或行動來報答別人的恩惠。
例:他這樣做也是為了~老師的恩
惠。

【酬謝】 chóu xiè
以物質表示謝意。例:這點兒~算不
了甚麼,你不收下我心裏會不安的。

【答謝】 dá xiè
為回報對方做感謝的表示。例:~宴
會。

【道謝】 dào xiè
用言語表示感謝。例:登門~。

【感激】 gǎn jī
得到別人幫助或鼓勵而衷心感謝。程
度比「感謝」重。例:~不盡|萬分
~。

【感謝】 gǎn xiè
對別人的好意表示謝意。例:~信|
~您的幫助。

【面謝】 miàn xiè
指當面感謝。例:媽媽親自到老師家
中~。

拉攏 lā lǒng

【鳴謝】 míng xiè
鳴：表達；發表。公開表示謝意。
例：電視劇每集的片尾都打出字幕，
對贊助單位表示～。

【謝忱】 xiè chén
〈書〉謝意。例：承蒙關愛，聊表～。

【謝謝】 xiè·xie
表示感謝。文明禮貌用語。例：～您
的美意，事情我已經辦妥了，不麻煩
您了。

【謝意】 xiè yì
感謝的心意。例：深表～｜您的～我
領了，東西堅決不能收。

【致謝】 zhì xiè
表示謝意。例：離開該國後，他特意
打電話向接待他的友人～。

【重謝】 zhòng xiè
分量很重的感謝。多指用較重的禮物
向對方表示感謝。例：必有～｜王醫
生謝絕了患者的～。

【懷柔】 huái róu
舊指統治者用溫和的政治手段籠絡人
心，使歸附自己。例：～政策。

【拉關係】 lā guān xì
為某種目的拉攏、聯絡人，使有某種
關係。例：老教授耿直得很，從來不
會利用自己的地位～。

【拉交情】 lā jiāo·qing
為某種目的拉攏關係，培養感情。
例：那個人別的不行，～可有一套。

【拉近乎】 lā jìn·hu
也說「套近乎」。與不熟悉的人拉攏
關係，表示親近。例：他和你～，一
定是有事要求你了。

【拉攏】 lā·lǒng
用名、利等手段使別人靠攏自己。
例：～人｜～感情。

【籠絡】 lǒng luò
利用手段拉攏人。例：靠甜言蜜語～
人心總不會長久的。

【收買】 shōu mǎi
用名、利等好處籠絡人。例：～人
心｜被人～。注意：也指買進。例：
這個店專門～舊的書籍。

勾結 gōu jié

【串通】 chuàn tōng
暗中勾結，使彼此能互相配合。多用於貶義。例：～一氣。

【勾搭】 gōu·da
引誘或互相串通做不正當的事。貶義。例：最近，那幾個人又與境外的犯罪集團～上了，我們一定要嚴密監視。

【勾結】 gōu jié
為進行不正當活動而暗中互相串通。貶義。比「勾搭」更嚴重。例：犯罪分子互相～，進行走私活動。

【勾引】 gōu yǐn
勾結引誘。貶義。例：放學馬上回來，免得那個壞小子又來～你。

【沆瀣一氣】 hàng xiè yí qì
〈書〉比喻氣味相投的人勾結在一起。貶義。例：幾個奸商～，欺行霸市。

【拉幫結夥】 lā bāng jié huǒ
拉成幫派，結成團夥。貶義。例：大家都是同事，～可不好。

【狼狽為奸】 láng bèi wéi jiān
傳說狼與狽是同類野獸，經常合伙傷害牲畜。比喻壞人互相勾結幹壞事。貶義。例：他們～，禍害鄉里，今天被判處極刑，也是罪有應得。

【同流合污】 tóng liú hé wū
隨着壞人一起做壞事。貶義。例：他表示，自己決不與壞人～。

【物以類聚】 wù yǐ lèi jù
同類的東西常聚在一起。多指壞人和壞人湊在一起，臭味相投。例：～，人以羣分，他們在一起一點兒也不奇怪。

【引誘】 yǐn yòu
勾引；誘惑。含貶義。比「勾引」要嚴重些。例：經不起金錢的～。

挑撥 tiǎo bō

【搬弄是非】 bān nòng shì fēi
把別人的是是非非傳來傳去，蓄意引起糾紛。例：有人在背後～，使問題更加複雜了。

【撥弄】 bō nòng
也作「播弄」。挑撥。例：對於那些～是非的人，最好的辦法就是當面揭穿，讓他不能繼續下去。

【離間】 lí jiàn
從中拆散；隔開。例：～計｜挑撥～。

【挑】 tiǎo
挑撥。例：～起爭端｜～起不和。

【挑撥】 tiǎo bō
在人與人之間搬弄是非，引起糾紛。例：他們兩個人的矛盾是有人從中～而引起的。

【挑撥離間】 tiǎo bō lí jiàn
挑起是非爭端，使得人相互有意見。程度比「挑撥」重。例：對於這種慣於～的人，大家都不要理他。

【挑動】 tiǎo dòng
挑撥。例：這兩個家庭的不和，是因為有人從中～。

【挑唆】 tiǎo suō
挑撥；唆使。程度比「挑撥」重。例：你從中～，圖個甚麼？

調解 tiáo jiě

【排解】 pái jiě
排除矛盾，調解糾紛。例：～紛爭。

【勸解】 quàn jiě
也說「解勸」。通過勸說，解除糾紛。例：夫妻吵架，你這個當婆婆的是從中～還是火上澆油？

【疏通】 shū tōng
溝通雙方，調解爭執。例：有人做了一點兒～工作，現在他們的關係好多了。

【說服】 shuō fú
以充分的理由勸說開導，使心裏服氣。例：對這種人要耐心～，讓他接受現實。

【調和】 tiáo hé
調解矛盾使和好。例：他們兩人的矛盾，對球隊的整體發揮很有影響，領隊不得不一次又一次地做～工作。

【調解】 tiáo jiě
勸說雙方解除紛爭。例：經過～，兩家人又和好如初了。

【調停】 tiáo tíng
調解使停止紛爭。多用於較大的矛盾。例：兩國紛爭愈演愈烈，雖經國際社會多方～，但收效甚微。

【斡旋】 wò xuán
〈書〉調解，從中調停、解決雙方爭端。多指國家間。例：局勢日益惡化，多國領導人前往～。

關懷 guān huái

【愛護】 ài hù
愛惜；保護。例：～公物｜～小樹苗。

【關懷】 guān huái
關心。多用於上級對下級，長輩對小輩，組織對個人。例：在老師的～下，他進步很快。

【關切】 guān qiè
關心，對某事物特別注意和牽掛。程度比「關懷」重。例：學校非常～我們業餘攝影小組的活動情況。注意：還作形容詞表示親切。例：～的目光。

【關心】 guān xīn
把人或事物常放在心上；重視和愛護。適用範圍較廣，對人、事及上下、長幼都可。例：～大眾疾苦｜～少年兒童。

【關照】 guān zhào
關心照顧。程度比「關心」輕。例：他是我的弟弟，這一路還請您多～啊！

【關注】 guān zhù
關心，注意；重視。用於較重大的事情，不用於人，有莊重色彩。例：這起兇殺案已經引起社會的廣泛～。

【呵護】 hē hù
保護；愛護。例：小熊貓在飼養員的精心～下一天天長大了。

【體貼】 tǐ tiē
細心體察別人的心情和處境，予以關心、照顧。例：她對人～，善解人意。

【體貼入微】 tǐ tiē rù wēi
很小的事都能體貼、照顧到，形容關懷照顧得十分細心周到。例：繼母～，使他暫時忘記了失去母親的痛苦。

【無微不至】 wú wēi bú zhì
沒有一處細微的地方不考慮到。形容關懷照顧得極為細心周到。例：母愛是～的，沒有甚麼愛能與之相比。

【噓寒問暖】 xū hán wèn nuǎn
噓寒：用呵出的熱氣使寒冷的人感到溫暖。問暖：問冷問熱。形容對別人的生活非常關心。例：市長訪貧問苦，～，讓人心裏熱乎乎的。

【照顧】 zhào gù
特別注意，加以優待。比「關照」更進一步。例：～病人。注意：也指考慮到。例：～全局。

幫助 bāng zhù

【幫補】 bāng bǔ
在經濟上給予幫助。例：姐姐經常寄錢回家，以～家用。

【幫忙】 bāng máng
幫助別人做事，泛指在別人困難的時候給予幫助。後面不可帶賓語。例：有件事還需要大家～。

【幫兇】 bāng xiōng
幫助行兇作惡的人。貶義。例：首犯落網，那些～也被抓住了。

【幫助】 bāng zhù
替人出力、出主意或給以物質或精神上的支援。例：他～我學習使用電腦。

【扶持】 fú chí
扶助；護持。例：哥哥常說，沒有爸爸的～，他不可能考上美術學院。注意：也指攙扶。例：他是一個重症病人，任何行動都需要別人～。

【扶植】 fú zhí
扶助培植。「扶持」多用於個人行為，而「扶植」多用於組織行為。例：培訓班的目的主要是～新人。

【扶助】 fú zhù
幫助。「扶持」多有上對下的含義，而「扶助」則是一種平等關係的幫助。例：出門在外，我們有義務～那些殘疾人。

【襄助】 xiāng zhù
〈書〉從旁幫助。例：沒有老先生的鼎力～，我的大學學業是難以完成的。

【協助】 xié zhù
輔助；幫助。例：在其他班級～下，我們最終也完成了任務。

【協作】 xié zuò
指雙方或多方互相配合完成任務。例：兩個班的同學互相～，完成了任務。

【贊助】 zàn zhù
贊同並幫助。多指出資幫助。例：沒有商業機構～，這個運動會也搞不成。

【支持】 zhī chí
給予鼓勵或贊助。例：爸爸非常～我參加業餘繪畫小組。注意：也指勉強維持、支撐。例：他累得再也～不了。

【支援】 zhī yuán
用人力、物力、財力或其他實際行動去支持和幫助。例：～災區。

【助】 zhù
幫助；協助。例：～人為樂｜請他們～一臂之力。

【助攻】 zhù gōng
以部分兵力在次要方向上進攻。例：他是一名右後衛球員，但也經常上前～。

【助跑】 zhù pǎo
體育運動中有些項目，在跳、投等開始前先跑一段，這種動作叫助跑。例：他的～動作不規範，所以成績不理想。

【助燃】 zhù rán
為燃燒物質提供燃燒所需的氧。例：氧氣可以～。

【助人為樂】 zhù rén wéi lè
以幫助人為樂事。例：～的精神，應該發揚光大。

【助威】 zhù wēi
幫助增加聲勢。例：有球迷～，球員的信心更足了。

【助興】 zhù xìng
幫助增加興致。例：大家唱歌～，生日晚宴的氣氛更濃了。

【助戰】 zhù zhàn
協助作戰。例：有您～，這盤棋我贏定了。

【助長】 zhù zhǎng
幫助增長。多指壞的方面。例：～不良風氣。

【助紂為虐】 zhù zhòu wéi nüè
紂：商朝末代君主，是個暴君。虐：暴行。幫助紂王殘害百姓。比喻幫助壞人做壞事。貶義。例：在這種事上幫助他，真是～。

【資助】 zī zhù
用錢或物品來幫助。例：他～一名孤兒完成了學業。

救援 jiù yuán

【搭救】 dā jiù
〈口〉幫助人脫離危險或困境。例：那段日子，幸虧張大伯的～，我們全家才得以走出困境。

【急救】 jí jiù
緊急救治。例：醫生們立即採取～措施。

【濟貧】 jì pín
救濟窮人。例：劫富～。

【解救】 jiě jiù
使脫離危險或擺脫困境。例：～被洪水圍困的民眾。

【救護】 jiù hù
搶救護理有生命危險的傷病人員。例：～車｜～中心｜～傷員。

【救急】 jiù jí
幫助解決突然發生的危急的事情或事故。例：幸虧你們～，不然飯都吃不上了。

【救濟】 jiù jì
用錢或物資幫助生活困難的人。例：沒有政府的～，災民今年冬天就沒法過了。

【救命】 jiù mìng
援助生命有危險的人。例：～要緊，馬上出發。

【救生】 jiù shēng
救助生命。例：～圈｜游泳場都配備有～員。

【救應】 jiù yìng
救助並接應。例：那個受傷的登山運動員，在當地人的～下，很快被送到了醫院。

【救援】 jiù yuán
援救。例：～物資。

【救治】 jiù zhì
搶救醫治有生命危險的病人或動物。例：幸虧及時～，這隻奄奄一息的大熊貓才得以康復。

【救助】 jiù zhù
援救並幫助。例：～災民。

【搶救】 qiǎng jiù
在緊急危險的情況下迅速救護傷病人員或財物。例：幸虧醫護人員及時～，他才脫離了危險。

【施捨】 shī shě
出於同情或積德行善的思想，把財物送給窮人或寺廟。例：我們自己有兩隻手，不需要你的～。

【施與】 shī yǔ
施捨；給予。例：～錢財。

贈送 zèng sòng

【挽救】 wǎn jiù
從危險的境地救回來。應用範圍比「救助」等廣泛，可以是陷入危險中或墮落的人，也可以是民族、國家、集體。例：～生命。

【雪中送炭】 xuě zhōng sòng tàn
比喻在別人最困難的時候送去財物，給予幫助。例：這樣適時的援助真是～。

【營救】 yíng jiù
想辦法援救。例：消防人員正奮力～被困在井下的礦工。

【援救】 yuán jiù
幫助別人脫離痛苦或危險。例：～受災民眾｜這次演習，～部隊的作用不可低估。

【賑濟】 zhèn jì
用錢財、衣物、糧食等救災。例：～災區。

【拯救】 zhěng jiù
救。多指大的、長遠的利益。例：～靈魂。

【呈獻】 chéng xiàn
把實物恭敬地送上。例：他把祖傳的古畫～給國家｜他代表觀光團向該國博物館～了禮物。

【奉送】 fèng sòng
敬辭，贈送。例：畢業時，他把自己心愛的鋼筆～給老師。

【奉獻】 fèng xiàn
〈動〉恭敬地交付、獻出。多指精神上的。例：～精神｜～一片愛心。

【貢獻】 gòng xiàn
把物資、力量、經驗等獻給國家或公眾。例：為建設香港多做～。

【敬獻】 jìng xiàn
恭敬地送上。例：～花圈。

【敬贈】 jìng zèng
恭敬地贈給。例：～老師。

【捐獻】 juān xiàn
捐助；獻出。例：最近公司～給貧困山區一批電腦。

【饋贈】 kuì zèng
〈書〉贈送。多指物質方面。例：這種產品物美價廉，是～親友最好的禮品。

【獻給】 xiàn gěi
把實物或意見等恭敬地送給集體或敬愛的人。例：把青春～科學事業。

恩賜 ēn cì

【贈給】 zèng gěi
把東西送給人或集體。例：他決定把獎金～母校。

【贈送】 zèng sòng
贈給。例：這幅畫是友人～給我的，我十分珍惜。

【賜】 cì
指上對下或長輩對晚輩的給予。例：企望老天～福，而不去自己發奮，實在是愚昧啊！

【賜給】 cì gěi
（居高臨下地）賞賜；送給。例：今天的好生活，不是老天～的，是我們用雙手創造的。

【賜予】 cì yǔ
（居高臨下地）賞賜；給予。例：老天白白～他一副好相貌，他做甚麼都不行。

【恩寵】 ēn chǒng
指帝王對臣下特殊的恩遇和寵愛。例：深得～。

【恩賜】 ēn cì
舊指帝王的賞賜。現指出於憐憫而給予的施捨。例：對不起，我寧可清貧一點兒，也不會要你的～。

【恩典】 ēn diǎn
泛指恩惠。多用於貶義。例：要想改變命運，靠的是自強不息，而絕不是甚麼人的～。

【恩情】 ēn qíng
深厚的情義；恩惠。例：～似海。

【恩同再造】 ēn tóng zài zào
恩德極大如同使人再生。例：張伯伯

對我～，我一定痛改前非，重新做人，不辜負張伯伯的一片苦心。

【恩遇】 ēn yù
別人的恩惠和賞識。程度比「知遇」重。例：當初如果沒有老教授的～，他也沒有今天。

【恩澤】 ēn zé
舊指帝王或官吏給予臣民的恩惠如同雨露滋潤草木。現泛指大的恩情。例：侍兒扶起嬌無力，始是新承～時。

【犒賞】 kào shǎng
用酒食或財物慰勞和獎勵。例：～三軍｜～前方將士。

【賞】 shǎng
賞賜；獎賞。例：由於他表現出色，老闆～給他一輛汽車。

【賞賜】 shǎng cì
舊指地位高的人或長輩把財物給地位低的人或晚輩。例：靠別人～，不如靠自己努力工作。

【賞給】 shǎng gěi
賞賜。應用範圍比「賞賜」廣泛。例：～小費。

【知遇】 zhī yù
指得到賞識或重用。含有恩惠之義。例：～之恩。

交還 jiāo huán

【償還】 cháng huán
歸還。多用於歸還欠別人的錢款財物。例：～欠款｜～債務。

【賜還】 cì huán
〈書〉恭敬地要求對方歸還原物。多用於書信中。例：寄上拙作，如不合用，請～。

【發還】 fā huán
把收來的東西還回去。多用於上對下。例：警方將被盜汽車～給失主。

【返還】 fǎn huán
歸還。用於比較嚴肅的事物。例：經法院調解，公司～了扣押的物品。

【奉還】 fèng huán
〈書〉歸還。敬辭。例：你的衣物現全部～。

【歸還】 guī huán
還給。例：這本書不是小明的嗎？趕快～吧！

【好借好還】 hǎo jiè hǎo huán
〈口〉規規矩矩借別人的東西也要規規矩矩地歸還。一般與「再借不難」連用，強調要講信用。例：～，再借不難。

【還】 huán
歸還。例：上次你借人家的足球～了嗎？

【交還】 jiāo huán
歸還；退還。多用於下對上。例：運動會後，他把運動用品～學校。

【清償】 qīng cháng
把欠別人的東西全部還清。例：～債務。

【送還】 sòng huán
把借來的物品或錢財拿去還給主人。例：這本書借來好久了，該～人家了。

【退還】 tuì huán
把已經收下的東西還給原主。例：你不該收人家這麼重的禮，馬上～給人家。

【退回】 tuì huí
把送來或寄來的東西返還。多用於郵件、稿件方面。例：～原址｜原件～。

【完璧歸趙】 wán bì guī zhào
完：完整無損。璧：玉。趙：戰國時的趙國。藺相如帶和氏璧出使秦國，不為強秦所壓，鬥智鬥勇把和氏璧帶回趙國。比喻把原物完整地歸還。例：經過警方追查，被盜車輛得以～。

【有借有還】 yǒu jiè yǒu huán
〈口〉借別人的東西就要歸還。例：～，這是天經地義的事，你還強調甚麼理由呢？

【找還】 zhǎo huán
把多收的部分退回。多用於金錢方面。例：上次你交的錢多出來二十元，現在～給你。

【擲還】 zhì huán
扔回來。請求對方把原物歸還自己。自謙說法。多用於文稿方面。例：年初寄上的拙作《雁飛塞北》，如不合用，望～為盼。

朋友 péng·you

【病友】 bìng yǒu
在一起住過院或在治療疾病過程中結識的朋友。例：我們曾經是同住一室的～，現在也經常聯繫。

【初交】 chū jiāo
交往不久的朋友。例：我們是～，對他還不是太了解。

【高朋】 gāo péng
尊貴的朋友。泛稱朋友，不單稱呼某一個朋友。例：～滿座，談笑風生。

【故舊】 gù jiù
老朋友；舊友。例：婚禮那天，許多親朋～都來了，十分熱鬧。

【故人】 gù rén
多年的朋友；舊友。例：～西辭黃鶴樓，煙花三月下揚州。

【故友】 gù yǒu
死去的朋友。例：時間過得真快呀，轉眼之間，～張三已經去世三年了。

【故知】 gù zhī
交情較深的老朋友；舊交。例：他鄉遇～。

【狐朋狗友】 hú péng gǒu yǒu
比喻勾結在一起的不三不四的朋友。含貶義。例：看看和他打交道的那些～，就知道他是個甚麼人了。

【患難之交】 huàn nàn zhī jiāo
一起經歷過憂患、困難的朋友。例：他們攜手走過那段艱苦歲月，可謂～。

【酒肉朋友】 jiǔ ròu péng·you
只在一起吃喝玩樂的朋友。例：看看你交的這些～，關鍵時刻一個也用不上。

【舊交】 jiù jiāo
老朋友。指由於某種原因而中斷來往的多年以前的朋友。例：他是我三十年前的～，今日重逢真是百感交集啊！

【老友】 lǎo yǒu
老朋友。例：今天爸爸的～來了，他們一直聊到深夜。

【良師益友】 liáng shī yì yǒu
對自己思想、工作、學習有幫助的老師或朋友。例：他是我的～。

【良友】 liáng yǒu
好朋友。例：交一位～，等於給自己樹起一面鏡子。

【密友】 mì yǒu
關係密切或互相對外不公開關係的朋友。例：我和他是無話不談的～。

【莫逆之交】 mò nì zhī jiāo
莫逆：沒有抵觸。指彼此心意相通，無所違逆的朋友。例：我們從小學到

中學，再到大學，都在一個班裏，感情融洽，心意相通，真可算是～了。

【朋友】 péng·you
彼此有交情的人。例：我們的～遍天下。

【親友】 qīn yǒu
親戚朋友。例：爺爺病重了，許多～都來看他。

【神交】 shén jiāo
指互相仰慕但未見過面。例：我們經常在網上交流學習心得，可以說～已久。注意：也指思想感情非常投合的朋友。

【生死朋友】 shēng sǐ péng·you
感情極深，能同生共死的朋友。例：我們倆在唐山大地震時曾被壓在同一塊樓板下，後來一同獲救，可以說是～。

【生死之交】 shēng sǐ zhī jiāo
生死朋友。例：張伯伯和爸爸是～，比親兄弟還親。

【詩友】 shī yǒu
共同寫詩的朋友。例：他是我的～，相當有才氣。

【世交】 shì jiāo
上一代或幾代就有交情的人或人家。例：兩家是～，這麼大的事當然得鼎力相助。

【網友】 wǎng yǒu
在互聯網上交往的朋友。例：這位叫「令狐」的是我的～，至今我們還沒見過面。

【忘年交】 wàng nián jiāo
年歲差別大，行輩不同的朋友。例：我和老伯是～，在一起常常各抒己見，爭論得面紅耳赤。

【刎頸之交】 wěn jǐng zhī jiāo
〈書〉刎：割。頸：脖子。指同生死共患難、經歷過考驗的朋友。例：兩位老人是～。

【相知】 xiāng zhī
相互了解、感情深厚的朋友。例：他們～相愛，是夫妻也是朋友。

【校友】 xiào yǒu
在同一學校讀過書的人，彼此稱校友。例：既然你我都畢業於香港大學，那我們就是～了！

【學友】 xué yǒu
同學；在共同學習中結識的朋友。例：我倆是小學～。

【友人】 yǒu rén
朋友。也稱外國朋友為友人。例：國際～。

【戰友】 zhàn yǒu
同是軍人或在一起戰鬥過的人。例：哥哥的～來了。

子孫 zǐ sūn

【諍友】 zhèng yǒu

〈書〉諍：直言規勸。指能直言規勸的朋友。例：人生難得一～｜～是你的一面鏡子。

【知己】 zhī jǐ

彼此非常了解、性情相投而情誼深厚的人。從情感上講比「至交」程度更深。例：海內存～，天涯若比鄰｜人生得一～足矣。

【知交】 zhī jiāo

互相了解的朋友。程度比「知己」輕。例：我們是多年的～，我不信他會說我的壞話。

【知音】 zhī yīn

古時伯牙彈琴，鍾子期善聽琴，能從伯牙的琴聲中聽出他的心意。後用來指理解自己的人。程度比「知己」輕。例：朋友易得，～難尋。

【至交】 zhì jiāo

最要好的朋友。例：我們是多年的～，沒有甚麼信不過的。

【摯友】 zhì yǒu

真誠而親密的朋友。例：離別之際，～灑淚相別，不知甚麼時候能再見面！

【兒孫】 ér sūn

兒子和孫子。泛指後代。例：～滿堂。

【後輩】 hòu bèi

後代。一般指子孫一代。例：～的成長需要鼓勵。

【後代】 hòu dài

後輩的人。例：據考證，這個人是孔子的～。

【後人】 hòu rén

後世的人。例：功過是非，任由～評說。

【後嗣】 hòu sì

指子孫。例：老先生未竟的事業，由他的～繼續完成了。

【後裔】 hòu yì

後代子孫。例：唐人街住着的大多是華人的～。

【苗裔】 miáo yì

〈書〉後代；後代久遠的子孫。例：他是土家族的～，對土家族的文化很感興趣。

【逆子】 nì zǐ

忤逆不孝的兒子。例：老人氣得渾身發抖，恨不得殺了這個～。

【晚輩】 wǎn bèi
輩分低的人。泛指子孫。例：～孝敬
長輩，是天經地義的事。

【晚生】 wǎn shēng
舊時後輩在前輩面前的謙稱。也引申
為子孫。例：我們～後輩，應該向前
輩學習。

【孝子賢孫】 xiào zǐ xián sūn
孝順的兒子和有德行的孫子，泛指有
孝行的子孫後輩。例：老人都希望有
滿堂～常伴身邊。

【子弟】 zǐ dì
泛指年輕的後輩。例：誤人～。

【子女】 zǐ nǚ
兒子、女兒。泛指晚輩。例：～有贍
養老人的義務。

【子嗣】 zǐ sì
〈書〉指兒子（舊指傳宗接代而言）。
例：老人沒有～，遺產全部捐給了慈
善機構。

【子孫】 zǐ sūn
兒子和孫子。泛指後代。例：環境治
理是關係到～後代的大事。

【子子孫孫】 zǐ zǐ sūn sūn
泛指後代。例：～，沒有窮盡。

七、居住・習俗・境遇

家鄉 jiā xiāng

【故里】gù lǐ
故鄉。例：榮歸～｜重回～。

【故土】gù tǔ
故鄉。例：～難離｜人戀～鳥戀林。

【故鄉】gù xiāng
家鄉。出生地或長久居住的地方。
例：幾年沒回去，～的變化叫人認不
出來了。

【故園】gù yuán
故鄉。多用於文學作品中。例：重遊
～，別是一番滋味在心頭。

【籍貫】jí guàn
祖居或個人出生的地方。例：填寫申
請表時，通常要寫自己的～。

【家鄉】jiā xiāng
自己的家族世代居住的地方。家鄉
不一定指出生地，相當於「故鄉」。
例：老人雖然離開～多年，但時時關
注着那裏的變化。

【老家】lǎo jiā
指原籍。例：爺爺住不慣城市，去年
回～了。

【鄉井】xiāng jǐng
〈書〉家鄉。例：遠離～。

【鄉里】xiāng lǐ
家族久居的地方。例：老先生返回
～，那裏的變化讓他感慨萬千。

【原籍】yuán jí
原先的籍貫（現已不在該地）。例：
他～廣州，現在香港工作。

村莊 cūn zhuāng

【村】 cūn
村莊。例：～子｜～落。

【村落】 cūn luò
村莊。例：隨着城市的發展，近郊的～越來越少了。

【村寨】 cūn zhài
有柵欄或圍牆的村子。例：這是個較大的～，有一百多戶人家。

【村鎮】 cūn zhèn
村莊；小市鎮。例：～的道路比以前寬了許多。

【村莊】 cūn zhuāng
農民聚居的地方。例：這個小～風景秀美。

【村子】 cūn·zi
村莊。例：～裏的有錢人都搬走了。

【農村】 nóng cūn
以從事農業生產為主的老百姓聚居的地方。範圍比「屯子」、「莊子」都更廣泛，往往並不具體指某一個村莊。例：～的夜晚格外寧靜。

【農莊】 nóng zhuāng
主要從事農業生產的老百姓聚居的村莊。例：遠處是一座美麗的～。

【山村】 shān cūn
山上的或靠山的村莊。例：這個小～與世隔絕，人煙罕至。

【山寨】 shān zhài
有寨子的山區村莊。例：她家就在～的北邊。

【山莊】 shān zhuāng
山村。山中住所；別墅。例：避暑～。

【水鄉】 shuǐ xiāng
指河流、湖泊多的地區的若干個村莊。例：陽春三月，江南～一片好風光。

【鄉】 xiāng
鄉村。例：城～差距。注意：也指縣級轄下的行政區。例：～政府。

【鄉村】 xiāng cūn
主要發展農業、人口分佈比城鎮分散的地區。例：她毅然放棄香港的工作，到～當女教師。

【鄉間】 xiāng jiān
鄉村裏。例：這所～別墅是一位大企業家建造的。

【鄉下】 xiāng·xia
鄉村。例：～的夜晚是寧靜的。

【鄉鎮】 xiāng zhèn
鄉村；小市鎮。泛指較小的城鎮。例：這個～的發展越來越蓬勃，民眾的生活也改善了。

居住 jū zhù

【定居】 dìng jū
指原來漂泊，現在某地長期住下來。
例：小明一家要到加拿大～。

【分居】 fēn jū
指一家人分開過日子。例：夫妻～。

【故居】 gù jū
曾經居住過的房子。例：已故作家魯
迅的～已經開闢成紀念館了。

【寄居】 jì jū
住在他鄉或別人家裏。例：小時候爸
媽在國外，我一直～在沙田姨媽家。

【寄宿】 jì sù
借宿。例：他來到香港讀書後，一直
～在親戚家裏。

【寄寓】 jì yù
〈書〉寄居。例：他從小就～在外婆
家。

【借宿】 jiè sù
到別人家暫時居住。例：朋友喝得大
醉，今晚只好讓他在這裏～一宿。

【舊居】 jiù jū
過去的住所。例：這裏是國畫大師齊
白石的～。

【居住】 jū zhù
一般指較長時期住在一個地方。例：
爺爺一直～在鄉下，不肯搬來香港和
我們一起住。

【聚居】 jù jū
集中居住在某一地區。例：那是一個
少數民族～的地區。

【老居】 lǎo jū
老房子。例：這棟～有上百年了吧？

【留宿】 liú sù
留客人住宿。例：無論怎麼說他都不
肯～，一定要趕回去。

【露宿】 lù sù
露天住在室外或野外。例：～街頭。

【露營】 lù yíng
指軍隊在房舍外集體住宿。現在多指
郊遊人士在郊野紮營住宿過夜。例：
篝火晚會是這次～的重頭戲。

【旅居】 lǚ jū
在外地或外國暫時居住。例：小明的
爺爺早年～國外。

【棲身】 qī shēn
暫時居住或停留。含迫於無奈義。
例：香港地少人多，但求有一個～之
所便足夠了。

【棲息】 qī xī
停留；歇息。多指鳥類。例：這片湖
泊每年都有大量的鳥類飛來～。

【遷居】 qiān jū
搬家。例：～新界｜～海外。

【僑居】 qiáo jū
指寄居在國外。例：他一直～國外。

【羣居】 qún jū
指原始社會或未開化地區，無家庭的人成羣居住在一起。例：原始人的～生活實在讓今天的人無法想像。

【散居】 sǎn jū
分散居住。例：一家人現在～於各地。

【宿營】 sù yíng
軍隊在行軍或戰鬥後住宿。現在多指團體在郊外的度假中心活動和留宿。例：我們在烏溪沙青年新村～三天，節目豐富。

【同居】 tóng jū
共同在一起居住。現多指男女雙方沒有結婚而共同生活。例：他們～多年，現在又分手了。

【下榻】 xià tà
〈書〉客人住宿、投宿。例：該國總統～的酒店保安嚴密。

【閒居】 xián jū
在家中閒住着，無事可做。例：爸爸因為生病，已經在家～三個月了。

【野營】 yě yíng
在野外搭起營帳住宿。例：旅遊～第一要注意的就是安全。

【移居】 yí jū
改變居住的地點。多指到國外。例：退休後他準備～美國。

【隱居】 yǐn jū
指一些人由於對當權者不滿或有厭世思想而到偏僻地方居住，不出來做官。例：古代文人若仕途失意，大多選擇～山林。

【幽居】 yōu jū
深居家中不外出。例：他一直～在家，最近才到外面工作。

【寓居】 yù jū
居住在他鄉某個地方。例：老人至今還～法國，他非常希望兒子送他回老家。

【雜居】 zá jū
混雜居住。例：這是一個多民族～的地區。

【蟄居】 zhé jū
像動物冬眠一樣長期住在一個地方，不出頭露面。例：此人一直～在那間小屋裏，引起了警方的懷疑。

【住】 zhù
居住或住宿。例：他家～九龍。

【住宿】 zhù sù
指在家以外的地方過夜。例：大學裏，我們中文系～的同學佔了一半。

珍寶 zhēn bǎo

【寶】 bǎo
珍貴的東西。例：無價之～。

【寶貝】 bǎo bèi
珍奇的東西；寶貴的物品。例：這東西極為稀少，可以說是～了。

【寶貴】 bǎo guì
價值很高；非常難得。例：～財富。

【寶物】 bǎo wù
泛指珍貴的東西。比「寶貝」的涵義更寬泛。例：傳說張保仔洞裏藏着許多～。

【寶藏】 bǎo zàng
儲藏的寶物或財富。本指礦產等，引申為一切珍寶。例：布達拉宮有豐富的藝術～。

【傳家寶】 chuán jiā bǎo
家傳的寶物。例：這隻玉鐲是他們的～。

【鳳毛麟角】 fèng máo lín jiǎo
鳳：鳳凰。麟：麒麟。鳳凰的毛、麒麟的角。比喻罕見而珍貴的東西。例：這種品相的珍珠可以說～，我從未見過！

【瑰寶】 guī bǎo
特別珍貴的寶物。比「珍寶」和「珍品」更有價值。例：展覽會上首次展出了中國古代許多藝術～。

【國寶】 guó bǎo
國家的寶貝。也比喻對國家有特殊貢獻的人。例：大熊貓是中國的～｜這些老藝術家都是我們的～。

【奇珍異寶】 qí zhēn yì bǎo
稀奇難得的寶物。例：這位收藏家收藏了許多～。

【無價之寶】 wú jià zhī bǎo
無法用金錢來衡量的寶物。例：這幅僅存於世的畫作可謂～。

【稀世之寶】 xī shì zhī bǎo
世上稀少的寶貝。例：這件唐代瓷花瓶堪稱～。

【珍寶】 zhēn bǎo
珠玉寶石的統稱。泛指有價值的東西。例：香港歷史博物館中有很多價值連城的～。

【珍品】 zhēn pǐn
珍貴的物品。主要指藝術品。例：展覽會上展出了許多古玩～，令人大開眼界。

【珍玩】 zhēn wán
珍貴的供玩賞的東西。與「珍寶」和「珍品」比，「珍玩」多指有文物價值的東西。例：這些～古董，是從民間搜集來的，現於文化博物館展覽。

裝飾 zhuāng shì

【鎮館之寶】 zhèn guǎn zhī bǎo
博物館收藏的、足以支撐其聲威的寶物。例：司母戊大方鼎是中國歷史博物館的～。

【鎮宅之寶】 zhèn zhái zhī bǎo
家傳的、足以支撐家業和聲威的寶物。例：這塊匾是張家的～。

【至寶】 zhì bǎo
最珍貴的寶貝。例：如獲～｜這幅名畫，可謂～。

【珠寶】 zhū bǎo
珠玉寶石一類的裝飾物。例：媽媽佩戴～出席宴會。

【打扮】 dǎ·ban
裝飾；修飾以使容貌和衣着好看。例：她很會～，輕描淡寫，就給人一種文雅大方的印象。

【淡妝濃抹】 dàn zhuāng nóng mǒ
指樸素和豔麗兩種不同的打扮。例：欲把西湖比西子，～總相宜。

【點染】 diǎn rǎn
繪畫時點綴景物並着色。例：經過～，這幅畫更美了。注意：也比喻修飾文字。例：這篇作品，有些地方還需要～一下，以突出香港特色。

【點綴】 diǎn zhuì
通過襯托或裝飾，使原有事物更加美好。例：這幅葵花圖畫了幾隻蜜蜂做～，畫面立刻就生動了。

【粉飾】 fěn shì
對表面進行塗飾以掩蓋污點或缺點。也比喻對事實進行掩蓋。例：～太平。

【潤色】 rùn sè
修改文字，使之更好。與「潤飾」相比，「潤色」主要突出使文字更加生動或有色彩，「潤飾」突出將文字修改調整好，做到合宜得體。例：這篇作文文字太枯燥，再～一下吧。

【潤飾】 rùn shì
潤色修改文字，使合宜得體。例：小說雖已定稿了，但還須～一遍。

習俗 xí sú

【修飾】 xiū shì
修整裝飾使之美觀。應用範圍較廣，可用於人，也可用於物或文字。例：她的眉毛一看就是經過～的｜經過～，這座千年古塔又恢復了它的本來面目。

【裝扮】 zhuāng bàn
裝飾打扮。例：五彩繽紛的燈光將城樓～一新。注意：也指化裝。例：萬聖節那天，他～成吸血鬼，參加朋友的聚會。

【裝點】 zhuāng diǎn
裝飾點綴。例：～門面｜～櫥窗。

【裝潢】 zhuāng huáng
裝飾物品使美觀。例：房屋的～，應該追求簡潔、美觀、大方。

【裝飾】 zhuāng shì
在物體表面加上附屬的東西，使之美觀。多用於物件。例：～一新｜～客廳。

【妝飾】 zhuāng shì
打扮。只用於人。例：她對着鏡子～自己。

【裝修】 zhuāng xiū
裝飾修整。多用於建築物。例：這房子經過～後，已經煥然一新。

【惡癖】 è pǐ
壞習慣；惡劣的癖好。例：他因吸毒～，已經第三次進戒毒所了。

【惡習】 è xí
壞習慣。程度比「惡癖」輕。例：小小年紀，怎麼養成了吸煙的～？

【風氣】 fēng qì
社會或某個集團中流傳的習氣。例：社會～逐漸好轉。

【風尚】 fēng shàng
在一定時期內社會上普遍流行的風氣和習慣。多指好的。例：如今，助人為樂已經逐漸形成了一種社會～。

【風俗】 fēng sú
人們長期形成的習慣、禮節和風尚等。範圍大於「風尚」。例：～習慣｜尊重當地～。

【風土】 fēng tǔ
一個地方特有的自然環境和風俗習慣的總和。範圍比「風俗」廣。例：～人情。

【怪癖】 guài pǐ
古怪的癖好。例：這個人有些～，大家都不太想親近他。

【積習】 jī xí
長期形成的習慣。例：～難改。

【陋俗】 lòu sú
惡劣、落後的風俗。例：要破除迷信的～，不是一朝一夕可以辦到的。

【陋習】 lòu xí
惡劣、落後的習慣。例：陳規～。

【民風】 mín fēng
民間風氣。例：～古樸。

【癖好】 pǐ hào
個人所特有的、對某種事物習慣性的愛好或習慣。例：老人有養鳥的～。

【世風】 shì fēng
〈書〉社會風氣。例：～日下｜～逐年好轉。

【嗜好】 shì hào
特別的愛好。多指不良的愛好，但程度比「惡癖」輕。例：他有賭博的～，已經到了不能自拔的地步。

【習慣】 xí guàn
長期以來逐漸養成的不易改變的行為、傾向或社會風氣。例：壞～｜好～｜～成自然。

【習氣】 xí qì
專指逐漸形成的壞習慣或壞作風。例：懶惰的～一定要克服，否則會影響大家的學習。

【習俗】 xí sú
習慣和風俗。例：這種～由來已久，要想改變是很難的。

【習性】 xí xìng
長期形成的某種性格。例：飼養員對大熊貓的～已經瞭如指掌。

流行 liú xíng

【風靡】 fēng mǐ
像風吹倒草木一樣，形容事物風行。例：～一時｜這首歌一出來，立刻～全港。

【風行一時】 fēng xíng yì shí
也說「風靡一時」。風行：比喻傳佈、流行很廣，像颶風一樣。一時：一個時期。形容事物在一段時間裏盛行。例：牛仔服裝在青年中間～。

【流行】 liú xíng
傳播很廣；盛行。例：這首歌在～歌曲排行榜上穩佔首位。

【洛陽紙貴】 luò yáng zhǐ guì
《晉書·左思傳》記載，人們搶着抄左思的《三都賦》，以致紙都漲價了。後來專門比喻著作風行一時。例：他的著作出版後，人們爭相購買，一時～。

【摩登】 mó dēng
來自英文（modern），指合乎潮流，非常洋氣時髦。例：那可是個～女郎，兩、三天就換一種髮式。

【熱】 rè
盛行；受多數人歡迎。例：～銷｜～門兒。

【入時】 rù shí
合乎時尚。例：她的穿着很～。

【盛行】 shèng xíng
廣泛流行。例：這款迪士尼遊戲盛行於青少年之間，很多人為之着迷。

【時髦】 shí máo
形容人的裝飾衣着或其他事物趨潮流。程度比「入時」重。例：她這個人很～，只是缺少自己的個性。

【時興】 shí xīng
一時流行。例：現在的青年～染髮。

【蔚然成風】 wèi rán chéng fēng
也說「蔚成風氣」。形容一件事情逐漸發展、盛行，形成一種風氣。例：關心社會、勤奮學習，在我校已～。

【應時】 yìng shí
適合時令或時尚的。例：～水果｜～服裝。

吉祥 jí xiáng

【大吉】 dà jí
非常吉利。例：萬事～｜開業～。

【逢兇化吉】 féng xiōng huà jí
逢：遭遇。兇：不吉利的。遇到不吉利的事轉化為吉利的事。例：遇上這樣嚴重的交通事故，他居然～，毫髮無損。

【福分】 fú·fen
〈口〉福氣。例：張爺爺沒兒沒女，晚年生活依然很幸福，這是他的～。

【福氣】 fú qì
指享受幸福生活的運氣。例：奶奶總說她真有～，可以與爺爺為伴。

【福星】 fú xīng
比喻能帶來幸福、希望的人或事物。例：小明最近～高照，運氣越來越好。

【吉利】 jí lì
吉祥；順利。例：開市～｜萬事～。

【吉慶】 jí qìng
吉祥喜慶。例：在這個～的時刻，每個人都露出了幸福的笑容。

【吉日】 jí rì
吉利的日子。例：良辰～。

【吉祥】 jí xiáng
吉利；幸運。例：～如意。

【吉祥如意】 jí xiáng rú yì
吉利，符合心願。例：新年這天，人們互相祝福～。

【吉兆】 jí zhào
吉祥的預兆。例：奶奶的病在這一天突然好了，大家都說這是～。

【瑞雪兆豐年】
ruì xuě zhào fēng nián
應時的好雪預示着豐收的年景。例：華北大地下了一場大雪，張爺爺說這是～。

【萬事大吉】 wàn shì dà jí
吉：吉祥；順利。一切都非常吉利並已經順利完成。例：不要以為考上大學便～，努力學習是沒有止境的。

【萬事如意】 wàn shì rú yì
一切事情都合人的心意。例：新年去爺爺家拜年的時候，我祝福爺爺～。

【喜氣】 xǐ qì
歡喜的神色或氣氛。例：～洋洋｜哥哥今天結婚，家裏充滿了～。

【喜事臨門】 xǐ shì lín mén
使人高興的事降臨家門。例：～，鄰居們都來祝賀。

災禍 zāi huò

【闖禍】 chuǎng huò
因疏忽或行動魯莽而惹來的災禍。
例：看他坐立不安的樣子，準是～
了。

【大禍臨頭】 dà huò lín tóu
大的禍事降臨到頭上了。例：他知道
～了，在警察趕到之前，已經逃之夭
夭。

【大難臨頭】 dà nàn lín tóu
大的災難降臨到頭上了。應用範圍比
「大禍臨頭」廣泛。例：飛機上所有
乘客都以為～了，但機長憑着高超的
技術避過了一場空難。

【橫禍】 hèng huò
意外的禍患。例：～飛來，全家人都
驚慌失措。

【患】 huàn
禍害；災難。例：防～於未然。

【禍】 huò
禍事；災難。例：車～｜～不單行。

【禍不單行】 huò bù dān xíng
災禍一個接一個。例：福無雙至，
～。

【禍從天降】 huò cóng tiān jiàng
意外的災難突然降臨。例：真是～，
他早晨出門還好好的，中午不幸遭了
車禍。

【禍端】 huò duān
〈書〉引起災禍的根源。例：製造～｜
引起～。

【禍根】 huò gēn
禍事的根源。例：這場災難的～就在
於疏忽大意。

【禍害】 huò·hai
禍事。例：這場大水引起的～，恐怕
是一時彌補不過來的。注意：也指惹
出禍患的人。例：那個人在班裏橫行
霸道，是個～，老師因此重重懲罰了
他。

【禍患】 huò huàn
禍事；災難。例：這場～，起因是小
孩子玩火，今後可一定得注意。

【禍亂】 huò luàn
發生災難和禍事，造成秩序混亂。
例：洪水引起的～很快就平息了。

【禍事】 huò shì
危害極大的事情。例：司機醉酒駕
駛，闖下～，卻逃之夭夭了。

【禍首】 huò shǒu
帶頭引起禍患的人。例：～已經被繩
之以法。

【禍水】 huò shuǐ
比喻引起禍患的根源。多用於女性。
例：舊時有一種說法，認為女人是

～，這是迷信，也是對女性的一種歧視。

【難】 nàn
不幸的遭遇；災難。例：大～不死｜大～臨頭。注意：也指質問。例：非～｜發～。

【惹禍】 rě huò
闖禍。例：這孩子總是亂跑，到處～。

【惹是生非】 rě shì shēng fēi
招惹是非，生出禍患。例：你小小年紀就總是～，父母經常生氣。

【天災人禍】 tiān zāi rén huò
天災：自然災害。人禍：人為的禍患。泛指一切災禍。例：人類的生命財產經常受到～的威脅。

【殃】 yāng
禍害。例：～及池魚。

【災】 zāi
災害。多指自然災害。例：水～｜～區。

【災害】 zāi hài
自然或人為造成的危害或損失。例：自然～｜嚴重的～。

【災患】 zāi huàn
災難；禍患。例：～連年，民不聊生。

【災禍】 zāi huò
禍害。指天災也指人禍。例：這場～，使他家立刻變得一貧如洗。

【災難】 zāi nàn
天災人禍所造成的嚴重痛苦和損害。例：～深重｜～降臨。

【招災惹禍】 zhāo zāi rě huò
招惹災患，惹起禍亂。例：這個孩子從來不～，大人很放心。

魔鬼 mó guǐ

【魑魅】 chī mèi
〈書〉傳說中山林裏作惡害人的妖怪。例：～魍魎。

【魑魅魍魎】 chī mèi wǎng liǎng
〈書〉傳說中的各種妖怪。常用來比喻各種各樣的壞人或惡勢力。例：任何～都阻止不了他們前進的腳步。

【惡鬼】 è guǐ
兇惡的鬼。常用來比喻惡人或邪惡的勢力。例：那幫～經常侵擾居民，居民於是向警察求助。

【惡魔】 è mó
兇惡的魔鬼。常用來比喻十分兇惡的人。程度比「魔鬼」重。例：那個～終於受到法律制裁。

【怪物】 guài·wu
奇形怪狀的妖魔。常用來比喻性情古怪的人。例：他喜歡一邊唱歌，一邊溫習，同學都把他當成了～。

【鬼】 guǐ
迷信的人認為，人死後靈魂不滅，稱為鬼。例：～是人臆造出來的，有誰真的見過呢？

【鬼怪】 guǐ guài
鬼。比喻邪惡勢力或人。例：任何～都別想逃過警察的火眼金睛。

【精】 jīng
妖精。例：害人～｜白骨～。

【魔】 mó
魔鬼。例：妖～。

【魔怪】 mó guài
妖魔鬼怪。例：恐怖片裏有很多～。

【魔鬼】 mó guǐ
傳說中害人性命的鬼怪。常用來比喻邪惡勢力。例：他到處害人，簡直就是～。

【魔王】 mó wáng
專指為害作惡的惡鬼。常比喻非常壞的惡人。程度比「魔鬼」重。例：那傢伙是個混世～，聽到他受法律制裁的消息，真是大快人心。

【牛頭馬面】 niú tóu mǎ miàn
迷信傳說中閻王手下的兩個鬼，一個頭像牛，一個頭像馬。多用來比喻各種兇惡的人。例：面對那些～般的綁匪，他沒有一絲一毫的畏懼。

【山魈】 shān xiāo
傳說中山裏的獨腳鬼怪。例：～鬼怪。

【妖魔】 yāo mó
妖怪魔鬼。例：～鬼怪。

【妖魔鬼怪】 yāo mó guǐ guài
泛指各種怪物。常用來比喻各種各樣的邪惡勢力。例：所謂的～，都是迷信的產物。

窘迫 jiǒng pò

【犯難】 fàn nán

感到為難，不知該怎麼辦。例：去也不好，不去也不好，這件事真叫人～！

【尷尬】 gān gà

處境困難，左右為難，不好處理。含丟面子義。例：當眾被辱罵，～可想而知。

【進退兩難】 jìn tuì liǎng nán

進和退都有困難。形容處境為難。例：事情到了這種時候，資金突然沒了，真是叫人～。

【進退維谷】 jìn tuì wéi gǔ

維：文言虛詞。谷：比喻困難的境地。形容處境為難。例：這件事讓他～，一時拿不定主意。

【窘迫】 jiǒng pò

十分為難，無法應付。例：朗誦剛剛開頭，竟忘了下面的詞，他～得臉都紅了。注意：也指非常窮困。例：家庭生活～。

【狼狽】 láng bèi

傳說中狼和狽是同類野獸，狽前腿特別短，走路時要趴在狼身上。形容困窘的樣子。例：他被車濺了一身泥，樣子十分～。

【狼狽不堪】 láng bèi bù kān

不堪：受不了。程度比「狼狽」重。例：跟在被俘軍官後面的，還有一隊～的士兵。

【難堪】 nán kān

窘迫；難為情。例：這件事傳出去，我太～了。

【騎虎難下】 qí hǔ nán xià

騎着老虎下不來。比喻做事中途遇到困難，但迫於形勢又不能停止的尷尬處境。例：事情到了這一步，他真的感到～了。

【左右為難】 zuǒ yòu wéi nán

處境困難，左也不是，右也不是，無法應付。例：他們都是我的好朋友，卻爭論起來，真是叫我～。

流浪 liú làng

【顛沛流離】 diān pèi liú lí
顛沛：困苦；受挫折。比喻生活窮困，到處流浪，居無定所。例：爺爺小時候飽受～之苦。

【浪蕩】 làng dàng
到處遊逛，不務正業。含貶義。例：你這樣四處～，到底打算怎麼辦呢？

【浪迹天涯】 làng jì tiān yá
漂泊到很遠的地方，沒有固定的住處。例：他大半生～，從沒有個固定的住處。

【流浪】 liú làng
生活無着落、無定所，到處漂泊。例：到處～｜四處～。

【流離失所】 liú lí shī suǒ
失所：失去安身的地方。到處流浪，無家可歸。例：地震發生後，災民～。

【流離轉徙】 liú lí zhuǎn xǐ
〈書〉輾轉遷移，無處安身。程度比「流離失所」輕。例：年輕時為了求學，他～，到過很多國家。

【流落】 liú luò
窮困潦倒，漂泊他鄉，無處安身。例：～海外｜～他鄉。

【流亡】 liú wáng
因戰亂、災害或其他原因而被迫離開家鄉或祖國。例：～海外。

【漂泊】 piāo bó
行蹤不定，東奔西走。例：爺爺～海外幾十年，老了才葉落歸根。

【飄零】 piāo líng
比喻遭遇不幸，到處漂泊，無依無靠。例：失去父母，兄弟二人到處～。

【萍蹤不定】 píng zōng bú dìng
像浮萍一樣行止無定，奔走各地。例：他是個記者，這麼多年都～，你很難找到他。

艱難 jiān nán

【慘境】 cǎn jìng
悲慘的境地。例：他根本沒想到會陷入如此～！

【火坑】 huǒ kēng
用來比喻極端悲慘的境地。例：假如你真的跟他去，那你就等於跳入了～。

【飢寒交迫】 jī hán jiāo pò
飢餓和寒冷交加逼迫。形容生活極度困苦。例：難民們～，幸好救援物資能及時送到。

【艱苦】 jiān kǔ
艱難困苦。例：越是～的環境，越能鍛鍊人的意志。

【艱苦卓絕】 jiān kǔ zhuó jué
十分艱難困苦，超乎尋常。例：～的奮鬥。

【艱難】 jiān nán
艱苦；困難。程度比「困難」重。例：他失業那一段日子，處境很～。

【艱難險阻】 jiān nán xiǎn zǔ
指前進道路上的困難、危險和障礙。例：歷盡～，登山隊終於登頂成功。

【艱辛】 jiān xīn
艱難辛苦。例：媽媽不辭～，把我們兄妹撫育成人。

【絕境】 jué jìng
完全沒有出路的境地。例：陷入～｜瀕臨～。

【困】 kùn
陷在艱難痛苦中無法擺脫。例：受災民眾在洪水中被～了三天三夜，終於被解救出來。

【困頓】 kùn dùn
艱難；窘迫。例：由於母親常年住院，父親又失業了，我家的生活陷於～之中。

【困厄】 kùn·è
艱難窘迫。程度比「困頓」重。例：他身陷～之中不能自拔，幸虧有人及時幫助，才得以重新振作起來。

【困乏】 kùn fá
〈書〉生活貧困。例：他家生活一直很～。注意：也指疲倦無力。例：他看了大半夜足球，難怪今天這麼～。

【困境】 kùn jìng
困難的境地。例：走出～｜他陷入了～，非常需要幫助。

【困窘】 kùn jiǒng
困難窘迫。例：他的生活已不像從前那樣～了。

【困苦】 kùn kǔ
困難痛苦。例：不管有多麼～，我們都不要喪失信念。

【困難】 kùn·nan
艱難；困難。程度比「困苦」輕。
例：不怕～｜克服～。注意：也指貧
窮。例：爸爸說，他小時候家裏生活
非常～，上學連書包都買不起。

【民不聊生】 mín bù liáo shēng
百姓生活不安寧，日子無法過下去。
例：在戰亂年代裏，軍閥混戰，～。

【難】 nán
困難。例：那時候我身無分文，你不
知道有多～啊！

【難關】 nán guān
難以通過的關口。比喻不易克服的困
難。例：共渡～｜攻克～。

【內外交困】 nèi wài jiāo kùn
內部外部困難交織在一起。形容處境
艱難。例：公司～，董事長都急病
了。

【千辛萬苦】 qiān xīn wàn kǔ
各種各樣的辛苦。例：母親歷盡～，
終於找到了失散多年的兒子。

【生靈塗炭】 shēng líng tú tàn
生靈：百姓。塗炭：泥沼和炭火。百
姓陷入泥沼、落入炭火一樣。形容
百姓處於極端艱難困苦的境地。程度
比「水深火熱」深。例：這裏戰事頻
仍，使得～、民不聊生。

【水深火熱】 shuǐ shēn huǒ rè
像身處水裏和火裏。比喻處境極端艱
難困苦。例：百姓處在～之中。

【啼飢號寒】 tí jī háo hán
因飢餓寒冷而啼哭。形容生活極端困
難。比「飢寒交迫」形象，但應用範
圍不如「飢寒交迫」廣。例：走進難
民營，那種～的場面令人同情。

危險 wēi xiǎn

【垂危】 chuí wēi
病重將死。例：病勢～｜生命～。注意：也指形勢極為危險。

【岌岌可危】 jí jí kě wēi
岌岌：危險的樣子。形容非常危險。例：連場暴雨，山泥傾倒而下，山腳的房子～。

【驚險】 jīng xiǎn
情景十分緊張、驚恐、危險。例：～鏡頭｜場面～。

【九死一生】 jiǔ sǐ yì shēng
形容經歷極大危險而倖存。例：他在這場大火中倖免於難，真是～。

【千鈞一髮】 qiān jūn yí fà
也說「一髮千鈞」。危險得好像千鈞重量吊在一根頭髮上。比喻情況萬分危險。例：在～之際，警察衝上去救了他。

【如臨深淵】 rú lín shēn yuān
淵：深水、深潭。形容處境危險。例：他自己～，哪還顧得了別人。

【如履薄冰】 rú lǚ báo bīng
履：踩。形容處境十分危險，就像踩在薄冰上一樣，隨時有掉進水中的可能。例：在如此複雜的形勢下，他擔此重任，簡直～，不敢有絲毫大意。

【危殆】 wēi dài
〈書〉形勢或生命等危險到難以維持的地步。例：老人生命～，醫生恐怕也無力回天了。

【危機四伏】 wēi jī sì fú
伏：隱藏。處處隱藏着危險和禍根。例：國際局勢動盪，～。

【危急】 wēi jí
危險而緊急。例：形勢～，刻不容緩｜當時的情況非常～，幸虧消防車及時趕到。

【危如纍卵】 wēi rú lěi luǎn
危險得像摞起來的蛋一樣，隨時都有倒下來的可能。多用來比喻大的形勢非常危險。例：戰爭一觸即發，形勢～。

【危亡】 wēi wáng
接近於滅亡的危險局勢。多指國家、民族等大的形勢。例：民族～的關頭。

【危險】 wēi xiǎn
兇險危急，有遭到災難或失敗的可能。例：～地區｜病情～。

【危在旦夕】 wēi zài dàn xī
旦：早晨。夕：晚上。形容危險就在眼前。例：母親患了肺癌，查出來就到了晚期，如今已是～了。

【危重】 wēi zhòng
（病情）嚴重而危險。例：這間病房裏住的都是～病人。

平安 píng ān

【險】 xiǎn
有遭到不幸或發生災難的可能。例：
～遭不測｜一招～棋。

【險惡】 xiǎn è
情勢兇險可怕。例：病情～｜形勢
～。

【兇險】 xiōng xiǎn
情勢危險可怕。例：他的病情十分
～，醫生們正在全力搶救。

【搖搖欲墜】 yáo yáo yù zhuì
地位極不穩固，非常危險，很快就要
崩潰。例：公司已經～，準備申請破
產保護了。

【朝不保夕】 zhāo bù bǎo xī
早晨保不住晚上會是甚麼情況。形容
事物處於十分危急的境地。例：他病
情嚴重，已到了～的地步。

【安定】 ān dìng
平靜；正常。例：他忙了半個多月，
現在總算～下來了。

【安好】 ān hǎo
平安快樂。多用於祝頌。例：祝您全
家～。

【安康】 ān kāng
平安健康。多用於祝頌。例：不多寫
了，最後祝父母身體～。

【安樂】 ān lè
安定快樂。例：爺爺辛苦了一輩子，
退休後應該享受一下～的晚年了。

【安寧】 ān níng
安定；寧靜。例：經過警方的努力，
社會秩序～多了。

【安全】 ān quán
沒有危險；不受威脅；不出事故。
例：～生產｜～行車。

【安然】 ān rán
平安。例：～度日｜雖然大洪水來勢
兇猛，但由於救助及時，全村老小～
無事。

【安然無恙】 ān rán wú yàng
本義是平安而沒有疾病。引申為沒有
損傷或沒發生甚麼意外。例：飛機是
出了點兒故障，但有驚無險，所有旅
客都～。

屈辱 qū rǔ

【國泰民安】 guó tài mín ān
泰：平安；安定。國家太平，百姓安樂。例：這些年～，經濟有了很大發展。

【化險為夷】 huà xiǎn wéi yí
使危險的情況或處境化解，轉為平安。例：大火就要吞噬整個實驗室，消防車及時趕到才～。

【康樂】 kāng lè
健康；安樂。例：～年華。

【平安】 píng ān
平穩；太平；安全。例：～無事｜一路～｜全家～。

【平穩】 píng wěn
平安穩定；沒有波折。例：這對夫婦日子過得雖不富裕，但十分～。注意：也指物體沒有震動，平靜穩當。例：聲調～｜車行～。

【太平】 tài píng
安寧無事。例：～盛世｜～年景。

【一路順風】 yí lù shùn fēng
比喻沿路平安順利。多用於祝頌。例：出發時，大家祝車隊～。

【轉危為安】 zhuǎn wēi wéi ān
（局勢或病情）由危機轉為平安。一般來說危險程度不如「化險為夷」的「險」那樣急迫。例：經過搶救，爺爺的病情已經～了。

【恥辱】 chǐ rǔ
名譽上受到的損害；可恥的事情。程度比「奇恥大辱」輕。例：出了這種集體作弊的事，簡直是我們學校的～。

【國恥】 guó chǐ
國家被侵略所受的恥辱，如被迫割地賠款、訂立不平等條約等。例：勿忘～｜雪洗～。

【凌辱】 líng rǔ
欺侮；侮辱。程度比「侮辱」重。例：～弱小｜受盡～。

【蒙羞受辱】 méng xiū shòu rǔ
蒙受羞臊和恥辱。例：他的所做所為使整個家庭～。

【欺負】 qī·fu
用暴力等無理手段欺壓、侮辱、侵略。例：我們不應該～弱小。

【欺凌】 qī líng
欺侮；凌辱。程度比「欺負」重。例：飽受～｜校園～。

【欺人太甚】 qī rén tài shèn
把人欺負得太厲害了。例：你不要～，否則我對你不客氣。

【欺侮】 qī wǔ
用輕慢的態度侮辱人。一般可與「欺負」替換。例：當哥哥的～小弟弟是可恥的。

【欺壓】 qī yā
欺侮壓迫。用於上級對下級。例：～百姓。

【奇恥大辱】 qí chǐ dà rǔ
極大的恥辱。例：這件事對他來說簡直是～。

【屈】 qū
冤枉。例：負～舍冤。

【屈從】 qū cóng
委屈地服從。例：他不得不～於上司的壓力，收回自己的意見。

【屈打成招】 qū dǎ chéng zhāo
無罪的人冤枉受刑，被迫招認。例：經反覆查實，證明他是被～的。

【屈辱】 qū rǔ
受到壓迫和欺辱。例：～的歷史。

【屈膝】 qū xī
下跪。比喻屈服。例：～投降｜卑躬～。

【污辱】 wū rǔ
使別人人格或名譽受到損害，蒙受恥辱。例：～人格｜蒙受～。

【侮辱】 wǔ rǔ
欺負；羞辱。例：對這種～，他決定訴諸法律。

【羞恥】 xiū chǐ
羞愧恥辱。例：你隨地丟垃圾，難道一點兒也不感到～嗎？

【羞憤】 xiū fèn
既羞愧又憤恨。例：～交加｜～難當。

【羞辱】 xiū rǔ
使人蒙受恥辱。例：不要當眾～他，他已經改邪歸正了。

順利 shùn lì

【得手】 dé shǒu
做事順利並達到目的。例:因為戰術安排得當,對方的進攻頻頻〜。

【得心應手】 dé xīn yìng shǒu
心裏怎麼想,手就能怎麼做。形容技術純熟或做事順利。例:經過這幾個月的鍛煉,他做編輯工作已經〜了。

【亨通】 hēng tōng
順利。例:買賣〜|萬事〜。

【勢如破竹】 shì rú pò zhú
勢頭就像劈竹子一樣快捷。形容作戰或工作節節勝利,毫無阻礙。含順利義。例:我軍推進得〜,十分順利。

【順暢】 shùn chàng
順利通暢;沒有阻礙。例:事情一直進行得很〜,沒想到最後出了問題。

【順當】 shùn·dang
順利。例:事情辦得十分〜。

【順利】 shùn lì
在事物的進展過程中沒有或很少遇到困難。例:整個排演進行得很〜,大家都很高興。

【順手】 shùn shǒu
〈口〉順利;沒有阻礙。例:工作〜。注意:也指順便得手。例:〜牽羊。

【順遂】 shùn suì
(事情進展)順利;合乎心意。例:這幾年事事〜,爸媽身體也好多了。

【萬事亨通】 wàn shì hēng tōng
亨通:順利。一切事情都順利。多用於泛泛的祝願。例:祝你在新的一年裏〜,事事如意。

【一帆風順】 yì fān fēng shùn
船掛滿帆,順風行駛。比喻做事非常順利,毫無挫折。例:工作〜。

【左右逢源】 zuǒ yòu féng yuán
比喻做事得心應手,非常順利。例:他的生意做得〜,一年就賺了幾百萬。注意:也比喻處世圓滑,兩頭討好。例:他自以為〜,其實誰都沒把他當朋友。

閒散 xián sǎn

【清閒】 qīng xián

清靜而悠閒。例：退休後，爺爺的日子很～。

【無所事事】 wú suǒ shì shì

閒着沒有甚麼事可做。例：這種～的日子他一天也過不了。

【閒】 xián

沒有事情做。例：爸爸退休後也不～着，經常參加一些公益活動。

【閒散】 xián sǎn

沒有甚麼事情做又無拘無束。例：你是～慣了，受不了紀律的約束。

【閒適】 xián shì

清閒無事，安逸舒適。例：～的時候，爸爸愛下幾盤棋。

【閒庭信步】 xián tíng xìn bù

閒庭：清靜的庭院。信步：隨意散步。在清靜的庭院中休閒散步。含有清閒意味。例：～，才可領略園林之趣。

【閒雲野鶴】 xián yún yě hè

比喻閒散安逸，不受塵事羈絆的人，舊時多指隱士道士等。例：那一段時間，他像是～，行蹤不定，誰也找不着他。

【逍遙自在】 xiāo yáo zì zài

形容無拘無束，自由自在。例：我盼着早點放假，過幾天～的日子。

【悠然自得】 yōu rán zì dé

悠然：閒暇舒適的樣子。自得：內心得意而舒適。形容悠閒舒坦、十分愜意的樣子。例：他心裏很着急，但表面還裝出～的樣子，以免家人擔心。

【悠閒】 yōu xián

無事可做，自由自在。例：老人退休後就到鄉下去了，過着～的田園生活。

【自由自在】 zì yóu zì zài

形容不受拘束，安閒舒適。例：小女孩整天唱啊跳啊，像一隻～的小鳥。

遊蕩 yóu dàng

【遨遊】 áo yóu
漫遊；遊歷。例：～太空 | 在遨想中
～。

【暢遊】 chàng yóu
痛痛快快地遊覽。例：他～香港離
島，寫下了許多詩作。

【出遊】 chū yóu
外出旅遊。例：假日～的人數會更
多。

【東遊西逛】 dōng yóu xī guàng
〈口〉到處閒逛，無所事事。例：你
總是這樣～的，不找一份工作怎麼行
呢！

【郊遊】 jiāo yóu
到郊外遊玩。例：今天秋高氣爽，正
是～的好日子。

【溜達】 liū·da
〈方〉閒走。例：老人飯後總要一個
人～一會兒。

【旅行】 lǚ xíng
為了遊覽或辦事到較遠的地方去。
例：長途～，他感到很疲倦。

【旅遊】 lǚ yóu
旅行遊覽。例：～度假 | 外出～。

【漫遊】 màn yóu
隨意遊玩。例：～世界。

【神遊】 shén yóu
〈書〉想像中的遊歷。例：～天外。

【閒逛】 xián guàng
空閒時到外面遊逛。例：這種沒有目
的的～，對放鬆身心很有好處。

【遊蕩】 yóu dàng
浪蕩閒遊。多指去較遠的地方。例：
他逃學後四處～。

【遊逛】 yóu guàng
閒遊散逛。多指去較近的地方。例：
星期天，小明漫無目的地～。

【遊覽】 yóu lǎn
遊玩；觀賞。例：到香港的人，都愛
去～海洋公園。

【遊樂】 yóu lè
遊玩嬉戲。例：～場所，學生最好還
是少去。

【遊歷】 yóu lì
到較遠的地方去遊覽考察。例：～名
山大川。

【遊山玩水】 yóu shān wán shuǐ
到山水名勝地遊玩。例：～是一件很
愜意的事。

【遊玩】 yóu wán
遊逛；玩樂。例：我們經常到大嶼山
去～。

命運 mìng yùn

【遠足】 yuǎn zú
〈書〉比較遠的徒步旅行。例：此番～，收益頗豐。

【雲遊】 yún yóu
到處遊蕩，行跡不定。多指去較遠的地方。例：～四方｜～四海。

【周遊】 zhōu yóu
到各處遊歷。多指去較遠的地方。例：～世界｜～四方。

【厄運】 è yùn
〈書〉不幸的命運。例：這幾年他～連連，先是父母去世，然後是妻子生病，現在孩子又遭了車禍。

【好運】 hǎo yùn
好的、幸福的命運。例：～長久｜這一年他算交了～，總遇上美事。

【紅運】 hóng yùn
也作「鴻運」。好運氣。例：走～。

【鴻運當頭】 hóng yùn
大好的運氣，正值走運之時。例：爸爸中了六合彩頭獎，真是～！

【劫數】 jié shù
佛教認為人生注定的災難。含厄運義。例：～難逃。

【命運】 mìng yùn
指生死、貧富、禍福等人生的一切際遇。迷信認為是注定的。例：～未卜｜～多舛。

【氣數】 qì shù
迷信認為人或事物由上天掌握的存亡期限。常用來比喻人或政權的滅亡已不可挽回。例：無奈～已盡，任他怎樣掙扎也沒有用。

【時運】 shí yùn
一時的運氣。例：實在也是～不佳，才敗得這樣慘。

【手氣】 shǒu qì
指賭博中或輸或贏的運氣。泛指運氣。例：他總認為小孩子～好，抽獎總叫兒子抽。

【天命】 tiān mìng
迷信稱上天的意志。也指由上天主宰的人的命運。例：說甚麼～不可違，純粹是愚弄人的。

【天數】 tiān shù
迷信認為一切意外的、難以理解的災難都是上天安排的。例：老奶奶很迷信，她總認為兒子的夭折是～。

【天意】 tiān yì
迷信指上天的旨意。例：～如此。

【幸運】 xìng yùn
好的運氣；好機會。多指躲過了不好的事。例：但願～能夠降到他的頭上。

【運氣】 yùn·qi
命運；意外的好機會。例：是他～好，拿到了最後一張票。

【在劫難逃】 zài jié nán táo
人們習慣把天災人禍等壞事稱為「劫」或「劫數」。原指命中注定要遭受災禍，想逃也逃不了。比喻壞事不可避免。例：一旦發生了這種災禍，所有的人都～。

【造化】 zào·hua
福氣；運氣。例：有這麼個好兒子，也實在是他們的～。

遭遇 zāo yù

【地步】dì bù
處境。多指不好的。例：他到了今天這種～，完全是咎由自取。

【際遇】jì yù
遭遇。例：童年坎坷的生活～，磨煉出了他堅毅的性格。

【境地】jìng dì
（不利的）地步。例：陷入這樣的～，他十分尷尬。

【境遇】jìng yù
境況；遭遇。例：如此～是他沒有預料到的，他不知道為甚麼會這樣。

【絕境】jué jìng
沒有任何出路的境地。程度比「逆境」重。例：瀕臨～｜逃離～。

【困厄】kùn è
困難而又窘迫。例：面對～，他想不出任何辦法。

【困境】kùn jìng
困難的處境。例：擺脫～｜身遭～。

【命運】mìng yùn
指生死、貧富、禍福等人生的一切際遇。迷信認為是注定的。例：～未卜｜～多舛。

【逆境】nì jìng
與「順境」相對。不順利的、與願望相反的境遇。程度比「困境」重。

例：人生經歷中有一些～並非壞事，它能磨煉人的意志，使人更加自信。

【順境】shùn jìng
與「逆境」相對。順利的、與願望相同的境遇。例：人在～時不能忘乎所以。

【遭逢】zāo féng
碰上；遇到。多指不好的。例：～亂世，爺爺一生都鬱鬱不得志。

【遭受】zāo shòu
受到（不好的事情）。例：～磨難｜～不公正待遇。

【遭遇】zāo yù
遇到（不幸的事情）。例：童年的～無法忘懷。注意：也指碰上。例：兩軍在山口～，立刻展開了激戰。

景況 jǐng kuàng

【背景】 bèi jǐng
戲劇或電影裏的佈景。也指繪畫攝影等襯托主體事物的景物。還指對人物、事件起作用的歷史或現實環境。例：時代～｜政治～｜舞台～。

【風光】 fēng guāng
風景；景象。比「風景」範圍要大。例：～秀麗｜熱帶～。

【風景】 fēng jǐng
風光；景色。例：這裏的～真美，他簡直不想走了。

【光景】 guāng jǐng
境況；情景。多用於抽象事物。例：他家的～越來越好了。

【景況】 jǐng kuàng
具體光景和情況。例：因為投資失敗，小玲家的～變得很差。

【景色】 jǐng sè
風景。例：～秀美｜～宜人。

【景物】 jǐng wù
具體可供觀賞的景致。例：～描寫是寫作中不可缺少的｜公園裏的～十分宜人。

【景象】 jǐng xiàng
具體現象和狀況。多用於抽象事物。例：到處都是一種蒸蒸日上的～。

【景致】 jǐng zhì
風景。但比「風景」應用範圍要小。例：園林裏的～，佈置得引人入勝。

【美景】 měi jǐng
美麗的景色。例：看不夠的～。

【氣象】 qì xiàng
情景；情況。例：新～｜～萬千。注意：也指大氣的狀態和現象。例：～異常｜～雲圖。

【氣象萬千】 qì xiàng wàn qiān
景色和事物多種多樣，千變萬化，非常壯觀。例：牡丹花會上，數不清的牡丹姹紫嫣紅，～，讓人讚歎不已。

【情景】 qíng jǐng
具體場合的情形和景象。與「情境」比較，「情景」突出具體的景象，多指感人的具體場合，「情境」則着重於境地，可用於歡樂或不愉快的場面。例：他對當時的～記憶猶新。

【情境】 qíng jìng
情景和境地。可用於歡樂或不愉快的場面。例：夢中的～歷歷在目。

【山光水色】 shān guāng shuǐ sè
山水的風光景色。例：徜徉於～之間，心情無比愉悅。

【山清水秀】 shān qīng shuǐ xiù
形容山水的景致優美。例：灕江～，是旅遊的好去處｜香港也有不少山清水秀的景點，我們不用千里迢迢到國外旅遊。

坎坷 kǎn kě

【凹凸不平】 āo tū bù píng
凹：低於周圍。凸：高於周圍。不平坦。例：地面磚鋪得～，只好重新再鋪。

【不平】 bù píng
表面有高有低；凹凸。例：路面～｜道路～。

【坎坷】 kǎn kě
道路、地面坑坑窪窪；不平坦。例：山路～，十分難走。注意：也指不順利、波折多、不得意。例：他的求學之路非常～。

【坑坑窪窪】 kēng kēng wā wā
（道路）不平坦。例：這條路～的，要多難走有多難走。

【崎嶇】 qí qū
形容山路不平。例：小時候，他每天上學放學都要走那條～的小路。

情境 qíng jìng

【場合】 chǎng hé
指某種特定的時間、地點和具體情況。例：這種～，我們要格外注意禮貌。

【光景】 guāng jǐng
〈口〉狀況。例：這裏的～是一年比一年好了。

【景象】 jǐng xiàng
情景和現象。例：市場一片繁榮～｜淒慘～。

【境況】 jìng kuàng
具體狀況。例：身處逆境，～不佳。

【局勢】 jú shì
形勢在一個時期內的發展狀況。多指政治、軍事。例：中東～的發展令全世界擔憂。

【情景】 qíng jǐng
情形和景象。例：當時的～給我的印象太深了，永遠也無法忘記。

【情境】 qíng jìng
情景；境地。程度比「情景」更具體、更深入。例：那種～，讓人身不由己。

【情況】 qíng kuàng
情形。例：學校裏的衛生～大有好轉。

【情勢】 qíng shì
事物發展的狀況。例：～急迫，必須立刻做出決斷｜當時的～已經變了，他必須改變計劃。

【情形】 qíng xíng
事物呈現出來的態勢。例：當時的～他不說也不行，只好說了。

【情狀】 qíng zhuàng
情形和狀況。例：他的～不好，病情惡化了。

【盛況】 shèng kuàng
盛大熱烈的狀況。例：～空前｜廣場慶祝會的～，令人終生難忘。

【時局】 shí jú
局勢。例：～動盪，人心不穩。

【實況】 shí kuàng
實在的情況。例：今天晚上有足球比賽的～轉播，大家早早就圍坐在電視機旁。

【事態】 shì tài
事情的態勢。例：～愈加嚴重，如何結局實難預料。

【勢頭】 shì·tou
事物發展的趨勢和狀況。例：看～，旱情一時半晌很難緩解。

【態勢】 tài shì
狀態和形勢。例：看～，雙方勢均力敵，誰勝誰負還很難說呢！

【現狀】 xiàn zhuàng
當前的狀況。例：改變～｜～不容樂觀。

【形勢】 xíng shì
事物發展的狀況。多形容大的方面。例：～太好｜～急轉直下。

【樣子】 yàng·zi
狀況。例：那～很難看｜看～他不會來了。

【狀況】 zhuàng kuàng
情形。例：身體～｜財政～。

興盛 xīng shèng

【昌明】 chāng míng
指政治文化興盛開明。例：政治～是
經濟發展的保障。

【昌盛】 chāng shèng
興旺；繁榮。例：我們期待香港更加
繁榮～。

【繁華】 fán huá
興旺；熱鬧。例：這是全市最～的一
條街。

【繁榮】 fán róng
使（經濟或事業）興旺蓬勃地發展。
例：～市場｜經濟～。

【門庭若市】 mén tíng ruò shì
庭：院子。若：好像。門前和院子好
像集市一樣。形容來的人很多，很熱
鬧、興旺。例：他在位的時候，家裏
～，現在冷清多了，簡直門可羅雀。

【蓬勃】 péng bó
繁榮興盛；富有生氣。例：～發展｜
朝氣～。

【強盛】 qiáng shèng
強大而昌盛。例：國家～，才不致被
外敵侵擾。

【如火如荼】 rú huǒ rú tú
荼：古代指茅草的白花。比喻氣勢熱
烈旺盛，聲勢浩大。例：事業開展得
～。

【生氣勃勃】 shēng qì bó bó
勃勃：旺盛的樣子。形容富有朝氣，
充滿活力。例：春天，大地一片～的
景象。

【旺盛】 wàng shèng
人或事物富有生命力；情緒高漲。
例：他年富力強，正是精力～的時
候。

【欣欣向榮】 xīn xīn xiàng róng
欣欣：草木茂盛的樣子。榮：茂盛。
比喻蓬勃發展，繁榮興盛。例：草木
在陽光下～地生長。

【興隆】 xīng lóng
指事物很興盛，很紅火。多用來形容
生意興旺。例：買賣～｜生意～。

【興盛】 xīng shèng
迅速發展。一般用於事業。例：體育
產業最近這些年才～起來。

【興旺】 xīng wàng
興盛；興隆。例：～發達｜人丁～。

【蒸蒸日上】 zhēng zhēng rì shàng
蒸蒸：上升和興盛的樣子。形容一天
天地向上發展。例：我們的事業～，
蓬勃發展。

衰敗 shuāi bài

【敗落】 bài luò
破落。程度比「沒落」重。例：到他爺爺這一輩，家道就徹底～了。注意：也指花草凋零。例：一場嚴霜降下，滿園花草都～了。

【凋敝】 diāo bì
事業衰敗。例：經濟～，民不聊生。

【枯萎】 kū wěi
乾枯；萎縮。也指這一過程。例：如果不澆水，花兒就會～了。

【沒落】 mò luò
衰敗；趨於消亡。例：他出身於～貴族家庭。

【破落】 pò luò
（家境）由盛而衰；敗落。相當於「沒落」。例：～戶。

【衰敗】 shuāi bài
衰敗破敗。指事物由興盛轉向沒落。例：由於決策上的重大失誤，公司很快就～了。

【衰竭】 shuāi jié
由於疾病嚴重而引起的生理機能的極度減弱。例：他得的是癌症，但最後死於心肺～。

【衰老】 shuāi lǎo
由於年老而引起的體力、精力減退。例：一場大病之後，爺爺～多了。

【衰落】 shuāi luò
衰敗。例：家道～。

【衰弱】 shuāi ruò
事物由強到弱。多用於人體和精神。例：手術後他的身體不比從前，明顯地～了。

【衰頹】 shuāi tuí
衰弱頹廢；不振作。多用於精神方面。例：你才四十幾歲，正當年富力強，怎麼可以這樣～下去呢？

【衰退】 shuāi tuì
（身體、精神、意志、能力等）趨向衰弱。例：視力～。注意：也指一個國家的政治、經濟、文化等狀況衰落。應用範圍遠比「衰頹」廣泛。例：這個國家的經濟連年～，國民的生活已大不如前。

【衰亡】 shuāi wáng
衰敗以至滅亡。多指大的事物。例：一個民族如果沒有自強不息的精神，遲早都會～。

【衰微】 shuāi wēi
〈書〉衰落不興旺。程度比「衰亡」輕。例：該公司從興盛走向～，給我們許多深刻的啟示。

【萎縮】 wěi suō
（草木、身體等）乾枯。例：肌肉～。注意：也指國家經濟等方面的衰退。例：經濟～。

富裕 fù yù

【土豪】 tǔ háo
擁有大量錢財的人或人家。現多指有錢、不理性消費、喜歡炫耀的人。例：他們是「土豪」——「土」意味着土氣和粗野，「豪」意味着奢華、霸氣。

【豐衣足食】 fēng yī zú shí
穿的和吃的都很豐富充足。形容生活富裕。例：他出生於有錢人家，自幼過着～的生活。

【富貴】 fù guì
有錢財又有地位。例：榮華～。

【富豪】 fù háo
非常富有而又有權勢的人。例：雖然他是個～，生活上卻十分節儉。

【富強】 fù qiáng
（國家）富足，力量強大。例：繁榮～。

【富饒】 fù ráo
物產豐盛。例：這个地方就是美麗～的西雙版納，真想在這裏居住。

【富庶】 fù shù
庶：眾多。物產豐富，人口眾多。例：四川是一個十分～的省份。

【富翁】 fù wēng
擁有大量錢財的人。例：千萬～｜那老人雖然是個～，但從不揮霍金錢。

【富有】 fù yǒu
擁有大量的財產。富裕程度要高於「寬裕」和「富裕」。例：他的家庭十分～。

【富裕】 fù yù
財物充裕。例：我家的生活一天比一天～。

【富足】 fù zú
豐富充足。多用來形容一個地方或國家。例：小鎮的人們過着～的生活。

【寬裕】 kuān yù
寬綽富餘。以錢財論不如「富裕」多。例：爸爸的公司業績好了，我家的生活也～了。

【萬貫】 wàn guàn
古代把一千枚銅錢串成一串為一貫。形容很多錢。例：～家財｜家有～｜腰纏～。

【殷實】 yīn shí
富裕。財物上有實力。例：由於勤儉持家，點滴積累，他們家現在已經很～了。

貧窮 pín qióng

【赤貧】 chì pín
窮得甚麼也沒有。例：他們家三代
～，到他爸爸這一輩才過上好日子。

【寒苦】 hán kǔ
貧窮困苦。例：他出身～，至今還保
持着儉樸的作風。

【家貧如洗】 jiā pín rú xǐ
家裏窮得像水洗過一樣。形容窮得一
無所有。例：聽爺爺說，他小時候
～，全家人只有一張被子。

【家徒四壁】 jiā tú sì bì
家裏只剩四堵牆。形容窮得一無所
有。例：他已經是～了，你叫他拿甚
麼還你錢？

【拮据】 jié jū
經濟窘困，錢不夠用。例：手頭～｜
家境～｜財政～。

【窘迫】 jiǒng pò
指難以維持現有生活，非常窮困。
例：爸爸重新工作後，家裏的日子不
像先前那樣～了。注意：也指難為
情。例：這麼簡單的問題都沒答上
來，他～得低下了頭。

【囊空如洗】 náng kōng rú xǐ
口袋裏空無一物，像洗過一樣。形容
一分錢也沒有，十分貧困。例：那時
候他～，連麪包也買不起。

【貧】 pín
窮；缺少。例：訪～問苦｜自小家
～。

【貧病交迫】 pín bìng jiāo pò
貧窮和疾病一齊壓在身上。例：大家
向～的他伸出援手。

【貧乏】 pín fá
少；貧窮。例：資源～｜知識～。

【貧寒】 pín hán
貧苦；清苦。例：～人家｜出身～。

【貧苦】 pín kǔ
生活貧窮困苦。多用於個人或家庭。
例：～農民｜～的日子。

【貧困】 pín kùn
生活貧窮困難。例：～地區。

【貧窮】 pín qióng
缺少財物；窮。可用於個人、地區和
國家，適用範圍較「貧苦」廣。例：
國家慢慢擺脫～，走向富裕。

【清寒】 qīng hán
清貧；貧寒。例：～文人｜家境～。

【清苦】 qīng kǔ
清寒；貧苦。例：那個年代，人們的
日子都很～。

【窮】 qióng

缺乏生產和生活資料等；沒錢。例：
～日子｜～山村｜～孩子。

【窮苦】 qióng kǔ

貧窮困苦。例：～的日子｜～的百
姓。

【窮困】 qióng kùn

生活貧窮，經濟困難。例：～潦倒。

【窮困潦倒】 qióng kùn liáo dǎo

窮困愁苦，很不得志。例：這位詩人
的後半生是在～中度過的。

【窮酸】 qióng suān

窮而迂腐。舊時多用來譏諷文人。
例：孔乙己是魯迅先生筆下一個舊時
代的～文人形象。

【一貧如洗】 yì pín rú xǐ

形容窮得像水洗過一樣，甚麼都沒
有。例：還清這筆債務，他真的是～
了。

【一窮二白】 yì qióng èr bái

窮得一無所有。例：擺脫～的狀況。

【一文不名】 yì wén bù míng

名：佔有。一文錢都沒有。形容極端
貧困。例：到月末那幾天，我已是～
了，多虧有他的幫助。

【一無長物】 yì wú cháng wù

也說「別無長物」、「身無長物」。一
點兒多餘的東西也沒有。形容窮。
例：我已經是～，你還來騙我的錢
財？

【一無所有】 yì wú suǒ yǒu

甚麼東西都沒有。形容極端貧困。
例：那時候我家～，現在買了房，買
了車，可以說大有改善了。

【債台高築】 zhài tái gāo zhù

戰國時周赧王欠債很多，無法償還，
被債主逼得躲在宮裏一座高台上。後
用來形容欠債很多，無法償還。例：
他經商虧了，～。

節儉 jié jiǎn

【儉樸】 jiǎn pǔ
也作「簡樸」。儉省樸素。應用範圍比「儉省」廣泛。例：生活～。

【儉省】 jiǎn shěng
愛惜物力，不浪費財物。多用於生活方面。例：他生活十分～。

【節減】 jié jiǎn
在原有基礎上節約減省。例：～經費｜～開支。

【節儉】 jié jiǎn
（花錢用物等）有節制。例：生活～｜日子過得很～。

【節省】 jié shěng
減少不必要的耗費。例：～時間。

【節衣縮食】 jié yī suō shí
節：減省。縮：縮減。省吃省穿。泛指節儉。例：媽媽～，供我們姐弟兩人上大學。

【節約】 jié yuē
節省。但應用範圍比「節省」廣。例：～時間｜厲行～。

【精打細算】 jīng dǎ xì suàn
使用人力物力時計算精細，避免浪費。例：爸爸工資不高，家裏的日子全靠媽媽～。

【開源節流】 kāi yuán jié liú
原義指開闢水源，節制水流。比喻在財務上增加收入，節約開支。例：一個公司的財務管理，注意～十分重要。

【樸素】 pǔ sù
生活節約，不奢侈。例：艱苦～｜他的穿着很～。

【勤儉】 qín jiǎn
勤勞而節儉。例：～持家｜～節約。

【省吃儉用】 shěng chī jiǎn yòng
節省吃的和用的。泛指節儉。例：我知道這是父母～攢下的錢，花起來就格外珍惜。

【細水長流】 xì shuǐ cháng liú
比喻節約財物，使保持充足，常備不缺。例：過日子要～。

無奈 wú nài

【愛莫能助】 ài mò néng zhù

心裏同情卻無力幫助。常用於推託。例：對您的遭遇我～，還希望您能理解。

【不得已】 bù dé yǐ

沒有別的辦法，只能如此。例：～而為之。

【不可救藥】 bù kě jiù yào

無藥可醫。比喻事物已到了毫無辦法的地步。例：他已經墮落到～的地步了。

【獨木難支】 dú mù nán zhī

一根木頭難以支撐。比喻一個人的力量難以支撐全局。例：儘管他全力奔走，可到底～，最後公司還是解散了。

【孤掌難鳴】 gū zhǎng nán míng

一個巴掌拍不響。比喻一個人勢單力弱，難以成事。例：這件事要大家通力合作，我一個人～啊！

【力不從心】 lì bù cóng xīn

心裏想做，能力卻達不到。例：我當然想幫你，可實在是～啊！

【沒奈何】 méi nài hé

無可奈何；無法可想。例：河邊沒船，～他只好返回了。

【迫不得已】 pò bù dé yǐ

迫於環境和情勢不得不那樣做。例：～，演出只好取消了。

【黔驢技窮】 qián lú jì qióng

柳宗元的《三戒·黔之驢》記載：黔地無驢，有人帶去一頭，放在山下。老虎看見這個叫聲宏亮的大傢伙，很害怕，後來發現驢的技能不過是踢腿，就把驢子吃掉了。後用來比喻有限的一點兒本領已經用完，再沒有辦法了。例：爸爸哄女兒睡覺，等到～，女兒還是活蹦亂跳，不想睡覺。

【束手待斃】 shù shǒu dài bì

捆起手來等死。比喻遇到危險或困難想不出辦法，只好坐等失敗。例：事情雖然希望渺茫，可我們也不能～啊！

【束手無策】 shù shǒu wú cè

像手被捆住一樣，沒有一點兒辦法。例：病人的病情急轉直下，醫生也～了。

【徒喚奈何】 tú huàn nài hé

徒：白白地，這裏當空歎講。只能空歎，卻沒有辦法。例：在交功課的最後一刻，電腦壞了，我也只能～啊！

【萬般無奈】 wàn bān wú nài

甚麼辦法也沒有，無可奈何。例：這樣做也是～，沒有辦法的辦法。

【萬不得已】 wàn bù dé yǐ
甚麼辦法也沒有了，不得不這樣做。
例：不到～，我也不會來找你幫忙。

【無法】 wú fǎ
沒有辦法。例：～解決。

【無法可想】 wú fǎ kě xiǎng
想不出甚麼辦法。例：你捅這麼大的
婁子，我實在是～。

【無計可施】 wú jì kě shī
施：施展。沒有甚麼辦法可施展。
例：時間如此急迫，他真的～了。

【無可奈何】 wú kě nài hé
奈何：怎麼辦。不得已，沒辦法。
例：～花落去｜這件事叫他也～。

【無力】 wú lì
沒有能力；無能為力。例：你如果再
不想辦法，我也～幫你了。注意：也
指沒有力氣。例：全身～。

【無奈】 wú nài
沒有辦法。例：萬般～｜面對這種進
退兩難的局面，我實在很～。

【無能為力】 wú néng wéi lì
沒有能力；沒有辦法。例：我不懂游
泳，叫我參加渡海游泳比賽，實在
～。

【無藥可醫】 wú yào kě yī
沒有藥物可醫治。比喻毫無辦法。程
度比「無能為力」重。例：他墮落到
如此地步，卻死不認錯，可謂～。

【心有餘而力不足】
xīn yǒu yú ér lì bù zú
心裏很想做，可是力量不夠。例：我
真是想幫你，可是～啊！

【一籌莫展】 yì chóu mò zhǎn
一點計策也施展不出。比喻毫無辦
法。例：內外交困，他實在是～了。

【坐以待斃】 zuò yǐ dài bì
坐着等死。形容在危機情況下不想
辦法，乾等着災難降臨。例：情況危
急，我們不能～，要趕緊想辦法。

自食其果 zì shí qí guǒ

【搬起石頭砸自己的腳】
bān qǐ shí·tou zá zì jǐ·de jiǎo
比喻自己做壞事自己受害。貶義。
例：他還是～，自作自受啊！

【報應】 bào·yìng
佛教用語。原指種善因得善果，種惡
因得惡果。後來專指惡有惡報。貶
義。例：那個橫行鄉里的惡霸喝醉酒
掉河裏淹死了，大家都說是老天～。

【多行不義必自斃】
duō xíng bú yì bì zì bì
斃：死，這裏引申為滅亡。不義的事
做得多了，必定會自取滅亡。貶義。
例：所謂～，這些侵吞市民財產的貪
官終於受到了法律的嚴懲。

【該死】 gāi sǐ
應該死掉。是表示厭惡、憤怒或埋怨
的話。例：你做出這種傷天害理的
事，實在～。

【活該】 huó gāi
按道理就應該這樣。一般指遭受不幸
是自找的，含不值得可憐義。例：張
三是個小偷，經常犯案，這次被警察
抓走實在是～。

【咎由自取】 jiù yóu zì qǔ
咎：罪過、災禍或過失。遭受罪過、
懲處或災禍是由自己造成的。貶義。
例：他有今天這樣的下場，完全是～
啊！

【理所當然】 lǐ suǒ dāng rán
按理應該如此。例：你故意損壞公
物，賠償是～的。

【命該如此】 mìng gāi rú cǐ
命運應該這樣。含宿命義。例：他年
輕時做盡壞事，老年晚景淒涼，也是
～啊！

【自食其果】 zì shí qí guǒ
食：嘗。自己做錯了事，自己嘗到不
好的結果。含理應如此義。貶義。
例：你背叛了朋友，現在有事卻無人
相助，這不是～嗎？

【自作自受】 zì zuò zì shòu
自己做錯了事，自己承受後果。應用
範圍沒有「自食其果」廣泛。貶義。
例：這樣的後果是他～，不值得可
憐。

【罪有應得】 zuì yǒu yīng dé
幹壞事得到應有的懲罰。貶義。例：
那個殺人犯被判了終身監禁，實在是
～。

【作繭自縛】 zuò jiǎn zì fù
蠶吐絲作繭，把自己包在裏面。比喻
做了某事，結果使自己受困。貶義。
例：你這樣嬌慣他，弄得他事事離不
開你，將來咋辦？你不是～嗎？

八、感覺・情感・情緒

哀痛 āi tòng

【哀悼】 āi dào
悲哀地悼念（死者）。例：為～妻子的亡靈，他寫了一篇散文｜在墓前獻上一束鮮花，表示我們的～。

【哀號】 āi háo
也作「哀嚎」。悲哀而大聲地哭叫。例：父親去世時母親～的情景，至今還常常浮現在他的腦際。

【哀鴻遍野】 āi hóng biàn yě
哀鴻：哀鳴的大雁。哀鳴着的大雁遍佈原野。《詩經·小雅·鴻雁》：「鴻雁于飛，哀鳴嗷嗷。」後用來比喻到處都是流離失所、悲哀呼號的災民。例：這次戰爭使百姓流離失所，～。

【哀鳴】 āi míng
悲哀地叫。例：大雁～。

【哀戚】 āi qī
〈書〉哀痛而憂傷。例：父親去世後，全家度過了一段～的日子。

【哀傷】 āi shāng
悲傷。例：為了學業，你應盡快忘掉～。

【哀思】 āi sī
悲哀地思念。例：老教授去世了，我們敬獻花圈寄託～。

【哀痛】 āi tòng
悲哀痛苦。程度比「哀傷」重。例：校長逝世的噩耗傳來，全體師生萬分～。

【哀慟】 āi tòng
〈書〉悲痛；極悲痛。程度比「哀痛」重。例：在母親的靈前，他～欲絕，大放悲聲。

【哀怨】 āi yuàn
悲傷怨恨。恨的程度很輕。例：她～的眼神，透出了內心複雜的感情。

【哀樂】 āi yuè
喪葬或追悼時演奏的悲哀的樂曲。例：～響起，向死者告別的儀式開始了。

【悲哀】 bēi āi
悲痛傷心。例：海嘯過後，他痛失家園，心中充滿～。

【悲慘】 bēi cǎn
不幸而慘痛，使人傷心。程度比「悲哀」更重。例：～世界｜爺爺有一個～的童年。

【悲愴】 bēi chuàng
〈書〉悲傷；悲壯。比「悲哀」更深，更形象化。例：往日～的經歷依然令他不堪回首。

【悲歌】 bēi gē
悲壯地歌唱。例：慷慨～。注意：也指悲壯或哀痛的歌曲。例：大放～。

【悲苦】 bēi kǔ
悲哀痛苦。例：他從小流離失所，境遇十分～。

【悲涼】 bēi liáng
悲哀淒涼。用於描寫客觀環境或心情。例：處境～｜氣氛～。

【悲戚】 bēi qī
〈書〉悲傷而憂愁。例：～的心境使他書也看不進，覺也睡不着。

【悲切】 bēi qiè
〈書〉悲哀；悲痛。例：父親～地訴說着他小時候的遭遇。

【悲傷】 bēi shāng
也說「傷悲」。悲哀傷心。例：她心愛的小狗死了，～不已。

【悲酸】 bēi suān
悲哀心酸。例：他的童年充滿了～和不幸。

【悲歎】 bēi tàn
悲傷歎息。例：他落到今天的地步，實在叫人～。

【悲天憫人】 bēi tiān mǐn rén
天：天道；時世。憫：憐憫。哀歎艱難的時世，憐憫痛苦的人們。例：對飽受戰火蹂躪的百姓，僅～是不行的，還要提供物質上的援助。

【悲痛】 bēi tòng
悲哀痛苦。程度比「悲傷」重。例：失去親人的～，讓他徹夜未眠。

【悲慟】 bēi tòng
極言悲痛。程度比「悲痛」重。例：喪子之痛，讓他～欲絕！

【悲壯】 bēi zhuàng
悲哀而雄壯；悲哀而壯烈。例：～的歌聲｜～的場面。

【慘然】 cǎn rán
悲慘的樣子。例：他～地守在爸爸的靈前，一句話也不說。

【慘痛】 cǎn tòng
悲慘沉痛。程度比「慘然」更重。例：那～的一幕，他永生難忘。

【腸斷】 cháng duàn
〈書〉也說「斷腸」。形容極度悲傷。例：這樣悽婉的歌聲，聽了令人～。

【沉痛】 chén tòng
非常深沉的悲痛。例：面對飛機失事的現場，他心情十分～。注意：也指深刻、嚴重。例：～的教訓。

【感傷】 gǎn shāng
傷感。例：令人～。

【樂極生悲】 lè jí shēng bēi
快樂到極點而發生悲哀的事情。例：他因為中獎而狂飲無度，結果～，得腦血栓住進了醫院。

【難過】 nán guò

心裏悲傷，不痛快。例：聽到這個消息，他～得流下淚來。

【難受】 nán shòu

難過；不舒服。例：胃～｜熱得～。

【悽慘】 qī cǎn

淒涼；悲慘。多用來形容處境或遭遇，以襯托人的悲哀感情。例：父親去世後，家裏的境況很～｜空難事故現場十分～。

【悽楚】 qī chǔ

〈書〉悽慘痛苦。多用來形容心情或處境。例：因為心境～，他無心觀賞沿途的風光｜老人隻身居住在加拿大，晚景很是～。

【淒厲】 qī lì

淒涼而銳利。多形容聲音，襯托悲哀的心境。例：～的哭聲｜～的北風，一路伴着送葬的人們。

【淒涼】 qī liáng

悽慘。例：他身世～，經受過數不清的苦難。注意：也用來形容環境或景物的寂寞冷落，襯托人的心情。例：景色～，使他想起痛苦的往事。

【淒迷】 qī mí

悲傷而又悵惘。例：走出墓地，他滿眼～，真不知今後的日子該怎麼過。注意：也用來形容景物淒涼而模糊，

襯托悲哀的心情。例：細雨～，更讓他感到悲涼。

【淒切】 qī qiè

淒涼而悲哀。例：這支曲子太過～，不適合在晚會上演奏｜一聲～的呼喊，使他停住了腳步。

【悽然】 qī rán

形容悲傷的樣子。例：他遭遇妻離子散的不幸，滿面～。

【悽婉】 qī wǎn

哀傷婉轉的（聲音或故事等）。例：這是個悲劇故事，情節非常～｜這曲子～極了。

【如喪考妣】 rú sàng kǎo bǐ

好像死了父母一樣傷心和焦急。貶義。例：他的小狗死了，傷心得～。

【潸然】 shān rán

〈書〉形容流淚的樣子。例：聽了他的哭訴，許多人都～淚下。

【傷感】 shāng gǎn

接觸到某些情景而產生悲傷情緒。例：面對發黃的老照片，媽媽的臉上流露出一絲～｜告別晚宴上彌漫着一種～的氣氛。

【傷神】 shāng shén

傷心。例：兒子遭遇車禍，老人因為過於～，幾乎一夜頭髮就白了。注

意：也指過度耗費精神。例：小叔的婚事，一直讓爺爺十分～。

【傷逝】 shāng shì

〈書〉悲傷地懷念死者。例：爸爸去世的一年當中，家裏總是彌漫着一種～的氣氛。

【傷心】 shāng xīn

因遭受不如意的事而心裏難過。比「傷神」更強調內心感受。例：想起那件事，他不由得～落淚｜～的往事令人不堪回首。

【痛楚】 tòng chǔ

心情悲痛、悽楚。例：這樣～的往事，他連提都不願提。

【痛苦】 tòng kǔ

身體或精神上感到非常難受；悲傷。應用範圍比「痛楚」、「痛切」廣得多。例：母親去世三個多月了，可他的～一點兒也沒有減輕。

【痛切】 tòng qiè

悲痛深切。程度比「痛楚」更重，有時含深深惋惜義。例：那次車禍給他留下了～的記憶｜他不得不～地指出其嚴重的後果。

【痛心】 tòng xīn

極端傷心。多用來形容深深惋惜。例：你的行為讓我十分～。

【兔死狐悲】 tù sǐ hú bēi

比喻因同類的滅亡而感到悲傷。多為貶義。例：～，物傷其類。

【心酸】 xīn suān

心裏悲痛。例：每每想起那段往事，他都是～得落淚｜奶奶一陣～，再也說不下去了。

【辛酸】 xīn suān

辛：辣。辣和酸。比喻痛苦悲傷。例：～的歷史｜～的童年。

【憂戚】 yōu qī

〈書〉憂愁而悲傷。例：他的臉色透出了內心的～｜媽媽一直為爸爸的病而～，頭髮都白了。

【憂傷】 yōu shāng

憂愁悲傷。例：那首歌曲，聽了令人～｜漫步在寂寥的曠野，一陣～湧上心頭。

忍耐 rěn nài

【按捺】 àn nà
抑制（慾望或情緒）。例：他～不住
自己的火氣，張口罵了人。

【按壓】 àn yā
抑制（慾望或情緒）。程度比「按捺」
更重。例：～不住激動的心情。

【憋】 biē
極力抑制。例：他～着一肚子氣，卻
無從發洩。

【遏抑】 è yì
壓制。例：他～住心頭怒火，勉強應
付着。

【遏止】 è zhǐ
用力使停止。例：他～住自己的衝
動，盡量裝得若無其事。

【遏制】 è zhì
用力制止或控制。例：他再也～不住
自己的激情，一下子跳了起來｜如果
～不住對方的攻勢，我們就輸定了。

【克制】 kè zhì
抑制。程度比「抑制」輕。例：他脾
氣火暴，但很能～。

【控制】 kòng zhì
掌握住，不准任意活動或超出範圍。
例：裁判很好地～了場上局面，使比
賽得以正常進行。注意：也表示操
縱。例：他不敢實話實說，肯定背後
有人～。

【逆來順受】 nì lái shùn shòu
對惡劣的環境或無理的待遇採取忍受
順從的態度。例：他對老闆的無理指
責從不還嘴爭辯，總是～。

【遷就】 qiān jiù
放棄某種原則或自己的意願，去順應
別人的觀點或行為。例：對孩子亂花
錢的習慣，做父母的不能～。

【忍】 rěn
把某種情緒抑制住不使表現出來。
例：～耐｜這件事你還是～一～算
了。

【忍耐】 rěn nài
抑制住痛苦的感覺或情緒。例：因為
考慮到影響不好，他～着沒有發作。

【忍氣吞聲】 rěn qì tūn shēng
受了氣而勉強忍耐，不敢說出來。
例：他如此～，實在也是沒有辦法的
事。

【忍讓】 rěn ràng
容忍，退讓。例：既然不是甚麼原則
問題，互相～一下就過去了。

【忍辱負重】 rěn rǔ fù zhòng
忍受屈辱，承擔重任。例：他～，默
默地做了大量的工作。

【忍受】 rěn shòu
忍耐並承受（痛苦、困難或不幸）。

程度比「忍耐」重。例：無法～｜難以～。

【容忍】 róng rěn
寬容忍耐。例：絕對不能～這種行為。

【退避三舍】 tuì bì sān shè
舍：古時行軍以三十里為一舍。主動退讓九十里。後用來比喻對人讓步或迴避，避免衝突。例：對方正在火頭上，你暫且～，不失為一種策略。

【唾面自乾】 tuò miàn zì gān
被人家往臉上吐唾沫也不擦掉，而讓它自己乾掉。比喻受了侮辱，極度忍耐，不敢出聲。例：以他的性格，絕對不會有這種～的度量，一定是謠傳。

【委曲求全】 wěi qū qiú quán
曲意遷就，暫時忍讓，以求保全。例：劉備在未成大事之前，曾在曹操那裏過了一段～的日子。

【壓抑】 yā yì
對情緒或力量加以限制，使不能充分流露或發揮。例：～個性｜大庭廣眾之下，他只好把情緒～下去。

【壓制】 yā zhì
使用強力限制。例：～民主｜～新生力量。

【抑止】 yì zhǐ
控制使停止。例：雙方必須首先～住激動的情緒，才能談得攏。

【抑制】 yì zhì
壓下去；控制。例：他～不住內心的反感，終於拂袖而去。

【隱忍】 yǐn rěn
把事情藏在內心，勉強忍耐。例：為了顧全大局，他～著一言不發。

【自抑】 zì yì
自己控制自己。多用於不好的情緒。例：面對這樣的場面，他難以～，不由得流下了淚水。

【自制】 zì zhì
克制自己。應用範圍比「自持」和「自抑」更廣泛。例：～力。

愛 ài

【愛】 ài
對人或事物有很深的感情。例：我～
香港｜我～媽媽。

【愛不釋手】 ài bú shì shǒu
因喜愛某物而捨不得放下。例：這本
書他～，一天一宿就看完了。

【愛戴】 ài dài
敬愛並且擁護。例：深受～｜贏得
～。

【愛撫】 ài fǔ
疼愛撫慰。多用於老對幼，或人對動
物。例：媽媽的～使他緩解了內心的
痛苦。

【愛護】 ài hù
愛惜並保護。例：～公物｜我們應該
～大自然的一草一木。

【愛憐】 ài lián
憐愛。例：媽媽～地撫摸着女兒的
臉。

【愛戀】 ài liàn
熱愛而依依不捨。例：我～香港的每
寸土地，臨行前，我在海旁佇立良
久，久久不願離去。

【愛莫能助】 ài mò néng zhù
指有心幫助（所愛所親之人），卻又
無能為力。例：這件事我實在是～，
還請你原諒。

【愛慕】 ài mù
由於喜歡或敬重而願意接近。含熱愛
和羨慕義。例：～虛榮｜相互～。

【愛情】 ài qíng
一般指男女相愛的感情。例：～的力
量，使他忘記了病痛。

【愛屋及烏】 ài wū jí wū
愛一個人而連帶地愛他屋上的烏鴉。
比喻愛一個人而連帶地關心跟他有關
係的人或物。例：小明～，對女朋友
養的小貓也十分愛護。

【愛惜】 ài xī
疼愛；愛護。例：賈寶玉深得賈母的
～。注意：也指因喜愛而不糟蹋。
例：我們要～每一粒糧食。

【愛心】 ài xīn
喜愛的感情；熱愛關懷的心意。例：
她是一個有～的學生，經常到社區探
訪獨居老人。

【敝帚自珍】 bì zhǒu zì zhēn
自己家破舊的掃帚，也被看作寶貝。
比喻東西雖不好，可是自己還是很珍
惜。例：這些畫都是我十幾年前的作
品，雖然很稚嫩，但～，我還是捨不
得丟掉。

【博愛】 bó ài
以博大的胸懷去愛一切人。例：～無
私。

【寵】chǒng

寵愛；偏愛。例：他從小就在父母面前受~｜你這樣~着他，對他可沒有好處。

【寵愛】chǒng ài

喜愛；嬌縱偏愛。多用於上對下，老對小。例：父母對他十分~。

【慈愛】cí ài

仁慈喜愛。用於年長者對年幼者。例：~的媽媽總是為我們牽腸掛肚。

【撫愛】fǔ ài

關懷；疼愛。例：孩子們在孤兒院裏得到了母親般的~。

【呵護】hē hù

（對人或動物）精心保護、愛惜。例：在她精心的~下，小花貓漸漸地長大了。

【厚愛】hòu ài

深深的愛。多用於客套。例：觀眾的~，使他更珍視自己做為一個演員的身份｜這樣的評價是大家的~，我做得沒有那麼好。

【歡心】huān xīn

喜愛或賞識的心情。例：小孫女最得奶奶的~。

【嬌慣】jiāo guàn

寵愛縱容（多指對幼年兒女）。例：你這樣~孩子，不是愛他而是害他呀！

【嬌生慣養】jiāo shēng guàn yǎng

從小在寵愛和放縱中成長。比「嬌慣」更具體。例：他是在~中長大的，哪吃過這樣的苦啊！

【嬌縱】jiāo zòng

嬌慣放縱。程度比「嬌慣」更重。例：這孩子如此頑皮，全是父母~的結果。

【敬愛】jìng ài

尊敬熱愛。用於對父母、師長等。例：~的老師｜~的父親。

【可愛】kě ài

令人喜愛。例：~的娃娃｜~的小貓｜~的家鄉。

【酷愛】kù ài

極其愛好。程度比「熱愛」更重、更具體。例：他從小就~文學。

【憐愛】lián ài

憐憫而疼愛。例：他孤苦伶仃，鄰居們都很~他。

【母愛】mǔ ài

母親對子女的愛。例：偉大的~｜~是最無私的。

【溺愛】nì ài

過分寵愛。專指長對幼無原則的嬌慣、姑息縱容。貶義。例：在內地，

城市中的孩子多為獨生子女，因此父母可能會過分～他們。

【偏愛】 piān ài
特別喜愛其中一人或一事。例：父母～小兒子｜他～文科而忽視理科。

【熱愛】 rè ài
熱烈地愛。例：張老師十分～教育工作。

【熱中】 rè zhōng
也作「熱衷」。十分愛好；沉迷。例：他對繪畫十分～。注意：也指急切盼望得到名利權勢。例：那傢伙心裏甚麼都不想，只～於升官發財。

【深愛】 shēn ài
深深地愛。例：哥哥雖然殘疾了，但嫂嫂仍然～着他。

【疼愛】 téng ài
關心愛護。多用於長對幼。例：奶奶最～小孫子。

【喜愛】 xǐ ài
喜歡。例：老人～小孫子，勝過當年～自己的兒子。

【喜歡】 xǐ huān
對人或事物產生好感或興趣。例：我最～閱讀科學書。

【相愛】 xiāng ài
互相愛慕。專指男女之間的相戀。

例：哥哥和嫂嫂從～到結婚，只有一年的時間。

【心愛】 xīn ài
從心裏喜歡。例：～的人｜～的書包。

【一見鍾情】 yí jiàn zhōng qíng
初次見面就產生了愛情。例：姐姐和那位警察～。

【友愛】 yǒu ài
友好親愛。例：同學間非常～，老師因而很欣慰。

【珍愛】 zhēn ài
珍視愛護。例：她是父母～的女兒｜家裏所有的東西，爸爸最～的就是那輛汽車。

【摯愛】 zhì ài
摯：誠懇。真誠地愛。多指內在的感情。例：來探望張老師的都是她～的學生。

【鍾愛】 zhōng ài
鍾情專一地喜歡。例：他終不肯放棄自己所～的事業｜這把二胡是爺爺最～的。

【鍾情】 zhōng qíng
感情專注。「鍾情」多指愛情，而「鍾愛」的應用範圍要廣泛得多。例：一見～。

恨 hèn

【抱恨】 bào hèn
心裏存有恨事。例：～終天｜～終生。

【抱恨終生】 bào hèn zhōng shēng
〈書〉也說「抱恨終生」。到死也不能消除恨事。例：醫生說他的生命已到了盡頭，然而他的冤案還沒有審理完，看來只能～了。

【不共戴天】 bú gòng dài tiān
戴：頂着。不跟仇敵在一個天底下生活。形容仇恨極深。例：結下～之仇。

【仇】 chóu
仇恨。例：你們之間又沒有～，何必搞得劍拔弩張呢？

【仇敵】 chóu dí
仇人；敵人。例：兩個人如同～，鬧得不可開交。

【仇恨】 chóu hèn
因利害矛盾而產生的強烈憎恨。例：滿腔～｜刻骨～。

【仇家】 chóu jiā
因有仇恨而被敵視的人或人家。例：因為那件事，他們幾乎成了～，現在又和好了。

【仇人】 chóu rén
因有仇恨而被敵視的人。多指個人。例：～相見，分外眼紅。

【仇殺】 chóu shā
因有仇恨而殺戮。例：這兩家人互相～，不知何時才能和好。

【仇視】 chóu shì
像仇人那樣看待。例：這種小道消息不要相信，肯定是～我們的敵人造的謠。

【仇隙】 chóu xì
〈書〉怨恨。程度比「仇恨｜輕。例：素無～。

【仇怨】 chóu yuàn
仇恨；怨恨。程度比「仇恨」輕。例：兩家人結了幾十年的～，最近終於化解了。

【反目為仇】 fǎn mù wéi chóu
也說「反目成仇」。多指原來相處很好，後翻臉成為仇敵。也指夫妻或朋友間由於不和睦成為仇人。例：這兩個人情同兄弟，想不到因為生意上的問題而～！

【憤恨】 fèn hèn
憤慨痛恨。例：他的行為太不道德，引起了人們的～。

【含恨】 hán hèn
表示有仇恨而未消除。例：冤案未雪，他就～去世了。

【恨入骨髓】 hèn rù gǔ suǐ
骨髓：骨頭的空腔中柔軟海棉狀組

織，是製造血細胞的器官。形容恨之極深。例：人們對這個罪大惡極的歹徒～。

【恨之入骨】 hèn zhī rù gǔ
恨得都進入骨頭裏。形容恨之深。例：犯罪分子的罪行，使市民～。

【懷恨】 huái hèn
心裏怨恨；記恨。例：你們是同學，有甚麼不滿可以說出來，哪能～在心呢？

【悔恨】 huǐ hèn
懊悔自恨。例：因為自己的疏忽，給公司造成這麼嚴重的損失，他心中～不已｜他沒有認真學習，結果考試不及格，使他十分悔恨。

【記恨】 jì hèn
把仇恨記在心裏。例：事情過去就算了，如果再互相～就太不應該了。

【可恨】 kě hèn
令人痛恨。也指可惜。例：～好人不長壽。

【令人切齒】 lìng rén qiè chǐ
切齒：咬牙。形容痛恨的樣子。例：明明知道這種食品有害，還不斷出售，不良商人卑劣的行徑實在～。

【深仇大恨】 shēn chóu dà hèn
形容極深極大的仇恨。例：兩人之間只有一點兒小矛盾，並沒有甚麼～。

【深惡痛絕】 shēn wù tòng jué
痛恨到了極點。例：市民對這些電話騙案早已～了。

【勢不兩立】 shì bù liǎng lì
勢：情勢。立：存在；生存。雙方矛盾尖銳不能並存。例：雙方球迷～，有這種情緒是極其錯誤的。

【宿怨】 sù yuàn
舊有的怨恨。例：他能不記～，為她輸血，令大家敬佩。

【痛恨】 tòng hèn
深切的憎恨。例：這種罔顧道路安全的行為，令人十分～。

【痛心疾首】 tòng xīn jí shǒu
疾首：頭痛。形容痛恨到了極點。例：對於社會上的不良風氣，廣大市民無不～。

【悻然】 xìng rán
怨恨憤怒的樣子。例：～而去｜～而不敢言。

【悻悻】 xìng xìng
怨恨；憤怒。例：～而去。

【血海深仇】 xuè hǎi shēn chóu
形容有血債的深仇大恨。例：這兩個國家有～。

【咬牙切齒】 yǎo yá qiè chǐ
〈口〉形容恨到了極點。例：一提起
那件事他就～，氣憤難平。

【飲恨】 yǐn hèn
〈書〉抱恨含冤無法陳訴、發泄。
例：～而終｜～九泉。

【飲恨而終】 yǐn hèn ér zhōng
〈書〉抱恨含冤而死。例：受害者
～，讓人們感到遺憾。

【冤仇】 yuān chóu
受人侵害或侮辱而產生的仇恨。例：
結下～。

【冤家】 yuān·jia
泛指仇人；敵對方面。例：～對頭。

【怨】 yuàn
埋怨；怨恨。程度比「恨」輕。例：
這件事責任在你自己，不要～別人。

【怨毒】 yuàn dú
〈書〉仇恨。程度比「怨艾」重。例：
他們之間，～甚深，很難化解。

【怨憤】 yuàn fèn
怨恨，憤怒。例：滿腔～。

【怨恨】 yuàn hèn
因對人或事不滿而恨。程度遠比「仇
恨」輕。例：因為婚姻的不幸，她甚
至對父親心存～。

【怨聲載道】 yuàn shēng zài dào
〈書〉怨恨的聲音充滿道路。多形容
引起公憤。例：新政策一出台，就引
起市民極度反感，一時間～。

【怨艾】 yuàn yì
〈書〉怨恨。例：她滿腹～，但一見
到他又不知說甚麼好了。

【怨尤】 yuàn yóu
〈書〉怨恨。例：～很深，一兩句話
說不清的。

【憎恨】 zēng hèn
厭惡痛恨。例：他曾被流氓欺負，對
流氓無比～。

厭惡 yàn wù

【鄙棄】 bǐ qì
看不起；厭惡。程度比「嫌棄」重。例：他總是言而無信，最終必將遭到大家的～。

【不耐煩】 bú nài fán
厭煩得叫人無法忍受。例：沒等我把話說完，他就～了。

【噁心】 ě·xin
使人極為厭惡；令人作嘔。例：他這樣大言不慚地自誇其德，真讓人～。

【煩】 fán
厭煩。例：你還囉唆甚麼，人家已經～了｜你別來～我！

【煩人】 fán rén
〈口〉讓人感到厭煩；討厭。例：這種隨地吐痰的行為實在是～。

【反感】 fǎn gǎn
不滿意的情緒。例：他這個人愛撒謊，同學們都很～｜這項決定引起了大多數人的～。

【可惡】 kě wù
令人厭惡惱恨。例：這種自私自利的做法，真是太～了。

【可憎】 kě zēng
厭惡；可恨。程度比「可惡」重。例：面目～｜這種行為太不文明，真是～。

【令人生厭】 lìng rén shēng yàn
使人產生討厭的情緒。例：這種肉麻的吹捧，聽了真是～。

【令人作嘔】 lìng rén zuò ǒu
形容使人厭惡到了極點。程度遠比「令人生厭」重。例：他搖尾乞憐的醜態，真是～。

【討嫌】 tǎo xián
惹人厭惡。例：他總是借東西不還，真～。

【討厭】 tǎo yàn
厭惡；招人厭煩。例：這種口是心非的人是最讓人～的。

【痛惡】 tòng wù
極端厭惡。例：球迷們～球隊打假球。

【嫌】 xián
厭惡；不滿。例：當一名清潔工人，首先得有不～髒的精神。

【嫌棄】 xián qì
因厭惡而不願意接近。例：他雖然是個有殘疾的孩子，可大家誰也不～他，都願意和他交朋友。

【嫌惡】 xián wù
厭惡。例：那隻被遺棄的小貓很髒，可小麗不～，把牠抱回家去。

煩悶 fán mèn

【厭煩】 yàn fán
反感;不耐煩。例:天天重複做這些枯燥的練習,真讓人～。

【厭倦】 yàn juàn
對某事失去興趣而感到倦怠。例:他的報告已經講了三個小時,且空洞無物,實在令人～。

【厭棄】 yàn qì
因厭惡而嫌棄。例:遭人～。

【厭惡】 yàn wù
討厭憎惡;非常反感。例:他常常自以為是,語氣傲慢,大家都很～他。

【憎惡】 zēng wù
厭惡;可恨。例:那傢伙欺行霸市,大家沒有不～他的。

【懊惱】 ào nǎo
煩惱悔恨。例:這件事沒辦好,他心裏無限～。

【沉悶】 chén mèn
心情不舒暢;性格不爽朗。例:他是一個～的人,想不到竟然會說笑話,而且逗得同學們開懷大笑。注意:也指氣氛等使人感到沉重而煩悶。例:教室裏的空氣如此～,令人喘不過氣來。

【沉鬱】 chén yù
低沉;鬱悶。例:他心情～,見誰也不愛說話。

【愁悶】 chóu mèn
憂愁;煩悶。例:他擔心爸爸的病,心裏十分～。

【煩悶】 fán mèn
煩躁;苦悶。例:他有苦無處訴,心裏～極了。

【煩惱】 fán nǎo
煩悶;苦惱。程度比「煩悶」重。例:兒子不用功讀書,整天玩遊戲機,媽媽真是～極了。

【煩憂】 fán yōu
〈書〉煩悶;憂慮。程度比「煩惱」重。例:他心頭充滿～,不能入睡。

【煩躁】 fán zào
煩悶；急躁。偏重於外在。例：眼看時間到了，可朋友還不來，他愈發～不安了。

【苦悶】 kǔ mèn
苦惱；煩悶。例：找個朋友聊聊，把心裏的～說出來就輕鬆了。

【苦惱】 kǔ nǎo
痛苦煩惱。例：他因為沒進入學校足球隊，心裏很～。

【悶悶不樂】 mèn mèn bú lè
心裏愁悶不高興。例：有甚麼不開心的事就說出來，整天～的可不好。

【心煩】 xīn fán
心裏煩躁或煩惱。例：～意亂｜這雨下起來沒完沒了，讓人～。

【心煩意亂】 xīn fán yì luàn
心情煩悶焦躁，思緒紛亂。例：家裏的事讓他～，工作總出錯。

【抑鬱】 yì yù
心有怨恨，不能訴說而煩悶。例：因為不能把真相告訴母親，他整天表情～｜他這些天心情～，甚麼也做不好。

【憂煩】 yōu fán
憂慮；煩悶或煩躁。例：近來他的心裏很～，一本小說半個月了還沒看完。

【憂憤】 yōu fèn
憂慮；憤慨。例：他的兒子在國外留學，可最近聽說那個國家發生了排斥華人的動亂，他一直在～中等待着消息。

【憂鬱】 yōu yù
愁悶；憂傷。例：這個演員有一種～的氣質。

【鬱悶】 yù mèn
煩悶；不舒暢。例：剛在家生了一肚子氣，上班又要強作笑臉，她心情真是～透了。

【鬱鬱】 yù yù
心裏苦悶。例：～不樂｜～寡歡。

【鬱鬱寡歡】 yù yù guǎ huān
鬱鬱：發愁的樣子。寡：少。悶悶不樂。例：她是個～的女孩兒｜近幾天他總是～，一定是遇到甚麼麻煩了。

慚愧 cán kuì

【慚愧】 cán kuì
因自己有缺點、錯誤或未能盡到責任而感到不安。例：期終考試成績不理想，他見到父母，～得抬不起頭來。

【汗顏】 hàn yán
因羞愧而出汗。泛指羞愧。例：你小小年紀，就取得這樣的成就，真令我這個當哥哥的～。注意：常用作謙詞。例：文章寫得不好，提起來真叫人～。

【愧】 kuì
慚愧；羞愧。例：你做出這種事心裏～不～啊？

【愧悔】 kuì huǐ
羞愧；悔恨。例：一想起是因為自己的疏忽輸了這場球，他心裏就～萬分。

【愧疚】 kuì jiù
因慚愧而心裏不安。例：～的心情｜內心深感～。

【愧赧】 kuì nǎn
〈書〉因羞愧而臉紅。例：老師雖然沒有點名批評他，但他還是滿臉～。

【愧色】 kuì sè
羞愧的臉色。例：爸爸知道是小強闖的禍，但見他面帶～也就沒有追究。

【面有愧色】 miàn yǒu kuì sè
臉面上出現慚愧的表情。例：見他～，媽媽就知道他這次考試成績肯定不理想。

【赧然】 nǎn rán
〈書〉形容難為情的樣子。含慚愧義。例：見他一臉～，爸爸也就沒有再批評他。

【赧顏】 nǎn yán
〈書〉因羞愧而臉紅。例：他無話可說，只有～相對。

【內疚】 nèi jiù
內心感到慚愧不安。例：哥哥的情義使他愈發感到～｜外語考試不及格，一想起爸爸每天輔導他的情景，他就感到十分～。

【覥顏】 tiǎn yán
〈書〉形容羞愧的神色。例：～相對。

【羞慚】 xiū cán
羞愧。形容人的心情和表情。例：這麼簡單的問題都答錯了，他～得無地自容。

【羞憤】 xiū fèn
羞愧；憤恨。形容人的複雜的心理活動。例：一想起那尷尬的場面，他就～難當。

害羞 hài xiū

【羞愧】 xiū kuì
羞恥；慚愧。例：面對老師的寬容，他感到～萬分。

【自慚形穢】 zì cán xíng huì
慚：慚愧。形：形態。穢：骯髒，引申為缺點或不足。原指因自己容貌舉止不如別人而感到慚愧。後泛指自愧不如別人。多用作謙詞。例：看到別人高談闊論的樣子，他不由得～起來。

【自愧不如】 zì kuì bù rú
愧：慚愧。因比不上別人而羞愧。例：老先生才高八斗，敝人～。

【不好意思】 bù hǎo yì·si
害羞；礙於情面而不便或不肯。例：他被大家笑得有點兒～了｜他雖然缺錢，但～開口借。

【尷尬】 gān gà
神態不自然。例：他表情很～，兩隻手搓了又搓，還是說不出一句完整的話。注意：也指左右為難，不好處理。例：他走也不是，留也不是，～極了。

【害臊】 hài sào
害羞。例：人太多，他有些～，話說得結結巴巴的。

【害羞】 hài xiū
因膽怯或怕人嗤笑而難為情。例：新娘子～得躲在車裏不下來。

【含羞】 hán xiū
臉上帶有害羞的神情。例：～帶笑。

【腼腆】 miǎn tiǎn
也作「靦覥」。因怯生或害羞而神情不自然。例：剛轉來這個班的時候，他～得一說話臉就紅。

【面紅耳赤】 miàn hóng ěr chì
因害羞、急躁或憤怒等原因臉和耳朵都紅了。例：兩人爭得～｜一句話揭了他的底細，他頓時羞得～。

【難為情】 nán wéi qíng
不好意思或情面上過不去。例：感到
～｜當眾讀錯了課文，她顯得很～。

【赧然】 nǎn rán
〈書〉形容難為情的樣子。含慚愧
義。例：～一笑。

【忸怩】 niǔ ní
形容不好意思或不大方的樣子。例：
你這樣～，還想做演員，不是開玩笑
嗎？

【扭捏】 niǔ·nie
也說「扭扭捏捏」。本指走路時身體
故意左右搖動。後用來形容言談不大
方、不自然。與「忸怩」比，含「做
作」的成分。例：他們都不喜歡跟那
個～的同學交朋友。

【訕訕】 shàn shàn
形容難為情，不好意思的樣子。例：
大家一吆喝，她只好～地放手了。

【無地自容】 wú dì zì róng
無處讓自己容身。形容羞愧到了極
點。例：羞愧使他～，他決定痛改前
非。

【羞】 xiū
難為情；不好意思。例：那麼多人怎
麼開口啊？～死人了！

【羞答答】 xiū dā dā
也說「羞羞答答」。形容害羞的樣
子。例：第一次上台演出，總難免有
點兒～的。

【羞憤】 xiū fèn
因羞愧而憤恨。例：兒子做出這樣丟
人的事，老父親～當病倒了。

【羞愧】 xiū kuì
因蒙受羞恥而慚愧。例：每當想到自
己不爭氣，沒能好好報答父母的養育
之恩，心裏就一陣～。

【羞怯】 xiū qiè
因怕羞而膽怯。例：她第一次到男朋
友家，難免有些～。

【羞人】 xiū rén
感覺難為情或羞恥。常用作「羞死
人」。例：這種事真～。

【羞澀】 xiū sè
因為怕羞而態度不自然，舉止不順
暢。例：～一笑｜面對觀眾，他滿臉
～。

灰心 huī xīn

【懊喪】 ào sàng
（因事情不如意）情緒低落，精神不振。多用於一時一事。例：光～沒有用，要認真總結一下，吸取教訓。

【垂頭喪氣】 chuí tóu sàng qì
失意懊喪的樣子。例：大家振作起來，不要～的！

【低落】 dī luò
下降。常用來形容情緒不高。例：因為輸了球，大家情緒都很～。注意：也形容水位、價格等的下降。

【灰心】 huī xīn
（因遇到困難或挫折）意志消沉。例：失敗是成功之母，千萬不要～啊！

【沮喪】 jǔ sàng
灰心失望，打不起精神。例：神情～｜一臉～。

【絕望】 jué wàng
希望斷絕，毫無希望。程度遠比「失望」重。例：人在～的時候，心理是非常脆弱的。

【氣餒】 qì něi
失掉信心和勇氣。例：繼續努力，不要～啊！

【失望】 shī wàng
失去希望。也表示因希望落空而不愉快。例：一看他滿臉～的樣子，我就知道他落選了。

【失意】 shī yì
志向或意願得不到伸展。例：情場～｜近幾年他很～，做甚麼事都不順利。

【頹廢】 tuí fèi
意志消沉，精神委靡。貶義。例：精神～｜思想～。

【頹喪】 tuí sàng
情緒低落，精神委靡。程度比「頹廢」輕。例：英語考得很差，這使得他本來高漲的情緒一下子～下來。

【萬念俱灰】 wàn niàn jù huī
很多志向、慾望、抱負都破滅了。形容極端絕望的心情。例：老年喪子，他～，幸虧親友的勸導，才使他恢復了生活的信心。

【委靡不振】 wěi mǐ bú zhèn
精神不振，意志消沉。貶義。也作「萎靡不振」。例：遇到一點兒困難，就這樣～，像甚麼樣子？

【消沉】 xiāo chén
情緒低落。例：意志～。

懊悔 ào huǐ

【心灰意冷】 xīn huī yì lěng
也說「心灰意懶」。灰心喪氣，意志消沉，一點兒熱情也沒有。程度比「萬念俱灰」輕。例：他那麼努力溫習，成績還是不理想，使他～。

【自暴自棄】 zì bào zì qì
自甘墮落，不求上進。貶義。例：高考沒考好就～，這實在是不應該啊！

【懊悔】 ào huǐ
（因做錯了事心裏感到）煩惱，悔恨。例：因為那一句對同學不禮貌的話，他～了整整一個下午。

【懊惱】 ào nǎo
煩惱；悔恨。例：比賽結束後，他為自己在場上的表現～了很久。

【憾事】 hàn shì
認為不完美而心中感到遺憾的事。例：老人沒有等到兒子回來就去世了，這實在是一件～。

【恨】 hèn
懊悔。例：一失足成千古～｜他真～自己當初為甚麼那麼傻，竟然會相信他。注意：也指仇恨，怨恨。例：～之入骨。

【恨事】 hèn shì
遺憾的事。例：千古～｜奶奶因誤診而去世，這成了爺爺永遠的～。

【後悔】 hòu huǐ
事後懊悔。例：小明今天捉弄了同學，結果被老師責罰，讓他十分～。

【悔不當初】 huǐ bù dāng chū
後悔當初沒有那樣做。例：見到今天的後果，他～。

【悔改】 huǐ gǎi
認識到自己的錯誤並改正。例：認識到錯誤，現在～也不晚啊！

【悔過自新】 huǐ guò zì xīn
悔悟改過並重新做起。多用於較嚴重的過錯，程度比「悔改」重。例：出了那件事之後，他～，像換了個人似的。

【悔恨】 huǐ hèn
懊悔。例：看到今天這樣糟糕的局面，他～不已｜他真～自己當初說了那樣的話。

【悔悟】 huǐ wù
悔恨而醒悟。例：經過一番開導，他已經～了。

【悔之不及】 huǐ zhī bù jí
追悔莫及。例：他做錯了事，現在～。

【遺憾】 yí hàn
餘恨；不稱心；惋惜。例：他只差三分沒考上大學，真是～。

【遺恨】 yí hèn
至死仍感到懊悔或不稱心的事情。例：～千古。

【遺恨千古】 yí hèn qiān gǔ
多對個人的事情也可說「遺恨終生」。千古：長遠的年代。比喻永遠的、無法彌補的悔恨。程度遠比「遺恨」重。例：過去因為城市建設總體構思不當，殃及不少文化遺產，造成了～的文明損失。

【追悔莫及】 zhuī huǐ mò jí
追溯過去，感到悔恨，但已來不及彌補了。程度比「追悔」更重。例：等到犯下不可饒恕的罪行，才懂得害怕，恐怕～。

激動 jī dòng

【衝動】 chōng dòng
有某種慾望的神經興奮或因感情受刺激，語言、行動失去理智。含激動義。例：你不要太～，還是冷靜下來考慮考慮再說吧。

【感觸】 gǎn chù
因受外界刺激而產生的認識、想法。含激動義。例：今天老師講了一番待人處事的道理，令我有很深的～。

【感動】 gǎn dòng
受外界事物影響，內心引起的激動。例：這種互助友愛的事讓人十分～。

【感懷】 gǎn huái
心中有所感觸而懷念。含激動義。例：～不已｜今天是媽媽去世一週年，爸爸有所～，寫了一篇悼念文章。

【感激涕零】 gǎn jī tì líng
涕：眼淚。零：落下。因感激而流淚。形容感激異常。含諷刺義。例：老闆如此器重，他怎麼能不～呢？

【感慨】 gǎn kǎi
因有所感觸而慨歎。例：～萬千｜～萬端。

【感喟】 gǎn kuì
喟：歎氣。因感慨而歎氣。程度比「感慨」重。例：他英年早逝，令所有認識他的人無不～萬分。

【感歎】 gǎn tàn
因感觸而歎息。程度比「感慨」輕。例：他小小年紀有如此舉動，實在令人～。

【激昂】 jī áng
（情緒）激動高昂。例：慷慨～｜情緒～。

【激動】 jī dòng
感情衝動。程度比「激昂」輕。例：～人心｜無比～。

【激憤】 jī fèn
激動而憤慨，多用於情緒方面。含憤怒義。例：他得到如此不公的判決，民眾均替他喊冤，一時羣情～。

【激怒】 jī nù
刺激使發怒。例：他的舉動～了在場所有的人。

【激切】 jī qiè
〈書〉（言語）直而急。含激動義。例：因為着急，他言辭～，嘴唇也顫抖起來。

【激情】 jī qíng
強烈衝動的情感。例：～澎湃｜客場取勝後，大家～難抑，高聲唱起隊歌來。

【激揚】 jī yáng
激動昂揚。例：禮堂裏傳出一陣～的口號聲。注意：也指激濁揚清；激勵使振作起來。例：～文字｜～精神。

【激越】 jī yuè
強烈的情緒或高亢的聲音。例：詩人在字裏行間都透露出他～的感情｜～的琴聲在禮堂裏回響。

【慷慨】 kāng kǎi
充滿正氣，情緒激動。例：他～陳詞，駁得對方無言以對。注意：也指不吝嗇。例：他為人～，常常資助同鄉。

【慷慨激昂】 kāng kǎi jī áng
也說「激昂慷慨」。形容情緒、語調激動昂揚而充滿正氣。例：他～的演講，讓大家熱血沸騰。

【羣情鼎沸】 qún qíng dǐng fèi
羣眾的情緒高漲，像鍋裏沸騰的水一樣熱烈。例：市民們得知將在本市舉辦下屆亞運會，頓時～。

【羣情激奮】 qún qíng jī fèn
羣眾的情緒激動而振奮。程度比「羣情鼎沸」輕。例：他的一番講話，使得場內～，大家紛紛站立鼓掌。

【熱烈】 rè liè
情緒高昂，激動。例：～的掌聲｜會場氣氛十分～。

【熱流】 rè liú
指激動振奮的內心感受。例：得到老師的關懷，他周身湧起一股～。

【熱血沸騰】 rè xuè fèi téng
比喻熱情洋溢，十分激動。例：一場令人～的比賽。

【興奮】 xīng fèn
振奮；激動。例：聽說比賽提前了，大家都～起來。

【興沖沖】 xìng chōng chōng
興致很高的樣子。例：他～地回到家，把獲得數學比賽第一名的消息告訴了媽媽。

【興高采烈】 xìng gāo cǎi liè
興致高，精神足。例：大家～地去郊遊。

【興致勃勃】 xìng zhì bó bó
興高采烈。程度比「興高采烈」稍輕。例：他～地籌備這個盛大的宴會。

【振奮】 zhèn fèn
振作；奮發。例：～精神｜這個消息非常令人～。

驚嚇 jīng xià

【不寒而慄】 bù hán ér lì
慄：發抖。不寒冷而發抖。形容非常
恐懼。例：環境污染日益嚴重，一想
到有一天整個地球也許會變成不毛之
地，真叫人～。

【草木皆兵】 cǎo mù jiē bīng
一草一木都像軍隊一樣。形容驚恐得
疑神疑鬼的樣子。例：我們的部隊聲
東擊西，弄得敵人驚慌失措，～。

【誠惶誠恐】
chéng huáng chéng kǒng
原為古時臣下對皇帝的奏章中常用的
套語，表示他們既尊敬，又恐懼不
安。現用來形容惶恐不安的樣子。
例：新同事～地站著聽老闆訓話。

【吃驚】 chī jīng
突然受到外界衝擊而精神緊張；受
驚。例：～受怕｜這樣的結果讓我十
分～。

【錯愕】 cuò è
〈書〉因突然受到衝擊或刺激而驚
訝；驚愕。例：這樣的畫面居然出現
在兒童電影中，實在令人～。

【大吃一驚】 dà chī yì jīng
非常吃驚。例：這個消息讓他～。

【大驚失色】 dà jīng shī sè
因非常吃驚而失去了正常神色。例：
老師宣布突擊測驗，同學們均～。

【膽寒】 dǎn hán
害怕；驚懼。例：左邊是陡立的峭
壁，右邊是望一眼都令人～的萬丈深
淵。

【膽怯】 dǎn qiè
因膽小而畏縮。例：面對台下的全校
師生，她～得聲調都變了。

【膽戰心驚】 dǎn zhàn xīn jīng
形容害怕到了極點。例：小明很怕夜
晚獨自一人在家，聽到一點聲響就
～。

【愕然】 è rán
吃驚的樣子。例：這出人意料的消息
傳來，大家都～了。

【風聲鶴唳】 fēng shēng hè lì
風聲：風吹的聲音。鶴唳：鶴叫。聽
到風聲和鶴叫都使人感到懼怕。形容
驚恐疑懼的樣子。例：逃犯恐疑以為警
察追到了，一路上～，晝夜奔逃，不
敢停留。

【害怕】 hài pà
因遇到困難、危險等而心中不安或慌
張。例：她～一個人走夜路。

【駭然】 hài rán
因出乎意料而感到驚訝。例：聽說張
伯昨天突然去世了，我們全家都十分
～。

【駭人聽聞】 hài rén tīng wén
駭：驚嚇。使人聽了極為意外和震驚。例：這消息太～了，怎麼可能呢？

【惶惶】 huáng huáng
形容恐懼不安、不知所措的樣子。例：～不安｜人心～｜～不可終日。

【惶恐不安】 huáng kǒng bù ān
驚慌、害怕而不能安寧。例：黑社會在這一帶為非作歹，攪得市民～。

【魂不附體】 hún bú fù tǐ
嚇得靈魂離開了軀體。形容極度恐懼。例：罪犯被判了死刑，拉上刑場時他已經嚇得面如土色，～了。

【魂飛魄散】 hún fēi pò sàn
嚇得魂魄都飛散了。形容驚恐萬狀的樣子。例：小明第一次坐過山車時，嚇得～。

【驚詫】 jīng chà
出乎預料而感到奇怪；驚異。程度比「驚訝」重。例：陳老師辭職的消息突如其來，我們都十分～。

【驚愕】 jīng è
〈書〉由於受到外界衝擊而吃驚發愣的樣子。例：面對這突如其來的場面，所有的人都～得不知所措。

【驚駭】 jīng hài
〈書〉驚慌害怕。程度比「驚慌」重。

例：大炮一響，敵人～得無處躲藏。

【驚慌】 jīng huāng
因害怕而慌張。例：～失措｜他～得筷子都掉了。

【驚慌失措】 jīng huāng shī cuò
失措：失去常態。形容驚慌、害怕得不知如何是好的樣子。例：遇到緊急情況，大家千萬不要～。

【驚惶】 jīng huáng
驚慌。例：～不定｜～失措。

【驚魂未定】 jīng hún wèi dìng
驚嚇之後神魂還沒安定。常常是接着又出現了令人驚慌的事。例：人們目睹第一座世貿大廈倒塌，～，第二座世貿大廈也倒下了。

【驚懼】 jīng jù
驚慌畏懼。程度比「驚慌」重。例：霹雷炸響，令人～。

【驚恐】 jīng kǒng
驚慌恐懼。例：～萬狀。

【驚恐萬狀】 jīng kǒng wàn zhuàng
因驚慌恐懼而現出各種醜態。形容恐懼到了極點。例：坦克一到，敵人不禁～，四散奔逃。

【驚奇】 jīng qí
吃驚奇怪。例：這種事多了，有甚麼～的呢？

【驚悚】 jīng sǒng

惊慌恐惧；震惊。程度比「驚恐」重。例：～電影

【驚歎】 jīng tàn

出乎意料的好，令人驚訝讚歎。例：～不已｜小朋友作的畫令人～。

【驚嚇】 jīng xià

因意外的精神刺激而害怕。例：萬聖節那天，他到海洋公園的「鬼屋」遊玩，結果～得跌坐在地上。

【驚訝】 jīng yà

因出乎意料而覺得驚奇。例：聽說小明受到了警署的傳訊，大家～得說不出話來。

【驚疑】 jīng yí

因意料不到而驚訝；心生疑惑。例：警長十分～，是不是內部的人泄露了機密呢？

【驚異】 jīng yì

因意料不到而驚奇詫異。例：打開門一看是他，我心裏十分～。

【懼怕】 jù pà

很害怕。例：～困難。

【恐怖】 kǒng bù

恐懼。多指由於生命受到威脅而害怕。例：這部日本電影講述一個鬼故事，影片裏的氣氛～萬分。

【恐慌】 kǒng huāng

因擔憂害怕而恐懼慌張。例：據說地震還會發生，人們十分～。

【毛骨悚然】 máo gǔ sǒng rán

毛：毛髮。骨：脊梁骨。悚然：害怕的樣子。毛髮豎起，脊梁骨發涼。形容極度恐懼的感覺。例：走進骨灰存放間，他禁不住～。

【面如土色】 miàn rú tǔ sè

臉色像土一樣。形容驚恐到了極點。程度比「大驚失色」更重。例：汽車差一點兒與貨車相撞，司機嚇得～。

【目瞪口呆】 mù dèng kǒu dāi

瞪大眼睛說不出話來。形容受驚或非常意外而愣住的樣子。例：這消息一公佈，所有的人都～。

【怕】 pà

畏懼；害怕。例：不要～，有我在呢。

【怯聲怯氣】 qiè shēng qiè qì

怯：膽小；害怕。因膽小害怕而慢聲細語地說話。例：這孩子剛從鄉下來，說話～的。

【悚然】 sǒng rán

形容很害怕的樣子。例：毛骨～｜屍體從太平間裏推出來，人們全都～地望着。

【談虎色變】 tán hǔ sè biàn
色：臉色。一談到老虎臉色就變了。
比喻一提可怕的事情，精神就緊張、
害怕。例：有的患者，一聽醫生說
是腫瘤，馬上就緊張得要命，真可謂
～。

【提心吊膽】 tí xīn diào dǎn
形容非常擔心害怕。例：雜技演員表
演空中飛人，觀眾感到又刺激又有點
兒～。

【畏懼】 wèi jù
害怕。例：小明對自己的父親很尊
敬，但又有幾分～。

【畏怯】 wèi qiè
膽小懼怕。例：士兵們毫不～，一個
接一個地衝向恐怖分子佔據的陣地。

【畏首畏尾】 wèi shǒu wèi wěi
怕前怕後。形容顧慮重重的樣子。
例：面試時一定要大大方方的，千萬
別～。

【畏縮不前】 wèi suō bù qián
畏懼退縮，不敢前進。例：展示你才
能的好機會來了，你怎麼還～呢？

【聞風喪膽】 wén fēng sàng dǎn
風：消息。喪膽：喪失勇氣。形容聽
到一點兒風聲就嚇破了膽。貶義。
例：歹徒～，四散逃竄。

【心膽俱裂】 xīn dǎn jù liè
心和膽都破裂了。形容程度極深的驚
恐狀態。例：第一次跳傘，他從高空
上望向地面，感到～。

【心有餘悸】 xīn yǒu yú jì
悸：心跳；害怕。事情已經過去了，
但心裏還感到害怕。例：一想起昨天
的車禍，他還～。

【戰慄】 zhàn lì
也作「顫慄」。發抖。常用來形容因
害怕或寒冷而發抖。例：通過那片墓
地時，他因害怕而渾身～。

【戰戰兢兢】 zhàn zhàn jīng jīng
形容十分害怕而小心謹慎的樣子。
例：一聽說有人來討債，老張就～，
不知如何是好。

【震驚】 zhèn jīng
令人大感震動和吃驚。多形容人的精
神受到嚴重刺激。例：這起事故讓人
十分～，安全設施怎麼會這樣差？

【震懾】 zhèn shè
使受到震動並感到懼怕。例：～敵
人。

【惴惴不安】 zhuì zhuì bù ān
形容發愁害怕的樣子。例：小明到晚
上八點還沒回來，媽媽一直～地在門
口張望。

敬佩 jìng pèi

【拜服】 bài fú
佩服。敬辭。例：經過幾次較量，我對他的棋藝徹底～了。

【畢恭畢敬】 bì gōng bì jìng
也作「必恭必敬」。形容態度十分恭敬。例：見到老師，他總是～的。

【崇拜】 chóng bài
極為尊敬而又欽佩。例：～英雄｜偶像～。

【崇敬】 chóng jìng
崇拜尊敬。例：李老師為教育工作奉獻一生，誨人不倦，這種高尚情操令人～。

【奉若神明】 fèng ruò shén míng
神明：神的總稱。像對神一樣恭敬。例：看見她竟把算命先生的話～，怎麼說也沒用，我真是又氣又恨。

【服氣】 fú qì
〈方〉佩服；由衷地信服。例：他不僅功課好，球也打得好，叫人不能不～。

【恭而敬之】 gōng ér jìng zhī
〈書〉對人恭敬嚴肅。例：對老師的每一句話他都是～。

【恭謹】 gōng jǐn
對人恭敬，做事謹慎。例：他為人處世十分～，大家也都很尊敬他。

【恭敬】 gōng jìng
也說「恭恭敬敬」。對人嚴肅敬重。例：小明～地聽爺爺講話。

【恭順】 gōng shùn
恭敬順從。例：在上司面前，他總是那樣～。

【景慕】 jǐng mù
尊敬；仰慕。比「景仰」更富感情色彩。例：他終於見到了～已久的詩人。

【景仰】 jǐng yǎng
敬重；仰慕。多用於事物。例：令人～。

【敬慕】 jìng mù
尊敬；仰慕。比「敬佩」更富感情色彩。例：他不但文章寫得好，人格也令人～。

【敬佩】 jìng pèi
尊敬；佩服。例：他在校外比賽取得的成果令人～。

【敬畏】 jìng wèi
敬重；畏懼。例：老人是一位嚴肅的學者，容不得半點兒虛假，所以許多人都很～他。

【敬仰】 jìng yǎng
尊敬；仰慕。例：他是一位讓人～的科學家。

【敬重】 jìng zhòng
恭敬；尊重。程度比「敬仰」輕。
例：他因為德才兼備，受到大家的
～。

【佩服】 pèi fú
敬佩；服氣。例：小明唱歌動聽，獲
獎無數，大家都很～他。

【謙恭】 qiān gōng
謙虛而恭謹。例：在師長面前，應該
～有禮。

【虔敬】 qián jìng
態度非常誠懇而又恭敬。例：僧侶～
的神態，令大家也收斂了笑容。

【欽敬】 qīn jìng
欽佩；尊重。例：老校長家裏並不寬
裕，但他還是把稿酬全部捐獻給慈善
機構。對他這種舉動，大家都很～。

【欽慕】 qīn mù
欽佩而羨慕。比「欽敬」更富感情色
彩。例：一位大家都很～的體育明
星，今天來到了我們學校。

【欽佩】 qīn pèi
敬重而佩服。程度比「佩服」重。
例：體育運動員在奧運賽場上的拚搏
精神令人～。

【傾倒】 qīng dǎo
十分佩服或愛慕。例：她優美的舞
姿，叫在場的人無不為之～。

【肅然起敬】 sù rán qǐ jìng
產生敬仰的感情。例：他無私助人的
行為令大家～。

【歎服】 tàn fú
感歎自己不如而佩服。例：他雖然學
畫不久，但畫出來的畫栩栩如生，你
不得不～。

【五體投地】 wǔ tǐ tóu dì
佛教最高禮節，行禮時兩肘、雙膝和
頭部都着地。比喻敬佩到了極點。
例：我們老師不但詩寫得好，書法也
很有造詣，同學們都佩服得～。

【心服口服】 xīn fú kǒu fú
不但嘴裏服氣，心裏也服氣。例：這
場比賽他輸得～。

【心悅誠服】 xīn yuè chéng fú
悅：高興；愉快。打心眼兒裏佩服。
例：他說到做到，讓人～。

【仰慕】 yǎng mù
敬仰；愛慕。比「仰望」更富感情色
彩。例：他是我心目中最～的英雄。

【仰望】 yǎng wàng
敬仰而有所期望。例：一位同學們～
已久的作家又出版新書了，大家紛紛
搶購他的新書。

【讚佩】 zàn pèi
讚歎；佩服。例：這種捨身救人的舉
動令人～。

憐憫 lián mǐn

【折服】 zhé fú
佩服；信服。例：他的分析有條有
理，令人～。

【尊敬】 zūn jìng
敬重。例：～老師｜～客人。

【尊重】 zūn zhòng
尊敬；敬重。應用範圍比「尊敬」
廣，可用於人，也可用於事。例：～
長者｜～他人意見。

【哀憐】 āi lián
對別人的不幸遭遇表示憐憫和同情。
例：他從小便失去了父母，是鄰居的
老奶奶～他，收養了他。

【悲天憫人】 bēi tiān mǐn rén
哀歎時世的艱辛，憐憫人們的痛苦。
例：我們不能抱着～的態度去對待失
業的青年人，而應該積極想辦法幫助
他們重新就業。

【惻隱】 cè yǐn
〈書〉對別人的痛苦和不幸表示同
情。程度比「哀憐」輕。例：～之心。

【慈悲】 cí bēi
原是佛教用語，現多用來表示慈善和
憐憫。例：大發～｜真希望那些人動
一點兒～之心，不要再殺害瀕臨絕種
的動物了。

【顧影自憐】 gù yǐng zì lián
顧：回頭看。回頭看着自己的影子而
憐憫自己。形容自己可憐自己。含貶
義。例：這樣整天～怎麼能行呢？要
振作起來啊！

【可憐】 kě lián
憐憫；值得憐憫。例：這個孩子太～
了，大家幫幫他吧。注意：還可作補
語，說明數量少或質量差。例：少得
～｜貧乏得～。

留戀 liú liàn

【憐憫】 lián mǐn
對不幸的人表示同情和可憐。例：他
純粹是自作自受，不值得～。

【憐惜】 lián xī
同情愛惜。例：小女孩一副楚楚可憐
的模樣，惹人～。

【體恤】 tǐ xù
設身處地地體諒和同情別人，並給予
照顧。例：～百姓｜～孤兒寡母。

【同病相憐】 tóng bìng xiāng lián
因為有同樣的病痛或遭遇而互相同
情。例：他們最近都失業了，兩個人
～，經常在一起喝悶酒。

【同情】 tóng qíng
對別人的不幸遭遇在感情上產生憐憫
之心。例：小女孩的父母因車禍去世
了，遭遇悲慘，實在令人～。

【懷戀】 huái liàn
心裏懷念。例：他常常～那已逝的青
春歲月，思念已十幾年不見的同學。

【眷戀】 juàn liàn
〈書〉深切地留戀。程度比「留戀」
重。例：雖然移民外國多年，他仍深
深地～香港的一草一木。

【樂不思蜀】 lè bù sī shǔ
蜀漢亡國後，後主劉禪被安置在晉都
洛陽，仍過着荒淫的生活。司馬昭問
他：「頗思蜀否？」他答：「此間樂，
不思蜀。」後用來比喻樂而忘返或樂
而忘本。例：他在元朗鄉村一住就是
三個月，簡直就是～了。

【戀】 liàn
想念不忘；不願意分離。例：如果你
還～着香港這地方，那就留下來別走
了。注意：也指戀愛。例：～人｜熱
～。

【戀戀不捨】 liàn liàn bù shě
非常留戀，捨不得離開。例：就要上
飛機了，母親還～地拉着他的手。

【戀棧】 liàn zhàn
原指馬兒捨不得離開馬廄。比喻貪戀
官位、權力。例：爸爸主動從經理位
置上退下來了，他說他如果～不退，
就會阻礙年輕人的發展。

【流連】 liú lián

留戀；捨不得離去。例：我～於西貢的山水之間，久久不願離去。

【流連忘返】 liú lián wàng fǎn

留戀不捨，忘記返回。例：離島的風光太美了，遊客們皆～。

【留戀】 liú liàn

捨不得離開或拋棄。例：要畢業了，我們都十分～母校。

【迷戀】 mí liàn

對某種事物特別喜愛而難以割捨或離開。例：兒子～網上聊天，父母要和他認真談談這個問題。

【難解難分】 nán jiě nán fēn

形容雙方關係密切，難以分開。例：相處了六年，同學都～。注意：也指雙方糾纏在一處，難以分開。例：兩隻公雞鬥得～。

【熱戀】 rè liàn

熱烈地愛戀。程度比「留戀」重。例：他雖然是外國人，但～香港，已經把這兒當做第二個家。注意：也指熱烈地戀愛。例：他和班上的女同學正在～之中。

【貪戀】 tān liàn

貪圖留戀。多含貶義。例：～錢財｜～女色｜～享受。

【依戀】 yī liàn

依靠留戀；捨不得離開。例：香港是生他養他的地方，因此他深深～這塊土地。

【依依】 yī yī

依戀；不忍分離。例：離別時，彼此～惜別的深情溢於言表，令人難以忘懷。

【依依不捨】 yī yī bù shě

戀戀不捨。例：畢業時看到老師對我們～的樣子，我不禁掉下了眼淚。

蔑視 miè shì

【白眼】 bái yǎn
翻着白眼珠瞪人,是看不起人的一種表情。例:小時候因為家庭出身不好,他受夠了別人的～。

【鄙棄】 bǐ qì
〈書〉看不起而拋棄。例:小明成績不好,大家要盡力幫助,不應～他。

【鄙視】 bǐ shì
非常輕蔑地看待。多指對待卑劣的人或事。例:他經常在人後講人壞話,行為差劣,很多人都～他。

【鄙夷】 bǐ yí
〈書〉輕視;輕蔑。例:一提起那個無賴,人們皆露出～的神色。

【不屑】 bù xiè
不值得。表示輕視。例:對於這種捕風捉影的造謠,他～爭辯,以沉默相對。

【不屑一顧】 bú xiè yí gù
對事物極度輕視,認為不值得一看。例:他對這種弄虛作假、嘩眾取寵的節目～。

【不足掛齒】 bù zú guà chǐ
掛齒:掛在嘴上。不值得一提。含輕視義。有時也表自謙。例:區區小事,～。

【嗤之以鼻】 chī zhī yǐ bí
嗤:譏笑。用鼻子出聲冷笑,表示輕蔑。例:對那些貪圖小利的人,他一向～。

【藐視】 miǎo shì
輕視;看不起。例:官員依仗權勢,竟～法律,橫行無忌,終受法律制裁。

【蔑視】 miè shì
輕視;看不起。例:考試靠抄襲取得好成績,自然被人～。

【輕蔑】 qīng miè
瞧不起;不放在眼裏。例:面對對手的挑釁,他只～地哼了一聲。

【輕視】 qīng shì
不重視;瞧不起。程度較輕。例:只要你做出成績,誰也不敢～你。

【輕侮】 qīng wǔ
輕蔑侮辱。程度很重。例:為了不被敵人～,我們必須壯大自己的實力。

【唾棄】 tuò qì
因鄙棄、蔑視而拋掉。例:他以販毒為生,遭到親友～。

【小看】 xiǎo kàn
〈口〉輕視;瞧不起。例:你可別～了他。

【小瞧】 xiǎo qiáo
小覷。例:別～了自己。

惱怒 nǎo nù

【小覷】 xiǎo qù
〈書〉覷：瞧。小看。例：對手很有
實力，我們絕不可以～。

【小視】 xiǎo shì
小看。例：對手的實力很強，不可
～。

【暴怒】 bào nù
大怒；突然發作，非常猛烈的憤怒。
例：～之下，他失去了理智，把鏡子
都打破了。

【暴跳如雷】 bào tiào rú léi
跳起來大聲喊叫，像打雷一樣。形容
暴怒不能自制的樣子。例：聽說隊員
是因酗酒而不能歸隊，他禁不住～。

【悲憤】 bēi fèn
悲痛而又憤怒。例：～填膺｜～難
抑。

【勃然變色】 bó rán biàn sè
由於惱怒而突然變了臉色。例：一句
話惹得他～，離席而去。

【勃然大怒】 bó rán dà nù
盛怒；突然發怒。例：他～的樣子真
是可怕。

【大發雷霆】 dà fā léi tíng
比喻大發脾氣，高聲訓斥。例：你為
這麼一點點小事就～，不值得吧！

【大怒】 dà nù
非常憤怒。例：隊長勃然～，怒斥對
手卑鄙的行徑。

【發怒】 fā nù
〈書〉因憤怒而表現出粗暴的聲色舉
動。例：見爸爸～了，他趕緊走了出
去。

【忿忿不平】 fèn fèn bù píng
感到不平而生氣。例：聽說了這件事，大家都～。

【憤憤不平】 fèn fèn bù píng
感到不公平而生氣。例：輸掉那場比賽完全是因為裁判不公，幾天過去後大家議論起來還～。

【憤慨】 fèn kǎi
氣憤不平。多形容因正義的事而氣憤。例：對於日本首相參拜靖國神社一事，中國人民十分～。

【憤懣】 fèn mèn
〈書〉心中氣憤，抑鬱不平。例：他外出主要是想緩解一下～的心情。

【憤怒】 fèn nù
生氣。例：無比～｜～聲討敵人的罪行。

【憤然】 fèn rán
形容氣憤發怒的樣子。例：面對眾多指責，他～辭職了。

【激憤】 jī fèn
激動而憤怒。多指嚴肅正義的事。例：羣情～｜～的心情難以平抑。

【激怒】 jī nù
刺激而使發怒。例：裁判不公～了觀眾，全場幾萬人都對裁判報以噓聲。

【急】 jí
〈口〉發怒；急躁。例：我還沒說完呢，你～甚麼呀？

【老羞成怒】 lǎo xiū chéng nù
羞愧到極點而發怒。例：由於被路人教訓，那個不講公德的女子～，大罵起來。

【滿腔怒火】 mǎn qiāng nù huǒ
整個胸腔充滿怒火。例：提起那場大火，受害人家屬個個～，強烈要求依法嚴懲有關責任者。

【面有慍色】 miàn yǒu yùn sè
臉上有怒氣。例：他一進屋就～，可能與別人吵架了？

【惱火】 nǎo huǒ
生氣。例：導演臨時撤下了他的節目，令他十分～。

【惱怒】 nǎo nù
生氣；發怒。程度比「惱火」重。例：對方的態度讓他十分～，他決定退出談判。

【惱羞成怒】 nǎo xiū chéng nù
因為羞愧和惱恨而發怒。例：他本來做錯了，可對上司的批評竟～，不等會開完就拂袖而去。

【怒】 nù
憤怒。例：～目圓睜。注意：也表示氣勢很盛。例：波濤～吼｜心花～放。

【怒不可遏】 nù bù kě è
遏：止。憤怒得難以抑制。例：法庭上，受害人家屬～，幾次要發作，都被警察攔住了。

【怒髮衝冠】 nù fà chōng guān
憤怒得頭髮直豎，頂起了帽子。誇張說法，形容非常憤怒。例：這種混賬話誰聽了都會～、拍案而起的！

【怒火中燒】 nù huǒ zhōng shāo
〈書〉怒氣像火一樣在心中燃燒。形容極其憤怒。例：一提那件讓他受辱的事，他心禁不住～。

【怒氣衝天】 nù qì chōng tiān
怒氣很大，直衝雲天。例：很多市民～，舉行示威集會，高呼口號抗議。

【怒容滿面】 nù róng mǎn miàn
滿臉憤怒的表情。例：一看他～，大家都不敢跟他說話。

【怒形於色】 nù xíng yú sè
心中的憤怒表現在臉上。例：見他～，沒有人再敢說了。

【咆哮如雷】 páo xiào rú léi
因暴怒而大聲喊叫。例：場上隊員打得很差，場下的教練～。

【七竅生煙】 qī qiào shēng yān
七竅：兩眼兩耳兩鼻孔和口。形容氣憤已極，好像七竅都要冒出火來。例：儘管他已經氣得～，但仍然不得不把要說的話咽回去。

【氣】 qì
生氣；發怒。例：～死人｜～炸了肺。

【氣沖沖】 qì chōng chōng
非常生氣的樣子。例：被爸爸罵了一頓後，他～地摔門而去。

【氣憤】 qì fèn
生氣；憤怒。例：看了暴徒劫掠民宅的報道，大家都十分～。

【氣呼呼】 qì hū hū
氣沖沖。例：他～地要找對方理論。

【氣惱】 qì nǎo
生氣；惱怒。例：這件事讓他非常～，但又無處發泄。

【遷怒】 qiān nù
〈書〉自己不如意時拿別人出氣。例：他完成不了功課，卻～於妹妹，說她看電視的聲音太大打擾了他。

【生氣】 shēng qì
因不合自己心意而不高興；發怒。例：我拿了你的筆是我不對，但我已經道歉了，為甚麼你還那麼～？

【盛怒】 shèng nù
大怒。例：～之下，他把那件假古玩摔得粉碎。

【無明火起】 wú míng huǒ qǐ
也作「無名火起」。無明：佛典中指「癡」或「愚昧」。發怒。例：他突然～，令在座的人都莫名其妙。

【悻然】 xìng rán
怨恨憤怒的樣子。例：事情沒有辦成，他～而去。

【悻悻】 xìng xìng
怨恨憤怒的樣子。程度比「怨憤」輕。例：他見大家不為所動，只好～而去。

【義憤】 yì fèn
對違反正義的事情所產生的憤怒。例：～填膺。

【義憤填膺】 yì fèn tián yīng
膺：胸。正義的憤怒充滿胸膛。褒義。例：對於法院不公平的裁決，～的羣眾走上街頭進行抗議。

【憂憤】 yōu fèn
憂慮無奈而又憤慨。例：兒子做出大逆不道之事，使父親～成疾。

【怨憤】 yuàn fèn
怨恨，憤怒。例：對於母親的死，他至今還心存～，認為是醫療事故造成的。

【愠怒】 yùn nù
〈書〉指臉有怒色。例：聽了這樣的結果，他沒說甚麼，但～已經寫在臉上了。

【震怒】 zhèn nù
突然間憤怒；大怒。例：聽說公款被挪用了，總經理大為～。

喜好 xǐ hào

【愛】 ài
喜歡。例：他就～吃甜的｜我～打乒乓球。

【愛不釋手】 ài bú shì shǒu
因為喜愛而不忍放手。例：這本書他一見就～。

【愛好】 ài hào
對某種事物有濃厚興趣。例：小明～畫畫兒，經常到美術館去看畫展。

【好】 hào
喜愛。例：～吃懶做｜～逸惡勞。

【歡喜】 huān xǐ
喜愛；喜歡。例：聽說爸爸要帶他去游泳，他滿心～。

【酷愛】 kù ài
特別愛好。例：～文學｜～粵劇藝術。

【偏好】 piān hào
在多種事物中特別喜愛某一種。例：他喜歡各種體育運動，但最～的還是足球。

【熱愛】 rè ài
熱烈地喜愛。多用於較大的事物。例：～祖國｜～香港｜～教育事業。

【熱戀】 rè liàn
熱烈地戀愛。多指男女的愛情。例：哥哥正在和一個女孩～。注意：也用來表示對某種事物的眷戀。例：她在這所學校讀了六年書，畢業後還～着母校，常回去探望老師。

【熱心】 rè xīn
對某種事物有熱情，肯盡心盡力。例：老人雖然退休了，但仍～公益事業。

【熱衷】 rè zhōng
也作「熱中」。對某種事物十分有興趣。例：他～於文物收藏，手裏已經有上千件文物。

【上癮】 shàng yǐn
愛好某種事物而成癖好。例：小孩子不要因為好奇而吸煙，因為那樣很容易～。

【嗜好】 shì hào
特殊的喜好。多用於不良喜好。例：不良～。

【喜愛】 xǐ ài
對人或事物喜歡，有興趣。例：他非常～普希金的詩。

【喜好】 xǐ hào
喜歡；愛好。例：妹妹從小～音樂，後來報考了音樂學院。

【喜歡】 xǐ huān
喜愛。例：爺爺最～小孫子｜小明最～和爸爸去釣魚。

喜悅 xǐ yuè

【心愛】 xīn ài
從心裏喜愛。例：他有一台～的筆記本電腦。

【春風得意】 chūn fēng dé yì
〈書〉得意：滿足而喜悅。形容滿心喜悅自得的樣子。例：他年紀輕，工作好，正是～的時候。

【春風滿面】 chūn fēng mǎn miàn
也說「滿面春風」。形容滿臉高興的樣子。例：看他～的樣子，事情一定進展得很順利。

【大快人心】 dà kuài rén xīn
令人心裏非常痛快。一般指壞人受到懲罰或打擊。例：那個橫行區內的壞人被警察捉走了，真是～。

【大喜過望】 dà xǐ guò wàng
超過自己原來的希望，因而感到非常高興。例：兒子考上香港大學，爸爸～，嘴都合不攏了。

【高興】 gāo xìng
心情愉快。例：小文聽到自己考第一名的時候，心裏～極了。注意：也指願意。例：只要他～做的事，再苦再累也不怕。

【歡暢】 huān chàng
〈書〉快樂；舒暢。例：歌聲表達了大家無比～的心情。

【歡快】 huān kuài
歡樂輕快。例：過節這天，家裏洋溢着～的氣氛。注意：也指起勁活躍。例：～的鑼鼓。

【歡樂】 huān lè
快樂。常用來表示很多人喜氣洋洋的場面、景象或氣氛。例：每年除夕，人們都湧到尖沙咀海旁，感受～的氣氛。

【歡騰】 huān téng
很多人歡喜得手舞足蹈的樣子。例：喜訊傳來，一片～。

【歡天喜地】 huān tiān xǐ dì
非常歡喜的樣子。例：學生們～地跟老師去露營。

【歡喜】 huān xǐ
快樂；高興。例：聽到這個好消息，大家心裏都很～。

【歡欣】 huān xīn
快樂而興奮。例：～鼓舞。

【歡欣鼓舞】 huān xīn gǔ wǔ
非常高興、振奮。例：拿下第一枚金牌後，運動員們無不～，決心不斷鍛煉，再創佳績。

【歡娛】 huān yú
因歡樂而載歌載舞。例：夜深了，篝火邊～的人們還不肯散去。

【歡悅】 huān yuè
歡樂喜悅。例：～起舞｜氣氛～。

【皆大歡喜】 jiē dà huān xǐ
大家都很滿意、很高興。例：兩家公司聯手之後，互為補充，～。

【開心】 kāi xīn
心情快樂舒暢。例：這個生日過得十分～。

【快活】 kuài·huo
快樂。例：心裏別提多～了。

【快樂】 kuài lè
感到幸福或滿意。例：幼稚園裏，小朋友們～地唱着歌。

【狂歡】 kuáng huān
縱情歡樂。一般指較多人歡樂的場面。程度比「歡樂」重。例：那是一個難以忘懷的～之夜。

【狂喜】 kuáng xǐ
形容很高興。例：進球後，他～地在場邊奔跑起來。

【樂】 lè
喜悅；快樂。例：看了小明的成績單，媽媽和爸爸都～了。

【樂不可支】 lè bù kě zhī
〈書〉快樂得難以自持。形容快樂到極點。例：兒子拿了朗誦比賽的冠軍，爸爸～，竟開心得唱起歌來。

【樂呵呵】 lè hē hē
形容高興的樣子。例：爸爸心情好，～地答應了我的請求。

【樂滋滋】 lè zī zī
形容因為滿意而喜悅的樣子。例：一看到媽媽～的樣子，我就猜到她打麻將贏了錢。

【眉飛色舞】 méi fēi sè wǔ
形容高興或得意的神態。例：他很具表演天分，講起故事來總是～的。

【眉開眼笑】 méi kāi yǎn xiào
形容高興愉快的樣子。例：外婆一見到孫女來探望她，就～。

【拍手稱快】 pāi shǒu chēng kuài
拍着手喊痛快。多指仇恨得到消除。例：那個壞蛋受到警方懲處，同學和老師無不～。

【雀躍】 què yuè
高興得像雀兒一樣的跳躍。形容非常高興的樣子。例：一聽到要去海邊遊玩，小朋友無不歡呼～。

【手舞足蹈】 shǒu wǔ zú dǎo
雙手舞動，兩腳跳起。形容高興到了極點。例：爸爸答應明天帶小明到迪士尼樂園去，小明樂得～。

【喜】 xǐ
快樂；高興；歡喜。例：媽媽看到小強努力溫習，心中大～。

【喜出望外】 xǐ chū wàng wài
因意外的喜事而特別高興。例：與老朋友意外在街上重逢，令他～。

【喜從天降】 xǐ cóng tiān jiàng
高興的事突然從天而降。表示遇到非常意外的喜事。程度比「喜出望外」重。例：張先生買六合彩中了頭獎，真是～。

【喜歡】 xǐ·huan
喜愛；高興。例：聽到兒子在比賽中獲得了第一名，父母兩人～得不得了。

【喜上眉梢】 xǐ shàng méi shāo
喜悅的神態表現在眉端。形容高興的樣子。例：到國外留學的哥哥在電話裏告訴媽媽，他過兩天要回港，媽媽立刻～，裏裏外外忙起來。

【喜笑顏開】 xǐ xiào yán kāi
因為心裏高興而滿面笑容的樣子。例：小英不負眾望，考上香港中文大學，家人聽到這個消息都～。

【喜洋洋】 xǐ yáng yáng
也說「喜氣洋洋」。形容許多人歡樂的樣子。例：今天是大年初一，人人都～的。

【喜悅】 xǐ yuè
愉快；高興。例：心中～｜～之情溢於言表。

【喜滋滋】 xǐ zī zī
很歡喜的樣子。例：老師～地告訴大家，這次奧林匹克數學競賽，我們班派出的小組獲得了第一名。

【欣然】 xīn rán
愉快的樣子。例：～前往｜～應允。

【欣喜】 xīn xǐ
歡喜；快樂。程度比「狂喜」輕。
例：～若狂｜～萬分。

【欣喜若狂】 xīn xǐ ruò kuáng
高興得像發狂一樣。形容極度高興。
例：大家看到心愛的球隊勝出比賽，
都～，徹夜狂歡。

【興高采烈】 xìng gāo cǎi liè
興致高昂，情緒熱烈。例：大家～地
去聽音樂會。

【興致勃勃】 xìng zhì bó bó
興趣大，情緒高。例：小李下課後就
～地去找小張，他們約好了一起去游
泳。

【笑逐顏開】 xiào zhú yán kāi
形容非常高興、滿臉笑容的樣子。
例：小建得到老師的稱讚，不禁～。

【愉快】 yú kuài
高興；舒暢。例：～的心情｜～的日
子。

【愉悅】 yú yuè
〈書〉喜悅。例：心情～｜表情～。

【悅】 yuè
喜悅；快樂。例：他雖然心中不～，
可也沒說甚麼。

【沾沾自喜】 zhān zhān zì xǐ
形容自己覺得滿意而高興的樣子。含
貶義。例：有了一點點成績就～，這
種人是不會有大的作為的。

羨慕 xiàn mù

【愛慕】 ài mù
由於喜愛而生羨慕。例：～虛榮｜～英雄。

【欽慕】 qīn mù
欽佩而羨慕。例：他心中最～的運動員果然沒讓他失望，一上場就踢進了一個球，讓場上形勢立刻發生了逆轉。

【羨慕】 xiàn mù
因喜愛而想做到或得到。例：他哥哥是著名足球運動員，真令人～。

【欣慕】 xīn mù
〈書〉因喜愛而羨慕。例：他～那些獲獎的作品，決心提高自己的繪畫水平，希望有朝一日自己的作品也能獲獎。

【眼紅】 yǎn hóng
〈口〉看見別人好而非常羨慕，甚至嫉妒。例：鄰居做生意發財了，他可～了。

【眼熱】 yǎn rè
〈口〉看見好的東西而希望得到。例：同學買了一雙運動鞋，小明十分～，他央求爺爺也給他買一雙。

【艷羨】 yàn xiàn
〈書〉十分羨慕。例：他有一個和睦的家庭，令人非常～。

憂愁 yōu chóu

【長吁短歎】 cháng xū duǎn tàn
吁：歎氣。長一聲、短一聲地歎氣。形容愁苦的樣子。例：父親～，可能是工作上又有甚麼不順心。

【愁腸】 chóu cháng
比喻心情鬱結愁悶。例：～百結｜難解～。

【愁眉不展】 chóu méi bù zhǎn
心裏發愁，眉頭緊鎖。例：小芳沒有考上大學，整天～的，父母很替她擔憂。

【愁眉苦臉】 chóu méi kǔ liǎn
眉頭緊鎖，臉帶愁容。形容因發愁而沮喪的樣子。例：看他～的樣子，一定是錢又花光了。

【愁容】 chóu róng
憂愁的面容。例：你～滿面，到底有甚麼煩心事啊？

【愁緒】 chóu xù
憂愁的情緒。例：～滿懷｜滿腹～。

【擔憂】 dān yōu
擔心；憂慮。例：這件事不必～，我一定能辦好。

【發愁】 fā chóu
〈口〉因沒有辦法而感到愁悶。例：～有甚麼用啊？必須積極想辦法解決。

【煩憂】 fán yōu
〈書〉煩悶憂愁。例：心中的～無處傾訴，他只能自我排解。

【離愁】 lí chóu
離別思念的愁緒。例：～別緒｜淡酒難消～。

【離愁別緒】 lí chóu bié xù
離別時所產生的傷感情緒。例：火車開出好遠了，～還縈繞在他的心間。

【憂愁】 yōu chóu
因不如意而憂慮發愁。例：父親去世後，母親常為生活而～。

【憂慮】 yōu lǜ
憂愁；有顧慮。例：事情越來越糟，讓他十分～。

【憂傷】 yōu shāng
憂愁；悲傷。例：那首蘇格蘭民歌，聽着令人～。

【憂心忡忡】 yōu xīn chōng chōng
憂愁的心情不能安靜。例：父親住院後，母親整天～。

【憂心如焚】 yōu xīn rú fén
憂愁而又焦急，心裏像要着火。程度比「憂心忡忡」重。例：幾十名中毒者生命危在旦夕，醫護人員和患者家屬都～。

【憂鬱】 yōu yù
〈書〉憂慮；鬱悶。例：她近來十分～，朋友們建議她去看一下心理醫生。

【鬱鬱寡歡】 yù yù guǎ huān
寡：少。苦悶；不開心。程度比「鬱鬱」重。例：這個孩子總是～，有可能是他家裏出了甚麼事。

惦念 diàn niàn

【惦記】 diàn·jì
心裏老想着，放不下。例：爸爸出差
還～着他考試的事，特意打電話回來
詢問。

【惦念】 diàn niàn
惦記。例：爸爸每次出差，總是格外
～年邁的奶奶。

【顧念】 gù niàn
惦念；顧及。例：看着這些發黃的照
片，奶奶又～起她那些老鄰居們來
了。

【掛念】 guà niàn
因想念而不放心。偏重於想念。例：
他打電話說自己一切都好，叫媽媽不
要～。

【眷念】 juàn niàn
〈書〉關心；懷念。不僅可以用於
人，也可以用於地方。例：～故土｜
～親人。

【念叨】 niàn·dao
因惦記而不斷地談起。例：爸爸出國
三個月了，奶奶沒有一天不～他的。

【念念不忘】 niàn niàn bú wàng
老是思念，不能忘記。例：這幾年最
讓老人～的，就是要回老家看看。

【牽掛】 qiān guà
掛念。例：媽，我不是小孩子了，你
用不着總是～！

【想】 xiǎng
懷念；想念。例：～家｜朝思暮～。
注意：也指思考、回憶、希望、預
測。例：～方設法。

【想念】 xiǎng niàn
對離別的人或環境不能忘懷，希望見
到。例：～親人｜～家鄉。

鎮定 zhèn dìng

【安詳】 ān xiáng
從容；穩重。例：神態～｜舉止～。

【不慌不忙】 bù huāng bù máng
不慌張，不匆忙。例：他做事總是
～。

【沉着】 chén zhuó
不慌張；鎮定。例：～冷靜｜～應
對。

【處變不驚】 chǔ biàn bù jīng
遭遇突然變亂而不驚慌失措。例：他
～，鎮定地指揮人們撤離火災現場。

【處之泰然】 chǔ zhī tài rán
泰然：心神安定的樣子。形容能以平
靜的心態來對待困難或緊急情況。
例：在醫生已確診他患的是癌症之
後，他仍能～，這實在令人敬佩。

【從容】 cóng róng
不慌不忙；有條有理；鎮靜沉着。
例：他～地走上講台，向全校師生發
表演說。

【從容不迫】 cóng róng bú pò
不急迫；非常鎮靜。例：不管怎麼
忙，媽媽做事總是～。

【從容鎮定】 cóng róng zhèn dìng
不急迫；不慌張。例：在遭逢突變
時，我們應該保持～，才能冷靜思考
問題，並找出解決方法。

【冷靜】 lěng jìng
沉着而不感情用事。例：情況越是複
雜，越是要～。

【若無其事】 ruò wú qí shì
像沒有那回事一樣。形容態度非常鎮
靜。例：看他～的樣子，誰也不會想
到他剛剛失去了親人。

【神色自若】 shén sè zì ruò
神情不變，像平常一樣。形容態度很
鎮靜。例：他表面上～，其實內心裏
緊張得要命。

【泰然】 tài rán
形容心情平靜。例：～自若｜～處
之。

【泰然自若】 tài rán zì ruò
形容鎮定，毫不在意的樣子。例：面
對歹徒的槍口，他～，從容鎮定，冷
靜地尋找逃脫的機會。

【談笑自若】 tán xiào zì ruò
在非常情況下，舉止言行像平常一樣
有說有笑。形容非常鎮靜，毫不驚
慌。程度比「神色自若」重。例：其
他同學對這次的考試緊張得要命，他
仍然～。

【坦然】 tǎn rán
心裏平靜；沒有顧慮。例：心裏沒
鬼，當然很～。

振作 zhèn zuò

【鎮定】 zhèn dìng
在緊急情況下不慌亂。例：考場上，他～地作答。

【鎮靜】 zhèn jìng
情緒穩定；平靜。例：神態～｜情緒～。

【自若】 zì ruò
〈書〉自然而然；平靜如常。例：神態～｜泰然～。

【抖擻】 dǒu sǒu
振作。例：精神～。

【奮發】 fèn fā
精神振作，情緒高漲。例：～圖強｜～努力。

【激奮】 jī fèn
激動而振奮。例：～人心｜令人～。

【激揚】 jī yáng
激動昂揚。例：～士氣｜～鬥志。

【精神】 jīng·shen
〈口〉形容人很有生氣。例：他穿上這套西裝顯得很～。

【精神煥發】 jīng shén huàn fā
煥發：很有光彩的樣子。形容情緒飽滿振奮。例：出院後他仍是那樣～，誰也想不到他剛剛從死神手裏掙脫出來。

【炯炯有神】 jiǒng jiǒng yǒu shén
炯炯：光亮的樣子。形容目光明亮，有精神。例：他雖然身患絕症，但兩眼仍然～。

【矍鑠】 jué shuò
〈書〉有精神的樣子。多用來形容老年人。例：老人精神～，看上去一點兒病也沒有。

【目光炯炯】 mù guāng jiǒng jiǒng
炯炯：光亮的樣子。眼光發亮，表示
很有精神。例：老人雖然已八十多
歲，但～，精力還很充沛。

【神采奕奕】 shén cǎi yì yì
奕奕：精神煥發的樣子。精神飽滿，
容光煥發。例：老伯～，一點兒也不
像八十歲的人。

【生龍活虎】 shēng lóng huó hǔ
形容人活潑矯健，生氣勃勃。例：這
些小伙子年輕力壯，做起事來～的。

【生氣勃勃】 shēng qì bó bó
朝氣蓬勃、精力旺盛的樣子。可以形
容人，也可以形容事物。例：年輕人
在一起，總是那樣～的｜競賽活動開
展得～。

【意氣風發】 yì qì fēng fā
意氣：意志和氣概。風發：比喻奮發
豪邁。形容精神振奮，氣概軒昂。
例：我們信心滿滿，～地步入球場，
準備與對手好好較量一番。

【英姿勃發】 yīng zī bó fā
姿態英俊，精神煥發。一般用來形容
年輕人。例：足球隊的隊員，個個
～。

【朝氣蓬勃】 zhāo qì péng bó
精神振奮；充滿生氣。例：青少年
～，精力旺盛，正是學習的好時候。

【振奮】 zhèn fèn
振作；奮發。例：令人～｜我們要～
精神，迎接挑戰。

【振作】 zhèn zuò
精力旺盛，情緒高漲。例：比賽馬上
開始了，大家立即～起來。

頹廢 tuí fèi

【悲觀】 bēi guān
與「樂觀」相對。精神頹喪，對事物的發展缺乏信心。例：今年成績不好，不要～，迎頭趕上就是了。

【沉淪】 chén lún
陷入罪惡、痛苦的境地。含貶義。例：你一定要振作起來，絕不能就此～下去。

【沉溺】 chén nì
陷入惡劣的境地而不能自拔。多用於貶義。例：你整天～於打麻將、喝酒之中，這樣下去前程不是毀了嗎？

【垂頭喪氣】 chuí tóu sàng qì
垂頭：耷拉着腦袋。喪氣：意氣頹喪。形容因失敗或不順利而情緒低落的樣子。例：這場球我們雖敗猶榮，大家都挺起胸膛，別～的。

【蔫】 niān
精神不振。例：孩子有些～，像是生病了。

【疲憊】 pí bèi
非常疲乏。例：～不堪｜他～得連走回家的力氣都沒有了。

【疲軟】 pí ruǎn
疲乏無力。例：四肢～。注意：也用來形容貨物銷路不好或價格低落。例：市場～。

【衰頹】 shuāi tuí
身體或精神衰弱頹廢。例：一場大病，他～了很多，像換了一個人，經過大家的鼓勵，他才重新振作起來。

【頹廢】 tuí fèi
意志消沉，精神不振。貶義。例：你年紀還輕，怎麼可以這樣～下去呢？

【頹喪】 tuí sàng
情緒低落；精神懊喪。多用於貶義。例：他～地低着頭，半天不說話。

【頹唐】 tuí táng
精神不振；情緒低落。多用於貶義。例：你像這樣～下去，前程可就毀了。

【委頓】 wěi dùn
疲乏，精神不振。例：看他精神～的樣子，一定是遇到了甚麼難事。

【委靡】 wěi mǐ
精神不振，意志消沉。程度比「委頓」重。亦作「萎靡」。例：你精神這樣～，怎麼能完成工作啊！

【委靡不振】 wěi mǐ bú zhèn
精神頹喪不振作。例：他經受一次重大的挫折，變得～，幸虧父親的開導，他才重新鼓起生活的勇氣。

迷茫 mí máng

【無精打采】 wú jīng dǎ cǎi
形容精神不振作的樣子。例：一看見他～的樣子，媽媽就知道他今天的考試沒考好。

【消沉】 xiāo chén
情緒低落。例：意志～｜情緒～。

【心力交瘁】 xīn lì jiāo cuì
精神和體力都極度疲勞。例：他已經～，再也無力支撐下去了。

【一蹶不振】 yì jué bú zhèn
蹶：跌倒。比喻遇到一次挫折就不能再振作起來。例：做生意總是有盈有虧，你不能因為這次虧本就～啊！

【大惑不解】 dà huò bù jiě
非常迷惑，不能明白。例：他高高興興地請小李參加他的生日晚宴，小李卻拒絕了，這叫他～。

【糊塗】 hú·tu
不明事理，對事物的認識模糊或混亂。例：～蟲｜爺爺已經老～了。

【困惑】 kùn huò
疑惑，不知道怎麼辦。例：非常～｜～不解。

【茫然】 máng rán
完全不知道的樣子。例：看他一臉的～，顯然根本就沒聽說過望夫石的傳說。注意：也形容失意的樣子。例：連敗三局，他～地退了下來。

【茫無頭緒】 máng wú tóu xù
模模糊糊的沒有頭緒。例：會演明天就要開始，可準備工作到現在還～。

【迷】 mí
分辨不清，失去判斷能力。例：～失方向。注意：也指沉醉於某種事物。例：他爸爸打麻將入了～。

【迷惑】 mí huò
心中無主見，辨不清是非。例：他們各說各的理，事實到底是怎樣的呢？他也～了。

如意 rú yì

【迷茫】 mí máng
神情恍惚，不知該怎麼辦。例：他～地望一眼烏雲密佈的夜空，真不知道該怎麼走了。

【迷惘】 mí wǎng
分辨不清，不知怎麼辦。不像「迷惑」那樣用於非常具體的事物。例：這條路還能走下去嗎？走下去前途會怎樣？他一直很～。

【莫名其妙】 mò míng qí miào
事情令人感到奇怪或難以理解，沒有人能說出其中的奧妙。例：他的發言離題萬里，讓所有的人都～。

【一頭霧水】 yì tóu wù shuǐ
〈口〉形容迷惑不解。例：他被記者問得～，因為他一點兒也不了解情況。

【雲遮霧罩】 yún zhē wù zhào
也說「雲遮霧障」。比喻不明朗，看不清楚。例：他說得～，誰知道是怎麼回事啊！

【稱心】 chèn xīn
符合心願；心滿意足。例：新買的這本書叫他非常～。

【稱心如意】 chèn xīn rú yì
非常合心意。程度比「稱心」重。例：我們家搬進了新居，媽媽還回是～了。

【躊躇滿志】 chóu chú mǎn zhì
躊躇：從容自得的樣子。滿：滿足。志：心願。形容十分滿意。例：看他～的樣子，我就知道他這次考試考得不錯。

【春風得意】 chūn fēng dé yì
春風：比喻良好的客觀環境。得意：稱心如意。形容做事順利，心情歡暢的情態。例：他剛買了房子，又升了職，正是～的時候。

【得意】 dé yì
稱心如意；自得。例：春風～｜洋洋～。

【得志】 dé zhì
志願得到實現。例：少年～。

【合意】 hé yì
符合心意；中意。例：妹妹覺得這條裙子非常～，馬上就買下了。

【可心】 kě xīn
恰好合乎心願；合意。例：他喜歡電

腦，爸爸就給他買了台筆記本電腦，真是太～了。

【樂意】 lè yì

滿意。例：這樣處理你總該～了吧？注意：也表示心甘情願。例：這次探險雖然很艱苦，但是他自己～，所以也不覺得苦。

【滿意】 mǎn yì

願望得到滿足或符合自己的心願。例：主教練對場上隊員的表現很～。

【滿足】 mǎn zú

感到夠了；感到滿意。例：這樣的結果他已經很～了。

【愜意】 qiè yì

舒服；滿意；稱心。例：在這春光明媚的日子裏去郊遊，真是一件～的事。

【如意】 rú yì

符合心意。例：稱心～｜十分～。

【如願】 rú yuàn

符合心願。例：～以償｜不能～。

【舒心】 shū xīn

心情舒展；適意。例：日子過得挺～。

【順遂】 shùn suì

順利；合乎心意。例：課餘考察的事情進行得～，大家都很高興。

【順心】 shùn xīn

指順乎心意。例：近幾年，他事事～，工作也做得更用心了。

【隨心】 suí xīn

合乎自己心願；稱心。例：這句話聽着很～。注意：也表示憑着自己的意思去做。例：～所欲。

【遂心】 suì xīn

合自己的心意；滿意。例：姐姐一連換了好幾個工作，直到最近才找到一家～的公司。

【遂願】 suì yuàn

順隨願望；如願。例：姐姐過生日這天，最～的是爸爸送了她一台電腦。

【心滿意足】 xīn mǎn yì zú

非常滿足。程度比「中意」重。例：期末考試他的英語科能考八十分，媽媽就～了。

【宜人】 yí rén

適合人的意意和需要。例：氣候～。

【知足】 zhī zú

滿足。例：～常樂。

【中意】 zhòng yì

合意；滿意。例：在這家小店選一個～的禮物送給妹妹，還真不容易。

慰藉 wèi jiè

【安撫】 ān fǔ
安頓撫慰。例：～遇難者家屬｜～那顆傷痛的心。

【安慰】 ān wèi
心情安適。例：小剛沒有勝出比賽，感到悶悶不樂，他的同學都～他。

【撫慰】 fǔ wèi
安慰。例：對於一個孤兒來說，大家的～是至關重要的。

【撫恤】 fǔ xù
對因公傷殘人員，以及犧牲、病故人員的家屬給以物質幫助。例：他因公負傷，暫時靠～金過活。

【告慰】 gào wèi
表示安慰；使感到安慰。例：～死者在天之靈。

【犒勞】 kào láo
用酒食等慰勞。例：～將士。

【犒賞】 kào shǎng
用酒食財物等慰勞賞賜。例：宋江命人在忠義堂大擺宴席，～三軍。

【寬解】 kuān jiě
寬慰勸解；勸慰。例：這樣的災難降臨到他的頭上，說甚麼話也難以～。

【寬慰】 kuān wèi
寬解安慰。例：看到兒子只是受了一點兒皮外傷，母親的心～多了。

【聊以自慰】 liáo yǐ zì wèi
姑且用來自我安慰。例：有空時，他沒事喜歡在河邊釣魚，～。

【勉慰】 miǎn wèi
勉勵安慰。例：互相～｜主教練的～，讓他們下定決心打贏下一場比賽。

【勸慰】 quàn wèi
勸解安慰。例：母親的去世，使她痛不欲生，無論別人怎樣～，她都難以抑制住悲傷。

【慰解】 wèi jiě
安慰勸解。例：老師一番～的話，讓他露出了笑容。

【慰藉】 wèi jiè
〈書〉感到心情安適。例：小東想念朋友的時候，只要拿出與朋友的合照來看，就會感到一絲～。

【慰勞】 wèi láo
慰問犒勞。例：學習太辛苦，媽媽特意煲湯～他。

【慰問】 wèi wèn
用話或物品安慰問候。例：～信｜～病情。

【溫存】 wēn cún
殷勤地撫慰。例：即使他已成家立室，還經常給父母打電話，用親情～父母的心。

舒適 shū shì

【問寒問暖】 wèn hán wèn nuǎn
形容對別人的生活十分關切。例：他
對養老院的老人～。

【噓寒問暖】 xū hán wèn nuǎn
同「問寒問暖」。例：小孫子對爺爺
非常關心，總是～的。

【壓驚】 yā jīng
用酒食或財物安慰受驚的人。以物質
寬慰人的一種說法。例：大家備了一
桌酒席給他～。

【自慰】 zì wèi
自我安慰。例：讓老人聊以～的是，
兒子最後還是認了錯。

【安適】 ān shì
安靜而舒適。例：老人晚年的日子過
得很～。

【安閒】 ān xián
安適清閒。例：每天飯後，爺爺都要
到公園裏去～地散一會兒步。

【安逸】 ān yì
也作「安佚」。安適舒服。例：日子
太～了，反而不利於孩子的成長。

【暢快】 chàng kuài
心情舒暢快樂。例：座談會上，大家
交談得十分～。

【酣暢】 hān chàng
十分暢快。例：～淋漓｜笑得～｜酒
喝得～。

【好過】 hǎo guò
好受；舒服。例：他覺得身子有點兒
不～。

【好受】 hǎo shòu
感覺愉快，舒服。例：服藥後，他覺
得胃～多了。

【歡暢】 huān chàng
歡樂；暢快。含舒適義。例：上體育
課的時候，大家玩得十分～。

【開懷】 kāi huái
胸懷敞開，無所拘束，十分暢快。
例：～暢飲｜～大笑。

【快意】 kuài yì
心情愉快舒適。例：一陣微風吹來，讓人感到幾分～。

【寬暢】 kuān chàng
心情暢快。例：心情～。

【寬舒】 kuān shū
舒暢。例：他這幾年生活安定，心境～。

【愜意】 qiè yì
舒服；適意。例：海風吹來，令人～｜初秋時節遊南丫島，是一件很～的事。

【輕鬆】 qīng sōng
沒有壓力，心情寬鬆。例：終於考完試了，同學們都感到一身～。

【賞心悅目】 shǎng xīn yuè mù
因欣賞美好的景物而心情舒暢。例：春天，公園裏的花全開了，令人～。

【適意】 shì yì
舒適合意。例：大冷天喝一杯熱茶，～極了。

【受用】 shòu yòng
身心舒服。例：聽了對方的話，他的心裏很不～。

【舒暢】 shū chàng
舒服暢快。例：明天開始放暑假，大家的心情都變得～起來。

【舒服】 shū·fu
身心上感到輕鬆愉快。例：初秋的天氣不冷不熱，人會感到很～。

【舒適】 shū shì
舒服；安適。用於身心感受，也用於環境。例：他放棄了香港～的生活，到邊遠山村體驗生活。

【舒坦】 shū·tan
舒服。例：大熱天到游泳池游游，真～啊！

【舒心】 shū xīn
心情舒展。例：這些年日子是越過越～了。

【舒展】 shū zhǎn
身心安適；舒適。例：聽了媽媽的一番安慰話，爸爸緊鎖的眉頭～開了。

【爽】 shuǎng
舒服；暢快。例：人逢喜事精神～。

【爽快】 shuǎng kuài
舒適；暢快。例：滿肚子話都說出來，心裏～多了。注意：也指乾脆、直率。例：性格～。

【痛快】 tòng kuài
舒暢；高興。例：這場球大勝對手，大家心裏別提多～了。

無聊 wú liáo

【閒適】 xián shì

清閒；安逸。例：爺爺退休後，心情～，常常帶着小孫子到公園玩。

【心曠神怡】 xīn kuàng shén yí

心情舒暢，精神愉快。例：小船順流而下，兩岸風光秀美，令人～。

【悠然】 yōu rán

悠閒的樣子。例：～自得｜～神往。

【悠然自得】 yōu rán zì dé

悠閒從容，心情舒適而得意。例：看他～的樣子，我知道他很喜歡這次的旅行。

【悠閒】 yōu xián

閒適自得。例：每天傍晚，我都會看見一對老人，在海邊～地散步。

【優遊】 yōu yóu

〈書〉生活悠閒。例：～歲月｜日子～。

【優哉遊哉】 yōu zāi yóu zāi

〈書〉形容從容不迫，悠閒自得的樣子。例：這對老夫婦退休之後，遷居鄉下，過起了～的田園生活。

【自在】 zì zài

安適；舒服。例：清閒～｜自由～。

【淡而無味】 dàn ér wú wèi

食物淡而沒有滋味。比喻事物或文章平淡無趣。例：這是詩嗎？簡直就是一杯白開水，～。

【倒胃口】 dǎo wèi kǒu

因膩味而不想吃。比喻興味索然，反感。例：這種無聊的電視劇，看了真叫人～。

【乏味】 fá wèi

缺少趣味；沒啥意思。例：這篇文章語言十分～，讓人很難讀下去。

【枯燥】 kū zào

單調；沒有趣味。例：化學課的確比較～，但我們不能只憑興趣學習呀。

【殺風景】 shā fēng jǐng

也作「煞風景」。有損風光。比喻敗壞興致。例：很開心的一次聚會，他偏偏講起來沒完沒了，真是～。

【索然】 suǒ rán

沒有興趣的樣子。例：電影看到一半他便興味～了，後半場他一直在打瞌睡。

【味同嚼蠟】 wèi tóng jiáo là

味道像嚼蠟一樣。比喻一點意思也沒有。例：這部小說情節直白，語言乏味，讀來～。

代表詞

孤單 gū dān

【無聊】 wú liáo
因太清閒而感到沒有意思。例：爺爺退休一個人在家很～，就去參加了老年合唱團。

【無趣】 wú qù
沒有意思；沒有趣味。例：這位老師講課如此～，難怪學生都昏昏欲睡。

【無味】 wú wèi
沒有趣味；枯燥無味。程度比「無趣」重。例：這篇小說充滿說教之詞，～極了。

【興味索然】 xìng wèi suǒ rán
也說「興趣索然」。毫無興趣的樣子。例：他只對文科感興趣，一上理科課就～。

【單獨】 dān dú
不與別的合在一起；獨自。有時含孤單義。例：暑假期間，他～一人去台灣旅行。

【單槍匹馬】 dān qiāng pǐ mǎ
一個人一支槍一匹馬上陣。比喻沒人幫助，單獨行動。例：～解決問題，最後只能是失敗。

【單一】 dān yī
只有一種。例：品種～｜色彩～。

【孤單】 gū dān
單獨一個人，沒有依靠。例：一個人在外國留學，遠離親人，感到有些～。

【孤獨】 gū dú
獨自一人；孤單。例：轉學到新學校，一開始感到很～，但不久他就和新同學交上了朋友。

【孤寂】 gū jì
因孤獨而寂寞。例：他雖是個孤兒，但並不感到～，許多好心人都來幫助他。

【孤家寡人】 gū jiā guǎ rén
舊時君主自稱為孤或寡人。現比喻脫離羣眾、孤立無助的人。例：不懂得團結大家一起工作，用不了多久就會成為～。

【孤苦】 gū kǔ
沒有依靠，生活困苦。例：～伶仃｜
～無依。

【孤苦伶仃】 gū kǔ líng dīng
困苦孤單，無依無靠。例：爸爸自幼
父母雙亡，剩下他一人～，流落街
頭，靠乞討為生。

【孤立】 gū lì
同其他事物不相聯繫；不能得到同情
和幫助。例：他驕傲的性格使他在班
裏的處境很～。

【孤零零】 gū líng líng
形容無依無靠或單獨一個沒有陪襯。
例：聖誕節的時候，朋友都成雙成
對，歡度佳節，自己卻～一人吃聖誕
大餐。

【孤掌難鳴】 gū zhǎng nán míng
一個巴掌難以拍響。比喻力量薄弱，
不能成事。例：足球運動講究互相合
作，你的球技再好，若缺少隊友配
合，～，也勝不了比賽。

【孑然一身】 jié rán yì shēn
孤零零的一個人。例：小明父母相繼
去世，家裏只剩他～了。

【形單影隻】 xíng dān yǐng zhī
孤零零的一個人，一個影子。形容孤
獨，沒有伴侶。例：哥哥離婚了，看
着他～的樣子，實在讓人同情。

【形影相弔】 xíng yǐng xiāng diào
只剩下自己的身體和影子互相慰問。
形容孤獨。例：荒島上只有魯賓遜一
個人，每日裏～。他能堅持數十年，
真令人佩服。

【隻身】 zhī shēn
單獨一人。例：臨行前，媽媽囑咐他
～在外，要照顧好自己。

冷寂 lěng jì

【荒涼】 huāng liáng
荒僻；冷清。例：景色～｜一片～。

【荒漠】 huāng mò
荒涼而又廣闊。例：流浪者一個人在～的原野上走，心裏充滿憂傷。

【荒僻】 huāng pì
荒涼而又偏僻。例：他登山時不小心誤入～的小路，結果迷路了。

【寂寥】 jì liáo
寂靜；空曠。例：～的夜晚。

【冷寂】 lěng jì
冷清而寂靜。例：冬日的公園是如此～，花草枯黃，湖面封凍，這更增添了她的傷感。

【冷落】 lěng luò
人很少，不熱鬧。程度比「冷寂」輕。例：如果迪士尼樂園搬到其他地方，這裏一下子就會變得～起來。注意：也指對人冷淡。例：他是遠方來的客人，不要～了人家。

【冷僻】 lěng pì
冷清而偏僻。例：這是一條很～的街道，一到夜裏行人就少了。注意：也指文字、名稱等很少見。例：寫作文盡量不要用這種～的詞彙。

【冷清】 lěng qīng
也說「冷冷清清」。冷落而淒清。

例：即使在冬天，香港的街道仍人來人往，一點兒也不～。

【寥落】 liáo luò
稀少；冷落。例：夜晚的村莊燈光～｜晨星～。

【落寞】 luò mò
也作「落漠」、「落莫」。冷落而寂寞。多形容景物，有時也形容心境。例：～的山村｜送走朋友後，他的心裏升起一種～感。

【門可羅雀】 mén kě luó què
大門前可以張網捕雀。形容門庭冷落、客人稀少的景象。例：這家原本熱鬧的大商場現在很冷清，～。

【淒涼】 qī liáng
冷清、寂寞而又令人悲傷。例：景象～｜有了安老院，老人晚景不再～。

【淒清】 qī qīng
淒涼而冷清。例：颱風過後，香港北區的小村一片～。

【蕭颯】 xiāo sà
〈書〉不熱鬧；冷清。例：嚴冬季節，樹葉落盡，滿山遍嶺一片～。

【蕭瑟】 xiāo sè
形容景色淒涼。例：秋風～｜一到冬天，郊野景色一片～。

【蕭疏】 xiāo shū
〈書〉冷清；稀落。例：颳過幾場秋風，果樹變得枝葉～了。

【蕭索】 xiāo suǒ
沒有生機，冷冷清清。例：～的原野上，有幾隻老牛在吃草。

【蕭條】 xiāo tiáo
寂寞冷落，缺少生氣。例：從前這條街很～的，這幾年才熱鬧起來。注意：也指經濟衰退。例：經濟～。

【標新立異】 biāo xīn lì yì
標：提出。提出新奇主張，表示與眾不同。例：對這種～的做法我實在不敢苟同。

【別出機杼】 bié chū jī zhù
機杼：織布機。這裏比喻作文的立意構思新穎，寫作另闢蹊徑。例：小麗這篇作文可以說是～，令人耳目一新。

【別出心裁】 bié chū xīn cái
別：另外。心裁：出於自心的創造。表示與眾不同的、新穎的。例：這種～的設計，得到了大家的一致好評。

【別具匠心】 bié jù jiàng xīn
匠心：巧妙的心思。具有與眾不同的巧妙構思。例：這幅畫構思巧妙，～，得到了專家們的首肯。

【別具一格】 bié jù yì gé
另有一種獨特風格。例：這個展覽～，頗值得一看。

【別開生面】 bié kāi shēng miàn
生面：新的面目。另外開闢一種創新的風格或面貌。例：小君這幅畫結合中西方的繪畫技巧，開創～的藝術風格。

【別樹一幟】 bié shù yí zhì
也說「獨樹一幟」。另外豎起一面旗幟。形容與眾不同，自成一家。例：他寫的小說～，為文壇帶來新氣象。

【別有天地】 bié yǒu tiān dì
另有一種新的境界。也用來形容風景秀麗，引人入勝。例：老師稱讚小玲寫的文章～｜坪洲的風景～，令人流連忘返。

【出格】 chū gé
超出常規。例：你這樣說話太～了，還像個學生嗎？

【出奇】 chū qí
特別；不尋常。例：～制勝｜今天同學～的安靜，連最頑皮的小傑也沒有搗亂。

【簇新】 cù xīn
極新。例：這雙鞋還～的，你怎麼就不要了？

【獨出心裁】 dú chū xīn cái
同「別出心裁」。例：這首詩構思巧妙，～。

【獨到之處】 dú dào zhī chù
與大家不同的地方。例：他的發言雖然簡短，卻有自己的～，使與會者很受啟發。

【獨闢蹊徑】 dú pì xī jìng
蹊徑：小路。獨自開闢一條新路。比喻獨創一種新方法或新途徑。例：如果不能～，恐怕很難突破難關。

【古怪】 gǔ guài
跟一般情況很不相同，令人詫異；少

見而奇怪。例：爺爺的行為很～，大概是患上了老年癡呆症吧。

【匠心獨運】 jiàng xīn dú yùn
匠心：巧妙的心思。形容巧妙而獨特的構思。例：這座雕塑真是～，令人歎為觀止。

【奇】 qí
罕見的；特別的。例：～人～事｜暗自稱～。

【奇妙】 qí miào
新奇而精妙。例：～的變化｜～的海底世界。

【奇巧】 qí qiǎo
新奇而精巧。例：這種兩用雨傘構造～。

【奇特】 qí tè
奇怪而特別。例：造型～｜裝束～。

【奇異】 qí yì
奇怪；特殊。例：大洋深處有許多～的生物。

【神奇】 shén qí
特異而奇妙。例：這是一片～的土地｜～的傳說。

【特別】 tè bié
與一般的不同。例：這件衣服樣式很～。

懷舊 huái jiù

【特殊】 tè shū
不同於一般的事物或情況。例：～情況｜～待遇｜～任務。

【希罕】 xī·han
〈口〉稀奇；罕見。例：這東西在我們這裏是很～的。

【希奇】 xī qí
也作「稀奇」。稀少而新奇。例：～古怪｜這種魚非常～，是香港獨有的品種。

【新奇】 xīn qí
新鮮；奇特。例：～的景象。

【新鮮】 xīn·xiān
少見；稀罕。程度比「新奇」輕。例：～經驗｜～節目。注意：也形容東西鮮嫩，沒有萎蔫。例：～水果。

【新穎】 xīn yǐng
新奇而別致。例：這個遊戲很～，吸引了很多年輕人｜這篇文章構思～，風格獨特。

【與眾不同】 yǔ zhòng bù tóng
跟常人不一樣。例：無論是穿着打扮，還是為人處事，他總是～。

【自成一家】 zì chéng yì jiā
有獨創的見解和風格，能自成體系。例：他的畫～，與眾不同。

【懷舊】 huái jiù
懷念舊日的人或事。例：老人都喜歡～，希望回故鄉去走一走，看一看。

【懷戀】 huái liàn
懷念；依戀。例：～故園｜～家鄉。

【懷念】 huái niàn
懷想；思念。例：～親人｜～已逝的歲月。

【懷想】 huái xiǎng
心中想念。例：他現在還經常～小時候的朋友。

【回顧】 huí gù
本意是回過頭去看。引申為回憶、回想。例：～歷史，展望未來。

【回首】 huí shǒu
〈書〉本意是回頭。引申為回憶。例：往事不堪～。

【回溯】 huí sù
〈書〉回顧；回憶。多用於大事，一般不用於個人。例：～香港百年歷史。

【回味】 huí wèi
回憶；體會。例：～無窮｜那件事如今～起來，還覺得津津有味。

【回想】 huí xiǎng
想起往事。例：～起來，那時候真是幼稚啊！

【回憶】 huí yì
回想。但一般比「回想」的時間跨度要長。例：～起小時候，他就會眉飛色舞地講上半天。

【眷眷】 juàn juàn
〈書〉（感情上）念念不忘。例：～之心｜～之情。

【眷戀】 juàn liàn
〈書〉留戀自己喜歡的人或地方。例：～故土｜～家鄉。

【眷念】 juàn niàn
〈書〉想念。例：他留學在外，時刻～着香港的親人。

【緬懷】 miǎn huái
追想（以往的人和事）。例：～故人。

【念念不忘】 niàn niàn bú wàng
老是想着，不能忘記。例：老師雖然退休了，但還～學生學習的情況。

【思戀】 sī liàn
思念；眷戀。例：爺爺～香港，不肯和兒子移民外國。

【思慕】 sī mù
思念（自己敬仰或所愛的人）。例：看到照片，他的～之情不可遏止。

【思念】 sī niàn
想念。例：～親人｜～家鄉。

【相思】 xiāng sī
互相思念。多指男女互相愛慕而又不能相見所引起的思念。例：哥哥和嫂嫂天各一方，～之苦可以想見。

【想】 xiǎng
懷念；想念。例：～家｜～親人。注意：也指思考。例：～問題。

【想念】 xiǎng niàn
對景仰、離別的人或環境不能忘懷。例：～親人。

【想念不已】 xiǎng niàn bù yǐ
時時刻刻地想念自己景仰、離別的人或環境。程度比「想念」重。例：小明移民外國後，爺爺對他～。

【遙想】 yáo xiǎng
〈書〉回想。用於回憶很久以前的事。例：～當年。注意：也指想像遙遠的未來。例：～未來，我們信心十足。

【憶】 yì
回想。例：～當年，風華正茂。

【追懷】 zhuī huái
追憶；懷念。例：～往事｜～故人。

【追憶】 zhuī yì
回憶往事。例：～往事。

歎息 tàn xī

【唉聲歎氣】 āi shēng tàn qì
因感傷、煩悶或痛苦而發出歎息之聲。例：你這樣～解決不了問題，還是趕緊想辦法吧！

【哀歎】 āi tàn
悲哀地歎息。例：老人～自己命運不濟，養了這麼個不孝之子。

【唉】 ài
歎息的聲音。例：～，得了這種病，誰也沒有辦法啊！

【悲歎】 bēi tàn
悲傷地歎息。例：丈夫去世後，她起初總是～自己的不幸，後來在大家的勸說下，才漸漸振作起來。

【長歎】 cháng tàn
深深地歎息。例：他～一聲，從回憶中收回思緒。

【長吁短歎】 cháng xū duǎn tàn
吁：歎氣。形容長一聲、短一聲接連不斷地歎氣。例：看他一路～的樣子，一定是有甚麼心事。

【感喟】 gǎn kuì
〈書〉因有所感觸而歎息。例：看見兒孫輩的幸福生活，老人常常～他自己童年的不幸。

【感歎】 gǎn tàn
因有所感觸而歎息。例：回到香港，物是人非，令他～不已。

【驚歎】 jīng tàn
驚訝讚歎。例：沒想到這孩子鋼琴彈得這麼好，真是令人～。

【慨歎】 kǎi tàn
因有所感觸而歎息。例：不勝～｜～不已。

【可歎】 kě tàn
因為值得同情而歎息。例：～他英年早逝，一身才華沒有得到施展。

【喟然】 kuì rán
〈書〉歎氣的樣子。例：～長歎。

【喟歎】 kuì tàn
〈書〉因有所感慨而歎息。例：與其～命運不公，不如奮起直追迎頭趕上。

【歎】 tàn
歎氣；歎息。例：他輕輕地～了口氣，不再說話了。

【歎服】 tàn fú
讚美而佩服。例：小小年紀，能創作出這樣的畫作，不能令人～。

【歎氣】 tàn qì
心裏不痛快而呼出長氣。例：小明拿着成績表，連連～。

【歎賞】 tàn shǎng
讚歎欣賞。例：這次兒童畫展上，有許多作品非常有創意，令觀眾十分～。

【歎惋】 tàn wǎn
歎氣而又惋惜。例：他剛到中年怎麼
突然就死了？真是令人～。

【歎息】 tàn xī
歎氣。例：房間裏傳來母親輕輕的～
聲。

【望洋興歎】 wàng yáng xīng tàn
《莊子・秋水》記載，河伯（黃河神）
自以為大得了不得，後來到了海邊，
望見無邊無際的海洋，才感到自己
的渺小，於是仰望着海神，發出了歎
息。後比喻做事因力量或條件不夠而
感到無可奈何的歎息。例：雖然市場
前景非常看好，但一無資金，二無設
備，只能～。

【唏】 xī
〈書〉歎息。例：～噓不已。

【吁】 xū
〈書〉歎息。例：長～短歎。

【噓】 xū
歎氣。例：他長～一口氣，搖搖頭表
示一點兒辦法也沒有。

【仰天長歎】 yǎng tiān cháng tàn
抬着頭望着天長聲歎息，表示已經無
可奈何。例：眼看大勢已去，他只能
～，沒有任何辦法了。

【讚歎】 zàn tàn
由衷地稱讚。例：他剛一亮相，就引
得台下一片～之聲。

九、品位・品格・性格・道德

名望 míng wàng

【馳名】 chí míng
名譽傳播得很遠。例：～品牌｜中國陶瓷～海外。

【馳名中外】 chí míng zhōng wài
名聲傳遍國內外。例：該廠生產的產品～。

【臭名】 chòu míng
極不好的名聲。貶義。例：～遠揚。

【臭名遠揚】 chòu míng yuǎn yáng
極不好的名聲傳得很遠。貶義。例：這些騙徒已是～，他們那一套再也騙不了人了。

【大名】 dà míng
很大的名聲。例：久聞先生大～，今日得見，幸會，幸會。注意：有時只是客套，並不表示名聲大。例：敢問先生～？

【大名鼎鼎】 dà míng dǐng dǐng
也說「鼎鼎大名」。鼎鼎：盛大。名聲很大。例：他是一位～的作家。

【德高望重】 dé gāo wàng zhòng
品德高尚，名望很大。例：劉校長是位～的老教育家。

【蜚聲】 fēi shēng
揚名。例：～文壇｜～海內外。

【舉世聞名】 jǔ shì wén míng
舉：全。全世界有名。例：埃及金字塔和中國的長城一樣，都是～的古建築。

【美譽】 měi yù
美好的名聲。例：香港素有「東方之珠」的～。

【名】 míng
名聲；望望；名譽。例：雁過留聲，人過留～。

【名不副實】 míng bú fù shí
也作「名不符實」。與「名副其實」相反。徒有虛名，名聲與實際不相符。例：他用假文憑得到工作，結果因為～，不久就被解雇了。

【名不虛傳】 míng bù xū chuán
名副其實，不是虛傳。例：人們都說他學問淵博，今日與他一席對話，果然受益匪淺，看來他確是～。

【名副其實】 míng fù qí shí
也作「名符其實」。名聲或名稱與實際相符。例：深井燒鵝聲名遠播，今天親口嘗一嘗，果然～。

【名氣】 míng qì
名聲；知名度。例：弟弟常常把自己創作得歌曲上載到網上去，聽他歌曲的人越來越多，現在已是小有～的作曲家了。

【名聲】 míng shēng
在社會上流傳的聲譽、評價。例：他～很臭，誰都不願意與他共事。

【名聲大噪】 míng shēng dà zào
名聲一下子大起來。例：電視劇一開播，飾演主角的她立刻～。

【名聲在外】 míng shēng zài wài
在外面很有名聲。形容名聲大。例：他可是～，其他學校的人也都認識他。

【名望】 míng wàng
有名聲又有威望。例：王醫生醫術高明，在這行很有～。

【名揚四海】 míng yáng sì hǎi
名聲傳遍天下。應用範圍比「馳名中外」廣。例：他拿了奧運會冠軍，小小年紀一下子就～。

【名譽】 míng yù
個人或集團的名聲、信譽。例：～掃地。

【名譽掃地】 míng yù sǎo dì
名氣和信譽徹底敗落。例：他本來是一位很有名氣的教授，可自從出了剽竊人家文章的事以後，一下子～，再也沒人理會他了。

【榮譽】 róng yù
光榮的名譽。例：～證書。

【如雷貫耳】 rú léi guàn ěr
像雷聲貫入耳內。形容人的名聲大。例：久聞大名，～。

【聲名狼藉】 shēng míng láng jí
聲名：名譽；名聲。狼藉：亂七八糟。形容名聲敗壞得不可收拾。貶義。例：他因貪污而弄得～。

【聲威大震】 shēng wēi dà zhèn
名氣和威望大大提高。例：戰勝強大的對手之後，他～。

【聲譽】 shēng yù
聲望和名譽。例：他德才兼備，是一位很有～的畫家。

【聲譽鵲起】 shēng yù què qǐ
比喻聲名迅速提高。與「聲威大震」比，更強調提高的過程。例：奧運會後，中國柔道隊～，成為一支不可忽視的力量。

【盛名】 shèng míng
很大的名氣。例：張教授在學術界享有～。

【盛譽】 shèng yù
很大的榮譽和名譽。例：茅台享有中國國酒的～。

【徒有虛名】 tú yǒu xū míng
只有空名聲，沒有真才實學。貶義。例：有的人空頭銜掛了一大堆，卻並沒有甚麼真本事，～而已。

【萬古流芳】 wàn gǔ liú fāng
芳：比喻好名聲。好名聲永世傳垂。
例：英雄為了國民的福祉而抗爭，雖
然不幸犧牲了，但他的精神將～，與
世長存。

【威名】 wēi míng
威懾人的名氣。例：～遠揚｜中國武
術，～天下。

【威望】 wēi wàng
威信和名望。程度比「威信」重。
例：他在影視界享有很高的～。

【威信】 wēi xìn
威望和信譽。例：～掃地｜樹立～。

【聞名】 wén míng
有名。例：～遐邇｜舉世～。

【遐邇聞名】 xiá ěr wén míng
〈書〉也說「聞名遐邇」。遐：遠。
邇：近。遠近聞名。例：他是一位～
的老中醫。

【虛名】 xū míng
與實際情況不相符的名聲。貶義。
例：徒有～｜不圖～。

【揚名天下】 yáng míng tiān xià
天下：泛指四面八方。名聲傳遍天
下。形容名聲大。例：李白的詩，以
其獨特的文學魅力～。

【遺臭萬年】 yí chòu wàn nián
壞名聲流傳下去，永遠為世人唾罵。
貶義。例：侵略者這樣無惡不作，必
落得個～的下場。

【英名】 yīng míng
傑出的名聲。例：一世～，毀於一
旦。

【遠近聞名】 yuǎn jìn wén míng
遠近都知道的名聲。形容名聲傳播得
很遠。例：他是～的骨科醫生。

【知名】 zhī míng
著名；有名。例：～作家｜～品牌。

模範 mó fàn

【榜樣】 bǎng yàng
值得學習的好人或好事。例：～的力量是無窮的。

【表率】 biǎo shuài
帶頭的榜樣。多指上級或長輩做為下屬或晚輩的楷模。例：老師要做學生的～。

【典範】 diǎn fàn
可作為學習、仿效標準的人或事物。例：樹為～｜～作品。

【典型】 diǎn xíng
具有代表性的人物、單位或事件。例：隋煬帝是～的暴君。

【楷模】 kǎi mó
榜樣；模範。例：她樂於助人，是我們的～。

【模範】 mó fàn
楷模；典範。指值得學習的人或事物。例：～作用｜～生。

【旗手】 qí shǒu
在隊伍前面舉旗的人。比喻起帶頭作用的先行人物。例：魯迅是新文化運動的～。

【師表】 shī biǎo
〈書〉品德、學問都值得學習的楷模。例：教師時時刻刻都要為人～。

【先鋒】 xiān fēng
行軍、作戰時的先頭部隊，舊時也指率領先頭部隊的將領。現比喻在工作中起帶頭作用的人。例：～隊｜～作用｜校園小～。

【先驅】 xiān qū
走在前面引導的人。例：～者｜革命～。

卑劣 bēi liè

【骯髒】 āng zāng

比喻卑劣、醜惡。貶義。例：這種～的幕後交易被曝光後，市民無不義憤填膺。注意：也指不乾淨。例：這家飯店廚房很～，被衛生署查封了。

【卑鄙】 bēi bǐ

（品質）惡劣；不道德。貶義。例：這件事充分暴露了他～的靈魂，今後不會再有人相信他了。

【卑鄙齷齪】 bēi bǐ wò chuò

齷齪：骯髒。形容品質、行為卑劣。程度比「卑鄙無恥」更重。貶義。例：他在背後那些小動作～，讓人想都不願想。

【卑鄙無恥】 bēi bǐ wú chǐ

惡劣而不知羞恥。貶義。例：他是一個～的人，千萬要小心他。

【卑劣】 bēi liè

（行為、手段）卑鄙惡劣。貶義。例：你的手段如此～，我們已經無法合作了。

【卑俗】 bēi sú

卑鄙而庸俗。貶義。例：這種～的小說千萬不要看。

【卑下】 bēi xià

卑微低下。多用於品格和風格等。貶義。例：經過反思，他意識到了自己行為的～，決心改過。注意：也指地位低微。例：身份～。

【不端】 bù duān

不正派；不規矩。貶義。例：行為～｜出了這種～的事，我實在很痛心。

【不三不四】 bù sān bú sì

形容行為不端、不正派。貶義。例：爸爸堅決不准他再和那些～的人來往。

【不肖】 bú xiào

品行不好；不成材。多用於貶義。例：～子孫｜兒子～，對不起父親的培養。

【低劣】 dī liè

（品質、行為）很差。多用於貶義。例：這種～的表演騙得了誰呀？注意：也用來形容物品質量很差。例：這樣～的產品肯定是假貨。

【低下】 dī xià

（品質、行為）不高尚、低俗。貶義。例：品格～｜素質～。注意：有時也指地位低。例：我地位～，做不了主。

【惡劣】 è liè

（人的言行）很壞。貶義。例：風氣～｜行為～｜態度～。

【寡廉鮮恥】 guǎ lián xiǎn chǐ

寡、鮮：少。形容品行極壞，不知廉恥。貶義。例：這些人～，與他們還有甚麼道理好講。

【厚顏無恥】 hòu yán wú chǐ
厚臉皮，不知羞恥。比「恬不知恥」更形象。貶義。例：明明是他在背後挑撥，卻來指責別人，這種人真是～。

【可鄙】 kě bǐ
令人鄙視。多用於貶義。例：這種破壞環境的行為實在～。

【可恥】 kě chǐ
應當認為羞恥。形容人的品質或行為很壞。多用於貶義。例：考試抄襲的行為很～。

【可恨】 kě hèn
（品質、行為）令人憎恨。多用於貶義。例：他怎麼做出這種事來？太～了。

【可惡】 kě wù
令人討厭、惱恨。程度比「可恨」輕。多用於貶義。例：這個人總是捉弄別人，實在～。

【可憎】 kě zēng
令人厭惡；非常可恨。程度比「可恨」重。多用於貶義。例：面目～。

【恬不知恥】 tián bù zhī chǐ
對可恥的事情滿不在乎，不感到羞恥。貶義。例：當初他不贍養老人，老人去世了，他卻來爭家產，真是～。

【猥褻】 wěi xiè
淫亂；下流。貶義。例：語言～｜～婦女。

【齷齪】 wò chuò
骯髒；不乾淨。用來形容人的思想、行為不好。貶義。例：思想～｜語言～｜行為～。

【無恥】 wú chǐ
不知羞恥；不顧羞恥。貶義。例：～之徒｜～至極｜卑鄙～。

【無恥之尤】 wú chǐ zhī yóu
尤：特別突出的。無恥到極點。貶義。例：自己貪得無厭，卻大講廉潔奉公，這種人實在是～。

【無行】 wú xíng
品行不好；行為放蕩。多含貶義。例：有才～｜文人～。

【下賤】 xià jiàn
卑劣下流。多用於貶義。例：沒想到他竟能做出這樣～的事情！注意：也指身份低下。例：在有些人眼裏，他身份～，但他卻有着高尚的情懷。

【下流】 xià liú
卑鄙齷齪。貶義。例：說～話｜動作～。

誠實 chéng shí

【下作】 xià zuo
卑鄙下流。貶義。例：那傢伙是一個
～的小人｜如此～的事，我不相信是
他幹的。

【衣冠禽獸】 yī guān qín shòu
穿衣戴帽的禽獸。指道德品質敗壞，
行為極端惡劣，如同禽獸的人。貶
義。例：他這個～，最終被判了刑。

【誠】 chéng
態度真實；心地真誠。例：～心～
意。

【誠懇】 chéng kěn
對人或對事的態度真實而懇切。例：
他很～地向老師認了錯。

【誠實】 chéng shí
言行與內心一致，不虛假。例：～守
信｜為人～。

【誠心】 chéng xīn
誠懇。例：老師是～幫助你，你可要
努力啊！注意：也指誠懇的心意。
例：她的一片～，令人感動。

【誠意】 chéng yì
心意誠懇，與「誠心」同義，常常連
用。例：誠心～｜她很有誠意的邀請
朋友到她家去。

【誠摯】 chéng zhì
誠懇；真摯。程度比「誠心」、「誠
意」重，也更富感情色彩。例：雙方
在～友好的氣氛中進行會談。

【赤誠】 chì chéng
極其真誠。例：～之心，日月可鑒。

【赤膽忠心】 chì dǎn zhōng xīn
極其忠貞。例：老先生對國家～。

【竭誠】 jié chéng
非常誠懇；誠心誠意。例：～擁戴｜

～服務。

【懇切】 kěn qiè
誠懇而殷切。例：他在班上跟同學道歉，～地希望得到大家的原諒。

【懇摯】 kěn zhì
〈書〉（態度或言辭）誠懇真摯。例：一番話說得十分～，令人動容。

【虔誠】 qián chéng
恭敬而有誠意。多指宗教信仰。例：老人被他～的態度打動了，最終還是答應了他的請求｜佛教信徒～地參拜佛祖。

【拳拳之心】 quán quán zhī xīn
〈書〉也作「惓惓之心」。形容懇切的心情。例：～打動了所有在場的人｜捐款雖然不多，但那是孩子的一顆～。

【真誠】 zhēn chéng
真實誠懇，沒有一點兒虛假。多指心意和感情。例：他被朋友～的關心感動了。

【真心實意】 zhēn xīn shí yì
真實的心意。例：我～地祝你好運。

【真摯】 zhēn zhì
（感情）真誠懇切。程度比「真誠」深。例：同班三年，他們結下了～的友誼。

【至誠】 zhì chéng
誠心誠意；誠懇。例：一片～之心。

【忠誠】 zhōng chéng
盡心盡力地待人處事。例：～老實｜～可靠。

【忠厚】 zhōng hòu
忠實厚道。常用來形容性格。例：他為人～，贏得了大家的信任。

【忠實】 zhōng shí
忠誠可靠。常用來形容行為。例：他～地履行了自己的職責｜對朋友最重要的就是～。

【忠心】 zhōng xīn
忠誠的心。例：～耿耿｜一片～。

【衷心】 zhōng xīn
發自內心的；真誠的。例：同學幫助了我，我～向他表達謝意。

【忠心耿耿】 zhōng xīn gěng gěng
耿耿：忠誠的樣子。形容非常忠誠。程度比「忠心」更重，也更形象。例：他對公司～。

【忠勇】 zhōng yǒng
忠誠而勇敢。例：～的戰士。

【忠貞】 zhōng zhēn
忠誠而堅定不移。例：～不屈｜～不貳。

驕傲 jiāo ào

【傲骨】 ào gǔ
比喻高傲不屈的性格。例：人可以無傲氣，但不可以無～。

【傲慢無禮】 ào màn wú lǐ
輕視別人，對人沒禮貌。貶義。例：這個傢伙如此～，我們為甚麼要跟他一起玩？

【傲氣十足】 ào qì shí zú
十足：充足；特別盛。傲氣特別盛。貶義。例：看他那～的樣子，簡直不把別人放在眼裏。

【傲視一切】 ào shì yí qiè
瞧不起周圍的一切。多形容自高自大。程度比「傲氣十足」重。多用於貶義。例：要知道，天外有天，人外有人，你怎麼可以～呢？

【不可一世】 bù kě yí shì
狂妄自大到了極點，自以為在同一個世界上沒有任何人比得上他。貶義。例：別看這個人狂妄自大、～，其實他沒甚麼學問。

【高傲】 gāo ào
自以為了不起，看不起別人；非常驕傲。例：她因為性情～，和大家的關係很糟糕。注意：也表示自豪，不同凡俗。例：雄鷹～地俯視大地。

【好為人師】 hào wéi rén shī
總喜歡給別人當老師。貶義。例：他學識不怎麼樣，卻總是～。

【驕傲】 jiāo ào
自高自大，看不起別人。例：虛心使人進步，～使人落後。注意：也指自豪。例：這個獎項是我們全班的～。

【驕傲自滿】 jiāo ào zì mǎn
自高自大，自以為滿足。貶義。例：雖然我們取得了較好的成績，但決不可～。

【驕橫】 jiāo hèng
驕傲；專橫。往往指態度驕傲自大，辦事專橫霸道。貶義。例：他自以為了不起，說話辦事特別～，已引起了別人的強烈不滿。

【驕矜】 jiāo jīn
傲慢而自大。貶義。例：你身為教授，如此～，對學生的影響是不好的。

【嬌縱】 jiāo zòng
嬌慣；放縱。含貶義。例：做父母的不能～小孩。

【居功自傲】 jū gōng zì ào
自以為有功勞而驕傲自大。貶義。例：我們決不可以～，而應該再接再厲，繼續前進。

【居功自恃】 jū gōng zì shì
恃：依仗。自以為有功勞而驕傲自滿。貶義。例：他總是默默奉獻，從不～。

【倨傲】jù ào

〈書〉驕傲；傲慢。多形容神態。貶義。例：～無禮｜態度～。

【狂妄】kuáng wàng

沒有根據地極端驕傲；甚麼都不放在眼裏。貶義。例：～自大｜態度～。

【狂妄自大】kuáng wàng zì dà

沒有根據地極端自高自大。貶義。例：他如此～，我們一定要狠狠地教訓他。

【目空一切】mù kōng yí qiè

眼睛裏甚麼都沒有。形容驕傲自大，誰都看不起。貶義。例：你在大賽上剛得了一個三等獎，就～，這樣怎麼能進步呢？

【目中無人】mù zhōng wú rén

眼裏沒有別人。形容非常驕傲自大。貶義。例：他自己成績不好卻～，所以沒有人願意幫助他。

【旁若無人】páng ruò wú rén

好像旁邊沒人。形容不把別人放在眼裏，自高自大。貶義。例：他趾高氣揚，～，引起了同學的反感。

【睥睨一切】pì nì yí qiè

睥睨：斜視，瞧不起人的表情。同「目空一切」。例：他仗着自己有些權勢，便～，盛氣凌人。

【盛氣凌人】shèng qì líng rén

盛氣：驕傲的氣焰。凌：欺凌。用傲慢驕傲的氣勢欺凌人。程度比「趾高氣揚」重。貶義。例：阿強覺得自己很有錢，表現得～。

【恃才傲物】shì cái ào wù

恃：依靠；憑藉。物：眾人。仗着自己的才氣瞧不起人。多用於貶義。例：他～，很難接近啊！注意：並不總是貶義，用來形容人的個性時，含脫俗義。

【忘乎所以】wàng hū suǒ yǐ

由於過度興奮或驕傲自滿而忘掉了為甚麼會這樣。貶義。例：我們雖然拿了冠軍，切不可～。

【妄自尊大】wàng zì zūn dà

狂妄地自以為了不起，不把別人放在眼裏。貶義程度比「自以為是」重。例：他～，看不起別人，最終落得個眾叛親離的下場。

【惟我獨尊】wéi wǒ dú zūn

認為只有自己最尊貴。形容狂妄傲慢，目中無人。貶義。例：他擺出一副～的架勢，指責這個，教訓那個，結果自己成了孤家寡人。

【心高氣傲】xīn gāo qì ào

心想得很高，態度神情都變得高傲起來。例：他這個人～，一點也不謙虛，所以別人也不願意幫助他。

【夜郎自大】 yè láng zì dà

據《史記‧西南夷列傳》載：夜郎是漢代西南的鄰國，面積相當於漢朝的一個州，但夜郎國君不知漢有多大，問使臣：你們漢朝大呢，還是我們夜郎國大？後用來比喻因無知而妄自尊大。貶義。例：為人應謙虛謹慎。不要犯～的毛病。

【趾高氣揚】 zhǐ gāo qì yáng

走路腳抬得很高，神氣十足。形容驕傲自大，得意忘形。貶義。例：有一點成績就～，這種人是不會取得大的成就的。

【自傲】 zì ào

自感驕傲。貶義。例：他哪樣都好，就是太～。

【自吹自擂】 zì chuī zì léi

自己吹喇叭，自己打鼓。比喻自我吹噓。貶義。例：小威喜歡～，難怪惹大家反感。

【自大】 zì dà

自以為了不起。貶義。程度比「自傲」重。例：自高～。

【自負】 zì fù

自認為了不起。貶義。程度比「自傲」稍輕。例：他這個人很～。注意：也指自己負責。例：責任～｜後果～。

【自高自大】 zì gāo zì dà

自以為了不起。例：你即便是考了全班第一，也不該～啊！

【自誇】 zì kuā

自己誇耀自己。貶義。例：你這樣～，就不怕別人譏笑嗎？

【自滿】 zì mǎn

滿足於自己已有的成績。貶義。例：驕傲～。

【自鳴得意】 zì míng dé yì

自己表示很得意。含驕傲義。貶義程度比「自命不凡」輕。例：你做得並非十全十美，有甚麼可～的呢？

【自命不凡】 zì mìng bù fán

自以為不平凡、了不起。貶義程度比「自滿」重。例：醫生發現，那些～、固執己見的人，人際關係通常不佳。

【自恃】 zì shì

過分自信，自以為是。含貶義。同「自負」。注意：也指仗恃。例：～功高。

【自視甚高】 zì shì shèn gāo

自己認為自己很高明。貶義。例：他這個人一向～，其實並沒有甚麼水平。

謙虛 qiān xū

【自我膨脹】 zì wǒ péng zhàng
膨脹：由於溫度等因素使物體長度或體積增加。比喻缺乏自知之明，誇大自己的優點或成績。貶義。例：你如此～，總有一天會受到挫折的。

【自詡】 zì xǔ
〈書〉驕傲自誇。含貶義。例：他～是當代最有才華的詩人，讀者卻不買他的賬。

【自以為是】 zì yǐ wéi shì
自己以為自己總是對的。貶義。例：你總～，誰還會幫助你呢？

【過謙】 guò qiān
過分謙虛。例：既然大家推選你，你就不必～了。

【客氣】 kè·qi
有禮貌；待人謙虛。例：他對來訪的人十分～。

【平易近人】 píng yì jìn rén
性情、態度謙遜溫和，使人容易接近。例：劉老師～，同學們都很喜歡他。

【謙卑】 qiān bēi
謙虛得有點兒過分，顯得低下。略含貶義。例：對他們這些不學無術的人，你不必太～。

【謙恭】 qiān gōng
謙虛、恭敬而有禮貌。與「謙卑」比，含肯定、褒揚成分。例：～有禮。

【謙和】 qiān hé
為人謙虛，態度和藹。例：張老師待學生非常～，大家都願意和他說心裏話。

【謙讓】 qiān ràng
謙虛地推讓。例：東西少，大家互相～起來。

【謙虛】 qiān xū
虛心而不自滿。例：他雖然是一位著名的學者，但仍是那樣～。

失信 shī xìn

【謙虛謹慎】 qiān xū jǐn shèn
謙虛而不自滿，為人處世慎重小心。
例：～，戒驕戒躁。

【謙遜】 qiān xùn
謙虛；恭謹。例：我們越是取得成
績，越是應該～待人。

【虛懷若谷】 xū huái ruò gǔ
謙虛的胸懷就像山谷那樣寬廣，能包
容一切。例：老先生～，不會見怪
的。

【虛心】 xū xīn
不自以為是；不驕傲自滿。例：～使
人進步，驕傲使人落後。

【自謙】 zì qiān
自我謙虛。例：他說他講不好英語，
那是～。

【背信棄義】 bèi xìn qì yì
違背信用，失卻道義。程度比「言而
無信」重。貶義。例：～的行為，應
該受到鄙視。

【背約】 bèi yuē
違背共同的約定。含貶義。例：對於
這種～行為，我們決定訴諸法律，要
求對方賠償損失。

【出爾反爾】 chū ěr fǎn ěr
說了又反悔。形容言行反覆無常，前
後矛盾。貶義。例：該國政府～，已
經在國際社會失去了信譽。

【反覆無常】 fǎn fù wú cháng
一會兒這樣，一會兒又那樣，不循常
規。形容說話不算數。貶義。例：他
是個～的小人，還是不要和他打交道
為好。

【輕諾寡信】 qīng nuò guǎ xìn
隨便答應人，很少能守信用。例：這
個人～，千萬不要把他的話當真。

【失信】 shī xìn
失去信用。貶義。例：～於人｜決不
～。

【失約】 shī yuē
沒有履行約會。含貶義。例：真對不
起，昨天我不是有意～，請您原諒。

【食言】 shí yán
不履行諾言。貶義。例：你當時已經

答應了，怎麼可以～呢？

【爽約】 shuǎng yuē

爽：違背。失約。含貶義。例：沒有
車我跑也要跑去，第一次交往怎麼可
以～呢？

【言而無信】 yán ér wú xìn

說了話不算數；不守信用。貶義。
例：事實證明你們公司～，我們決定
中止合作。

【朝令夕改】 zhāo lìng xī gǎi

早晨發佈的命令晚上就改了。比喻反
覆無常，沒有一定的主張和辦法。貶
義。例：一個領導者總是～，叫下屬
怎麼執行呢？

【朝秦暮楚】 zhāo qín mù chǔ

朝：早晨。暮：晚上。戰國時，秦、
楚兩個大國經常作戰。諸侯小國為了
自身的安全，時而倒向秦國，時而
倒向楚國。比喻人沒有立場，不守信
用。貶義。例：你整天三心二意、
～，是做不好工作的。

【朝三暮四】 zhāo sān mù sì

《莊子・齊物論》上說：一個人拿橡
子喂猴子，對猴子說，早上給三個，
晚上給四個，猴子不高興。於是，他
又說，早上給四個，晚上給三個，猴
子就高興了。原指玩弄手法欺騙人，
後來比喻常常變卦，反覆無常。貶
義。例：這個人～，很沒有立場。

【暴戾】 bào lì

〈書〉極端殘暴兇惡。貶義程度比「強
暴」重。例：兇殘～的歹徒，犯下了
一樁樁令人髮指的罪行，多行不義必
自斃，他們終於被繩之以法了。

【暴烈】 bào liè

兇暴猛烈。多指性格暴躁，不一定有
兇惡的意思。例：性情～。

【惡】 è

兇惡；兇狠。貶義。例：～人先告
狀。

【惡狠狠】 è hěn hěn

形容非常兇狠。貶義。例：那個人～
地對他吼叫，嚇得他連話也說不出
來。

【飛揚跋扈】 fēi yáng bá hù

飛揚：放縱。跋扈：蠻橫。形容驕橫
放肆，不可一世。貶義。例：那個
～的毒梟被警方逮捕了｜他在學校裏
～，同學都不想與他親近。

【蠻橫】 mán hèng

態度粗暴、兇惡，不講道理。貶義。
例：～無理｜態度～。

【氣勢洶洶】 qì shì xiōng xiōng

樣子和勢頭兇猛。貶義。例：有話慢
慢說，不要～的。

【強橫】 qiáng hèng
強硬蠻橫。貶義。例：對於這種～不
講理的人，就要羣起而攻之，強制他
服理。

【窮兇極惡】 qióng xiōng jí è
形容極端兇惡。貶義。例：歹徒～，
持槍拒捕，最後被警方當場擊斃。

【如狼似虎】 rú láng sì hǔ
像虎狼那樣兇暴、殘忍。貶義。例：
這些黑社會分子橫行鄉里，～，連警
察也不放在眼裏。

【兇】 xiōng
惡；暴。貶義。例：你這麼～幹甚
麼｜他眼露～光，不像個好人。

【兇暴】 xiōng bào
兇狠；殘暴。貶義。例：歹徒再～，
最後也不得不束手就擒。

【兇殘】 xiōng cán
兇惡殘暴。貶義。例：～成性｜手段
～。

【兇惡】 xiōng è
人的性情、行為或相貌十分嚇人。貶
義。例：他的樣子十分～，令人懼
怕。

【兇橫】 xiōng hèng
態度兇惡蠻橫。貶義。例：滿臉～。

【兇狂】 xiōng kuáng
兇惡猖狂。貶義。例：不管敵人多麼
～，我們都要堅決徹底消滅他們。

【兇神惡煞】 xiōng shén è shà
非常兇惡的樣子。貶義。例：別看他
的樣子～，其實非常善良。

【兇相畢露】 xiōng xiàng bì lù
兇惡的面目完全顯露出來。貶義。
例：看到他～，全無平日彬彬有禮的
模樣，她嚇呆了！

【猙獰】 zhēng níng
形容樣子十分兇惡。貶義。例：面目
～。

【專橫跋扈】 zhuān hèng bá hù
專橫：專斷蠻橫。跋扈：霸道。蠻橫
暴戾，蠻不講理。貶義。例：他為人
～，大家都不願意和他交往。

狠毒 hěn dú

【暴虐】 bào nüè
兇惡殘酷，不人道。貶義。例：～行為｜～統治。

【殘暴】 cán bào
殘忍；暴虐。貶義。例：～不仁｜～成性。

【殘酷】 cán kù
殘忍；冷酷。貶義。例：～暴行。注意：也用來形容現實環境的不如人意。例：現實是如此～，他的病已經沒有甚麼希望了。

【殘忍】 cán rěn
狠毒。例：兇手手段十分～。

【慘無人道】 cǎn wú rén dào
殘暴得滅絕人性。形容極端狠毒殘暴。貶義。例：當年日軍侵佔南京時，虜掠淫殺，真是～。

【歹毒】 dǎi dú
〈方〉惡毒。貶義。例：這一手真～，讓我們措手不及。

【毒辣】 dú là
惡毒；殘忍。貶義。例：陰險～｜手段～。

【惡毒】 è dú
兇惡；毒辣。貶義。例：用～的語言攻擊他人是不應該的。

【狠毒】 hěn dú
兇狠；毒辣。貶義。例：手段～｜心腸～。

【狠心】 hěn xīn
心腸狠毒。含貶義。例：她居然～地拋棄了自己的親生女兒！

【刻毒】 kè dú
刻薄而狠毒。貶義。例：這個人講話～，一點兒也不厚道。

【口蜜腹劍】 kǒu mì fù jiàn
口中有蜜，肚中有劍。比喻嘴甜心毒，狡猾陰險。貶義。例：初涉社會，最重要的是防備那些～的偽君子。

【狼心狗肺】 láng xīn gǒu fèi
用來比喻心腸狠毒或忘恩負義。貶義。例：你這個～的東西，難道父母的恩情都不顧了嗎？

【狼子野心】 láng zǐ yě xīn
比喻兇暴的人用心惡毒，野性難改。貶義。例：既然～昭然若揭，他再狡辯也沒用了。

【滅絕人性】 miè jué rén xìng
極其殘暴，完全失去了人的理性。程度比「心狠手辣」重。貶義。例：這起殺人案的主犯真是～，手段極其兇殘。

【嗜殺成性】 shì shā chéng xìng
愛殺人成為習性。形容壞人的兇殘。
程度比「慘無人道」重。例：這個犯
罪集團～，先後殺害了十幾名無辜民
眾。

【險惡】 xiǎn è
兇險；惡毒。可用於人，也可用於環
境。用於人時含貶義。例：用心～｜
形勢～。

【笑裏藏刀】 xiào lǐ cáng dāo
比喻外表和氣而內心兇險狠毒。貶
義。例：他的社會經驗很豐富，這種
～的人也騙不了他。

【心狠手辣】 xīn hěn shǒu là
心腸兇狠，手段毒辣。貶義。例：敵
人～、罪行纍纍，我們絕不可以心慈
手軟。

【兇殘】 xiōng cán
兇狠而又殘暴。貶義。例：～成性｜
～的歹徒。

【兇狠】 xiōng hěn
兇惡而又狠毒。多用來形容性情、行
為。貶義程度比「兇殘」輕。例：心
腸～｜手段～。

【陰毒】 yīn dú
陰險；毒辣。貶義。例：那個人心腸
～，你要小心點兒。

【陰險】 yīn xiǎn
表面和善，暗地包藏禍心。比「陰
毒」更具隱蔽性。貶義。例：這一招
非常～，你一定要小心提防。

【陰鷙】 yīn zhì
〈書〉陰險而兇狠。貶義。例：～的
偽君子。

虛偽 xū wěi

【花言巧語】 huā yán qiǎo yǔ

花哨而好聽的話。形容虛偽。貶義。
例：別聽他～，其實他一點兒實事也
不辦。

【假仁假義】 jiǎ rén jiǎ yì

指偽裝的仁慈和義氣。貶義。例：你
別看他現在對你很好，其實全是～，
另有圖謀。

【假惺惺】 jiǎ xīng xīng

〈口〉假情假意的樣子。貶義。例：
看他一副～的樣子，心裏說不定懷着
甚麼鬼胎呢？

【口是心非】 kǒu shì xīn fēi

嘴上說的是一套，心裏想的又是一
套，心口不一致。貶義。例：對這種
～的人，最好不要太親近。

【弄虛作假】 nòng xū zuò jiǎ

指用虛假的一套來騙人。貶義。例：
靠～騙取的榮譽，不是光榮而是恥
辱。

【偽善】 wěi shàn

偽裝的善良。貶義。例：他這個人很
～，不容易被人識破的。

【虛假】 xū jiǎ

與實際不相符。形容人的品質時，含
虛偽義。例：你這話一聽就很～，沒
有人會相信。

【虛情假意】 xū qíng jiǎ yì

情意不真實；不實在。貶義。例：真
正的好朋友就應該實話實說，用不着
～。

【虛偽】 xū wěi

不真實；不實在。貶義。例：他這個
人很～，誰都不願意與他交往。

【言行不一】 yán xíng bù yī

說的和做的不一致。貶義。例：說過
的話就要兌現，怎麼能～呢？

【陽奉陰違】 yáng fèng yīn wéi

陽：指表面上。陰：指暗地裏。表面
遵從，暗地違背。貶義。例：對上司
～，可能得逞於一時，但遲早也會失
去信任。

【裝模作樣】 zhuāng mú zuò yàng

故意裝出樣子給人看。多用於貶義。
例：事情到底怎麼樣？快說吧，別～
賣關子了！

欺騙 qī piàn

【爾虞我詐】 ěr yú wǒ zhà

也說「爾詐我虞」。爾：你。虞、詐：欺騙。彼此之間互相欺騙。貶義。例：我們講的是誠信，～那一套是行不通的。

【拐騙】 guǎi piàn

通過欺騙把人或財物弄走。貶義。例：～兒童｜～婦女。

【哄騙】 hǒng piàn

用假話或花招騙人。貶義。例：你這番話～不了人。

【坑蒙拐騙】 kēng mēng guǎi piàn

〈口〉指用各種手段騙人。貶義。例：靠～是發不了財的。

【誆騙】 kuāng piàn

說謊話欺騙人。貶義。例：他是～你的，你千萬別聽他。

【蒙混】 méng hùn

用欺騙的手段掩蓋真相，使人相信。貶義。例：～過關。

【騙】 piàn

用謊話或詭計使人上當。貶義。例：後來的事實證明，他當時說的全是謊話，他～了大家。

【欺瞞】 qī mán

欺騙；蒙蔽。貶義。例：遇到事情自己要善於動腦分析，不要被別人～。

【欺騙】 qī piàn

用虛假的言語或行為來掩蓋事實真相，使人上當。貶義。例：他明明去看球了，卻～老師說生病了。

【欺上瞞下】 qī shàng mán xià

欺騙上級，瞞哄下屬。貶義。例：這種～的手段，早晚是要被識破的。

【欺詐】 qī zhà

奸詐騙人；欺壓敲詐。貶義。例：對於這種～行為，我們要趕快向警方求助。

【詐騙】 zhà piàn

訛詐騙取。貶義。例：～犯｜～錢財。

【招搖撞騙】 zhāo yáo zhuàng piàn

假借某種名義，到處欺詐蒙騙。貶義。例：這個犯罪團夥到處～。

庸俗 yōng sú

【鄙陋】 bǐ lòu
見識淺薄。例：～無知｜言談～。

【鄙俗】 bǐ sú
鄙陋；庸俗。例：這個人說話太～，人格肯定也不怎麼樣。

【粗鄙】 cū bǐ
粗俗；鄙陋。貶義程度比「粗俗」重。例：語言～｜此人太～。

【粗俗】 cū sú
粗野；庸俗。例：他是一個～的人，你不要跟他計較。

【俚俗】 lǐ sú
粗俗不雅。例：這篇文章寫得太過～。

【俗】 sú
庸俗；格調低下。多含貶義。例：這個人太～，身邊沒幾個朋友。表示大眾的，普通流行的意思時無貶義。例：～話｜通～。

【俗不可耐】 sú bù kě nài
庸俗得令人無法忍受。貶義程度比「俗氣」重。例：這種～的酒宴，我們還是不參加為好。

【俗氣】 sú·qi
粗俗，格調低；庸俗。例：這話說得太～｜他這身打扮太～。

【俗套】 sú tào
約定俗成讓人感到無聊的禮節。多含貶義。例：大家都是好朋友，這些～就免了吧！陳舊的格調。例：不落～。

【猥瑣】 wěi suǒ
外貌、舉止庸俗，不大方。貶義。例：他這副～的樣子，面試很難通過的。

【庸俗】 yōng sú
平庸、鄙俗；格調低下。貶義。例：你年紀輕輕的，哪兒學來這套～作風？

勇敢 yǒng gǎn

【赴湯蹈火】 fù tāng dǎo huǒ
赴：走向。湯：滾水。蹈：踩。比喻不畏艱險，勇往直前。比「無所畏懼」更具體、更形象。例：為了解救被困市民，消防員即使～，也在所不辭。

【敢】 gǎn
有勇氣；有膽量。例：～上刀山，～闖火海。

【敢打敢拼】 gǎn dǎ gǎn pīn
敢於冒着生命危險打硬仗。例：運動員應該像戰士一樣～。

【敢作敢為】 gǎn zuò gǎn wéi
敢於做事，無所顧忌。例：他這個人光明磊落，～。

【果敢】 guǒ gǎn
勇敢；果斷。例：我們若要成就大事，做事須～決斷，不要畏首畏尾。

【臨危不懼】 lín wēi bú jù
遇到危險不懼怕。例：消防員們～，迅速衝進了火海。

【臨危授命】 lín wēi shòu mìng
在危亡關頭勇於獻出生命。例：～，視死如歸。

【強悍】 qiáng hàn
強壯而勇猛。例：山民們非常～，也非常講信義。

【無所畏懼】 wú suǒ wèi jù
畏懼：害怕。沒有甚麼可害怕的。例：歷史學家應該是這樣的人：他～，清廉正直，獨立自主，坦白誠實，是非分明，不為一己的愛憎所左右。

【無畏】 wú wèi
沒有畏懼；不知害怕。例：英勇～｜大～的精神。

【驍勇】 xiāo yǒng
〈書〉勇猛。例：～善戰。

【英勇】 yīng yǒng
才智傑出而勇敢。例：～無畏｜～前進。

【勇】 yǒng
勇敢。例：你要冷靜考慮一下，怎麼可以逞匹夫之～呢？

【勇敢】 yǒng gǎn
不怕危險和困難。例：機智～｜這個學生很～。

【勇猛】 yǒng měng
勇敢；有衝勁。例：～異常｜～頑強。

【勇往直前】 yǒng wǎng zhí qián
勇敢地一直向前。例：～，義無反顧。

堅強 jiān qiáng

【勇武】 yǒng wǔ
英勇;威武。例:～有力|～過人。

【智勇雙全】 zhì yǒng shuāng quán
有智謀而又勇敢。例:爺爺年輕時
～,曾擔任過參謀長,並多次立下戰
功。

【百折不回】 bǎi zhé bù huí
折:挫折。受到任何挫折都不回頭。
例:有這種～的決心,你一定會取得
好成績的。

【百折不撓】 bǎi zhé bù náo
撓:彎曲;屈服。無論受到多少次挫
折都不退縮、不屈服。應用範圍比
「百折不回」略廣。例:面對命運的
不公,他～,終於獲得了成功。

【不屈不撓】 bù qū bù náo
撓:彎曲;屈服。不屈服。例:幾個
月來,爸爸和疾病進行了～的鬥爭,
終於完全康復了。

【毫不動搖】 háo bú dòng yáo
一絲一毫也不動搖。形容十分堅定。
例:堅持下去、～,一定會有成效的。

【毫不畏懼】 háo bú wèi jù
一絲一毫也不懼怕。例:他～地衝上
前去,與歹徒展開搏鬥。

【堅】 jiān
堅定;堅決。例:～守崗位。

【堅定】 jiān dìng
(立場、決心等)穩定堅強,不動
搖。例:立場～|態度～。

【堅定不移】 jiān dìng bù yí
移:改變;變動。形容毫不動搖。程
度比「堅定」重。例:他學畫的決心
～,我們應該支持他。

【堅決】 jiān jué
（態度、主張等）確定不移；不猶
豫。應用範圍比「堅定」小。例：態
度～｜口氣～。

【堅強】 jiān qiáng
強固有力；不可動搖或摧毀。例：～
如鋼｜意志～。

【堅忍】 jiān rěn
頑強堅持、不灰心。例：患病期間，
他～的精神，令醫護人員都為之感
動。

【堅韌】 jiān rèn
形容堅強不屈，有毅力。例：有這種
～不拔的精神，沒有不成功的道理。

【堅韌不拔】 jiān rèn bù bá
拔：移動；改變。形容意志堅強，不
可動搖。程度比「堅韌」重。例：登
山運動員必須具有～的意志。

【堅如磐石】 jiān rú pán shí
磐石：厚而大的石頭。堅定得像大石
頭一樣不可動搖。例：他的心已～，
你就不要再說了。

【堅毅】 jiān yì
堅強；有毅力。例：他～的面孔上，
浮現出自信的微笑｜這次突發事件，
表現了她～果敢的一面。

【堅貞】 jiān zhēn
節操堅定不變。例：～不屈。

【堅貞不屈】 jiān zhēn bù qū
貞：節操。屈：低頭。形容堅守節
操，不向惡勢力屈服。程度比「堅
貞」重。例：這齣電影裏，戰士們
～，奮戰到底，令人敬佩。

【堅貞不渝】 jiān zhēn bù yú
渝：改變；違背。形容堅守節操始終
不變。同「堅貞不屈」。例：～的愛
情。

【寧死不屈】 nìng sǐ bù qū
態度堅決，寧可犧牲生命也不屈服。
例：陸久之被日軍憲兵司令部抓獲，
被捕入獄，受盡日軍的折磨，但他
～。

【始終不渝】 shǐ zhōng bù yú
渝：改變；違背。從開始到最後從不
改變。形容堅決。例：這種～的志
向，鼓舞他攀登科學高峰。

【頑強】 wán qiáng
堅強；不動搖。例：他～地與病魔抗
爭了三年之久，最終戰勝了病魔。

【穩固】 wěn gù
穩定牢固；不動搖。例：地位～｜基
礎～。

【忠貞不渝】 zhōng zhēn bù yú
貞：節操。渝：改變；違背。忠誠堅
貞，永不改變。應用範圍比「堅貞不
渝」略廣。例：～的愛情｜～的情操。

代表詞

吝嗇 lìn sè

【斤斤計較】 jīn jīn jì jiào
形容一絲一毫也要計較。含吝嗇、不豁達義。例：沒甚麼大不了的，就不要和他～了。

【吝嗇】 lìn sè
小氣，應當用的財物不用。貶義。例：他平日裏省吃儉用，但為孩子讀書花錢一點兒也不～。

【吝惜】 lìn xī
過分愛惜，捨不得拿出財物、力氣等。但一般不含貶義。例：這個年輕人工作起來一點兒也不～力氣，特別賣力。

【慳吝】 qiān lìn
吝嗇。貶義。例：他是個～鬼。

【鐵公雞】 tiě gōng jī
〈口〉像鐵做的公雞，一根毛也拔不下來。比喻非常吝嗇。例：他是個～，一毛不拔。

【小氣】 xiǎo·qi
吝嗇。例：花錢～。注意：方言中也指心地狹隘。例：他這人～，你說話得小心點兒。

【一毛不拔】 yì máo bù bá
《孟子‧盡心上》說：「楊子取為我，拔一毛而利天下，不為也。」意思是說，楊子只為自己，拔一根汗毛而對天下有利的事都不肯做。比喻極其吝嗇自私。例：那是個～的人，怎麼會出贊助款呢？

【錙銖必較】 zī zhū bì jiào
錙：古代重量單位，一兩的四分之一。銖：一錙的六分之一。對錙和銖這樣微小的量也要計較，形容過分盤算。例：總共才多少東西，你何必跟他～呢？

大方 dà·fang

【大方】 dà·fang
(舉止)自然;不拘束。例:舉止
〜。注意:也指不計較、不吝嗇。
例:他花錢很〜。

【風度翩翩】 fēng dù piān piān
〈書〉形容舉止灑脫。例:從照片上
看,爺爺年輕時也是〜的。

【風流倜儻】 fēng liú tì tǎng
〈書〉灑脫;不拘束。多形容青年男
子。例:他不但工作能力強,人也
〜,許多女孩都把他當成心中的白
馬王子。

【落落大方】 luò luò dà fāng
落落:心胸坦率。形容人的舉止很自
然,既不拘謹,也不矯揉造作。比
「大大方方」更形象。例:整個宴會
上,他〜,博得了大家的好感。

【飄灑】 piāo sǎ
自然;不呆板。例:她周旋於宴會眾
人之中,一點兒也不慌亂,顯得〜自
如。注意:也指飄舞落下。例:雪花
〜。

【飄逸】 piāo yì
灑脫;不俗。多用來形容神態。例:
神采〜。注意:也指飄浮。例:白雲
〜,悠悠東去。

【灑脫】 sǎ tuō
自然大方;放得開;不拘束。例:他
性情〜,不拘小節。

【倜儻不羈】 tì tǎng bù jī
〈書〉倜儻:豪爽灑脫。不羈:不受
約束。豪爽灑脫,不受約束。程度比
「風流倜儻」重。多用來形容性情。
例:他〜的風度,讓許多女孩着迷。

【瀟灑】 xiāo sǎ
也作「蕭灑」。自然大方;有韻致;
不拘束。有時也指人活得自在。例:
風姿〜|舉止〜。

【雍容】 yong róng
文雅大方,從容不迫。多形容女性。
例:〜華貴|〜大度。

詼諧 huī xié

【風趣】 fēng qù
（語言或文章）幽默；生動；有趣味。例：他言談～，大家都願意和他在一起。

【滑稽】 huá jī
指語言、動作引人發笑。例：小丑的～表演，非常受觀眾歡迎。

【詼諧】 huī xié
說話、動作有趣，引人發笑。例：張老師講課～生動，上他課時，同學們都很專心。

【開玩笑】 kāi wán xiào
用言語或行動逗笑。例：和你～，千萬別當真。注意：也指對某事不認真、當兒戲。例：此事人命關天，可不是～啊！

【玩笑】 wán xiào
用言語或行動要笑取樂。含詼諧義。例：這可是很認真的事，你不能當成～。

【笑柄】 xiào bǐng
被人取笑的把柄。例：傳為～。

【笑話】 xiào·hua
能引人發笑的談話或故事；供人當作笑料的事情。例：我最喜歡聽爺爺講～。注意：也指恥笑、譏笑人。例：大膽開口，不要怕人～。

【笑談】 xiào tán
笑柄；能引人發笑的談話或故事；供人當作笑料的事情。例：你這話簡直是～，怎麼可能是真的呢？

【諧謔】 xié xuè
用開玩笑的言詞戲弄。例：他的～有些過分，弄得女孩子臉都紅了。

【噱頭】 xué tóu
逗人發笑的關鍵話或關鍵舉動。例，這段脫口秀表演缺少～，因此很乏味。

【幽默】 yōu mò
言談舉止有趣而意味深長。例：這個小品文很～。

冷漠 lěng mò

【閉門羹】 bì mén gēng
拒絕進門。含冷淡義。例：今天他去拜訪那位詩人，卻吃了～。

【冰冷】 bīng lěng
像冰一樣冷。比喻非常冷淡。例：態度～｜～的眼神。

【不予理睬】 bù yǔ lǐ cǎi
不加理睬。例：對於這種無中生有的誹謗，最好的辦法就是～。

【怠慢】 dài màn
冷淡；不熱情。例：明天是家長日，希望每班的學生招待員都熱情些，不要～了家長。

【淡薄】 dàn bó
（感情、興趣等）不濃；冷淡。例：隨着年齡的增長，他對寫作的興趣越來越～了。注意：也指漸漸忘卻。例：時間過去了二十年，我對故人的記憶漸漸～了。

【淡漠】 dàn mò
冷淡；缺少熱情。程度比「冷漠」輕。貶義。例：他只用～的眼神掃了一眼，連話也沒有說。

【淡然】 dàn rán
〈書〉漠然；淡漠。例：～處之｜～一笑。

【非禮】 fēi lǐ
不禮貌；不合禮節。例：～舉動。

【冷】 lěng
不熱情；不温和。例：你這樣給人～臉，太不講情面了吧？

【冷冰冰】 lěng bīng bīng
（態度或語言）極冷淡，不熱情，不温和。例：他那～的話語引起了顧客的不滿。

【冷場】 lěng chǎng
戲劇曲藝表演時演員遲到或忘詞造成的場面。也指開會時無人發言的場面。例：小組會上沒有一個人發言，對這樣的～，小組長非常着急。

【冷淡】 lěng dàn
不熱情；不關心。程度比「冰冷」和「冷冰冰」輕。例：他對這件事態度～，我們不要去求他了。

【冷漠】 lěng mò
冷淡；不關心。多用於貶義。例：這個人缺少同情心，對人很～。

【冷若冰霜】 lěng ruò bīng shuāng
像冰霜一樣冷冰冰的。比喻待人極冷淡；也比喻態度嚴厲，不好接近。程度遠比「冷淡」重。例：見對方～，我們只好告辭了。

【冷言冷語】 lěng yán lěng yǔ
含有譏諷意味的冷冰冰的話。例：對方的～，讓他話沒說完就拂袖而去。

【冷眼】 lěng yǎn
冷淡的眼光。例：～相待。注意：也指觀察事物時的冷靜或冷淡的態度。例：～旁觀。

【冷遇】 lěng yù
冷淡的待遇。例：遭到～。

【漠不關心】 mò bù guān xīn
形容對人對事冷淡，一點兒也不關心。例：這種家長真是少見，對自己孩子的學習居然～。

【漠然】 mò rán
不關心、不在意的樣子。例：～置之｜態度～。

【漠然視之】 mò rán shì zhī
一點兒也不關心；態度冷淡地對待。例：升中派位關乎兒女將來的發展，家長不能～。

【輕慢】 qīng màn
對人傲慢，不尊重。例：他如此～人，誰還願意與他共事？

【失禮】 shī lǐ
違背禮節。含不熱心、不熱情義。例：長輩進來了，他連頭都不抬，太～了。

【無動於衷】 wú dòng yú zhōng
內心毫無觸動，對事情毫不在意。例：我說了半天，你怎麼～？

【無情】 wú qíng
沒有感情；對人冷淡。例：～無義｜現實～地擊碎了他的夢想。

【置之不理】 zhì zhī bù lǐ
放在一邊不加理睬。例：你對這個病再～，長久下去後果可就嚴重了。

魯莽 lǔ mǎng

【暴躁】 bào zào
粗暴；急躁。含貶義。例：他脾氣
～，這件事不能交給他去辦。

【操之過急】 cāo zhī guò jí
辦事過於急躁。例：現在你必須耐心
等待，若～，只會適得其反。

【粗暴】 cū bào
粗魯；暴躁。貶義。例：性情～｜態
度～。

【粗獷】 cū guǎng
粗魯而又豪放；不細膩。例：這首詩
風格～，給人一種清新之感｜新來的
校工留着一把鬍子，看起來十分～。

【粗魯】 cū lǔ
性格、行為等粗野魯莽；不文雅，沒
禮貌。含貶義。例：別看他說話～，
心地還是很善良的。

【粗俗】 cū sú
粗野俗氣。含貶義。例：這個節目語
言太～，只怕學生會學壞。

【粗野】 cū yě
舉止粗魯，沒有禮貌。貶義程度比
「粗魯」重。例：他這人太～，你是
讀書人，不要跟他一樣。

【愣頭愣腦】 lèng tóu lèng nǎo
形容魯莽、冒失的樣子。例：你這個
孩子，甚麼時候能改了這～的毛病？

【魯莽】 lǔ mǎng
言行冒失、輕率，欠考慮。略含貶
義。例：《三國演義》裏的張飛，性
格中有～的一面，但也有細心的一
面。

【莽撞】 mǎng zhuàng
魯莽；冒失。例：他這個人太～，想
也不想就動手做，結果把事情搞糟
了。

【冒昧】 mào mèi
言行冒失，不得體。常用作謙辭。
例：您這麼忙，我還來打擾，實在
～。

【貿然】 mào rán
輕率地；缺乏考慮地。例：～決定｜
～應允。

【冒失】 mào·shi
也說「冒冒失失」。魯莽；輕率。
例：你這個人，辦事怎麼這麼～？

【孟浪】 mèng làng
魯莽；冒失。例：這事辦得太～，請
多原諒。

【輕舉妄動】 qīng jǔ wàng dòng
未經慎重考慮，輕率地盲目行動。
例：事關重大，切忌～。

【唐突】 táng tū
〈書〉冒犯；冒失。例：我來得太
～，還請您諒解。

守舊 shǒu jiù

【造次】 zào cì
〈書〉魯莽。例：這件事非同小可，你不可～。

【保守】 bǎo shǒu
保持原狀，不肯改革，跟不上形勢的發展。貶義。例：這個方案太～了，應該更大膽一些。

【抱殘守缺】 bào cán shǒu quē
思想保守陳舊，不肯接受新的東西。例：如此～，不思進取，企業如何跟得上時代的腳步呢？

【陳腐】 chén fǔ
陳舊腐朽。例：這種觀點～不堪，怎麼還有人信呢？

【固步自封】 gù bù zì fēng
也作「故步自封」。固步：原來的步伐。封：限制住。形容安於現狀，不求上進。貶義。例：即便有了一些成就，也不能～。

【墨守成規】 mò shǒu chéng guī
也說「墨守陳規」。墨守：戰國時的墨子善於守城，後稱善守者。成規：陳舊的規則。思想守舊，不求改進。貶義。例：他們不～，銳意進取，終於取得了不俗的成就。

【守舊】 shǒu jiù
固守舊有習慣，不肯改變。貶義。例：爺爺雖然年事已高，但他思想一點兒也不～，很能理解我們年輕人的想法。

頑固 wán gù

【因循慣例】 yīn xún guàn lì
沿襲着過去的做法。例：～，我們這次會議還是請校長先發言。

【因循守舊】 yīn xún shǒu jiù
沿襲着舊的一套，不加以改變。貶義。例：如果公司還是～，就無法擺脫當前的困局。

【迂腐】 yū fǔ
言行拘泥於陳舊的準則，不適應當前的社會和時代。貶義。例：～之見｜言談～。

【固執】 gù·zhi
形容性情態度古板執着，不肯變通。例：他的脾氣很～。

【拘泥】 jū nì
固執，不知變通。略含貶義。例：你不能總是～於過去的做法，應該變通一下嘛。

【死不改悔】 sǐ bù gǎi huǐ
到死也不知改悔。比喻非常頑固。貶義。例：他這個人頑固得很，認準一個理就～，根本不聽取別人的意見。

【死心塌地】 sǐ xīn tā dì
固執己見，決不改變。貶義。例：他打定主意～走這條路，決不回頭。

【死心眼兒】 sǐ xīn yǎnr
〈口〉固執；想不開。例：這種～的人，你怎麼說他也不開竅。

【頑固】 wán gù
思想保守，不肯接受新鮮事物。貶義。例：那個老師的態度非常～。

【頑固不化】 wán gù bú huà
愚昧保守，固執而不知變通。也指堅持錯誤立場，不肯改悔。貶義程度比「頑固」重。例：他是個～的人，別跟他多唇舌。

死板 sǐ bǎn

【愚頑】 yú wán

愚昧而又頑固。貶義。例：～無知｜生性～。

【執迷不悟】 zhí mí bú wù

堅持錯誤而不醒悟。貶義。例：如果你再堅持錯誤，～，後悔就來不及了。

【執意】 zhí yì

固執地堅持自己的意見。例：如果你～要去災區當義工，就要好好照顧自己，免得父母操心。

【執著】 zhí zhuó

也作「執着」。佛教指對某一事物堅持不放，不能超脫。後泛指堅持不懈或固執、拘泥。例：他幾十年來～於繪畫，現在終於取得了驕人的成績。

【至死不悟】 zhì sǐ bú wù

到死都不醒悟。形容極其頑固。貶義程度比「執迷不悟」重。例：他～，還認為是冤枉了他呢！

【呆板】 dāi bǎn

死板；不靈活。例：他這個人太～，這種事怕應付不了。

【呆滯】 dāi zhì

不靈活。例：目光～｜表情～。

【固執】 gù·zhi

形容性情態度古板執着，不肯變通。例：大家把意見都說了，你若再～下去，後果只能由你自己負責。

【固執己見】 gù zhí jǐ jiàn

頑固地堅持自己的見解，聽不進別人意見。例：家人說的都是為你好，你不要再～了。

【機械】 jī xiè

比喻死板、不知變通。例：我們不能～地照搬別人的辦法，應該自己創出一條路來。注意：也指各種機器設備的總稱。例：農業～化。

【僵化】 jiāng huà

變得僵硬。比喻停滯不前。例：他思想如此～，怎麼適應新形勢呢？

【僵硬】 jiāng yìng

呆板；不靈活。例：方法～｜態度～。

【教條】 jiào tiáo

死板。形容只知根據條文辦事，而不知按實際情況的變化而變化。例：堅

持原則不等於死守～，要根據實際情況靈活處理。

【拘泥】 jū nì
固執；不知變通。略含貶義。例：你們別太～於禮節，可以隨便一點兒。

【拘執】 jū zhí
〈書〉拘泥。略含貶義。例：情況變了，辦法也要變，不要過於～。

【刻板】 kè bǎn
呆板而沒有變化。例：爸爸為人～，與他交往的人不多，但都是一些正派人。

【木訥】 mù nè
樸實遲鈍，不善言談。含死板義。例：他這個人很～，不適合去市場部，還是換個部門吧。

【生硬】 shēng yìng
不柔和；不溫順。含死板義。例：態度～｜語氣～。

【食古不化】 shí gǔ bú huà
化：消化；理解。指學了古代知識而不能真正理解和靈活運用。例：我們學習古代文化，目的在於古為今用，千萬不能～。

【死板】 sǐ bǎn
做事呆板；不靈活。例：他辦事太～，不懂得根據實際情況而變通。

【循規蹈矩】 xún guī dǎo jǔ
原指遵守規矩，不輕舉妄動。現多形容一舉一動拘守舊規，不敢稍有變動。例：爸爸一輩子～，是個老實巴交的人。

【一成不變】 yì chéng bú biàn
一點兒也沒有變化。例：任何事情都不是～的，你可以靈活處理啊！

温和 wēn hé

【藹然】 ǎi rán
〈書〉和氣、和善的樣子。例：～可親｜滿臉～的笑意。

【慈和】 cí hé
慈祥；和善。多形容老年人。例：電話中傳來媽媽～的聲音，她禁不住流下淚來。

【慈眉善目】 cí méi shàn mù
慈愛、和善的樣子。例：廟宇裏～的佛像，笑迎着每一位遊人。

【慈善】 cí shàn
慈祥；善良。形容人，也可形容事物。例：他心地～｜募捐活動是一種有益於社會的～活動。

【慈祥】 cí xiáng
和善；安詳。多形容老年人。例：～的面容｜～的老人。

【和藹】 hé ǎi
態度溫和；平易可親。例：服務員態度～｜老師總是那樣～可親。

【和緩】 hé huǎn
態度平緩和氣。多用來形容說話的語速和態度。例：他說話從來都是那麼～，即便是生氣的時候也一樣。注意：也指氣氛的緩和。例：氣氛～了。

【和氣】 hé·qi
也說「和和氣氣」。態度溫和；平易可親。例：～生財｜你說話～點兒不好嗎？

【和善】 hé shàn
善良；和藹。例：他是一位～的人，不被氣急是不會發這麼大火的。

【和顏悅色】 hé yán yuè sè
溫和、愉悅的神情。例：老師～地聽他講述事情的經過。

【平和】 píng hé
平易；溫和。例：張校長待人～，師生們都願意與他接近。

【平易近人】 píng yì jìn rén
態度謙遜溫和，使人容易接近。例：領袖～的作風給人民留下了深刻的印象。

【謙和】 qiān hé
謙遜；溫和。例：為人～｜態度～。

【溫和】 wēn hé
（態度、言語等）不嚴厲，不粗暴，平和可親。例：張老師是一個性情～的人，他從沒訓斥過我們。

【溫柔】 wēn róu
溫和柔順。多用來形容女性。例：我們的英語老師是個年輕女教師，講話特別～，大家都非常願意聽她講課。

圓滑 yuán huá

【温順】 wēn shùn
温和順從。多指性格。例：小花是一個～的女孩子，她從來不惹媽媽生氣。

【温文爾雅】 wēn wén ěr yǎ
態度温和，舉止文雅。例：他的舉止～，一看就是一位很有修養的人。

【温馴】 wēn xùn
温和馴服。多用來形容動物。例：他養的這條狗很～，從不咬人。

【心平氣和】 xīn píng qì hé
心裏平靜，態度温和，不急躁。例：只要坐下來～地談，甚麼問題都不難解決。

【八面玲瓏】 bā miàn líng lóng
玲瓏：明澈的樣子。原指窗戶寬敞明亮。後形容為人處事手腕圓滑，誰也不得罪。貶義。例：那個人～，你這種性格學不來的。

【滑頭】 huá tóu
油滑不老實的人。貶義。例：他是個老～，你不要輕易相信他。

【奸】 jiān
〈口〉奸詐自私，善於投機取巧。貶義。例：他這個人太～，總拿別人當傻瓜。

【看風使舵】 kàn fēng shǐ duò
也說「見風使舵」。比喻相機行事，圓滑應變。貶義。例：經商當然要～，否則怎麼能適應市場瞬息萬變的形勢呢？

【老油子】 lǎo yóu·zi
〈方〉處世經驗多而油滑的人。貶義。例：他是個～了，跟他談生意，一定要謹慎。

【老於世故】 lǎo yú shì gù
老：老練。形容富於圓滑的處世經驗。略含貶義。例：這個受害人～，怎麼會被人騙了？

【兩面派】 liǎng miàn pài
指耍兩面手法的人。例：這種耍～的人，最終在哪面都站不住腳。

貪婪 tān lán

【世故】 shì gù
為人處事圓滑，不得罪人。略含貶義。例：這個人老於～，誰也不得罪。

【油滑】 yóu huá
圓滑；世故。貶義。例：小小年紀，如此～，你是從哪兒學來的？

【油腔滑調】 yóu qiāng huá diào
形容人說話輕浮、油滑、不實在。貶義。例：一個好的推銷員，靠的不是～，而是誠懇待客。

【油嘴滑舌】 yóu zuǐ huá shé
形容人說話油滑。例：他這個人～的，根本不可信。

【圓滑】 yuán huá
處事敷衍，不負責任，各方都不得罪，應付得很周到。貶義。例：他有多年公關經驗，處事非常～。

【左右逢源】 zuǒ yòu féng yuán
逢：遇到。源：水源。比喻辦事圓滑，兩頭討好。例：他做事很有手段，能夠～。注意：也比喻做事處處得到幫助，非常順利。例：這兩年他～，生意越做越好。

【盜用】 dào yòng
非法偷偷使用（公家或他人的名義、財務等）。貶義。例：這部書～了我們出版社的名義。

【得寸進尺】 dé cùn jìn chǐ
得到一寸還想得到一尺。比喻貪得無厭。貶義。例：公司對你不錯呀，你怎麼能～，提出這樣無理的要求？

【得隴望蜀】 dé lǒng wàng shǔ
東漢光武帝劉秀下命令給岑彭，叫他平定隴地以後領兵南下，攻取西蜀。用來比喻貪得無厭。含貶義。例：日本侵略者佔領中國東北後，～，又大舉向華北進犯。

【賄賂】 huì lù
用財物買通手中握有權力的人，有所請託。貶義。例：～官員。注意：用作名詞時指用來買通別人或接受別人買通的財物。例：收受～。

【鯨吞】 jīng tūn
像鯨魚一樣地大口吞食，多用來比喻吞併土地。例：蠶食～｜他職務不高，但掌握實權，經檢察機關調查，他三年時間內竟～公款上千萬元。

【據為己有】 jù wéi jǐ yǒu
非法佔有（公家或別人的東西）。貶義。例：你把公家的東西～，難道一點兒也不臉紅嗎？

【剋扣】 kè kòu
私自扣減應發的財物並據為己有。程度比「吞沒」輕。例：～救災物資。

【利令智昏】 lì lìng zhì hūn
貪圖私利使頭腦發昏，喪失理智。貶義。例：他～，瘋狂斂財，最終落得個身敗名裂的下場。

【利慾熏心】 lì yù xūn xīn
私利和慾望迷住了心竅。貶義。例：身為主管，～，為求升職，竟不惜手段中傷及陷害同事。

【買通】 mǎi tōng
用財物收買人以達到自己的目的。比「行賄」更直接。例：～關卡。

【侵蝕】 qīn shí
逐漸損害或一點點地侵佔。多用於貶義。例：～公共財產。注意：也指侵入、腐蝕。例：病毒～了他健康的肌體。

【侵吞】 qīn tūn
非法侵佔（公家或別人的財物）。貶義。例：他因～救災款項而被逮捕。

【侵佔】 qīn zhàn
非法佔有（國家、集體或別人的財物）。貶義。例：～公物。注意：也表示侵略佔領別國的領土。例：～鄰國土地。

【受賄】 shòu huì
接受賄賂。貶義。例：貪污～。

【貪】 tān
不知滿足地追求；求多。多用於貶義。例：你見好就收吧，別太～了！

【貪得無厭】 tān dé wú yàn
貪心沒有滿足的時候。貶義。例：他～，索賄受賄，最終被判終身監禁。

【貪賄】 tān huì
貪污受賄。貶義。例：～無厭。

【貪婪】 tān lán
貪得無厭，不知滿足。多用於貶義。例：那個貪官太～了，侵吞公款上千萬元。

【貪圖】 tān tú
極力追求，圖謀得到。貶義。例：～享受｜～錢財。

【貪污】 tān wū
利用職務之便，非法佔有財物。貶義。例：～公款｜～腐化。

【貪心】 tān xīn
貪得的慾望。貶義。例：～不足｜～的財主。

【貪贓】 tān zāng
指（官員）收受賄賂。貶義。例：～枉法｜～受賄。

【貪贓枉法】 tān zāng wǎng fǎ
貪財受賄，破壞法令。貶義。例：對
一切～的官員，法律是絕不容情的。

【貪贓舞弊】 tān zāng wǔ bì
接受非法的財物，以欺騙方式違法亂
紀。貶義。例：香港設立廉政公署，
目的是防止官員大肆～。

【吞沒】 tūn mò
把公共的或別人的財物暗中據為己
有。例：～巨款。注意：也指淹沒。
例：房屋被大水～了。

【惟利是圖】 wéi lì shì tú
只貪圖財利，別的甚麼都不顧。貶
義。例：經商也不能～，還要講究個
職業道德嘛！

【行賄】 xíng huì
用錢財賄賂收買別人。貶義。例：公
然～｜～也是一種犯罪。

【慾壑難填】 yù hè nán tián
慾望像深溝一樣很難填平。形容貪得
無厭，很難滿足。貶義。例：像這種
～的貪官，早就該抓起來了。

【中飽私囊】 zhōng bǎo sī náng
經手錢物的人從中將公家的錢物據為
己有。貶義。例：他們借職權之便，
～，最近被廉政公署起訴了。

【巴結】 bā·jie
趨炎附勢，極力逢迎。貶義。例：爸
爸是個正直的人，寧可自己吃虧，也
不肯去～人。

【卑躬屈膝】 bēi gōng qū xī
屈膝：下跪。例：英雄們面對敵人，
寧肯犧牲生命，也決不～地求人。

【諂媚】 chǎn mèi
用卑賤的態度討好人。貶義。例：她
最善於～上司，同事們都看不慣。

【諂諛】 chǎn yú
為了討好，故意用語言奉承人；諂媚
阿諛。貶義。例：上級面對～之言，
一定要保持清醒的頭腦。

【吹捧】 chuī pěng
吹噓捧場。貶義。例：無原則地～只
會害了他。

【摧眉折腰】 cuī méi zhé yāo
〈書〉摧：折。形容卑躬屈膝、阿諛
逢迎的樣子。含貶義。例：安能～事
權貴，使我不得開心顏。

【阿諛】 ē yú
阿諛：迎合別人的意思。故意用好話
奉承迎合別人的心理，以便討好於
人。貶義。例：～逢迎｜爸爸對那些
～的人非常反感。

【逢迎】 féng yíng

說話和做事故意迎合別人的心意。貶義。例：阿諛～｜～別人的人都有自己的用心。

【奉承】 fèng chéng

用好聽的話恭維人，向人討好。貶義。例：小心那些～的話，因為那背後都有不可告人的目的。

【恭維】 gōng wéi

也作「恭惟」。為討好而讚揚別人。「恭維」多用於書面語，「奉承」多用於口語。貶義。例：這種～與事實相去甚遠，實在令人作嘔。

【看風使舵】 kàn fēng shǐ duò

也說「見風使舵」。比喻相機行事，圓滑應變。貶義。例：他是個專會～的人，一點原則性都沒有。

【溜鬚】 liū xū

比喻諂媚逢迎，取悅於人。貶義。例：爺爺說他一輩子都不會～，是憑本事幹到今天這個位置的。

【溜鬚拍馬】 liū xū pāi mǎ

同「溜鬚」。例：這個人沒有甚麼本事，就會～。

【奴顏婢膝】 nú yán bì xī

奴：奴才。顏：臉相。婢：使女。膝：膝蓋。形容卑躬屈膝、諂媚奉承的樣子。貶義。例：叛徒在敵人面前一副～的醜態，實在令人噁心。

【拍馬屁】 pāi mǎ pì

也說「拍馬」。比喻奉承諂媚。貶義。例：那個人沒甚麼真本事，～倒真有一套。

【曲意逢迎】 qū yì féng yíng

違反自己的本心去迎合別人的意思。貶義。例：這種～，只會使你喪失自己的人格。

【取悅於人】 qǔ yuè yú rén

悅：高興、歡心。為一定目的故意討別人歡心。貶義。例：這文章一點自己的觀點都沒有，無非是媚俗而～。

【順風轉舵】 shùn fēng zhuǎn duò

也說「隨風轉舵」。比喻相機行事，順着情勢改變態度。貶義。例：他常～，很讓同事不齒。

【獻殷勤】 xiàn yīn qín

殷勤：熱情周到。為了討別人歡心而奉承、小心周到地侍候。貶義。例：你如此人前人後地～，就不怕人家批評你嗎？

【仰人鼻息】 yǎng rén bí xī

仰：依賴。鼻息：呼吸。比喻一切都依賴人，看人的臉色行事。貶義。例：我寧可辭職，也不會～，昧着良心做事。

聰明 cōng·míng

【聰慧】 cōng huì
〈書〉聰明；有才智。含義比「聰明」豐富。例：～過人｜愛因斯坦有一顆極為～的大腦，他的「相對論」沒有幾個人能看懂。

【聰敏】 cōng mǐn
聰明而靈敏。與「聰明」義近，但應用不如「聰明」廣泛。例：小花天資～，是班上傑出的學生。

【聰明】 cōng·míng
智商高，思維敏捷，記憶力和理解力強。例：這孩子真～｜這是一種～的選擇。

【聰穎】 cōng yǐng
〈書〉同「聰明」，但應用不如「聰明」廣泛。例：這孩子天資～，好好培養肯定有出息。

【鬼精鬼靈】 guǐ jīng guǐ líng
〈口〉形容人聰明伶俐，有計謀。常用來形容小孩兒。例：別看這孩子看上去憨頭憨腦，實際上卻～的。

【慧黠】 huì xiá
〈書〉指聰明而狡猾。含喜愛義。無貶義。例：這孩子生性～，還望老師多加調教。

【機靈】 jī·ling
（含褒義）機警靈敏。例：這孩子非常～｜梅花鹿是一種非常～的動物。

【機敏】 jī mǐn
機警敏敏。一般偏重於形容外在動作。例：～過人｜警察反應～，不待歹徒反撲，就已經把他們擒住了。

【機智】 jī zhì
指頭腦靈活，能夠隨機應變。一般偏重於形容內在智慧。例：小明非常～，他穩住了歹徒，還暗中報了警。

【精明】 jīng míng
精細聰明；警覺明察。例：～強幹｜他是一個～人，派他去辦這件事大家都很放心。

【靈活】 líng huó
敏捷、迅速；善於隨機應變，不死板。例：他頭腦～，善於調節同學之間的關係。

【伶俐】 líng lì
聰明，靈活。例：這個孩子非常～，學甚麼像甚麼。

【靈敏】 líng mǐn
頭腦反應快；不遲鈍。例：幸虧他反應～，不然躲閃不及會出事的。

【睿智】 ruì zhì
〈書〉英明有遠見。例：科學家用他們～的頭腦，為人類創造了無窮的財富。

愚蠢 yú chǔn

【穎慧】 yǐng huì
〈書〉聰明而有智慧（多指青少年）。
例：少年～，前途不可限量。

【穎悟】 yǐng wù
〈書〉聰明而有悟性（多指青少年）。
例：學圍棋光靠老師教不行，更重要
的是靠自己的～。

【智慧】 zhì huì
聰明才智。例：集中全班同學的～，
我們一定能把晚會辦得豐富多彩。

【足智多謀】 zú zhì duō móu
智謀多，善於料事用謀，有智慧。
例：他是一位～的教練，所以球員們
也會用腦子踢球了。

【白癡】 bái chī
笨蛋；傻瓜。多用於斥罵人。貶義。
例：你這個～，好事讓你辦砸了！注
意：「白癡」本指一種疾病，指患者
智力低下，動作反應遲鈍，語言不
清，甚至生活不能自理。也指患這種
病的人。例：他是一個～。

【笨】 bèn
不機靈；不聰明。貶義。例：你這個
人真～。

【笨蛋】 bèn dàn
〈口〉蠢人。多用於罵人。貶義。
例：真是個～，這麼點兒事都辦不
了！

【笨拙】 bèn zhuō
頭腦或動作不靈巧。多含貶義。例：
他這個人看似～，其實很聰明。

【癡呆】 chī dāi
弱智。例：～病人｜老年～症。注
意：也指呆滯、不靈活。例：他～地
盯着那扇門。

【遲鈍】 chí dùn
人的頭腦、思想反應慢，不靈敏。略
含貶義。例：別看他一副～的樣子，
心裏卻很有數。

【蠢】 chǔn
不聰明；不靈巧。貶義。例：你這個
～人，到底聽明白我的意思了嗎？

【蠢笨】 chǔn bèn
頭腦遲鈍；笨手笨腳。貶義。例：～如牛。

【蠢材】 chǔn cái
笨人；蠢人。多用於罵人。貶義。例：說了這麼多遍，他還記不住我的名字，真是一個～。

【蠢貨】 chǔn huò
蠢材；笨人。多用於罵人。例：你真是個～，這麼簡單的事都不會做。

【蠢頭蠢腦】 chǔn tóu chǔn nǎo
形容不聰明、蠢笨的樣子。貶義。例：他～的，在學校裏常常被人欺負。

【呆氣】 dāi·qi
指不機靈。含貶義。例：他這個人有些～，出門在外，你要多提醒他。

【呆傻】 dāi shǎ
又呆又傻。程度比「呆氣」重。例：他有個～兒子。

【呆子】 dāi·zi
呆傻的人。例：那是個～，你不要逗弄他。注意：也指人不機靈，死板。例：書～。

【二百五】 èr bǎi wǔ
〈口〉譏稱心中無數、不機靈、有點兒傻的人。貶義。例：他總把別人當～，所以沒有人願意與他交往。

【憨癡】 hān chī
〈書〉不聰明，反應慢，有點兒傻。含貶義。例：這孩子有點兒～，大家要多照顧他。

【憨頭憨腦】 hān tóu hān nǎo
不聰明的樣子。例：這店員～的，能妥善處理顧客的要求嗎？注意：也指憨厚。

【魯鈍】 lǔ dùn
〈書〉不敏銳；愚笨。略含貶義。例：他是個～的人，只能做些粗重工夫。

【冥頑】 míng wán
〈書〉愚昧頑鈍；不聰明；不開化。貶義。例：～不化｜～不靈。

【冥頑不靈】 míng wán bù líng
〈書〉冥頑：愚昧。靈：聰明。形容人愚昧，不聰明。貶義。例：他這個人～，讓他做甚麼才合適呢？

【傻瓜】 shǎ guā
傻子。用於罵人或開玩笑。例：你這個～，竟然把糖當做鹽來調味，真好笑！注意：有時也用於自嘲。例：我真是個～，這麼簡單的辦法也沒想到。

【傻呵呵】 shǎ hē hē
形容糊塗、愚蠢的樣子。例：看他～的樣子，智商肯定有問題。

庸人 yōng rén

【傻氣】 shǎ qì
形容愚蠢呆笨的樣子。含貶義。例：
你怎麼又冒～？

【傻頭傻腦】 shǎ tóu shǎ nǎo
形容頭腦糊塗、不明事理的樣子。略
含貶義。例：他～的，就知道吃。

【傻子】 shǎ·zi
弱智的人。例：對於～，我們要盡可
能照顧他，而不是歧視他。

【愚笨】 yú bèn
頭腦不靈敏，不聰明。貶義。例：這
個同學既有其～的一面，也有其憨厚
可愛的一面。

【愚蠢】 yú chǔn
頭腦不靈敏，不聰明。貶義。例：～
透頂｜這種做法太～。

【愚鈍】 yú dùn
頭腦糊塗；思想不敏銳；反應遲鈍。
貶義。例：天資～。

【愚人】 yú rén
愚昧而無知的人。貶義。例：這種～
很容易做出人意料的事來，你還是
少惹他為好。

【愚頑】 yú wán
愚昧而頑固。貶義。例：～的劫匪企
圖引爆身上的炸藥，與人質同歸於
盡，被警方的狙擊手一槍擊斃。

【草包】 cǎo bāo
比喻頭腦簡單無能的人。含貶義。
例：這個～，甚麼事都辦不好。

【飯桶】 fàn tǒng
比喻沒用的人。含貶義。例：這點小
事都做不好，真是個～！

【廢才】 fèi cái
〈口〉一無所用的人。含貶義。例：
他不求上進，終日沒有作為，是人們
眼中的～。

【廢人】 fèi rén
沒用的人。含貶義。例：那是個～，
你還指望他有甚麼成就？

【廢物】 fèi wù
一無所用的人。含貶義。例：他這人
純粹是個～。注意：也指沒用的東
西。例：～利用。

【酒囊飯袋】 jiǔ náng fàn dài
比喻只會吃喝的無能的人。含貶義。
例：他從小嬌生慣養，長大了也是個
～。

【膿包】 nóng bāo
比喻軟弱而無用的人。含貶義。例：
那是個～，別跟他一般見識。

【平庸之輩】 píng yōng zhī bèi
能力平常或低下的人。含貶義。例：
他那個公司裏全是些～，不倒閉才
怪。

【窩囊廢】 wō·nang fèi
〈方〉軟弱而無能的人。含貶義。
例：沒見過你這種～，別人罵你為
甚麼不出聲？

【庸才】 yōng cái
〈書〉指能力平常或低下的人。含貶
義。例：這種～，總是誇誇其談，真
沒有自知之明。

【庸人】 yōng rén
〈書〉指沒有能力、平平常常的人。
含貶義。例：公司裏不養～，個個都
是精兵強將。

【辯才】 biàn cái
論辯的才能。例：他是我們同年級裏
～最好的人，有他出任一辯肯定沒問
題。

【健談】 jiàn tán
善於言談，久說不倦。例：他是一位
～的人，說起話來滔滔不絕。

【侃侃而談】 kǎn kǎn ér tán
〈書〉侃侃：形容說話理直氣壯，從
容不迫。說話流暢，從容不迫的樣
子。例：交流會上，他～，詳細而風
趣地表達了自己的觀點。

【口齒伶俐】 kǒu chǐ líng lì
伶俐：靈活；乖巧。說話流暢靈活，
能說會道。例：這孩子～，逗得爺爺
奶奶開懷大笑。

【口若懸河】 kǒu ruò xuán hé
說話如河水傾瀉，滔滔不絕。形容能
言善辯。例：他講起話來～，滔滔不
絕。

【伶牙俐齒】 líng yá lì chǐ
口齒伶俐；能說會道。例：他一副
～，誰能辯得過他呢。

【能說會道】 néng shuō huì dào
善於言談，很會說話。例：她～，善
良熱情，與鄰里相處得不錯。

【能言善辯】 néng yán shàn biàn
善於辭令和辯駁。略含貶義。例：不
管你怎樣～，也無法推卸自己該負的
責任。

【巧舌如簧】 qiǎo shé rú huáng
簧：樂器裏薄葉狀的發聲振動體。形
容能說會道。貶義。例：不管騙子如
何～，只要你提高警惕，就不會上
當。

【滔滔不絕】 tāo tāo bù jué
滔滔：連續不斷。形容話多，連續不
斷。例：主人～，客人連一句話也插
不上，這不免讓客人產生了被冷落之
感。

【雄辯】 xióng biàn
強有力的、有說服力的辯駁。例：事
實勝於～。

【大謬不然】 dà miù bù rán
〈書〉謬：錯誤。指荒謬至極，大錯
特錯，完全不是這樣。貶義。例：這
種～的說法，是對事實的歪曲，我們
堅決反對。

【大逆不道】 dà nì bú dào
逆：叛逆。不道：不合正軌，不合道
德。指罪惡重大或違背常理、不循正
軌。貶義。例：那個人真是～，把自
己的母親趕出了家門。

【古怪】 gǔ guài
（性格、模樣、裝束等）與一般情況
不一樣，讓人覺得詭異、生疏。含貶
義。例：老人脾氣～，但心地善良。

【乖戾】 guāi lì
（性情或行為等）彆扭，不合情理。
貶義。例：他行為如此～，是不是精
神有問題啊？

【乖謬】 guāi miù
荒謬反常。貶義。例：行為～。

【乖僻】 guāi pì
怪癖；乖戾；與人合不來。貶義程度
比「古怪」重。例：他性格～，你不
要和他一般見識。

【乖張】 guāi zhāng
怪癖，不講情理。貶義程度比「乖
僻」重。例：行為～｜舉止～。

【怪誕】 guài dàn
荒唐；古怪離奇。例：這種～的畫法，叫人很難欣賞。

【怪譎】 guài jué
怪異荒誕。比「怪誕」多一層詭詐的感覺。例：這部電影的手法很～。

【怪癖】 guài pǐ
古怪的癖好。例：他有許多～，旁人都難以接受。

【怪僻】 guài pì
古怪孤僻。多指人的性格。例：～的脾氣｜性格～。

【荒誕】 huāng dàn
離奇，完全不真實，不合常理。例：～不經｜～無稽。

【荒誕不經】 huāng dàn bù jīng
十分荒唐離奇，不合情理。貶義。例：神話小說中常有～的故事。

【荒誕無稽】 huāng dàn wú jī
十分荒唐離奇，毫無根據。比「荒誕」更進一步。貶義。例：不要相信那些～的傳聞。

【荒謬】 huāng miù
毫無道理，極端錯誤。貶義。例：你考試成績不好，反而怪監考老師太嚴格，這太～了。

【荒謬絕倫】 huāng miù jué lún
荒唐錯誤，到了無可比擬的地步。貶義程度比「荒謬」更重。例：他們鼓吹的論調，簡直～。

【荒唐】 huāng táng
（思想、言行）錯誤，到了使人覺得不可思議的程度。貶義。例：你怎麼可以把老師的眼鏡藏起來呢？這太～了。

粗疏 cū shū

【粗疏】 cū shū
馬虎；不細心。例：由於一時～，他把答案給寫錯了。

【粗率】 cū shuài
不精確；不周密；不細心。例：這件事未經詳細調查，不能～地下結論。

【粗心】 cū xīn
疏忽；大意。例：他為人～，連功課也忘了交給老師。

【粗心大意】 cū xīn dà yì
做事不認真，馬馬虎虎。例：由於～，他把語文書給弄丟了。

【粗枝大葉】 cū zhī dà yè
比喻做事粗糙，不認真。例：你這樣～的畫法，表現不出人物的精神面貌。

【大大咧咧】 dà·da liē liē
〈口〉形容隨隨便便，滿不在乎。例：這種～的態度，怎麼能學好外語？

【大意】 dà·yi
疏忽；不注意。例：這件事也怪我自己太～，不然怎麼會被壞人有機可乘呢？

【忽略】 hū lüè
沒有注意到；疏忽。例：由於～了細節，整個晚會的效果不是太好。

【馬大哈】 mǎ dà hā
是「馬馬虎虎」、「大大咧咧」、「嘻嘻哈哈」的縮語，指粗心大意或粗心大意的人。例：這件事不能交給他去辦，他是個～。

【馬虎】 mǎ·hu
粗疏；不細心；草率；敷衍。例：這件事千萬～不得！

【漫不經心】 màn bù jīng xīn
漫：隨便。隨隨便便，不放在心上。例：你這樣～地做記錄，會漏掉很多細節｜他做事看似～，其實心細着呢！

【毛糙】 máo cào
指粗心；不細緻。例：這個人辦事太～，不能讓他去做。

【毛手毛腳】 máo shǒu máo jiǎo
做事粗心大意。例：這個人辦事～，不可靠。

【輕率】 qīng shuài
說話做事隨便；不慎重。含粗疏義。例：沒有調查就～地下斷言，是一種不負責任的態度｜你這樣的決定是不是太～了？

【失神】 shī shén
疏忽；精神不集中。例：做醫生一定要細心，稍一～就會鑄成大錯。

放肆 fàng sì

【疏忽】 shū·hu

粗心大意;忽略。例:一時～,他把對方的聯繫方式弄丟了 | 此事人命關天,不能有半點兒～。

【疏漏】 shū lòu

疏忽遺漏。例:案件中的每個細節都不能～。

【猖獗】 chāng jué

兇猛放肆,無所顧忌。含貶義。例:經過嚴厲打擊,～的走私活動已經收斂多了。

【猖狂】 chāng kuáng

狂妄放肆,無所顧忌。含貶義。例:犯罪集團再～,也逃不脫法律的制裁。

【放浪】 fàng làng

放縱;浪蕩。含貶義。例:～形骸 | 一個人在外邊,不能～自己,一定要潔身自好。

【放肆】 fàng sì

說話或做事大膽輕率,毫無顧忌。含貶義。例:在老師面前你竟說出這種話來,太～了!

【放縱】 fàng zòng

放任;縱容。含貶義。例:對孩子如此～,不是愛他,而是害他。

【公然】 gōng rán

毫無顧忌;明目張膽。多用於貶義。例:你這樣～反對學校的規定,有甚麼理由嗎?

【光天化日】 guāng tiān huà rì

比喻大庭廣眾、大家都看得很清楚的地方。例:歹徒在～之下行兇,被見義勇為的市民制伏了。

【毫不在意】 háo bú zài yì
一點兒也不放在心裏。例：對學校的警告他～，以至於走到今天的地步。

【明火執仗】 míng huǒ zhí zhàng
明火：點着火把。執仗：拿着武器。原指強盜公開搶劫。後用來形容公開做壞事，毫無顧忌。與「明目張膽」同義，但更放肆。含貶義。例：對於這種～的攔路搶劫行為，一定要嚴懲不貸。

【明目張膽】 míng mù zhāng dǎn
公開地、大膽地做壞事，毫無顧忌。含貶義。例：那些人～地在街上打人。

【肆無忌憚】 sì wú jì dàn
肆：放縱；任意。忌憚：顧忌；畏懼。表示任意胡作非為，毫無顧忌和畏懼。含貶義。例：他們如此～地侵吞公物，必然受到法律的嚴懲。

【為所欲為】 wéi suǒ yù wéi
想做甚麼就做甚麼。含貶義。例：他仗着手中的權力，～，最終被繩之以法了。

【我行我素】 wǒ xíng wǒ sù
不管別人怎麼說，自己還照自己平素的一套去做。例：他這個人從來都是～，不然也不會惹這麼大的禍。

【無所顧忌】 wú suǒ gù jì
沒有甚麼顧慮，不考慮甚麼影響。多用於貶義。例：他做起事來總是～，因此常產生不良影響。

【囂張】 xiāo zhāng
形容壞人做壞事無所顧忌；放肆。含貶義。例：那個歹徒被警察拘捕了，氣焰還十分～。

【有恃無恐】 yǒu shì wú kǒng
因為有倚仗而無所畏懼和顧忌。程度比「無所顧忌」重。含貶義。例：這個人仗着權勢，因此～，作惡多端。

蠻橫 mán hèng

【霸道】 bà dào

蠻橫不講理，任意妄為。貶義程度比「橫蠻」重。例：作風～｜橫行～。

【不可理喻】 bù kě lǐ yù

無法用道理使他明白。形容不開竅或蠻不講理。含貶義。例：這個人簡直～，跟他沒有話好說。

【飛揚跋扈】 fēi yáng bá hù

形容驕橫放肆，不受約束，目空一切。含貶義。例：這個人～，目中無人，其他同學都不喜歡他。

【豪橫】 háo hèng

強暴蠻橫。貶義程度比「蠻橫」重。例：他這人～霸道，一點理都不講。

【橫蠻】 hèng mán

蠻橫；粗暴；不講理。含貶義。例：作風～｜態度～。

【驕橫】 jiāo hèng

驕傲；專橫。含貶義。例：他狂妄～，最終成了孤家寡人，誰都不理他了。

【蠻不講理】 mán bù jiǎng lǐ

蠻橫不講道理。例：這種～的人，你別理他。

【蠻橫】 mán hèng

粗暴；強悍；不講理。含貶義。例：你再這樣～下去，我就報警了。

【潑辣】 pō là

兇悍；不好惹。例：她個性～，在班上是出了名的，千萬別惹她。注意：也指灑脫、有勇氣。例：作風～。

【強橫】 qiáng hèng

強硬蠻橫；不講道理。含貶義。例：～無理｜態度～。

【野蠻】 yě mán

粗野；蠻橫。含貶義。例：這種～的態度是不能容忍的。

【專橫】 zhuān hèng

專斷；蠻橫。含貶義。例：態度～｜作風～。

寬容 kuān róng

【包容】 bāo róng
寬容。例：有甚麼差錯，您還得多
～。

【姑息】 gū xī
不講原則地寬容。「包容」用於褒
義，而「姑息」則用於貶義。例：～
養奸｜～縱容｜絕不～。

【姑息養奸】 gū xī yǎng jiān
由於無原則地寬容而助長壞人壞事。
例：你這次輕饒了他，就等於～。

【既往不咎】 jì wǎng bú jiù
也作「不咎既往」。對過去的錯誤不
再追究。例：只要你痛改前非，我一
定～。

【開恩】 kāi ēn
給予寬恕或恩惠。例：您開～，饒過
他一回吧！

【寬大】 kuān dà
從寬處理犯錯誤或犯罪的人。例：希
望你能主動認錯，爭取～處理。注
意：也指待人寬容厚道。例：心懷
～。

【寬待】 kuān dài
寬容地對待。例：～俘虜。

【寬貸】 kuān dài
〈書〉寬大並饒恕。例：我們對那些
屢教不改的罪犯，決不～。

【寬讓】 kuān ràng
寬容謙讓。例：對孩子的小毛病總是
～，不及時指出，這對他們的成長是
沒有好處的。

【寬饒】 kuān ráo
寬容；饒恕。例：決不～。

【寬容】 kuān róng
寬大；有度量；不計較和追究。例：
聽了具體情況，爸爸還是～了他。

【寬恕】 kuān shù
〈書〉寬容饒恕。例：他一再解釋，
請求～。

【寬宥】 kuān yòu
〈書〉寬恕；饒恕。例：政府如此
～，我一定痛改前非。

【寬縱】 kuān zòng
寬容並放縱。例：這孩子膽子太大，
你可不能太～他。

【諒解】 liàng jiě
原諒理解。例：經過一番調查了
解，雙方達成了～。

【留情】 liú qíng
出於感情方面的原因而給予寬容。
例：手下～｜筆下～。

【輕饒】 qīng ráo
輕易地饒恕；寬容。例：他雖然犯的

是小錯，但嚴厲的爸爸是不會～他的。

【饒恕】 ráo shù

免予責罰，寬大處理。例：法律是公正無情的，不會輕易～罪犯。

【容情】 róng qíng

看情面加以寬容。例：對於那些膽敢以身試法者，我們決不～。

【容忍】 róng rěn

寬容忍耐。例：難以～｜無法～。

【赦免】 shè miǎn

依法律程序減輕或免除對罪犯的刑罰。例：～罪犯。

【恕】 shù

寬恕；原諒。例：～罪｜～不遠送。

【恕罪】 shù zuì

（請求）饒恕罪過。說是罪過，一般指小事。謙詞。例：都怪我才會弄成這樣，～，～。

【特赦】 tè shè

國家對某些有悔改表現的犯人寬大處理。例：政府～了一批罪犯。

【體諒】 tǐ liàng

設身處地為人着想，對某些不足予以諒解。例：他有他的難處，請你～。

【網開一面】 wǎng kāi yí miàn

把捕捉禽獸的網打開一面，留下逃生的出路。形容從寬處理罪犯，給以改過自新的機會。也形容放寬標準處理事務。例：老闆不計前嫌，～，讓他復職。

【養虎遺患】 yǎng hǔ yí huàn

也作「養虎貽患」。飼養老虎，留下禍患。比喻縱容敵人，留下禍患。程度比「姑息養奸」重。例：今天如果不嚴懲這個十惡不赦的罪犯，就等於～，對社會造成危害！

【養癰遺患】 yǎng yōng yí huàn

生了瘡不治療，給自己留下病害。比喻對（內部或屬下）壞人、壞事姑息寬容，結果自身受害。例：你當初～，今天知道後果了吧？

【原諒】 yuán liàng

容忍過錯，不加責備或懲罰。例：因為是初犯，老師～了他。

慎重 shèn zhòng

【謹】 jǐn
謹慎;小心。例:您的話我一定~記在心,時時警惕自己。

【謹慎】 jǐn shèn
小心;慎重。例:~從事|小心。

【謹小慎微】 jǐn xiǎo shèn wēi
原指說話、做事非常謹慎。現多指對一些事情太過於小心謹慎。例:小峰是一個~的人,這件事肯定不是他做的。

【謹嚴】 jǐn yán
謹慎嚴密。例:這份合同非常~,不會出問題的。

【謹言慎行】 jǐn yán shèn xíng
說話小心,行動謹慎。比「謹慎」更具體。例:你放輕鬆一點兒,不要太~。

【審慎】 shěn shèn
周密;慎重。例:事關重大,一定要~處理。

【慎】 shèn
謹慎小心。例:他不~把茶杯打破了。

【慎之又慎】 shèn zhī yòu shèn
小心了再加小心。程度比「慎重」重。例:此事關乎家族的安定團結,處理起來一定要~。

【慎重】 shèn zhòng
因重視而謹慎。例:此事關乎學校的聲譽,一定要~處理。

【小心】 xiǎo xīn
謹慎;留神;注意。例:~觸電|~翼翼。

【小心謹慎】 xiǎo xīn jǐn shèn
形容說話、做事非常慎重。例:不論做功課或將來工作,一定要~,避免犯錯。

【小心翼翼】 xiǎo xīn yì yì
小心謹慎,一點兒不敢疏忽的樣子。程度比「小心謹慎」重。例:警察正在~地拆除炸彈。

【嚴謹】 yán jǐn
嚴密;嚴肅;謹慎。例:他是一位治學~的學者。

【戰戰兢兢】 zhàn zhàn jīng jīng
形容怕得發抖或小心謹慎的樣子。例:醫生掌握病人生死大權,每次診症都很慎重,做手術時更是~,不犯半點差錯。

【斟酌】 zhēn zhuó
仔細考慮;推敲。含慎重義。例:他仔細~,才談了自己的看法。

【斟酌再三】 zhēn zhuó zài sān
反覆斟酌。程度比「斟酌」更重。例:爸爸~,最後還是讓我選讀香港大學法律系。

順服 shùn fú

【百依百順】 bǎi yī bǎi shùn
形容一切順從。例：爸爸是個大男子主義者，媽媽總是對他～。

【低眉順眼】 dī méi shùn yǎn
小心翼翼、恭恭敬敬地聽從吩咐，沒有半點反抗之意。例：看他在老闆面前～的樣子，大家都很瞧不起他。

【奉命唯謹】 fèng mìng wéi jǐn
奉命：恭敬地接受命令。唯謹：只有小心謹慎。形容小心翼翼，恭敬地接受命令。例：事關重大，我～，立即出發。

【服】 fú
〈口〉服從；信服。例：通過這件事，我是徹底～你了。

【服從】 fú cóng
指對某種意見、安排在行動上無條件地遵從並執行。含有接受支配的意味。例：～命令。

【服帖】 fú tiē
也說「服服帖帖」、「帖服」。馴服；順從。例：在馴獸師的調教下，小老虎徹底～了。

【伏帖】 fú tiē
順從；依靠。例：小狗剛抱來時還汪汪叫，沒兩天就～了。

【俯首帖耳】 fǔ shǒu tiē ěr
俯首：低着頭。帖耳：耷拉着耳朵。

形容卑躬屈膝、馴服聽命的樣子。例：小狗被他馴得～。

【和順】 hé shùn
溫和；順從。例：他這個人性情～，從未見他與人爭吵過。

【逆來順受】 nì lái shùn shòu
對外界來的壓力和無禮的待遇，採取順從、忍耐、委曲求全的態度。例：老闆如此對待我們，是違反法律的，我們決不能～，要起來維護自己的合法權益。

【順】 shùn
順從。例：歸～｜百依百～。

【順從】 shùn cóng
不違背；不反抗。即便有不同意見也是這樣。突出依順別人的想法，但不一定心悅誠服。例：上司講的話也要看他對不對，也不能一味～。

【順風轉舵】 shùn fēng zhuǎn duò
也說「隨風轉舵」。比喻相機行事，順着情勢改變態度。貶義。例：這個人～，一點立場也沒有。

【順服】 shùn fú
行動上順從，心裏頭服氣。例：他說的確實有道理，我當然～。

【順應】 shùn yìng
不違背；適應、合乎客觀要求。例：～大趨勢｜～時代潮流。

【隨】 suí

順從；跟隨。例：這件事就～你吧，我們沒意見。注意：也指隨意、任意。例：這件事～你怎麼說，反正我不在乎。

【隨波逐流】 suí bō zhú liú

跟着水流飄蕩。比喻沒有主見，只是跟着別人走。例：一個人要自強，要努力，不能～，不思進取。

【隨風倒】 suí fēng dǎo

哪邊風大就順着哪一邊。形容盲目依從或看風使舵。例：牆頭草，～。

【隨和】 suí·he

性格和氣而不固執己見。例：他性格～，但在原則問題上卻分毫不讓。

【隨聲附和】 suí shēng fù hè

別人怎麼說自己就怎麼說。形容沒有主見。例：對別人的意見，他總是～，一點主見也沒有。注意：也指為明哲保身而附和別人，不發表個人見解。例：他飽經世故，處事圓滑，凡事都～，誰也不得罪。

【聽從】 tīng cóng

指對某種意見、安排從心裏接受，在行動上服從。多用於較嚴肅的事。例：一切～安排。

【聽話】 tīng huà

聽從上級或長輩的話。例：這個孩子很～。

【惟命是從】 wéi mìng shì cóng

也說「惟命是聽」。命令做甚麼就做甚麼。形容絕對服從。例：我們辦事要有原則，就是對上司，也不能～。

【唯唯諾諾】 wéi wéi nuò nuò

諾諾：連聲應答。形容只是順從附和，不敢表達不同意見。例：這件事情該怎麼處理就怎麼處理，不應～，看上級臉色。

【言聽計從】 yán tīng jì cóng

每句話都被接受，每個主張都被採納。表示順從和依靠。例：爸爸對媽媽～，十分信任她。

【依】 yī

依從。例：這件事就～你了。注意：也指依靠、依仗。例：～勢欺人｜相～為命。

【依順】 yī shùn

順從。例：弟弟年紀小，愛撒嬌，姐姐凡事都～他。

【遵從】 zūn cóng

遵照並服從。含有尊重對方的意味。例：我一定～老師的教導。

專心 zhuān xīn

【出神】 chū shén
形容精神集中時有些發呆的樣子。
例：這故事太吸引人了，全班同學都
聽得～了。

【聚精會神】 jù jīng huì shén
形容精神集中。例：大家～地聽老師
講課。

【目不轉睛】 mù bù zhuǎn jīng
不轉眼珠地（看）。形容注意力集
中。例：他～地盯着月亮，生怕錯過
月全食的每一個細節。

【潛心】 qián xīn
專心而深入。例：～研究｜～治學。

【全神貫注】 quán shén guàn zhù
全部精神集中到一件事上。形容注意
力高度集中。例：他正在～地上網聊
天，不知道爸爸就站在身後。

【全心全意】 quán xīn quán yì
指一心一意，不夾雜其他念頭。例：
～地學習。

【入神】 rù shén
因對某事發生濃厚興趣而注意力高度
集中。例：小強走路也看書，有一次
看得～，竟撞在了燈柱上。

【悉心】 xī xīn
用盡全部心力。例：～照料｜～鑽
研。

【心無二用】 xīn wú èr yòng
指做事必須一心一意，不能又想這
個，又想那個。例：無論做甚麼事，
只有～才會收到好的成效。

【一心一意】 yì xīn yí yì
心思、意念專一，不想別的。例：每
天做完功課，他都～地學電腦。

【用心】 yòng xīn
專心；多用心力。例：～聽講｜～學
習。注意：也指所用的心思。例：別
有～｜這件事他～良苦，完全是為了
你好啊！

【專心】 zhuān xīn
集中注意力；集中精神。例：你這麼
不～，老師講的你能記住嗎？

【專心致志】 zhuān xīn zhì zhì
一心一意地做某事。例：上課～聽
講，課後複習起來就容易多了。

【專一】 zhuān yī
專心一意；不分心。例：他用情～，
對女朋友也很好。

【專注】 zhuān zhù
〈書〉專心注意。例：爸爸正在修電
腦，神情十分～。

敷衍 fū yǎn

【草率從事】 cǎo shuài cóng shì
做事粗疏。含貶義。例：對這個很嚴肅的問題，不能～。

【得過且過】 dé guò qiě guò
苟且地過日子，過一天算一天。含貶義。例：青少年時代～，不思進取，將來後悔也來不及。

【對付】 duì·fu
〈口〉應付。例：我們做任何事情都不要隨便～，而應該認真。

【敷衍】 fū·yǎn
做事不認真或待人不誠懇，表面應付。含貶義。例：你用這種～態度對待工作，肯定是過不了關的。

【敷衍了事】 fū yǎn liǎo shì
做事不認真，隨便應付一下就算完事。含貶義。例：做功課就要認真負責，決不能～。

【糊弄】 hù·nong
〈方〉將就；欺騙。含貶義。例：你這樣～只會害了你自己。

【混】 hùn
得過且過，不負責任。含貶義。例：你這樣～日子，有甚麼意義呢？

【塞責】 sè zé
對自己應負的責任敷衍了事。含貶義。例：老師最討厭敷衍～的學生。

【搪塞】 táng sè
敷衍塞責。含貶義。例：他這話顯然是～你，你怎麼還當真了呢？

【應付】 yìng fù
敷衍。含貶義。例：這個事情你去～一下就得了，沒必要讓我親自去。

【應付了事】 yìng fù liǎo shì
敷衍了事。含貶義。例：學習中任何～的做法和態度都是不允許的。

拖沓 tuō tà

【怠工】 dài gōng
故意不積極工作。含貶義。例：消極
～。

【吊兒郎當】 diào·er láng dāng
〈口〉形容衣貌不整，作風散漫。含
貶義。例：他整天～的，簡直不像個
學生。

【渙散】 huàn sàn
散漫；鬆懈。含貶義。例：紀律～。

【懶散】 lǎn sǎn
也說「懶懶散散」。懶惰散漫；不振
作。含貶義。例：這個人生活上太
～，總是忘東忘西的。

【磨蹭】 mó·ceng
動作遲緩。含貶義。例：時間快到
了，可別～了。

【散漫】 sǎn màn
不受紀律約束，隨隨便便。含貶義。
例：小明這個人很～，經常被老師訓
斥。

【鬆弛】 sōng chí
鬆散。例：開車時精神始終要高度集
中，一旦～，就容易出事故。

【鬆散】 sōng sǎn
鬆懈；散漫。例：紀律～｜結構～。

【鬆鬆垮垮】 sōng sōng kuǎ kuǎ
鬆弛散漫，一點也不緊張。程度比

「鬆弛」和「鬆散」重。含貶義。例：
一支紀律～的球隊，不可能有好的成
績。

【鬆懈】 sōng xiè
精神不集中，做事拖拉。含貶義。
例：雖然我隊的積分領先，但萬萬不
可～。

【拖拉】 tuō lā
也說「拖拖拉拉」。辦事效率低，不
及時完成。含貶義。例：這件事辦得
太～，要加快速度。

【拖泥帶水】 tuō ní dài shuǐ
形容作風拖沓，做事拖拉，不利落。
含貶義。例：這件事處理得～，留下
許多後遺症。

【拖沓】 tuō tà
做事拖拉；散漫而不緊張。含貶義。
例：他工作太～，被公司解僱了。

【拖延】 tuō yán
拖拉；遲延。例：這件事～至今還沒
有辦完，實在對不起。

【懈怠】 xiè dài
精神上鬆懈；行動上懶惰。含貶義。
例：爸爸對工作從不敢有半點～。

【自由散漫】 zì yóu sǎn màn
形容不受紀律約束，隨隨便便。含貶
義。例：一個紀律上～的人，學習成
績也不會好。

好 hǎo

【棒】 bàng
〈口〉能力強；水平高。例：那個同學球踢得太～了。

【高檔】 gāo dàng
好的；檔次高的。多用於商品，專指質量好、價格高的。例：～商品。

【高級】 gāo jí
超過一般的。含好義。例：～賓館｜～廚師｜～餐廳。

【好】 hǎo
與「壞」相對。優點多的；有利的；使人滿意的。例：～人｜～天氣｜～味道｜～消息｜～品質。注意：也可用作副詞，相當於「很」。例：～精彩｜～熱鬧。

【佳】 jiā
〈書〉好的；美的。例：最～操行獎｜雖然我只見過他一次，但印象尚～。

【良好】 liáng hǎo
好；令人滿意的。例：～的習慣｜～的風氣。

【美】 měi
好；令人滿意的。例：價廉物～。注意：多指美麗好看。例：～女｜良辰～景。

【美好】 měi hǎo
好。多指抽象事物。例：前景～｜生活～。

【美妙】 měi miào
美好；奇妙。例：～的音樂｜～的旋律。

【上乘】 shàng chéng
本是佛教用語，就是「大乘」。泛指事物質量好或水平高。例：質量～。

【上等】 shàng děng
等級高的；質量好的。例：～香米｜～羊毛。

【上好】 shàng hǎo
頂好的；最好的。例：～布料｜～的皮鞋。

【上品】 shàng pǐn
品級上乘。例：他出差回來，給爺爺買了一斤～好茶。

【上色】 shàng sè
上等、高級（的物品）。例：～好酒｜～煙葉。

【上上】 shàng shàng
最好。例：你說的這個辦法實在是個～策。注意：也指比前一時期更往前的。例：～個月。

【帥】 shuài
英俊；漂亮。多用來形容青年男子。例：那位新來的同學長得真～。

【優】 yōu
美好；優良。例：價廉質～｜空氣質量～等。

雅 yǎ

【優等】yōu děng
優良的等級。例：～生｜～大米。

【優點】yōu diǎn
優良的地方。例：他這個人有不少毛病，但～也很多。

【優良】yōu liáng
非常好。例：～作風｜環境～。

【優美】yōu měi
美好。例：曲調～｜風景～。

【優勝】yōu shèng
成績優異，勝過別人。例：在這次比賽中，我們班獲得～。

【優勢】yōu shì
能壓倒別人的有利的形勢。例：～明顯｜發揮～。

【優秀】yōu xiù
非常好。例：～青年歌手｜～作品。

【優異】yōu yì
特別好。程度比「優秀」重。例：成績～｜表現～。

【優越】yōu yuè
優良的，超過別人的地方。例：～條件。

【優質】yōu zhì
質量優良。例：～服務｜～布料。

【淡雅】dàn yǎ
顏色不濃烈，格調高雅。例：她穿了一條色彩～的裙子。

【典雅】diǎn yǎ
優美不粗俗。例：用詞～｜造型～｜佈置～。

【風雅】fēng yǎ
有風度；文雅。例：舉止～｜附庸～。

【古樸】gǔ pǔ
樸素無華而又古色古香。例：我們到坪洲遊覽，感受島上～的風貌。

【古色古香】gǔ sè gǔ xiāng
形容富於古雅的色彩或情趣。例：這隻花瓶～，不知道是甚麼年代的。

【古拙】gǔ zhuō
古樸少修飾，格調樸素雅致。例：他的書法獨具特色，給人一種～的美感。

【素】sù
指顏色單純，不豔麗。例：她穿着一身～裝，呈現一種淡雅的美。

【素淡】sù dàn
顏色素淨，不濃烈。例：整個房間是一種～的色調，非常適合老年人居住。

【素雅】 sù yǎ

顏色素淨，格調雅致。比「素淡」多一些雅趣。例：房間佈置得很～，讓人感覺很舒適。

【文雅】 wén yǎ

有禮貌；不粗俗。例：看他那～的舉止，一定是個有知識的人。

【嫻雅】 xián yǎ

也作「閒雅」。文雅，多用來形容女子。例：這個女孩子舉止～，一看就很有教養。

【雅】 yǎ

合乎規範而不俗氣，富於美感。例：房間雖小，這樣一佈置可就～了。

【雅觀】 yǎ guān

裝束、舉止、環境等文雅而耐看。例：～大方｜舉止～。

【雅致】 yǎ zhì

素淨的、不落俗套的美。例：這頂帽子很～。

【幽雅】 yōu yǎ

幽靜；雅致。多指環境。例：這地方有山有水，環境十分～。

十、行為‧態度

模仿 mó fǎng

【東施效顰】 dōng shī xiào pín

也說「效顰」。《莊子・天運》記載：美女西施病心，常皺着眉頭，按着心口。同村的醜女看見了，覺得很美，也學她的樣子，卻醜得嚇人。後人把這個醜女人叫做東施。比喻不顧具體條件，胡亂模仿，效果適得其反。貶義。例：有許多年輕人，本來一頭漂亮的黑髮，卻偏要染成黃色的。這種～的做法，實在大可不必。

【仿效】 fǎng xiào

模仿着（別人的式樣、方法）做。例：這款新車完全是我們自己設計、自己生產的，沒有～外國那些同類型的名車。

【仿照】 fǎng zhào

按照已有的方法或式樣去做。例：～辦理。

【臨摹】 lín mó

模仿（書畫等）。例：整個假期，他閉門不出，終日～古畫，這對他提高繪畫基本功大有益處。

【描摹】 miáo mó

照着原樣寫、畫。用於文學創作上，則是用語言文字表現人或事物的形象、情狀、特性等。例：他一直在～齊白石的畫，以期提高自己的技法｜這部小說裏的人物栩栩如生。

【模仿】 mó fǎng

也作「摹仿」。照現成的樣子學着做。例：她才三歲，可一起大人來，真可以說是惟妙惟肖。

【摹仿】 mó fǎng

同「模仿」。例：小孩總愛～大人的動作。

【模擬】 mó nǐ

也作「摹擬」。模仿。多用於書寫和繪畫方面。例：～考試｜～飛行。

【摹寫】 mó xiě

也作「模寫」。照着現有的樣子寫。例：小孩子練字要從～開始。

【取法】 qǔ fǎ

效法。例：這件瓷瓶所以能燒製得如此精美，完全是～於宋代官窯的工藝。

【如法炮製】 rú fǎ páo zhì

依照成法炮製藥劑。泛指照現成的方法辦事。例：那些奸商們又想～走私貨品，結果被海上緝私隊逮捕。

【上行下效】 shàng xíng xià xiào

上面的人怎樣行事，下面的人就學着怎樣做。多指不好的事。例：～，你愛喝酒，你兒子也成了酒徒。

【師法】 shī fǎ

〈書〉效法；指在學術或文藝上模仿、學習某個流派。例：～自然｜～古人。

【效法】 xiào fǎ

照着別人的方法去做。多指別人的長處。例：校長的處事和工作態度值得我們大家～。

【效仿】 xiào fǎng

仿效；效法。例：事實證明，這種辦法很好，很值得我們～。

【效尤】 xiào yóu

尤：錯誤。照着壞樣子去做。例：以做～。

【學習】 xué xí

從讀書、聽課、研究、實踐中獲得知識或技能。例：～文化｜～先進經驗。

【依樣葫蘆】 yī yàng hú·lu

照着葫蘆的樣子畫，比喻一味模仿，毫無創見。例：這個計劃沒有創新之處，完全是～。

【亦步亦趨】 yì bù yì qū

亦：也；同樣。步：緩行；慢走。趨：快走。《莊子·田子方》：「夫子步亦步，夫子趨亦趨。」老師慢走，學生跟着慢走；老師快走，學生跟着快走。比喻自己沒有主張，一味追隨別人。貶義。例：無論做甚麼都要有自己的主見，不能總是～跟在別人後面。

【鸚鵡學舌】 yīng wǔ xué shé

鸚鵡學人說話。常用來比喻毫無主見、人家怎麼說他也跟着怎麼說。貶義。例：他這篇言論純粹是～，沒有一點兒新意。

【照】 zhào

依照；按照；仿照。含仿效義。例：你就～他的方法做，很快就學會了。

【照貓畫虎】 zhào māo huà hǔ

照着貓畫老虎。比喻按照相似的去模仿。有時用作自謙。例：你這樣～是很難提高的，你應該獨創新路才行啊！

戲弄 xì nòng

【嘲弄】 cháo nòng
用言辭嘲笑戲弄。例：別人有缺點，應該幫助他，怎麼可以隨意～呢？

【逗弄】 dòu·nong
作弄；耍笑。多用於小孩子或動物。例：他養了一條小狗，經常～着玩。

【逗引】 dòu yǐn
招惹對方藉以取樂。例：孩子玩得好好的，你不要～他！

【耍弄】 shuǎ nòng
使手段玩弄人。例：他這樣出爾反爾，簡直就是～人嘛！

【耍笑】 shuǎ xiào
戲弄人以取樂。例：你這樣～一個弱智兒童，就不感到臉紅嗎？

【調侃】 tiáo kǎn
用詼諧幽默的語言戲弄、嘲笑。例：朋友在這麼多人面前～他，使他感到很尷尬。

【調弄】 tiáo nòng
調笑；戲弄。程度比「調侃」重。例：大家都是同學，你這樣～人，很不應該。

【戲弄】 xì nòng
耍笑捉弄，拿人開心。例：～身體殘疾的人，是極不道德的。

【戲耍】 xì shuǎ
戲弄耍笑。例：～別人，恰恰暴露了自己道德低下。

【戲謔】 xì xuè
用有趣的話開別人的玩笑。程度遠比「戲弄」和「戲耍」輕。例：那個同學就是貪玩，總是不分場合地隨便～別人。

【諧戲】 xié xì
〈書〉用詼諧的話開玩笑。例：善意的～，有利於活躍氣氛。

【揶揄】 yé yú
〈書〉耍笑；嘲弄。例：你這樣～他，他嘴上不說，心裏肯定很難過。

後悔 hòu huǐ

【懺悔】 chàn huǐ
認識到過去的錯誤或罪過而感到內心痛苦。例：他在老師面前淚流滿面，～自己的過錯。

【翻然悔悟】 fān rán huǐ wù
也作「幡然悔悟」。突然而徹底地醒悟並感到後悔。例：經過這一次變故，他已接受了沉痛的教訓，～，痛改前非了。

【放下屠刀，立地成佛】
fàng xià tú dāo，lì dì chéng fó
原為佛教徒勸人修行的話。後比喻作惡的人，只要決心改悔，就會變成好人。例：壞人是可以～的。

【改過自新】 gǎi guò zì xīn
改正過失或錯誤，重新開始。例：～，立功贖罪，是罪犯的惟一出路。

【改邪歸正】 gǎi xié guī zhèng
改正邪惡，重回正路。例：～，重新做人。

【悔改】 huǐ gǎi
認識錯誤並加以改正。例：因為有～表現，他重新獲得了大家的信任。

【悔過】 huǐ guò
承認並追悔自己的錯誤。程度比「悔改」輕。例：只要他～自新，大家仍會接受他。

【悔悟】 huǐ wù
認識到自己的過錯，悔恨而醒悟。程度比「悔改」輕。例：那次教訓使他幡然～，像換了一個人一樣。

【浪子回頭】 làng zǐ huí tóu
浪子：指浪蕩不務正業的青年人。不務正業的人改正錯誤，重回正路。例：～金不換。

【痛改前非】 tòng gǎi qián fēi
痛下決心改正以前的錯誤或罪過。例：只要你～，大家還把你當作朋友。

【痛悔】 tòng huǐ
深切地後悔。例：～萬分。

【洗手】 xǐ shǒu
比喻盜賊等改邪歸正，不再進行非法活動。例：經過父母苦口婆心的規勸，毒販決心～不再偷運毒品了。

【洗心革面】 xǐ xīn gé miàn
也說「革面洗心」。比喻徹底悔改。例：他出獄後～，不再做偷盜的事了。

【追悔】 zhuī huǐ
追溯過去，感到懊悔。例：～莫及｜～不已。

改正 gǎi zhèng

【訂正】 dìng zhèng
改正（文字方面的錯誤）。例：老師對他作文中用錯的字、詞都一一做了～。

【斧正】 fǔ zhèng
〈書〉請人家改文章的敬辭。例：寄上習作一篇，敬請老師～。

【改】 gǎi
修改；改正。例：知錯就～｜有錯誤不怕，～了就好嘛。注意：也指改變。例：這孩子一模樣了。

【改過】 gǎi guò
改正過失和錯誤。例：～自新｜給他一次～的機會吧。

【改進】 gǎi jìn
改變舊有情況，使進步或有所提高。例：～工藝流程｜工作效率還有待～。

【改良】 gǎi liáng
去掉事物的缺點，使之更加良好。例：～品種｜～環境。

【改善】 gǎi shàn
改變舊有的情況，使更完善。例：～生活｜學習環境亟待～。

【改邪歸正】 gǎi xié guī zhèng
改正邪惡，重回正路。例：他出獄後～，成了一個自食其力的人。

【改造】 gǎi zào
就原有的事物加以修改或變更，使之適應新的需要。例：～思想｜～荒山。

【改正】 gǎi zhèng
把錯誤的改為正確的。例：這道數學題我答錯了，要做～。

【更正】 gēng zhèng
改正（已經出現的錯誤）。多用於改正已發表的談話或文章中的錯誤。例：上一期的雜誌有一篇文章的署名錯了，這一期要～過來。

【矯正】 jiǎo zhèng
改正；糾正。例：～口吃｜～發音。

【校訂】 jiào dìng
對照可靠的材料改正書籍、文件中的錯誤。例：這部書請專家～過，不會有問題了。

【校對】 jiào duì
按照原稿核對，改正差錯。例：這份稿子請最後再～一遍，要確保沒有差錯。

【校改】 jiào gǎi
校對並改正差錯。例：稿子～過三遍，怎麼還有差錯？

【校正】 jiào zhèng
校對；改正（文稿中的錯別字等）。例：這種習慣性錯字必須及時～。

【教正】 jiào zhèng
〈書〉指教錯誤，以便改正。把自己作品送給人看時用的客套話。例：送上拙作，敬請～。

【糾偏】 jiū piān
糾正偏離的方向或差錯。例：～歸正。

【糾正】 jiū zhèng
改正。應用範圍很寬泛。例：～偏差｜～不良的讀書姿勢。

【匡正】 kuāng zhèng
〈書〉糾正；改正。例：～時弊｜～錯誤｜～偏差。

【潤色】 rùn sè
修飾文字，使文字生動，富有色彩。例：這篇文章還缺少文采，最好再～一下。

【潤飾】 rùn shì
修改文字，使合宜得體。例：這篇文章經過專家～，文字得體多了。

【刪改】 shān gǎi
刪掉並改正（文章或文件中某些不合適的地方）。例：～文章｜～有關條款。

【刪節】 shān jié
刪去文字中可有可無或次要的部分。例：這篇文章經過～，精練多了。

【刪略】 shān lüè
刪減；省略。例：這篇文章轉載時作了～，已大違作者本意。

【刪削】 shān xuē
削減刪改（文字）。例：編輯不能隨意～別人的文章。

【修訂】 xiū dìng
修改訂正（書籍、計劃等）。例：這本書是經～後重新出版的。

【修改】 xiū gǎi
改動；改正（文章、計劃、辦法等）。例：這篇稿子經數次～，可以定稿了。

【修正】 xiū zhèng
修改錯誤，使之正確。例：這個方案還有很多不足，希望大家提出意見以便～。

束縛 shù fù

【樊籬】 fán lí
〈書〉指籬笆。引申為束縛人們思想的東西。例：衝破舊思想的～。

【樊籠】 fán lóng
鳥籠；獸籠。比喻不自由的境地。例：逃出～。

【管束】 guǎn shù
（對人或事物）加以約束，使不越軌。含強制義。多用於老對小、上對下的約束。例：對孩子不要～得太嚴了，那樣不利於他個性的發展。

【管制】 guǎn zhì
強迫性管理。例：交通～｜噪音～｜貿易～。

【枷鎖】 jiā suǒ
本指古代套在犯人脖子上、拴在犯人腳踝上的兩種刑具，用來比喻束縛、壓迫。例：有些人覺得婚姻是一種～，所以選擇不結婚。

【拘管】 jū guǎn
（以強制手段）管束和限制。例：那幾個人涉嫌吸毒，已被警方～起來。

【拘謹】 jū jǐn
過分謹慎小心而顯得拘束、不自然。例：你不要太～，當做自己家一樣就好了。

【拘禮】 jū lǐ
拘泥於禮節。例：熟不～。

【拘束】 jū shù
過分約束自己或對別人的言行過分地限制。例：不要～孩子的日常活動。

【局限】 jú xiàn
限制在一定的範圍內。例：你讓他自己選想要讀的科目吧，不要～他。

【窠臼】 kē jiù
〈書〉指文章或藝術品所墨守的老格式、舊框框。例：不落～。

【控制】 kòng zhì
掌握住，使其不能任意活動或超出範圍。比「限制」略具靈活性。例：～情緒｜～規模｜～時間。

【框框】 kuàng·kuang
（事物）固有的格式；傳統的做法；事先劃定的範圍。例：大家集思廣益，隨便發表意見，不要受甚麼～的約束。

【清規戒律】 qīng guī jiè lǜ
本指僧尼或道士應遵循的戒律，後泛指束縛人們思想或行動的不合理的規章制度。例：他一向我行我素，從不管甚麼～。

【束縛】 shù fù
原指捆綁。比喻使受約束限制。例：～思想｜～自由。

停止 tíng zhǐ

【限定】 xiàn dìng
規定時間、空間或動作的範圍。例：老師～學生在午飯後都要看書｜這些商品標明期間～，只有這段時間才有，所以想要的話就要趕快買。

【限止】 xiàn zhǐ
限制；制止。程度比「限制」重。例：嚴格～。

【限制】 xiàn zhì
不許超出規定的範圍；約束。例：～名額｜～自由。注意：也指規定的範圍。例：這次招聘沒有年齡～。

【約定俗成】 yuē dìng sú chéng
指某種習慣、規矩是人們經過長期的實踐而認定或形成的。例：年齡大的人坐在正位，這只是一種～，並沒有甚麼硬性規定。

【約束】 yuē shù
限制；管束。例：制度是～那些不守紀律的人的。

【桎梏】 zhì gù
〈書〉原義為腳鐐和手銬。比喻束縛人或事物的東西。例：衝破～，大膽行動。

【制約】 zhì yuē
牽制；約束。例：相互～｜你應該獨立自主，不要總受他的～。

【罷手】 bà shǒu
住手；停止。例：看看實在沒有成功的希望，大家只好～。

【罷休】 bà xiū
停止做。例：不獲全勝，決不～。

【逗留】 dòu liú
短期的停留。例：這次老先生在香港～了差不多一個月，感覺良好，他回台灣後要專門寫一本書呢。

【遏止】 è zhǐ
用力阻止。例：洪流不可～｜心中的怒火不可～。

【甘休】 gān xiū
〈口〉甘心罷休。例：善罷～｜不爭回這口氣，他不會～的。

【擱淺】 gē qiǎn
本義指船隻進入水淺的地方而不能行駛。多用來比喻事情受阻，不能往下進行。例：因為雙方分歧太大，問題談到一半就～了。

【擱置】 gē zhì
停止進行；放在那兒暫且不管。例：經過幾次討論也沒有結果，只好把最棘手的問題先～起來。

【結束】 jié shù
事物發展到最後階段，不再繼續；完畢。例：他的演講～了。

【截止】 jié zhǐ

到一定時期停止。例：～日期｜參評作品到本月二十日～。

【停】 tíng

停止。例：～課｜～學｜～車｜～電。

【停頓】 tíng dùn

（事情）臨時停下，不繼續進行。例：因中途～，汽車比原定時間晚了一個小時才到。注意：也指說話時語音上的間歇。例：讀課文時，要注意～。

【停留】 tíng liú

留下來，暫時不繼續前進。例：因為在香港～了兩天，到北京時展覽會已經開幕了。

【停息】 tíng xī

停止。例：永不～。

【停歇】 tíng xiē

停止行動而休息。例：這種鳥可以不～地飛越大海，真是不可思議。

【停止】 tíng zhǐ

不再運動或不再進行。例：～演習｜～營業。

【停滯】 tíng zhì

因受阻而不能順利進行。例：老師常對我們說，要不斷追求知識才會有進步，否則只會～不前。

【息】 xī

停止。例：生命不～，奮鬥不止。

【洗手】 xǐ shǒu

比喻盜賊等改邪歸正，不再進行非法活動。例：金盆～。

【休止】 xiū zhǐ

停止。例：循環往復，永無～。

【暫停】 zàn tíng

暫時停止。例：會議～｜演出～。

【止】 zhǐ

停止。例：～步不前｜到此為～。

【止息】 zhǐ xī

停止。多指聲音。例：音樂～，大幕垂下，全場觀眾才戀戀不捨地離去。

【滯留】 zhì liú

停留不動。例：因雷雨天氣飛機不能起飛，旅客在機場已經～了一天一夜。

【制止】 zhì zhǐ

強迫停止。例：他想在黑板上亂畫，被老師～了。

【中輟】 zhōng chuò

（事情）中途停止進行。例：你只為眼前利益就～學業，將來會後悔的。

【中斷】 zhōng duàn
中途停止或斷絕。例：經過多次談判，兩國～了三年之久的外交關係得以恢復。

【終結】 zhōng jié
（事情）最後結束。例：會議～時，大家互相贈送了紀念品。

【終止】 zhōng zhǐ
結束；停止。例：大獎賽報名已經～了，你明年再來吧。

【中止】 zhōng zhǐ
中途停止，不再進行。例：按規定，甲方單方面～合同，是要賠償損失的。

【駐】 zhù
停留。例：～足觀望。

【住手】 zhù shǒu
停止做某事。例：如果你們再不～，我可要報警了。

【阻止】 zǔ zhǐ
使停止。例：對於孩子上網聊天，簡單～不是辦法，而應該加以正確引導。

【摧毀】 cuī huǐ
用強力徹底破壞。例：地震把城市～了。

【摧垮】 cuī kuǎ
用強力使之倒塌、崩潰。例：敵人的防線被～了。注意：也指人的身體、精神或上層建築等的崩潰。例：疾病沒有～他的意志，他仍在堅持工作。

【搗毀】 dǎo huǐ
砸壞；擊垮。例：～敵巢｜～房屋。

【焚毀】 fén huǐ
燒壞；燒掉。例：大火～了整個房子。

【毀】 huǐ
破壞；糟蹋。例：這幅畫因屋子漏雨而～了，太可惜了。

【毀掉】 huǐ diào
毀壞除掉。多是有意識的行為。例：戰爭中，許多有價值的文物被～，十分可惜。

【毀壞】 huǐ huài
用強力破壞。例：地震～了許多房屋，造成人命傷亡。

【毀滅】 huǐ miè
徹底地破壞；消滅。程度比「毀壞」、「毀傷」、「毀掉」都重。例：一些大國擁有核武器，足以～世界。

【毀棄】huǐ qì
毀壞並丟棄。例：歹徒～的東西，成了警方破案的線索。

【毀傷】huǐ shāng
破壞；傷害。程度比「毀壞」輕。例：他出了交通意外，全身～。

【毀損】huǐ sǔn
損傷；損壞。例：我們應該愛護學校的一草一木，決不～。

【破壞】pò huài
使事物受損害或使建築物等遭損壞。例：小剛自私的行為～了他與同學的關係。

【燒毀】shāo huǐ
焚燒毀壞。例：一場大火，～了整棟樓房。

【撕毀】sī huǐ
撕破毀掉。例：暴怒之下，他～了那張照片。

【損壞】sǔn huài
損害；破壞。例：不要～公物。

【銷毀】xiāo huǐ
毀掉或燒掉（物品）。例：歹徒企圖～證據，幸好警方及時趕到，將他逮捕。

【砸】zá
用沉重的東西對準物體撞擊；沉重的東西落在物體上。例：歹徒先是～了門，然後衝進去搶掠。

【砸毀】zá huǐ
用沉重的東西撞擊物體，使之毀壞。例：暴動發生，暴民把路旁商店的窗都～了。

【糟蹋】zāo·tà
浪費；損壞。含貶義。例：你這繪畫水平，簡直是～紙張。注意：也指侮辱、蹂躪。例：～婦女。

【炸毀】zhà huǐ
用炸藥或炸彈摧毀。例：～橋樑｜～碉堡。

挑選 tiāo xuǎn

【初選】 chū xuǎn
初步選擇，尚未定下來。例：～合格的歌手，將於下月參加第二輪選拔。

【大選】 dà xuǎn
指某些國家對國會議員或總統的定期選舉。例：～之年｜國會～。

【當選】 dāng xuǎn
選舉時被選上。例：他～為本場比賽的最佳球員。

【精選】 jīng xuǎn
精心細緻地選擇。例：這些展品都是從各國～來的。

【競選】 jìng xuǎn
候選人在選舉前爭取選民支持的活動。例：這位特首候選人發表～演說。

【抉擇】 jué zé
〈書〉選擇；挑選。用於重大事物或抽象事物。例：學生畢業後何去何從，應儘早～。

【遴選】 lín xuǎn
〈書〉謹慎選拔。例：團長從劇團中～出幾名演員參加義演。

【落選】 luò xuǎn
沒有被選取。例：在國際選拔賽上，我校選手～了。

【入選】 rù xuǎn
中選；被選取。例：這次～的人員中僅有三名香港學生。

【篩選】 shāi xuǎn
原指用篩子選取（種子等）。比喻在很多被選的事物中，通過淘汰進行挑選。例：～人才｜嚴格～。

【淘汰】 táo tài
去掉壞的，留下好的；去掉不適合的，留下適合的。例：這個品種已經被～了｜他因為發揮欠佳，首輪即遭～。

【挑】 tiāo
挑選。例：現在假貨很多，你得認真～一～啊！

【挑肥揀瘦】 tiāo féi jiǎn shòu
一味挑揀，選擇對自己有利的。含貶義。例：做事情不應～。

【挑揀】 tiāo jiǎn
過分挑選。貶義程度比「挑肥揀瘦」和「挑三揀四」輕。例：這麼好的蘋果，你還～甚麼啊？

【挑三揀四】 tiāo sān jiǎn sì
反覆挑選。含挑剔義。例：能有這樣的表演機會就不錯了，你怎麼還～的？

【挑選】 tiāo xuǎn
從中找出符合要求的。例：應聘的人很多，本公司正在逐一～。

【推舉】 tuī jǔ
推選；舉薦。例：教練組～他為主教練。

【推選】 tuī xuǎn
口頭推舉。例：大家～小剛去聯繫籌辦火晚會的事。

【選拔】 xuǎn bá
挑選。例：～人才｜～最好的馬匹。

【選調】 xuǎn diào
選拔調動。例：這是一項重點工程，必須～一批技術精英以保證質量。

【選舉】 xuǎn jǔ
用投票或舉手表決等方式選出。例：～權｜間接～。

【選錄】 xuǎn lù
選擇收錄（文章）。例：這本書～當代散文一百篇。注意：也指選擇錄音。例：這新音樂專輯～了他的現場表演片段。

【選派】 xuǎn pài
挑選符合條件的人派遣出去。例：學校～你們去參加比賽，希望你們不要辜負全體師生的期望。

【選取】 xuǎn qǔ
選擇採用。例：搞藝術攝影，～題材非常重要。

【選任】 xuǎn rèn
選拔任用。例：新學期一開始，張老師便被～為學校訓導主任，不再當我們的班主任了。

【選送】 xuǎn sòng
挑選推薦。例：～學員。

【選用】 xuǎn yòng
選擇使用或運用。例：這家餐廳～新鮮的食材，做出來的菜十分美味，難怪客似雲來。

【選育】 xuǎn yù
挑選培育。例：～良種｜～幼苗。

【選擇】 xuǎn zé
挑選。例：節日的商品琳琅滿目，供顧客～。

【擇】 zé
〈書〉選擇。例：～優錄用｜孟母～鄰。

【擇交】 zé jiāo
有選擇地交朋友。例：你初入社會，沒有經驗，～一定要慎重。

【擇優】 zé yōu
挑選優秀的。例：～錄取｜～發表。

開創 kāi chuàng

【創辦】 chuàng bàn
開始辦（包括辦的過程）。例：這所小學是老校長～的。

【創見】 chuàng jiàn
最新的、前人沒有過的新見解。例：你這種觀點是在史學界的一種～。

【創建】 chuàng jiàn
初次建立。例：～這個基金會，對扶助貧困大學生很有好處。

【創舉】 chuàng jǔ
前人沒有過的重要行動或做法。例：偉大的｜空前～。

【創立】 chuàng lì
初次建立。應用範圍比「創辦」寬。可以是具體的事業，也可以是政黨、國家或理論、學說等。例：～基業｜～名牌。

【創始】 chuàng shǐ
開始建立。應用範圍比「創辦」略小。例：他是新制度的～人之一。

【創新】 chuàng xīn
開創新的。例：～意識｜勇於～。

【創業】 chuàng yè
開創事業。例：～容易守業難。

【創意】 chuàng yì
創造的新意。例：～新穎｜他的這把兩用傘頗具～。

【創造】 chuàng zào
造出新的事物。例：～機會｜～記錄。注意：也指造出的新事物。例：發明～。

【發掘】 fā jué
把潛在的東西挖掘出來。含開創義。例：～人才｜～地下寶藏。

【發明】 fā míng
創造出從前沒有過的事物或方法。例：我們的祖先～了指南針、火藥、造紙術和印刷術。

【發起】 fā qǐ
倡議、發動（做某件事）。例：這次探險活動的～者是幾個大學生。

【發現】 fā xiàn
經過探索研究找出以前還沒有被認識的事物或規律。例：經絡的存在，是中國古代醫學的一大～。注意：也指發覺。例：一覺醒來，他～天正在下雨。

【發展】 fā zhǎn
事物由小到大、由簡到繁、由低級到高級的變化過程。例：這些年，城市～一直是香港市民關注的項目。

【建功立業】 jiàn gōng lì yè
建立功勳和事業。例：他長大後想當軍人，為祖國～。

更換 gēng huàn

【建立】 jiàn lì
同「創立」。但程度比「創立」輕。
例：～科技園｜～班規。

【建樹】 jiàn shù
建立功績、功勳。例：～了不朽的功
勳。注意：也指建立起來的功績。
例：他在學術上頗有～。

【開創】 kāi chuàng
開始建立。例：～先例｜～新局面。

【開發】 kāi fā
利用過去沒有被利用的自然資源創造
財富。也指發現或發掘人才、技術等
供利用。例：政府正計劃～更多的土
地，解決房屋不足的問題。

【開闢】 kāi pì
開創；開發。多指從無到有的創建。
例：這裏已經～成一個大型的高爾夫
球場。

【開拓】 kāi tuò
開闢；擴展。多指從小到大的擴展。
例：～新領域。

【開展】 kāi zhǎn
開創並發展。應用範圍廣泛。例：～
工作｜～業務。

【拓展】 tuò zhǎn
開拓；擴展。例：這些領域還有待進
一步～。

【抵換】 dǐ huàn
以另一物代替原物。例：他用三支圓
珠筆～了小明的一支塗改液。

【掉換】 diào huàn
彼此互換。例：我和小明～了座位。
注意：也指更換。例：最近，我家～
了住房，寬敞多了。

【兌換】 duì huàn
用一種貨幣換另一種貨幣。例：他去
銀行用港幣～了人民幣。

【更迭】 gēng dié
指輪流更換。例：人事～｜朝代～。

【更改】 gēng gǎi
更換；改動。例：因為天氣的原因，
學校～了籃球賽的比賽時間。

【更換】 gēng huàn
替換；互相變換。例：你個子高，與
他～一下位置好嗎？

【更替】 gēng tì
更換；替換。例：新舊～。

【更新】 gēng xīn
除去舊的；換成新的。例：春回大
地，萬象～。

【互換】 hù huàn
指雙方互相交換。例：比賽前，兩隊
隊長～了隊旗。

修理 xiū lǐ

【換】 huàn

給別人東西同時從他那裏取得其他東西。例：交～｜互～｜掉～。

【換取】 huàn qǔ

用交換的方法取得。例：～產品｜～信任。

【交換】 jiāo huàn

雙方各拿出自己的東西（包括抽象事物）給對方。例：～禮物｜～情報。

【交流】 jiāo liú

彼此把自己有的供給對方。含交換義。多用於精神方面。例：～經驗｜～心得。注意：也指交錯地流淌。例：涕淚～。

【交易】 jiāo yì

買賣商品。含交換義。例：公平～｜政治～｜骯髒的～。

【退換】 tuì huàn

退回不合適的，換回合適的。多指商品。例：昨天買的那雙鞋尺碼太小，被我～了。

【易】 yì

交換。例：以物～物｜第二天，兩隊～地再戰。注意：也指容易。例：～如反掌｜並非～事。

【重修】 chóng xiū

把（建築物等）重新修好。例：香港藝術館正閉館～，幾年後才重新開放。注意：也指重新修訂或編寫（圖書、制度等）。例：～舊制｜～字典。

【大修】 dà xiū

規模較大的檢修。例：汽車～｜機車～。

【翻新】 fān xīn

在原來的基礎上把舊的東西拆了重做，改成新的。例：～老屋｜～皮衣。

【翻修】 fān xiū

把舊的建築物、道路等拆除後依原樣重建。例：～房屋｜～道路。

【檢修】 jiǎn xiū

檢查並修理。例：～電路｜～汽車。

【搶修】 qiǎng xiū

（在緊急情況下）搶時間突擊修理。例：地震過後，工人們正在～鐵路，以便救災物資能順利運進來。

【維修】 wéi xiū

保養和修理。例：～汽車｜～電器。

【修補】 xiū bǔ

修理補充破損的東西。例：～輪胎｜～漁網。

【修復】 xiū fù
修理使之恢復。例：地鐵發生故障，在維修工人的努力下，鐵路已經得到～。

【修剪】 xiū jiǎn
用剪子修理（樹葉、指甲等），使整齊。例：公園裏的小樹～得十分整齊。

【修理】 xiū lǐ
使損壞的東西恢復原狀或功能。例：～汽車｜～電腦。

【修配】 xiū pèi
修理物體的損壞部分並配齊其中殘缺的零件。例：～摩托車｜～零部件。

【修葺】 xiū qì
修繕（房舍）。例：房屋已～一新。

【修繕】 xiū shàn
修理（建築物），義同「修葺」。例：～房舍。

【修飾】 xiū shì
修整裝飾，使之美觀。例：～一新｜這是一種不加～的天然美。

【修造】 xiū zào
修理並製造或建造。例：這座歷史建築日久失修，只剩頹垣敗瓦，經政府撥款，又重新～起來。

【修整】 xiū zhěng
修理整治使之完整或整齊。例：～機器｜～門窗。

【整修】 zhěng xiū
同「整整」。但多用於規模較大的工程。例：～農田｜～水利工程。

【整治】 zhěng zhì
整頓治理。例：～河道｜～社會治安。

叫喊 jiào hǎn

【哀號】 āi háo
悲哀地號哭。含喊叫義。例：～聲令人心碎。

【哀鳴】 āi míng
悲哀地呼叫。例：大雁～。注意：也指絕望的叫聲。例：被逼到這種絕境，他不禁對天發出一聲～。

【悲鳴】 bēi míng
悲哀地叫。含貶義。例：一隻失羣的飛鳥在風雨中～，似在呼喊同伴。

【吵鬧】 chǎo nào
大聲而雜亂地爭吵。例：你們不要～好不好？有甚麼問題可以平心靜氣地談嘛！

【吵嚷】 chǎo rǎng
亂喊亂叫。例：你在圖書館～，老師會懲罰你的。

【大聲疾呼】 dà shēng jí hū
大聲呼叫，提醒人們注意。例：作者在書中～：救救我們的家園——地球！

【喊】 hǎn
大聲叫。例：～話｜～口號。注意：也指呼喚。例：～他一聲。

【喊叫】 hǎn jiào
大聲叫。例：他～甚麼呢？

【號】 háo
拖長聲音大聲喊叫。例：～叫｜大聲呼～。注意：也指大聲哭。

【嚎叫】 háo jiào
聲嘶力竭地喊叫。例：不管罪犯在法庭上怎樣～，法官還是重判了他。注意：也指哭叫。

【吼】 hǒu
大聲叫。一般指野獸的叫，也指汽笛、大風等發出很大的響聲。例：雄獅怒～。

【吼叫】 hǒu jiào
發怒時大聲叫。例：老虎～着撲上去。

【呼喊】 hū hǎn
拉着長聲喊叫。例：大聲～｜～口號。

【呼號】 hū háo
因極端悲傷或尋求援助而呼喊。多用比喻義，含呼籲義。例：奔走～｜仰天～。

【呼叫】 hū jiào
呼喊。例：聽到遇溺者的～聲，他們立刻跳下水去拯救。

【呼天搶地】 hū tiān qiāng dì
大聲叫天，用頭撞地。形容極端痛苦地哭喊。例：女人～，令人不忍聽下去。

【呼嘯】 hū xiào
發出高而長的聲音。例：北風～｜警車～而過。

【歡呼】 huān hū
歡樂地呼喊。例：喜訊傳來，人們大聲～起來。

【叫】 jiào
人或動物的發音器官發出較大的聲音。例：大喊大～。

【叫喊】 jiào hǎn
大聲叫；嚷。例：聽到媽媽～，他立刻衝了過去。

【叫喚】 jiào·huan
呼喚；大聲喊叫。例：疼得直～。

【叫嚷】 jiào rǎng
喊叫。例：大聲～。

【叫囂】 jiào xiāo
大聲叫喊吵鬧。含貶義。例：半夜了，那些年輕人還在瘋狂～。

【狂吠】 kuáng fèi
狗狂叫，借指瘋狂地叫喊（罵人的話）。含貶義。例：那女人太不講理，你不要理會她的～。

【鳴】 míng
叫。多用來形容鳥叫和火車、汽車等的笛聲。例：雁～｜汽笛長～。

【吶喊】 nà hǎn
大聲喊叫。多指為助威而造成聲勢。例：～助威｜搖旗～。

【怒號】 nù háo
大聲叫喚。多形容大風。例：狂風～。

【怒吼】 nù hǒu
（猛獸）發威吼叫。也比喻大風、急流發出巨大的聲響。例：風在～，仿佛要把大海掀翻。

【咆哮】 páo xiào
（猛獸）怒吼。也比喻人發怒時喊叫或水流奔騰轟鳴。例：洪水～，沖毀了堤壩。

【嚷】 rǎng
同「喊叫」。例：別～了，大家都睡着了。

【啼鳴】 tí míng
鳥或雞的叫聲。例：清晨，公雞的～打破了山村的寧靜。

【喧嘩】 xuān huá
聲音大而雜亂。例：劇場裏一陣～，原來是一位著名歌星上台了。

【喧嚷】 xuān rǎng
許多人大聲喊。程度比「喧嘩」重。常用貶義。例：人聲～。

返回 fǎn huí

【喧囂】 xuān xiāo
叫囂；喧嚷。多用比喻義。例：～一時｜～不止。注意：也指聲音雜亂。例：～的市區。

【仰天長嘯】 yǎng tiān cháng xiào
〈書〉臉朝天空長聲呼喊（來表達內心的感慨、激憤）。例：面對這不可收拾的局面，老人忍不住老淚縱橫，～。

【班師】 bān shī
〈書〉出征隊伍勝利歸來。例：取得五連冠之後，中國女排～回國。

【返航】 fǎn háng
飛機、輪船等飛回或駛回出發的地方。例：大霧散盡了，飛機立刻升空～。

【返回】 fǎn huí
回到原來的地方。例：希望你辦完事立即～，免得家裏惦念。

【歸程】 guī chéng
回來的路程。例：在海洋公園玩了一天後，他踏上～。

【歸隊】 guī duì
回到原來的隊伍。也比喻回到原來的行業、專業。例：香港足球隊隊員在限期內不能～，就不能代表香港出賽。

【歸附】 guī fù
投奔依附。例：從政者應以人為本，關注民生，才可使民心～。

【歸根結底】 guī gēn jié dǐ
也說「歸根結蒂」。歸結到根本上。例：～，身體是最重要的，所以有病就要馬上看醫生。

【歸還】 guī huán
把借來的東西還給原主。例：小明提前一天就把書～給圖書館了。

【歸來】 guī lái
回來；回到原來的地方。例：大家都盼望你早日～。

【歸去】 guī qù
回去。例：踏花～馬蹄香。

【歸順】 guī shùn
歸附順從。例：《水滸傳》中，梁山泊好漢最終～了朝廷。

【歸宿】 guī sù
人或事物最終的着落；結局。例：爸爸希望女兒能找到一個好～。

【歸途】 guī tú
返回的路途。例：他心急如焚，在～中風雨兼程，馬不停蹄地趕回家。

【歸心】 guī xīn
回家的心情。例：～似箭。

【歸隱】 guī yǐn
在外為官的人辭官返鄉，不再拋頭露面。例：過去，許多文人因為不滿官場現實，而選擇～山林。

【回歸】 huí guī
返回；歸來。較少用於個人。例：香港～祖國｜～自然。

【回來】 huí·lái
從別處到原來的地方來。例：他早上出去，晚上才～。如用在動詞後，則表示回到原來的地方。例：跑～。

【回去】 huí·qù
從別處到原來的地方去。例：你為甚麼還不～？家裏一定等急了。如用在動詞後，則表示回到原來的地方去。例：跑～。

【凱旋】 kǎi xuán
勝利歸來。例：我們手持鮮花，到機場歡迎～的奧運健兒。

【滿載而歸】 mǎn zài ér guī
裝滿了東西回來。形容收穫豐厚。例：這次訪問交流，既大開眼界，又認識了不少朋友，可以說是～。

【衣錦還鄉】 yī jǐn huán xiāng
指富貴後重回家鄉。例：他這次從海外歸來，特意回香港投資開企業，也算是～了。

【折回】 zhé huí
半路返回。例：你剛走，怎麼又～來了？

逃跑 táo pǎo

【敗走】 bài zǒu
戰敗逃走。例：《三國演義》中的關羽，有過五關斬六將的輝煌，也有～麥城的恥辱。

【抱頭鼠竄】 bào tóu shǔ cuàn
抱着腦袋像老鼠見貓一樣逃竄。形容逃跑的狼狽相。含貶義。例：毒販在警方追捕下，～，狼狽而逃。

【奔竄】 bēn cuàn
走投無路地亂逃。例：大火忽至，人們到處～，幸得消防員及時趕到，把火撲滅。

【出逃】 chū táo
逃出去（脫離家庭或國家）。例：他企圖～時，被警方當場抓獲。

【竄逃】 cuàn táo
奔竄逃走。例：一看到小販管理隊人員，路邊的無牌小販四處～。

【溜】 liū
偷偷走開。含貶義。例：會剛開了一半，他就～了。

【溜之大吉】 liū zhī dà jí
偷偷走開以求脫身。例：看見情況不妙，小明馬上～。

【溜之乎也】 liū zhī hū yě
偷偷地走開。例：他這個人太滑了，一到關鍵時刻就～。

【流亡】 liú wáng
因戰亂、災害或其他原因而被迫離開家鄉或祖國。例：他為了躲避國家追捕而～海外。

【落荒而走】 luò huāng ér zǒu
走：跑。急不擇路，從荒野逃跑，形容倉皇逃走的的樣子。例：一看到警察，逃犯馬上～。

【跑】 pǎo
逃走。例：小偷已經～了，你還不報警？注意：多指奔跑。例：賽～。

【棄甲曳兵】 qì jiǎ yè bīng
棄甲：打敗仗連盔甲也扔了。曳兵：拖着兵器逃生。形容逃走時的狼狽相。例：在我軍強大攻勢下，敵人～而逃。

【潛逃】 qián táo
偷偷地逃跑。例：他犯罪～多年，終因走投無路而向警方自首了。

【三十六計走為上】
sān shí liù jì zǒu wéi shàng
三十六計中逃跑是最高明的。例：眼見大勢已去，～，他連夜逃出了香港。

【逃】 táo
逃跑。例：～脫｜～掉。

【逃竄】 táo cuàn
逃跑流竄。含貶義。例：到處～｜狼狽～。

【逃遁】 táo dùn
逃跑；隱藏。例：前有阻截，後有追兵，罪犯已無處～。

【逃命】 táo mìng
逃出危險的環境以求生存。例：給野生動物拍紀錄片真不容易，牠們機警得很，稍有動靜就狂奔～。

【逃難】 táo nàn
為躲避災禍、戰亂等而逃往別處。例：回想當年災荒，大批～的人因飢餓而死，那情景十分淒慘。

【逃匿】 táo nì
逃跑並藏起來。例：警方已佈下天羅地網，歹徒再也無處～。

【逃跑】 táo pǎo
為躲避追擊或不利於自己的環境而離開。例：這兩天風聲緊，疑犯企圖～，但被警方逮住了。

【逃生】 táo shēng
逃出危險的環境以求生存。例：樓上發生火災，有人竟慌不擇路，跳樓～。

【逃脫】 táo tuō
逃跑掉。例：犯罪集團被一網打盡，沒有一個～。

【逃亡】 táo wáng
逃走而流落在外地。例：～國外｜四散～。

【逃逸】 táo yì
〈書〉逃跑。例：警方抓住了肇事後～的司機。

【逃之夭夭】 táo zhī yāo yāo
《詩經‧桃夭》：「桃之夭夭，其葉蓁蓁。」原詩以桃的枝茂葉盛來比興姑娘出嫁時的青春妙齡。而「桃」與「逃」同音，後人用來指逃跑。是一種詼諧的說法。例：屋主發現失竊時，小偷已經～了。

【逃走】 táo zǒu
同「逃跑」。例：那個人搶到財物後，馬上～了。

【脫逃】 tuō táo
脫身逃走。例：警方在車站、碼頭、機場都設了關卡，他就是插上翅膀也難以～。

【望風而逃】 wàng fēng ér táo
看見對方的氣勢很盛，嚇得逃跑了。例：南宋時期，岳家軍威名遠揚，金兵～。

【望風披靡】 wàng fēng pī mǐ
披靡：潰敗。看見對方氣勢很強盛，沒交手就潰散了。程度比「望風而逃」重。例：一看到飛虎隊出動，罪犯無不～。

【作鳥獸散】 zuò niǎo shòu sàn
像受驚的鳥獸一樣飛奔四散。常用來比喻潰敗逃散。例：犯罪集團的首腦被警方擊斃，手下一時間～。

退避 tuì bì

【撤】 chè
退。例：水～了｜敵人～了。

【撤離】 chè lí
撤退並離開某地。例：～現場。

【撤退】 chè tuì
指軍隊放棄已經佔領的陣地、城市等。例：天黑以後，敵人～了。

【倒】 dào
後退。例：～車｜～行逆施。

【倒退】 dào tuì
往後退。例：他嚇得～了一步｜歷史不能～，人類總是向前進的。

【躲避】 duǒ bì
躲開，使人不發現。例：你還是和他談一談為好，總～也不是辦法啊！

【躲閃】 duǒ shǎn
迅速地躲開；閃避。例：～不及，兩個人撞在一起。

【後退】 hòu tuì
與「前進」相對。向後移動。例：看看進攻不奏效，主教練讓隊員～防守。

【迴避】 huí bì
主動讓開躲避。例：他現在對你很不滿，你還是暫時～一下為好。

【急流勇退】 jí liú yǒng tuì
在急流中果斷地退卻。也用來比喻一個人在事業順利時及早抽身退卻。例：他今年剛滿三十歲，在球場上還是主力，卻～了。

【逃避】 táo bì
對不願或不敢接觸的事有意躲開。與「迴避」和「退避」比，「逃避」是被動的。略含貶義。例：～責任｜～困難。

【退】 tuì
向後移動。例：請全體後～三步，讓出一條通道來。

【退避】 tuì bì
主動退後躲避。例：他正在氣頭上，來勢洶洶，你還是～一下吧。

【退避三舍】 tuì bì sān shè
舍：古時行軍以三十里為一舍。春秋時晉國同楚國在城濮作戰，晉國遵守諾言，把軍隊撤退九十里。後來比喻對人讓步、不與人相爭。例：跟這種人是沒法講理的，還是～為好。

【退步】 tuì bù
向後退。常引申為落後。例：這個學期你～了，下學期要多加努力啊！

【退卻】 tuì què
軍隊在作戰中出於戰略考慮而向後撤退。也指畏難而後退。例：見了困難就～，這怎麼能行呢！

防範 fáng fàn

【退守】 tuì shǒu
軍隊向後退並採取守勢。例：從戰略上而言，這種～正是為進攻做準備。

【退縮】 tuì suō
退卻，畏縮不前。例：對手雖然比我們強大，但我們不能～，一定要盡力打好這場比賽。

【畏避】 wèi bì
因害怕而躲避。例：來了陌生人，小女孩～在門後不肯出來。

【提防】 dī fáng
提高警惕；加強防備。例：這一帶很亂，要～壞人。

【防備】 fáng bèi
做好準備以應對攻擊或災害。例：～火災發生｜～壞人。

【防範】 fáng fàn
防備；戒備。例：嚴加～。

【防護】 fáng hù
防備；保護。例：～林｜～隊｜～罩。

【防患於未然】
fáng huàn yú wèi rán
在禍患尚未發生之前採取措施加以預防。例：秋季乾燥，易發生火災，請大家提高警惕，～。

【防衛】 fáng wèi
防禦；保衛。例：～措施得當｜～過當也要追究法律責任。

【防禦】 fáng yù
防備；抵抗。例：～工事｜要～來犯之敵。

【防止】 fáng zhǐ
預先想辦法防備以制止壞事發生。例：～食物中毒｜～大水沖決堤壩。

【戒備】 jiè bèi
警戒；防備。例：～森嚴｜加強～。

【戒心】 jiè xīn
警惕心。例：他這個人不錯，你不要抱有～。

【戒嚴】 jiè yán
戰時或特殊情況下，在全國或某一地區採取非常措施，如增設警戒、組織搜查、限制交通等。例：今天不知為甚麼，整條街都～了。

【謹防】 jǐn fáng
謹慎小心，加強防備。例：～扒手｜～上當。

【警備】 jǐng bèi
警戒；防備。特指軍隊對駐防地的警衞和守備。例：～森嚴｜～司令部。

【警戒】 jǐng jiè
軍警為防備敵人的襲擊而採取的保障措施。例：加強～｜負責～。

【警衞】 jǐng wèi
警戒；保衞。例：～工作。注意：也指警衞人員。例：大門左右都有～看守。

【守備】 shǒu bèi
防守；戒備。例：加強～力量。

【守護】 shǒu hù
看守；保護。例：～病人｜～倉庫。

【守望】 shǒu wàng
看守；瞭望。例：～塔。

【守衞】 shǒu wèi
防守；保衞。例：這裏～森嚴，要潛進去竊取機密恐怕困難重重｜～海疆。

【未雨綢繆】 wèi yǔ chóu móu
綢繆：用繩索纏捆。沒下雨的時候，就把門窗捆綁牢固。比喻事前做好準備。例：老師所以講這麼多，主要目的是～，避免今天的郊遊出現意外。

【嚴防】 yán fáng
嚴格防止；嚴密防備。例：～扒手｜～森林火災。

【有備無患】 yǒu bèi wú huàn
事先有準備就可以避免災禍。例：我們要再好好計劃一下，就算有突發事情發生，也可～。

【預防】 yù fáng
事先防備。例：～不測｜～感冒。

經商 jīng shāng

【變賣】 biàn mài
出賣財產，換取金錢。例：～家產｜
～首飾。

【採辦】 cǎi bàn
採購；置辦。例：聯合國準備在中國
～一批物品，這在聯合國的歷史上還
是第一次。

【採購】 cǎi gòu
採買；購置。例：～商品。

【暢銷】 chàng xiāo
銷路通暢，賣得快。例：這種品牌的
手錶十分～，因為它的質量的確很好。

【出賣】 chū mài
賣。例：～房地產。注意：也指為個
人私利甘願做違背道義的事。例：～
靈魂｜～朋友。

【出讓】 chū ràng
把自己的東西轉賣給別人。例：他把
自己的車～給別人了。

【出售】 chū shòu
賣。例：～商品｜低價～。

【待價而沽】 dài jià ér gū
沽：出賣。等待有好價格再出賣。
例：這幅藏畫他不肯賣出，還在～。
注意：常比喻等待真正能體現其價值
的時機再出來做事。例：當今社會，
各類人才大量湧現，再恃才傲物，
～，肯定會被時代所拋棄。

【代銷】 dài xiāo
指代理銷售。例：～點｜～商品。

【兜售】 dōu shòu
想方設法推銷貨物。例：公司派人到
處～產品。

【購】 gòu
買。例：～貨｜～物。

【購買】 gòu mǎi
買。例：～體育用品。

【購置】 gòu zhì
購買置辦。多指長期使用的物品。
例：～房地產｜～辦公用品。

【沽】 gū
買；賣。例：～酒｜待價而～。

【回收】 huí shōu
把廢品或尚有利用價值的舊貨收回。
例：～舊酒瓶｜～舊報紙。

【寄賣】 jì mài
委託代為出賣或受託代賣。例：爺爺
讀書時，學費都是靠～家中物品維持
的。

【叫賣】 jiào mài
多指小販吆喝招攬生意。例：小販的
～聲不絕於耳。

【經商】 jīng shāng
從事商業活動。例：他家世代～，因

此人脈很廣。

【經銷】 jīng xiāo
經營銷售。例：這家店主要～電器。

【零售】 líng shòu
零散地不成批地賣出商品。例：～店｜～價格。

【買】 mǎi
與「賣」相對。拿錢換東西。例：～菜｜～文具。

【買賣】 mǎi·mai
生意。例：他們家從他爺爺那一代就是做～的。

【賣】 mài
與「買」相對。拿東西換錢。例：～東西。

【內銷】 nèi xiāo
在國內或地區內銷售。例：～商品。

【拍賣】 pāi mài
委託行當眾出賣寄售的物品。購買者出價爭購，到沒有人再出價時，就拍板作響，表示成交。也指貨物減價拋售。例：～會｜大～｜政府近年多次～土地。

【批發】 pī fā
成批地出售商品，價格比零售價格低。例：這些服裝以～價出售。

【迫賣】 pò mài
強迫以低價賣出。例：他因違法經營，～了大量商品。

【搶購】 qiǎng gòu
搶着購買。例：～一空｜～特價商品。

【傾銷】 qīng xiāo
用低於市場價的價格，大量拋售商品，以便擊敗競爭對手，佔領市場，壟斷商品價格，攫取高額利潤。例：各國都對中國實施反～措施，目的是防止中國貨品以低價出售，影響本地企業。

【商業】 shāng yè
指從事商品交換的經濟活動。例：～繁榮。

【生意】 shēng yì
指商業經營或商品買賣。例：做～｜～興隆。

【收購】 shōu gòu
從各處批量買進。例：～公司股份｜～中草藥材。

【收買】 shōu mǎi
同「收購」。也指用金錢或其他好處籠絡人。例：～舊貨｜～人心。

【售】 shòu
賣。例：～貨員｜零～。注意：也指達到或施展。例：以～其奸。

說話 shuō huà

【投資】tóu zī
把資金投入企業或金融市場。例：這個廠是外商～建起來的。注意：也泛指為達到一定目的而投入資金。例：智力～。

【推銷】tuī xiāo
推薦銷售。例：～員｜～產品。

【脫銷】tuō xiāo
（某種商品）賣完，因無貨一時不能繼續供應。例：聽說這種新的運動鞋～了，他非要我把自己的鞋轉賣給他。

【外銷】wài xiāo
（產品）銷售到外國或其他地區。例：這批蘋果是經過精選準備～的。

【銷售】xiāo shòu
賣出商品。例：這個月～情況很好。

【銷行】xiāo xíng
也說「行銷」。銷售的範圍。例：～全國。

【展銷】zhǎn xiāo
以展覽的方式銷售。例：～會。

【滯銷】zhì xiāo
不好賣，銷路不暢。例：～商品。

【道】dào
說。例：說長～短。

【嘀咕】dí·gu
小聲說；私下裏說。例：老師在講課，你們還～甚麼？

【嘟囔】dū·nang
（因不滿意）連續不斷地自言自語。例：因為他起淋晚了，媽媽～個沒完。

【耳語】ěr yǔ
湊近別人的耳朵小聲說。例：他們～了幾句，一起離開了會場。

【發言】fā yán
專指在會議上發表意見。例：會議上大家踴躍～，提了很多好的建議。

【咕噥】gū·nong
（因不滿意）小聲說話。多指自言自語。例：他白了我一眼，不知～了一句甚麼，走了。

【話】huà
說；談。例：～別｜閒～家常。

【講】jiǎng
說。例：老師～課，同學要專心上課｜校長～話。

【講話】jiǎng huà
說話。例：～生動｜上課不要亂～。

【講演】 jiǎng yǎn
也說「演講」。對眾人發表意見或講述有關某一事物的知識。例：～比賽｜上台～。

【開口】 kāi kǒu
張開嘴（說話）。也指說。例：你不～，別人怎麼知道你想甚麼啊？

【嘮叨】 láo·dao
囉囉嗦嗦，反反覆覆地說。例：媽，求求您別～了。

【聊】 liáo
隨便閒談。例：兩個人～了半天，才知道他們原來住在一個小區。

【聊天兒】 liáo tiānr
閒談；談天。例：夏天的傍晚，人們喜歡在公園裏～。

【啟齒】 qǐ chǐ
開口。多指向別人有所請求。例：這件事實在難於～，還是算了吧。

【說】 shuō
用言語來表達意思。例：你～了半天，到底甚麼意思呀？

【說話】 shuō huà
用言語表達意思。例：上課了，大家不要再～了。

【言】 yán
說。例：～多必失｜知無不～，～無不盡。

【演說】 yǎn shuō
在人多的場合就某個問題發表見解或說明事理。例：就職～｜競選～。

【語】 yǔ
說。例：不言不～。

【曰】 yuē
古文中當「說」講。例：子～：「三人行，必有吾師焉。」

【云】 yún
〈書〉說。例：古人～｜人～亦～。

【自言自語】 zì yán zì yǔ
自己跟自己說話。例：爺爺一個人在家，經常～，他實在是很寂寞！

問 wèn

【逼問】 bī wèn
用威脅手段強迫回答。例：在媽媽的再三～下，他才承認錢確實是被他花掉了。

【不恥下問】 bù chǐ xià wèn
樂於向學問、地位比自己低的人請教，不認為是恥辱。例：既然我們不懂，就應該虛心學習，～，直到弄懂為止。

【查詢】 chá xún
調查詢問。例：經多方～，警方終於找到了孩子的親生父母。

【打聽】 dǎ·ting
〈口〉有不知道的事情向人探問。例：我跟你～一個人。

【發問】 fā wèn
口頭提出問題。例：在課堂上，他站起來～：「王老師，太陽是紅的，古人為甚麼說‘白日依山盡呢’？」

【反躬自問】 fǎn gōng zì wèn
〈書〉事後反過來問自己。指反省自己的思想和言行。例：我忍不住～，如果是我身處在那種情況下，會怎麼辦？

【反詰】 fǎn jié
（帶有辯論性質的）反問。例：對方的～出其不意，一時間幾個人都張口結舌，答不上來。

【反問】 fǎn wèn
不回答對方的問題，而反過來向他發問。例：對他這個無聊的問題，對方沒有回答，只～一句，他就啞口無言了。

【敢問】 gǎn wèn
請問。多用作謙辭。例：～老先生今年高壽？

【詰問】 jié wèn
〈書〉追問；責問。例：老師一再～，小明終於承認自己抄襲功課。

【借問】 jiè wèn
指客氣地向別人打聽。敬辭。例：～一下，附近有沒有銀行？

【考問】 kǎo wèn
考察詢問。例：面對評委們的～，他從容不迫，一一作答。

【拷問】 kǎo wèn
拷打審問。例：敵人一次又一次的～都毫無結果。

【捫心自問】 mén xīn zì wèn
〈書〉捫：摸；按。手摸胸口自問。表示反省。例：請你～，你今天對老師發脾氣，做得對嗎？

【明知故問】 míng zhī gù wèn
明明知道卻故意要問。例：當天你也在場，情況都清楚，怎麼還～呢？

【盤詰】 pán jié

〈書〉仔細盤查追問。例：在警察的～之下，歹徒很快就露出了馬腳。

【盤問】 pán wèn

反覆而仔細地查問。例：不管警察如何～，他都能應付自如。

【請教】 qǐng jiào

請求指教。例：老師，有一個問題我弄不懂，想一一下，您有時間嗎？

【審問】 shěn wèn

審訊。例：～中，那個人意圖隱瞞事實。

【試問】 shì wèn

試探性地提出問題。用於質問或者不同意對方意見時。例：～當初你怎麼想的｜如果不是他當時果斷做出決定，～後果又會如何呢？

【探問】 tàn wèn

試探着問。例：～消息｜～路徑。

【探詢】 tàn xún

了解；詢問。例：經過警方～，案件終於有了線索。

【提問】 tí wèn

提出問題來發問。例：在課堂上，老師的～往往是有針對性的。

【詢問】 xún wèn

徵求意見；打聽探詢。例：這次專題報告的題目還得仔細～一下老師，然後才能做決定。

【訊問】 xùn wèn

問。一般表示審問。例：～筆錄｜～犯罪嫌疑人。

【責問】 zé wèn

用責備的口氣問。例：他犯了大錯，老師嚴厲～他。

【質問】 zhì wèn

當面提出責問。例：面對老師的～，小寶一時支支吾吾，答不上來。

【質詢】 zhì xún

質疑並提出詢問。例：他在聽證會上，面對各種尖銳的～。

【質疑】 zhì yí

提出疑問。例：他對方案的可行性提出了～。

【諮詢】 zī xún

徵求意見。多指向顧問之類的專業人員或特設機關詢問。例：決策之前，政府向各方面人士都做了～。

【自問】 zì wèn

自己問自己。例：「難道我真的想不出辦法了嗎？」他禁不住～。

【追問】 zhuī wèn

追根究底地問。例：在媽媽的～下，他不得不說出受到同學欺凌的實情。

求 qiú

【哀求】 āi qiú
苦苦地請求哀告。例：看這個小偷還是個孩子，加上他苦苦～，張大伯教訓他幾句就放他走了。

【呈請】 chéng qǐng
用公文向上級請示。例：～批准。

【苛求】 kē qiú
過於嚴格地要求。例：老師不～你們，你們盡力去做就是了。

【懇請】 kěn qǐng
誠懇地請求。例：～先生光臨｜～大家提意見。

【懇求】 kěn qiú
誠懇地請求。程度比「懇請」重。例：這件事是我錯了，～您原諒｜孩子～我帶他去海洋公園，我猶豫再三，還是放下了工作帶他去了。

【祈求】 qí qiú
懇切地希望得到。多用於迷信的人。例：他每天都在～一覺醒來變成富翁，可以去環遊世界。

【乞哀告憐】 qǐ āi gào lián
乞求人家哀憐和幫助。例：用不着向任何人～，我們靠自己的力量就可以解決眼前的困難。

【乞憐】 qǐ lián
乞求別人可憐。例：搖尾～｜苦苦～。

【乞求】 qǐ qiú
請求人家給予。例：～施捨｜～寬恕。

【乞食】 qǐ shí
要飯。例：這個人年紀輕輕，又非殘疾，竟然靠～為生。

【乞討】 qǐ tǎo
向別人要錢、要飯等。範圍比「乞食」寬。例：時代不同了，現在已經很難見到沿街～的了。

【強求】 qiáng qiú
勉強要求。例：順其自然，不可～。

【請功】 qǐng gōng
向上級申報成績，請求表彰。例：～報告｜為隊友～。

【請求】 qǐng qiú
說明要求，希望得到滿足。與「要求」不同的是只用於被動一方。例：～支持｜～援助。

【請示】 qǐng shì
向上級請求指示。例：～上級｜～工作。

【請纓】 qǐng yīng
纓：帶子。語出《漢書·終軍傳》：「南越與漢和親，乃遣（終）軍使南越說其王，欲令入朝，比內諸侯。軍自請，願受長纓，必羈南越王而致之闕下。」後用來指請求殺敵或請求給

予任務。例：他主動～到窮鄉僻壤採訪。

【請援】 qǐng yuán
請求援助。例：雨季馬上就到了，工程無法完成，我們只好～了。

【請願】 qǐng yuàn
採取集體行動要求政府或主管當局滿足某些願望。例：～的學生在政府總部集會，發表講話。

【請戰】 qǐng zhàn
要求作戰。例：這個後備球員主動～，教練謹慎考慮後，決定派他上場。

【請罪】 qǐng zuì
主動請求處分或懲罰。例：負荊～｜爸爸代表他的兒子～，終於得到了對方家屬的原諒。

【求】 qiú
〈口〉請求。例：～救｜～您幫我做一件事。

【求告】 qiú gào
央告別人幫助。例：～無門｜四處～。

【求和】 qiú hé
講和；請求和解。例：小虎本想欺負同學，結果卻反被同學打倒在地上，只好～了。

【求教】 qiú jiào
請求指教。例：星期天爸爸也得不到休息，經常有實習生來向他～。

【求借】 qiú jiè
請求別人借給錢或財物。例：～無門｜四處～。

【求救】 qiú jiù
請求救助。例：收到海上的～信號，拯救隊立刻就出發了。

【求情】 qiú qíng
請求對方看情面而答應某事。例：家長親自到校～，老師也只好原諒他了。

【求饒】 qiú ráo
請求給予饒恕。例：小偷被當場抓獲，嚇得跪地～。

【求援】 qiú yuán
請求援助。多用於集體。例：接到災區的～電話，部隊馬上集合出發。

【求助】 qiú zhù
請求幫助。例：老人突然暈倒在路上，大家只好打急救電話～。

【申請】 shēn qǐng
向上級或有關部門就某事提出請求。例：～書｜提出～。

打 dǎ

【提請】 tí qǐng
向上級提出請求。公文用語。例：～
議會討論通過。

【央求】 yāng qiú
央告懇求。例：爸爸經不住我的～，
終於答應帶我去看球賽了。

【要求】 yāo qiú
提出條件或願望，希望做到或實現。
例：老師～我們遵守課堂紀律｜小明
的～很簡單，就是希望爸爸送他一個
足球。

【搖尾乞憐】 yáo wěi qǐ lián
狗搖尾巴向主人討吃的可憐相。比喻
卑躬屈膝向別人乞求憐憫。含貶義。
例：如此～，實在有失人格和尊嚴。

【鞭策】 biān cè
策：古代的一種馬鞭子。用鞭和策趕
馬。現在多用來比喻嚴格督促，使人
進步。例：老師和父母的～，是他努
力學習的動力。

【鞭笞】 biān chī
〈書〉用鞭子或板子打。現在多用其
抽象義，表示打擊或抨擊。例：這種
損公肥私的行為，理所當然地受到了
社會輿論的～。

【鞭打】 biān dǎ
用鞭子打。例：小時候我們不聽話，
就會被父母用藤條～，現在卻不能進
行體罰了。

【鞭撻】 biān tà
鞭打。多用來比喻打擊或抨擊。例：
這種自私的行為，受到社會各方人士
的～。

【抽打】 chōu dǎ
用條狀物打人或物體。也指用撣子或
毛巾在衣物上打，使去掉塵土。例：
這條毯子佈滿灰塵，拿出去～～。

【捶打】 chuí dǎ
用拳頭或器具撞擊物體。例：～沙
包｜他後悔得不住地～自己的頭。

【打】 dǎ
用手或器具撞擊人或物體。例：～
人｜～球。

【打擊】 dǎ jī

敲擊；撞擊。現多用其引申義，表示攻擊，使受挫折。例：海關致力～銷售假冒偽劣商品的行為。

【大打出手】 dà dǎ chū shǒu

形容野蠻地打人逞兇。例：本來是一場足球友誼賽，結果雙方竟～，不歡而散。

【毒打】 dú dǎ

毒辣、猛烈地打（人或牲畜）。例：這個人竟然以～流浪貓為樂，真是心理變態！

【擊】 jī

打；敲打。例：～鼓｜～掌｜猛～頭部。

【擊打】 jī dǎ

打。例：拳王準確兇猛的～，很快就使對手敗下陣來。

【拷打】 kǎo dǎ

（用刑）打。例：現在審訊犯人，不像古代那樣可以嚴刑～。

【敲】 qiāo

在物體上面打，使發出聲音。例：～鼓｜～鑼｜～門。

【敲打】 qiāo dǎ

敲。例：～鑼鼓。

【敲擊】 qiāo jī

敲打。例：暴雨猛烈地～玻璃窗，響聲使我無法入睡。

【拳打腳踢】 quán dǎ jiǎo tī

用拳頭打，用腳踢。形容打得很厲害。例：那些人對一個小學生～，令人憤慨極了！

【痛打】 tòng dǎ

狠狠地打。例：～落水狗。

【揍】 zòu

打。例：小孩子不懂事要多教育他，不能伸手就～。

洗 xǐ

【沖涼】 chōng liáng
〈方〉洗澡。例：每天晚上我都要～。

【沖洗】 chōng xǐ
用水沖洗，去掉附着的污垢。例：用洗滌劑洗過碗筷，還要用清水～。

【淋浴】 lín yù
一種洗澡方式，水從上方噴下來，人在下面沖洗。例：～是一種最衛生的洗浴方式。

【沐浴】 mù yù
洗澡。例：～在清冽的河水裏，他感到愜意極了。注意：也常用其比喻義。例：我們～在明媚的春光裏。

【清洗】 qīng xǐ
清理沖洗乾淨。多用於物。例：這台抽油煙機用得太久了，需要～一下。

【刷洗】 shuā xǐ
用刷子等蘸水洗；把髒東西放在水裏清洗。例：～碗筷｜～球鞋。

【涮】 shuàn
把物體放在水裏或把水放在器物裏面擺動，使乾淨。也指把肉片等食物放在開水中燙一下後取出蘸佐料吃。例：～羊肉｜洗洗～～。

【淘】 táo
用水洗去雜質。例：～米｜～金。

【淘洗】 táo xǐ
淘。例：～乾淨。

【洗】 xǐ
用水去掉物體上面的髒東西。例：～臉｜～衣服。

【洗滌】 xǐ dí
洗。多用於物。例：這條毛巾髒了，需要～一下。

【洗刷】 xǐ shuā
同「刷洗」。但與刷洗不同的是經常用其喻義。例：無論他怎樣辯白，都難以～掉自己的恥辱。

【洗浴】 xǐ yù
洗澡。例：出門在外，一定要帶備～用品。

【洗濯】 xǐ zhuó
〈書〉洗。例：每個星期天，她都要打掃家居，～衣物。

聽 tīng

【傳聞】 chuán wén
輾轉聽到，並未確證的。例：～小明考了全班第一，不知是真是假。

【耳聞】 ěr wén
聽說。例：他對此事早有～，所以並不感到驚訝。

【風聞】 fēng wén
由傳聞而聽到，並未確證的。例：～鐵路將要從村前經過，全村人都為此感到高興。

【恭聽】 gōng tīng
恭恭敬敬地聽。例：他見到了自己最敬佩的作家，～着作家對他作品的意見。

【敬聽】 jìng tīng
指恭敬地聽。例：～大家的意見。

【靜聽】 jìng tīng
指靜靜地聽。例：上課時，大家～老師講課。

【聆聽】 líng tīng
〈書〉聽。例：～教誨。

【旁聽】 páng tīng
非正式地隨班聽課。例：他曾在香港大學～過三個月。

【竊聽】 qiè tīng
偷偷地聽。多用於比較重要的機密。例：～器 ｜ ～機密。

【傾聽】 qīng tīng
細心地聽取。例：我們應該～不同意見，最後才下決定。

【收聽】 shōu tīng
聽（廣播、電話、錄音等）。例：因為工作需要，他天天～天氣預報。

【聽】 tīng
指用耳朵接收聲音。例：～課 ｜ ～歌。

【聽見】 tīng jiàn
聽到。例：老師問你話呢，你沒～嗎？

【聽取】 tīng qǔ
認真而有目的地聽（意見、反映、匯報等）。例：他～老師的建議，把作文改好了。

【聽聞】 tīng wén
聽。例：駭人～ ｜ 聳人～。

【偷聽】 tōu tīng
偷偷地聽。應用範圍比「竊聽」廣泛。例：他發現有人～他們談話，立刻住了口。

【聞聽】 wén tīng
聽見。例：～這一消息，大家無不歡呼雀躍。

【洗耳恭聽】 xǐ ěr gōng tīng
形容極恭敬而專心地聽。例：請大家踴躍提出意見，我一定～。

代表詞

看 kàn

【飽覽】 bǎo lǎn
充分地欣賞。例：親戚到香港來，我帶他們～了維多利亞港的風光。

【逼視】 bī shì
靠近目標，威嚴地盯着看。例：在警察的～下，嫌疑犯低下了頭。

【鄙視】 bǐ shì
輕視，看不起。程度比「睨視」重。例：我～考試作弊的行為。

【參觀】 cān guān
實地觀察（展覽、設施、名勝等）。例：學校安排我們去太空館～。

【參閱】 cān yuè
參照着看。例：請～有關資料。

【側目】 cè mù
斜着眼睛看，形容又怕又恨。例：～而視｜他怪異的裝束引得路人～。

【察言觀色】 chá yán guān sè
觀察言語和臉色，揣摸對方的心理。例：他為人圓滑，善於～，投其所好。

【瞅】 chǒu
〈口〉看。例：～準時機。

【觸目】 chù mù
目光接觸到。例：颱風侵襲，維多利亞港波浪翻湧，～驚心。

【傳閱】 chuán yuè
傳遞着看。例：這篇作文寫得很有新意，請大家～一下。

【打量】 dǎ·liang
〈口〉仔細觀察。例：仔細一～，原來是你！

【瞪】 dèng
睜大眼睛看。多用來表示生氣、吃驚或發愣。例：爸爸拿着小明的成績表，只～了他一眼，甚麼話也沒說。

【盯】 dīng
集中視力看。例：全班同學都～着他，聽他如何回答。

【定睛細看】 dìng jīng xì kàn
目不轉睛地仔細看。例：老師字跡潦草，他～也看不清楚。

【東張西望】 dōng zhāng xī wàng
東看看，西看看。例：那個人～的，在找甚麼？

【端詳】 duān xiáng
〈口〉仔細打量。例：他仔細～一會兒，終於認出了我。

【放眼】 fàng yǎn
放遠眼光，擴大視野。比喻從大處着眼。例：今年的施政報告提到要讓更多年輕人衝出香港，～世界。

【俯瞰】 fǔ kàn
〈書〉低頭向下看。用於從高處向下看。例：從飛機上～香港夜空，只見燈光璀璨，真是美極了。

【俯視】 fǔ shì
低頭向下看。用於從較高處向下看。例：從太平山上～維港的景色。

【顧盼】 gù pàn
也說「左顧右盼」。向兩旁看來看去。例：～左右｜～生輝。

【觀察】 guān chá
有目的地仔細看。例：老師常教導我們寫作是源於生活，所以要多～身邊的人和事。

【觀光】 guān guāng
遊覽自然風光。例：旅遊～｜出國～。

【觀看】 guān kàn
特意看。多指小範圍地看展覽、演出等。例：老師帶領我們去～了話劇表演。

【觀摩】 guān mó
觀看揣摩，互相學習和交流經驗。例：老師鼓勵我們要和其他同學～學習。

【觀賞】 guān shǎng
觀看欣賞。例：～花卉｜～山水。

【觀望】 guān wàng
張望。例：四下～。注意：也指懷着猶豫不決的心情看事物的發展。例：他要～一陣再作決定。

【過目】 guò mù
看一遍，表示審核。例：這份報告寫完先請老師～。

【環顧】 huán gù
向四周看。例：～四周｜～左右。

【極目】 jí mù
用盡目力遠望。例：～望去，遠山影影綽綽地隱現在雲霧之中。

【監視】 jiān shì
從旁察看動靜。例：警方已佈下警力，對這些犯罪分子進行嚴密的～。

【檢閱】 jiǎn yuè
查看。例：他正在～書稿，以防錯漏。注意：也指國家領導人或高級官員在軍隊或羣眾隊伍面前舉行檢驗儀式。例：總統在機場～了三軍儀仗隊。

【見】 jiàn
看到。例：～仁～智｜難得一～。

【舉目】 jǔ mù
抬起眼睛看。例：～四望，街道人來人往，好不熱鬧！

【看】kàn
用眼睛注視一定的對象或方向。例：
～書｜～電視。

【窺視】kuī shì
暗中察看。例：～房間，他好像還沒
回家。

【窺伺】kuī sì
暗中觀察情況，等待時機。含貶義。
例：～動靜，以圖再舉。

【窺探】kuī tàn
暗中察看；試探情況。例：竊賊～再
三，終究沒敢下手。

【瞭望】liào wàng
登高遠望，指從高處或遠處察看。
例：～敵情｜～水情。

【瀏覽】liú lǎn
粗略地看。例：他～了一下當天的
報紙，發現頭條幾乎都是壞消息｜香
港的景點太多了，你三天的時間只能
～一個大概。

【瞄】miáo
視力集中地注視看。例：～着他千萬
別讓他逃掉｜～準。

【目不暇接】mù bù xiá jiē
暇：空閒。眼睛不夠用。形容東西非
常多，眼睛看不過來。例：美食博覽
會盛況空前，令人～。

【目不轉睛】mù bù zhuǎn jīng
不轉眼珠地看。形容注意力非常集
中。例：他～地注視着老師在黑板上
的演算。

【目睹】mù dǔ
親眼看見。例：我～了發生車禍的整
個過程，所以出庭作證。

【目擊】mù jī
親眼看見。比「目睹」更具偶然性。
例：他～了客機的墜毀，至今回想起
來還心有餘悸。

【目送】mù sòng
眼睛注視着離去的人或物。例：他一
直～列車開走，才緩緩地離開了月
台。

【鳥瞰】niǎo kàn
〈書〉像鳥兒那樣從高處往下看。
例：從空中～下去，維港兩岸燈光燦
爛，難怪香港被譽為「東方之珠」。

【凝眸】níng móu
〈書〉目不轉睛。形容十分注意地
看。程度比「注視」要重。例：人們
～夜空，觀察着月全蝕的發生。

【凝視】níng shì
指聚精會神地看。程度比「注視」要
重。例：他～着試管，觀察試劑細微
的變化。

【凝望】 níng wàng
目不轉睛地看。多用於往遠處看。
例：～星空，他陷入了深思。

【怒目而視】 nù mù ér shì
發怒時瞪着眼睛看。例：兩個同學發
生爭執，互相～，老師從中調停。

【怒視】 nù shì
憤怒地看。例：他～中傷他的人，一
句話也不說。

【盼】 pàn
看。例：左顧右～。注意：也指期
盼、盼望。例：大家都～你早點從外
國留學回來。

【旁觀】 páng guān
從旁觀察。例：～者清｜冷眼～｜袖
手～。

【睥睨】 pì nì
〈書〉指斜着眼睛看。形容高傲或厭
惡的樣子。例：～一切｜他用～的眼
光看着對手。

【瞥】 piē
很快地大概看一下。例：爸爸～他一
眼，他立刻住了嘴，吐吐舌頭走了出
去。

【瞥見】 piē jiàn
一眼看見。例：無意間他～一則廣
告，那不正是外語補習班在招生嗎？

【瞧】 qiáo
同「看」。但應用範圍比「看」要小。
例：～，這花開得多美！

【審視】 shěn shì
認真詳細地察看。含審察義。例：校
長認真～了教學實驗室的模型。

【視】 shì
看；觀察。例：這件事要～情況而
定，不能急着下決定。

【視察】 shì chá
觀看並檢查。多指上級人員到下級單
位檢查工作。例：前不久教育局長來
我們學校～，與全體師生會面。

【視而不見】 shì ér bú jiàn
看見了就像沒看見，表示輕視或不在
意。例：他對「愛護花草」的木牌
～，仍從草坪上走過，一點公德心也
沒有。

【視若無睹】 shì ruò wú dǔ
義同「視而不見」。例：學生在考試
時串通作弊，老師不能～，應加以嚴
懲。

【視死如歸】 shì sǐ rú guī
把死看得像回家一樣。形容為正義事
業而不怕犧牲。例：這次出征，士兵
都抱着～的決心。

【熟視無睹】 shú shì wú dǔ
熟視：經常看到，看慣了。無睹：沒有看見。經常看見卻像沒看見一樣。多用於貶義。例：對於目前假貨充斥市場的狀況，有關部門不能再～了。

【四顧】 sì gù
前後左右地看。例：～無人。

【探視】 tàn shì
探望。多指看望生病的人。例：今天我們去～生病住院的老師。

【眺望】 tiào wàng
站在高處往遠處看。例：站在太平山上～，山下的房子就像積木堆砌起來似的。

【望】 wàng
看。多指往遠處看。例：登高～遠。注意：也指期望、希望。例：眾～所歸。

【圍觀】 wéi guān
很多人圍着看。例：警察把～的人驅散了。

【先睹為快】 xiān dǔ wéi kuài
睹：看。以先看到為愉快。例：謝謝你送我大作，給我～的機會。

【小覷】 xiǎo qù
〈書〉小看；輕視。例：他們隊曾拿過冠軍，不可～啊！

【眼觀六路】 yǎn guān liù lù
眼睛看着各個方向。形容視野開闊，看得很全面。例：一個好的足球運動員，在場上要～，才能傳出好球。

【眼見】 yǎn jiàn
指親眼看見。例：耳聽為虛，～為實。

【仰視】 yǎng shì
抬頭向上看。例：～天空。

【仰望】 yǎng wàng
抬頭向上看。例：～星空。注意：也指敬仰而有所期望。例：孔子為後世讀書人所～。

【遙望】 yáo wàng
〈書〉遠望。例：～峯頂，雲遮霧罩，景致十分壯觀。

【一覽無餘】 yì lǎn wú yú
覽：看。餘：剩餘。一下子就全都看得清清楚楚。例：站在山頂，遠近的小山～。

【一目了然】 yí mù liǎo rán
了然：明白。一看就完全明白。例：圖書館的書排列得井井有條，讓同學～。注意：也常用來比喻事物簡單明瞭。例：事情已經～，就是他在從中作梗。

【一瞥】 yì piē
用眼一看或看一眼。例：就在這～之間，我已看出他那激動的心情。

【有目共睹】 yǒu mù gòng dǔ
有眼睛就看得見。形容事情明明白白，是真實的。程度比「眾目昭彰」更重。例：這個人欺行霸市的行徑～，早就應該逮捕他了。

【遠眺】 yuǎn tiào
〈書〉往遠處看。例：極目～。

【遠望】 yuǎn wàng
往遠處看。例：登高～。

【閱覽】 yuè lǎn
看。用於看書報、圖畫、材料等。例：每週六他都要去圖書館～報刊。

【瞻望】 zhān wàng
往遠處看；往將來看。一般不用於具體事物。例：～未來｜～前景。

【瞻仰】 zhān yǎng
恭敬地看。例：～遺容｜～中山陵。

【展望】 zhǎn wàng
往遠處看；往將來看。例：～未來。

【張望】 zhāng wàng
向四周或遠處看；從小孔或縫隙裏看。例：他出門～了一下，還是不見爸爸的身影。

【眾目睽睽】 zhòng mù kuí kuí
睽睽：瞪眼睛看的樣子。眾人都在看着。例：～之下，你竟做出這種自私的事，太可恥了！

【眾目昭彰】 zhòng mù zhāo zhāng
〈書〉昭彰：明顯。眾人的眼睛看得很清楚。比「眾目睽睽」更進一步。例：你的罪行～，還想抵賴嗎？

【矚目】 zhǔ mù
〈書〉注視；注目。例：舉世～｜萬眾～。

【矚望】 zhǔ wàng
注目；專心地看。例：嚮往已久的天壇大佛就在面前，他忍不住凝神～。

【注目】 zhù mù
目光集中於某一點。例：引人～｜行～禮。

【注視】 zhù shì
注意地看。例：他～着教練的示範動作｜你要注意自己的形象，多少人～着你呢。

【縱觀】 zòng guān
全面地看。表示對全局的觀察。例：～全局｜整場比賽，香港隊的表現還是不錯的。

跑 pǎo

【左顧右盼】 zuǒ gù yòu pàn
左看看，右看看。例：他上課總是
～，注意力不集中，經常被老師批
評。

【作壁上觀】 zuò bì shàng guān
也說「從壁上觀」。《史記·項羽本
紀》記載：秦圍趙鉅鹿，楚及各諸侯
前去援救。秦兵強大，除楚將項羽衝
鋒陷陣外，其他將領都在軍營壁壘上
觀戰。後用來比喻在一旁觀望，不動
手幫助。例：兩支球隊的隊員差點
兒動起手來，裁判竟～，這太不應該
了。

【坐視】 zuò shì
坐着看，指對該管的事故意不管或漠
不關心。例：眼見同學抄襲功課，班
長無法～不管，向老師報告了。

【奔馳】 bēn chí
很快地跑。多用於交通工具。例：列
車～。

【奔跑】 bēn pǎo
很快地跑。多用於人，也可以用於車
馬。例：～如飛｜他快要遲到了，一
路～，終於準時回到學校。

【奔騰】 bēn téng
跳躍奔跑。強調許多馬起伏跳躍的氣
勢，也可用來比喻液體流動或感情湧
動的狀態。例：萬馬～｜長江後浪推
前浪，呼嘯～而去。

【奔突】 bēn tū
奔馳。含橫衝直撞義。例：左右～，
殺出一條血路。

【奔走】 bēn zǒu
跑；急走。多用來比喻為一定目的而
到處活動。例：為了推銷今年新出版
的書籍，他四處～。

【馳騁】 chí chěng
（騎馬）奔馳。例：～疆場。注意：
也形容奔騰活躍。例：廣闊天地任我
～。

【馳驅】 chí qū
（騎馬）快跑。例：飛馬～而去。

【衝刺】 chōng cì
跑步、滑冰、游泳等體育競賽中臨近

終點時用盡全力向前衝。例：最後～
階段，他超越所有對手奪得了冠軍。

【飛奔】 fēi bēn
像飛一樣跑。用於人、動物、車馬
等。例：列車在～｜一放學，他就～
回家做功課。

【飛馳】 fēi chí
極快地跑。不用於人，只用於車馬
等。例：汽車～｜駿馬～。

【飛跑】 fēi pǎo
飛快地跑。多用於人，也可用於動
物、車馬等。例：他～到車站，總算
趕上了列車。

【疾步】 jí bù
快步。例：～如飛｜～向前。

【疾駛】 jí shǐ
同「急駛」。（車輛等）急速行駛。
例：汽車～而去。

【急駛】 jí shǐ
飛快地跑。多用於車馬等。例：汽車
～如飛。

【快跑】 kuài pǎo
迅速地跑。例：時間不多了，不～就
來不及了。

【狂奔】 kuáng bēn
用盡力氣快跑。例：草原上野馬～｜
一路～，他終於逃出了險境。

【跑】 pǎo
迅速前進。例：他大步向前～去。

【跑步】 pǎo bù
按照規定姿勢往前跑。例：～前進｜
爸爸每天早晨都去～。

哭 kū

【哀號】 āi háo

悲哀地號哭。多指人因不幸的事而失聲痛哭。例：親人去世，大家都～不止。

【哀哭】 āi kū

悲哀地哭。例：小恩一想到病逝的小貓，忍不住～起來。

【悲悲切切】 bēi bēi qiè qiè

形容人哭得十分傷心。例：母女二人哭得～，一路趕回家去。

【悲泣】 bēi qì

〈書〉悲哀地小聲哭。例：他失戀了，在半夜暗自～。

【悲咽】 bēi yè

〈書〉悲哀哽咽。例：說到傷心處，她不禁～起來。

【抽搭】 chōu·da

〈口〉也說「抽抽搭搭」。一吸一頓地哭泣。例：小明把玩具弄丟了，～着回到家裏。

【抽泣】 chōu qì

一吸一頓地小聲哭。例：雖然大家百般勸慰，母親仍不停地～。

【抽噎】 chōu yē

同「抽搭」。但程度比「抽搭」重。一吸一頓地哭泣。例：她邊說邊～，有幾次竟說不下去了。

【捶胸頓足】 chuí xiōng dùn zú

形容哭得十分傷心的樣子。含極為惋惜義。例：接到親人離世的噩耗，他悲痛萬分，～。

【啜泣】 chuò qì

〈書〉抽噎；一吸一頓地哭。例：她在朋友懷裏～，傾吐心中的委屈。

【放聲大哭】 fàng shēng dà kū

大聲哭。相當於「失聲痛哭」。例：噩耗傳來，他忍不住～。

【感激涕零】 gǎn jī tì líng

〈書〉感激得落淚。例：對於先生的大恩大德，我們全家都～，念念不忘。

【哽咽】 gěng yè

〈書〉哭時不能痛快地出聲。例：她～着講述了母親去世的經過。

【嚎】 háo

大聲哭。例：～哭｜～啕大哭。

【號哭】 háo kū

連喊帶叫地大聲哭。例：一聽到這個不幸的消息，她忍不住～起來。

【號啕】 háo táo

大聲哭。程度比「號哭」重。同「嚎啕」。例：～大哭｜接到母親去世的消息，他忍不住～起來。

【嚎啕大哭】 háo táo dà kū
大聲哭。例：別看她～，老人生前她
一點兒也不盡孝心。

【哭】 kū
因痛苦悲哀或感情激動而流淚，有時
候還發出聲音。例：放聲大～。

【哭鼻子】 kū bí·zi
〈口〉哭。多指為不值得哭的事而
哭。含詼諧義。例：這麼點兒小事你
怎麼就～啊！

【哭哭啼啼】 kū kū tí tí
不停哭泣。例：她是一個多愁善感的
女生，即使碰到小事，也會～的。

【哭嚎】 kū háo
放開聲音哭。例：他～着撲向母親的
遺體。

【哭咧咧】 kū liē liē
〈口〉時間較長的、並不大聲也不悲
哀的哭。多用於形容小孩兒的哭。
例：小孩子～的，一定是哪兒不舒
服。

【哭泣】 kū qì
輕聲哭。例：想想家裏的遭遇，她只
能暗地裏～。

【哭天抹淚】 kū tiān mǒ lèi
沒完沒了地哭泣流淚的樣子。一般程
度較輕。例：你這樣～也不能解決問
題啊！

【老淚縱橫】 lǎo lèi zòng héng
形容老年人流淚。例：聽到兒子在事
故中喪生的噩耗，張老伯忍不住～。

【淚痕滿面】 lèi hén mǎn miàn
滿臉都是流過眼淚的痕跡。例：她～
地從醫院裏走出來。

【淚流滿面】 lèi liú mǎn miàn
滿臉都是眼淚。形容哭得很厲害。
例：追悼會上，他讀完悼詞已是～
了。

【淚如泉湧】 lèi rú quán yǒng
形容眼淚很多，像泉水一樣湧出。
例：這對新人幾經波折，終於共結連
理，朋友都感動得～。

【淚如雨下】 lèi rú yǔ xià
形容眼淚非常多，像下雨一樣。例：
提及那段傷心往事，爺爺忍不住～。

【流淚】 liú lèi
淌眼淚，哭的一種表現。但有時也會
因外界環境刺激而流淚。例：～不
止。

【落淚】 luò lèi
代指哭。例：看過這部電視劇的人，
無不為劇中男女主角的愛情悲劇而
～。

【泣不成聲】 qì bù chéng shēng
哭得說不出話來。形容十分悲傷。

例：看到父親被病魔折磨得骨瘦如柴，她～。

【熱淚盈眶】 rè lèi yíng kuàng
眼淚充滿了眼眶。多表示因激動而哭。例：聽到自己得獎的消息，她激動得～。

【灑淚】 sǎ lèi
〈書〉即掉淚。含悲壯色彩。例：走到機場，兩個好朋友～而別。

【潸然淚下】 shān rán lèi xià
〈書〉淚流不止的樣子。例：他才華橫溢，卻英年早逝，一想起來就叫人～。

【聲淚俱下】 shēng lèi jù xià
邊訴說，邊哭泣。形容極其悲慟。例：南京大屠殺的倖存者，～地控訴當年日軍的獸行。

【失聲痛哭】 shī shēng tòng kū
不自主地放聲痛哭。例：在母親的追思會上，他忍不住～。

【啼】 tí
大聲地哭。也指鳥獸的叫聲。例：月落烏～霜滿天。

【啼哭】 tí kū
出聲地哭。例：這個孩子怎麼整天～，是不是發生了甚麼事？

【涕零淚下】 tì líng lèi xià
眼淚紛紛下落。例：面對眼前的墓碑，他忍不住～。

【涕泣漣漣】 tì qì lián lián
小聲哭泣，眼淚不停地流。例：一路上母女二人～，不知道能不能趕得上最後看他一眼。

【涕泗滂沱】 tì sì pāng tuó
〈書〉涕：淚。泗：鼻涕。滂沱：雨大的樣子。眼淚鼻涕流得像下大雨一樣。形容哭得極為傷心。例：兩人分離四十年，一見面忍不住都～。

【慟哭】 tòng kū
大哭。例：他撲到母親的墳前～起來。

【痛哭】 tòng kū
盡情大哭。例：失聲～｜離別在即，兩位好友抱頭～。

【痛哭流涕】 tòng kū liú tì
盡情大哭。例：面對飛機失事的慘狀，親屬們無不～。

【嗚咽】 wū yè
低聲哭泣。例：夜裏，隔壁傳來低低的～聲。注意：也比喻發出讓人感到淒涼悲哀的聲音（常用於風聲、水聲等）。例：高山垂首，河水～。

笑 xiào

【向隅而泣】 xiàng yú ér qì
〈書〉隅：牆角。對着牆角哭泣。例：她病得很厲害，但沒有親人來看望，每天只能～。

【飲泣】 yǐn qì
〈書〉淚水流到口裏去。形容悲哀到了極點。例：母親得知女兒患了絕症的消息後，常一個人偷偷～。

【飲泣吞聲】 yǐn qì tūn shēng
把眼淚咽到肚裏，強忍住哭聲。形容壓抑住極度的悲痛。例：她～，強作笑顏，為的是瞞住女兒，不讓她知道病情。

【暗笑】 àn xiào
偷偷地笑。多表示暗中稱快。例：他為自己的失誤不勝煩惱，對手卻在～。

【慘然一笑】 cǎn rán yí xiào
同「慘笑」。例：他只是～，沒說一句話就走了。

【慘笑】 cǎn xiào
內心痛苦、煩惱而勉強無奈地笑。例：提起那件事，他總是搖頭～。

【癡笑】 chī xiào
〈書〉無意識地呆笑。與「傻笑」相近。例：他～着，對醫生的話沒有反應。

【大笑】 dà xiào
放聲地笑。例：哈哈～｜哄堂～。

【乾笑】 gān xiào
不想笑而勉強尷尬地笑。例：說到這裏，他自嘲似地～了兩聲。

【怪笑】 guài xiào
奇特、古怪地笑。例：夜裏，樓上傳來一陣陣～，令人毛骨悚然。

【憨笑】 hān xiào
傻笑；天真地笑。例：他聽到老師的讚賞後，不停～。

【含笑】 hán xiào
面帶微笑。例：對這個問題，老師～

不答，讓他自己去領悟。注意：也常用其引申義。例：～九泉。

【哄堂大笑】 hōng táng dà xiào
滿屋子的人同時大笑。例：他這個人特別會講笑話，經常逗得大家～。

【哄笑】 hōng xiào
許多人同時大笑。例：他的講演錯誤百出，引得人們陣陣～。

【歡聲笑語】 huān shēng xiào yǔ
歡笑的聲音和話語。多形容較大的歡樂場面。例：聖誕聯歡會上，～不斷，大家玩得非常開心。

【歡笑】 huān xiào
快活歡樂地笑。例：晚會上，禮堂裏充滿了～聲。

【假笑】 jiǎ xiào
不真心地笑。略含貶義。例：看他一臉～，就知道他不是個忠厚之輩。

【奸笑】 jiān xiào
陰險奸詐地假笑。含貶義。例：那人一臉～，引起了小明的警惕。

【苦笑】 kǔ xiào
心情不愉快而無奈地笑。例：我問他考完試的感受，他只是～，卻沒有回答。

【狂笑】 kuáng xiào
縱情而任性地大笑。例：同學看到小

賢滑稽的動作，忍不住失聲～｜歹徒們喝得酩酊大醉，正在～，警察突然衝了進來，將他們一網打盡。

【樂】 lè
笑。例：這個笑話把大家都逗～了。注意：也指快樂。

【樂呵呵】 lè hē hē
形容高興時微笑的樣子。例：爸爸心寬體胖，天大的事他表面上也是～的。

【冷笑】 lěng xiào
含有不滿、不屑、不以為然、無奈、諷刺等意味或怒意的笑。例：聽到這個消息，他一着搖搖頭，表示不相信｜面對別人的責難，他只發出一聲～。

【滿臉堆笑】 mǎn liǎn duī xiào
同「笑容可掬」。滿臉都是笑容。例：看到同學的精彩表演，老師～。

【眉開眼笑】 méi kāi yǎn xiào
眉頭舒展，滿眼含笑。形容高興的樣子。例：聽他滿口答應，小聰立刻～，放心地走了。

【媚笑】 mèi xiào
巴結人的諂媚的笑。貶義程度比「脅肩諂笑」輕。例：看見她滿臉～，不由得叫人渾身起雞皮疙瘩。

【獰笑】 níng xiào
凶惡地笑。含貶義。例：歹徒～着，叫他交出保險櫃的鑰匙，可他毫不畏懼，按響了警鈴。

【噴飯】 pēn fàn
吃飯時看到或聽到可笑的事，突然大笑，把嘴裏的飯噴出來。形容事情可笑。含恥笑義。例：這樣無知的說法實在令人～。

【捧腹大笑】 pěng fù dà xiào
大笑時，因牽動肚腸，只好用手捧住腹部。形容大笑的樣子。例：這個喜劇演得太好了，逗得滿場觀眾都～。

【破涕為笑】 pò tì wéi xiào
涕：眼淚。停止了哭，反而笑了。例：媽媽連哄帶勸，小明總算～了。

【前仰後合】 qián yǎng hòu hé
笑得身子俯前仰後的樣子。程度比「眉開眼笑」深。例：看着小丑滑稽的動作，觀眾們笑得～。

【竊笑】 qiè xiào
〈書〉偷偷地笑。含譏笑義。例：他自以為是地侃侃而談，居然把簡單的知識都說錯了，引得台下一片～。

【傻笑】 shǎ xiào
指無意識地呆笑。近於「癡笑」。例：他～着坐在那裏。

【失笑】 shī xiào
不由自主地、忍不住地發出笑聲。例：啞然～。

【莞爾一笑】 wǎn ěr yí xiào
〈書〉形容微笑的樣子。例：母親聞其言，～，不置可否。

【微笑】 wēi xiào
略帶笑容地笑。例：老師～着又解釋了一遍，他還才聽懂了。

【嬉皮笑臉】 xī pí xiào liǎn
形容嬉笑而不嚴肅的樣子。例：我跟你說正經事呢，你怎麼～的？

【嘻嘻哈哈】 xī xī hā hā
笑。多形容沒有誠意的應付或不當回事的笑。例：你認真點兒，別總是～的。

【嬉笑】 xī xiào
笑着鬧着。例：幼稚園裏，孩子們的～聲此起彼伏。

【喜笑顏開】 xǐ xiào yán kāi
因為高興而滿臉笑容的樣子。例：聽到香港運動員在奧運會上獲得金牌的消息，人人～。

【笑】 xiào
露出愉快的表情，發出歡樂的聲音。例：～聲｜～容｜啼～皆非。

【笑哈哈】 xiào hā hā
形容開口笑的樣子。例：他這個人性格爽朗，一天到晚總是～的。

【笑呵呵】 xiào hē hē
形容高興時微笑的樣子。例：他心地善良，對人總是～的。

【笑裏藏刀】 xiào lǐ cáng dāo
比喻表面和善而內心陰險狠毒。例：對他這種～的騙子，一定要多加提防。

【笑瞇瞇】 xiào mī mī
高興時微笑的樣子。例：老師～地宣佈了一個好消息，全班同學都歡呼起來。

【笑容可掬】 xiào róng kě jū
掬：用手捧取。笑容都可以用手捧，形容滿臉堆笑的樣子。例：一看爸爸～的樣子，我就知道他今天生意一定不錯。

【笑嘻嘻】 xiào xī xī
輕鬆微笑的樣子。例：老師教訓他，他總是～的，滿不在乎。

【笑吟吟】 xiào yín yín
形容微笑的樣子。例：張老師對人總是那麼和氣，即便教訓人，也是～的。

【笑逐顏開】 xiào zhú yán kāi
形容非常高興、滿臉笑容的樣子。

例：我們班的參賽同學獲得了冠軍，全班同學都～。

【脅肩諂笑】 xié jiān chǎn xiào
聳起肩膀，裝出笑臉。形容諂媚的醜態。含貶義。例：看他～的樣子，活像個漢奸。

【啞然失笑】 yǎ rán shī xiào
忍不住笑出聲來。例：看到小孩子幼稚的模仿，他忍不住～。

【嫣然一笑】 yān rán yí xiào
嫣然：笑得很美很甜的樣子。很好看的笑。只用於女子。例：那女孩子～，露出一口潔白整齊的牙齒。

【仰天大笑】 yǎng tiān dà xiào
抬起頭來大笑。例：張老師聽了～，連連擺手說：「無稽之談！無稽之談！」

罵 mà

【暴罵】 bào mà
大而狠地罵。例：聽說兒子拋棄了跟他同甘共苦的妻子，老爸把他～了一頓。

【嘲罵】 cháo mà
嘲笑，辱罵。例：他的忸怩作態反倒招致一陣～。

【斥罵】 chì mà
訓斥責罵。多用於非正式場合，說話一般較粗野、放肆。例：大聲～｜～聲不絕於耳。

【叱罵】 chì mà
訓斥責罵。多指大聲責罵。與「斥罵」相比：突出毫無顧忌地大聲責罵，語意較重。例：她大聲～着兒子，兒子害怕得放聲大哭。

【臭罵】 chòu mà
狠狠地罵。這裏的罵多指狠狠批評。例：他未能把事情辦好，被經理～一頓。

【詬罵】 gòu mà
〈書〉用污言穢語辱罵。例：他如此～別人，只會降低他自己的人格。

【叫罵】 jiào mà
叫喊着大聲罵人。例：任別人怎樣～，他就是不作聲。

【罵】 mà
用粗野或惡意的話侮辱人。例：為這點兒小事你～人家，真是不應該。

【罵罵咧咧】 mà·ma liē liē
指說話中夾雜着罵人的話。含貶義。例：有意見可以提嘛，這樣～的可不好。

【謾罵】 màn mà
用輕慢、粗野的口吻罵人，態度狂妄。例：對於敵人的～，最好的辦法就是用事實予以回擊。

【漫罵】 màn mà
漫無邊際地恣意亂罵。例：這種～無助於解決問題，你們還是坐下來認真談一談。

【怒罵】 nù mà
憤怒地罵。例：一陣～，他心頭的憤怒才稍稍平息。

【破口大罵】 pò kǒu dà mà
毫無顧忌地放開嗓門大罵。例：你這樣～，實在有失身份啊！

【辱罵】 rǔ mà
用惡毒的言語污辱謾罵。例：他無法忍受那種惡毒的～，結果雙方吵了起來。

【痛罵】 tòng mà
盡情大罵。例：他們殘害人命，還振振有詞地美化自己，遭到了在場所有人的～。

飛 fēi

【唾罵】 tuò mà
鄙棄責罵。例：他這種倒行逆施的做法遭到了人們的～。

【笑罵】 xiào mà
開玩笑或因寵愛而罵。例：媽媽經常～小明做事不動腦筋。

【責罵】 zé mà
用嚴厲的話批評指責。例：小孩子犯了錯應該耐心教育，不能～。

【指雞罵狗】 zhǐ jī mà gǒu
明罵雞，實罵狗。比喻表面上罵甲，實際上是在罵乙。例：有話請直說，這樣～，以為別人聽不出來嗎？

【指桑罵槐】 zhǐ sāng mà huái
指着桑樹罵槐樹。用法同「指雞罵狗」。例：你有意見就明說，不要～。

【咒罵】 zhòu mà
用惡毒的語言罵人。程度比「詛咒」重。例：那個潑婦在街上大聲～，滿口都是髒話。

【詛咒】 zǔ zhòu
原指祈求鬼神加禍於所恨的人。今指咒罵，想讓所恨的人遭到災禍。程度遠比「斥罵」、「叱罵」重。例：家裏失竊後，奶奶不停地～小偷。

【翱翔】 áo xiáng
在空中盤旋地飛。比「飛翔」更具廣闊感。含自由自在義。例：雄鷹在藍天～。

【比翼齊飛】 bǐ yì qí fēi
也說「比翼雙飛」。翼：翅膀。翅膀挨着翅膀一齊飛。比喻夫妻恩愛，朝夕相伴。也比喻互相幫助，共同前進。例：哥哥嫂嫂～，雙雙赴英國留學。

【飛】 fēi
鳥、蟲等鼓動翅膀在空中活動或人造機械在空中行駛。例：鳥～了｜飛機～上藍天。

【飛騰】 fēi téng
急速飛起；很快地向上升。多指煙霧、塵土等被風吹起。例：失火山林的上空，煙霧～，情況危急。

【飛舞】 fēi wǔ
像跳舞似地在空中飛。例：雪花～｜蝴蝶～｜柳絮～。

【飛翔】 fēi xiáng
盤旋地飛。也泛指飛。例：海燕在大海上～。

【飛行】 fēi xíng
航空、航天器以及導彈、火箭等在空中航行。例：飛機在高空上～。

【飛旋】 fēi xuán
圍繞着一個範圍盤旋飛翔。例：直昇
機在出事海域上空～着，搜尋失蹤
者｜過山車～起來，人們發出歡快的
笑聲。

【飛揚】 fēi yáng
向上飄起。例：塵土～｜歌聲～。

【飛躍】 fēi yuè
騰空跳躍；飛騰跳躍。多用來比喻事
物的轉化或突飛猛進。例：～進步｜
這本書使他對海洋生物有了～的認
識。注意：也形容快速。例：他跑起
來像～的獵豹。

【分飛】 fēn fēi
由原來同向並行飛翔改為散開各自向
不同方向飛翔。多比喻分離。例：勞
燕～。

【紛飛】 fēn fēi
多而雜亂地飄飛。例：大雪～｜紙屑
～。

【俯衝】 fǔ chōng
以高速度和大角度向下飛。例：老鷹
從高空～下來，撲擊獵物｜直昇機的
這個～動作難度非常大。

【高飛】 gāo fēi
高高地飛翔。多用比喻義，表示遠遠
離開。例：遠走～。

【滑翔】 huá xiáng
不依靠任何動力，利用空氣的浮力在
空中滑行。例：今天我們去看～表
演｜風箏～了一陣子，最終還是一頭
栽了下來。

【盤旋】 pán xuán
環繞着飛。例：老鷹在天上～。

【翩翩】 piān piān
形容動作輕快。也形容青年男子舉
止瀟脫。例：花叢中的彩蝶～飛舞｜
整個晚會上，他風度～，十分引人注
目。

【起飛】 qǐ fēi
（飛機）開始飛行。也比喻事業開始
發展。例：飛機準時～了｜中國建立
了航空基地，標誌着航天事業的～。

站立 zhàn lì

【矗立】 chù lì
高高地直立。偏重於強調物體高高地立在甚麼地方。例：大路兩旁～着高樓大廈。

【倒立】 dào lì
頂端朝下地豎立。例：～是體操運動員的一項基本功。

【獨立】 dú lì
單獨地站立。例：～山頂的蒼松。注意：也指自主地存在。例：～自主。

【立】 lì
站。例：坐～不安｜～於不敗之地。

【林立】 lín lì
像樹林一樣密集地豎立着。例：幾年沒來，這裏已經變成了一座高樓～的城市。

【起立】 qǐ lì
站起來。多用於口令。例：全體～。

【峭立】 qiào lì
又高又陡地直立。例：登上大帽山，可以看到～的岩石。

【侍立】 shì lì
站在一旁陪伴、侍候。例：他坐在老闆桌後面，～一旁的是一個身材高大的男人。

【豎立】 shù lì
直立。例：公路旁～着一排電燈柱。

【聳立】 sǒng lì
高高地直立。偏重於強調物體的高。例：羣峯～。

【肅立】 sù lì
嚴肅地站着。例：～默哀。

【亭亭玉立】 tíng tíng yù lì
本義是高聳直立。後用來形容女子身材美麗挺拔。例：幾年不見，小女孩已經出落成一個～的少女了。

【挺立】 tǐng lì
筆直地立着。例：集會的時候，領袖生像一株小松樹一樣～在崗位上。

【兀立】 wù lì
高高直立。例：一塊～的大石頭擋住了去路，他只好繞路而行。

【屹立】 yì lì
高聳而穩固地立着。可用於人、物，也可用於某種抽象事物。例：他是一個偉大的人，雖然他已去世多年，但在人們心中的地位仍～不搖｜一株參天古樹～在山崖之上。

【站】 zhàn
直着身體，雙腳踏着地或物體。例：～在太平山頂，俯瞰下去，海港平靜得像一面鏡子。

【站立】 zhàn lì
站。例：他～在父親墳前，默哀良久。

加強 jiā qiáng

【直立】 zhí lì
筆直地站着。例：他腰背彎曲，無法
～。

【佇立】 zhù lì
〈書〉長時間地站立不動。例：他久
久地～在塑像前，陷入了沉思。

【得寸進尺】 dé cùn jìn chǐ
得到一寸，還想得到一尺。形容貪心
不足。含貶義。例：你這樣～，還有
沒有滿足的時候？

【得隴望蜀】 dé lǒng wàng shǔ
語出《後漢書·岑彭傳》：「人苦不知
足，既平隴，復望蜀。」指後漢光武
帝劉秀企圖平定隴右以後再攻取西
蜀。現用來比喻貪得無厭。貶義程度
比「得寸進尺」重。例：那個人～，
貪得無厭，最終因為腐敗而被收審
了。

【遞進】 dì jìn
順次增進。例：今年的增長率比去年
又有了很大～。

【遞增】 dì zēng
順次增加。例：產量連年～。

【更加】 gèng jiā
程度上又深了或數量上進一步增減。
例：獲得冠軍後，他訓練～刻苦了。

【火上澆油】 huǒ shàng jiāo yóu
也說「火上加油」。比喻用言語或行
動使人更加憤怒或使事態更加嚴重。
例：他們的情緒已經控制不住了，你
怎麼還～？

【加倍】 jiā bèi
指程度比原來深得多。例：～努力。
注意：也指比原有數量增加了相同的

數量。例：功課～了，還應付得來嗎？

【加緊】 jiā jǐn
加快速度或加大力度。例：比賽臨近，我們要～練習，盡力為校爭光。

【加劇】 jiā jù
程度更加嚴重。例：一到冬天，爺爺的病情就～了。

【加強】 jiā qiáng
使力度更大或更有效。例：～力量｜～監管。

【加深】 jiā shēn
使程度更深。例：～印象｜通過這次交往，雙方的感情～了。

【加油】 jiā yóu
給飛機、汽車等添加油類燃料。也用來比喻進一步努力。例：比賽時，啦啦隊一直在場邊為主隊～。

【加重】 jiā zhòng
重量或程度增加。例：～負擔｜病情～。

【精益求精】 jīng yì qiú jīng
本來很好還追求更好。例：李老師在教學上～，這種精神很值得我們學習。

【擴充】 kuò chōng
擴大；增多。例：～編制｜這幾年網民的隊伍不斷～。

【擴大】 kuò dà
放大範圍。例：警方～了搜索範圍，下決心要擒住罪犯。

【擴展】 kuò zhǎn
向外伸展；擴大。例：這幾年我們公司的業務不斷～。

【擴張】 kuò zhāng
擴大（勢力、野心等）。例：～勢力。

【填補】 tián bǔ
補足空缺或欠缺。例：～不足｜～空白。

【填充】 tián chōng
填補空缺。例：～空缺。

【雪上加霜】 xuě shàng jiā shuāng
比喻一再遭受磨難，損害愈加嚴重。例：他爸爸多年癱瘓在牀，現在媽媽又雙目失明，這不是～嗎？

【愈加】 yù jiā
更加。例：天氣～熱了。

【越發】 yuè fā
同「愈加」。例：幾年沒見，她～漂亮了。

【再接再厲】 zài jiē zài lì
一次又一次地努力；繼續努力。例：期末考試成績不錯，還要～。

搜刮 sōu guā

【增補】 zēng bǔ
增添;補充。例:這次大會,爸爸被
～為議員。

【增高】 zēng gāo
增加高度或在原有基礎上提高。例:
半年沒見,孩子的個兒又～了不少。

【增加】 zēng jiā
在原有基礎上加多。例:經過運動,
他的飯量～了。

【增進】 zēng jìn
增加並促進。例:～友誼｜～團結。

【增強】 zēng qiáng
增進並加強。例:發展體育運動,～
市民體質。

【增添】 zēng tiān
在原有基礎上加多。應用範圍比「增
加」略小。例:～設備｜～新的內容。

【增長】 zēng zhǎng
增加並提高。例:～知識｜～見聞。
注意:也指生物體某一部分組織的細
胞數目增加,體積擴大。例:癌細胞
在病人體內瘋狂～,醫生也已經束手
無策。

【剝削】 bō xuē
憑藉佔有的生產資料無償地佔有別人
的勞動或產品的行為。含貶義。例:
這裏的勞工,受盡殘酷的～｜香港的
勞工法例保障僱員不受～。

【聚斂】 jù liǎn
剝削搜刮。例:～錢財｜～財富。

【揩油】 kāi yóu
〈方〉佔別人便宜,刮別人油水。含
貶義。例:他這種借機～的行為,遭
到了大家的指責。

【勒索】 lè suǒ
用威脅手段向別人索要財物。含貶
義。例:～財物｜敲詐～。

【掠奪】 lüè duó
大肆地強行奪取(財物)。多指奪取
大量的財物、資源等。含貶義。例:
～資源。

【掠取】 lüè qǔ
大肆地搶奪而取得(大量的財物、資
源等)。含貶義。例:最近報紙常有
賊人假扮水電工,進屋後～大量財物
的報道。

【敲骨吸髓】 qiāo gǔ xī suǐ
砸碎骨頭吸骨髓。比喻殘酷剝削。貶
義程度比「雁過拔毛」重。例:像你
這樣～的作為,終究會為人所唾棄。

【敲詐】 qiāo zhà

用欺騙、威脅等手段索取財物。含貶義。例：不要理他，他這明明是～嘛！

【敲詐勒索】 qiāo zhà lè suǒ

依仗勢力或強迫手段，抓住別人的把柄進行威脅，逼取錢財。貶義程度比「敲詐」重。例：他身為執法人員，這種～的行為，更為法律所不容。

【敲竹槓】 qiāo zhú gàng

抓住別人的把柄或借某種口實抬高價格或索取財物。含貶義。例：對於這種～的行為，最好的辦法就是向有關當局投訴。

【巧取豪奪】 qiǎo qǔ háo duó

用欺詐的手段騙得或憑強力搶佔財物。含貶義。例：他依仗權勢，～，終於被依法逮捕了。

【搜刮】 sōu guā

用種種方法掠奪（財物）。含貶義。例：～錢財｜～百姓。

【索賄】 suǒ huì

索取賄賂。含貶義。例：他因為～，被廉政公署起訴了。

【索取】 suǒ qǔ

要；討取。多用於貶義。例：人類向大自然過分～，大自然就會以天災報復人類。

【索要】 suǒ yào

要。例：～回扣｜～原件｜～欠款。

【壓榨】 yā zhà

原意為壓取物體的汁液。用來比喻殘酷的剝削或搜刮。含貶義。例：這種～工人血汗的行為是絕不允許的。

【雁過拔毛】 yàn guò bá máo

大雁飛過也要拔下羽毛來。比喻搜刮、盤剝厲害，一絲一毫也不放過。含貶義。例：他可是個～的人，你得小心點兒。

【魚肉】 yú ròu

〈書〉《史記·項羽本紀》：「人為刀俎，我為魚肉。」意思是人家好比刀和砧板，我們好比魚和肉，任人宰割。後來比喻用暴力欺凌壓榨。含貶義。例：～百姓｜～市民。

【榨取】 zhà qǔ

比喻殘酷剝削或搜刮。含貶義。例：～錢財｜～油水。

反抗 fǎn kàng

【抵觸】 dǐ chù
對立；有矛盾。例：～情緒｜互相
～。

【抵擋】 dǐ dǎng
抵抗；擋住壓力。多用於戰鬥方面。
例：聯軍以極少的兵力～住了敵人的
數十次進攻。

【抵抗】 dǐ kàng
抵制，反抗；用力量制止對方的進
攻。多用於軍事方面。例：～外敵｜
～大洪水。

【抵制】 dǐ zhì
抵抗；制止。多用於阻止消極或有害
的事物侵入或發生作用。例：～誘
惑｜許多同學都經常上網，但要注意
～不健康的內容。

【反駁】 fǎn bó
論證的一種特殊方式，即用一個論證
去推翻另一個論證，也就是用確鑿的
事實或正確的觀點證明某種言論是虛
假的。例：一號辯手的～有理有據，
使對方啞口無言。

【反唇相譏】 fǎn chún xiāng jī
譏：譏諷。不服氣，反過來責問或譏
諷對方。例：對對方的無禮言辭，他
～，終於使對方收斂了囂張的氣焰。

【反對】 fǎn duì
不贊成；不同意。例：～侵略｜～議
案。

【反戈一擊】 fǎn gē yì jī
戈：古代兵器。掉轉兵器向原來所屬
的陣營進攻。也比喻一旦覺悟，回過
頭來對抗自己一方的壞人壞事。例：
由於他的～，使案情有了很大進展。

【反攻】 fǎn gōng
防禦的一方對進攻方採取攻勢行動。
多用於戰略範圍。例：我隊開始～，
收窄與對手的分數差距。

【反擊】 fǎn jī
回擊。例：下半場對方組織力量進行
～，我們團結一心，齊心協力，把優
勢保持到了終場。

【反間】 fǎn jiàn
用計謀挑撥使敵人內部不團結。例：
～計｜敵我之間實施～，是一種心理
戰術的較量。

【反抗】 fǎn kàng
用行動反對；抵抗。例：歹徒不再
～，束手就擒了。

【反叛】 fǎn pàn
叛變或叛變的人。含貶義。例：～是
一種不可原諒的行為。

【反撲】 fǎn pū
被打退後又攻上來。規模一般比「反
擊」大。例：擊退敵人的～。

【反噬】 fǎn shì
〈書〉噬：咬。對別人的指責、揭發

反咬一口。含貶義。例：他這種～完
全是強詞奪理。

【反咬一口】 fǎn yǎo yì kǒu
被控告的人反過來誣賴檢舉人或控告
人。含貶義。例：他沒想到她會～，
一時沒了話說。

【負隅頑抗】 fù yú wán kàng
也作「負嵎頑抗」。負：倚靠。隅：
山勢險要的地方。倚靠險要地勢頑固
抵抗。含貶義。例：儘管敵人～，最
後還是被聯軍殲滅了。

【抗辯】 kàng biàn
不接受責難，為自己或自己一方進行
辯護。例：律師的～十分有力，使案
情有了新的轉機。

【抗衡】 kàng héng
對抗；不相上下。例：有了新來的大
中鋒，我們可以與他們～了。

【抗擊】 kàng jī
抵抗並反擊。例：～敵人｜～侵略。

【抗拒】 kàng jù
抵制和拒絕；不順從。例：～命令。

【抗命】 kàng mìng
拒不接受命令。例：面對上司無理的
要求，他堅決～。

【抗議】 kàng yì
通過口頭或書面提出強烈反對意見，

並表明自己的態度和立場。例：強烈
～。

【抗禦】 kàng yù
抵抗和防禦。例：～外侮｜～嚴寒｜
～災害。

【頑抗】 wán kàng
頑強抗拒。含貶義。例：歹徒～不
降，最後被警方擊斃。

【違背】 wéi bèi
違反；背離。例：～意願｜～規章制
度。

【違抗】 wéi kàng
違背和抗拒。程度比「違背」重。
例：～命令。

【違忤】 wéi wǔ
〈書〉也作「違仵」。違背；不順從。
例：～了老人的意願，我心裏會長久
不安的。

【忤逆】 wǔ nì
不孝順。含貶義。例：～之子｜～子
孫。

逼迫 bī pò

【逼】 bī
逼迫;強迫。例:又沒人~你,你急甚麼呀?

【逼宮】 bī gōng
舊時指大臣強迫帝王退位。也泛指強迫政府首腦辭職或讓出權力。例:《雍正王朝》~一場戲演得相當成功。

【逼供】 bī gòng
用酷刑或威脅等手段強迫受審人招供。例:審訊犯人,講求的是證據,怎可以~呢?

【逼迫】 bī pò
緊緊催促;用壓力促使。例:讓兒子自己決定,不要~他接受你的建議。

【逼上梁山】 bī shàng liáng shān
《水滸傳》中有林沖等人被官府迫害上梁山造反的情節。後多用來比喻被迫進行反抗或迫於無奈做某事。例:他因為長期失業,無以為生,才~,做出偷竊的事。

【催逼】 cuī bī
催促逼迫。含貶義。例:由於客戶~得緊,他不得不連夜加班。

【咄咄逼人】 duō duō bī rén
形容氣勢洶洶,盛氣凌人。例:你就是有理,也不能如此~啊!

【勉強】 miǎn qiǎng
使人做他不願意做或難以做到的事。

例:他還沒有想通,你就別~他做了。

【勉為其難】 miǎn wéi qí nán
勉強做力所難及或不情願做的事。例:你實在做不了就不要~了。

【迫】 pò
逼迫;強迫。例:~於無奈|~於壓力。

【迫使】 pò shǐ
用強力逼迫(使其就範)。例:歹徒拿出刀子,~他交出錢包。

【強加】 qiáng jiā
強迫人家接受某種意見或做法。例:你個人的主意~給大家,還說是集體決定,未免太過分了吧?

【強行】 qiáng xíng
強制實行或進行。例:~通過|~登陸。

【強制】 qiáng zhì
用行政手段強迫。例:~執行|~沒收。

【強逼】 qiǎng bī
強迫。程度比「逼迫」更深,強調強力。例:孩子對彈鋼琴沒興趣,~也沒有用。

【強迫】 qiǎng pò
同「強逼」。用強力逼迫。例:你不

要～別人做這件事，應先問問他們的意願。

【強人所難】 qiǎng rén suǒ nán
勉強別人做為難的事。含貶義。例：他剛出院沒幾天，你就叫他跑步，這不是～嗎？

【強使】 qiǎng shǐ
施加壓力使做某事。比「強逼」和「強迫」更具體。例：不從道理上講清，～孩子認錯，他將來還會犯同樣的錯。

【威逼】 wēi bī
用威力逼迫。例：班上的「小霸王」經常欺負人，並～受欺凌的人不要告訴老師。

【威嚇】 wēi hè
用威力恫嚇。程度比「威懾」輕，應用範圍也小得多。例：面對賊人的～，他不但沒有屈服，而且尋找機會報警。

【威懾】 wēi shè
用強力或聲勢壓制，使恐懼、順服。例：～力｜在法律的～下，他去投案自首了。

【威脅】 wēi xié
用威力恫嚇、逼迫，使屈服。「威嚇」強調口頭的恫嚇，「威脅」則更強調恫嚇的手段。例：～利用｜教育孩子不能用～的手段。

【脅迫】 xié pò
用威脅等手段強迫。例：他是被～加入非法集團的，所以量刑是有區別的。

拋棄 pāo qì

【擯除】 bìn chú
拋棄；排除。例：～雜念，聚精會神。

【擯棄】 bìn qì
拋棄。語意較重，多用於思想、觀點、文化糟粕等抽象事物。例：～私念，一心為公。

【屏棄】 bǐng qì
拋棄；扔掉。也作「摒棄」。例：～陋習｜～壞習慣。

【丟掉】 diū diào
拋棄。例：～幻想。

【丟棄】 diū qì
丟掉；拋棄。例：我們要愛護旅遊景點的環境，不要隨便～垃圾。

【放棄】 fàng qì
丟掉；不再堅持或擁有。例：經過大家的勸說，他～了原來的打算｜那麼好的機會他～了。

【廢棄】 fèi qì
廢止；拋棄不用。例：不能隨意傾倒～物｜那是一家～的工廠。

【廢置】 fèi zhì
沒有用而放到一邊。例：～不用｜這條生產線太陳舊，已經～不用了。

【捐棄】 juān qì
〈書〉拋棄。例：～前嫌，團結一致。

【撂下】 liào xià
放下。例：這件事你可不能～不管，大家全等着你呢！

【拋開】 pāo kāi
捨棄；丟開。例：～我們的私人感情不說，就這件事本身你做得也太過分了。

【拋棄】 pāo qì
拋開；丟掉。與「擯棄」相比，可用於具體或抽象事物。例：這種見利忘義的朋友你早就該～了｜～不必要的顧慮。

【撇開】 piē kāi
丟開不管，放在一邊。例：這件事你是有責任的，怎麼可以～不管呢！

【撇棄】 piē qì
拋棄；丟開。用法同「拋棄」。例：～不顧。

【撇下】 piē xià
丟下不管。例：父母相繼去世，～的孩子被送進了孤兒院。

【棄】 qì
拋棄；扔掉。例：～之不用｜食之無味，～之可惜。

【棄絕】 qì jué
拋棄；拒絕。例：他～了國外某公司的高薪誘惑，毅然回港了。

【棄卻】 qì què

丟開。例：他～國外舒適的生活，回到了香港。

【棄如敝屣】 qì rú bì xǐ

棄：拋棄。敝屣：破鞋子。像丟掉破鞋子那樣毫不可惜地拋棄。例：他痛改前非，對麻將牌～。

【棄置】 qì zhì

扔在一旁。例：～不顧 | ～不用。

【扔】 rēng

拋棄；丟開。例：這些破爛的東西你還是～了吧！

【扔掉】 rēng diào

拋棄；丟開。例：大掃除的時候，我把沒用的東西～。

【捨】 shě

捨棄。例：消防員～己為人的精神令人佩服 | ～本求末。

【捨棄】 shě qì

不要；拋棄。例：從整個文章看，這一段純屬節外生枝，完全可以～。

【甩】 shuǎi

〈口〉拋開。例：跑到中途他就被～開了。

【虛擲】 xū zhì

白白地拋棄不用。例：你如此～光陰，將來會後悔的。

【遺棄】 yí qì

扔下；拋棄。例：他從小被父母～，是在孤兒院裏長大的。

【擲】 zhì

扔；投；拋。例：投～標槍。

【擲還】 zhì huán

扔回來。請求對方把原物歸還自己。自謙說法。多用於文稿方面。例：稿件如不合用，務請～。

除掉 chú diào

【擯除】 bìn chú
拋棄；排除。多用於事物。例：～在外｜～不用。

【擯棄】 bìn qì
拋棄。語意較重，多用於思想、觀點、文化糟粕等抽象事物。例：～舊習氣｜～壞習慣。

【屏除】 bǐng chú
〈書〉排除；除去。也作「摒除」。例：上場之前，只有～一切雜念，才能打好比賽。

【屏棄】 bǐng qì
〈書〉拋棄；扔掉。也作「摒棄」。例：～不良習慣，做一個有修養的人。

【剷除】 chǎn chú
連根除掉；消滅乾淨。多用引申義。例：這個官員一上台，馬上整頓這區治安，為市民～禍害。

【撤除】 chè chú
除去；取消。例：路障～了，估計是工程竣工了。

【撤掉】 chè diào
取消。例：～官員｜～一個人。

【撤消】 chè xiāo
取消；除掉。例：～職務｜～戒嚴令。

【除掉】 chú diào
除去；去掉。例：～心腹大患。

【除根】 chú gēn
從根本上除掉。例：斬草～。

【除名】 chú míng
除掉或開除名字（使退出某一集體）。例：比賽的前一天，他被教練～了。

【除去】 chú qù
去掉；除掉。多用於事物。例：～灰塵，才能顯出它本來的顏色。

【廢除】 fèi chú
取消；廢止（法令、制度、條約等）。例：～不平等條約。

【廢掉】 fèi diào
廢除；去掉。例：有些國家已經～死刑。

【廢棄】 fèi qì
廢止；拋棄不用。例：倉庫裏堆滿了～的機械。

【廢止】 fèi zhǐ
取消；不再行使（法令、制度等）。例：這種制度對培養人才明顯不利，必須儘早～。

【革除】 gé chú
剷除；去掉或開除；撤職。例：～職務。

【革去】 gé qù
同「革除」。例：～公職。

【根除】 gēn chú
連根除掉；徹底剷除。例：～陋習。

【勾銷】 gōu xiāo
也作「勾消」。刪掉；抹去；去掉。
例：經過多年的償還，債務已經～
了。

【解除】 jiě chú
去掉；消除。多指解除事物或工作職
務。例：由於不負責任，他最近被～
了班長職務。

【開除】 kāi chú
除名（使之退出集體）。例：他因為
違反校規，差一點兒被學校～。

【免除】 miǎn chú
免去；免掉。例：～職務。

【抹】 mǒ
去掉；除去。例：～不掉的污點。

【抹除】 mǒ chú
抹掉；消除。例：留在心裏的陰影一
時難以～。

【抹掉】 mǒ diào
除去；去掉。與「勾銷」相近。例：
她快要離開香港，這裏的美好回憶，
在她心裏是無法～的。

【抹殺】 mǒ shā
也作「抹煞」。抹掉；勾銷。多用於
否定義。例：你在球隊中的功勞是不
可～的。

【抹消】 mǒ xiāo
同「勾銷」。「抹消」也指擦去（擦
掉），而「勾銷」只是在原處刪除、
勾掉。例：不知是甚麼人用油漆在牆
上寫字，一時很難～。

【排除】 pái chú
除掉；消除（困難、障礙等）。例：
～萬難，去爭取勝利。

【排遣】 pái qiǎn
消除；除掉（寂寞或煩悶的情緒）。
例：他久久不能入睡，心中的鬱悶無
法～。

【清除】 qīng chú
指全部去掉。例：～積弊。注意：也
指清除物品。例：～垃圾｜～污垢。

【清洗】 qīng xǐ
同「清除」。但多用於貶義。例：～
內奸。注意：也指清洗物品。例：～
抽油煙機。

【驅除】 qū chú
趕走；除掉。例：～蚊蟲的最好辦法
就是噴灑藥物。

【取締】 qǔ dì
取消；禁止。例：～非法活動。

【取消】 qǔ xiāo
使原有的制度、規章、資格、權利等
失去效力。例：由於他違反紀律，被
～了參賽資格。

【刪除】 shān chú
刪去；去掉（文辭中的某些字句）。
例：～那段文字後，全篇顯得精練多
了。

【刪掉】 shān diào
刪去；去掉。例：這一段不必要的情
節完全可以～。

【剔除】 tī chú
把多餘的、不合適的去掉。含選擇後
去掉義。例：只有～壞死的組織，肌
體才能得以恢復。

【消除】 xiāo chú
除去。多指消除不利事物和不良影
響。例：～影響｜～隔閡。

【消弭】 xiāo mǐ
消除（壞事）。例：～水患。

【消滅】 xiāo miè
除掉。程度比「消除」重。例：屋子
裏的蟑螂被徹底～了。

【消泯】 xiāo mǐn
同「消滅」。但多用於情緒方面。
例：他在我心中留下的印象，早已隨
着歲月的流逝而～。

【一筆勾銷】 yì bǐ gōu xiāo
用筆一下子勾掉。比喻一下子全部去
掉或取消。例：有你這句話，過去我
們之間的恩怨就算～了。

搗亂 dǎo luàn

【打攪】 dǎ jiǎo
打擾；擾攪。例：媽媽說爸爸正在校對稿件，叫我不要～。

【打擾】 dǎ rǎo
擾亂；攪擾。例：工作時間，請勿～。注意：用於說話者本人則表示客氣。例：這次來多有～，不好意思啊！

【搗蛋】 dǎo dàn
找個藉口沒事生事，故意干擾或妨害別人。程度較輕。含親昵語氣。例：調皮～。

【搗鬼】 dǎo guǐ
使用詭計妨害（使行動、計劃不能正常進行）。多含貶義。例：這件事肯定有人從中～，不然怎麼會這樣？

【搗亂】 dǎo luàn
故意存心找麻煩，干擾別人，使之混亂。用於孩子身上時並無貶義。例：這個淘氣的孩子，總是愛～。

【紛擾】 fēn rǎo
紛亂；混亂。多指心緒不安。例：思緒如此～，哪能寫得下去啊！

【干擾】 gān rǎo
擾亂；打擾。例：你這樣大吵大鬧，～了別人的正常生活。

【胡攪】 hú jiǎo
毫無道理地瞎攪亂。含貶義。例：你

這一通～，叫我們這課還怎麼上？

【胡攪蠻纏】 hú jiǎo mán chán
毫無道理、沒完沒了地攪亂。程度比「胡攪」重。含貶義。例：對這種～的人，惟一的辦法就是不理他。

【胡來】 hú lái
放肆而任意亂做。例：在這種地方，你可不許～啊！

【胡鬧】 hú nào
同「胡來」。行動沒有道理；無理取鬧。例：任意～。

【混攪】 hún jiǎo
不明事理，沒有理由地攪亂。含貶義。例：有他跟着～，這件事無論如何都難以辦成了。

【攪】 jiǎo
搗亂；干擾。含貶義。例：你不了解情況，就別跟着～了。

【攪渾】 jiǎo hún
攪動使變渾。多比喻故意使事物、狀況混亂。含貶義。例：把水～。

【攪和】 jiǎo·huo
〈口〉同「攪」。例：本來好好的事，他這一～，恐怕就麻煩了。

【攪亂】 jiǎo luàn
故意把事情搞亂。含貶義。例：他這

一番表演，把整個會場的秩序都～
了。

【攪擾】 jiǎo rǎo
影響打擾別人。含貶義。例：爸爸正
在寫文章，你別去～好不好？

【驚擾】 jīng rǎo
驚動擾亂。例：他剛剛睡着，就別去
～了。

【亂攪】 luàn jiǎo
不明事理而毫無理由地攪亂。含貶
義。例：事情已經夠麻煩的了，你就
別再～了好不好！

【鬧事】 nào shì
聚眾挑起糾紛衝突，破壞社會秩序。
例：那幾個人在公園～，被警察帶走
了。

【擾動】 rǎo dòng
干擾；攪動。例：車猛然停住了，受
到～的旅客紛紛把頭探出車窗，想看
個究竟。

【擾亂】 rǎo luàn
使其受到攪擾而混亂或不安。含貶
義。例：這些犯罪集團，嚴重地～了
社會治安。

【擾攘】 rǎo rǎng
〈書〉騷亂；紛亂。含貶義。例：離
島環境清幽，沒有鬧市的～，是市民
假日的好去處。

【惹是生非】 rě shì shēng fēi
招惹是非，引起爭端。含貶義。例：
他不好好學習，總愛～。

【生事】 shēng shì
引起糾紛；滋生事端。例：造謠～｜
無故～。

【挑釁】 tiǎo xìn
同「尋釁」。故意借端生事，以引起
衝突。例：武裝～｜無端～。

【無事生非】 wú shì shēng fēi
憑空製造事端，引起糾紛。例：在學
校好好的，你為甚麼～啊？

【興風作浪】 xīng fēng zuò làng
比喻抓住空子，挑起事端，製造矛
盾，擴大事態。含貶義。例：不法之
徒～，被警方拘捕。

【興妖作怪】 xīng yāo zuò guài
比喻壞人興起事端，暗中搗亂。含貶
義。例：這場動亂，背後肯定有人～。

【尋釁】 xún xìn
故意找事，引起事端。含貶義。例：
～鬧事｜～鬥毆。

【招事】 zhāo shì
惹起是非。例：這小子愛～，出門你
要看管好他。

【找麻煩】 zhǎo má fan
給自己或別人添麻煩。例：我三番兩

次來，可不是故意～，確實是沒有辦法啊！

【找事】 zhǎo shì
故意找毛病，製造矛盾，滋生事端。例：你生這種氣不是沒事～嗎？

【作梗】 zuò gěng
設障礙，使事情不能順利進行。含貶義。例：你不能順利完成這項工作，主要是因為他從中～。

【作怪】 zuò guài
故意搗亂、作梗，妨礙事情的順利進行。例：肯定有壞人從中～，不然局面不會這樣糟。

【作祟】 zuò suì
迷信的人指鬼神害人為難。比喻壞人或壞的思想意識搗亂，妨礙事情的順利進行。程度比「作怪」重。含貶義。例：有他從中～，事情無法成功。

徘徊 pái huái

【沉吟】 chén yín
低聲自語的樣子。表示內心對某事還沒有決斷。例：不管你怎樣追問，他～着就是不回答。看樣子他也不太了解這件事。

【踟躕】 chí chú
也作「踟躇」。心裏遲疑，要走不走的樣子。例：～不前。

【遲疑】 chí yí
猶豫；拿不定主意。多用於口語，強調時間上的拖延，不果斷。例：他～了一會兒，最終還是在表格上簽下了自己的名字。

【躊躇】 chóu chú
也作「躊躇」。內心猶豫。多用於書面，強調行動不果敢。例：頗費～｜在校長室門前，他～了半晌，才舉起手來敲門。注意：也指得意的樣子。例：～滿志。

【當斷不斷】 dāng duàn bú duàn
應當做決斷的時候不做決斷。形容臨事遲疑不決。例：～，必受其亂｜這個時候你還～，耽誤了事情後悔可來不及啊！

【動搖】 dòng yáo
不穩固；不堅定。例：信心～｜～決心。

【裹足不前】 guǒ zú bù qián
腳被纏住，不能前行。多指有所顧

慮，停步不進。例：面對困難，～，這不是我們應有的處事態度。

【舉棋不定】 jǔ qí bú dìng
舉起棋子不知道哪一步好。比喻拿不定主意。例：面對如此複雜的局面，他真有點兒～了。

【囁嚅】 niè rú
〈書〉想說又不敢說，吞吞吐吐。例：面對父親嚴厲的追問，他～了半天才說出事情的原委。

【徘徊】 pái huái
在一個地方來回走。比喻猶豫不決。例：～前｜看準了目標就不要～，而應該鼓足勇氣向前。注意：有時只表示來回走，並不含猶豫義。例：車遲遲不來，他只有在路上～打發時間。

【彷徨】 páng huáng
猶豫不定，茫然不知往哪裏去。例：內心～｜面對接二連三的打擊，他～了，不知道下一步該怎麼辦。

【三心二意】 sān xīn èr yì
形容拿不定主意，猶豫動搖，不專心。例：無論做甚麼事情都需要專心，～怎麼能成事呢？

【優柔寡斷】 yōu róu guǎ duàn
優柔：遲疑不決。寡：少。形容做事缺少決斷。含貶義。例：在突發事件面前，由於決策者～，給特區政府造成了難以估量的損失。

【游移】 yóu yí
左右搖擺，拿不定主意。例：～不決。

【猶疑】 yóu yí
同「猶豫」。例：別～啦，快做決定吧。

【猶豫】 yóu yù
與「果斷」相對。遇事拿不定主意。例：～不定｜在這種關鍵時刻你還～甚麼呢？

【欲言又止】 yù yán yòu zhǐ
因內心猶豫或顧忌，本來想說又停下來。例：看他～的樣子，老師知道他心裏還有顧慮。於是決定再跟他談一次話。

【瞻前顧後】 zhān qián gù hòu
看看前面，再看看後面。形容顧慮重重，猶豫不決的樣子。例：一個人要想成就一番大事，就得有點兒決斷，不能總是～。

【趑趄】 zī jū
〈書〉想前進又不敢前進，疑懼不決，猶豫觀望。例：～觀望｜～不前。

【左右為難】 zuǒ yòu wéi nán
形容不管怎麼做都有難處，不知如何是好。例：管教子女這件事真叫父母～。

背棄 bèi qì

【背道而馳】 bèi dào ér chí
朝着相反的方向走。比喻方向、目標完全相反。含背棄義。例：他想考進好的學校，但整天不溫習，這種做法與學習目標可謂～。

【背離】 bèi lí
違背。含貶義。例：不能～基本原則。

【背叛】 bèi pàn
背離，叛變。多用於貶義。例：他絕不會做出～朋友的事。

【背棄】 bèi qì
背叛和拋棄。程度比「背叛」輕。含貶義。例：他這種～妻兒的行為是不可饒恕的。

【背信】 bèi xìn
不守信用。含貶義。例：～棄義｜他義正詞嚴地斥責對方的～行為。

【背信棄義】 bèi xìn qì yì
不守信用和道義。含貶義。例：既然對方～，我們就要訴諸法律，捍衛自己的權益。

【背約】 bèi yuē
違背約定。含貶義。例：對方～，給我們造成了很大的損失。

【變節】 biàn jié
在敵人面前改變立場，喪失氣節。含貶義。例：他～投敵，成為叛徒。

【變心】 biàn xīn
改變原來對人或事業的愛或忠誠。含貶義。例：談戀愛不到一個月，女友就～他而去了。

【兵變】 bīng biàn
軍隊不聽從命令，發生叛變行為。例：敵方各地駐軍不斷發生～。

【出賣】 chū mài
為了個人利益做出有利於敵人的事，使國家、民族、親友等利益受到損害。含貶義。例：他因為～國家情報而被逮捕。注意：也指商業經營中的銷售。例：～土地｜～房地產。

【倒戈】 dǎo gē
指軍隊臨陣投敵，並掉轉槍口打自己人。比「嘩變」更具形象性。例：大勢所趨，～是遲早的事｜～相向。

【反叛】 fǎn pàn
叛變。多用於貶義。作動詞用。例：蓄意～。

【反叛】 fǎn·pan
讀輕聲的時候，作名詞用，指反叛的人。例：這個～，終究會受到懲罰的。

【負約】 fù yuē
違背原來的約定。程度比「失約」更重，用法也寬泛得多。含貶義。例：因為對方～，所以合作也就終止了。

【嘩變】 huá biàn
指軍隊突然叛變。比「叛亂」的範圍要小。例：戰鬥還沒開始，敵軍的一個團就～了。

【毀棄】 huǐ qì
毀壞拋棄。多用於貶義。例：是你的行為～了我們多年的友誼。注意：也指毀壞拋棄物品。例：兇手逃跑時～的兇器就扔在路邊。

【扛拒】 káng jù
對抗並拒絕。例：時代大潮不可～。

【賣身投靠】 mài shēn tóu kào
出賣自己，投靠有權有勢的人。比喻喪盡人格，甘當壞人工具的做法。含貶義。例：這種～的行為，不但應該遭受道德的譴責，還應該受到法律的嚴懲。

【謀反】 móu fǎn
暗中謀劃反叛（國家）。含貶義。例：～通敵。

【叛變】 pàn biàn
背叛自己的一方而投到敵對方面去。含貶義。例：在敵人的嚴刑拷打下，他～了。

【叛國】 pàn guó
背叛祖國。含貶義。例：他因～罪而被判刑入獄。

【叛離】 pàn lí
背叛。含貶義。例：～祖國｜～正統。

【叛亂】 pàn luàn
多指武裝叛變。含貶義。例：平息～。

【叛逆】 pàn nì
背叛作亂。含貶義。例：～性格｜～心理。

【叛逃】 pàn táo
叛變逃跑。含貶義。例：事發後，他倉皇～國外。

【叛徒】 pàn tú
有背叛行為的人。特指背叛國家、背叛集團的人。含貶義。例：可恥的～。

【輕諾寡信】 qīng nuò guǎ xìn
輕易許下諾言，但很少守信用。含貶義。例：～之徒｜他是一個～的人，你要小心。

【屈節】 qū jié
失去氣節。多指對敵人屈服歸附。「變節」是主動的，而「屈節」則是被動的。含貶義。例：～辱命。

【認賊作父】 rèn zéi zuò fù
把敵人當作父親。指甘心賣身投靠敵人。含貶義。例：在影片中，他飾演一個～的叛徒。

【失節】 shī jié
失去氣節。含貶義。例：他寧死不～
的精神令人欽佩。注意：舊禮教指婦
女失去貞操。例：舊時有一種觀念，
認為婦女～是不可饒恕的罪過。

【失信】 shī xìn
承諾的事沒有做，失去信用。含貶
義。例：你如此～，今後誰還和你合
作啊？

【失約】 shī yuē
沒有履行約會。含貶義。例：他今天
的～實在是事出有因，你就原諒他
吧。

【食言】 shí yán
說話不算數，不履行諾言。含貶義。
例：對承諾過的事他絕不～｜他沒有
～，準時赴約了。

【爽約】 shuǎng yuē
〈書〉失約。例：您總是～，叫我怎
麼相信您呢？

【違拗】 wéi ào
有意不順從；違背。多用於貶義。
例：～父母心意。

【違背】 wéi bèi
不遵守；不依從（原則、方針、精
神、諾言等）。含貶義。例：～諾
言｜～協定。

【違反】 wéi fǎn
不遵守；不符合（原則、方針、精
神、諾言等）。程度比「違背」重。
含貶義。例：～原則｜～操作規程。

【違抗】 wéi kàng
違背並抗拒。程度比「違反」重。多
用於貶義。例：～命令。

【違逆】 wéi nì
違抗；不順從。「違背」、「違反」、
「違抗」多用於嚴肅的問題，而「違
逆」、「違拗」多用個人。含貶義。
例：她猶豫是否應該～父母的意願，
去追求自己的音樂夢。

【違誤】 wéi wù
違反和延誤。多用於公文。含貶義。
例：此事應盡快查處，不得～。

【違約】 wéi yuē
違反條約或契約的規定。多用於貶
義。例：因為對方一再～，他只好訴
諸法律了。

【忤逆】 wǔ nì
〈書〉違抗；不順從。含貶義。例：
你的做法完全～了爺爺的意願。

【言而無信】 yán ér wú xìn
說話不講信用。含貶義。例：他從來
都～，你別太相信他說的話。

參與 cān yù

【眾叛親離】 zhòng pàn qīn lí

眾人反對，親信背離。形容十分孤立。含貶義。例：出現這種～的局面，主要原因是他作風太霸道。

【自食其言】 zì shí qí yán

自己說話不算數。形容說話不守信用。與「言而無信」比較，「自食其言」多指某一具體事情。含貶義。例：是你～，才使得大家不再信任你。

【作亂】 zuò luàn

發動武裝叛亂。含貶義。例：犯上～｜～的綁匪被警方全殲。

【參加】 cān jiā

加入（某種團體或某種活動）。例：積極～集體活動。

【參與】 cān yù

參加（某種活動）。例：他～了此次班會的籌備工作。

【插腳】 chā jiǎo

比喻參與某種活動。例：這樣的事你何必去～？

【插身】 chā shēn

比喻參與。例：你既然已經～其中，恐怕推脫不了責任。

【插手】 chā shǒu

參與（某事）。例：這件事很複雜，你最好不要再～了。

【插足】 chā zú

比喻參與（某種活動）。注意：「插腳」和「插足」含輕微的貶義，而「插手」則不一定。例：這件事你也～其中，恐怕影響不好。

【躋身】 jī shēn

〈書〉躋：登；上升。進入（某個行列或位置）。例：我校的籃球校隊經艱苦訓練，終～頂尖學校球隊之列｜這項科研成果已～於世界先進行列。

【加入】 jiā rù

參加進去（成為其中一員）。例：他～了學校足球隊。

等候 děng hòu

【介入】 jiè rù
插進兩者之間干預其事。例：我不會
～你們之間無聊的爭論。

【進入】 jìn rù
到了某個範圍或某個時期。例：比賽
～白熱化，場面精彩紛呈。

【入夥】 rù huǒ
指加入某一集體或集團。例：由於他
明辨是非，沒有～，避免了後來的災
禍。

【入列】 rù liè
出列或遲到的士兵進入隊列。例：小
明遲到了，體育老師訓斥他幾句就叫
他～了。

【入世】 rù shì
進入社會。例：他年紀輕，～不深，
你要多幫他啊！

【入席】 rù xí
舉行宴會或某種儀式時各就各位。
例：現在宴會開始，請大家～。

【投入】 tóu rù
參加進去。例：～生產。注意：也指
聚精會神做某事。例：他工作時總是
那樣～。

【與會】 yù huì
參加會議。例：～者一致同意添置學
校體育用品的議案。

【等】 děng
等候；等待。例：明天上午八點我在
公園門口～你。

【等待】 děng dài
不採取行動，等着所希望的人、事情
或情況出現。例：～機會｜～行動。

【等候】 děng hòu
等待。例：大家排好隊，～檢查身
體。

【恭候】 gōng hòu
恭敬地等候。敬辭。例：嘉賓一下
車，發現校長已經～在門口了。

【候】 hòu
等。例：～車｜先生請稍～。

【立候】 lì hòu
立等。例：這件事你最好馬上表明態
度，那邊～回音呢。注意：也指站着
等候。例：～一邊。

【期待】 qī dài
期望；等待。比「等待」更強調盼望
的含義。例：～成功｜全家人～哥哥
早日學成歸來。

【期盼】 qī pàn
期待；盼望。多指比較具體的目標。
例：小時候總是～新年的到來。

【期望】 qī wàng
對人或事有所希望和等待。比「期

盼」的目標更遠、更大。例：我們一定要好好學習，不辜負父母的～。

【企足而待】 qǐ zú ér dài
抬起腳後跟來等待。比喻不久的將來就能實現。例：在碼頭上，大家～，因為輪船進港的時間已經過了。

【拭目以待】 shì mù yǐ dài
擦亮眼睛等着。形容殷切期望或等待某種事情的實現。例：到底哪個時候選入閣會勝出學生會選舉，我們將～。

【守候】 shǒu hòu
守在一個地方等候。例：媽媽經常～在家門口，盼望我放學歸來。

【守株待兔】 shǒu zhū dài tù
《韓非子·五蠹》記載，戰國時宋國有一個農民，偶然看見一隻兔子撞上樹椿而死，他於是便放棄農田，天天守在樹椿旁，等待再有兔子來撞死。比喻妄想不勞而獲或死守狹隘觀念不知變通。含等候義。例：老師經常告誡我們，以～的態度來學習，是不會有收穫的。

【伺機】 sì jī
觀察守候，等待機會。例：不能輕舉妄動，要～採取行動。

【嚴陣以待】 yán zhèn yǐ dài
以嚴整的陣勢等待（來犯的敵人）。例：面對強勁的對手，我方～，絲毫不敢鬆懈。

【有待】 yǒu dài
需要等待。例：這個問題～進一步研究。

【枕戈待旦】 zhěn gē dài dàn
戈：古代的一種兵器。旦：早晨。枕着武器等待天明。形容時刻警惕，隨時準備作戰。例：戰士們在坑道裏～，準備第二天決一死戰。

【坐待】 zuò dài
坐等。常用其比喻義。例：此關一過，我們就可以～勝利了。

【坐等】 zuò děng
坐着等待。例：你不是說他會回來嗎？那麼我就在這裏～好了。

【坐以待斃】 zuò yǐ dài bì
待：等待。斃：死。坐着等死。形容處在極端困難的情況下，也不積極想辦法、找出路。含貶義。例：我們不能～，必須改變戰術，衝破對方防守，才能反敗為勝。

尋找 xún zhǎo

【查找】 chá zhǎo
調查；尋找。例：經多方～，失散多年的親弟弟終於有了下落。

【訪求】 fǎng qiú
探訪；尋求。例：他為了出版一本有關民間藝術的書，到處～民間藝人。

【考究】 kǎo jiū
考察；研究。例：～古代文物。注意：也指講究。例：衣着～｜做工～。

【覓】 mì
尋找。例：踏破鐵鞋無～處，得來全不費功夫。

【上下求索】 shàng xià qiú suǒ
多方尋找、求取、探索（真理）。例：路漫漫其修遠兮，吾將上下而求索｜他為探求真理，～多年，終有所得。

【搜】 sōu
尋找。例：～尋｜～求。

【搜索】 sōu suǒ
仔細查找。例：～贓物｜～線索。

【搜尋】 sōu xún
到處尋找。例：海難過去幾天了，飛機仍在失事海域～失蹤者。

【探訪】 tàn fǎng
訪求；搜尋。例：在學校安排下，學生到社區～獨居老人。

【探究】 tàn jiū
探索；研究。例：～來龍去脈｜～事故原因。

【探索】 tàn suǒ
多方探尋答案，解決疑問。多用於抽象事物。例：～規律｜～奧秘。

【探討】 tàn tǎo
深入地研究討論。例：～真理｜～問題。

【物色】 wù sè
尋找；挑選。例：～人選｜～合作對象。

【尋】 xún
找。例：這種病，就是～遍天下名醫，恐怕也是無能為力啊！

【尋訪】 xún fǎng
尋找探訪。一般用於對人的尋找上。例：～民間祕方｜失蹤兒童。

【尋覓】 xún mì
尋找；尋求。例：他到處～，終於找到了理想的住處。

【尋求】 xún qiú
尋找追求。多用於抽象事物。例：～真理｜～出路｜～保護。

隱藏 yǐn cáng

【尋找】 xún zhǎo
為了獲得某事物或見到某人，達到預想目的採取的一種行動。例：～水源｜苦苦～｜～合作者。

【找】 zhǎo
為了見到或得到所需要的人或事物而努力。例：～人｜～東西。

【找尋】 zhǎo xún
同「尋找」。例：～失物。

【追根溯源】 zhuī gēn sù yuán
追尋事物發展的根基和源頭。例：我們在學習時應～，主動尋找答案。

【追究】 zhuī jiū
追查；探究。例：～責任｜～原因。

【藏】 cáng
躲藏；隱藏。例：歹徒很可能就～在這棟大廈裏。

【藏龍臥虎】 cáng lóng wò hǔ
比喻隱藏着人才。例：香港地方雖小，卻～。

【藏匿】 cáng nì
藏起來不露蹤跡。例：～證據。

【藏身】 cáng shēn
躲藏；安身。例：～之所｜～於鬧市之中。

【藏污納垢】 cáng wū nà gòu
比喻幫助壞人躲藏或幫助隱瞞壞事。含貶義。例：那是個～的賊窩，最近被警方搗破了。

【儲藏】 chǔ cáng
保藏；蘊藏。例：這裏的天然氣～非常豐富。

【躲】 duǒ
躲蔽；躲藏。例：小明闖禍了，這兩天總～着爸爸。

【躲藏】 duǒ cáng
隱藏起身體，不被人發現。例：玩遊戲的時候，小花～在桌子下面。

【庫藏】 kù cáng
用倉庫儲藏起來。例：～圖書｜～物資。

【冷藏】 lěng cáng
用冷凍的方法儲藏起來。例：～庫｜
～凍肉。

【埋藏】 mái cáng
藏在土中；隱藏。例：他把痛苦～在
心裏，不讓別人知道｜這一地區～的
礦產十分豐富。

【埋伏】 mái fú
潛伏。例：這個病是～在我們身邊的
一顆定時炸彈。注意：也指預先在對
方必經之地隱蔽設置的力量，伺機襲
擊。例：四面～。

【匿跡】 nì jī
躲藏得不露一點兒形跡。例：歹徒～
於深山樹林，警方正在全力搜捕。

【潛】 qián
隱藏不露。例：警察派臥底～入了黑
幫內部。

【潛藏】 qián cáng
隱藏。例：他外表平平無奇，卻是一
個～不露的學者。

【潛伏】 qián fú
隱藏；埋伏。例：在有關部門的通力
配合下，～的賊人被一網打盡。

【收藏】 shōu cáng
收集並保藏。例：～名畫｜～珍品｜
～文物。

【窩藏】 wō cáng
私自藏匿罪犯、違禁品或贓物。例：
～罪｜～罪犯。

【掩蔽】 yǎn bì
遮蔽；隱藏。例：警方趕到時，盜賊
還沒有來得及把贓物～起來。

【掩藏】 yǎn cáng
隱蔽；藏起來。例：在別人面前，她
盡力～起自己的憂傷。

【隱】 yǐn
隱藏不露；潛伏。例：很快，他的身
影便～入了黑夜中。

【隱蔽】 yǐn bì
借其他事物遮掩自己。例：聽到警察
的腳步聲，小偷鑽進汽車裏～起來。

【隱藏】 yǐn cáng
藏起來不讓發現。例：他為了躲避警
方追緝，把行蹤～起來。

【隱匿】 yǐn nì
隱藏；躲得不露蹤跡。程度比「隱
藏」重。例：～財物｜～國外。

阻擋 zǔ dǎng

【礙】 ài
妨礙。例：～手～腳｜你還是離遠點兒吧，在這反而～事。

【掣肘】 chè zhǒu
拉住胳膊。比喻在別人做事時從旁牽制、阻撓。例：這件事如果無人～早就做好了。

【擋】 dǎng
阻攔。例：～風｜阻～。

【堵】 dǔ
阻止；堵塞。例：～塞｜～截。

【遏止】 è zhǐ
用力阻止。例：不可～的熱情｜一定要盡快～，以免事態進一步惡化。

【遏制】 è zhì
制止。例：這股投機的歪風必須加以～，否則後果不堪設想。

【截】 jié
阻攔。例：快～住，別讓小偷跑了！

【攔】 lán
阻攔。例：～路搶劫｜～河大壩。

【攔擋】 lán dǎng
阻擋住，使不能前進或發展。例：他又想偷偷跑出去踢球，被下班回來的媽媽～住了。

【攔截】 lán jié
阻攔；截下來不准通過。例：～汽車｜～匪徒。

【攔阻】 lán zǔ
攔擋阻止，使不能前進。例：他身體不好，卻不顧家人的～，親自到災難現場進行報道。

【障礙】 zhàng ài
阻礙；阻擋。例：～物。注意：也指阻擋交通的東西。例：這些～趕緊拆除，不然會影響交通。

【遮擋】 zhē dǎng
遮蓋；攔擋。例：～風雨｜～日光。

【遮攔】 zhē lán
遮擋；阻攔。例：防風林可以～風沙｜口沒～。

【止】 zhǐ
阻擋；遏止。例：～痛｜望梅～渴。

【阻礙】 zǔ ài
使不能順利通過和發展。既可用於具體事物，也可用於抽象事物。例：～交通｜環境問題已經成了～生產發展的一個重要因素。

【阻擋】 zǔ dǎng
阻止；攔截。例：他一定要去，就不要～了。

安置 ān zhì

【阻遏】 zǔ è

用力阻止，使不能前進。既可用於具體事物，也可用於抽象事物。程度比「阻擋」重。例：不可～。

【阻截】 zǔ jié

阻擋；攔截。例：車隊被傾瀉的山泥～，只能等公路清理出來之後再走了。

【阻攔】 zǔ lán

阻止；攔擋。例：知道他要深入災區，怎麼不～啊？

【阻撓】 zǔ náo

阻止或暗設障礙，使事情不能順利發展或成功。例：這件事誰也～不了。

【阻塞】 zǔ sè

受阻、堵塞而不能順利通過或前進。例：～交通｜血管～｜思路～。

【阻止】 zǔ zhǐ

使之停止行動。例：～前進｜～通行。

【作梗】 zuò gěng

從中阻撓、設置障礙。例：這件事遲遲得不到解決，肯定是有人從中～。

【安】 ān

使有合適的位置。例：這個開關～在門邊最合適，一進門就可以按到。

【安插】 ān chā

放在一定的位置上。例：你這樣～自己的親信，就不怕大家反對嗎？

【安頓】 ān dùn

使人或事物有着落；安排妥帖。例：把老人～好了，他才敢出遠門。

【安放】 ān fàng

使物體處於一定的位置。例：把行李～在行李架上。

【安排】 ān pái

有條理、有先後地安放。例：同學們的座位都～好了。

【安設】 ān shè

安裝設置（物品）。例：～天線｜～路障。

【安置】 ān zhì

使有着落；安放。例：災民們都得到了妥善～｜屋子裏～了報警裝置。

【安裝】 ān zhuāng

按照一定的要求把機械或器材固定在一定的位置上。例：今天爸爸自己動手～了抽油煙機｜銀行都有～報警器，防止劫案發生。

【擺】bǎi
安放；陳列。例：～放｜請把鐘～在顯眼的位置上。

【擺佈】bǎi bù
佈置。例：屋子雖小，但～得很雅致。注意：也常用來形容人沒有主見，任人支配。例：你凡事要有主見，怎麼可以任人～呢？

【擺放】bǎi fàng
擺。例：他總是把這些書本～得整整齊齊。

【擺列】bǎi liè
擺設；陳列。比「擺佈」更強調順序。例：這樣～沒有道理，出入也很不方便。

【擺設】bǎi·she
用作名詞，指擺設的東西。多指作欣賞用的藝術品或沒有實際用處的東西。例：屋裏放太多的～沒甚麼意義。

【擺設】bǎi shè
用作動詞。安放物品，多指把藝術品按審美的觀點來安放。例：物品～得很合理。

【佈局】bù jú
對事物做整體的規劃和安排。例：～合理｜精心～。

【部署】bù shǔ
安排；佈置（人力或工作）。例：～警力｜～救災工作。

【佈置】bù zhì
在一定場所根據需要安放和陳列家具、裝飾及其它物件。例：聖誕節快到了，大家正在～課室。

【陳列】chén liè
把物品擺放出來給人看。例：櫥窗裏～着許多商品。

【陳設】chén shè
擺設。例：房間裏～着古色古香的大瓷瓶。注意：也指擺設品。例：大廳裏～十分豪華，令人目不暇接。

【堆】duī
堆積。例：爸爸的桌上～了很多稿件｜爸爸帶我們到海灘～沙堡。

【堆垛】duī duò
垛；堆積。例：院牆外～着許多稻草。

【堆放】duī fàng
放置成堆。例：這些東西～得太雜亂，趕緊收拾一下。

【堆積】duī jī
成堆地聚積。例：下了一場暴雨，落花～如山。

【放】 fàng
使處於某處。例：～置｜把鉛筆盒～
在書包裏。

【放置】 fàng zhì
安放。例：這些書畫要～在保險的地
方，謹防丟失。

【分派】 fēn pài
分別安排工作或任務。例：開會的時
候，老師～我負責記錄。

【分配】 fēn pèi
按一定的原則分配給。例：～物
資｜按需～。

【改裝】 gǎi zhuāng
改變原來的裝置。例：這種非法～的
汽車很不安全。

【擱】 gē
把東西放在一定的位置上。例：請把
名單～在抽屜裏，以免弄丟了。

【擱置】 gē zhì
放下或收起；停止進行。例：這件事
遇到了麻煩，只好～起來了。

【掛】 guà
藉助於繩子、鉤子、釘子等使物體附
着於某處。例：請把畫像～在禮堂的
正中間。

【撂】 liào
放；擱。例：這東西不能～在地上，
容易受潮。

【排列】 pái liè
按次序擺放。例：桌椅～整齊。

【配】 pèi
把缺少的一定規格的物品補上。例：
自行車壞了一個零件，爸爸已經把它
～上了。

【配備】 pèi bèi
按需要安排或分配（人力或物力）。
例：最近，球隊根據需要～了隊醫。

【配套】 pèi tào
把若干相關的事物組合成系統。例：
～產品｜～設備。

【配置】 pèi zhì
配備佈置（使之齊全、合理）。例：
～兵力｜～設備。

【鋪排】 pū pái
佈置；安排。例：為了歡迎哥哥從海
外歸來，家裏早把一切～妥當了。

【設置】 shè zhì
安設；裝置。例：～障礙｜～飲水
處。

【投】 tóu
放進去；送進去。例：麻煩您順路把

這封信～進郵筒｜爺爺把所有的積蓄都～在爸爸的公司了。

【投放】 tóu fàng

投下去；放進去。例：～魚苗｜～資金｜～力量。

【支配】 zhī pèi

安排；調度。例：下午的自習時間由我們自己～。

【置】 zhì

擱；放。例：你這樣做無異於將他～於死地｜～之死地而後生｜～之不顧。

【裝】 zhuāng

裝配；安裝。例：我家今天～了空調｜哥哥自己～了一台電腦。

【裝配】 zhuāng pèi

把零件或配件裝成整體。例：～音響｜～電腦。

【裝置】 zhuāng zhì

安裝；配置。例：不到一個小時，工人就把空調～好了。

【組裝】 zǔ zhuāng

組合零件成為部件；組合零、部件成為器械或裝置。例：～電腦。

【按圖索驥】 àn tú suǒ jì

按照畫像去尋找好馬。常用來形容辦事機械、死板。例：你這樣～，肯定不會有結果。

【按照】 àn zhào

依據；依照。例：～有關政策辦理手續。

【本着】 běn·zhe

表示按照、根據某種準則。例：～實事求是的精神處理問題。

【仿照】 fǎng zhào

模仿已有的方法或式樣去做。例：這規矩定得好，我們也準備～辦理。

【奉命】 fèng mìng

接受使命；遵守命令。例：～出發｜～行事。

【根據】 gēn jù

把某種事物作為結論的前提或語言行動的基礎。例：沒有～不要亂說，亂說是不負責任的行為。

【基於】 jī yú

依據。例：～以上考慮，我們決定取消晚會｜～上述理由，我們不打算參加這次活動了。

【鑒於】 jiàn yú

覺察到；考慮到。例：～天氣原因，明天的戶外活動取消。

【據】jù
根據。例：～有關人士稱，主教練還沒有敲定人選。

【憑】píng
依靠；依仗。例：他～甚麼敢這樣胡作非為？

【憑藉】píng jiè
依靠。例：他～着驕人的戰績，進入了種子選手的行列。

【隨着】suí·zhe
表示行動或事件的發生所依據的條件。例：～了解愈深入，他們的恐懼感逐漸消失了。

【依據】yī jù
根據。例：上級法院認為這個案子～不足，發回重審｜你～甚麼這樣說？

【依照】yī zhào
按照。例：他～父母的意見，報名參加了業餘美術小組。

【遵辦】zūn bàn
遵照辦理。例：以上條令，均已～。

【遵從】zūn cóng
遵照並服從。例：～父母的意見｜～決議。

【遵奉】zūn fèng
遵照奉行。例：他們～上級指示，到這區巡視。

【遵命】zūn mìng
按照命令或囑咐（去做）。比「遵奉」更嚴肅。例：他～奔赴前線，去完成一項特殊的任務。

【遵守】zūn shǒu
依照某種規定規範自己的行為；不違背。例：～課堂紀律｜～交通規則。

【遵行】zūn xíng
遵照執行；遵照履行。例：～諾言｜以上令令，必須切實～。

【遵循】zūn xún
按照；依照。例：～慣例｜～原則。

【遵照】zūn zhào
遵循；依照。比「遵循」更具體。例：我們～老師的建議，已經做了改進。

公開 gōng kāi

【曝光】 bào guāng
比喻將隱祕的事公開，讓眾人知道。多用於壞事。例：醜聞被～後，社會輿論大嘩，人們紛紛譴責這種無恥行徑。

【大白天下】 dà bái tiān xià
也說「大白於天下」。白：明白。形容所有的人都明白了。例：法庭上一番審理，事實～，他再也無話可說了。

【發表】 fā biǎo
宣佈；向集體或社會表達或說明（意見、事件等），使大家知道。例：～意見｜～演說。注意：也指文章、繪畫等在報刊、網絡上登載。例：～作品。

【發佈】 fā bù
宣佈（命令、指示、新聞等），讓社會知道。例：～命令｜新聞～會。

【婦孺皆知】 fù rú jiē zhī
婦女和孩子都知道。形容人人都知道了。例：這項政策可以說是～、深入人心了。

【公佈】 gōng bù
公開發佈（政府機關的法律、命令、文告和團體的通知事項等），使公眾知道。例：～真相｜～賬目｜～名次。

【公告】 gōng gào
向公眾發出的通告。例：政府～｜法院～。

【公開】 gōng kāi
不加隱蔽的，面對大家的。例：這次選拔是～進行的。注意：也指使祕密的事讓大家都知道。例：他向大家～了自己的祕密。

【公之於眾】 gōng zhī yú zhòng
（把事情）向世人公佈，使公眾都知道。例：你現在惟一的辦法是將事情真相～，請求大家的原諒。

【家喻戶曉】 jiā yù hù xiǎo
家家明白，戶戶知道。形容人人都知道。例：他是一名～的體育明星。

【揭曉】 jiē xiǎo
公佈，讓公眾知道。事先帶有一定的保密性質。例：評獎結果就要～了，他的心緊張得怦怦直跳。

【襟懷坦白】 jīn huái tǎn bái
形容心地純潔、無私，光明正大。例：心裏沒鬼，當然可以～地面對任何人。

【開誠佈公】 kāi chéng bù gōng
以誠相見，坦率無私地表示意見。例：今天把大家請來，就是希望大家能～地交換意見。

【坦白】 tǎn bái
如實地、不保留地說出。例：～從寬｜～觀點。注意：也指心地純潔，說話直率。例：心地～。

含糊 hán·hu

【坦蕩】 tǎn dàng

形容心地純潔；胸襟寬廣。多用於胸懷。例：～無私｜胸懷～。注意：也指寬廣平坦。例：～的大草原。

【坦率】 tǎn shuài

坦白；直率。多用於性格。例：他說話很～｜他這個人一向很～。

【通報】 tōng bào

上級機關把工作情況或經驗教訓等用書面形式通告下級機關。例：～表揚｜～批評。

【通告】 tōng gào

通知告訴，讓大家知道。例：報上刊登了拆遷～。

【通知】 tōng zhī

把有關事項告訴別人知道。「通知」的範圍不如「通告」廣。例：我去～大家都來開會。注意：也指通知事項的文書或口信。例：我剛剛接到～，明天的會不開了。

【宣佈】 xuān bù

正式告訴大家，讓大家知道。多用於莊重場合。例：教練～了主力名單｜大會秘書長～會議正式開始。

【宣告】 xuān gào

公開告訴大家。多用於事情完成後或結果方面。例：～成立｜～結束｜～破產。

【曖昧】 ài mèi

態度或用意模糊，不明朗。例：在這件事上他始終態度～，不知道到底是怎麼想的。注意：也指行為不光明，不可告人。例：關係～。

【不置可否】 bú zhì kě fǒu

也說「未置可否」。不說對，也不說不對。例：對他參加舞台劇表演的事，爸爸始終～，這叫他不知如何是好。

【含糊】 hán·hu

籠統；不明確。例：他當時說得挺～，我也沒弄懂他到底甚麼意思。注意：也指做事馬虎敷衍。例：這件事辦得太～，留下很多麻煩。

【含糊其辭】 hán·hu qí cí

故意把話說得不清楚，不明確。與「含糊」比，「含糊其辭」是故意的含糊。亦作「含糊其詞」。例：他～，目的就是想推脫責任。

【含混】 hán hùn

模糊；不明確；不肯定。例：這件事事關重大，絕不能有半點兒～｜他喝醉了，說話～不清。

【糊塗】 hú·tu

不明事理；對事物的認識模糊或混亂。例：老太太說話～，你千萬別誤解啊！

【恍惚】 huǎng hū
神志不清；精神不集中；模模糊糊。
例：精神～。注意：也表示記得不真
切。例：～記得是這個地方，怎麼就
找不到了呢？

【混沌】 hùn dùn
中國古代傳說中指宇宙形成前模糊一
團的景象。現多用來形容人蒙昧無知
的狀態。例：～初開｜～不清。

【混淆】 hùn xiáo
混雜；使界限模糊。一般用於抽象事
物。例：這兩件事完全不同，不能
～｜老師用心解說這兩種概念，以免
同學～。

【矇矓】 méng lóng
不清楚；模糊。例：夜幕降臨了，周
圍的景色變得～起來。

【蒙昧】 méng mèi
不懂事理；愚昧。例：～無知。注
意：也指沒有文化的原始狀態。例：
～未開。

【懵懂】 měng dǒng
也說「懵懵懂懂」。糊塗；不明事
理。與「糊塗」比，程度要輕些，是
暫時的糊塗，還可以搞明白。例：見
他～的樣子，我知道他根本就沒聽
懂。

【模糊】 mó·hu
也說「模模糊糊」。不分明；不清
楚。例：請把字寫清楚，這麼～叫人
怎麼看呢！

【模棱兩可】 mó léng liǎng kě
含含糊糊，這樣可以，那樣也可以。
形容對一件事情沒有明確的態度和意
見。例：他的態度～，不知是同意還
是不同意。

【閃爍其辭】 shǎn shuò qí cí
閃爍：（光亮）動搖不定，忽明忽暗
的樣子。形容說話吞吞吐吐，躲躲閃
閃。例：面對記者的提問，他～，就
是不肯說出真相。

【吞吞吐吐】 tūn tūn tǔ tǔ
形容因有顧慮而說話支吾含混的樣
子。例：你這樣～，到底有甚麼苦衷
啊？

【支吾其辭】 zhī·wu qí cí
用含混的言語搪塞。例：面對法官的
詢問，他～，顯然沒說真話。

【支支吾吾】 zhī·zhi wú wú
用話搪塞，說話含混躲閃。例：他說
話～，肯定有事情隱瞞我們。

依仗 yī zhàng

【假】 jiǎ
借用；利用。例：～手於人｜狐～虎威。

【假手】 jiǎ shǒu
為了達到自己的目的而去利用別人做某種事。例：～於人。

【假託】 jiǎ tuō
憑藉。例：寓言是～故事來說明道理的文學作品。注意：也指推託。例：他～有病而拒絕了宴請。

【藉助】 jiè zhù
靠別人或別的事物幫助。例：～這種裝置，效率可能提高一倍以上。

【據】 jù
憑藉；依靠。例：～此我們完全有把握打贏這場官司。

【靠】 kào
依靠。例：出門在外，一切都～你自己了。

【賴】 lài
依賴；依靠。例：勝出這場比賽，有～於全體球員的努力。

【憑】 píng
倚靠；倚仗。例：你～甚麼這樣欺負人？注意：也指證據、根據。例：空口無～。

【憑藉】 píng jiè
依靠。例：～這種優勢，他可以贏得這場比賽。

【憑仗】 píng zhàng
依仗。例：他～家族的勢力胡作非為。

【恃】 shì
依賴；倚仗。例：～才傲物｜有～無恐。

【託】 tuō
依賴。例：～您老人家的福，家人都平安無事。

【仰】 yǎng
依靠；依賴。例：～人鼻息。注意：也指抬起頭，臉向上。例：～望北斗。

【仰仗】 yǎng zhàng
依仗。例：自己不努力，總是～家裏的勢力，早晚會受到挫折的｜您老人家出資，我們的校舍已經建好了。

【依】 yī
依靠。例：相～為命。注意：也指依從、按照。例：這件事就～你的主意去辦。

【依附】 yī fù
依賴。例：人應該自立，不能總是～別人。

獨斷 dú duàn

【依靠】 yī kào
憑藉別的人或事物來達到一定的目的。例：～大家的力量，我們才能籌到這麼多善款。

【依賴】 yī lài
離不開別人或別的事物；不能自立或自給。例：～別人。注意：也指事物互為條件而不可分。例：體育運動和體育產業是相互～、互為作用的。

【仳託】 yī tuō
依靠。例：無所～。

【依仗】 yī zhàng
依靠別人的勢力或有利條件。例：～您的名望，我們的工作得到了很多人的支持。

【仗】 zhàng
憑藉；倚仗。例：～勢欺人。

【仗恃】 zhàng shì
依仗別人的力量或有利條件。含貶義。例：他～著家裏富有，總是亂花錢。

【霸道】 bà dào
蠻不講理，任意妄為。含貶義。例：橫行～。

【霸氣】 bà qì
蠻橫。含貶義。例：你這人說話太～了。注意：也指蠻橫的氣勢。例：這個人看上去有幾分～。

【獨霸】 dú bà
獨自佔有；稱霸。例：軍閥各自～一方，連年混戰，老百姓的日子簡直苦不堪言。

【獨裁】 dú cái
獨攬政權，實行專制統治。含貶義。例：專制～｜～統治。

【獨裁者】 dú cái zhě
獨攬政權的統治者。例：希特勒是一個～。

【獨斷】 dú duàn
獨自決斷；專斷。含貶義。例：無數事實證明，統治者～的結果就是誤國喪民。

【獨斷專行】 dú duàn zhuān xíng
一個人說了算，任意行事，不考慮別人的意見。含貶義。例：有事要和大家商量，不能～。

【獨攬大權】 dú lǎn dà quán
也說「大權獨攬」。一個人把持大權。含貶義。例：雖然你是上司，但

也不能～，做每個決定之前應與下屬商討。

【橫行霸道】 héng xíng bà dào
蠻不講理，胡作非為。常用來形容專斷、蠻橫。含貶義。例：這個～的人被警方拘捕了。

【橫行無忌】 héng xíng wú jì
胡作非為，甚麼都不顧忌。常用來形容專斷、蠻橫。含貶義。例：法制社會，任何人想～都是不可能的。

【一手遮天】 yì shǒu zhē tiān
遮：遮蓋。一隻手就想把天遮擋住。形容依仗權勢，專斷獨裁。含貶義。例：他當年在公司～，現在終於嘗到了苦頭。

【一言堂】 yì yán táng
舊時商店掛有匾額，上寫「一言堂」三個字，表示不二價。現多用來比喻官員或領導缺乏民主作風，不能聽取民間或下屬的意見，獨斷專行。含貶義。例：他這種～的作風，不得人心，所以在區議員選舉中落敗。

【一意孤行】 yí yì gū xíng
形容不聽取別人的意見，固執地按自己的意思行事。含貶義。例：他這樣～下去，後果將是十分嚴重的。

【專斷】 zhuān duàn
應該和別人商量而不商量，單獨做出決斷。含貶義。例：你如此～，出了差錯由誰負責？

【專橫】 zhuān hèng
專斷強橫；任意妄為。程度比「專斷」重。含貶義。例：他處理問題如此～，人們怎會信服？

【專橫跋扈】 zhuān hèng bá hù
專橫：專斷蠻橫，任意妄為。跋扈：霸道，不講理。獨斷獨行，蠻不講理。程度比「專橫」重。含貶義。例：他～，不聽民意，難怪在民主選舉中落選了。

【專權】 zhuān quán
一人獨攬大權。含貶義。例：～誤國。

【專制】 zhuān zhì
統治者獨自掌權。例：～主義｜君主～。

鼓勵 gǔ lì

【鞭策】 biān cè
用鞭子趕馬。比喻鼓舞督促、推動人進步。例：每個同學都要經常～自己，努力學習。

【鼓動】 gǔ dòng
激發人們的情緒，使行動起來。例：在他的～下，班級足球隊終於成立起來了。

【蠱惑】 gǔ huò
也作「鼓惑」。迷惑；毒害。含貶義。例：～人心│這麼多人上街鬧事，背後肯定有人～。

【蠱惑人心】 gǔ huò rén xīn
指用欺騙、引誘等手段迷惑人，使人上當。含貶義。例：這種～的做法，真正目的就是破壞安定團結的大好局面。

【鼓勵】 gǔ lì
激發；勉勵。例：這種獎賞是一種～│老師～同學們努力學好英語。

【鼓舞】 gǔ wǔ
使增強信心或勇氣；使振奮。例：～人心│～士氣。

【激發】 jī fā
激勵使人奮發。例：～鬥志│～熱情。

【激奮】 jī fèn
激動振奮。例：～人心│大賽還沒有開始，隊員們已經～起來。

【激勵】 jī lì
激發鼓勵。例：教練的一番話～着大家努力拼搏，勝出比賽。

【獎勵】 jiǎng lì
給予榮譽或財物來鼓勵。例：物質～│精神～。

【獎賞】 jiǎng shǎng
對有功的或在競賽中獲勝者給予物質上的獎勵。例：我們應該對那些有傑出貢獻的科學家給予～。

【獎掖】 jiǎng yè
〈書〉獎勵並提拔。例：～後進。

【教唆】 jiào suō
慫恿甚至指教（別人做壞事）。含貶義。程度比「唆使」重。例：他因為～兒童犯罪而被判了重刑。

【勉勵】 miǎn lì
勸人努力；鼓勵。例：老師～我們，要努力學習及培養良好品格。

【勸勉】 quàn miǎn
勸導並勉勵。例：在哥哥的～下，他又恢復了學習英語的信心。

努力 nǔ lì

【煽動】 shān dòng
鼓動別人去做壞事。含貶義。例：～
鬧事｜我們要站穩立場，不受壞人的
～。

【煽風點火】 shān fēng diǎn huǒ
比喻想盡辦法鼓動別人做壞事。含貶
義。例：因為有壞人～，所以才鬧到
這種不可收拾的地步。

【慫恿】 sǒng yǒng
鼓動別人去做（某事）。例：在同學
的～下，小明報名參加了足球比賽｜
如果背後沒有人～，他肯定做不出這
種事來。

【唆使】 suō shǐ
指使或挑動（別人去做壞事）。含貶
義。例：他這麼小的年紀就做出這種
事，應該是受人～吧。

【推波助瀾】 tuī bō zhù lán
比喻助長或促進事物的聲勢和發展，
使擴大影響。多用於貶義。例：事情
鬧得這麼大，你就別～了。

【不遺餘力】 bù yí yú lì
不留下一點力量，全部使出來。例：
他如此～地幫助你，絕沒有半點私
利，完全是為了你好。

【殫思極慮】 dān sī jí lǜ
〈書〉殫、極：盡。思、慮：心思。
形容用盡心思。含努力義。例：這篇
文章，每一句每一字都看得出作者的
～。

【發奮】 fā fèn
為達到一定目的振作起來，奮發努
力。例：大家要～學習，將來更好地
為社會服務。

【奮鬥】 fèn dòu
為實現一定目標而努力做。多指較大
的目標。例：艱苦～。

【奮發圖強】 fèn fā tú qiáng
振作精神，努力奮鬥，謀求強盛。
例：那個殘疾人士～的故事令人感
動。

【奮勉】 fèn miǎn
〈書〉振作努力。例：你以前所取得
的成績可喜可賀，但那只能說明過
去。還望你能繼續～，更上一層樓。

【奮起直追】 fèn qǐ zhí zhuī
振作起來，追趕上去。例：這一次我
們雖然落後了，但只要振作起來，
～，下一次一定會趕上去的。

【絞盡腦汁】 jiǎo jìn nǎo zhī
形容費盡思慮，費盡腦筋。含努力
義。例：他～，可還是找不到答案。

【竭盡】 jié jìn
〈書〉用盡（力量）。例：她為這次的
專題研習～心力。

【竭盡全力】 jié jìn quán lì
竭盡：用盡。用盡全部力量。例：最
後一百米他已經～了，但還是只得了
第三名。

【竭力】 jié lì
用盡全部力量。例：～追趕｜他～想
推脫自己的責任。

【盡力】 jìn lì
用一切力量。例：放心吧，你的事我
一定～幫忙。

【盡力而為】 jìn lì ér wéi
用所有的力量來做。例：這件事難度
很大，我～吧。

【努力】 nǔ lì
把力量盡量使出來。例：～學習｜～
工作。

【嘔心瀝血】 ǒu xīn lì xuè
比喻費盡心血。多用來形容工作、事
業、文藝創作等方面用心的艱苦。
例：為自己深愛的事業～｜這部書他
整整寫了十年，可謂～之作。

【千方百計】 qiān fāng bǎi jì
想盡或用盡一切辦法。例：為了推行
新政策，政府～說服議員支持方案。

【全力】 quán lì
全部力量或精力。從口氣上講，程度
比「盡力而為」重。例：這次考試關
係到升讀中學的成敗，我們會傾盡～
的。

【全力以赴】 quán lì yǐ fù
赴：去，前往。把全部力量用上去。
例：離大賽僅剩半個月時間了，希望
大家能～投入訓練。

記憶 jì yì

【記得】 jì‧de
沒有忘記。例：當時的情景你還～嗎？

【記取】 jì qǔ
記住並從中取得教訓、囑咐等。例：一定要～這次的教訓，引以為鑒。

【記憶】 jì yì
認識過的事物保持在腦子裏的印象。例：～猶新｜失去～。注意：也指記住或想起。例：那段往事他已無法～。

【記憶猶新】 jì yì yóu xīn
猶：仍然。過去的事，至今仍然就像新發生的一樣。例：學生時代的生活～，至今還讓他談起來興致勃勃。

【刻骨】 kè gǔ
比喻感念或仇恨很深，牢記不忘。例：～銘心｜～仇恨。

【牢記】 láo jì
牢牢地記住。例：～在心｜～教導。

【歷歷在目】 lì lì zài mù
一個一個清清楚楚在眼前。形容過去的事還記得十分清晰。例：往事～。

【銘記】 míng jì
銘：在器物上刻字，比喻永遠記住。深深地記在心裏。例：爺爺臨終的話他始終～心頭。

【銘刻】 míng kè
銘記。例：老師的訓誨他～在心，永誌不忘。

【銘心】 míng xīn
深深地記在心裏，感念不忘。例：您的話我將～不忘，因為正是這話使我從頹喪中走了出來。

【銘諸肺腑】 míng zhū fèi fǔ
深深地記在心中。程度比「銘心」重。例：他的幫助讓我～，難以忘懷。

【沒齒不忘】 mò chǐ bú wàng
〈書〉沒：終、盡。齒：年齡。沒齒：沒世；終身。一輩子也忘不了。例：您對我的幫助太大了，我將～。

【難以忘懷】 nán yǐ wàng huái
不能忘記。例：往事令人～。

【言猶在耳】 yán yóu zài ěr
形容對說的話記得很清楚。例：雖然這麼多年過去了，但爺爺的話～，我還時時用它反省自己。

忘記 wàng jì

【淡忘】 dàn wàng
印象逐漸淡漠以至於忘記。例：隨着時間的流逝，他的死漸漸被人們～了。

【過耳不留】 guò ěr bù liú
聽過後沒記住，表示不用心或記不住。例：他這人心地坦蕩，對別人諷刺他的那些話總是～。

【健忘】 jiàn wàng
容易忘事，記性不好。例：您真是～，三天前我們還見過面，怎麼就不認識了？

【忘】 wàng
經歷的事或認識的人，不再存留在記憶中。例：這件事過去太久了，我已經～了。

【忘掉】 wàng diào
忘記。例：小時候的事他一點兒也沒有～。

【忘懷】 wàng huái
忘記。多用於否定句，含感慨意味。例：永難～｜無法～。

【忘記】 wàng jì
忘掉。例：小明總是～做功課，惹得老師很生氣。

【忘卻】 wàng què
〈書〉忘記。多用於很久以前的事。例：那段刻骨銘心的記憶永難～。

【忘諸腦後】 wàng zhū nǎo hòu
也作「忘之腦後」。扔到腦後，沒記住。例：他因為看現場直播的足球賽，早把寫作業的事～了。

【遺忘】 yí wàng
忘記。例：鑰匙～在家裏了｜這件事已經過去十多年了，許多細節已被人們所～。

希望 xī wàng

【憧憬】 chōng jǐng
〈書〉嚮往。例：快要畢業，同學心中都充滿着對未來的～。

【幻想】 huàn xiǎng
人對未來遠景的一種想像。例：人應該有～，但不是胡思亂想。

【覬覦】 jì yú
〈書〉非分的希望和企圖，希望得到不應該得到的東西。多用於貶義。例：他～已久的這個職位，最後還是由德高望重的王先生接任了。

【渴念】 kě niàn
渴望；想念。例：孩子失蹤三年了，母親天天都～着他回來。

【渴望】 kě wàng
迫切地希望。程度比「希望」和「期望」重。例：小時候，總是～要成為大人。

【夢想】 mèng xiǎng
過高的希望；渴望。例：～成真 | 小時候的～，今天變成了現實。

【盼】 pàn
盼望。例：媽媽終於把兒子～回來了。

【盼望】 pàn wàng
殷切地期望。例：哥哥在大學寄宿，臨近假期時，媽媽都～他早一點回來。

【期望】 qī wàng
對人或事有所希望和期待。例：我們要努力學習，不辜負父母的～。

【祈望】 qǐ wàng
殷切地希望；盼望，含祈禱、請求義。程度比「希望」和「盼望」重。例：媽媽守在牀前，～孩子的病快點痊癒。

【企望】 qǐ wàng
抬起腳跟看。形容盼望。例：人們～房屋建築工程早日竣工，以解決住屋問題。

【企足而待】 qǐ zú ér dài
腳後跟抬起來站着等待，形容殷切盼望。程度比「企望」重。例：香港代表隊今日歸來，大批市民到機場～。

【望】 wàng
希望。例：大失所～。注意：也指看。例：～眼欲穿 | 登高～遠。

【妄想】 wàng xiǎng
奢想，狂妄地打算。例：我隊訓練有素，對手～取得勝利。

【希冀】 xī jì
〈書〉希望。例：兒子長大成才，是每一個母親心中的～。

【希望】 xī wàng
心裏盼着達到某種目的或出現某種情

況。例：我明天過生日，～你能來和
我一起分享快樂。

【想】 xiǎng
希望；打算。例：我～擁有一台自己
的電腦。

【想入非非】 xiǎng rù fēi fēi
脫離實際的胡思亂想。例：整天～，
不做切實的努力，到頭來只能是一場
空。

【想望】 xiǎng wàng
心裏希望。例：他～有一天自己也能
站在奧運會的領獎台上。

【嚮往】 xiàng wǎng
非常希望得到或達到。例：～着美好
的未來。

十一、文化・教育

教師 jiào shī

【導師】 dǎo shī
高等學校或研究機構中指導研究生的教師。例：這篇論文是在～的指導下完成的。注意：也指在大事業、大運動中指示方向、掌握政策的人。例：思想的～。

【恩師】 ēn shī
對自己的成長有很大幫助、恩情深重的師長。例：我所以有今天的成就，全靠我的～當年的培育。注意：這裏的恩師不一定指從事教師行業的人。

【教官】 jiào guān
特指在部隊中擔任教員的軍官。例：他是部隊的軍事～，對這種新式武器很有研究。

【教練】 jiào liàn
訓練別人掌握某種技術的人。例：我們的足球～是從英國邀請來的。

【教師】 jiào shī
進行教育、教學工作的專業人員。例：他是我們學校中最受學生歡迎的～。

【教授】 jiào shòu
高等學校中職稱最高的教師。有教授、副教授之分。例：張～講課非常風趣，大家都很喜歡上他的課。注意：也作動詞，表示對學生講解的意思。例：這節課～的內容很豐富。

【教員】 jiào yuán
教師。例：爺爺和爸爸都是小學～。

【老師】 lǎo shī
教師。也泛指在政治思想、業務知識等方面值得學習的人。可直接用於稱呼。例：張～｜李～。

【良師益友】 liáng shī yì yǒu
既是好老師又是好朋友。例：他是我的～，我永遠都尊敬他。

【啟蒙老師】 qǐ méng lǎo shī
使初學者得到基本的、入門的知識的人。注意：啟蒙老師不一定是從事教育事業的人。例：媽媽是我的～，是她手把手教我學會寫字的。

【師傅】 shī·fu
傳授技術、手藝的人。例：他是我的～。注意：也是對在某方面有專長的人的尊稱或對一般人的敬稱。例：請老～指教。

【師長】 shī zhǎng
對教師、師傅尊敬的泛稱。例：尊敬～。

【先生】 xiān·sheng
舊時人們對老師的稱呼。例：私塾～。注意：舊時對知識分子、管賬的、說書的、算卦的、看風水的人也稱先生。現在對男人也普遍稱先生。例：張～。

教導 jiào dǎo

【嚴師】 yán shī
嚴格要求學生及徒弟的教師或師傅。
例：～出高徒。

【宗師】 zōng shī
指在學術上有成就、受人尊崇而奉為
典範的人。例：老先生是當代書畫界
的一代～。

【祖師】 zǔ shī
學術或技術上某一派別的始創者。
例：傳說魯班是木工的～。

【耳提面命】 ěr tí miàn mìng
語出《詩經·大雅·抑》：「匪面命
之，言提其耳。」意思是不但當面教
導，而且提着耳朵叮囑。形容懇切地
教誨。例：爸爸的～，他永遠都不會
忘記。

【誨人不倦】 huì rén bú juàn
不知疲倦地對人進行教誨。例：老師
這種～的精神實在令人感動。

【教導】 jiào dǎo
教育指導。例：時刻牢記老師的～。

【教化】 jiào huà
〈書〉教育感化。例：對犯罪的青少
年要多做～工作。

【教誨】 jiào huì
〈書〉教育；教導。例：諄諄～｜他
心裏牢記着母親的～。

【教訓】 jiào xùn
教育訓誡。有訓斥的意味。例：這種
人該好好～他一頓。

【教養】 jiào yǎng
指教育培養。適用於父母對子女。
例：～子女。注意：也指修養。例：
這個人很有～。

【教育】 jiào yù
教導培育。主要用於老師對學生，也
可用於父母對子女，適用範圍比「教

養」廣。例：陳老師把一生奉獻給～
事業｜這個展覽很有～意義。

【開導】 kāi dǎo
以道理勸導，使他明白過來。例：在班
主任的～下，他終於意識到是自己錯
了，並主動承認了錯誤。

【啟迪】 qǐ dí
〈書〉開導；啟發。例：這本格言集
非常好，能～人們的智慧。

【啟發】 qǐ fā
闡明道理，引起對方聯想而有所領
悟。例：老師在黑板上畫了一個圖
形，以～大家的思路。

【勸導】 quàn dǎo
規勸；開導。例：班長的～使他改變
了看法。

【身教】 shēn jiào
用自己的行動教育別人。例：言傳
～｜～勝於言教。

【疏導】 shū dǎo
疏通；勸導。例：對大多數不明真相
的市民，只能採取～的辦法，使他們
提高認識。

【循循善誘】 xún xún shàn yòu
善於有步驟有方法地引導和啟發。
例：警察～，使他意識到違反交通規
則可能帶來的嚴重後果。

【訓導】 xùn dǎo
教訓。含教育義。例：學校裏，學生
最怕的就是～主任。

【訓誨】 xùn huì
〈書〉教導。比「教誨」嚴格。用於
長輩對晚輩或上對下。例：老師的
～，我們終身受用。

【訓誡】 xùn jiè
教導；告誡。用於長輩對晚輩或上對
下。例：父親的～時時警示着他。

【訓喻】 xùn yù
〈書〉也作「訓諭」。訓誨開導，使明
白道理。用於長輩對晚輩或上對下。
例：先生當年的～，言猶在耳，時時
鞭策着學生。

【言傳身教】 yán chuán shēn jiào
口頭上傳授，行動上示範。指用自己
的行動去教育別人。例：父母的～，
深深地影響着孩子們的處事方式。

【言教】 yán jiào
以言辭去教育別人。例：當老師的不
但要善於～，還要注意身教。

【因勢利導】 yīn shì lì dǎo
順着趨勢，很好地引導。例：教練抓
住時機，～，使大家很快克服了心理
障礙，重新投入到比賽。

磨煉 mó liàn

【誘導】 yòu dǎo
勸導；引導。例：張老師從不聲色俱厲地訓斥學生，而是耐心地進行～。

【諄諄告誡】 zhūn zhūn gào jiè
不厭其煩地、懇切地教誨和開導。例：一直到了學校，爸爸的～還在他耳邊響着。

【錘煉】 chuí liàn
錘打鍛煉。程度比「鍛煉」重。例：～性格｜～意志。

【砥礪】 dǐ lì
磨練。例：～意志｜～鬥志。

【鍛煉】 duàn liàn
通過實踐，使才幹增強。例：經過這幾年在基層的～，他已經完全能勝任區議員的工作了。

【磨礪】 mó lì
通過磨擦使其銳利；磨練。例：一個運動員只有通過國際大賽的不斷～，才能積累下豐富的臨場經驗。

【磨煉】 mó liàn
在艱難困苦的環境中反覆鍛煉。程度比「鍛煉」重。例：他在農村住了八年，艱苦的環境～了他的意志。

【千錘百煉】 qiān chuí bǎi liàn
錘、煉：指打鐵煉鋼，除去雜質。比喻經過許多次鍛煉和考驗。例：經過實踐的～，他變得更成熟了。

【洗禮】 xǐ lǐ
基督教接受人入教時所舉行的一種宗教儀式，把水滴在受洗人的額上，或將受洗人身體浸在水裏，表示洗淨過去的罪惡。多用來比喻經受重大苦難的鍛煉和考驗。例：經過這場災難的～，她更能勇敢面對各種逆境和挑戰。

熏陶 xūn táo

【耳濡目染】 ěr rú mù rǎn
形容見得多了、聽得多了，無形中受到影響。例：接觸多了，～，他也喜歡上了畫畫。

【漸染】 jiàn rǎn
〈書〉因接觸久了而逐漸受到影響。例：小明～惡習，不能自拔。

【浸潤】 jìn rùn
液體漸漸滲入。比喻受到熏染和影響。例：這種影響就像毒液～肌膚，是在不知不覺當中進行的。

【近朱者赤，近墨者黑】
jìn zhū zhě chì，jìn mò zhě hēi
朱：指好的。墨：指壞的。接近好人的人逐漸變好，接近壞人的人逐漸變壞。說明客觀環境對人影響之大。例：～，你怎麼可以和那些不三不四的人來往呢？

【沐浴】 mù yù
原為洗澡。比喻受潤澤、沉浸。多指受好的影響。例：我們～於親情裏，感受到愛與包容。

【陶冶】 táo yě
燒製陶器或冶煉金屬的過程。比喻給人的思想、性格以有益的影響。例：～性情。

【陶鑄】 táo zhù
燒製陶器或鑄造金屬器物的過程。比喻造就、培養人才。例：才幹是在實踐中～出來的。

【熏染】 xūn rǎn
因長期接觸而逐漸沾染。多指生活習慣。例：他不知受甚麼人～，竟然也吸起煙來。

【熏陶】 xūn táo
因長期接觸，思想、行為、愛好等逐漸受到影響。專指好的影響。例：在母親的～下，他也成了一名小作家。

【影響】 yǐng xiǎng
對他人或周圍的事物起作用。例：受父親的～，他從小就喜愛足球運動。

歌唱 gē chàng

【伴唱】 bàn chàng
從旁歌唱，配合表演。例：這次演出，～的是新成立的合唱團。

【悲歌】 bēi gē
悲壯地歌唱。例：慷慨～。注意：也指悲壯的或悲痛的歌曲。例：～一曲，令人心碎。

【唱】 chàng
依照樂律發出聲音。例：這首歌～得很好。注意：也表示大聲叫或大聲說。例：～票｜～題。

【唱歌】 chàng gē
演唱歌曲。例：小茵喜歡～，家人都鼓勵她參加學校的歌唱比賽。

【對歌】 duì gē
一種歌唱方式。雙方一問一答地唱。例：少數民族裏有不少是～的能手。

【放歌】 fàng gē
放聲歌唱。例：～一曲｜高原～。

【高唱】 gāo chàng
高聲歌唱。例：～山歌。

【高歌】 gāo gē
放聲歌唱。例：～猛進｜引吭～。

【高歌一曲】 gāo gē yì qǔ
大聲地唱一首歌。例：～入雲端。

【歌唱】 gē chàng
唱。例：我們放聲～。

【歌吟】 gē yín
〈書〉歌唱。注意：也指吟詠詩詞等。例：要用最美的詞彙來～我們的時代。

【歌詠】 gē yǒng
同「歌吟」。例：～隊｜～比賽。

【合唱】 hé chàng
由若干人分成幾個聲部，共同演唱一首多聲部的歌曲。例：大～｜小～｜男聲～｜女聲～。

【領唱】 lǐng chàng
合唱時，一人或幾人帶頭唱。例：這次演出，～不是很成功。注意：也指領唱的人。例：她有幸在此次合唱中擔任～。

【演唱】 yǎn chàng
表演；唱歌。例：晚會上，我們班～的歌曲榮獲冠軍。

【引吭高歌】 yǐn háng gāo gē
吭：喉嚨。拉開嗓子，大聲歌唱。例：聖誕聯歡會上，大家～，十分愉快。

悅耳 yuè ěr

【動聽】 dòng tīng
好聽而感動人。例：歌聲～｜他說得十分～，事實又如何呢？

【好聽】 hǎo tīng
〈口〉聽起來令人舒服。例：她說話的聲音很～。

【嘹亮】 liáo liàng
響亮，清脆悅耳。例：歌聲～。

【清脆】 qīng cuì
清晰悅耳。例：嗓音～｜樂聲～。

【清越】 qīng yuè
（聲音）清脆悠揚。例：～的民樂合奏，引起台下觀眾一陣又一陣的掌聲。

【輕柔】 qīng róu
輕而柔和。例：服務員的嗓音～，態度也好，顧客都很滿意。注意：也可以形容動作舒緩柔和。例：舞姿～。

【入耳】 rù ěr
〈方〉中聽。例：聲聲～｜他的話很～。

【順耳】 shùn ěr
聽着舒心。例：他這話～，我愛聽。

【婉轉】 wǎn zhuǎn
聲音曲折，悠揚動聽。例：這種鳥叫聲～，十分好聽。

【響遏行雲】 xiǎng è xíng yún
形容歌聲嘹亮，直上天空，把浮動的雲彩都擋住了。例：歌聲～，久久不散。

【悠揚】 yōu yáng
形容聲音忽高忽低，和諧悅耳。例：琴聲～｜歌聲～。

【餘音繞樑】 yú yīn rào liáng
繞：圍繞。樑：屋樑。歌聲繞着屋樑，不肯散去。形容歌聲優美。例：她的歌聲甜美，總給人一種～，三日不絕的感覺。

【圓潤】 yuán rùn
飽滿而潤澤。例：老師嗓音～，說話好聽。

【悅耳】 yuè ěr
聲音聽起來使人感到舒服，好聽。例：經過幾個月的練習，他的二胡拉得很～了。

【中聽】 zhōng tīng
語言聽起來讓人滿意、高興。例：你這話實在～，大家都聽你的。

讀 dú

【讀】 dú
看或念文字，並領會其內容。例：～報｜～書。

【看】 kàn
使視線接觸人或物。這裏專指看文字，即不出聲地讀。例：～書｜～報紙。

【朗讀】 lǎng dú
大聲而清晰地念出來。例：～課文｜～文章。

【朗誦】 lǎng sòng
大聲有感情地誦讀（詩文）。具有表演的性質。例：～古詩詞｜詩歌～會。

【默讀】 mò dú
不出聲地讀（書面作品）。例：學習古典文學，～其精彩片段。

【念】 niàn
讀。例：～一段報紙給爺爺聽聽。

【誦讀】 sòng dú
有感情地讀。例：小紅的作文在全班～後，引起了很大反響。

【宣讀】 xuān dú
向很多人朗讀文件、決定、佈告之類的公文。含宣佈義。例：主持人～了競賽獲獎者的名單。

【吟】 yín
有節奏地念。例：～詩作畫｜淺～低唱。

【吟哦】 yín é
有節奏地誦讀（詩文）。含欣賞義。例：他最喜歡～李白的詩作。

【吟誦】 yín sòng
有節奏地念。例：這首詩只有～出來才能表現它的音節美。

【吟詠】 yín yǒng
有節奏地誦讀。例：高老師古詩文～得特別有感情。

【閱讀】 yuè dú
看文字並領會其內容。例：～報刊｜～書籍。

寫 xiě

【筆】 bǐ

用筆寫出。例：代～｜親～。注意：常用義是書寫工具。例：鉛～｜鋼～｜毛～。

【筆記】 bǐ jì

用筆記錄。例：他通過採訪，～了這位運動員的畢生經歷。注意：也指用筆寫下的記錄。例：這一節課的內容很重要，希望同學們做好～。

【筆錄】 bǐ lù

用筆原原本本記錄。例：會談一直持續到深夜，秘書～了所有的內容。

【抄】 chāo

用筆謄寫文字。例：～寫｜～錄。

【抄錄】 chāo lù

抄寫。例：～名人名言。

【抄寫】 chāo xiě

把原文照樣寫下來。例：～文件｜～原稿。

【代筆】 dài bǐ

代替別人寫。例：老爺爺不識字，每次給兒子寫信都是找朋友～。

【複寫】 fù xiě

用複寫紙書寫，一次能寫出多份。例：你怎麼還用～的方法？太落後了，去複印一下不就行了嘛！

【改寫】 gǎi xiě

修改原文。例：這篇文章有些偏離主題，你再～一下吧。

【恭錄】 gōng lù

恭敬地抄寫。敬辭。用於落款或原文之前。例：～李白詩一首。

【恭書】 gōng shū

恭敬地書寫。敬辭。用法同「恭錄」。例：～一副對聯。

【恭題】 gōng tí

恭敬地寫上。敬辭。用於落款。例：甲子年王小明～。

【疾書】 jí shū

〈書〉快速地寫。例：奮筆～｜伏案～。

【記錄】 jì lù

把聽到的或看到的情況寫下來。例：～存檔｜～在案｜會議～。

【默寫】 mò xiě

靠記憶把讀過的文字寫出來。例：據說他能～出《古文觀止》中的大部分文章，真是記憶力非凡。

【拼寫】 pīn xiě

用拼音字母按拼音規則書寫。例：用中文拼音～。

【簽】 qiān
寫上。多用於文件、單據等的親筆署名。例：～字｜～名。

【繕寫】 shàn xiě
〈書〉抄寫。例：～公文。

【書寫】 shū xiě
寫。例：～標語｜～公文｜～合同。

【速記】 sù jì
用一種簡便的記音符號迅速地把話寫下來。例：過去，文字記者要靠～去採訪，現在只要帶上一支錄音筆就行了。

【謄錄】 téng lù
謄寫。例：小明熬夜～文件，眼睛都熬紅了。

【謄寫】 téng xiě
照着原稿抄寫。例：～文件｜～書稿。

【填寫】 tián xiě
在單據、表格的空格內寫上相應的內容。例：～表格｜～簡歷。

【聽寫】 tīng xiě
（學生）把聽到的字詞等默寫下來。例：老師經常要我們～單詞。

【塗抹】 tú mǒ
〈書〉隨便亂寫。有時用於謙辭。例：信筆～。

【塗鴉】 tú yā
語出唐代盧仝《示添丁》詩：「忽來案上翻墨汁，塗抹詩書如老鴉。」後世用「塗鴉」形容字寫得很壞。多用作謙辭。例：滿紙～｜信筆～。

【寫】 xiě
用筆在紙上或其他地方留下字迹。例：～字｜抄～。

信件 xìn jiàn

【表揚信】 biǎo yáng xìn
送給個人或單位表示讚美的信。例：走廊上貼着一張大紅紙寫的～。

【感謝信】 gǎn xiè xìn
送給對方表示感謝的信。例：老爺爺受到社工的照顧，因此特意叫兒子給社工寫了一封～。

【公函】 gōng hán
機關團體間的來往公文。例：關於調轉我的～已經到了，但上級還沒有最後表態。

【公開信】 gōng kāi xìn
公開發表的信。例：關於這個問題，對方已經發表～致歉了。

【函】 hán
泛指信件。多用於公文。例：來～照登｜～電收到。

【函件】 hán jiàn
泛指信件。多用於公文。例：往來～。

【鴻雁】 hóng yàn
本為鳥名，傳說能傳遞書信，後用來代稱書信。例：～往來。

【家書】 jiā shū
〈書〉家信。例：烽火連三月，～抵萬金。

【家信】 jiā xìn
家人間來往的信件。例：他和父母至今仍不時有～聯絡。

【密件】 mì jiàn
需要保密的信件或文件。例：公司裏的～一定要保存好。

【匿名信】 nì míng xìn
不落下寫信人真實姓名的信。例：如果收到恐嚇你的～，應馬上報警。

【親筆信】 qīn bǐ xìn
親自動筆寫的信。例：孫子不時拿出已故爺爺的～來看，緬懷一番。

【書簡】 shū jiǎn
也作「書柬」。書信。例：我最近正在讀一本《魯迅～》。

【書信】 shū xìn
信。例：～往來｜電話和互聯網很大程度上已經代替了～。

【信】 xìn
信件。例：爸爸來～了。

【信函】 xìn hán
泛指信件。例：～往來｜私人～。

【信件】 xìn jiàn
書信和其他郵遞的文件、印刷品。例：他是一位郵遞員，每天要送出大量的～。

編著 biān zhù

【編輯】 biān jí
對資料或作品進行整理、修改。例：～書刊雜誌。注意：也指從事編輯工作的人。例：小明的爸爸是一名～。

【編錄】 biān lù
編輯並摘錄。例：他業餘時間經常～一些美術方面的資料。

【編排】 biān pái
按照一定的次序排列。例：～節目｜文章～得有些鬆散。

【編審】 biān shěn
編輯和審定。例：～稿件。注意：也指從事編審工作的人。例：～對這本書提出了不少意見。

【編寫】 biān xiě
就現成的資料加以整理，寫成文章或書。例：～材料｜～新教材。

【編譯】 biān yì
編輯和翻譯。例：～外文叢書。

【編著】 biān zhù
編寫和著述。與「編寫」相比，強調寫作者個人的創意。例：這部書的～者是一位大學教授。

【編撰】 biān zhuàn
編纂；撰寫。例：他是這部叢書的～者之一。

【編纂】 biān zuǎn
指資料較多、篇幅較大的著作的編輯工作。例：～成語大詞典｜～百科全書。

【創作】 chuàng zuò
指文藝作品的創造。例：香港的文藝～，近些年來有了很大的發展。

【杜撰】 dù zhuàn
憑空編造、虛構，含貶義。例：這部書不符合實際，全是作者的憑空～。

【輯錄】 jí lù
把有關的資料或著作收集在一起編成書。例：他根據～的資料，編寫了一部有關體育的專著。

【縮寫】 suō xiě
把作品壓縮改寫，使篇幅減少。例：～名著不是一個好主意，因為它使得名著面目全非。

【修史】 xiū shǐ
編寫史書。例：司馬遷遭受宮刑，忍辱～，這種精神永遠為後人所景仰。

【修書】 xiū shū
〈書〉編纂書籍。例：教授退休後，專門在家～。注意：也指寫信。例：～一封。

【修誌】 xiū zhì
編寫史誌。比「修史」範圍寬泛。

例：這幾年他一直參加市裏的～工作。

【著錄】 zhù lù
創作；記錄。例：為了寫一部遊記，三年時間他遊歷了大半個中國，～達三百多萬字。

【著述】 zhù shù
泛指編撰的書籍或撰寫的文章。例：這位作家～很多，但代表作還是那部長篇小說。

【著作】 zhù zuò
寫作。例：他是這篇小說的～者。注意：又指作品本身。例：她的～為年輕人所熟悉｜～等身。

【撰述】 zhuàn shù
著作；著述。例：他一生的～上百萬字，是十分珍貴的史料。

【撰著】 zhuàn zhù
同「撰述」。例：～中國歷史。

刊載 kān zǎi

【登】 dēng
刊載或記載。例：～載｜刊～｜今天報紙～出了一則令人震驚的新聞。

【登載】 dēng zǎi
指文章、新聞等在報刊、網絡上發表。例：報刊上～了這位作家的新作。

【發表】 fā biǎo
指作品在報刊、網絡上登載出來。例：他的短篇小說～後，讀者反映很好。

【刊登】 kān dēng
刊載。例：他的處女作～在《香港文學》上。

【刊行】 kān xíng
書刊出版發行。例：該書～後，深受青少年讀者的歡迎。

【刊載】 kān zǎi
在報紙、刊物、網絡上登載。例：他的聲明在報紙上～以後，引起了轟動。

【連載】 lián zǎi
一部作品在同一報紙、刊物或網絡上連續刊登。例：他的長篇小說在報紙上已經～了十幾期。

【選登】 xuǎn dēng
選載；刊登。例：刊物～了該文的部分章節。

【載】 zǎi
記載；登載。例：～於《文學季刊》
1995 年第 9 期。

【照登】 zhào dēng
照原來的樣子登載。例：原文～。

【轉載】 zhuǎn zǎi
刊登其他報刊上發表過的文章。例：
全港各大報刊都～了那篇社論。

十二、方法‧學識‧言語

計謀 jì móu

【策】 cè
計；計策。在這個意義上與「計」同義，但應用範圍比「計」要小。例：萬全之～。

【毒計】 dú jì
毒辣的計策。含貶義。程度比「奸計」和「詭計」更重。例：歹徒設～誘騙了她，警方全力救援，才使她逃脫虎口。

【高着】 gāo zhāo
也作「高招」。好計策，好辦法。例：球隊三連敗，可是教練仍顯得很沉穩，不知他有甚麼～。

【詭計】 guǐ jì
狡詐的計策。程度比「奸計」重。含貶義。例：～多端│陰謀～。

【花招兒】 huā zhāor
欺騙人的狡猾手段。含貶義。例：這種～我見得多了，你還是收起來吧！

【緩兵之計】 huǎn bīng zhī jì
暫時延緩對方進軍，為己方爭取有利時間的一種計策。例：這不過是對方的～，你不能不防啊！

【計策】 jì cè
對付敵人或對手而預先安排的方法或策略。例：他絞盡腦汁，終於想到對付鄰校籃球隊的～。

【計謀】 jì móu
計策和謀略。例：我們必須想一個周全的～，把潛逃的罪犯緝拿歸案。

【奸計】 jiān jì
狡詐的計策。含貶義。例：騙子的～被識破，只好慌忙逃走。

【將計就計】 jiāng jì jiù jì
利用對方的計策，反過去再向對方施計，使其上當的一種計策。例：警方～，誘捕了歹徒。

【錦囊妙計】 jǐn náng miào jì
錦囊：舊時封藏機密文件或詩稿的織錦口袋。封在錦囊中神機妙算的計策。現比喻早已準備好的能及時解決緊急問題的計策。例：面對這種山窮水盡的局面，他再也沒有甚麼～了。

【妙計】 miào jì
巧妙的計策。例：對方一下子換了三名球員，自以為能壓住我們。可是教練早有～應對，最後我們還是取得了勝利。

【騙局】 piàn jú
騙人的圈套。含貶義。例：這原來是一場～，許多人都上了當。

【奇計】 qí jì
出人意料的，令人難測的計策。例：不知他有甚麼～，能挽救這種局面。

計劃 jì huà

【巧計】 qiǎo jì

巧妙的計策。例：警察設～抓了一個竊賊。

【圈套】 quān tào

使人上當受騙的計策。含貶義。例：落入～。

【神機妙算】 shén jī miào suàn

神奇的機智，巧妙的謀劃。例：警方果然～，毒販的交貨地點正是在靠近邊境的一座小山上。

【韜晦之計】 tāo huì zhī jì

暫時收斂，隱藏鋒芒，麻痹對方，以求保存實力的一種計策。例：他這樣做不過是～，並非長久之計。

【韜略】 tāo lüè

《六韜》、《三略》都是古代的兵書，後來稱用兵的計謀叫韜略。現泛指辦法、謀略。例：他胸懷～，處變不驚，可委以重任。

【着兒】 zhāor

〈口〉也作「招兒」。計策、辦法。例：你別說，他這一～還真靈。

【着數】 zhāo shù

也作「招數」。手段；計策。例：他把～都使出來了，還是沒有挽回敗局。

【打算】 dǎ suàn

考慮；計劃。例：暑假就快到了，不知你～怎樣度過？

【方案】 fāng àn

工作的具體計劃。例：教學～｜設計～。

【方略】 fāng lüè

全面的計劃和策略。例：作戰～。

【宏圖】 hóng tú

也作「弘圖」。遠大的設想；宏偉的計劃。例：大展～｜～正在變成現實。

【計劃】 jì huà

工作或行動之前擬訂的具體內容和步驟。例：學習繪畫要先擬定一個～，這樣學習起來才有方向。注意：也指這個擬訂過程。例：他～暑假到西藏旅遊。

【計算】 jì suàn

考慮；籌劃。例：先～一下，開這個運動會要用多少錢。注意：也指暗中謀劃損害別人。例：背後總～別人，這可不好。

【計議】 jì yì

商議。指多個人在一起計劃某事。例：這件事大家不要急，還得從長～。

辦法 bàn fǎ

【藍圖】 lán tú
原為圖紙，常用來比喻建設計劃。比「宏圖」更具體。例：描繪城市發展的～。

【設法】 shè fǎ
想辦法。含計劃義。例：許多人曾經～營救他，但沒有成功。

【設計】 shè jì
在正式做某項工作前，根據一定的目的和要求，預先制定方法、圖樣等。含計劃義。例：這項工程總體～沒問題，但細節還要反覆斟酌。

【設想】 shè xiǎng
想像；假想。例：聖誕聯歡會的開法已經有了一個～，現在還需要想一些小遊戲，讓同學盡興。注意：也指着想。例：其實他這是為你～，你怎麼還埋怨他呢？

【準備】 zhǔn bèi
預先安排或籌劃。與「打算」大體相同，不同的是「打算」只限於思想上的，而「準備」則包括思想上和物質上的。例：如果沒有甚麼變化，他～暑假去英國。

【辦法】 bàn fǎ
處理事情、解決問題的具體方法。例：只要動腦筋，總會有～的。

【策略】 cè lüè
為實現一定的目的而採取的對付辦法或處理問題的方法。多用於重大事件。例：要破獲這件涉及國際犯罪組織的重大案件，一定要十分注意～。

【措施】 cuò shī
針對某種情況而採取的處理辦法。例：採取～防止食物中毒，確保參加夏令營的同學們的安全。

【法寶】 fǎ bǎo
原指神話傳說中能制伏妖魔的寶物。比喻特別有效的辦法。例：把考試作弊當成提高成績的～，是極端錯誤的。

【法術】 fǎ shù
道士、巫婆等所用的念咒畫符等騙人手法。例：哪裏有甚麼～，全是騙人的把戲。

【方案】 fāng àn
工作的具體計劃。含辦法義。例：大賽之前，主教練制定了幾套～，以應對賽場上的情況變化。

【方法】 fāng fǎ
解決問題的門路、程序等。不如「辦法」所指的那樣具體。例：他很有工作～，所以被大家推選當了班長。

【方略】 fāng lüè
全盤的計劃和策略。含辦法義。例：制定～。

【方式】 fāng shì
說話、做事所用的方法和形式。例：你用這種～去勸他，根本就不能奏效。

【方針】 fāng zhēn
引導事業前進的大方向和大目標。例：～政策｜工作～。

【高招】 gāo zhāo
好辦法；好主意。例：就這兩下子，沒有甚麼～。

【故技】 gù jì
也作「故伎」。以前用過的辦法。含貶義。例：果然，騙子又～重演，被警察逮了個正着。

【慣技】 guàn jì
也作「慣伎」。經常習慣用的辦法。含貶義。例：用小便宜作誘餌是騙子的～。

【花招】 huā zhāo
也作「花着」。騙人的狡猾手段。含貶義。例：耍～｜玩～｜提高警惕，慎防騙子的～。

【技法】 jì fǎ
從事某一具體工作的技巧和方法。

例：這尊雕塑不但～高超，構思也十分新穎。

【伎倆】 jì liǎng
不正當的手段。有輕蔑的色彩。貶義。例：慣用的～｜騙人的～。

【技巧】 jì qiǎo
表現在藝術、工藝、體育等方面的巧妙的技能。例：他的繪畫～已經達到了爐火純青的地步。

【技術】 jì shù
在生產勞動方面所掌握的經驗和知識。也泛指其他操作方面的技巧。例：小明的爸爸是一名～工人。

【技藝】 jì yì
富於技巧性的表演藝術或手藝。例：他們的～高超，在國際雜技大賽中奪得了冠軍。

【絕招】 jué zhāo
一般人想像不到的計謀。例：只有使出～，才能戰勝對手。

【手段】 shǒu duàn
為達到某種目的而採用的具體步驟和方法。例：～高明｜不擇～。注意：也指待人處事所用的不正當的辦法。屬於貶義。例：用惡毒的～騙人。

【手法】 shǒu fǎ
做事的方法、手段。用於貶義時，程度比「手段」輕。例：處理朋友之間

的關係，用這種～，不大合適吧！注意：又指藝術創作的技巧。例：這幅畫的創作～十分獨特。

【手腕】 shǒu wàn
手段。含貶義。程度比「手段」更重。例：要這種～真狠毒！

【損招】 sǔn zhāo
邪惡的辦法。貶義。例：為達到目的，使用這樣的～，實在是不道德。

【韜略】 tāo lüè
《六韜》、《三略》都是古代的兵書，後來稱用兵的計謀叫韜略。現泛指辦法、謀略。例：張老闆在商場上十分有～。

【招法】 zhāo fǎ
辦法。更強調實際操作性。例：對待歹徒，我們要有自己的～。

【招兒】 zhāor
〈口〉也作「着兒」。下棋時走一步或下一子叫一～。常用來比喻辦法和手段。例：使花～。

【招數】 zhāo shù
也作「着數」。同「招法」。也指武術的動作。常比喻手段、辦法。例：～很多。

方向 fāng xiàng

【北方】 běi fāng
北邊。例：冬天去～旅遊，別有情調。

【東方】 dōng fāng
東邊。例：火紅的太陽從～升起。

【方位】 fāng wèi
方向和位置。如東、西、南、北、上、下、前、後、左、右等。例：根據直升飛機觀察，他們的大體～在小河北岸下游一帶。

【方向】 fāng xiàng
指東、西、南、北等，也指正對的位置，前進的目標。例：走這條路～肯定沒錯。

【後方】 hòu fāng
後面；後頭。例：那座工廠位於村莊的～。注意：也指遠離戰線的地區。例：爺爺當年是在～打游擊時受的傷｜擾亂敵人的～。

【目標】 mù biāo
尋求的對象或想要達到的標準。例：偉大的～｜～在正前方，大約五百米左右。

【目的】 mù dì
想要達到的境地；希望實現的結果。例：～明確｜到達～地。

【南方】 nán fāng
南邊。例：秋天，燕子向～飛去。

【前方】 qián fāng
前面。例：大街的正～有一座牌樓。
注意：也指接近前線的地區。例：支
援～｜開赴～。

【上方】 shàng fāng
上邊；位置在上的。例：在大廈的
～，剛剛有一架飛機飛過。

【身後】 shēn hòu
身體的後面。例：他在小明的～走了
半天，小明還沒有發覺。注意：民間
也指死後。例：老爺爺早把～的事安
排好了。

【天際】 tiān jì
肉眼可以看到的天地交接的地方。
例：～現出一線魚肚白，天就要亮
了。

【天上】 tiān shàng
泛指天空。含上方義。例：藍藍的～
白雲飄。注意：神話中指區別於民間
的神界。例：～人間。

【天外】 tiān wài
指極高遠的地方。也指太空以外的地
方。例：魂飛～｜神遊～。

【西方】 xī fāng
西邊。例：小鳥叫着向～飛去。

【右邊】 yòu biān
靠右的一邊。例：你的～有人嗎？

【右首】 yòu shǒu
右邊。例：我的座位在他的～。

【左邊】 zuǒ biān
靠左的一邊。例：～的字畫有一個字
寫錯了。

【左首】 zuǒ shǒu
左邊。例：他的座位在我的～。

見解 jiàn jiě

【成見】 chéng jiàn
對事物所抱的固定不變的看法。含偏見義。例：他和過去完全不同了，你不要抱着過去的～不放。

【高見】 gāo jiàn
高明的見解。例：有甚麼～，說出來吧！

【管見】 guǎn jiàn
從管子裏看東西，看到的範圍很小。比喻見識片面、淺陋。謙辭。例：這只是敝人的～，僅供參考。

【見地】 jiàn dì
見解。多指好的、獨到的認識或看法。例：對如何寫好作文，王老師是很有～的。

【見解】 jiàn jiě
泛指對事物的認識和看法。例：他的～對我們還是很有啟發的，我們應該認真加以研究。

【見仁見智】 jiàn rén jiàn zhì
語出《周易·繫辭上》：「仁者見之謂之仁，智者見之謂之智。」指對於同一個問題各人有各人的看法。例：這個問題～都有道理，不要再爭論了。

【看法】 kàn fǎ
對客觀事物所抱的見解。例：我認為你的～沒有道理，因為它完全不符合事實。

【偏見】 piān jiàn
偏於一方面的見解；成見。例：你不要總對他有～，他其實不像你想的那樣。

【想法】 xiǎng fǎ
思考的結果；意見；主意。例：跟他商量一下吧，他這個人很有～。

【一孔之見】 yì kǒng zhī jiàn
孔：小窟窿。從小窟窿裏面所看到的。比喻狹隘片面的見解。例：也許這只是我的～，有不對之處請大家指正。

【意見】 yì jiàn
對事物的一定看法和想法。例：大家的～是正確的。

【遠見卓識】 yuǎn jiàn zhuó shí
卓：卓越；高超。有遠大的眼光和高超的見識。例：學校擴建了實驗大樓，很多家長們都稱讚這是有～的舉動。

【真知灼見】 zhēn zhī zhuó jiàn
正確而透徹的見解。例：他的講話頗有～，對與會者啟發很大。

【主見】 zhǔ jiàn
自己對事物確定的意見。例：他是一個很有～的人。

博學 bó xué

【主張】 zhǔ zhāng

對於如何行動持有某種見解。例：這個問題很複雜，我們～向專家組請求幫助。注意：也指對於如何行動所持有的見解。例：自作～。

【飽學】 bǎo xué

學識豐富。例：爺爺是一位～之士，對我的影響很深。

【博大精深】 bó dà jīng shēn

形容思想、理論、知識等廣博豐富，理解深透。例：這個老師的學識～，為人卻十分謙虛。

【博古通今】 bó gǔ tōng jīn

對古代和現今的事情都通曉。形容知識豐富。例：老校長～，講起課來生動有趣。

【博覽羣書】 bó lǎn qún shū

廣泛地閱讀很多的書。形容知識豐富。例：他是一位作家，～，寫出來的作品內容十分豐富。

【博識】 bó shí

學識豐富。例：老教授早年留學歐洲，他的～多聞是青年教師比不上的。

【博聞強識】 bó wén qiáng zhì

博聞：見識廣博。強識：記憶力強。形容知識豐富，見聞廣博，記憶力強。例：張老師～，講課時常舉例子，十分生動。

【博學】 bó xué

學問廣博精深。比「博識」更強調學問。例：～多才｜～之士。

【博雅】 bó yǎ
形容學識淵博。比「博識」更強調品
位高。例：～多才｜精深。

【殫見洽聞】 dān jiàn qià wén
〈書〉殫：盡。洽：遍。該見識的都
見識了，該聽說的都聽過了。形容閱
歷學問極為淵博，已經到頂了。例：
林老師～，這個問題您還是去請教他
吧。

【多才多藝】 duō cái duō yì
具有多方面的知識才能和技藝。例：
他精通音樂，擅長繪畫，又喜愛運
動，是一個～的人。

【廣博】 guǎng bó
涉及的範圍大、方面多（多指學
識）。例：學識～｜知識面～。

【見多識廣】 jiàn duō shí guǎng
見到的多，知道的廣。形容閱歷深、
經驗多。例：王校長～，甚麼問題他
都有辦法解決。

【精深】 jīng shēn
精熟深通；精密深奧。例：博大～｜
造詣～。

【精湛】 jīng zhàn
精深。多用於技藝，應用不如「精
深」廣泛。例：～絕倫｜技藝～。

【滿腹經綸】 mǎn fù jīng lún
經綸：指才學。滿肚子都是才學。常
用來形容人學識豐富。例：老教授
～，講起課來引經據典，十分有趣。

【學富五車】 xué fù wǔ chē
富：富有。五車：指五車書。形容讀
書多、學問大。例：老先生～，到大
學任教綽綽有餘。

【淵博】 yuān bó
學識精深廣博。例：知識～｜學識
～。

才能 cái néng

【本領】 běn lǐng

技能;能力。例:學好～,將來成為有用之才。

【本事】 běn·shi

本領。例:一個人～再大,也畢竟是有限的。

【才分】 cái fèn

指人的才能和智慧。例:他這個人既有～又勤奮,一定會成功的。

【才幹】 cái gàn

指人工作、辦事的能力。例:接受鍛煉,增長～。

【才高八斗】 cái gāo bā dǒu

〈書〉才:文才;才華。形容文才很高。例:他自恃～,聽不進別人的意見,文章越寫越差了。

【才華】 cái huá

表現出來的才能。例:他～出眾,深受同學歡迎|～過人。

【才華橫溢】 cái huá héng yì

形容文才特別好。程度比「才華」重。例:他是一位～的詩人,他的詩很受青年人的喜愛。

【才略】 cái lüè

多指政治、軍事上的能力和智謀。程度比「才幹」、「才能」重。例:～過人。

【才能】 cái néng

知識、智慧和能力。例:他是一個～的人,完全可以勝任這項工作。

【才氣】 cái qì

才華。例:他是一位頗有～的作家。

【才情】 cái qíng

才華;才思。例:這組雕塑是全體創作人員～的體現。

【才識】 cái shí

才能和見識。例:光具有～還不行,必須有務實態度才能成功。

【才疏學淺】 cái shū xué qiǎn

〈書〉疏:空虛;淺薄。才氣空乏,學識淺薄。多用於自謙。例:學生～,詩寫得不好,請老師指教。

【才思】 cái sī

創作或寫作方面的能力。例:～敏捷|～泉湧。

【才思敏捷】 cái sī mǐn jié

形容人文才好,思維迅速。例:他～,老師出完題目,他很快就按要求寫出了一篇詩作。

【才望】 cái wàng

才能和聲望。例:老校長的～是他幾十年教育生涯換來的。

【才學】 cái xué
才能和學問。例：如果～不夠，就很難擔此重任。

【才藝】 cái yì
才能和技藝。例：他是個極具～的雜技演員｜～表演。

【才智】 cái zhì
才能和智慧。例：聰明～｜發揮～。

【才子】 cái zǐ
指有才華的人。例：人人都說他是個～，他自己卻說他的成功完全是靠勤奮得來的。

【出口成章】 chū kǒu chéng zhāng
話出口就成文章。形容文思敏捷，學問淵博，口才好。例：在歷史上，～的例子當屬曹植，據說他的《七步詩》是在七步之內吟成的。

【幹練】 gàn liàn
有才能又有經驗，辦事果斷。例：有這樣～的人才，不愁事業做不好。

【技能】 jì néng
掌握和運用某一門技術的能力。例：沒有一點～，求職是很困難的。

【技巧】 jì qiǎo
表現在某種操作上的巧妙技能。例：這位舞蹈家在台上表現的～動作，令人歎為觀止。

【技術】 jì shù
泛指操作方面的技巧及生產勞動方面的經驗和知識。例：學徒期滿，他的～已經提高了不少。

【技藝】 jì yì
技巧性的表演藝術或手藝。例：他～超羣，在廚藝比賽中獲得了第一名。

【江郎才盡】 jiāng láng cái jìn
比喻人的文思減退、枯竭。例：這位作家～，已經多年未發表作品了。

【能力】 néng lì
能勝任某項任務的主觀條件。例：我們完全有～完成這項工作。

【能耐】 néng·nai
〈口〉技能；本領；能力。例：他有多大～？敢說這樣的大話？

【生花妙筆】 shēng huā miào bǐ
也作「妙筆生花」。傳說李白年少時，曾夢見自己所用的筆頭上生花。後用來稱讚人有傑出的寫作才能。例：作家用他的～，盡情描繪着在香港的生活點滴。

【手藝】 shǒu yì
〈口〉手工業工人或民間匠人的技術。也泛指人的某種能力。例：有了這門～，他完全可以自己開業了。

【天稟】 tiān bǐng
〈書〉天資；先天就具備的才能、智力和特點。例：這孩子～極好，一定要好好培養他。

【天才】 tiān cái
超羣的智慧與才能。例：他很有文學～。注意：也指具有超羣智慧和才能的人。例：他是個數學～。

【天分】 tiān fèn
天稟。含可以量化義。例：這個女孩在音樂方面很有～，父母因此悉心栽培她。

【天賦】 tiān fù
多指天資、資質，即自然賦予，生來就具備的。也指人的某種能力。例：良好的～加上教練的指點，使他很快成為一位很好的球員。

【天資】 tiān zī
自然賦予、生來就具備的資質。例：這個孩子～過人。

【文才】 wén cái
指文學方面的才能。例：這篇文章不長，卻能看出作者很有～。

【文采】 wén cǎi
指文藝方面的才華和特點。例：他很有～，老師常在班上稱讚他的作文。注意：也指行文的出色之處。例：你這篇文章極具～，寫得真好！

【下筆成章】 xià bǐ chéng zhāng
章：文章。一揮動筆就寫成文章。形容文思敏捷。例：據說，李先生年輕時曾經是一位～的才子，現在他連筆也不碰了。

【雄才大略】 xióng cái dà lüè
（政治和軍事上）大的才能和謀略。例：中國歷史上出現不少擁有～的將才。

理解 lǐ jiě

【會心】 huì xīn
領會了別人沒有明說的意思。例：她擺擺手一笑，我知道她完全領會了我的意思。

【會意】 huì yì
會心；領悟。例：一個眼神，他那邊就～了。

【豁然開朗】 huò rán kāi lǎng
豁然：開闊的樣子。由昏暗、窄小一下變得明亮、寬敞。比喻對某一問題長期思索不解而後突然明白。例：鑽出山洞，眼前～｜翻了一上午書，他總算找到了答案，心情也隨之～。

【開竅】 kāi qiào
（思想）搞通了。例：經過一夜苦思冥想，他突然～了。

【理會】 lǐ huì
明白。例：這段話不難～。注意：也指理睬。例：他完全是胡說八道，你不必～。

【理解】 lǐ jiě
懂；了解。例：老師講的大家～了嗎｜愛因斯坦的相對論非常難～。

【了解】 liǎo jiě
知道得很清楚。例：只要你～它的構造，維修就不難了。

【領會】 lǐng huì
領悟；體會。例：～了全文的意思，再背誦就容易多了。

【領略】 lǐng lüè
大體領會和理解。例：老師希望教了這首詩後，同學能～詩中的情意。

【領悟】 lǐng wù
領會並理解。例：其中奧妙，不難～｜經過他的點撥，我對其中的原因已經有所～。

【茅塞頓開】 máo sè dùn kāi
也說「頓開茅塞」。茅塞：被茅草堵塞。頓開：立刻開通。比喻思想忽然開竅，立刻明白了某個道理。例：這個問題困擾我好久了，你這一指點，我立刻～了。

【明白】 míng·bai
懂得；知道；了解。例：老師講的你都～了嗎？

【明瞭】 míng liǎo
清楚地了解或懂得。程度比「明白」重。例：張老師講課深入淺出，道理闡述得簡單｜我們的意圖對方十分～，所以這場比賽我們並沒有優勢。

【明知】 míng zhī
明明知道。例：～故問｜～山有虎，偏向虎山行。

【清楚】 qīng chǔ
詳盡地了解。例：這個計算程序我已經～了。

【認識】 rèn·shi
人的頭腦對客觀事物的反映。例：理性～。指對事物有了理性的判斷，了解了事物的本質和規律。例：同學們現在都已經～到了學習英語的重要性。

【融會貫通】 róng huì guàn tōng
融會：融合領會。貫通：透徹理解。把各方面的知識或道理融合貫穿起來，從而達到全面透徹的理解。例：學習知識，應該～，而絕不能死記硬背，生搬硬套。

【識】 shí
知道；了解。例：～時務者為俊傑｜～大體，顧大局。

【醍醐灌頂】 tí hú guàn dǐng
醍醐：從牛奶中提煉出來的精華。佛教弟子入門時，用醍醐或清水澆灌頭頂。比喻灌輸智慧，使人受到啟發。例：經你這麼一說，如～，我總算是明白了！

【體會】 tǐ huì
通過親身經歷而有所領悟。例：通過這件事，他深深地～到了師生的愛｜離開家後，她更加～到了家的溫暖。

【體味】 tǐ wèi
仔細體會。程度比「體會」重。例：只有～到影片中人物的感情，才能更深刻地領會主題｜生病住院期間，我深深～到了親人的關愛。

【體驗】 tǐ yàn
在實踐中認識事物。例：～生活｜親身～。

【通】 tōng
了解；懂得；明白。例：想～了｜思想～了。

【通達】 tōng dá
對人情道理都很明白。例：～人情｜～事理。

【通竅】 tōng qiào
明白事理。例：經老師一番詳細的解釋，我～了。

【曉得】 xiǎo·de
知道；懂得。例：那件事我～了，你不必說了。

【心領神會】 xīn lǐng shén huì
不用明說，心裏已經領會理解了。例：教練一個動作，他便～了｜老師雖然沒有都講，但舉一反三，他已經～了。

【知道】 zhī dào
對事物或道理有所認識和理解。例：我～是自己錯了。

【知悉】 zhī xī
〈書〉比較詳盡地知道和理解。例：情況已～，不必掛牽。

【知曉】 zhī xiǎo
知道；曉得。例：這件事人人～，你還瞞甚麼啊？

心靈 xīn líng

【方寸】 fāng cùn
〈書〉內心；心緒。例：雖然事出突然，但他～不亂，處理得有條不紊。

【靈魂】 líng hún
心靈；思想。例：只有～深處受到觸動，才能真正痛改前非。

【內心】 nèi xīn
思想深處。例：這一番話，讓他～深受觸動。

【心】 xīn
習慣上指思維的器官和思想感情等。例：～有靈犀一點通｜～裏熱乎乎的。

【心潮】 xīn cháo
比喻心情像潮水一樣起伏。例：～難平｜～澎湃。

【心底】 xīn dǐ
內心深處。例：他從～感激朋友的幫助。

【心地】 xīn dì
指人的內心。例：～善良｜～光明。

【心扉】 xīn fēi
心的大門。比喻內心世界。例：～緊閉｜敞開～｜打動～。

【心懷】 xīn huái
心胸。例：～寬廣｜～坦蕩。

【心機】 xīn jī
心思；計謀。例：枉費～｜費盡～。

【心跡】 xīn jì
內心的真實想法。例：表白～｜真實的～。

【心境】 xīn jìng
心情；整個內心。例：父親的病使他的～一天比一天沉重。

【心坎】 xīn kǎn
內心深處。例：一句話說到他的～上。

【心裏】 xīn lǐ
思想裏；頭腦裏。例：他～時刻牢記着媽媽的囑咐，持之以恆地學習。

【心靈】 xīn líng
指內心世界。例：她的～深處，珍藏着那一段美好的記憶。

【心路】 xīn lù
指人的用心。例：～歷程｜～不正的人，終究沒有好結果。

【心魄】 xīn pò
心靈；思想；感情。例：這支交響曲動人～。

【心曲】 xīn qǔ
〈書〉心裏話；心事。例：傾聽～｜傾吐～。

醒悟 xǐng wù

【心神】 xīn shén

心境；精神狀態。例：～不定｜～難安。

【心田】 xīn tián

內心。例：看着與父母的合照，他的～就蕩起陣陣溫馨。

【心頭】 xīn tóu

心上；思想上。例：牢記～｜怒上～。

【心窩兒】 xīn wōr

〈方〉心裏；內心。例：他的話溫暖了我的～。

【心弦】 xīn xián

心裏受感動而產生共鳴。例：動人～｜撥動～。

【心胸】 xīn xiōng

氣量；胸懷。例：～開闊｜～狹窄。

【心中】 xīn zhōng

心裏。例：永記～｜～的苦悶。

【頓開茅塞】 dùn kāi máo sè

也說「茅塞頓開」。茅塞：被茅草堵住。比喻思想忽然開竅，立刻明白了某個道理。例：張老師的一番話，使他～。

【幡然悔悟】 fān rán huǐ wù

幡然：很快地轉變過來。形容思想徹底悔悟。例：沉重的代價使他～，決心改過，從此變成了一個好青年。

【恍然大悟】 huǎng rán dà wù

恍然：突然清醒的樣子。悟：心裏明白。形容一下子就明白過來。例：他的話使我～，原來是這麼回事。

【悔悟】 huǐ wù

認識到自己的過錯，悔恨而醒悟。例：幡然～｜深深地～。

【豁然開朗】 huò rán kāi lǎng

豁然：開闊的樣子。形容由昏暗、窄小一下變得明亮、寬敞。比喻突然明白了一個道理，心裏一下子開朗起來。例：這個故事使我內心～，頹喪的情緒一掃而光。

【覺悟】 jué wù

由迷惑而明白，由模糊而認清。例：現在～也不晚。注意：也指對某種理論或理想的認識程度。例：提高～。

疑心 yí xīn

【覺醒】 jué xǐng
從迷惑中醒悟過來。例：魯迅作品對舊中國民眾的～，有着不可估量的作用。

【猛醒】 měng xǐng
猛然醒悟；忽然明白過來。例：老師語重心長的一席話使他～，認識到這樣做是錯的。

【悟】 wù
醒悟；明白。例：有些事講不清的，你只能自己慢慢～。

【省】 xǐng
反思。例：自我反～｜一日三～吾身。

【省悟】 xǐng wù
在認識上由糊塗而清楚，由錯誤而正確。程度比「覺悟」重。例：直到那個人被人判了重刑，他才徹底～。

【醒悟】 xǐng wù
在認識上由迷惑而明白，由糊塗而清楚。例：在無數事實面前，他終於～了。

【半信半疑】 bàn xìn bàn yí
說不上是懷疑還是相信，內心無法確定。例：他的話有很多漏洞，令人～。

【猜疑】 cāi yí
多指沒有根據的疑心。例：我們是多年的朋友，怎麼能亂～呢？

【多心】 duō xīn
〈口〉不必要的懷疑。例：他這個人說話口無遮攔，你別～啊！

【多疑】 duō yí
不必要的懷疑。例：沒有這樣的事，是你～了。

【狐疑】 hú yí
疑惑；不相信。例：～滿腹｜他～的目光透出一種不信任。

【懷疑】 huái yí
疑惑；不信。例：對這件事能否成功，他始終持～態度。

【將信將疑】 jiāng xìn jiāng yí
有點相信，又有點懷疑。例：他是抱着～的態度來的，現在事實擺在面前，他才徹底相信。

【納悶兒】 nà mènr
〈口〉心中疑惑不解。例：愛說愛笑的小明，今天一上午都不說話，真叫人～。

【生疑】 shēng yí
指產生懷疑。例：他的反常舉動讓人
～。

【疑】 yí
對某人某事不相信或不能確定是否真
實而產生的猜度的心理活動。例：～
人不用，用人不～。

【疑竇】 yí dòu
〈書〉可疑的地方。例：～叢生｜他
的行動露出了～。

【疑惑】 yí huò
對人對事不相信或心裏不明白。例：
無論我怎樣解釋，仍不能消除他的
～，只好由他去了。

【疑懼】 yí jù
疑慮而又恐懼。例：令人～。

【疑慮】 yí lǜ
因懷疑而產生顧慮。例：～重重｜打
消～。

【疑神疑鬼】 yí shén yí guǐ
形容看甚麼都懷疑，疑心太重。含貶
義。例：你總是這樣～的，同學誰還
會與你做朋友呀？

【疑團】 yí tuán
積聚在一起的種種疑慮；一連串不能
解決的問題。例：～難解｜滿腹～。

【疑心】 yí xīn
懷疑的想法。例：他～有人說了他的
壞話。

【疑信參半】 yí xìn cān bàn
半信半疑。例：對他的話我～，暫時
還不好下結論。

【疑雲】 yí yún
心中的懷疑像雲彩一樣聚集在一起。
例：～頓生｜～難消。

發覺 fā jué

【洞察】 dòng chá
觀察得非常透徹、清楚。例：～是非｜～動向。

【洞徹】 dòng chè
透徹地了解。程度比「洞察」重。例：～事理｜～本質。

【洞達】 dòng dá
很明白；很全面地了解。例：他是一個～事理的人，不會胡攪蠻纏的。

【洞見】 dòng jiàn
很清楚地看到。例：既然～問題癥結，就盡快想辦法解決吧。

【洞若觀火】 dòng ruò guān huǒ
也說「明若觀火」。透徹得像看火一樣。形容看得非常清楚明白。例：無論案子多麼錯綜複雜，他都能～，提出克敵制勝的辦法。

【洞悉】 dòng xī
很清楚地知道。例：～實情。

【洞曉】 dòng xiǎo
透徹地知道；精通。例：你應該～其中的道理，及早做出選擇。

【發覺】 fā jué
開始覺察、知道。例：小明～大家對他的態度變了，但不知是甚麼原因。

【發現】 fā xiàn
發覺。程度比「發覺」重。例：我～她最近的情緒很不穩定。注意：也指經過探索研究找出以前還沒有被認識的事物或規律。例：科學新～｜天文台～一顆小行星。

【覺察】 jué chá
發覺；看出來。例：老師～到小明最近的表現大有進步，決定獎賞他。

【明察秋毫】 míng chá qiū háo
明：視力。秋毫：秋天鳥獸身上新長的細毛，比喻極其細微的東西。視力好到能察辨秋天鳥獸身上新長的細毛。形容目光敏銳，可以洞察一切。例：警察～，早就掌握了毒販的一舉一動。

分析 fēn xī

【暗想】 àn xiǎng
指心中私下裏想。例：我心中～，她會原諒我嗎？

【沉思】 chén sī
很深入地思考。例：他～良久，終於做出了決定。

【動腦筋】 dòng nǎo jīn
思考。例：凡事要多～，不能人云亦云。

【分析】 fēn xī
把事物分解成幾個部分和方面，分別加以考察，找出各部分的本質、屬性及彼此之間的聯繫。例：這件事還是～一下再下結論為好。

【浮想】 fú xiǎng
頭腦裏不斷湧現的想像或感想。例：～聯翩。

【絞盡腦汁】 jiǎo jìn nǎo zhī
費盡心力地想。程度比「挖空心思」重。例：整整半個月的時間，大家～，總算找到了辦法度過了難關。

【考慮】 kǎo lǜ
思索。例：你好好～～，是離開還是留下來。

【聯想】 lián xiǎng
由此及彼地想到有關的事物或人；由某概念而引起其他相關的概念。例：看到月亮高掛夜空，不禁使人～到遠方的親人。

【冥思苦想】 míng sī kǔ xiǎng
絞盡腦汁地思索。例：經過差不多一個星期的～，答案終於找到了。

【冥想】 míng xiǎng
深廣的思索和想像。例：對未知世界的～使他分了心。

【凝思】 níng sī
十分入神地思考。例：他正在～，企圖尋找問題的答案。

【剖析】 pōu xī
分析。例：經過～得出的結論一般是不會錯的｜他對問題的～入情入理，不由得你不服。

【竊想】 qiè xiǎng
指偷偷地想。例：我心裏～，他不會騙我吧？

【三思】 sān sī
再三地考慮。「三」在這裏指多。例：～而行｜採用這個方法要冒很大的險，請再～。

【設想】 shè xiǎng
想像；假想。例：對未來的城市發展，他有很多～｜可以～一下，這件事真失敗了，後果會怎樣？

【深謀遠慮】 shēn móu yuǎn lǜ
深入地謀劃，長遠地考慮。例：對於香港的發展，政府必須～，不能只考慮眼前利益。

【深思】 shēn sī
深入地思索。例：～熟慮｜令人～。

【深思熟慮】 shēn sī shú lǜ
深入而反覆地思考。例：他提出這個經過～的方案｜經過～，他決定參加全港中學生寫作比賽。

【思忖】 sī cǔn
〈書〉思索；揣量。例：～再三，他決定不走了｜人已經走了半天，他還在～着那句話。

【思考】 sī kǎo
比較細緻、周到、深入的思維活動。程度比「考慮」更重。例：我們要養成獨立～的好習慣。

【思量】 sī·liang
考慮；揣量。例：這件事容我～一下。

【思慮】 sī lǜ
深入思索和考慮。例：～良久，他還是舉棋不定。

【思謀】 sī móu
思索；考慮。含謀劃義。例：他～半晌也不吭聲，不知他葫蘆裏賣的甚麼藥。

【思前想後】 sī qián xiǎng hòu
也說「前思後想」。前前後後考慮得很多。例：他～，還是覺得留下來好。

【思索】 sī suǒ
思考探索，尋找答案。例：他一邊聽，一邊動腦筋～。

【思維】 sī wéi
在表象、概念的基礎上進行分析、綜合、判斷、推理等認識活動的過程。例：文藝創作主要是依靠形象～｜逆向～在創作活動中必不可少。注意：也指進行思維活動。例：～方式。

【思想】 sī xiǎng
思量。例：他～了半晌，最後還是決定一走了之。注意：也指想法、念頭。例：她腦中根本沒有這種落後的～。

【搜索枯腸】 sōu suǒ kū cháng
比喻竭力尋求探索。例：他～，熬到半夜，總算把歌詞填好了。

【挖空心思】 wā kōng xīn sī
費盡心機地想。多含貶義。例：你這樣～，到底圖甚麼啊？

【想】 xiǎng
動腦筋思考。例：～一～｜～辦法。

承認 chéng rèn

【想入非非】 xiǎng rù fēi fēi
脫離實際地胡思亂想。例：你不要～
了，世上沒有不勞而獲的事。

【想像】 xiǎng xiàng
對不在眼前的事物想出其具體形象。
例：他完全～得出，媽媽收到他的禮
物會多麼高興。

【尋思】 xún·si
〈口〉思索；考慮。例：他～半天，
最後才答應我。

【左思右想】 zuǒ sī yòu xiǎng
多方面地想。例：他～，覺得這件事
還是不能答應。

【承認】 chéng rèn
認可；同意。例：面對事實，他只好
～錯誤。

【公認】 gōng rèn
大家一致認為。例：他是我們學校～
的文藝天才。

【供認】 gòng rèn
承認並交代所做的（壞）事情。例：
在警察的訊問下，他只好～所犯的過
錯。

【供認不諱】 gòng rèn bú huì
諱：顧慮；忌諱。（罪犯）供認所做
的事，不再顧慮。例：經過警方連夜
提審，罪犯對所犯之罪～。

【交代】 jiāo dài
把錯誤或罪行坦白出來。含承認義。
例：罪犯～了全部罪行。注意：也指
交辦工作、說明意見。例：他匆忙～
一下工作就走了。

【肯定】 kěn dìng
承認事物的存在或真實性。例：這種
做法是否值得～還有待研究。

【默認】 mò rèn
心裏承認，但沒有表示出來。例：你
如果沒有話說，那我們認為你就是～
了。

【確認】 què rèn
明確地認定。例：經過鑒定，這隻陶罐被專家～為漢代文物。

【認錯】 rèn cuò
承認錯誤。例：你既然知道自己不對，那就應該～嘛！

【認定】 rèn dìng
承認並確定；肯定。例：大家一致～這件事是他做的。

【認可】 rèn kě
承認；許可；同意。例：上司～了他的方案｜他的論文獲得了專家的～。

【認輸】 rèn shū
承認失敗。例：棋下到一半，他見大勢已去，只好～了。

【認同】 rèn tóng
認可；同意。例：他的做法得到同學們的～｜既然大家都～了他的方案，就開始分工合作了。

【認賬】 rèn zhàng
承認所欠的賬。比喻承認自己所說過的話或做過的事。例：這件事既然他已經～了，大家就別再追究了。

【認罪】 rèn zuì
承認自己的罪行。例：～伏法。

【招供】 zhāo gòng
（罪犯）交代出或承認犯罪的事實。

例：賊人失手被擒，只好一一～。

【招認】 zhāo rèn
（罪犯）承認犯罪事實。例：對所犯罪行他都～了。

【追認】 zhuī rèn
事後認可，批准。例：那名在戰場上犧牲的戰士被～為一等兵。

【抵賴】 dǐ lài
用謊言和狡辯否認自己做過的事。多指錯誤或罪行。含貶義。例：鐵一般的事實擺在面前，你不要再想～了。

【否定】 fǒu dìng
不承認事物的存在或事物的真實性。例：他堅決～了媽媽的看法。注意：也表示不同意的、反對的。例：他對這種觀點持～態度。

【否認】 fǒu rèn
不承認。例：他～曾經參與這個活動。

【狡辯】 jiǎo biàn
狡猾地強行辯白。含貶義。例：事實很清楚，～是沒有用的｜重要的是要找到證據，反駁對方的～。

【拒不承認】 jù bù chéng rèn
堅決不承認。含貶義。例：證據確鑿，他竟～！

【賴】 lài
不承認自己的錯誤或責任。含貶義。
例：這件事你～也～不掉。

【賴賬】 lài zhàng
欠賬不還，反而不承認。例：因為對
方～，所以我們只好訴諸法律了。

【矢口否認】 shǐ kǒu fǒu rèn
矢：發誓。一口咬定，決不承認。
例：他～自己曾經抄襲同學的功課。

【耍賴】 shuǎ lài
也說「耍無賴」。使用無賴手段。含
貶義。例：不要和他打交道，他這個
人總是～。

【推翻】 tuī fān
從根本上否定已有的說法、方案、決
定等。例：在小組會議上，第一個方
案被～了。注意：也指以武力打垮舊
政權或制度。例：辛亥革命～了清朝
的統治。

【表白】 biǎo bái
說明自己的態度、情況、意見等。
例：哥哥說，當年是他主動向嫂嫂～
愛意的。

【闡發】 chǎn fā
闡述並發揮。例：他詳細地～了他的
論點，得到老師的贊同。

【闡明】 chǎn míng
把道理解釋明白。例：～道理｜～觀
點。

【闡釋】 chǎn shì
敍述並解釋。例：他在記者會上～了
推行這項政策的原因。

【闡述】 chǎn shù
說明；論述。例：他的～條理清晰，
大家都聽明白了。

【澄清】 chéng qīng
通過說明、解釋，使清楚、明白。
例：這個問題你需要在會議上～一
下。

【重申】 chóng shēn
再一次申述。例：在會議上他～了自
己的立場。

【分說】 fēn shuō
分辯；解釋。多用於否定句。例：不
容～。

【講解】 jiǎng jiě
講述；解釋。例：老師的～讓大家明白了不少。

【解釋】 jiě shì
說明。例：這件事要不是你～一下，我和他恐怕還會產生誤會呢！

【解說】 jiě shuō
口頭上解釋介紹。例：參觀過程中，講解員不停地給大家～着。

【解析】 jiě xī
解釋並分析。例：讀一讀後邊的～，有助於對文章的理解。

【詮釋】 quán shì
〈書〉說明；解釋。例：這本書後的～相當詳細，你讀一讀就知道了。

【申明】 shēn míng
鄭重地說明。例：～立場｜～利害。

【申述】 shēn shù
詳細地說明。例：他向上級～了自己要調職的理由。

【申說】 shēn shuō
說明；解釋。例：他詳細地～了曠課的原因。

【釋疑】 shì yí
解釋疑問。例：解惑～。

【釋義】 shì yì
解釋含義。例：讀古文要注意後邊的～。

【說明】 shuō míng
解釋明白。例：～道理｜～原因。

【註釋】 zhù shì
解釋字句的文字。例：有不懂的地方翻一下書後的～就行了。

【自白】 zì bái
自我表白。含解釋義。例：他的一番～，使人明白了他的來意。

體會 tǐ huì

【回味】 huí wèi
原意為吃過食物後的餘味。引申為在回憶裏體會。例：～無窮｜值得～。

【會】 huì
理解；懂得。例：～意｜心領神～。

【會心】 huì xīn
懂得別人沒有明確表示的意思。例：～的微笑。

【會意】 huì yì
會心。例：～一笑。

【理會】 lǐ huì
心中明白和會意。例：老師舉的例子，關鍵是想讓同學們～其中的含義。注意：也指理睬、答理。例：媽媽生爸爸的氣，所以整天沒有～他。

【理解】 lǐ jiě
從道理上懂得和了解。程度比「理會」重。例：老師講的大家都～了嗎？注意：也指體諒。例：那天我沒來，實在有不得已的原因，希望你能～。

【了】 liǎo
明白；懂得。例：～解｜～如指掌｜～然於心。

【了解】 liǎo jiě
清楚地知道。例：～情況｜～問題真相。

【領會】 lǐng huì
理解；會意。例：～課文的主題思想。

【領略】 lǐng lüè
大致理解。例：老師這麼一講，對於文章的思路他基本～了。注意：也指粗略了解。例：～了此地的風俗，對你開展工作是大有好處的。

【領悟】 lǐng wù
領會並理解。例：通過參加學習班，他對繪畫有了很多新的～。

【明白】 míng·bai
懂得；了解。例：這件事我完全～了｜這道題我沒弄～，你教我吧。

【明瞭】 míng liǎo
知道；了解。與「明白」不同，含真相大白義。例：事情的經過我完全～，你不必再解釋了。

【品味】 pǐn wèi
品嘗；辨別；體味。例：你～一下，這是甚麼果汁｜他說話總是很含蓄，只有細細～，才能明白其用意。

【認識】 rèn·shi
人腦對客觀世界的反映，包括感性認識和理性認識。例：同學們一定要～到學習英語的重要性。注意：也指認得。例：不用你介紹，我們早就～。

【融會貫通】 róng huì guàn tōng
融會：融合各種說法，領會實質。貫通：貫穿前後，全面理解。把各方面的知識或道理融合貫穿起來，從而達到全面透徹的理解。例：學習知識最忌死記硬背，生搬硬套，應～，全面理解。

【體會】 tǐ huì
體驗，領會。例：大家在作文裏各自抒發了旅遊的～。

【體味】 tǐ wèi
仔細體會。程度比「體會」重。例：這次生病，不少同學都到醫院去看他，使他真正～到了同學之間的情誼。

【體驗】 tǐ yàn
通過實踐來認識周圍的事物。也指親身經歷。例：～生活｜親身～。

【通】 tōng
了解；懂得；明白。例：～情達理｜我完全想～了。

【通達】 tōng dá
明白（人情事理）。例：～事理｜～人情。注意：也指通行無阻。例：四面～。

【通竅】 tōng qiào
明白事理。例：他是個～的人｜經你一說，我徹底～了。

【心得】 xīn dé
在學習和實踐中體驗或領會到的道理、知識、技能等。例：學習～｜讀了這本書後，我很有～。

【心領神會】 xīn lǐng shén huì
不用明說，心裏已經領會理解了。例：老師一個眼色，那個同學立刻～，態度馬上緩和下來了。

無知 wú zhī

【不辨菽麥】 bú biàn shū mài
分不清豆子和麥子，形容無知。一般指沒有實際知識。例：他還是一個～的小學生。

【不學無術】 bù xué wú shù
沒有學問；沒有本領。含貶義。例：那個人～，靠投機鑽營當上主任，當然得不到大家的擁護。

【才疏學淺】 cái shū xué qiǎn
才能疏陋；學識淺薄。多用作謙詞。例：學生～，還望老師多加指教。

【孤陋寡聞】 gū lòu guǎ wén
學識淺陋；見聞很少。程度比「淺陋」重。也常作謙辭。例：那個人～，還裝腔作勢，真是討厭｜我～，說錯了請大家指正。

【渾渾噩噩】 hún hún è è
形容沒有知識、糊里糊塗的樣子。含貶義。例：你要振作起來，這樣～怎麼行啊！

【混沌】 hùn dùn
無知無識的樣子。例：～未開｜思想～。

【蒙昧】 méng mèi
野蠻不開化，沒有文化。例：～狀態。

【蒙昧無知】 méng mèi wú zhī
不明事理；愚昧無知。含貶義。例：

這孩子～，需要好好教育。

【目不識丁】 mù bù shí dīng
一個字也不認識。例：老伯～，卻供養兩個兒子都上了名牌大學。

【淺薄】 qiǎn bó
缺乏知識，缺乏修養，見解膚淺。含貶義。例：取得一點點成績就目中無人，是一種～的表現。

【淺陋】 qiǎn lòu
缺乏見識和見聞。含貶義。例：我見識～，還望您多指教。

【無知】 wú zhī
缺乏知識；不明事理。含貶義。例：對這種～的人，我們不要跟他計較。

【胸無點墨】 xiōng wú diǎn mò
胸中一點墨水都沒有。形容人沒有學問。含貶義。例：他～，叫他當小學教師，不是誤人子弟嗎？

【愚陋】 yú lòu
愚昧；沒見識。含貶義。例：這種～的認識，嚴重地阻礙了經濟的發展。

【愚昧】 yú mèi
缺乏知識；缺少見聞；文化落後。含貶義。例：擺脫～，走向文明。

【愚蒙】 yú méng
愚蠢而又沒有知識。含貶義。例：～無知。

缺點 quē diǎn

【白璧微瑕】 bái bì wēi xiá
微瑕:小斑點。潔白的玉上有些小斑點。比喻很好的人或事物有些小缺點。例:這篇小說雖然有些細節不夠真實,但〜,無損全文的光彩。

【弊病】 bì bìng
事物本身所具有的毛病。例:這樣的規定一經實行,〜很快就會顯露出來。

【弊端】 bì duān
由於制度或工作上的某種疏漏而發生的損害公益的事情。例:這樣做最大的〜是污染了環境,我們還是重新考慮一個方案吧。

【疵點】 cī diǎn
毛病;缺點。只用於物而不能用於人。例:這布上〜很明顯,一看就是不合格產品。

【流弊】 liú bì
流行的弊病。例:革除〜。

【毛病】 máo·bing
缺點和不足。例:你上課精力不集中的〜不改,學習怎麼會好呢?注意:也指身體有病或物體出了故障。例:別把感冒當小〜,必須去醫院看一下 | 汽車剎車出了〜,差點釀成大禍。

【美中不足】 měi zhōng bù zú
整體上雖然很好,但還有缺陷。例:小強各方面表現都不錯,〜的就是體

育課常常不達標。

【缺點】 quē diǎn
缺欠、不足和不完善的地方。例:努力改正〜 | 這種電腦的〜是體積太大。

【缺憾】 quē hàn
不夠完善,令人遺憾的地方。例:書已正式出版了,但她覺得其中還是留有幾處〜。

【缺欠】 quē qiàn
缺少和不足。例:這個公園佈局很不錯,惟一的〜就是水面太小。

【缺陷】 quē xiàn
欠缺;不夠完整或不夠完備的地方。程度比「缺欠」重。例:我們不能拿別人的生理〜開玩笑。

【弱點】 ruò diǎn
不足或力量薄弱的地方。例:克服〜發揚長處,是取得那場比賽勝利的關鍵。

【瑕疵】 xiá cī
微不足道的缺點。只用於物而不能用於人。例:這塊玉如果不出現這點〜,簡直可以說是完美無缺了。

【瑕玷】 xiá diàn
〈書〉小的缺點、毛病。例:他這人哪樣都好,就是飲酒愛誤事,也算是他的〜吧。

錯誤 cuò wù

【百無一是】 bǎi wú yí shì
沒有一樣是對的；沒有一樣可取。例：不要把人看得～，每個人都有值得欣賞的地方｜即使他～，他的用心卻是好的。

【不是】 bú·shi
錯處；過失。例：既然是你的～，你就應該反省一下！

【不韙】 bù wěi
〈書〉過失。例：冒天下之大～。

【差池】 chā chí
也作「差遲」。錯誤。例：這件事關係事關重大，一定要辦好，不能有半點～。注意：也指意外的事。例：事情出了～，一定要把原因找到。

【差錯】 chā cuò
錯誤。例：只要稍加細心，就不會出這種～。

【差之毫釐，謬以千里】
chā zhī háo lí，miù yǐ qiān lǐ
差：錯誤。毫、釐：長度的小單位，十絲為一毫、十毫為一釐。謬：差錯。比喻開始相差很小，結果卻釀成大錯。強調不能出一點兒差錯。例：我們到工程隊去實習，工程師告訴我們，測量一定要精確，半點也馬虎不得，否則就會～。

【錯處】 cuò chù
錯誤的地方。例：你知道你的～在哪兒嗎？

【錯漏】 cuò lòu
（文字）錯誤和疏漏。例：這篇稿子～很多，需要再認真改一遍。

【錯誤】 cuò wù
不正確，與客觀事物不相符。例：～思想｜～言論。

【大謬不然】 dà miù bù rán
大錯特錯，完全不對。例：這樣的結論實在是～，我無論如何不敢苟同。

【訛謬】 é miù
訛誤；差錯。例：請您把稿子再看一遍，把～的改過來｜這種說法完全是～，千萬不要相信。

【訛誤】 é wù
錯誤。但程度比「訛謬」輕。例：事情在傳達時可能有～之處，你最好再核實一下。

【過錯】 guò cuò
過失；錯誤。例：不要總說是你的～，這件事我也有責任。

【過失】 guò shī
因疏忽而犯的錯誤。例：人非聖賢，誰能保證一點～都不犯呢？｜因為你的～導致全隊輸球，你難道不應該好好地反省一下嗎？

【謬論】 miù lùn
荒謬的言論。例：對於～，我們要以
充足的理據駁斥。

【謬誤】 miù wù
錯誤；差錯。程度比「差錯」、「錯
誤」都重。例：對於這樣～的認識，
我們必須糾正｜老師在講課中出現一
個～，很可能影響孩子的一生。

【紕漏】 pī lòu
因粗心而產生的差錯或漏洞。例：導
演生怕正式演出時出現～，這已是第
三次綵排了｜事情出了～就趕緊想辦
法補救，互相埋怨有甚麼用啊？

【紕繆】 pī miù
〈書〉錯誤。程度比「紕漏」重。例：
這部書爸爸親自校對了兩遍，惟恐出
現～。

【偏差】 piān chā
偏離了一定標準的差錯。例：我們應
該盡量避免工作中的～。

【破綻百出】 pò zhàn bǎi chū
破綻：衣服的裂口。比喻說話辦事漏
洞很多。例：他這話～，你怎麼能相
信呢｜這部書寫得～，沒有出版社會
出版的。

【閃失】 shǎn shī
意外的差錯；岔子。例：事關重大，
不能有一點～｜孩子太小，帶他們去
旅行，一路上可不能有甚麼～啊！

【失誤】 shī wù
差錯。例：這種～完全不應該｜這場
比賽～太多，所以得勢不得分。

【似是而非】 sì shì ér fēi
好像是對的，而實際卻是錯的。例：
這種～的觀點，最容易誤導人。

【一無是處】 yì wú shì chù
一點長處或對的地方也沒有。例：看
人要全面，不要把人家說得～！

【陰差陽錯】 yīn chā yáng cuò
比喻因為各種偶然的因素而造成的差
錯。例：真是～，我剛回來，哥哥卻
已經乘車離開了。

沉默 chén mò

【閉口不談】 bì kǒu bù tán
閉着嘴不談論。多表示為了迴避（某事或問題）而不發表意見。例：他只說自己的成績，對錯誤卻～。

【沉默】 chén mò
指人不說話。例：～不語｜因為不同意別人的意見，他一直保持～。

【沉默不語】 chén mò bù yǔ
不說話。例：面對老師的質問，他只是低着頭，～。

【緘口】 jiān kǒu
緘：封閉。閉着嘴，不說話。例：這種場合，他只好～不語。

【緘默】 jiān mò
閉口不說話。例：對方的攻擊已經關涉到你的人格，你為甚麼還保持～？

【噤若寒蟬】 jìn ruò hán chán
蟬到了秋寒季節就不再叫。形容不敢作聲。含貶義。例：他是個膽小鬼，一到會議上就～。

【靜默】 jìng mò
不說話；不出聲。多用來形容人多場合的靜，沒人說話。例：全場～無聲，大家都為失去這樣一個好朋友而傷心。

【絕口】 jué kǒu
住口；閉口。例：他們對那件事都～不提。

【默不作聲】 mò bú zuò shēng
不說話，不出聲。有主觀故意的意味。例：他明知事情的原因，卻～。

【默默無語】 mò mò wú yǔ
同「默不作聲」。但一般無主觀故意的意味。例：小明和小姍都低着頭，～地走回家。

【默然】 mò rán
沉默無言的樣子。例：父子二人～相對，一時無話可說。

【三緘其口】 sān jiān qí kǒu
緘：封閉。在嘴上加了三道封條。比喻說話謹慎或一句話也不說。程度比「一言不發」重，往往蘊含更豐富的內容。例：為了不引起波折，他只有～。

【守口如瓶】 shǒu kǒu rú píng
說話十分謹慎，就像守住瓶口，輕易不肯往外倒一樣。形容說話謹慎或嚴守秘密。「守口如瓶」並不是沉默不語，只是不吐露秘密。例：為了全班的榮譽，他～，對那件事隻字不提。

【無可奉告】 wú kě fèng gào
沒有甚麼可以告訴的。不是沉默不語，而是公開聲稱不說。多用於外交或公開表示保守秘密的場合。例：關於我方下一步將採取甚麼措施，現在～。

吹噓 chuī xū

【鴉雀無聲】 yā què wú shēng
鴉：烏鴉。雀：麻雀。連烏鴉和麻雀
都不叫。多形容人多的場合很靜，沒
有人作聲。例：這個問題太敏感，人
們面面相覷，～。

【啞口無言】 yǎ kǒu wú yán
默然無語；沒有話說。多用於理屈詞
窮，無言以對的場合。例：一句話說
得對方～。

【一言不發】 yì yán bù fā
一句話不說。例：爸爸對他的成績很
不滿意，吃飯的時候～。

【隻字不提】 zhī zì bù tí
一個字也不說。是指對某件事知道不
說，並不是不說話。例：關於那件事
他始終～。

【擺闊】 bǎi kuò
講究排場，顯示闊氣。含貶義。例：
沒有錢還要穿名牌，真是愛～！

【班門弄斧】 bān mén nòng fǔ
在魯班（中國古代有名的木匠）的門
前要弄斧頭。比喻在行家門前賣弄本
領。常作謙辭。例：叫我在您老人家
面前畫畫兒，這不是～嗎？

【標榜】 biāo bǎng
誇耀；吹噓。含貶義。例：自我～。
注意：也指以某種好聽的名義去宣
揚。例：～健康｜～安全。

【表現】 biǎo xiàn
指故意顯示自己。例：你初到這裏，
要熟悉一下情況，少～自己為好。

【逞能】 chěng néng
沒有能力卻硬要顯示能幹。含貶義。
例：沒有真本領，千萬別～。

【逞強】 chěng qiáng
同「逞能」。例：這孩子就愛～，本
來自己做不成的事，他偏不肯求人。

【吹牛】 chuī niú
說大話；誇口。含貶義。例：他總喜
歡～，弄得說真話都沒人信了。

【吹捧】 chuī pěng
吹噓捧場。指一個人對另一個人的不
符合實際的讚揚。含貶義。例：互相
～｜肉麻的～。

【吹噓】 chuī xū
誇大地說自己或別人的優點；誇張地宣揚。含貶義。例：他經常～自己的球技如何高超，可一上場就露出馬腳了。

【大吹大擂】 dà chuī dà léi
比喻大肆宣揚，不着邊際地誇張或顯示。含貶義。例：像這樣喜歡～的人，不會有人相信他說的話。

【大話連篇】 dà huà lián piān
說大話滔滔不絕。含貶義。例：他說話～，卻沒有甚麼實質內容。

【大言不慚】 dà yán bù cán
說大話而毫不感到難為情。多用於駁斥、嘲諷說大話的人。含貶義。例：他居然～地說，是他挽救了整個球隊｜小剛只是看了幾本書，就說自己「上知天文，下知地理」，真是～。

【浮誇】 fú kuā
虛誇；不切實際。含貶義。例：語言～｜～作風。

【誇大】 kuā dà
把事情說得超過了原有的程度。含貶義。例：～功績｜～其詞｜～事實。

【誇大其詞】 kuā dà qí cí
指說話或寫文章時用語誇大，超過事實。含貶義。例：如此～，恐怕會引來外界的質疑。

【誇誕】 kuā dàn
〈書〉言談虛誇不實。含貶義。例：如此～，讓人怎能相信？

【誇多鬥靡】 kuā duō dòu mǐ
誇：誇耀、顯示。鬥：比、爭。靡：奢侈華麗。顯示自己富有，與別人比奢侈。含貶義。例：有錢了也不應該～，應該保持勤儉本色才對啊！

【誇海口】 kuā hǎi kǒu
漫無邊際地說大話。例：他到處～，結果人人都不相信他。

【誇口】 kuā kǒu
說大話。「誇口」與「誇大」的區別是，「誇口」是自誇，不能帶賓語；「誇大」是言過其實，能帶賓語。例：他如此～，不知道實力到底如何。

【誇誇其談】 kuā kuā qí tán
說話或寫文章浮誇，不切實際。含貶義。例：喜歡～的人，未必有甚麼真本事。

【誇示】 kuā shì
向人顯示；誇耀。含貶義。例：他總喜歡～自己的作品，可是讀者並不買賬。

【誇耀】 kuā yào
炫耀自己。含貶義。例：他成績剛剛好一點，就到處～，這怎麼能進步呢？

【誇張】 kuā zhāng
誇大；言過其實。例：你太～了，他
唱得並沒那麼好。注意：也是一種修
辭手法，即用誇大的詞句來形容事
物。例：李白「飛流直下三千尺」這
句詩，用的是～的修辭手法。

【賣弄】 mài·nong
故意在人前炫耀自己的本領。含貶
義。例：～學識｜～小聰明。

【聳人聽聞】 sǒng rén tīng wén
誇大事態或捏造事實使人震驚。含貶
義。例：我這可不是～，不信你自己
去看看。

【危言聳聽】 wēi yán sǒng tīng
故意誇大危險，說嚇人的話，使人聽
了害怕。含貶義。例：他這樣～，無
非是想引起恐慌，大家不要相信。

【顯示】 xiǎn shì
〈口〉明顯地表現、炫耀。含貶義。
例：有少許成就就在人前～，這是一
種淺薄的表現。注意：也指表現，用
於褒義。例：近年各國的國民生產總
值不斷上升，～了全球經濟逐漸復
甦。

【顯耀】 xiǎn yào
顯示；炫耀。含貶義。例：他在名片
上印了一大串頭銜，以～自己的地
位。

【炫示】 xuàn shì
把自己的長處顯示給人看。多用於貶
義。例：人越多，孔雀越是～自己的
羽毛。

【炫耀】 xuàn yào
誇耀顯示。含貶義。例：他雖然考了
全級第一名，但從不在人前～。

【言過其實】 yán guò qí shí
說話誇張，與事實不符。含貶義。
例：他說話總是～，你不要太當真。

【耀武揚威】 yào wǔ yáng wēi
炫耀武力，張揚威風。含貶義。例：
他這個經理，總愛在下屬面前～、指
手畫腳，其實並沒甚麼威望。

【招搖】 zhāo yáo
炫耀；張揚。含貶義。例：～過市｜
到處～。

【自吹】 zì chuī
為自己吹噓。含貶義。例：喜歡～的
人，也喜歡別人奉承他。

【自吹自擂】 zì chuī zì léi
自己吹喇叭，自己敲鼓。比喻自己吹
捧自己。含貶義。例：他們在媒體上
～，說片子拍得如何如何好，但影片
一公映就引起了一片批評之聲。

【自誇】 zì kuā
自己誇耀自己。程度比「自吹自擂」

稍輕。含貶義。例：～其德｜王婆賣瓜，自賣～。

【自誇其能】 zì kuā qí néng
自己誇耀自己的才能。含貶義。例：越是沒有真才實學的人越是喜歡～。

【自我吹噓】 zì wǒ chuī xū
吹捧自己。例：他總是喜歡～，讓同學感到厭惡。

【自詡】 zì xǔ
〈書〉自誇；自我吹噓。含貶義。例：他～是球隊的主力、校園的明星，但大家都嗤之以鼻。

【嘲諷】 cháo fěng
嘲笑；諷刺。例：對別人的缺點應該真誠規勸，不能採取～的態度。

【嘲弄】 cháo nòng
嘲笑；戲弄。程度比「嘲諷」重。例：他這麼大年紀了，你怎麼可以～他？

【嘲笑】 cháo xiào
用言辭笑話對方，程度比「嘲諷」和「嘲弄」輕。例：不怕～，敢於公開自己的缺點，才能夠進步。

【嗤笑】 chī xiào
譏笑。例：為人～｜大家～他不懂道理。

【恥笑】 chǐ xiào
鄙視和嘲笑。例：對生活困難、穿着破舊的同學，我們應盡力幫助，而不應～他們。

【諷刺】 fěng cì
用反語、比喻或誇張等方法，批評人或事物。例：魯迅雜文的主要藝術手法是～｜你不該用這種～挖苦的語言對待自己的同學。

【譏諷】 jī fěng
用旁敲側擊或尖刻的話嘲笑對方。例：他這次考得不好，大家不要～他，而應該鼓勵他下次努力。

【譏笑】 jī xiào
譏諷、嘲笑他人的錯誤、缺點或某種表現。例：他故意賣弄，引起台下一片～。

【冷嘲熱諷】 lěng cháo rè fěng
冷言冷語嘲笑和辛辣諷刺。例：有甚麼意見就當面提出來，不要在背後～。

【旁敲側擊】 páng qiāo cè jī
不直接說出而是借其他事物曲折地表達。例：有意見就開誠佈公地談一談，何必這樣～呢？

【訕笑】 shàn xiào
〈書〉譏笑。例：他的話驢唇不對馬嘴，引起人們～。

【耍笑】 shuǎ xiào
戲弄人以取笑。程度比「譏笑」和「訕笑」重。多用於貶義。例：拿殘疾人來～，是一種可恥的行為。

【挖苦】 wā kǔ
用尖酸刻薄的話嘲笑人。例：我們不可～同學，因為太沒禮貌了。

【奚落】 xī luò
用尖刻的話數說別人的短處，使人難堪。例：因為理虧，他只好忍受着別人的～。

【笑話】 xiào·hua
譏笑；恥笑。也指引人發笑的事情。例：～人｜不要怕別人～。注意：還指能引人發笑的小故事。例：爺爺經常給我講～。

【揶揄】 yé yú
〈書〉嘲笑；諷刺。例：這種當面的～一般人都忍不下，他卻忍下了，可見他是很有度量的。

胡說 hú shuō

【白話】bái·hua

〈口〉沒有目的、漫無邊際的瞎話。例：大家該幹活就幹活吧，別聽他～了。

【癡人說夢】chī rén shuō mèng

呆傻的人說夢話。比喻說根本辦不到的荒唐話。程度比「夢話」要重。例：這麼重大的任務，你說三天完成，不是～吧？

【大放厥詞】dà fàng jué cí

厥：其；他的。大肆發表沒有道理的、很狂妄的議論。含貶義。例：一種新事物出現後，總有人看不順眼，還有人橫加指責，～。

【胡扯】hú chě

沒有目的地隨口瞎說；天南海北閒談。含貶義。例：聽他一通～，耽誤了好多時間。

【胡話】hú huà

神態不清醒時說的話。也指不切實際的話，瞎說的話。例：他喝醉了，直說～｜這種～你千萬不要相信。

【胡說】hú shuō

瞎說；亂說。程度比「亂說」重。含貶義。例：你說話要有根據，怎麼可以～呢？

【胡說八道】hú shuō bā dào

說話沒根據、沒道理。程度比「胡扯」重。例：你不要～，否則會引起不必要的誤會。

【胡言】hú yán

胡說。含貶義。例：一派～。

【胡言亂語】hú yán luàn yǔ

同「胡說八道」。也指病人在不清醒狀態下的瞎說。例：他發高燒，一夜都在～。

【胡謅】hú zhōu

隨口瞎說。含貶義。例：別聽他～｜順嘴～。

【亂說】luàn shuō

沒有根據地瞎說。例：你不了解情況，不要～啊！

【夢話】mèng huà

睡覺中說的話。比喻不切實際不能實現的話。含貶義。例：你這是在說～，根本就沒有這個可能。

【夢囈】mèng yì

夢話。例：他睡着時經常～。

【無稽之談】wú jī zhī tán

無稽：無從考察。毫無根據的話。含貶義。例：他們所宣揚的末世論，純粹是～。

【瞎扯】xiā chě

沒根據地亂說或沒中心地亂說。含貶義。例：他～半天，到底想說甚麼啊？

謊言 huǎng yán

【瞎說】 xiā shuō
同「瞎扯」。例：別聽他～，根本沒那回事。

【信口雌黃】 xìn kǒu cí huáng
不顧事實，隨口亂說。含貶義。例：對於造謠者的～，他進行了有力的駁斥。

【信口開河】 xìn kǒu kāi hé
不負責任地隨口亂說。程度比「信口雌黃」輕。例：你不了解情況，卻～，把事情弄得更糟了！

【囈語】 yì yǔ
夢話。常比喻毫無邊際、不切實際的胡話。例：你這種設想簡直就是瘋子的～，不可能成為現實。

【不實之辭】 bù shí zhī cí
不符合事實的謊話。含貶義。例：對方強加在他身上的～，終於被推翻了。

【謊話】 huǎng huà
假的、騙人的話。含貶義。例：你這明明是～，還敢欺騙父母！

【謊言】 huǎng yán
同「謊話」。含貶義。所指內容更嚴肅也更嚴重些。例：～掩蓋不了真相。

【假充】 jiǎ chōng
假裝某種樣子；冒充。多用於貶義。例：～好人。

【假話】 jiǎ huà
不真實的話。含貶義。例：～連篇｜那個人說～連眼睛都不眨。

【假冒】 jiǎ mào
冒充。含貶義。例：認清商標，提防～。

【流言蜚語】 liú yán fēi yǔ
毫無根據的背後議論，誣衊或挑撥離間的壞話。含貶義。例：不要理睬那些～，走自己認為正確的路。

【彌天大謊】 mí tiān dà huǎng
彌天：滿天。形容天大的謊話。含貶義。例：年青人機智地揭穿了他的～。

勸告 quàn gào

【欺哄】 qī hǒng
用假話欺騙人。含貶義。例：做生意
～人是不道德的。

【欺瞞】 qī mán
隱瞞真相，欺騙蒙混。含貶義。例：
提高防範意識，不受壞人～。

【欺蒙】 qī méng
同「欺瞞」。例：這種～人的手法並
不高明，只要我們提高警惕，就不會
上當。

【欺騙】 qī piàn
說假話哄騙人，使人上當。含貶義。
例：～世人。

【欺人之談】 qī rén zhī tán
欺騙人的話。含貶義。例：～騙得了
一時，騙不了長久。

【欺世盜名】 qī shì dào míng
欺騙世人，盜取名譽。含貶義。多用
於大的方面。例：這種～的行徑，騙
得了別人可騙不了我。

【欺詐】 qī zhà
用奸詐的手段騙人。程度比「欺騙」
重。例：那個人因～罪被判了刑。

【無恥讕言】 wú chǐ lán yán
可恥到極點的說話。程度遠比「不實
之辭」重。例：他的～，讓人聽了無
比氣憤。

【奉勸】 fèng quàn
鄭重地勸告。多含警告義。例：我～
你一句，如果再固執己見，是沒有好
結果的。

【告誡】 gào jiè
警告；勸誡。多指上對下，長對幼。
例：諄諄～｜一再～。

【規勸】 guī quàn
鄭重地勸告，使改正錯誤。例：在朋
友的再三～下，他決定向父母認錯。

【解勸】 jiě quàn
勸解。例：在大家的～下，她終於打
消了退學的念頭。

【進言】 jìn yán
提供意見，供別人參考。例：他正氣
在頭上，誰都很難～。

【開導】 kāi dǎo
以道理來啟發、引導。例：老師的～
使他堅定了學好英語的信心。

【苦口婆心】 kǔ kǒu pó xīn
勸說時不辭勞苦，用心像慈祥的老太
太一樣。形容懷着好心再三勸告。
例：老師～的勸告，終於使他回心轉
意了。

【良言相勸】 liáng yán xiāng quàn
好言相勸。例：我～，聽不聽全憑你
自己。

【勸】 quàn
用道理說服人，使人聽從。例：我們
～了半天，他總算放棄了輕生的念
頭。

【勸導】 quàn dǎo
以道理規勸開導。例：在老師的～
下，他開始努力學習了。

【勸告】 quàn gào
以道理勸人，告誡人，使人改正錯誤
或接受意見。例：他的～使我不得不
自省過去的所作所為，終於明白了其
中的道理。

【勸解】 quàn jiě
勸導解釋。例：經過～，他們兩個人
和好如初了。

【勸誡】 quàn jiè
勸告人改正或戒除缺點、錯誤，警惕
未來。例：是大哥的～，使我改掉了
懶惰的壞毛病。

【勸勉】 quàn miǎn
勸告、開導並勉勵。例：這場比賽輸
了之後，隊員們互相～，決心打好下
一場。

【勸說】 quàn shuō
勸告說服。例：他的～絲毫不起作
用。

【勸慰】 quàn wèi
勸解並安慰。例：媽媽的～使爸爸的
心情緩和了許多。

【勸止】 quàn zhǐ
勸告並阻止做不應該做的事。例：如
果不是你的～，我說不定會做出甚麼
傻事呢！

【勸阻】 quàn zǔ
勸止。例：經老師～，他打消了退學
的念頭。

【說服】 shuō fú
用道理勸說開導，使人心服。例：只
有講道理，才能～別人。

【說和】 shuō·he
從中勸說，使人和解。例：朋友之間
產生小矛盾，有人～就好了，何必那
麼認真呢？

【調和】 tiáo hé
排解糾紛，使雙方重歸於好。例：～
矛盾。注意：也指用折中的辦法緩和
矛盾。例：幸虧他從中～，兩人才消
了氣，重歸於好。

【調解】 tiáo jiě
通過勸說或其他辦法，解決爭端。
例：～糾紛｜朋輩～員。

【調停】 tiáo tíng
居間調解，平息爭端。例：這兩支球
隊矛盾很大，需要有人從中～一下。

商量 shāng·liang

【婉言相勸】 wǎn yán xiāng quàn
用委婉的語言勸告。例：他這個人死
要面子，我只能～。

【斡旋】 wò xuán
〈書〉從中調停，把僵局扭轉過來。
例：雖經多方～，但雙方的對峙還沒
有緩解。

【遊說】 yóu shuì
古代叫做「說客」的政客，奔走各
國，勸說君主採納他的主張。現泛指
到處勸說別人接受自己的意見。例：
為了這次的大型活動，他們已經派人
到處～了。

【直言相勸】 zhí yán xiāng quàn
直爽而無顧忌地勸告。例：我們是好
朋友，對你～，絲毫沒有惡意。

【忠告】 zhōng gào
誠懇地勸告。例：我～你一句，千萬
不要鋌而走險啊！

【忠言相勸】 zhōng yán xiāng quàn
用誠懇的話相勸告。例：老師～，使
他懸崖勒馬，不再錯下去。

【磋商】 cuō shāng
交換意見，反覆商量，仔細討論。多
指較重大的事。例：雙方經幾次～，
總算達成共識，簽訂了合同。

【共商】 gòng shāng
共同商量。例：～大計｜～國是。

【接洽】 jiē qià
接待、商量彼此有關的事。例：他們
來了一位項目副經理，請你出面～一
下。

【面洽】 miàn qià
面對面接洽商量。例：問題急迫，請
你公司派人～。

【面商】 miàn shāng
當面商量。例：請各位下午到小會議
室，有要事～。

【洽談】 qià tán
接洽商談。例：外商們來香港，不光
是旅遊觀光，主要還是～投資項目。

【切磋】 qiē cuō
〈書〉中國古代把骨頭加工成器物叫
切，把象牙加工成器物叫磋。後用來
比喻互相商量，取長補短。例：這兩
個學生十分用功，放學後常互相～學
問。

【商計】 shāng jì
商量並且拿出辦法。例：爸媽一～，

決定向政府借學生貸款，供兒子讀大學。

【商量】 shāng·liang
交換意見。應用範圍較寬，多用於口語。例：這件事來得突然，全家要～一下對策。

【商洽】 shāng qià
接洽；商談。例：具體交接貨物的方式雙方還需～一下。

【商榷】 shāng què
〈書〉商討、交換意見。多指學術問題，用於書面。例：文章以～的口吻提出了不同看法。

【商談】 shāng tán
指口頭商量。例：經過～，大家推舉我代表發言。

【商討】 shāng tǎo
很多人在一起商量討論。例：班會連日開會，～學校旅行的事情。

【商議】 shāng yì
為了對某些問題取得一致意見而進行討論。例：陪審團退庭～後，基本上取得了一致的意見。

【探討】 tàn tǎo
探究；研討。例：經過～，科學家們初步找到了解決辦法。

【討論】 tǎo lùn
就某一問題交換意見或進行研究與辯論。例：請大家～一下，這次的聯歡會要安排甚麼活動。

【相商】 xiāng shāng
互相商量、商議。例：大的意見一致了，有甚麼小的問題，隨時～解決就是了。

【協商】 xié shāng
互相商量以便取得一致意見。例：～解決｜～會議。

【研究】 yán jiū
考慮或商討（意見、問題）。例：～問題。注意：也指探求事物的性質、發展規律等。例：學術～｜調查～。

【研討】 yán tǎo
研究；討論。例：我和老師主要～了這次專題研習的題目。

【議定】 yì dìng
商議決定。例：會議上～，開幕典禮在學校禮堂舉行。

【議事】 yì shì
商討公事。例：～日程。

誣衊 wū miè

【讒害】 chán hài
用壞話陷害。含貶義。例：～忠良｜～好人。

【醜化】 chǒu huà
故意歪曲，給他人抹黑。例：這個故事的人物形象被～了。

【倒打一耙】 dào dǎ yì pá
自己有錯誤或罪行不認賬，反而指責別人。含貶義。例：知道他會～，我早就準備了證據。

【詆毀】 dǐ huǐ
污衊；誹謗。含貶義。例：～別人，抬高自己，這是淺薄的表現。

【反咬一口】 fǎn yǎo yì kǒu
自己有錯誤或罪行不承認，反而誣賴別人。含貶義。例：真沒想到他會～，說那件壞事是我做的。

【誹謗】 fěi bàng
無中生有，說人壞話，敗壞別人名譽。含貶義。例：對這種無端～，他只是一笑置之。

【譭譽】 huǐ yù
誹謗和讚譽。例：他在文學界是一個～參半的人物，看來要親身接觸，才能了解他的為人。

【嫁禍於人】 jià huò yú rén
把禍事轉移到別人身上。含貶義。例：罪犯企圖～，被警方當場揭穿。

【坑害】 kēng hài
耍手段陷害別人。不僅僅是口頭上，在實際上已給人造成損害。程度比「中傷」和「污衊」重。例：爸爸做生意被人～了一次，從此他十分謹慎。

【羅織】 luó zhī
〈書〉虛構罪狀，陷害無辜的人。含貶義。例：～罪名。

【抹黑】 mǒ hēi
比喻醜化。例：他不是這樣的人，你這番話完全是故意～他。

【莫須有】 mò xū yǒu
宋代秦檜陷害岳飛，羅織的罪名是「莫須有」，原意是「也許有吧」。後表示憑空捏造罪名。例：～的罪名。

【誣告】 wū gào
無中生有地控告別人。含貶義。例：～他人是違法的，你必須有真憑實據才可告上法庭。

【誣害】 wū hài
無中生有地捏造事實來陷害。含貶義。例：～忠良。

【誣賴】 wū lài
無中生有地把壞事往別人身上推。含貶義。例：不能放過一個壞人，也不能～一個好人。

議論 yì lùn

【誣衊】 wū miè
也作「污衊」。捏造事實毀壞別人的名譽。含貶義。例：對於這種無中生有的～，他以行動證明了自己的清白。

【誣陷】 wū xiàn
誣告陷害。含貶義。例：他被人～入獄達五年之久。

【陷害】 xiàn hài
用計謀害人。含貶義。例：～忠良｜栽贓～。

【血口噴人】 xuè kǒu pēn rén
或作「含血噴人」。比喻用惡毒的話誣衊別人。含誣陷義。例：他這樣無中生有，～，真是卑鄙到了極點。

【栽贓】 zāi zāng
把贓物暗放在別人處，反誣告他人所為。含貶義。例：面對這種無恥的～陷害，他正氣凜然地辯駁，終於洗脫罪名。

【中傷】 zhòng shāng
污衊別人，使受損害。含貶義。例：造謠～｜敵人的～，絲毫無損我們的形象。

【大放厥詞】 dà fàng jué cí
厥：其；他的。大肆發表沒有道理的、很狂妄的議論。例：在會議上他～，引起了大家的不滿。

【高談闊論】 gāo tán kuò lùn
空洞地、漫無邊際地大發議論。例：與其這樣～，不如開始動手做。

【街談巷議】 jiē tán xiàng yì
大街小巷裏人們的議論。例：從這些～可以聽到市民的心聲。

【論說】 lùn shuō
議論。多指書面的議論。例：～文｜這篇文章～很有條理。

【品評】 pǐn píng
評論好壞、高下。比「評議」強調仔細品味。例：第一輪比賽後，評委們開了個會，對各個參賽選手的表現進行初步～。

【評】 píng
議論；評論。例：兩個人爭了半天，最後還是去請老師～理。

【評斷】 píng duàn
評論判斷。例：～是非｜～事理。

【評價】 píng jià
評定人或事物價值的高低。例：人們對這部小說的～很高。

【評介】píng jiè

評論介紹。例：看過～文章，他對這本書有了更深入的理解。

【評理】píng lǐ

評斷是非。例：這件事叫老師給我們～。

【評論】píng lùn

評論或議論。例：請全班同學～一下這篇新聞報道，從中吸取教訓。注意：也指一種文體。例：小說發表以後，很多～文章都予以肯定。

【評說】píng shuō

評說；評價。例：一個人的功過自有後人～。

【評頭品足】píng tóu pǐn zú

泛指對人對事說長道短。例：你這樣對同學～，是一種不尊重別人的表現。

【評議】píng yì

評說；議論。例：這項決議還要讓大家～一下再公佈。

【七嘴八舌】qī zuǐ bā shé

形容人多嘴雜，議論紛紛。例：大家～地發表意見。

【清談】qīng tán

不切實際地談論。例：～誤國｜與其在這裏～，不如趕快行動。

【說長道短】shuō cháng dào duǎn

議論他人的好壞是非。例：他這個人喜歡～，同學都很討厭他。

【說三道四】shuō sān dào sì

不負責任地談論他人的好壞是非。例：我們要堅信自己的能力，不要在意別人～和冷嘲熱諷。

【談論】tán lùn

口頭交換對人或事物的看法。例：大家都在～香港隊勝丹隊的那場球賽。

【討論】tǎo lùn

就某一問題共同交換意見以求得共識。例：這個問題請大家～一下再做決定。

【議】yì

發表意見。例：這件事大家～一下再決定吧。

【議論】yì lùn

對人對事的好壞、是非等發表意見。例：對這件事，師生們發表了很多～。

【座談】zuò tán

坐在一起不拘束地談論。例：～會｜～討論。

責備 zé bèi

【叱呵】 chì hē
又作「叱喝」。大聲怒喝；怒斥。例：～下屬｜～部下。

【叱令】 chì lìng
怒斥責令；喝令。例：警察大聲～歹徒交出武器。

【斥罵】 chì mà
責罵。多用於非正式場合，說話一般較粗野、放肆。例：媽媽從不大聲～我們。

【叱罵】 chì mà
大聲責罵。與「斥罵」相比：突出毫無顧忌地大聲責罵，語意較重。例：不要當着外人的面～小孩子，這會傷害到他們弱小的心靈。

【叱問】 chì wèn
不滿地大聲追問。例：在父親的～下，他只好承認了錯誤。

【叱責】 chì zé
斥責。突出大聲而尖銳地叱呵。例：小孩子做了錯事要講道理給他聽，一味～是沒有用的。

【斥責】 chì zé
用嚴厲的言辭指出別人的錯誤或罪行。強調言辭激烈、嚴厲，不含大聲義，多用於正式場合。例：面對這種一針見血的～，他再也無法辯解了。

【怪】 guài
〈口〉埋怨；責備。例：這件事都～我，才弄得你那麼麻煩。

【怪罪】 guài zuì
責備；埋怨。甚至追查責任。例：這次的錯誤應該由所有組員分擔，不能把責任全都～在一個組員身上。

【呵斥】 hē chì
又作「呵叱」。大聲地斥責。例：他這樣～孩子，效果並不一定好。

【埋怨】 mán yuàn
〈口〉怪罪。程度比「怪罪」輕。例：隊員在場上互相～，落敗是意料之中的事。

【怒斥】 nù chì
嚴厲、憤怒地斥責。用於較嚴肅的事。例：他大義凜然，～對手的卑鄙行為。

【批評】 pī píng
對缺點和錯誤提出意見。例：老師的～十分中肯，我完全接受。

【譴責】 qiǎn zé
嚴正地斥責。用於較大的事件。例：這種侵略行徑遭到了全世界的～｜大家同聲～這種破壞環境的行為。

【申斥】 shēn chì
指上級對下級表示不滿而斥責。例：

爭辯 zhēng biàn

遭到上司的～，他整個下午都悶悶不樂。

【數落】 shǔ·luo
列舉過失而批評埋怨。多用於長輩對晚輩。例：因為打破了碗碟，媽媽～了我幾句。

【痛斥】 tòng chì
狠狠地斥責。例：～暴行｜厲聲～。

【責備】 zé bèi
批評；指責。與「斥責」比，程度較輕，用於一般批評。例：他的～太不講情面了，讓人接受不了。

【責怪】 zé guài
責備；埋怨。例：互相～有甚麼用？還是盡快想辦法補救吧。

【責罵】 zé mà
用嚴厲的話批評指責。例：他和同學打架，受到父親的～。

【責難】 zé nàn
過分地責備甚至非難。例：他年紀小，有甚麼不對的地方你好好說，怎麼可以這樣～呢！

【辯白】 biàn bái
澄清事實真相，消除誤會或受到的指責。例：～真相｜～理由。

【辯駁】 biàn bó
說明理由來為自己辯護或否定對方的意見。例：他的～理據充足，使對方無話可說了。

【辯解】 biàn jiě
對別人的指責和批評加以辯護和解釋。例：他自己都承認了，你還為他～甚麼？

【辯論】 biàn lùn
彼此說明自己的觀點，揭露對方的矛盾，以便得到正確的認識或達成共識。例：～比賽｜激烈的～。

【答辯】 dá biàn
答覆別人的質疑，為自己的觀點進行分辯。例：～會｜～漏洞百出，不能令人滿意。

【分辯】 fēn biàn
用事實來澄清自己。例：面對眾人的指責，他的～顯得軟弱無力。

【詭辯】 guǐ biàn
故意用似是而非的議論顛倒黑白，混淆是非，進行狡辯。含貶義。例：企圖偷換概念，以～蒙混過關，我們絕不答應。

【狡辯】 jiǎo biàn
狡猾地強辯。含貶義。例：面對鐵一般的事實，他無法再～了。

【據理力爭】 jù lǐ lì zhēng
為維護自己的權益，依據道理，竭力爭辯。例：在這個問題上，我們一定要～，分毫不能讓步。

【論戰】 lùn zhàn
（在政治、思想、學術等問題上）因意見不同引起的較大規模的爭論。多以書面形式進行。例：這兩個學派的學者在報章上～不休。

【論爭】 lùn zhēng
論戰。例：學術～｜兩派意見～得十分激烈。

【強辯】 qiǎng biàn
把沒有理的事硬說成有理並與人辯論。例：不管你怎樣～，也改變不了事情的本質。

【強詞奪理】 qiǎng cí duó lǐ
本來沒有理卻硬說有理。例：你這樣～，何以服人？

【巧辯】 qiǎo biàn
用花言巧語進行辯解。例：～掩蓋不了事實。

【舌戰】 shé zhàn
打嘴仗；激烈辯論。例：～羣儒。

【申辯】 shēn biàn
申述理由，進行辯解。例：這是你最後的～機會，有甚麼話請你都講出來吧。

【雄辯】 xióng biàn
強有力的辯解。例：事實勝於～。注意：也表示具有說服力。例：事實～地證實了他的推測。

【爭辯】 zhēng biàn
雙方申述自己的意見，互相辯論。例：～是非｜～問題。

【爭吵】 zhēng chǎo
大聲爭辯，含吵架意味。例：～不休｜大聲～。

【爭論】 zhēng lùn
各執己見，互相辯論。比「爭辯」更偏重於講道理。例：這個問題在學術界已經～了很久，至今尚無定論。

【爭議】 zhēng yì
對同一問題有不同見解而發生爭論。例：對這個問題大家～很大，所以一定要慎重處理。

【爭執】 zhēng zhí
爭論中雙方各持己見，不肯相讓。例：大家不必為這件事～不休｜對這個問題，雙方～的焦點是時間問題。

慶祝 qìng zhù

【大典】 dà diǎn
隆重盛大的慶祝典禮。例：開國～｜婚慶～。

【大慶】 dà qìng
大規模慶祝。例：今年是我們學校建校一百週年，因此舉辦了一個百年～。

【禱祝】 dǎo zhù
祈禱祝願。多用於迷信的人。例：～平安｜～上帝保佑。

【道賀】 dào hè
道喜；祝賀。例：小明獲得了科技大獎，同學紛紛向他～。

【道喜】 dào xǐ
道賀；恭喜。例：哥哥結婚了，親友都來給他～！

【額手稱慶】 é shǒu chēng qìng
手舉至額上，表示慶祝或高興。例：事情圓滿成功，大家～。

【恭賀】 gōng hè
恭喜；祝賀；慶賀。例：～新春｜～開業。

【恭喜】 gōng xǐ
多用於客套，祝賀別人的喜事。例：～發財｜您榮獲大獎。

【敬祝】 jìng zhù
表示尊敬的良好祝願。例：～父母安康。

【普天同慶】 pǔ tiān tóng qìng
天下人一同慶祝。例：中秋佳節，～。

【慶】 qìng
慶祝；慶賀。例：～佳節。

【慶典】 qìng diǎn
盛大隆重的慶祝典禮。例：香港回歸十八週年～。

【慶賀】 qìng hè
為喜事慶祝或向有喜事的人道喜。例：工程竣工，大家要～一番。

【慶祝】 qìng zhù
為喜事進行一些活動表示紀念。例：～晚會｜農曆新年的時候，家家戶戶都有～的活動。

【盛典】 shèng diǎn
規模宏大的典禮。例：學校正在籌備百年校慶～。

【喜慶】 xǐ qìng
喜人的和值得慶祝的。例：～豐收｜～的鑼鼓｜～的日子。

證實 zhèng shí

【遙祝】 yáo zhù
遠距離地表示良好的祝願。例：親愛的朋友，我在大洋彼岸～你在新的一年裏身體健康，萬事如意。

【預祝】 yù zhù
預先的祝願。例：～表演圓滿成功。

【祝】 zhù
表示良好願望。例：～你生日快樂。

【祝福】 zhù fú
祝人平安和幸福。例：～您老人家身體健康，長命百歲。

【祝賀】 zhù hè
向有喜事的人道賀。例：～你們在這次大學生運動會上取得了優異的成績。

【祝頌】 zhù sòng
祝賀頌揚。多用於較大、較正規的場合。例：招待會上，兩國領導人互相～，氣氛十分友好。

【祝願】 zhù yuàn
向別人表示良好的願望。例：～你心想事成｜～香港繁榮昌盛。

【對證】 duì zhèng
為了證明是否真實而加以核對。例：死無～，這個案子偵破的難度很大。

【對質】 duì zhì
指訴訟關係人在法庭上面對面互相質問。也泛指當面對質。例：既然這樣，你敢和他當面～嗎？

【反證】 fǎn zhèng
由證明與論題相矛盾的判斷是不真實的，來證明論題的真實性，是一種間接論證。例：通過～我們可以確認，論題是沒有問題的。

【類推】 lèi tuī
比照某事物的道理推出跟它同類的其他事物的道理。例：以上次玻璃是我們踢球打破的，來～這次玻璃還是我們打破的，是沒有道理的。

【論證】 lùn zhèng
論述證明。例：這篇作文中的～缺少邏輯性，因而很難說服人。

【求證】 qiú zhèng
尋找證據或求得證實。例：考古也是對科學命題的一種～。

【說明】 shuō míng
證明。例：事實～他的判斷是對的。

【推論】 tuī lùn
用語言形式進行推理。例：這樣～下去，謬論也會成為真理了。

拒絕 jù jué

【推演】 tuī yǎn
推論演繹。例：沙盤～｜兵棋～。

【驗證】 yàn zhèng
通過試驗使得到證實。例：這一點已被事實所～，大家不要再懷疑了。

【引證】 yǐn zhèng
引用事實或權威的言論、著作進行證明。例：文章的～很有說服力。

【印證】 yìn zhèng
通過其他途徑證明與事實相符。例：現在還只是一種假設，還要通過實踐去～。

【應驗】 yìng yàn
事物的發展、結果和原來的預料相符。例：事實～了他的預測。

【證明】 zhèng míng
用可靠的材料來表明事物的真實性。例：我可以～，當時他不在現場。

【證實】 zhèng shí
證明其確實。例：大家都～，玻璃不是他打碎的。

【證驗】 zhèng yàn
通過試驗使得到證實。例：通過野外實地考察，可以幫助學生～書本上學到的一些知識。

【駁回】 bó huí
不允許（請求）或不採納（建議）。例：～上訴｜他的不合理要求被～了。

【辭】 cí
躲避；推託。例：推～｜不～辛苦。

【辭謝】 cí xiè
客氣地拒絕，不接受。例：張老師～了小明家長的宴請。

【回絕】 huí jué
答覆對方，表示拒絕。例：他一口～了對方的無理要求。

【敬謝不敏】 jìng xiè bù mǐn
謝：推辭。不敏：不聰明，沒有才能。恭敬地表示能力不夠或不能接受。例：他不懂外語，對出版社的聘用只好～了。

【拒】 jù
拒絕。例：～不執行｜～之門外｜來者不～。

【拒絕】 jù jué
不接受。例：我～了他的無理要求。

【推辭】 tuī cí
拒絕；推掉。例：他藉故～了對方的聘請。

【推卻】 tuī què

〈書〉拒絕；推辭。例：學校請作家去講寫作課，他雖然很忙，但沒有～。

【推脫】 tuī tuō

推卸；推卻（工作、責任等）。例：～責任｜出了問題，他把責任～得一乾二淨。

【推託】 tuī tuō

藉口別的原因而拒絕。例：他～身體不好，拒絕參加宴會。

【推諉】 tuī wěi

把應負的責任推給別人，或藉故推卸責任。含貶義。例：～責任｜互相～。

【推卸】 tuī xiè

不肯承擔（責任）。例：這場事故的責任，你是無法～的。

【婉辭】 wǎn cí

婉言拒絕。例：她～了對方的邀請。注意：也指婉言。例：～謝絕。

【婉謝】 wǎn xiè

婉言謝絕。比「婉辭」更客氣些。例：同學想仗義幫忙，但我～了他們的好意。

【婉言拒絕】 wǎn yán jù jué

用客氣的言辭表示不接受。例：對請客吃飯這類事，他一概～。

【謝絕】 xiè jué

婉辭拒絕。例：～參觀｜～宴請。

【嚴詞拒絕】 yán cí jù jué

用嚴厲的態度或言語拒絕。例：政府發言人～了對方的無理要求。

同意 tóng yì

【承諾】 chéng nuò
對某項事務答應照辦。例：他～永遠
為對方保守秘密。

【答應】 dā·ying
口頭允許或同意。例：爸爸～星期天
帶他去太空館。

【苟同】 gǒu tóng
〈書〉隨便輕易地同意。用於否定
句。例：你的意見太偏頗，我不能
～。

【好】 hǎo
贊同；同意。例：～，就照你說的辦
吧。

【可以】 kě yǐ
表示准許。例：假期到了，我們～放
鬆一下了。

【默許】 mò xǔ
沒有明確地表示同意，但也不反對，
實際上已經許可。例：今天他破例沒
有練琴，而是打開電視看球賽，爸爸
也～了。

【批】 pī
同意；許可。多用於上級對下級提出
的建議、請求等表示批准。例：你知
道嗎？我們那個計劃書～了，這回就
放開手腳做吧。

【批准】 pī zhǔn
同意；准許。例：～執行｜我的活動

方案得到老師～。

【認可】 rèn kě
認同；允許。例：他的發明得到了專
家的～。

【容許】 róng xǔ
許可。例：父母怎麼～你這樣亂花錢
呢？

【特許】 tè xǔ
特地允許。例：他因為身體殘疾，學
校～他不必參加體育課。

【通過】 tōng guò
議案等經過法定人數的同意而成立。
例：全體～｜審核～。

【同意】 tóng yì
贊同；無異議。例：你～我的意見
嗎？

【行】 xíng
答應；同意。例：～，這個主意不
錯。

【許】 xǔ
允諾；答應。例：～願。注意：也指
准許；許可。例：不～出去。

【許可】 xǔ kě
准許；允許。例：經學校～，我們舉
辦了一次野外生存訓練活動，取得了
很好的效果。

【許諾】 xǔ nuò
允諾。例：爸爸～明年給小明買一台
新電腦。

【應許】 yīng xǔ
答應，許可。多用於上級對下級或長
輩對晚輩。例：媽媽～小明，放暑假
帶他去外地旅遊。

【應允】 yīng yǔn
答應，允許。多用於上級對下級或長
輩對晚輩。例：臨近考試了，還要求
去郊遊，爸爸媽媽會～嗎？

【應】 yìng
答應；允許。例：有求必～。

【應承】 yìng chéng
答應；承諾。例：你既然把事情～下
來，就應該全力去做。

【應諾】 yìng nuò
答應；應承。例：他～爸爸，作業不
寫完不會去看電視。

【擁護】 yōng hù
贊同。例：這個決定我們都～。

【允諾】 yǔn nuò
應承；答應。例：爽快～。

【允許】 yǔn xǔ
許可。例：他被～上台拍照｜開賽前
的最後一場訓練是保密的，連記者都
不～進入。

【讚成】 zàn chéng
非常同意別人的主張或行為。例：你
的意見合情合理，我完全～。

【讚同】 zàn tóng
讚成並認同。例：學校～師生們的意
見，決定成立一支女子足球隊。

【准】 zhǔn
准許；批准。例：上課不～吃零食。

【准許】 zhǔn xǔ
同意別人所提的要求。例：～通行｜
～集會。

【准予】 zhǔn yǔ
准許。多用於文件、文書等。例：經
考試合格，～畢業。

讚賞 zàn shǎng

【褒獎】 bāo jiǎng
表揚；獎勵。例：每年畢業禮上，一大批優秀老師受到了～。

【褒揚】 bāo yáng
〈書〉同「表揚」。例：～先進。

【褒彰】 bāo zhāng
對集體或個人的事蹟進行表揚，使之弘揚。例：學校開大會～了一批學生。

【表揚】 biǎo yáng
用語言或文字公開表示讚揚。例：他在公司裏多次受到～。

【表彰】 biǎo zhāng
表揚。多用於較大的功績或較多的人。例：～勞苦功高的老師。

【稱賞】 chēng shǎng
稱讚；賞識。例：一段字正腔圓的演唱，得到了評委們的～。

【稱許】 chēng xǔ
〈書〉稱讚並認同。例：四歲的孩子能寫出這樣好的字來，家人無不點頭～。

【稱讚】 chēng zàn
讚揚；叫好。例：他助人為樂的舉動受到大家的～。

【歌功頌德】 gē gōng sòng dé
歌頌功績和恩德。含貶義。例：媒體不應一味地對政府～。

【歌頌】 gē sòng
用語言文字讚美頌揚。例：～愛情｜～生活。

【喝彩】 hè cǎi
大聲叫好。例：一首歌唱完，博得滿堂～。

【擊節歎賞】 jī jié tàn shǎng
擊節：指打拍子。打着拍子讚賞。例：他聲情並茂的朗誦，得到了在場觀眾的～。

【嘉獎】 jiā jiǎng
稱讚並給予獎勵。例：他因工作出色而受到了上級的～。

【嘉勉】 jiā miǎn
〈書〉稱讚；勉勵。多用於集體。例：老師～我們要做一個品格優良的學生。

【嘉許】 jiā xǔ
〈書〉誇獎；讚許。例：小明品學兼優，深得老師～。

【交口稱讚】 jiāo kǒu chēng zàn
眾人同聲稱讚。例：他們熱情周到的服務受到了群眾的～。

【拍案叫絕】 pāi àn jiào jué
拍着桌子稱讚。表示極其讚賞。例：他脫口而出，把下聯對得工整、奇

妙，同學無不～。

【賞識】 shǎng shí
認識到其價值而予以重視和讚揚。
例：他的處女作很得主編～。

【頌揚】 sòng yáng
歌頌；讚揚。例：～豐功偉績。

【推崇】 tuī chóng
十分推重。含稱讚、敬佩義。例：他
的詩深受讀者的～。

【推許】 tuī xǔ
〈書〉推重並認同。例：他的文章深
受編輯們的～，因此總是在顯著版面
上刊登。

【溢美】 yì měi
〈書〉過分地誇獎。例：～之辭。

【有口皆碑】 yǒu kǒu jiē bēi
所有人的嘴都是活的紀念碑。比喻人
人稱讚。例：對於那些為香港作出重
大貢獻的影視藝員，羣眾～。

【讚不絕口】 zàn bù jué kǒu
不住嘴地稱讚。例：著名畫家對小學
生畫展上的作品～。

【讚美】 zàn měi
用美好的語言稱讚。例：我們～這種
捨己救人的英雄壯舉。

【讚佩】 zàn pèi
稱讚並佩服。例：他的奉獻精神令人
～。

【讚賞】 zàn shǎng
讚美；欣賞。例：我很～你的主意｜
這種助人為樂的行為受到大家的一致
～。

【讚頌】 zàn sòng
讚美；頌揚。例：我們～這種公而忘
私的精神。

【讚歎】 zàn tàn
讚佩；感歎。例：這部小說的人物
活靈活現，情節引人入勝，令人～｜
他們這種刻苦耐勞的精神，令人十分
～。

【讚歎不已】 zàn tàn bù yǐ
稱讚、感歎不能停止。例：看到演員
的精彩表演，觀眾～。

【讚許】 zàn xǔ
讚揚；認可。例：他把在校園撿到的
錢交給學校，這件事受到老師的～。

【讚揚】 zàn yáng
表揚；稱讚。程度比「讚頌」輕。
例：他廉潔自守的行為受到社會大眾
的～。

【讚譽】 zàn yù
稱讚；誇獎。例：這個節目得到了觀
眾的～。

催促 cuī cù

【促動】 cù dòng
催促行動。例：這個人你不狠狠～，他就總是慢吞吞的。

【促進】 cù jìn
促使發展、增進。例：平時應多看書，以～語文表達能力。

【促使】 cù shǐ
推動使達到一定目的。例：老師的一番勉勵，～他下決心用功讀書。

【催】 cuī
叫人趕快行動或做某件事。例：媽媽一邊看錶一邊～他快吃飯。

【催辦】 cuī bàn
叫人快辦（某事）。例：上級一再～的事，你怎麼還拖着不辦？

【催逼】 cuī bī
催促逼迫。例：媽媽不斷～我溫習｜～還債。

【催促】 cuī cù
催。例：多虧爸爸～他早點出門，不然就趕不上車了。

【催眠】 cuī mián
用藥物或其他辦法使人或動物盡快達到睡眠狀態。例：這種軟綿綿的樂曲～真是管用，旅客全都睡着了。

【催命】 cuī mìn
比喻不顧一切地緊緊催促。例：五天的工作你叫我三天做完，這不是～嗎？

【催人奮進】 cuī rén fèn jìn
催人奮起前進。例：科技日新月異，～。

【督促】 dū cù
監督；催促。例：在爸爸的～下，他的功課比以前完成得好多了。

【敦促】 dūn cù
懇切地催促。多用於很正規、很莊重的場合或事情。例：應該發函～一下，不然他們容易忘了。

【迎頭趕上】 yíng tóu gǎn shàng
朝着最前面趕上去。例：小強成績不理想，這次他加倍努力，希望～。

【追趕】 zhuī gǎn
加快速度趕上。例：我們必須再加把勁，～國際先進水平。

十三、政治‧軍事‧法律‧交通

權力 quán lì

【霸權】 bà quán
在國際關係上憑藉實力操縱或控制其他國家的行為。例：建立～。

【版權】 bǎn quán
著作權。指作者或出版者對其著作的文學、藝術作品或學術論著等享有的專有權利，包括出版、廣播、上演、銷售、修改、收回、轉讓等權利。版權受法律保護，如遭侵犯，可要求排除損害並賠償損失。出版單位可根據合同在合同有效期內取得對作品的使用權。例：這本書侵犯了原作者的～，出版社正在打官司。

【被選舉權】 bèi xuǎn jǔ quán
公民依法被選為國家權力機關代表或某些國家機關首長的權利。例：他還是個孩子，還不具備選舉權和～。

【大權】 dà quán
處理重大事情的權力。例：～旁落，你這個公司總裁還當來何用？

【法權】 fǎ quán
法律賦予的權利；特權。例：治外～。

【公民權】 gōng mín quán
公民依法享有的政治、經濟、文化等方面的基本權利。例：罪犯從被判刑那天起，就被剝奪了～。

【繼承權】 jì chéng quán
根據法律或遺囑承接死者遺產的權利。例：兒子和女兒有同等的～。

【居留權】 jū liú quán
一國政府根據本國法律給予外國人在本國於一定期限內居留的權利。例：許多來香港工作的外國人都申請了在港～。

【女權】 nǚ quán
婦女應該享有的權利。例：～主義｜～運動。

【強權】 qiáng quán
憑藉政治、軍事、經濟的優勢地位，欺壓別國的權勢。例：～政治｜不畏～。

【權】 quán
權力。例：有職有～｜有～不可濫用。

【權柄】 quán bǐng
比喻所掌握的權力。例：手握～。

【權力】 quán lì
政治上的強制力量。例：不可濫用～。注意：也指職責範圍內的領導和支配力量。例：學校決定重大事項的～屬於法團校董會。

【權利】 quán lì
公民等依法行使的權力和享受的利益。例：公民的合法～應該得到保護。

【全權】 quán quán
擁有處理某一事務的全部權力。例：
公司委派他～處理勞資雙方的糾紛。

【權勢】 quán shì
權力和勢力。例：不以～壓人。

【權威】 quán wēi
在某種領域裏最有地位和威望的人和
事物。例：這位醫生是腦外科方面的
～。注意：也指使人信服的力量和威
望。例：～人士｜～著作。

【權益】 quán yì
應該享受的不容侵犯的權利。例：保
護合法～。

【人權】 rén quán
指人享有的人身自由和各種基本權
利。包括自由、財產、安全、選舉、
工作、受教育、集會結社、宗教信仰
等權利。例：生存權和發展權是最大
的～。

【實權】 shí quán
實際的權力。例：掌握～。

【所有權】 suǒ yǒu quán
財產所有人在法定範圍內對生產資料
和生活資料所享有的佔有、使用、收
益和處分、並排除他人干涉的權利。
例：他對這棟房屋擁有～。

【特權】 tè quán
特殊的權利。多用於否定式。例：～
階層。

【選舉權】 xuǎn jǔ quán
公民依法選舉國家權力機關代表或某
些國家機關首長的權利。例：我們要
珍惜手中的～，認真投下這神聖的一
票。

【政權】 zhèng quán
政治統治的權力。也指政權機關。
例：民主～｜合法～。

【職權】 zhí quán
職務範圍以內的權力。例：行使～。

【主權】 zhǔ quán
一個國家所享有的獨立自主地處理國
內外事務的權力。例：～國家。

【專利】 zhuān lì
發明人對其發明成果在規定的有效期
限內依法享有的權益。例：他的～被
侵犯了，他準備請律師幫自己打官
司。

首腦 shǒu nǎo

【官】guān
軍隊或政府機關、單位等經過任命的、一定等級以上的公職人員。例：外交～｜當～要為民做主。

【官宦】guān huàn
〈書〉泛指官員。例：～人家。

【官爵】guān jué
指官職爵位。例：君主立憲制國家的～制度在民眾心目中已經越來越淡漠了。

【官吏】guān lì
舊時泛指政府官員。例：～制度｜選拔～。

【官僚】guān liáo
舊指級別較高的官吏。也指官僚主義。例：～作風必須剷除。

【官員】guān yuán
政府機關或軍隊中經過任命的、一定等級以上的公職人員。例：政府～。

【領導】lǐng dǎo
泛指單位或集團、組織等負責的人。例：～人｜～機關｜我們事業的核心力量。

【領袖】lǐng xiù
國家、政府、政治集團、羣眾組織等的領導人。例：偉大～｜～生。

【首領】shǒu lǐng
指某些集團的領導人。例：是次行動中，賊人的～被警方逮捕。

【首腦】shǒu nǎo
領導人；為首的人或機關等。多指國家一級領導人。例：政府～｜～機關。

【首長】shǒu zhǎng
政府機關或部隊中的高級領導人。例：中央～｜部隊～。

【頭領】tóu lǐng
首領；領頭的人。例：他說的話同學都很信服，就像是班上的～。

【頭目】tóu mù
某些集團中為首的人。多含貶義。例：他是這個犯罪集團的小～。

【頭兒】tóur
〈口〉頭目。例：他是我們班組的～，我們得聽他的。

【頭子】tóu·zi
首領。多指土匪、流氓等的帶頭人物。例：土匪～｜特務～。

【元首】yuán shǒu
國家的最高領導人。例：國家～。

【長官】zhǎng guān
指行政單位或軍隊裏有一定級別的官吏。例：香港特區行政～。

民眾 mín zhòng

【白丁】 bái dīng
舊指無功名、無官職的人。現口語常用，即老百姓。含詼諧義。例：談笑有鴻儒，往來無～｜我一個～，提意見有甚麼用啊？

【百姓】 bǎi xìng
人民。區別於有官職的人。例：只許州官放火，不許～點燈｜平民～。

【布衣】 bù yī
〈書〉舊指平民。古代官吏穿紅綠官服，平民穿無色的粗布衣服，因此用布衣代指平民。現極少用，但有時可用於自謙，即老百姓。例：臣本～，躬耕於南陽｜我一介～，能有甚麼辦法啊？

【蒼生】 cāng shēng
〈書〉古代指老百姓。例：～芸芸｜天下～。

【草民】 cǎo mín
舊指無官職的老百姓。現口語還常用。例：我一介～，管不了那麼多。

【大眾】 dà zhòng
羣眾。例：～食譜｜～音樂。

【公民】 gōng mín
取得某國國籍並根據該國法律規定享有權利和承擔義務的人。例：～權利｜守法～。

【公眾】 gōng zhòng
大眾；社會上大多數人。例：～利益｜～人物。

【國民】 guó mín
具有某國國籍的人是這個國家的國民。例：努力提高～素質。

【國人】 guó rén
〈書〉泛指本國的人。例：這場國際比賽敗得這樣慘，真是愧對‥。

【黎民】 lí mín
〈書〉百姓；民眾。例：～百姓。

【黎民百姓】 lí mín bǎi xìng
黎民。例：我們每一個政府官員，每做一件事，都要多想想～的利益。

【民】 mín
民眾。例：～不聊生｜～以食為天。

【民眾】 mín zhòng
人民羣眾。例：政府施政應聽取～的意見。

【平民】 píng mín
泛指普通老百姓。例：這部小說具有～化風格。

【平頭百姓】 píng tóu bǎi xìng
也說「平民百姓」。普通百姓；平常百姓。例：不要以為自己是～就沒有責任，愛護環境人人有責！

晉升 jìn shēng

【全民】 quán mín

一個國家的全體人民。例：～運動日。

【群眾】 qún zhòng

人民大眾。例：發展經濟是提高～生活水平的惟一途徑。

【人民】 rén mín

老百姓；以勞動群眾為主體的社會基本成員。例：～～大眾｜全國～｜各族～。

【庶民】 shù mín

〈書〉民眾；百姓。例：與～同樂。

【同胞】 tóng bāo

同一個國家或同一民族的人。例：台灣～｜蒙古族～。注意：也指同父母所生的。例：～姐妹。

【萬眾】 wàn zhòng

廣大群眾；千千萬萬的人。例：～一心｜～矚目。

【芸芸眾生】 yún yún zhòng shēng

芸芸：眾多的樣子。佛教指一切有生命的東西。泛指老百姓、眾多的平常人。例：普天之下，～，有誰能離得開糧食呢？

【拔擢】 bá zhuó

〈書〉提拔。例：用人要任人唯賢，把那些德才兼備的人才～上來。

【飛黃騰達】 fēi huáng téng dá

飛黃：古代傳說中的神馬。騰達：形容馬的奔馳、騰空。像神馬那樣騰飛。比喻官職、地位得很快。程度比「一步登天」重。例：他靠投機鑽營而～，一下子由科長升為局長。

【晉級】 jìn jí

升級。例：爸爸因為工作出色，最近又～了｜我校籃球隊擊敗友校，～決賽。

【晉升】 jìn shēng

〈書〉提升職務或級別。應用範圍不如「晉級」廣泛。例：我們老師～為校長，是因為他不但課教得好，而且具有較強的管理能力。

【遴選】 lín xuǎn

謹慎地選拔。例：幾經～，他才成為田徑校隊的隊員。

【平步青雲】 píng bù qīng yún

平步：在地上步行。青雲：青天，比喻高位。比喻不費力氣就升到了很高的位置。例：因為他有一個大靠山，事業上一直～。

【青雲直上】 qīng yún zhí shàng

比喻人的地位直線上升。官職升得很高很快。用法同「平步青雲」。例：

陳老師在學校裏～，兩年內就當上了科主任。

【升格】 shēng gé
個人職務或單位規格等升高。例：我們學校～了，由學院變成了大學。

【升級】 shēng jí
（職務等）由原來的等級升到較高的等級。例：經過考核，他又～了。

【升遷】 chōng qiān
指調動擔任比原來更高的職務。例：最近，他由學校科主任～為副校長。

【升職】 shēng zhí
提升職位。應用範圍比「升級」小。例：我們校長最近～當了教育局局長。

【提拔】 tí bá
選拔升。例：小明的哥哥前不久被～為公司的部門主管。

【提級】 tí jí
提升職務、工資、技術等的級別。例：姐姐因為工作出色，最近又～了。

【提升】 tí shēng
提高（職位、級別等）。例：我們的人事部門，應該敢於～那些有能力的年輕人。

【選拔】 xuǎn bá
根據一定條件挑選（人才）。例：～年輕人才｜～優秀運動員。

【選取】 xuǎn qǔ
挑選並採用。例：本次考試的目的是為特區政府～人才。

【選送】 xuǎn sòng
挑選推薦。例：～評獎節目｜～優秀人才。

【一步登天】 yí bù dēng tiān
比喻一下子達到極高的地位。多用於貶義。例：沒有真才實學，僅憑阿諛奉承，想～是不可能的。

【一登龍門】 yì dēng lóng mén
龍門：傳說鯉魚登上龍門，就可以變成龍。比喻一下子身價百倍。例：他的作品拿了全國大獎，立刻～，成了作曲家。

【擢升】 zhuó shēng
〈書〉同「晉升」。例：他因工作成績突出，已由副總經理～為總經理。

【擢用】 zhuó yòng
〈書〉提拔任用。例：～新人。

謀反 móu fǎn

【背叛】 bèi pàn
背離，叛變。多用於貶義。例：～朋友｜～家庭。

【倒戈】 dǎo gē
在戰爭中投降敵人，反過來打自己人。例：軍隊～。

【發難】 fā nàn
〈書〉發動叛亂或反抗。例：軍方首先～，他們包圍了總統府並要求總統辭職。注意：也指質疑責問。多用於較嚴肅的事件。例：會議上，他首先～，請相關人員澄清問題。

【反戈一擊】 fǎn gē yì jī
脫離原來集團並加以攻擊。例：在偵查過程中，他能夠積極配合警方～，使案件很快真相大白。

【反叛】 fǎn pàn
叛變。含貶義。例：～政府。

【反正】 fǎn zhèng
敵方的軍隊或人員投到己方。多用於褒義。例：敵軍紛紛～投降。

【嘩變】 huá biàn
軍隊的突然反叛。例：軍隊突然～，佔領了總統府。

【謀反】 móu fǎn
指暗中策劃造反。例：他秘密策劃～，結果事情敗露，遭受法律制裁。

【叛變】 pàn biàn
背叛自己的一方而投到敵對方面去。含貶義。例：由於有人～，這次作戰我們損失慘重。

【叛離】 pàn lí
背叛離開。含貶義。例：他的小說漸漸有～正統的跡象。

【叛賣】 pàn mài
叛變並出賣。含貶義。例：～戰友。

【叛逆】 pàn nì
背叛。例：～行為。注意：也指有背叛行為的人。例：他出身豪門，卻成了家族的～。

【起事】 qǐ shì
指武裝暴動或武裝鬥爭。例：近年，世界各地不斷有武裝分子～，反抗政府的統治。

【造反】 zào fǎn
發動叛亂，對統治者採取反抗行動。例：他號召群眾，密謀～，最後被政府武裝鎮壓。

【政變】 zhèng biàn
國家機構內部一部分人以軍事或政治手段，自上而下地造成政權的突然變更。例：軍事～｜宮廷～。

內幕 nèi mù

【底牌】dǐ pái
撲克遊戲中最後亮出來的牌。比喻留
到最後才動用的力量。也比喻底細、
內情。例：先摸清對方的～，然後再
做打算。

【底細】dǐ xì
事情的根源、詳細內情。例：事情的
～只有兩三個人知道，是誰走漏了風
聲呢？

【底蘊】dǐ yùn
〈書〉詳細的內容或內情。例：這件
事的～還不為人所知。注意：也指事
物的基礎深厚。例：從這篇文章可以
看出作者豐厚的～。

【根底】gēn dǐ
底細。例：追問～｜他那點～，誰還
不知道啊！

【黑幕】hēi mù
醜惡的內情；黑暗的內幕。例：記者
們決心揭開～，讓人們了解事情的真
相。

【就裏】jiù lǐ
內情；底細。例：他剛來，不知～。

【絕密】jué mì
極端機密的；必須絕對保密的。例：
～文件｜～消息。

【苦衷】kǔ zhōng
不願或不便告人的隱情。例：這件事
他不講就算了，他也是有～的。

【祕密】mì mì
與「公開」相對。有所隱蔽而不讓
人知道的。例：～文件｜～會議。注
意：也指祕密的事情。例：這是我們
兩個人的～，不要和別人說。

【難言之隱】nán yán zhī yǐn
難以說出的隱祕的事。例：他一言不
發，肯定有～。

【內幕】nèi mù
外界不清楚的、沒公開的內部情況。
多指一些醜惡的、見不得人的事。
例：幾十年過後，案件的～終於被揭
開。

【內情】nèi qíng
內部情況。例：他是個深知～的人，
他的意見很重要。

【鐵幕】tiě mù
指極為祕密的內幕。多用於大的問
題。例：前蘇聯解體的～，十幾年之
後才披露出來。

【隱祕】yǐn mì
不可告人的、祕密的事。例：他從不
願提起和她那一段～，你也就不要問
了吧。

牽連 qiān lián

【隱情】yǐn qíng
不願意告訴人的、隱蔽的事實或原因。例：面對別人的指責，他只能苦笑，有誰知道他的～呢？

【隱私】yǐn sī
不願意示人的個人的事。例：公民～權｜不要探聽別人的～。

【隱痛】yǐn tòng
不願意告訴人的、隱蔽在內心的痛苦。例：那是我內心的～，從不對外人講。

【真情】zhēn qíng
真實的情況。例：通過進一步調查，他逐漸了解了～。注意：也指真誠的情感。例：～流露｜～無價。

【真相】zhēn xiàng
事情的真實情況。例：～大白｜事實～。

【波及】bō jí
牽涉到；影響到。例：事件影響幾乎～全世界。

【城門失火，殃及池魚】
chéng mén shī huǒ，yāng jí chí yú
也說「池魚之禍」。殃：災禍。池：護城河。城門着了火，人們到護城河裏打水救火，水乾了，魚也就死了。比喻因牽連而遭受的災禍。例：你們打架，把我的茶杯摔破了，真是～。

【干涉】gān shè
關涉；關係。例：這件事與他毫無～。注意：也指對別人的事強行過問。例：這是我們的家事，不許任何人～。

【掛累】guà lěi
牽扯；累及到。例：沒想到這件事會～到你，我十分抱歉。

【掛連】guà lián
牽扯到；涉及到。例：好漢做事好漢當，為何平白～別人？

【關涉】guān shè
關係到；牽連到。例：此事～重大，須報請有關部門批准才能實施。

【累及】lěi jí
連累到。例：～無辜｜～全家。

【連累】 lián·lei
牽連使受損害。例：這件事讓您受了
～，實在對不起。

【牽扯】 qiān chě
有牽連；有聯繫。例：這件事很危
險，別把他～進去。

【牽連】 qiān lián
因某個人或某件事而使別的人或事受
到影響。例：這個案子～了很多人。
注意：也指有聯繫。例：這兩件事是
互相～的，必須一併處理。

【牽涉】 qiān shè
一件事關聯到別的人或事。例：處理
這件事～到許多政策問題，我們要研
究之後告訴你。

【涉及】 shè jí
牽涉到；關聯到。例：這件事～面很
廣，一定要慎重。

【涉嫌】 shè xián
有跟某件壞事有關的嫌疑。例：他因
～貪污，正在接受審查。

【株連】 zhū lián
連累。指一人有罪而牽連其他的人。
例：這起官員受賄案～甚廣。

【邊陲】 biān chuí
〈書〉邊境。例：他們駐守在～重鎮。

【邊地】 biān dì
邊遠的地區。多指邊疆地區。例：在
這偏遠～從事緝毒工作，一定要時刻
提高警惕。

【邊關】 biān guān
指邊境上的關口。常用來代指邊疆。
例：守衛～，保家衛國。

【邊疆】 biān jiāng
靠近國界的領土。例：熱愛～，保衛
～。

【邊界】 biān jiè
兩國或兩地之間的界線，如國界、省
界、縣界等。例：～爭端｜逾越～。

【邊境】 biān jìng
靠近國家或地區邊界的地方。同「邊
疆」，但在範圍上比邊疆小。例：～
線｜海關在～巡邏。

【邊塞】 biān sài
邊疆地區的要塞。例：～要地，必須
派重兵把守。

【國界】 guó jiè
劃分國家主權管轄空間的界線。在地
圖上表現為把相鄰國分開的界線。
例：偷渡～的行為是任何一個國家都
不允許的。

功勞 gōng láo

【國境】 guó jìng
國家的邊境。也指一個國家的領土範圍。例：邊防軍抓獲了一名偷越～的外國間諜。

【國門】 guó mén
國家的大門。比喻國境。例：官兵日夜守衛着～。注意：也指國都的城門。例：拒敵於～之外。

【疆界】 jiāng jiè
國家或地域的邊界。例：一般來說，兩個國家友好，～上也就平安無事。

【境】 jìng
疆界。例：非法入～｜過～旅客。

【境界】 jìng jiè
疆界；土地的界限。例：過了羅湖，就進入香港特區的～。注意：也指人或事物所達到的程度或表現的情況。例：思想～。

【大功】 dà gōng
大的功勞。例：這次救災，消防員立了～。

【豐功偉績】 fēng gōng wěi jì
偉大的功績。多用於偉人或羣體。例：這部史書記載了歷史人物的～。

【功臣】 gōng chén
指對某項事業有顯著貢獻的人。例：國家的～｜球隊的～。

【功德】 gōng dé
功勞和恩德。例：把錢捐給慈善機構，實在是～無量的事啊！

【功績】 gōng jì
功勞和成績。例：～卓著。

【功勞】 gōng láo
對國家和人民所做的貢獻。例：汗馬～。

【功勳】 gōng xūn
指對國家、人民所做出的重大貢獻。程度比「功績」重。例：立下不朽～。

【功勳卓著】 gōng xūn zhuó zhù
功勞很卓越、很顯著。例：他為國家立下不少汗馬功勞，可謂～。

【功業】 gōng yè
功勳事業。例：建立～。

勝利 shèng lì

【汗馬功勞】 hàn mǎ gōng láo
汗馬：騎馬作戰時馬跑出了汗。指戰爭中付出很多勞苦立下了戰功。現指在各行各業做出大的貢獻。例：本賽季，他為球隊立下了～。

【軍功】 jūn gōng
戰功；武功。例：～卓著。

【勞苦功高】 láo kǔ gōng gāo
出了大力，吃了大苦，立下了很大的功勞。例：他帶領公司走出困境，～。

【頭功】 tóu gōng
排在第一的功勞。例：在奧運會上他立了～，獲得了第一塊金牌。

【業績】 yè jì
功勞和成就。例：英雄～永存。

【戰功】 zhàn gōng
同「軍功」。例：～顯赫。

【百戰百勝】 bǎi zhàn bǎi shèng
多次打仗，多次勝利。例：知己知彼，～。

【出奇制勝】 chū qí zhì shèng
用奇兵或奇計戰勝敵人。例：我們隊～，終取得冠軍。

【大獲全勝】 dà huò quán shèng
取得了完全的勝利。例：陸運會上，我們班～。

【大捷】 dà jié
戰爭或比賽中的大勝利。例：我們班在班際足球比賽中取得～。

【獲勝】 huò shèng
取得勝利。例：我校籃球隊在中學生聯賽中～。

【捷報頻傳】 jié bào pín chuán
勝利的消息一個接一個地傳來。例：開賽以來，～。

【凱旋】 kǎi xuán
得勝後歸來。例：許多球迷自發地到機場歡迎～的體育運動員。

【克敵制勝】 kè dí zhì shèng
打敗敵人，取得勝利。例：要想～，必須知己知彼，巧用策略。

【馬到成功】 mǎ dào chéng gōng
戰馬一到就取得了勝利。形容迅速地

取得成功。例：有他帶隊，一定會～的。

【旗開得勝】 qí kāi dé shèng

旗幟一展開就取得了勝利。指事情一開始就獲得成功。例：奧運會第一天我們就～，得了三塊金牌。

【取勝】 qǔ shèng

指取得勝利。例：只要大家團結一致，我們就一定能夠～。

【勝】 shèng

與「敗」相對。勝利。例：戰～敵人。

【勝利】 shèng lì

與「失敗」相對。在鬥爭或競賽中打敗對方。例：由於戰術得當，這場比賽紅方獲得了～。注意：也指工作達到預期目的。例：～完成任務。

【雙贏】 shuāng yíng

雙方都達到了自己的預期目的。例：這次談判取得了～的結果。

【穩操勝券】 wěn cāo shèng quàn

操：拿。指有十足把握取得勝利。例：本來以為是～了，沒想到，對方趁我們鬆懈又攻進一球，結果雙方2：2戰平。

【無往而不勝】

wú wǎng ér bú shèng

也作「無往而不利」。無論到哪裏都沒有不勝利的。例：有正確的策略，有顧客的支持，我們的事業就會～。

【贏】 yíng

與「輸」相對。勝。例：比賽結果是平局，誰也沒～。

【戰勝】 zhàn shèng

通過戰鬥或努力取得勝利。例：～對手｜～自己｜～困難。

【戰無不勝】 zhàn wú bú shèng

只要戰鬥就沒有不勝利的。例：戰爭總有失敗的可能，世上哪有甚麼～的將軍？

失敗 shī bài

【敗】 bài
與「勝」相對。在戰爭或競賽中失敗。例：～軍之將｜一～塗地。

【敗北】 bài běi
北的原義是兩人相背。原指軍隊打敗仗背向敵人逃跑。後泛指在戰爭或競賽中失敗。例：這次～的原因，全在主教練的戰術運用不當。

【敗績】 bài jì
〈書〉原指在戰爭中大敗，現多指在比賽或競爭中失敗。例：屢遭～。

【敗局】 bài jú
失敗的局面。例：～已定｜正是因為輕敵，才導致今日的～。

【敗亡】 bài wáng
失敗滅亡。程度比「敗北」、「敗績」重。例：只有奮起抗戰，才能挽救民族的～。

【敗陣】 bài zhèn
在陣地戰中失敗。例：～而逃。

【崩潰】 bēng kuì
（軍隊、政治、軍事）完全破壞，徹底垮台。程度比「垮台」重。例：在我隊強大的攻勢下，對手的防線徹底～了。

【慘敗】 cǎn bài
損失慘重的失敗。例：這次～，教訓十分沉痛，我們要很好地檢討。

【挫敗】 cuò bài
受挫折而失敗。例：由於準備不足，他首場比賽就遭到～。注意：也指擊敗對方。例：只要大家齊心協力，就一定能～對手。

【負】 fù
與「勝」相對。失敗。例：她苦戰三局，最後以 1：2 ～於對手。

【覆滅】 fù miè
全部被消滅；覆沒。例：不管歹徒怎樣掙扎，都難逃～的下場。

【覆沒】 fù mò
原義為船翻沉。比喻徹底失敗，全被俘虜或消滅。例：全軍～。

【覆亡】 fù wáng
覆滅；滅亡。例：多行不義必自斃，這個犯罪組織的～是必然的。

【功虧一簣】 gōng kuī yí kuì
虧：欠、差。簣：盛土的筐。堆九仞高的土山，只差一筐土而不能堆成。比喻事情因最後鬆懈或缺少條件而沒有成功。例：這次試驗因停電而～，實在是太可惜了。

【擊敗】 jī bài
打敗。例：～對手｜～敵人。

【垮】 kuǎ
原指倒塌；坍下來。比喻慘敗。例：對手被打～了。

【垮台】 kuǎ tái
比喻（政權或集團）瓦解、失敗。
例：公司組建不到三年就～了，主要
原因是經營管理不善。

【潰敗】 kuì bài
軍隊被打得潰散失敗。例：如此～，
完全是因為我們過於輕敵。

【潰不成軍】 kuì bù chéng jūn
軍隊被打得散亂不成隊伍。程度比
「潰敗」重。例：對手～，大敗而回。

【淪亡】 lún wáng
（領土）喪失；（國家）滅亡。例：國
家～，百姓陷於水深火熱之中。

【落敗】 luò bài
歸於失敗。例：他雖經苦戰，最後還
是因為實力不濟而～。

【滅亡】 miè wáng
（國家、民族等）不復存在。例：國
家～。

【失敗】 shī bài
與「勝利」相對。在鬥爭或比賽中被
對方擊敗。例：～是成功之母。

【失利】 shī lì
在戰爭或比賽中輸了。一般指戰事或
賽事尚未完全結束。例：這次比賽
～，是因為球員們心理壓力太大，又
缺乏國際大賽的經驗。

【輸】 shū
與「贏」相對。在較量中失敗。例：
勝敗乃兵家常事，～了不必垂頭喪
氣！

【土崩瓦解】 tǔ bēng wǎ jiě
比喻崩潰，徹底垮台。多形容大規
模、大面積的失敗。例：販毒集團在
警方大力打擊下，終於～。

【亡】 wáng
滅亡；敗亡。例：國破家～。

【一敗塗地】 yí bài tú dì
失敗到不可收拾的地步。例：你落得
個～的下場，全是因為你太輕敵。

【戰敗】 zhàn bài
在戰爭或比賽中失敗。例：紅方～，
主要是由於體力不足。

【折戟沉沙】 zhé jǐ chén shā
戟：古代的一種兵器。戟折斷了，埋
在沙裏。形容慘重的失敗。例：想不
到我們首場比賽就～，大敗給對手。

保護 bǎo hù

【愛護】 ài hù
愛惜並保護。例：～公物｜～名譽｜～小樹苗。

【包庇】 bāo bì
袒護或掩護（壞人、壞事）。含貶義。例：互相～｜～貪污犯。

【保藏】 bǎo cáng
把東西藏起來以免遺失或損壞。含用藏起來的辦法加以保護義。例：這張收條應該～起來。

【保持】 bǎo chí
維持（原有狀態），使不消失或減弱。例：只要～鬥志，下一場我們還會贏的。

【保存】 bǎo cún
使事物或事物的屬性繼續存在，不受損失或不發生變化。與「保藏」比，「保存」沒有「藏」的含義。例：～實力｜～體力｜～物品。

【保管】 bǎo guǎn
保存和管理。例：～圖書｜～物品。

【保護】 bǎo hù
保護或照管，使不受損害。例：～合法權益｜～視力。

【保駕】 bǎo jià
舊指保衛皇帝。現泛指保護某人或某事物。多用於開玩笑。例：有校長～，你們只管大膽試驗就是了。

【保全】 bǎo quán
保住使不缺失或不受損害。常用於抽象事物。例：～名譽｜～好資料。

【保衛】 bǎo wèi
保護守衛，使免遭侵犯，維護安全。例：～家園｜～人身安全。

【保養】 bǎo yǎng
保護調養；保護修理。多指保護好身體健康，例：～身體。注意：也指保護修理好機器等。例：機器～得好，可以延長使用年限。

【保障】 bǎo zhàng
保護生命、財產、權利等，使不受侵犯和損壞。例：～人身安全。注意：也指起保障作用的事物。例：有了這些法律規定，我們受教育的權利就有了～。

【庇護】 bì hù
包庇；袒護。「包庇」只用於壞人或壞事，而「庇護」應用要寬泛得多。例：你這樣～他，只會害了他，令他不知悔改。

【防護】 fáng hù
防備保護。例：～林｜森林對水土流失可以起到～作用｜。

【拱衛】 gǒng wèi
環繞在周圍保衛着。例：明星出訪，都有保鏢～。

【捍衛】 hàn wèi
保衛。多指用武力保護。例：誓死～我們的尊嚴。

【護短】 hù duǎn
偏袒自己或親人、親信的短處，為他們的缺點或過失辯護。例：當媽媽的能夠不～，指出兒子的錯誤，實在是難能可貴。

【護理】 hù lǐ
（醫務人員對患者或老人）看護料理。例：～病人｜老人年紀大了，需要專人～。

【護衛】 hù wèi
保護；保衛。例：～隊走在最前面。

【護養】 hù yǎng
護理保養。例：～好自己的頭髮｜老人精心地～受傷的小貓。

【監護】 jiān hù
法律上指對未成年人、精神病人等無行為能力人或限制分為能力人的人身、財產以及其他一切合法權益的監督和保護。例：她是孩子的～人。注意：也指仔細觀察並護理。例：～病人。

【警備】 jǐng bèi
警戒防備。例：～森嚴｜～司令部。

【警戒】 jǐng jiè
為防備敵人的襲擊而採取保障措施。例：因為有一個外國代表團來訪，警方加強了～。注意：也指告誡人使注意改正錯誤。例：以此～其他人員。

【警衛】 jǐng wèi
用武裝力量實行警戒。例：節日期間，有關部門加強了～。注意：也指執行警衛任務的人。例：大門口站着兩個～。

【看護】 kān hù
照顧護理。例：～病人｜～年老的父母。

【偏護】 piān hù
偏向；袒護。例：裁判～主隊的行為，激起了全場觀眾的不滿。

【偏袒】 piān tǎn
袒護雙方中的一方。程度比「偏護」重。例：法庭應該秉公辦案，不可～任何一方。

【守護】 shǒu hù
看守保護。例：媽媽日夜～在生病的弟弟身旁。

【守衛】 shǒu wèi
防守保衛。比「守護」更強調警戒的含義。例：海軍日夜～着海島。

【袒護】 tǎn hù
偏袒庇護。例：你這樣～他的錯誤，等於是在害他。

投降 tóu xiáng

【維護】 wéi hù
使免於遭受破壞，維持保護。例：～
公共秩序｜～治安。

【掩護】 yǎn hù
採取某種方式暗中保護。例：互相
～。

【養護】 yǎng hù
保養修理，使機器或建築物等保持良
好狀態。例：學校加強設備的·工
作。

【俯首稱臣】 fǔ shǒu chēng chén
低下頭甘為臣下，表示屈服、投降。
例：想讓他向你們～，那簡直是做
夢。

【歸附】 guī fù
〈書〉原本不屬於這一方面的力量，
最後投到這一方面來。例：政府施政
得當，使民心～。

【繳械】 jiǎo xiè
迫使敵人交出武器。有時引申用於雙
方較量時向對方認輸。例：連下三局
棋，他都輸了，只好～投降。

【棄暗投明】 qì àn tóu míng
離開黑暗一方，投向光明一方。例：
他～，協助警方把罪犯緝拿歸案。

【屈服】 qū fú
妥協讓步，放棄反抗。例：我絕不會
～於任何外來壓力而放棄原則。

【屈膝】 qū xī
下跪。比喻屈服。例：～投降｜卑躬
～。

【投誠】 tóu chéng
向另一方歸附。程度比「歸附」重。
例：在我軍強大攻勢下，敵軍認識到
他們大勢已去，紛紛～。

【投降】 tóu xiáng
停止對抗，屈服並承認失敗。例：士
兵奮戰到底，決不～。

戰鬥 zhàn dòu

【降服】 xiáng fú
(使對方)投降、屈服。例:《西遊記》中的孫悟空,在西天取經的路途中,～了許多妖魔鬼怪。

【詐降】 zhà xiáng
以欺騙的方式假意向對方投降。例:我方及時識破了敵人的～手段,將計就計,將敵人一網打盡。

【衝鋒陷陣】 chōng fēng xiàn zhèn
陷:深入;攻破。衝入敵陣,勇敢戰鬥。例:士兵們在戰場上～,奮勇抗敵。

【惡戰】 è zhàn
兇狠的、殘酷的戰鬥。例:兩支球隊實力相當,將會是一場～。

【烽火連天】 fēng huǒ lián tiān
也說「炮火連天」。形容戰火燒遍各地。例:這部戰爭紀錄片把當時～的情景呈現在觀眾眼前。

【會戰】 huì zhàn
戰爭雙方主力在一定地區和時間內進行決戰。例:決賽隊伍～香港大球場,必有一番龍爭虎鬥。注意:也指集中有關力量突擊完成某項任務。例:石油～。

【混戰】 hùn zhàn
目標不明、沒有規律的戰爭、戰鬥。例:雙方～了三天三夜,還沒有分出勝負。

【激戰】 jī zhàn
激烈的戰鬥。例:球員全力爭勝,與對手展開～。

【決戰】 jué zhàn
敵對雙方進行的決定性的戰鬥或戰役。例:～前夜,球員難掩興奮之情。

【南征北戰】 nán zhēng běi zhàn
形容轉戰各地，經歷了許多戰鬥。
例：老將軍～，為國家立下了赫赫戰
功。

【死戰】 sǐ zhàn
決定生死存亡的戰鬥或戰爭。例：決
一～。

【血戰】 xuè zhàn
指非常激烈的戰鬥。例：～到底。

【浴血奮戰】 yù xuè fèn zhàn
人像血洗的一樣，還在奮勇地堅持戰
鬥。例：戰士們～，終於取得了最後
的勝利。

【戰鬥】 zhàn dòu
泛指敵對雙方所進行的規模有限的武
裝衝突。例：我們不怕困難和挫折，
堅持～下去。

【戰火】 zhàn huǒ
指戰爭或戰事。強調其破壞作用或帶
來的災難。例：～紛飛 ｜～洗禮。

【戰事】 zhàn shì
戰爭以及與戰爭有關的各種活動。泛
指戰爭。例：中東地區～不斷。

【戰役】 zhàn yì
指為達到一定的戰略目的，按統一的
計劃部署，在一定方向和時間內進行
的系列戰鬥的總和。例：遼瀋～。

【戰雲】 zhàn yún
比喻戰爭的氣氛。例：海灣地區～密
佈，戰爭似乎一觸即發。

【戰爭】 zhàn zhēng
國與國或集團與集團之間的大規模武
裝衝突。例：抗日～ ｜侵略～。

案件 àn jiàn

【案件】 àn jiàn
有關訴訟和違法的事件。例：～發生後，警方迅速行動起來。

【案卷】 àn juàn
案子的檔案材料。例：這個案子的～疊起來有三尺高。注意：也指其他機關、企業保存備查的文件材料。例：～分類｜～保存。

【案例】 àn lì
某類案件的例子。例：～分析｜這個～告訴我們，他的盜竊是從小偷小摸開始的。

【案情】 àn qíng
案件的情節。例：～已經真相大白。

【案子】 àn·zi
案件。例：律師接了這個～。

【敗訴】 bài sù
訴訟中當事人的一方受到不利的判決。例：幾經周折，他最後還是～了。

【大案】 dà àn
超出一般的重要的案件。例：這樁～轟動了全港。

【斷案】 duàn àn
審判訴訟案件。例：秉公～｜包公～。

【翻案】 fān àn
指推翻原定的判決。泛指推翻原來的處分、評價等。例：這件事早有定論，想～是不可能的。

【犯案】 fàn àn
指作案後被警方發覺。例：鄰居小毛～了，半夜被警方帶走了。

【犯法】 fàn fǎ
違犯法律、法令。例：我們要做一個守法公民，～的事決不能做。

【犯罪】 fàn zuì
做出犯法的、有罪過應受處罰的事。例：警察及時趕到，～者一個也沒有逃脫。

【命案】 mìng àn
殺人的案件。例：對這樁～一定要加緊偵破。

【判決】 pàn jué
法院對審理結束的案件做出決定。例：小明最後得到的～是入獄監禁三年。

【判刑】 pàn xíng
法院根據法律對犯罪的人判處刑罰。例：他因盜竊罪被～了。

【判罪】 pàn zuì
法院根據法律給犯罪的人定罪。例：小明因搶劫財物被～入獄。

【奇案】　qí àn
特殊的、罕見而離奇的案子。例：這是一個近十年以來最難偵破的～。

【起訴】　qǐ sù
向法院提起訴訟。例：他因為欠債不還而被～了。

【竊案】　qiè àn
盜竊案。例：～發生不久，就被警方偵破了。

【上訴】　shàng sù
訴訟當事人不服一審判決或裁定，按照法律程序向上一級法院請求改判。例：當事人對罪行供認不諱，表示不再～。

【審判】　shěn pàn
審理判決（案件）。例：～開始了，法庭上鴉雀無聲。

【審問】　shěn wèn
執法人員或法官向民事案件中的當事人或刑事案件中的自訴人、被告人查問有關案件的事實。例：警察對案件進行了詳細的～。

【審訊】　shěn xùn
同「審問」。例：接受～｜～記錄。

【勝訴】　shèng sù
訴訟中當事人的一方受到有利的判決。例：經過律師的辯護，他終於在二審中～了。

【訴訟】　sù sòng
檢察機關、法院及民事案件中的當事人、刑事案件中的自訴人解決案件時所進行的活動。例：這場～長達三年之久，現在總算有結果了。

【投案】　tóu àn
犯法的人主動到警察局交代自己的作案經過，聽候處理。例：他向警方～時被捕。

【違法】　wéi fǎ
同「犯法」。例：～犯罪。

【宣判】　xuān pàn
法院向當事人宣佈案件的判決。例：法官當庭～，殺人犯被判處終身監禁。

【懸案】　xuán àn
沒有解決的案件。例：這是一個擱置多年的～，警方至今仍掌握不到破案關鍵。注意：也泛指沒有解決的問題。例：那筆錢究竟是從哪裏寄到敬老院的，已經無從查考，只能是個～了。

【血案】　xuè àn
兇殺案件。例：～發生在凌晨，警察迅速到達現場。

【要案】　yào àn
重要的、影響大的案件。例：上級有指示，這種～要迅速偵破。

捕捉 bǔ zhuō

【冤案】 yuān àn
錯判或給人妄加罪名、使人受冤屈的案件。例：～得以平反。

【冤獄】 yuān yù
一般指積壓很久的、冤屈的案件。例：平反～。

【終審】 zhōng shěn
法院對案件的最終審結。例：這已經是～判決了，你還起訴甚麼？

【專案】 zhuān àn
專門處理的案件。例：這是一個涉及全國的大案要案，一定要設立～小組進行偵破。

【捕處】 bǔ chǔ
逮捕並懲處。例：對這種嚴重擾亂社會治安的罪犯，必須加以～。

【捕獲】 bǔ huò
抓到；捉住。例：販毒者一個也沒有漏網，全被～了。

【捕拿】 bǔ ná
捉拿。例：～罪犯。

【捕捉】 bǔ zhuō
抓；捉；逮。應用範圍比「捕拿」寬些。例：只要～到一點兒蛛絲馬跡，案子就有了新進展。

【逮捕】 dài bǔ
捉拿罪犯。例：那個壞人被依法～了。

【緝捕】 jī bǔ
緝拿。例：～行動定在凌晨兩點，希望出其不意捉拿罪犯。

【緝拿】 jī ná
四處搜捕捉拿（罪犯）。例：～歸案｜～要犯。

【拘捕】 jū bǔ
逮捕。例：警方～了犯罪嫌疑人陳某。

【拿獲】 ná huò
捉住（犯罪嫌疑人）。例：毒販在進行交易時，被警方當場～。

懲罰 chéng fá

【擒】 qín
捉拿。例：他單槍匹馬～住了罪犯。

【擒拿】 qín ná
泛指捉拿。例：～案犯是當務之急。

【搜捕】 sōu bǔ
搜查與案件有關的地方並逮捕有關的人。例：～逃犯。

【通緝】 tōng jī
警方或司法機關通令各地搜捕逃犯。例：～逃犯｜～令。

【抓】 zhuā
捉拿；捕捉。例：鄰居王叔叔因為盜竊罪被～起來了。

【抓捕】 zhuā bǔ
抓獲；逮捕。例：～犯人｜～兇手。

【追捕】 zhuī bǔ
追趕捉拿。例：警察～逃犯，已經三天三夜沒合眼了。

【捉拿】 zhuō ná
捉（犯人）。例：～歸案｜～兇手。

【懲辦】 chéng bàn
處罰（違法犯罪）。例：他做了傷天害理的事，受到了～。

【懲處】 chéng chǔ
處罰。程度比「懲辦」輕，有時不一定觸犯法律。例：他的行為帶來嚴重後果，必須依法～。

【懲罰】 chéng fá
處罰。例：他觸犯校規，受到了老師的～。

【懲戒】 chéng jiè
通過處罰來警戒。例：這種嚴厲的～，起到了殺一儆百的作用。

【懲治】 chéng zhì
同「懲辦」。例：依法～｜～罪犯。

【處罰】 chǔ fá
對犯錯誤或犯罪的人加以懲治。例：因交通肇事而逃逸者，理應受到更嚴厲的～。

【處分】 chǔ fèn
對犯罪或犯錯誤的人按情節輕重作出處罰決定。例：他疏忽職守，造成學校財物的嚴重損失，理應受到應有的紀律～。

【處治】 chǔ zhì
對犯錯誤或犯罪的人進行處分和懲治。例：對於這些參與毆鬥者必須嚴加～。

【罰】 fá
按所犯錯誤的性質、程度等給予相應的處分、處罰。多用於罰款、罰物或體罰方面。例：他玩遊戲輸了，大家～他原地轉五圈。

【罰不當罪】 fá bù dāng zuì
處罰和所犯的罪行不相當。多指處罰過重。例：被告認為法庭對自己的判決～，表示保留繼續上訴的權利。

【罰沒】 fá mò
處罰並沒收非法所得的財物。例：他違法經營受到了政府部門的～。

【法辦】 fǎ bàn
依法懲辦。例：那羣流氓終於受到～，真是大快人心。

【記過】 jì guò
處分的一種，記入檔案。例：因為他在校園跟人打架，受到了～處分。

【警告】 jǐng gào
處分的一種。例：他間接導致這起事故發生，也受到了～處分。注意：也指提醒、告誡。例：老師～他再也不許欺侮同學。

【判】 pàn
判決。例：他被～監禁三年。注意：也指分開、分辨、評定。例：～明真假。

【判處】 pàn chǔ
判決處以何種處罰。例：他的上訴被駁回了，因為當地法院的～是合理的。

【判罰】 pàn fá
根據有關規定加以處罰。例：對這種捕殺受保護野生動物的行為，一定要加大～的力度。

【判刑】 pàn xíng
法院依據法律對觸犯法律的人定罪。例：那個壞人因非禮罪而被～了。

【判罪】 pàn zuì
同「判刑」。例：他因搶劫財物被～入獄。

【嚴辦】 yán bàn
嚴厲懲辦。例：對這種屢教不改的罪犯，必須依法～。

【嚴懲】 yán chéng
嚴厲懲罰。例：他因為拒不認罪，最後受到了法律的～。

【嚴懲不貸】 yán chéng bú dài
貸：寬恕。嚴厲處罰而不寬恕。例：對敢於以身試法者，必須～。

【嚴打】 yán dǎ
依法對某一時期某一種犯罪行為實施嚴厲打擊。例：最近海關人員～走私活動。

盜竊 dào qiè

【責罰】 zé fá

責備；處罰。例：對於這樣的胡作非為，僅僅給以～是不夠的，還要追究他的法律責任。

【重辦】 zhòng bàn

嚴厲地處罰或加重處罰。例：這個犯罪集團對社會危害十分嚴重，必須依法～。

【重責】 zhòng zé

加重責備和處罰。例：這種行為必須受到～，不然風氣很難好轉。

【盜】 dào

偷。例：爸爸公司的保險櫃被～了。

【盜劫】 dào jié

盜竊掠奪。多指用武力強行竊取。例：殖民者大肆～殖民國家的資源。

【盜賣】 dào mài

盜竊並出賣。例：～文物｜～國家機密。

【盜取】 dào qǔ

以偷盜的手段取得。例：～經濟情報｜～機密材料。

【盜用】 dào yòng

非法使用公家或別人的財務。例：～公款。注意：也指非法使用別人的名義等。例：～他人名義。

【盜賊】 dào zéi

搶劫並偷竊的人。例：爺爺說他小時候，～蜂起，災禍連年，一點兒也不像現在這樣太平。

【飛賊】 fēi zéi

形容手腳靈便能飛簷走壁偷東西的人。例：門戶鎖得好好的他怎麼跑的？難道他真是個～？

【慣盜】 guàn dào

常年靠盜竊為生的人。例：看他平時老老實實，沒想到卻是個～啊！

【慣竊】 guàn qiè
同「慣盜」。例：那個小偷是一名～。

【家賊】 jiā zéi
指偷盜自家財物的人。例：～難防。

【監守自盜】 jiān shǒu zì dào
盜竊自己所看管的財物。例：這種～的行為，理應受到更嚴厲的懲處。

【扒手】 pá shǒu
從別人身上偷盜財物的小偷。例：上下車的時候人多，一定要小心～。

【剽竊】 piāo qiè
抄襲竊取（別人的著作）。例：這種～行為，嚴重侵犯了他人的著作權。

【剽取】 piāo qǔ
以剽竊手段取得。例：～別人的東西是不道德的行為。

【剽襲】 piāo xí
剽竊；抄襲。例：他的這篇論文完全是～別人的。

【竊國大盜】 qiè guó dà dào
篡奪國家政權的大強盜。例：這個～在國人的唾罵聲中死去了。

【竊取】 qiè qǔ
以偷盜的手段取得。例：這種～對方經濟情報的案件越來越多了。

【竊賊】 qiè zéi
偷東西的人，比小偷小摸要嚴重。例：一夥～撬門入室，結果被埋伏的警察逮個正着。

【偷】 tōu
私下拿走別人的東西，據為己有。例：～東西。

【偷盜】 tōu dào
偷竊。例：他因為～行為而被判了刑。

【偷竊】 tōu qiè
盜竊。例：～的行為是可恥的。

【文賊】 wén zéi
剽竊別人文章的人。例：你大段抄襲別人的文字，不是成了～嗎？

【小偷】 xiǎo tōu
偷東西的人。例：抓～。

【小偷小摸】 xiǎo tōu xiǎo mō
指較為輕微的盜竊行為。例：他小時候就有～的毛病，父母沒有及時管教，以致他今天成了搶劫犯。

關押 guān yā

【關押】 guān yā
依法把罪犯關起來。例：把他～起來，聽候處理。

【管制】 guǎn zhì
強ης性管理。例：～犯人 | 燈火～。

【監禁】 jiān jìn
依法把人關起來。例：終身～。

【禁閉】 jìn bì
把犯了錯誤的人短時期關起來作為處罰，讓他反省錯誤。例：他因為違抗命令而被關了～。

【禁錮】 jìn gù
關押；監禁。有時也比喻思想受到束縛。例：～犯人 | 思想～ | 突破～。

【拘禁】 jū jìn
依法暫時關押犯罪嫌疑人。例：先把他～起來，待問題查清後再作處置。

【拘留】 jū liú
警方依法對需要受審查的人實行扣押。例：～所 | ～室。

【看押】 kān yā
依法臨時拘押。例：把搶劫犯全給～起來。

【囚禁】 qiú jìn
依法把人關在監獄裏。例：這個重犯被～起來，等待定罪。

【軟禁】 ruǎn jìn
不監禁，但監視起來，只許在指定的範圍內活動。例：張學良將軍被蔣介石～了半個世紀之久。

【收監】 shōu jiān
把罪犯關進監牢。例：他還沒明白個中緣由，已是不由分說被～了。

【押】 yā
暫時把人扣留，不准隨便行動。例：把他～下去 | 聽說他暫時～在第一看守所。

牢房 láo fáng

【班房】 bān fáng
〈口〉監獄或拘留所。例：坐～｜蹲
～。注意：粵語也表示課室。例：這
是我們班的～。

【監牢】 jiān láo
同「牢獄」。例：那個搶劫犯被關進
～。

【監獄】 jiān yù
指監禁犯人的地方。例：進～｜女子
～。

【看守所】 kān shǒu suǒ
監禁被判刑前的犯罪嫌疑人的場所。
例：小明已經進了～，很快就要判刑
了。

【牢房】 láo fáng
監獄裏關押犯人的房間。例：～裏的
窗戶很小，所以光線很弱。

【牢獄】 láo yù
監獄。例：～之災｜～之苦。

【囚牢】 qiú láo
舊時指囚禁犯人的處所，現泛指監
牢、監獄。例：這個罪犯死不悔改，
最後被關進～裏。

【囚室】 qiú shì
囚禁犯人的牢房。例：他將在～裏度
過下半生。

【鐵窗】 tiě chuāng
安上鐵柵欄的窗戶，借指監牢。例：
八年～生涯他沒有虛度，利用空餘時
間寫成了一部長篇小說。

【獄】 yù
監獄。例：入～｜蹲大～。

搶劫 qiǎng jié

【打家劫舍】 dǎ jiā jié shè
指成羣結夥公開搶奪人家財物的行
為。例：這裏鮮有～的土匪，市民生
活尚算安定。

【打劫】 dǎ jié
搶奪（財物）。例：趁火～。

【奪取】 duó qǔ
搶奪，用暴力取對。例：～政權｜～
財物｜，有利地形，

【豪奪】 háo duó
用強力奪取。例：巧取～。

【劫】 jié
強搶；搶奪。例：警方連夜出擊，一
舉抓獲了那些～匪。

【劫奪】 jié duó
用暴力掠奪。例：運送的糧食被敵人
～了大半。

【劫掠】 jié lüè
搶劫掠奪。程度比「劫奪」重。例：
匪徒～銀行，得手後慌忙逃離現場。

【劫取】 jié qǔ
用強力或手段取得。例：敵人的情報
被我方～了。

【攔劫】 lán jié
攔住去路進行搶奪。例：他遭到匪徒
～，身上的財物全被劫走了。

【攔路搶劫】 lán lù qiǎng jié
攔住去路，用暴力奪取別人的財物。
例：那個人～不成，反被警察拘捕
了。

【掠奪】 lüè duó
搶劫；奪取。多用於較大方面、較大
程度的搶劫。例：日本侵佔中國東北
時，～去了大量的木材、煤炭和礦
產。

【掠取】 lüè qǔ
奪取；搶奪。應用範圍較廣。例：～
錢財｜～資源｜～情報。

【明搶暗奪】 míng qiǎng àn duó
比喻種種公開的和隱蔽的搶奪。例：
他欺行霸市，～，無惡不作，終於被
繩之以法了。

【搶奪】 qiǎng duó
把別人的東西強取過來。應用範圍比
「搶劫」要廣。例：～制高點｜今天
上體育課，同學玩了一個～皮球的遊
戲，既緊張又有趣。

【搶劫】 qiǎng jié
用暴力把別人的財物奪去，據為己
有。例：攔路～｜～財物。

【巧取豪奪】 qiǎo qǔ háo duó
用欺詐的手段或強力搶取。例：古代
的一些貪官污吏～，為非作歹，以致
官逼民反。

罪惡 zuì è

【洗劫】 xǐ jié
把財物搶光。多指入室搶劫。例：張老師家被～一空，警方正在偵查。

【行搶】 xíng qiǎng
進行搶奪。例：警方抓住了一伙攔路～的壞人。

【惡貫滿盈】 è guàn mǎn yíng
貫：穿錢的繩子。盈：滿。罪惡極多，像用繩子穿錢一樣，已經穿滿了一根繩子。後用以指罪大惡極，已到末日。例：這個～的壞人，終於被處以極刑。

【彌天大罪】 mí tiān dà zuì
彌：滿。天大的罪惡。形容罪過極大。例：年輕時不接受教育，日後犯下～時，後悔就來不及了。

【罄竹難書】 qìng zhú nán shū
罄：盡。竹：古代寫字的竹簡。形容罪行纍纍，寫也寫不完。例：這個人殺人放火，無惡不作，罪行真是～。

【十惡不赦】 shí è bú shè
十惡：古代刑罰規定的不可赦免的十種重大罪名。赦：赦免。形容罪惡極深重，不可赦免。例：這些歹徒，罪行纍纍，～。

【死有餘辜】 sǐ yǒu yú gū
辜：罪。處死也抵不過他犯的罪過。形容罪惡極大。例：罪有應得，～。

【滔天大罪】 tāo tiān dà zuì
天大的罪惡。例：他貪圖一時方便，導致多人傷亡，犯下如此～，不嚴懲不足以平民憤。

【天怨人怒】 tiān yuàn rén nù
形容惡劣的人或事引起羣眾普遍公

憤。例：這個犯罪集團作惡多端，早已是～，罪不容誅。

【萬惡】 wàn è

罪惡多端；極為惡毒。例：～的殺人犯被處以極刑。

【無惡不作】 wú è bú zuò

做盡壞事。例：那個人～，早晚會有報應的。

【罪不容誅】 zuì bù róng zhū

誅：殺。罪大惡極，處死都無法抵償。例：他殺人的手段令人髮指，簡直是～。

【罪大惡極】 zuì dà è jí

罪惡大到極點。例：那個～的犯罪集團頭目，已經被緝拿歸案，等候審訊了。

【罪惡】 zuì è

嚴重損害他人和公眾利益的行為。例：～滔天｜～纍纍。

【罪惡滔天】 zuì è tāo tiān

罪惡極大。例：這個人～，希望警方早日將他緝拿歸案。

【罪惡昭彰】 zuì è zhāo zhāng

昭彰：明顯。罪惡很明顯，人人都知道。例：這個犯罪集團～，今天被繩之以法，真是大快人心！

【罪該萬死】 zuì gāi wàn sǐ

形容罪惡極大，處一萬次死刑都不足以平民憤。例：這個人真是～，判處終身監禁實在便宜他了。

【罪過】 zuì·guo

罪惡；過失。例：我的～不可饒恕，願意接受法律的嚴懲。注意：也指不敢當。用作謙詞。例：星期天來打擾，～，～。

【罪孽】 zuì niè

原為一種迷信說法，認為應受到報應的罪惡。現泛指罪惡。例：～深重｜犯下～。

【罪愆】 zuì qiān

罪過；過失。例：他知道是自己的～，所以主動承擔了責任。

【罪行】 zuì xíng

犯罪的行為。例：～纍纍｜～深重。

運輸 yùn shū

【搬運】 bān yùn
把東西從一處運到另一處。例：爸爸的工作就是從車上往下～貨物。

【海運】 hǎi yùn
從海上用輪船運送物資或人。例：～的成本比空運低得多。

【貨運】 huò yùn
運輸部門運送貨物的業務。例：現在高速公路已經四通八達，～方便多了。

【客運】 kè yùn
運輸部門運送旅客的業務。例：增加車次，緩和～緊張狀況。

【空運】 kōng yùn
用飛機運送物資或人。例：～救援物資到災區｜～旅客遠比不上鐵路運送的旅客多。

【起運】 qǐ yùn
開始運送。例：那批物資從凌晨就開始～了。

【輸送】 shū sòng
運送。例：～木材。注意：也用來比喻培養提供。例：為國家～人才。

【水運】 shuǐ yùn
從水路運送物資或人。例：從香港到上海，～還是要便宜一些。

【運輸】 yùn shū
用交通工具把人或物資從一地送到另一地。例：用船～貨物可以降低運費｜本地～行業發展蓬勃。

【運送】 yùn sòng
把人或物送到別處。例：火車正在～救災物資。

【運載】 yùn zài
裝載；運送。例：～工具｜～貨物。

路 lù

【便道】 biàn dào
近便的小路。例：從這兒到那裏有一條～。注意：也指馬路兩邊的人行道。例：人行～。

【岔道】 chà dào
分岔的道路。例：去體育館的～很多。

【大道】 dà dào
比較寬闊的路。常用來比喻前景光明。例：林蔭～｜光明～。

【道路】 dào lù
地面上供人或車馬通行的部分。也指兩地之間的通道，包括陸地的和水上的。例：幾年沒來，這條～好走多了。

【高速公路】 gāo sù gōng lù
供汽車高速行駛的公路。例：有了～，交通更方便了。

【公路】 gōng lù
市區以外寬闊平坦的路。例：高速～。

【軌道】 guǐ dào
用鋼軌鋪成的供火車、電車行駛的路。例：列車～轉彎的地方，都是一面高一面低。注意：也指物體運動的路線或應遵循的規則。例：衛星進入預定～。

【過道】 guò dào
房子與房子、院子與院子或房子與大門之間的走道。也指房子內部大門通向各房間的走道。例：～兩邊種了些花草，十分雅致。

【旱路】 hàn lù
陸地上的交通路線。例：從香港到澳門，走～要繞遠吧？

【胡同】 hú tòng
巷；小街道。例：穿～｜北京的～有數千條。

【街道】 jiē dào
城鎮中旁邊有房屋的比較寬闊的道路。例：～兩邊是非常整潔的樓房。

【捷徑】 jié jìng
近路。例：你可以走～到學校。注意：常比喻能較快達到目的的手段。例：學習沒有～可走，必須老老實實地下功夫和努力才行。

【徑】 jìng
狹窄的道路。例：曲～通幽。注意：也比喻達到目的的方法。例：捷～｜獨闢蹊～。

【絕路】 jué lù
走不通的路；死路。例：～逢生。

【康莊大道】 kāng zhuāng dà dào
寬闊平坦的大路。例：這是一條～。

注意：常比喻美好光明的前途。例：
我們攜手走上～。

【孔道】 kǒng dào

通往某處必須經過的關口。例：交通
～。

【快車道】 kuài chē dào

市區道路上劃定專供速度較快的車輛
行駛的路。例：汽車在～上急駛。

【老路】 lǎo lù

以前走過的那條舊路。例：～不好
走，我們還是走新路吧。注意：也比
喻老樣子，老辦法。例：穿新鞋，走
～。

【林蔭道】 lín yīn dào

兩旁有樹木遮陰的道路。例：炎熱的
夏季，驅車在～上，是很愜意的事。

【路徑】 lù jìng

道路。多用於到某一地點的路線。
例：他～不熟，好久才找到我家。

【路途】 lù tú

道路。多用於道路的遠近。例：～遙
遠，你要多加小心啊！

【路線】 lù xiàn

從一地到另一地所經過的道路。例：
香港國際馬拉松比賽的～已經確定
了。

【馬路】 mǎ lù

城市或近郊供車馬行走的道路。泛指
寬闊平坦的道路。例：～上車水馬
龍，川流不息。

【盤山道】 pán shān dào

環山的路。例：在～上行車，對司機
是一個考驗。

【歧路】 qí lù

從大路上分出來的小路；岔路。例：
～亡羊。注意：常用其比喻義。例：
是老師把他從～上拉回來，重新走上
了一條光明大道。

【曲徑】 qū jìng

彎曲的小路。例：～通幽｜一條～，
直通向竹林深處。

【人行道】 rén xíng dào

馬路兩旁供人步行的便道。例：小學
生放學要注意走～。

【山路】 shān lù

山間的道路。例：我是頭一次走這種
～，雙腳都起了血泡。

【水路】 shuǐ lù

江河上供船隻通行的航路。它具有滿
足船舶航行所需的水深及寬度的特
點。例：我們走～去台灣吧，我想看
海上日出。

【死路】 sǐ lù

走不通的路。常比喻通向毀滅的途

徑。例：頑抗到底，～一條。

【隧道】 suì dào

在山中、地下或水下開鑿的道路。
例：我每天上學都要乘車穿過獅子山
～，到九龍城那邊上學。

【坦途】 tǎn tú

平坦的道路。多用於比喻。例：此次
比賽，絕非～，大家一定要團結一
心，才能取得勝利。

【鐵路】 tiě lù

有鋼軌供火車行駛的路。例：～工
人｜～運輸。

【通道】 tōng dào

通路；往來通暢的道路。例：這個地
下商場除正門外，後面還有一個～，
是應急用的。

【通路】 tōng lù

通道。例：這條高速公路是南北運輸
的～。

【通衢】 tōng qú

四通八達的道路；大道。例：這是城
市重要的～大道。

【彎路】 wān lù

不直的路。例：轉過前面的～，就離
他家不遠了。注意：常比喻工作、學
習等方面方向錯誤或方法不對。例：
他在學習英語上走過一段～。

【蹊徑】 xī jìng

〈書〉小路。例：竹林～，一些遊人
正在尋幽探祕。注意：也比喻方法、
門路。例：獨闢～。

【狹路】 xiá lù

狹窄的小路。例：～相逢。

【羊腸小路】 yáng cháng xiǎo lù

曲折而極窄的路。多指山路。例：從
這裏通往山上的景點只有一條～。

【陽關道】 yáng guān dào

原指古代經過陽關（今甘肅敦煌西
南）通向西域的大道。後來泛指通行
便利的大道。常比喻前途光明的道
路。例：你走你的～，我走我的獨木
橋。

【要道】 yào dào

往來必經的主要道路。例：交通～。

【棧道】 zhàn dào

在懸崖峭壁上鑿孔架木建成的路。
例：明修～，暗渡陳倉。

【征途】 zhēng tú

遠行的路途；行程。例：這一次路上
～，就沒有回頭路了。

車 chē

【車】 chē
陸地上的交通工具，一般通過輪子轉動而前進。例：汽～｜火～｜轎～｜自行～。

【電車】 diàn chē
用電做動力的城市公共交通車輛。分有軌和無軌兩種。例：有軌～現在已經很少見了｜～緩緩穿梭於繁華鬧市之中，是香港島市區一道別具風味的風景。

【獨輪車】 dú lún chē
依靠人力推動的一隻輪子的車。例：～很難坐，因為平衡很難掌握。

【公共汽車】 gōng gòng qì chē
供大眾買票乘坐的、有固定路線和站點的較大型汽車。例：其實，乘坐～比私家車要安全得多。

【火車】 huǒ chē
用機車牽引車輛在鐵軌上行駛的交通運輸工具。分客車和貨車。例：～像一條長龍，風馳電掣般前進。

【吉普車】 jí pǔ chē
英語（jeep）音譯詞。一種前後輪都驅動的越野汽車。例：山路上有一輛綠色的～在行駛。

【計程車】 jì chéng chē
專門拉客，按時或按里程收費的小型汽車。例：爸爸失業後自己開起了～。

【轎車】 jiào chē
有固定車廂和座位的小型載人汽車。例：哥哥最近買了一輛～。

【卡車】 kǎ chē
運送貨物的大型汽車。例：這種～的載重量是十三噸。

【馬車】 mǎ chē
用馬拉的車。例：在偏僻山區，運送貨物主要還靠～。

【麵包車】 miàn bāo chē
形狀如麵包的一種載人汽車。例：孩子們乘～上下學。

【摩托車】 mó tuō chē
一種裝有內燃發動機的兩輪或三輪無棚蓋的車。一般只能乘坐兩三人。例：哥哥愛騎着～在馬路上風馳電掣。

【汽車】 qì chē
以內燃機為動力、載人運貨的車。例：大霧天，～開得很慢。

【人力車】 rén lì chē
依靠人力拉的車。例：～基本上已經絕跡於香港街頭。

【手推車】 shǒu tuī chē
依靠人力推的車。例：老人用～收集垃圾和報紙。

【自行車】 zì xíng chē
人用腳蹬的兩個輪子的車。例：我每天騎～上學。

船 chuán

【駁船】 bó chuán
用來駁運貨物或旅客的一種船，本身沒有動力裝置，由拖輪拉着或推着行駛。例：這隻～裝載得太多了，很危險的。

【船】 chuán
水上的交通工具。例：由中環到長洲，可以在中環碼頭坐～去呀。

【船舶】 chuán bó
泛指各種船隻。例：入夜，港口有大量～停靠。

【獨木舟】 dú mù zhōu
用一段整樹幹掏空製造的船，是比較原始的水上交通工具。例：他的愛好是划～，還參加過校際～比賽。

【帆船】 fān chuán
利用風力張帆行駛的船。例：漁民駕着～，乘着海風，出海捕魚了。

【畫舫】 huà fǎng
裝飾華美專供遊人乘坐的船。例：香港仔珍寶海鮮～以海鮮美食聞名於世。

【艦艇】 jiàn tǐng
各種軍用船隻的總稱。例：這次演習，我軍出動了各式各樣的～。

【軍艦】 jūn jiàn
有武器裝備能執行作戰任務的軍用艦艇的統稱。例：中國～抵達香港的時候，受到了香港市民的熱烈歡迎。

【快艇】 kuài tǐng
又叫「汽艇」、「摩托艇」。用內燃機發動的小型船舶，速度高，機動性大，有的作交通工具，有的用於體育競賽。例：～劃開一道波浪向前衝去。

【輪船】 lún chuán
利用機輪推動的船，船身用鋼鐵做成。例：新型萬噸～，今天在一片鑼鼓聲中下水了。

【木船】 mù chuán
木製的船，通常用櫓、槳等行駛。例：小～泊在港灣裏，隨波蕩漾。

【扁舟】 piān zhōu
泛指小船。例：兩岸青山夾着江流，一葉～順流而下。

【舢板】 shān bǎn
指用槳划的小船，一般只能坐兩三人，有的較窄而長，可坐十人左右。例：一條小～載這麼多人，太不安全了。

【遊船】 yóu chuán
載客遊覽的船。例：～在海面上穿梭往來，灑下一片歡笑。

【遊艇】 yóu tǐng
同「遊船」。例：他們坐着～欣賞湖光山色。

橋樑 qiáo liáng

【漁船】 yú chuán
指捕魚的船。例：夜晚，～上的燈火隱約可見。

【戰艦】 zhàn jiàn
作戰艦艇的統稱。例：～就是海軍官兵的家。

【舟】 zhōu
〈書〉船。例：輕～｜風雨同～。

【獨木橋】 dú mù qiáo
用一根木頭搭起的橋。例：小河上有一座～。注意：常用來比喻艱難的途徑。例：你走你的陽關道，我走我的～。

【浮橋】 fú qiáo
用船或浮箱等作為橋墩架起的橋。多為臨時性的。必要時橋身可以開合。例：香港濕地公園有一座紅樹林～，吸引不少遊客遊覽。

【拱橋】 gǒng qiáo
用拱作為橋身主要承重結構的橋。橋洞一般呈弧形或半圓形。例：中國古代所建的橋一般都是～。

【立交橋】 lì jiāo qiáo
使道路形成立體交叉的橋，一般建在道路交叉點。例：香港市區建有許多～。

【橋樑】 qiáo liáng
架在河流或山谷上面、接連兩邊以便通行的建築物。例：新建的那座～又長又寬。注意：也常用來比喻聯繫溝通的人或事物。例：架起友誼的～。

【石橋】 shí qiáo
用石頭砌起的橋。例：龍津～是香港歷史遺跡，政府正研究方案保育它。

【鐵索橋】 tiě suǒ qiáo
以若干鐵索為承重結構，上面鋪橋面的橋。例：～晃動得很厲害，小明走了一半又退了回來。

【斜拉橋】 xié lā qiáo
用固定在橋塔上的斜拉纜索吊住橋面的橋。例：黃浦江上新建了一座現代化的～。

十四、性狀・程度・範圍・變化

逼真 bī zhēn

【逼真】 bī zhēn
極像真的。例：這尊雕塑極為～，是一種寫實風格。

【不啻】 bú chì
〈書〉如同；無異於。例：這消息～當頭一棒，讓他無論如何也接受不了。注意：也指不止、不只。例：後果還～如此，你等着瞧吧。

【仿佛】 fǎng fú
好像；近似。例：他們長得太像了，～是一對雙胞胎。

【呼之欲出】 hū zhī yù chū
原意指人像等畫得逼真，似乎叫他一聲他就會從畫裏出來。後泛指文學藝術作品中人物形象生動逼真。例：人物刻畫得形象生動，～。注意：也形容人或事即將揭曉。例：這次舞蹈比賽的冠軍～。

【繪聲繪色】 huì shēng huì sè
形容敍述描寫生動逼真。例：他的表達能力很強，說起有趣的事總是～，十分吸引人。

【活靈活現】 huó líng huó xiàn
也說「活龍活現」。形容描述或模仿的人或事物很生動，很逼真，使人像親眼看到一樣。例：根本沒根據的事，他卻說得～。

【活生生】 huó shēng shēng
實際生活中的；發生在眼前的。例：～的商人形象。

【活像】 huó xiàng
〈口〉極像。例：這個孩子太淘氣了，～一隻猴子。

【酷似】 kù sì
極像。例：他長得～一位電影演員。

【酷肖】 kù xiào
〈書〉同「酷似」。例：～其父。

【亂真】 luàn zhēn
模仿得非常像，達到真偽難辨的程度。多指古玩、字畫等。例：以假～｜這幅畫雖是贗品，卻足以～。

【如臨其境】 rú lín qí jìng
好像到了那個環境中一樣。例：這場電影讓觀眾～，看得十分過癮。

【如同】 rú tóng
好像，就像。例：小明的房間裏有好多玩具，～一個小小的玩具店。

【如聞其聲，如見其人】
rú wén qí shēng，rú jiàn qí rén
像聽到他的聲音，像見到他本人一樣。比喻對人物的刻畫和描寫非常生動。例：評書說得太好了，使人～。

【若】 ruò
如；好像。例：～隱～現｜冷～冰
霜。

【神情畢肖】 shén qíng bì xiào
神態和情感都極為相像。例：這尊雕
塑～，雕塑家下了很大功夫。

【神似】 shén sì
精神實質上相似；極其相像。例：在
表演上，他主要追求‥‥

【宛然】 wǎn rán
仿佛；好像。多用於呈現在眼前的。
例：山清水秀，～仙境。

【宛如】 wǎn rú
正像；好像。多用於過去時。例：一
場大病，～噩夢｜一晃十年過去了，
分別的情景還～昨日。

【惟妙惟肖】 wéi miào wéi xiào
描寫或模仿得極好、極像。例：他模
仿得～，真像那位喜劇演員。

【形似】 xíng sì
形式上、外觀上像。例：他飾演領袖
人物，不只～而且神似。

【栩栩如生】 xǔ xǔ rú shēng
非常生動，像活的一樣。例：齊白石
的蝦畫得～，堪稱一絕。

【儼然】 yǎn rán
很像；真像。例：看他耀武揚威的樣
子，～一位驕傲的將軍。

【儼如】 yǎn rú
同「儼然」。例：～大人。

【一如】 yì rú
（同某種情況）完全相同。例：～既
往｜他一點兒也不嫉恨我，見了我還
是～心往。

【猶】 yóu
如同。例：雖敗～榮｜過～不及。

【猶如】 yóu rú
如同；就像。例：他們的服務非常周
到，旅客進了店鋪～進了家門。

【有如】 yǒu rú
就像；如同。程度比「仿佛」重。
例：繼母待他～親生。

【躍然紙上】 yuè rán zhǐ shàng
形容描寫得非常生動、逼真，好像能
從紙面上跳出來一樣。例：這位作家
筆下的人物，個個鮮活生動，～。

不如 bù rú

【不比】 bù bǐ
比不上；不一樣。例：東北～南方，九月份就下霜了。

【不成比例】 bù chéng bǐ lì
數量或大小等方面差得很遠，無法相比。例：雙方的隊員根本就～，比賽也就無法進行。

【不及】 bù jí
不如；趕不上。例：在體育方面，我遠～他。注意：也指來不及。例：躲閃～｜後悔～。

【不如】 bù rú
比不上。例：論學習方法和學習決心，你～他。

【甘拜下風】 gān bài xià fēng
甘：心甘情願。下風：下面；下方。表示真心自認不如對方。多用作謙詞。例：在冠軍隊面前，我們～。

【趕不上】 gǎn·bu shàng
追不上；來不及；遇不着。例：因為不努力，他的成績總是～別人。

【望塵莫及】 wàng chén mò jí
及：趕上。遠遠望見前面人馬走過時飛揚起來的塵土，卻追不上。比喻遠遠落後別人。常用作謙詞。例：友校足球隊的水平，我們是～的。

【無法比擬】 wú fǎ bǐ nǐ
沒有辦法與之相比較；雙方差距很大，根本趕不上。例：無論是紀律還是技術，藍隊與紅隊都是～的。

【相去甚遠】 xiāng qù shèn yuǎn
彼此間差距很大。含不如義。例：你們是同班同學，學習成績卻～，原因究竟是甚麼呢？

【相形見絀】 xiāng xíng jiàn chù
絀：不足。與別的人或物比較起來遠遠不如。例：我雖然學了好幾年英語，但和他比起來還是～。

【自慚形穢】 zì cán xíng huì
慚：慚愧。形：形態。穢：骯髒，這裏引申為不體面。因自己不如人而感到慚愧；自愧不如別人。例：在全校學習尖子面前，我實在～。

【自愧不如】 zì kuì bù rú
也說「自愧弗如」。愧：慚愧。自己慚愧比不上別人。例：看了你的作文，我實在是～啊！

類似 lèi sì

【彼此】 bǐ cǐ
大家一樣，常疊用作答話表示客套。
例：不用客氣，我們～～。

【不啻】 bú chì
〈書〉如同；無異於。例：這樣的消息，對他來說～是晴天霹靂｜你一天吸這麼多煙，～慢性自殺。注意：也指不止、不只。例：小恩～美麗，心地還很善良。

【不分伯仲】 bù fēn bó zhòng
伯仲：兄弟排行的次序。比喻事物不相上下。例：這兩隊踢得～，最終以1:1握手言和。

【不相上下】 bù xiāng shàng xià
分不出高低、好壞。形容程度相當。例：這兩個人的英語水平～。

【不約而同】 bù yuē ér tóng
事先並未約定，而彼此的看法或行動完全一致。例：星期天，同學們～地去看望生病的老師。

【大同小異】 dà tóng xiǎo yì
大體相同，略有差異。例：既然雙方的意見～，就可以合作了。

【等號】 děng hào
表示兩個數相等關係的符號，用「＝」表示。常用來形容兩個人或物相同。例：他那麼懶，你怎麼能把我和他劃～？

【等價】 děng jià
不同商品價值相同。例：～交換。

【等量齊觀】 děng liàng qí guān
對有差異的事物同樣看待。例：你們兩個所犯的錯誤，從本質上說是不能～的。

【等同】 děng tóng
同樣看待。例：我們不能把兩者～看待。

【等於】 děng yú
差不多就是；沒有區別。例：獎券到期不領，就～自動放棄。注意：也指數字相等。例：一加一～二。

【仿佛】 fǎng fú
好像；近似。例：那些往事～就在昨天，歷歷在目。

【毫無二致】 háo wú èr zhì
絲毫沒有兩樣。例：在這個問題上，我們兩個人的意見～。

【好似】 hǎo sì
好像。例：他們～見過面。

【好像】 hǎo xiàng
仿佛；似乎。例：～是去年的事吧？你記得嗎？

【恍如】 huǎng rú
好像；宛如。例：～隔世｜～昨天。

【近乎】 jìn hū
接近或靠近於。例：老年癡呆症患者的舉動～於兒童。注意：表關係親密意思時讀輕聲 jìn·hu。

【近似】 jìn sì
相近或相像，略有不同。例：兩幢樓的外觀～。

【雷同】 léi tóng
指不該相同而相同。例：答案如此～，不能不令人生疑。

【類乎】 lèi hū
好像；近於。例：根據目擊者的描述，那水中罕見的生物～鱷魚。究竟是甚麼，還有待於進一步考察。

【類似】 lèi sì
大致相同。例：～的問題還有，我就不一一列舉了，希望大家注意就是了。

【亂真】 luàn zhēn
模仿得非常像，達到真偽難辨的程度。例：以假～｜騙子的警員證幾可～，難怪那麼多市民上當。

【貌似】 mào sì
表面上很像，其實本質上區別很大。例：～公允｜～強大。

【平分秋色】 píng fēn qiū sè
比喻雙方各佔一半，誰也不多，誰也不少。例：這次晚會，他們的表演～。

【旗鼓相當】 qí gǔ xiāng dāng
旗、鼓：古時軍隊中發號施令的工具。比喻雙方勢均力敵，不相上下。例：兩隊～，打了個平手。

【齊頭並進】 qí tóu bìng jìn
不分先後地一同前進。例：兩個小組～，難分高下。

【恰如】 qià rú
正像。例：草地上的羊羣～白雲落地。

【恰似】 qià sì
正如。例：問君能有幾多愁，～一江春水向東流。

【如出一轍】 rú chū yì zhé
像從一個車轍出來的。比喻言論或行動非常相像。例：他們的發言～，顯然是事先商量過的。

【如同】 rú tóng
好像；就像。例：燈火通明，～白晝｜這麼重要的事，你怎麼～兒戲？

【若】 ruò
如；好像。例：～隱～現｜～即～離。

【神似】 shén sì
精神實質上相似；極其相像。例：表

演上～比形似更重要。

【勢均力敵】 shì jūn lì dí
雙方勢力均等，不分高下。例：兩支
球隊～，是一場精彩的比賽。

【似乎】 sì hū
仿佛；好像。例：他～見過這個人，
但究竟在哪兒見過卻無論如何也想不
起來。

【同等】 tóng děng
等級或地位相同。例：這兩個問題對
我們來說～重要。

【同樣】 tóng yàng
一樣；沒有區別。應用範圍比「同
等」廣泛。例：他雖然體弱多病，但
各門功課都～出色。

【相稱】 xiāng chèn
事物配合得合適、相當。含等同義。
例：哥哥和嫂嫂走在街上，別人都說
他們是十分～的一對。

【相持】 xiāng chí
雙方堅持對立，互不相讓。含勢均力
敵義。例：正在兩隊～不下的時候，
主教練果斷地換上了主力中鋒，使比
分很快超過了對方。

【相當】 xiāng dāng
兩方面差不多相同或能夠相抵。例：
兩個房間面積～，調換一下誰都不會
吃虧。

【相等】 xiāng děng
彼此一樣。例：重量～｜長度～。

【相仿】 xiāng fǎng
大致相像。例：他們兩個年齡～，經
歷也差不多。

【相去無幾】 xiāng qù wú jǐ
兩者相差不多。例：這兩種產品外觀
上～，但質量卻大不相同。

【相似】 xiāng sì
互相很像。例：他們兩個人外貌～，
老師常常分不清。

【相同】 xiāng tóng
彼此一致，沒有區別。程度比「相
仿」、「相似」重。例：世界上沒有完
全～的兩片樹葉。

【相像】 xiāng xiàng
彼此有相同點或相似點。例：兄弟兩
人面貌～。

【像】 xiàng
相似；仿佛。例：你長得跟你父親太
～了。

【肖】 xiào
相似；像。例：神情畢～｜惟妙惟
～。

【形似】 xíng sì
形式上、外觀上相像。例：一個好的演
員，不但追求～，更要追求神似。

【一般】 yì bān

一樣。例：這朵紙做的花像真的～。
注意：也指普通、平常、通常。例：
～化｜～來說。

【一律】 yí lǜ

一個樣子；一致；同等。例：～平
等｜千篇～。

【一模一樣】 yì mú yí yàng

完全相同，沒甚麼兩樣。例：這一對
雙胞胎，長得～。

【一丘之貉】 yì qiū zhī hé

貉：一種哺乳動物。同一個山丘上的
貉。比喻彼此相同，沒有差別。貶
義。例：那兩個人是～，最後都被抓
起來了。

【一如】 yì rú

（同某種情況）完全相同。例：～所
見｜～既往。

【一如既往】 yì rú jì wǎng

完全和過去一樣。例：我們班將～，
在暑假舉辦夏令營，讓彼此輕鬆一
下。

【一色】 yí sè

全部一樣的。例：我們公司～的年輕
人。

【一視同仁】 yí shì tóng rén

同樣看待，不分遠近、厚薄。例：繼
母對他和小弟弟～。

【一樣】 yí yàng

同樣；沒有差別。例：這兩雙鞋～，
怎麼價錢不～啊？

【一致】 yí zhì

沒有分歧；相同。例：我們～贊成旅
行的地點就是西貢。

【異口同聲】 yì kǒu tóng shēng

不同的嘴發出相同的聲音。形容不同
的人意見完全一致。例：老師提出
一個問題，怎料大家～地說：「不知
道！」

【猶如】 yóu rú

如同；就像。例：想起哥哥遭遇車禍
的情景，他的心～刀絞，哥哥是為了
救他才遭難的啊！

【有如】 yǒu rú

就像；如同。例：吼聲突如其來，
～炸雷，嚇得他心驚膽顫｜兒時的記
憶，～昨天。

【志同道合】 zhì tóng dào hé

形容理想、志趣相同。例：這一對夫
妻都是學音樂的，可謂～。

差別 chā bié

【不可同日而語】
bù kě tóng rì ér yǔ
不能放在同一時間談論。形容差別太大，不能相提並論。例：汽車與馬車，兩者速度的快慢，～。

【不同】 bù tóng
不一樣。例：結果～｜～種類。

【不一】 bù yī
不相同，不統一。例：對這件事大家看法～，還需要深入討論。

【差別】 chā bié
形式上或內容上的不同。例：城鄉～｜腦力勞動與體力勞動的～。

【差距】 chā jù
事物之間的差別程度。特指距離或達到某種標準的差別程度。例：你要加倍努力，爭取在本學期末縮小與別人的～。

【差異】 chā yì
差別。例：雖是同班，但因學習態度不同，他們兩人的成績～很大。

【大同小異】 dà tóng xiǎo yì
大部分相同，略有差異。例：兩篇作文寫同一件事，構思也～。

【大相徑庭】 dà xiāng jìng tíng
形容彼此不同，相差很遠。例：同樣是描寫大海，寫法卻～。

【分別】 fēn bié
不同。例：中山裝和便裝是有～的。注意：也指離別。例：～的時刻到了，有的同學忍不住流下淚來。

【截然不同】 jié rán bù tóng
截然：很分明的、斷然分開的樣子。形容兩種事物或結果完全不同，不一樣。例：他們兩個人的態度～｜學習方法不同，效果也～。

【涇渭分明】 jīng wèi fēn míng
涇河水清，渭河水渾。涇河的水流入渭河時，兩水不混。比喻界限清楚，是非分明。借指差異很大，十分明顯。例：正義與邪惡～，不容混淆。

【徑庭】 jìng tíng
〈書〉兩者距離甚遠。比喻相差很遠。例：大相～。

【迥然】 jiǒng rán
〈書〉形容差別很大。例：～不同｜這兩篇文章雖然是同一個作家寫的，風格卻～。

【判若鴻溝】 pàn ruò hóng gōu
判：區別；分辨。鴻溝：戰國時開通的一條運河，在今河南省境內。秦末楚漢相爭時曾以鴻溝為界，東面是楚，西面是漢。形容界限極清楚，區別很明顯。例：兩個人是同桌，何必～呢？

【判若兩人】 pàn ruò liǎng rén
比喻一個人前後變化很大，如同兩個人。多用於一個人經歷過重大變故之後。例：一場病後，他變得沉默寡言，與從前那個愛說愛笑的他～。

【判若雲泥】 pàn ruò yún ní
雲在天，泥在地。比喻高低差距很大。例：就品德而言，他們兩人簡直可以說～。

【區別】 qū bié
彼此間不同的地方。強調事物自身客觀存在的差異。例：兩個詞的用法有很大的～。

【區分】 qū fēn
區別；把不同對象加以比較，找出不同的地方。強調人的主觀看法。例：這是兩個完全不同的問題，一定要～開來。

【天壤之別】 tiān rǎng zhī bié
天壤：天上和地下。比喻相距很遠，差別很大。例：人們現在的生活水平與四十年前相比，簡直有着～。

【天淵之別】 tiān yuān zhī bié
同「天壤之別」。例：他們雖然是親兄弟，但學業成績有如～。

【相差懸殊】 xiāng chà xuán shū
比較起來，差別極大。例：這兩隊雖說都是中學的籃球隊，但實力卻～。

【相去甚遠】 xiāng qù shèn yuǎn
彼此間差距很大。含不如義。例：三年前這兩個人的繪畫水平還差不多，如今卻已～了。

【相左】 xiāng zuǒ
〈書〉相違反，意見不一致。含差別義。例：兩個小組的意見～，張老師不得不從中調解。

【霄壤之別】 xiāo rǎng zhī bié
霄：雲霄。壤：土地。比喻相去極遠。例：沙田的今昔，真有～。

【懸殊】 xuán shū
相差遠；區別大。例：實力～｜對比～。注意：不能說「非常懸殊」、「懸殊很大」。

【異端】 yì duān
舊時指不符合正統思想的主張或教義。例：～邪說。

【異己】 yì jǐ
同一階層或集體中在立場、政見或重大問題上常與自己有分歧甚至敵對的人。例：～分子｜剷除～。

【異性】 yì xìng
性別不同的人。例：青年人喜歡結交～。注意：也指不同性質的事物。例：同性相斥，～相吸。

連續 lián xù

【異樣】 yì yàng

兩樣;不同。例:明知他動過這隻抽屜,卻看不出有甚麼~|你別用那種~的目光看着我好不好?

【異議】 yì yì

不同的意見。例:提出~。

【與眾不同】 yǔ zhòng bù tóng

指某人或某物與同類的人、物不一樣。含褒義。例:這位同學剛轉來不幾天,大家就看出了他的~。

【層出不窮】 céng chū bù qióng

層:重複。接連不斷地出現,沒有窮盡。例:騙徒手法~,市民要提高警惕|校園裏的好人好事~。

【承接】 chéng jiē

接續(上面或前面的)。例:這一段~上文,對主題做了進一步的論述。注意:也指承擔、接受。例:本店~服裝加工。

【承前啟後】 chéng qián qǐ hòu

承接以前的,開創今後的。多用於學問、事業方面。例:我們是~的一代|這位老先生是新舊文化~的人物。

【承上啟下】 chéng shàng qǐ xià

承接上面的並引起下面的。例:現在是過渡時期,有~的作用。

【持續】 chí xù

延續不斷。例:~不斷|可~發展。

【此起彼伏】 cǐ qǐ bǐ fú

也說「此起彼落」。此:這。彼:那。這裏起來,那裏落下去,表示連續不斷地起落。例:雨過天晴,小河邊青蛙的叫聲~。

【繼承】 jì chéng

繼續做前人遺留下來的事業,使不中斷。例:~遺志。注意:也指接受前人的文化、作風、知識、傳統等,或依法取得被繼承人的遺產或權利。

例：～優良傳統｜～遺產。

【繼往開來】 jì wǎng kāi lái
繼承前人的事業，開闢未來的道路。
例：學者要有～的抱負，在學術研究
的道路上才能不斷進步。

【繼續】 jì xù
連續下去，不間斷。例：～前進｜～
努力。

【接二連三】 jiē èr lián sān
一個接着一個，接連不斷。例：你們
班～出現這種違反校規的事，究竟是
甚麼原因啊？

【接軌】 jiē guǐ
原指連接鐵路路軌。比喻把一種體制
或做法與另一種體制或做法銜接起
來。例：加入世界貿易組織的主要目
的是與國際經濟～。

【接連】 jiē lián
一個接着一個。例：最近～出了這麼
多事，真是令人煩擾。

【接連不斷】 jiē lián bú duàn
一個接着一個，不中斷。例：奧運會
開幕後，中國體育運動員獲取金牌的
好消息～，令全國人民十分振奮。

【接替】 jiē tì
接下別人的工作並使之繼續下去。
例：媽媽病了，妹妹～媽媽天天做
飯，這讓我很過意不去。

【接續】 jiē xù
一個接着一個；繼續。例：～前任的
工作。

【接踵】 jiē zhǒng
〈書〉後面人的腳尖接着前面人的腳
跟。形容人或事情多，不間斷。例：
壞消息～而至，大家都有些着急了。

【接踵而來】 jiē zhǒng ér lái
踵：腳後跟。一個跟着一個地來。形
容人或事來得多，接連不斷。例：爺
爺當了一輩子老師，八十歲生日這
天，他的學生從四面八方～，鮮花堆
得滿屋子都是。

【連】 lián
連接；連續；接續。例：～年遭災｜
大海～着藍天。

【連貫】 lián guàn
連接貫通。例：這一系列動作是～
的，必須一氣呵成完成。

【連接】 lián jiē
也作「聯接」。互相銜接。例：互相
～｜～線路。

【連綿】 lián mián
接連；不間斷。例：陰雨～｜起伏～
的山脈。

【連續】 lián xù
一個接一個。例：測驗週開始了，測
驗～不斷。

【聯翩】 lián piān

「聯」是本字，「連」是文字，要分清楚。也作「聯翩」。鳥飛的樣子。比喻連續不斷，富於動感。例：浮想～｜天空中，風箏～舞動，煞是好看。

【絡繹不絕】 luò yì bù jué

絡繹：連續不斷。不絕：不斷。形容人、車等多，連續不斷。例：節日的街上，外地來的遊客～。

【綿亙】 mián gèn

起起伏伏，接連不斷。多指山脈。例：冬天的大興安嶺～千里，白雪皚皚。

【綿亙不絕】 mián gèn bù jué

起伏連綿，沒有盡頭。例：遠遠望去，長城～，蜿蜒而去。

【綿綿】 mián mián

連續不斷的樣子。例：～羣山｜細雨～。注意：也形容纏綿不絕的情感。例：情意～。

【綿延】 mián yán

延續不斷。例：山巒～，漸漸隱入了雲霧。

【銜接】 xián jiē

事物相連接。例：兩種顏色用一種過渡色～，顯得天衣無縫。

【相繼】 xiāng jì

一個跟着一個。例：一場春雨過後，田野上各種野花～開放。

【延續】 yán xù

照原來的樣子繼續下去。例：這種情況如果再～下去，後果將不堪設想。

【魚貫】 yú guàn

像游魚一樣一個跟着一個地接連着走。例：～而入｜觀眾們～進入會場。

仍舊 réng jiù

【還】 hái
表示某種現象繼續存在或某種動作、行為繼續進行。例：十點鐘了，他～沒來，真是急死人了！

【還是】 hái shì
仍舊。例：雖經全力搶救，可他～死了。

【繼續】 jì xù
連下去；延長下去，不間斷。例：～前進｜～努力。

【仍】 réng
沒有變化；仍然。例：時間已經過了，大家～在等待。

【仍舊】 réng jiù
沒有變化；照舊。例：節日過後，生活～是老樣子。

【仍然】 réng rán
沒有變化；繼續。例：爸爸雖然退休了，可他～每天到工廠裏去。

【尚】 shàng
〈書〉依然；還。例：你別着急，這件事～無定論呢！

【依舊】 yī jiù
照舊；沒有變化。例：山河～，物是人非。

【依然】 yī rán
〈書〉依舊。例：～如故｜雖經幾次批評，但他～如此，我們到底應該怎麼辦？

【依然如故】 yī rán rú gù
仍舊像從前一樣。例：這一區～，變化不是太大。

【一仍其舊】 yì réng qí jiù
仍：依照。完全照舊。例：雖然老師不止一次規勸過他，可他～，就是不改。

【一如既往】 yì rú jì wǎng
完全和過去一樣。例：雖然已經考完試，但他還是～地努力温習。

【猶】 yóu
〈書〉還；尚；如同。例：～如昨天｜記憶～新。

【照常】 zhào cháng
與往常一樣，沒有其他變化。例：週日～營業，不休息。

【照舊】 zhào jiù
與過去一樣。例：第二天，太陽～升起，小河～流淌，一切都沒有改變。

【照例】 zhào lì
按照慣例，與以往情況一樣。例：～執行｜～放假。

【照樣】 zhào yàng
照舊；跟原來一樣。例：就算明天下雨，活動～舉行。

初始 chū shǐ

【初步】 chū bù
開始階段的，不是已經完備或最後的。例：爺爺的病，經醫生～診斷，已經排除了惡性腫瘤的可能性。

【初出茅廬】 chū chū máo lú
茅廬：茅草屋。東漢末，諸葛亮在劉備再三請求下，離開他在襄陽的茅草屋，給劉備當軍師。首戰即大敗曹軍，因此有「直須驚破曹公膽，初出茅廬第一功」之句。後多用來比喻剛開始出來做事，經驗不足。例：她～就連拿兩塊金牌，轟動了整個賽場。

【初創】 chū chuàng
剛剛創立。例：～階段。

【初次】 chū cì
第一次。例：他～上台就得到觀眾如此熱烈的掌聲，真是可喜可賀。

【初露鋒芒】 chū lù fēng máng
鋒芒：刀劍等兵器上的刃口和尖端。剛剛顯露出刀劍的利刃。多比喻剛剛嶄露才幹和力量。例：他～就表現出不同凡響的才華。

【初期】 chū qī
指開始的一個階段。時間上要比「初步」長。例：建國～｜這種病的～症狀是厭食。

【初始】 chū shǐ
最初；開始。所指時間比「初期」短。例：事情～並不順利，漸漸走上正軌就好多了。

【初學】 chū xué
剛開始學。例：～書法｜～寫作。

【初願】 chū yuàn
起初的志願或願望。例：考上了醫科大學，也算實現了你的～。

【初衷】 chū zhōng
本意；最初的心願。例：不改～｜有違～。

【當初】 dāng chū
指從前某件事開始的時候。例：～要不是你幫我，我說不定會失敗呢！

【開辦】 kāi bàn
開始建立。含初始義。例：這一區～了很多補習社。

【開場】 kāi chǎng
指某種活動的開始。例：電影還沒～，等候區就擠滿了人。

【開創】 kāi chuàng
開始建立；創建。例：～新局面｜～未來。

【開端】 kāi duān
起頭；開頭。例：你第一學期的英語就得了滿分，這是個良好的～。

【開局】 kāi jú
泛指工作、活動、比賽等剛剛開始。多指棋類或球類比賽。例：這場足球比賽本來～踢得不錯，可不知為甚麼越踢越亂了。

【開闢】 kāi pì
開拓擴展；開創新的（局面、境界等）。例：這是一條新～的航線。

【開始】 kāi shǐ
從頭起；從某一點起。例：新的學期～了。

【開頭】 kāi tóu
起始的階段。比「開始」更強調「開頭」本身，現在時。例：這篇文章一～就開門見山，直述自己的觀點。注意：也指起頭；使開頭。例：今天的發言還是由你～吧。

【開拓】 kāi tuò
開闊；擴展。含開始義。例：他是一位很有～精神的經理。

【起步】 qǐ bù
開始走。多用來比喻事情剛剛開始。例：教育改革剛剛～，還有許多工作要做。

【起初】 qǐ chū
剛開始的時候。例：～他還有點兒緊張，後來就自然多了。

【起點】 qǐ diǎn
開始的地方或時間。例：香港國際馬拉松比賽的～，近年都設在尖沙咀彌敦道。

【起始】 qǐ shǐ
同「初始」。例：破案工作～遇到了很多阻力。

【起首】 qǐ shǒu
最初；開始。例：～爸爸不同意他參加學校足球隊，後來經過老師的力勸，才同意了。

【起頭】 qǐ tóu
同「開頭」。例：～他答應來的，後來因為有別的事不能來了。

【起先】 qǐ xiān
開始的時候。例：～他還沒在意，後來事態越來越嚴重，他不得不重視了。

【起源】 qǐ yuán
開始發生。例：人類～在哪裏，人類學家還在爭論不休。

【最初】 zuì chū
剛一開始的時候。例：～他上網只是出於好奇，沒想到後來卻沉迷了。

完結 wán jié

【罷休】 bà xiū

歇手；停止。多用在否定句中。例：你還不肯～，到底想怎樣？

【畢】 bì

完結；完成。例：完～｜禮～。

【不了了之】 bù liǎo liǎo zhī

事情並沒有辦完或解決，放在一邊不再管它，就算完事。多用於貶義。例：如果這件事就這樣～，那麼將留下無窮的後患。

【成就】 chéng jiù

完成（事業）。例：要想～一番事業，青少年時期打好基礎至關重要。注意：也指事業上的成績。例：近年來，我們取得了驕人的～。

【告成】 gào chéng

宣告完成。多用於較重要的工作、任務。例：大功～。

【告終】 gào zhōng

宣告結束。多指較大事件的結束，一般用於失敗。例：這場曠日持久的戰爭，最後以投降而｜失敗～。

【結束】 jié shù

發展或進行到最後階段，不再繼續。例：考試～了，大家都感到很輕鬆。

【結尾】 jié wěi

結束的部分。例：電影的～有點兒畫蛇添足。

【盡頭】 jìn tóu

末端；終點。例：活到老學到老，學習知識是沒有～的。

【竣工】 jùn gōng

專指工程完成。例：提前～｜如期～。

【了斷】 liǎo duàn

完結。例：經法院從中調解，兩家這場經濟糾紛才算～。

【了結】 liǎo jié

結束；解決。例：這個案子已經～。

【了卻】 liǎo què

了結。多指精神上的。例：～心事｜～宿怨。

【了事】 liǎo shì

使事情得到平息或結束。例：早點～，免生後患。

【落成】 luò chéng

（建築物）完工。例：香港迪士尼樂園新增的主題園區相繼～，為孩子們送上歡樂。

【末】 mò

事物的最後部分。例：歲～｜事情的始～。

【末後】 mò hòu

最後。例：我這次英語成績欠佳，名次排在～。

【末了】 mò liǎo
最後。例：臨～，他又一次握了握我的手才上車。

【末梢】 mò shāo
最後的那一部分；末尾。例：神經～｜辮子～。

【末尾】 mò wěi
最後的部分。例：我去晚了，排在隊伍的～。

【煞尾】 shā wěi
事情或文章的最後部分。例：文章的～耐人尋味。

【完】 wán
完結。例：中文科的功課做～了，接下來還做甚麼？

【完畢】 wán bì
進行完了。例：演習～｜大事～。

【完成】 wán chéng
達到預期目的而結束。例：～任務｜～作業。

【完結】 wán jié
結束。例：生命總有～的時候，精神卻可以永存。

【完了】 wán liǎo
完結；結束。例：演出～，校長上台接見了演員。

【完事】 wán shì
事情完結。例：～大吉。

【尾聲】 wěi shēng
某項活動快要結束的階段或文藝作品的結局部分。例：小說的～部分寫得極其精彩｜演唱會臨近～，歌手依依不捨地向歌迷話別。

【終場】 zhōng chǎng
專指戲演完或比賽結束。例：～之時，演員們三次謝幕，觀眾還是不肯散去。

【終歸】 zhōng guī
最後；畢竟。例：他們～是親兄弟，最後還是和好了｜雖然他盡了最大的努力，但～因為實力不夠，還是敗下陣來。

【終極】 zhōng jí
最終，再沒有了。例：～目的｜～關懷是對瀕臨死亡的人的一種精神安慰。

【終結】 zhōng jié
最後結束。例：歷時三個月的選拔賽～時，舉行了一次大型匯演。

【終了】 zhōng liǎo
結束；完了。例：比賽～，球迷們一擁而上，紛紛請運動員簽名。

徒勞 tú láo

【終年】 zhōng nián
指人死時的年齡。含完結義。例：老先生是在睡夢中去世的，～九十五歲。注意：也指一年到頭。例：香港的維多利亞港～不結冰。

【終止】 zhōng zhǐ
結束；停止。例：球迷發生騷動，為了保證運動員的安全，裁判～了比賽。

【最後】 zuì hòu
在時間或次序上排在末尾。例：我～一個走出教室。

【白搭】 bái dā
沒有用處；不起作用；白費力氣。例：你不要跟他說了，再說也～。

【白費】 bái fèi
徒然耗費（精力），不起作用。例：不要跟他～口舌，我們自己去吧。

【杯水車薪】 bēi shuǐ chē xīn
車薪：一車柴草。用一杯水去撲滅一車着火的柴草。比喻力量太小，無濟於事。例：他向慈善機構捐了一百塊錢，雖說是～，但也是一分心意。

【對牛彈琴】 duì niú tán qín
比喻對象選錯了，白費力氣，毫無效果。例：你跟他講那些道理，豈不是～嗎？

【隔靴搔癢】 gé xuē sāo yǎng
在靴子外面撓癢。比喻說話、作文不中肯，不貼切，沒有切中要點。例：你這種和風細雨式的規勸，對他來說簡直就是～，不起作用。

【畫餅充飢】 huà bǐng chōng jī
畫個餅來填飽肚子。比喻以空想來自我安慰，不解決實際問題。例：你不切切實實地做事，整天～，沉浸在幻想之中，怎麼行呢？

【前功盡棄】 qián gōng jìn qì
（由於出現意外或犯錯誤，導致）此前的努力全都白費了。例：由於你的失誤，這件事～了。

【水中撈月】 shuǐ zhōng lāo yuè
比喻完全不符合實際，根本不可能實現。例：這樣做無異於～，一點兒成功的可能都沒有。

【徒勞】 tú láo
白白地耗費精力或力氣。例：～無益｜不從根本上解決問題，再下功夫也是～。

【徒然】 tú rán
白白地（浪費精力），不起作用。例：他已經是不可救藥了，不必～耗費精力。

【枉費心機】 wǎng fèi xīn jī
枉：白白地；徒然。白白地費心思。例：鐵證如山，你再狡辯也是～。

【望梅止渴】 wàng méi zhǐ kě
梅：楊梅的果實。望着梅子，流出口水，口就不渴了。比喻用空想來安慰自己。相當於「畫餅充飢」。例：如果把希望寄託在別人的施捨上，那只能是～，到頭來是會落空的。

【無濟於事】 wú jì yú shì
濟：幫助。對具體事情沒有甚麼幫助，不能解決問題。例：他病入膏肓，服藥已經～了。

【無效】 wú xiào
（工作）沒有效力；沒有效果。例：這種合同不符合法律程序，所以是～的。

【緣木求魚】 yuán mù qiú yú
爬到樹上去抓魚。比喻方法不當，肯定不會成功。例：這件事找他等於～，白浪費時間。

【竹籃打水】 zhú lán dǎ shuǐ
比喻方法錯誤，白費力氣。例：～一場空。

大概 dà gài

【差不多】 chà·bu duō
（程度、時間、距離等方面）相差無幾；相近。例：他的身高～有兩米吧，應該去打籃球啊！

【粗略】 cū lüè
粗粗；大略；不精確。例：～統計一下，有一半同學喜歡上網。

【大抵】 dà dǐ
大概，大多。例：事情的經過～如此｜他們的經歷～相同。

【大都】 dà dōu
多半。例：小時候的事～忘記了｜家住水鄉的孩子～會游泳。

【大概】 dà gài
不十分精確或不十分詳盡。例：他～分析了一下，認為成功的可能性不大。

【大略】 dà lüè
大概。例：～估算一下，這件物品有十多斤重吧。

【大體】 dà tǐ
表示多數情況或主要方面。例：我～認同你的觀點。

【大約】 dà yuē
表示估計的數目不十分精確，但差不多。例：～有十多人｜～十點鐘的時候，他氣喘吁吁地來了。

【大致】 dà zhì
大概；大約。例：情況～就是這樣，看看各位還有沒有要補充的？

【估計】 gū jì
根據某些情況，對事物的性質、數量、變化等做大概的推斷。例：他一連三天沒去打籃球，～是受傷了。

【估量】 gū·liang
估計。例：這次失誤給公司造成的損失是不可～的。

【估算】 gū suàn
大概推算。例：經過認真～，大家都認為今年的產量肯定超過去年。

【或許】 huò xǔ
也許。例：他～在家，～去游泳池了。

【或者】 huò zhě
也許；或許。例：你去一下吧，～還來得及。注意：用在敍述句裏，表示選擇關係。例：～去郊遊，～去看足球賽，現在還沒拿定主意。

【約計】 yuē jì
大概計算。例：爸爸出版的新書～有十萬字。

【約略】 yuē lüè
大概。例：他～地算了一下，學生會仍有盈餘。

大 dà

【約莫】 yuē·mo

〈口〉大概；估計。例：～時間到了，我們才出去迎接。

【粗大】 cū dà

(人或物體) 又粗又大。例：嗓音～｜～的樹木。

【大】 dà

在數量、力量、體積、面積等方面超過所比較的對象或一般水平。例：～雨｜力氣～。

【大膽】 dà dǎn

有勇氣；不畏怯。例：～進取｜～改革。

【大度】 dà dù

氣量寬宏，能容人。例：他這個人豁達～，小事從不計較的。

【大方】 dà·fang

讀輕聲時，用作形容詞。形容人對於財物不計較；不吝嗇。例：他是個很～的人，不會計較這幾個小錢的。注意：也指舉止不拘束或物品不俗氣。例：舉止～｜裝束～。

【大方】 dà fāng

不讀輕聲，作名詞。指專家、內行人。例：千萬不要不懂裝懂，若曲解文意，就貽笑～了。注意：也是綠茶的一種。例：～茶色澤綠潤，聞起來還有熟栗子香呢！

【大觀】 dà guān

形容事物美好繁多。例：洋洋～。

【大量】 dà liàng
氣量大，能容忍。例：寬宏～。注意：也用來形容數量多。例：～的資金投放到城市綠化建設上來。

【大意】 dà·yi
疏忽、不注意。例：我太～了，連考試題目也看錯。

【大意】 dà yì
主要的意思。例：這篇課文的～是講友情的珍貴。

【斗膽】 dǒu dǎn
形容膽子大，多用作謙辭。例：這件事我～做主了，不知道對不對？

【肥大】 féi dà
又寬又大。側重「肥」。例：臀部～｜枝葉～｜衣服～。

【高大】 gāo dà
又高又大。側重「高」。例：身材～｜車身～。注意：形容人時含高尚義。例：看到他捨身救人，霎時間，他的形象在我心中～起來。

【廣大】 guǎng dà
指面積、空間寬闊；規模、範圍巨大。例：～區域。注意：也指眾多。例：～羣眾。

【洪大】 hóng dà
大。多形容聲音等。例：鐘聲～｜聲音～。

【宏大】 hóng dà
巨大；宏偉。多形容抽象事物。例：氣量～｜～的目標。

【宏偉】 hóng wěi
雄壯；偉大。多形容規模、計劃等，與「宏大」不同。含崇高義。例：～的藍圖｜～的工程。

【恢宏】 huī hóng
〈書〉也作「恢弘」。廣大；寬廣。例：氣度～｜構思～｜佈局～。

【豁達大度】 huò dá dà dù
性格開朗；胸襟開闊；氣度寬宏。例：他是一個～的人，不會和你計較的。

【巨大】 jù dà
很大。用於規模或數量等方面。例：損失～｜～的水壩｜～的輪船。

【寬大】 kuān dà
物體面積或容積大。例：這張牀很～。注意：也指對人寬容厚道或對犯錯誤、犯罪的人從輕處理。例：林老師～為懷，從不懲罰犯錯的學生，只是苦口婆心規勸他們，使其改過。

【莫大】 mò dà
沒有比這個再大的。例：～的恥辱｜～的安慰。

全 quán

【龐大】 páng dà
很大。形容形體、組織或數量等。含過大或大而無當義。例：機構～，人浮於事｜聯合國是一個～的國際性組織。

【龐然大物】 páng rán dà wù
外表龐大的東西。例：如此～，恐怕一台吊車是不夠的。

【盛大】 shèng dà
規模大；聲勢大。多形容人數眾多的集體活動。例：～的遊行｜～的招待會。

【碩大】 shuò dà
非常大；巨大。例：～無比｜～的建築。

【碩大無朋】 shuò dà wú péng
朋：比。形容無比的大。例：～的天壇大佛，經過這次修繕顯得更加壯觀了。

【偉大】 wěi dà
高大；卓越，令人景仰欽佩的。例：～的人物｜～的事業。

【無雙】 wú shuāng
獨一無二。例：舉世～｜天下～。

【無與倫比】 wú yǔ lún bǐ
（好或精美得）沒有能比得上的。含褒義。例：雜技演員的表演簡直是～。

【都】 dōu
總括；完全。例：全班同學～很喜歡林老師。注意：與「也」的用法不同。

【囫圇】 hú lún
完整；整個兒。例：～吞棗。

【皆】 jiē
〈書〉都；是都。例：～大歡喜｜漫天～白。

【舉】 jǔ
〈書〉全。多用於大的範圍。例：～國歡慶｜～世聞名。

【面面俱到】 miàn miàn jù dào
俱：都。各方面都涉及到；全面。例：寫文章要講究疏密相間，突出重點，不必～。

【普遍】 pǔ biàn
涉及的面廣泛；具有共同性的。例：～規律｜～現象。

【普及】 pǔ jí
普遍傳佈、推廣，使大眾化。例：～科學知識。

【齊】 qí
完備；全。例：人～了，我們開會吧。

【齊備】 qí bèi
準備齊全。例：東西～，只待出發了。

【齊全】qí quán
又齊又全；應有盡有。例：媽媽早把他上學的東西預備～了。

【全】quán
完備；完整；都。例：學校舉行運動會，我們班的同學～參加了｜那天你如果到場，我們班的同學就齊～了。

【全豹】quán bào
比喻事物的整體面貌。例：窺一斑而見～。

【全部】quán bù
所有的；全體。例：～沒收｜把敵人～消滅了。

【全才】quán cái
在某一行當內各方面都擅長的人才。例：當教師這一行，他是個～。

【全程】quán chéng
整個過程或路程。例：導遊的～服務贏得了大家的讚揚｜這條路～八百公里。

【全都】quán dōu
全部（如此）。例：同學們～上體育課去了。

【全副】quán fù
全套；全部。例：～武裝｜～裝備。

【全局】quán jú
指事物的整體及其發展全過程。例：～觀點｜照顧～。

【全力以赴】quán lì yǐ fù
把全部力量都投入進去。例：今天的比賽希望大家能～。

【全貌】quán mào
事物的全部情況；整個面貌。應用範圍比「全豹」要廣。例：從太平山頂可以看到維多利亞港的～｜我們要先了解事情的～，才能找到解決問題的方法。

【全面】quán miàn
全部；所有方面。例：看問題要～，避免片面性。

【全民】quán mín
指全體國民。例：～運動日｜～公決。

【全盤】quán pán
全部的；整個兒的。例：～考慮｜～否定。

【全權】quán quán
處理某一事務的全部權力。例：～代表｜～處理。

【全然】quán rán
完全地。例：他～不顧大家的反對，一意孤行。

【全神貫注】 quán shén guàn zhù
全部精神高度集中。例：他上課總是
～地聽講。

【全盛】 quán shèng
最興盛或最強盛的（時期）。例：現
在正是公司的～時期，職員們幹勁十
足。

【全數】 quán shù
全部。用於可計數的事物。例：借款
～歸還。

【全速】 quán sù
最高速度。例：～前進。

【全體】 quán tǐ
各部分、各個個體的總和。例：～同
學都在操場上參加升旗儀式。

【全心全意】 quán xīn quán yì
一心一意；用全部的精力。例：～地
投入工作。

【十全十美】 shí quán shí měi
十分完美，毫無缺陷。例：世界上沒
有～的人。

【所有】 suǒ yǒu
全部；一切。例：～的問題都解決
了，你放心吧。

【通盤】 tōng pán
全盤；全面。例：～考慮｜～計劃。

【通通】 tōng tōng
全部。例：把這些東西～收拾起來。

【統統】 tǒng tǒng
同「通通」。例：那些事情～由你負
責。

【完備】 wán bèi
應該有的全有了。例：有些地方還不
～，要努力改善。

【完好】 wán hǎo
無損壞；無殘缺；完整。例：～無
損｜～如初。

【完美】 wán měi
完備美好，無缺點或不足。例：這件
事的結局再～不過了。

【完美無缺】 wán měi wú quē
十分完整美好，沒有殘缺。例：事情
很難～，有毛病就改吧！

【完全】 wán quán
齊全。例：登山的設備十分～，能否
登頂就看我們的實力了。注意：也可
作副詞，表示「全部」。

【完整】 wán zhěng
應有的各部分沒有損壞或殘缺。例：
領土～｜模型保存得非常～。

【無所不包】 wú suǒ bù bāo
沒有甚麼不被包括。例：百科全書也
不可能～吧！

【無一例外】 wú yī lì wài
沒有一個例外的。例：英語考試我們
班～全都及格了。

【悉數】 xī shù
〈書〉全數。例：～奉還｜～到場。

【一概】 yí gài
適用於全體的、全部的，沒有例外。
例：凡非法所得，～沒收。

【一股腦兒】 yì gǔ nǎor
統統；全部。例：小明把玩具～都搬
了出來。

【一攬子】 yì lǎn·zi
統一的；全部的。例：～協議｜這個
問題很複雜，涉及好幾個部門，得～
解決。注意：不是「一籃子」。

【一律】 yí lù
適用於全體的、全部的，無例外。
例：無論尊卑貴賤，在法律面前，大
家～平等。

【一統】 yì tǒng
統一；完整。例：大～｜～天下。

【應有盡有】 yīng yǒu jìn yǒu
該有的全都有。形容很齊備、齊全。
例：商場裏貨品齊全，～｜你已經～
了，可別不滿足。

【整】 zhěng
全部在內，沒有剩餘或殘缺；完整。
例：～天｜～套方案。

【整個】 zhěng gè
全；全部。例：～班級｜～社會｜～
地球。

【整體】 zhěng tǐ
全體；完整的統一體。例：～規劃。

【整整】 zhěng zhěng
是「整」的疊用，指達到一個整數
的。例：～一個月｜～一百元。

【周】 zhōu
普遍；全。例：～遊列國｜眾所～
知。

【周到】 zhōu dào
各方面都照顧到；沒有疏漏。例：幼
稚園的老師對孩子照顧得十分～。

【周全】 zhōu quán
周到。例：這件事幸虧你想得～，不
然現在就麻煩了。

【總】 zǒng
全部的；全面的。例：～的來說｜～
的情況。

很 hěn

【比較】 bǐ jiào
副詞，具有一定程度。程度比「很」輕。例：他的字寫得～好。注意：也可作動詞，指通過對比以分高下優劣。例：～而言，紅隊比藍隊的體力好一些。

【登峯造極】 dēng fēng zào jí
峯：山頂。造：達到。極：最高點。比喻達到了極點。例：他的書法藝術已經達到了～的境界。

【頂】 dǐng
〈口〉表示程度最高的。用法與「最」相同。例：～好｜～棒｜～絕。

【非常】 fēi cháng
十分。表示程度重。例：～好｜～認真｜～關心。

【分外】 fèn wài
格外；超過平常。例：～艷麗｜他對此事～關心。

【格外】 gé wài
同「分外」。例：～親切｜～高興。

【更】 gèng
越發；愈加。用於比較，比原有的程度還要高。主要修飾副詞和形容詞。注意：「比⋯⋯更」是錯誤用法。例：女孩子～喜歡打扮｜和太平山相比，大帽山～高。

【更加】 gèng jiā
越發；愈加。例：天色將晚，加上烏雲翻滾，天幕顯得～深沉了。

【更為】 gèng wéi
更加。例：這條陰暗小路比那條冷清的街道～艱險。

【過於】 guò yú
表示程度或數量過分。例：你的態度～冷淡了。

【好】 hǎo
〈口〉表示程度重並有感歎語氣。例：～熱啊｜～大的雪啊｜～感動啊。

【很】 hěn
表示程度相當重。主要修飾形容詞。例：～大｜～小｜～好｜～壞。

【極】 jí
表示達到最高度；最。例：～好｜～高。注意：也表示最高的、最終的。例：～點。

【極度】 jí dù
程度極重的。例：～興奮｜～勞累。

【極端】 jí duān
達到極點的。例：一天之內完成任務，～困難。

【極其】 jí qí
非常，極端。例：～迅速｜～惡劣。

【極為】 jí wéi
同「極其」，但語氣更重一些。例：
對這次欺凌事件，學校～重視。

【較】 jiào
比較。表示具有一定程度。比「很」
的程度要輕。例：～好｜～高｜～完
整。

【較為】 jiào wéi
同「比較」，但比「比較」的肯定成
分大些。例：這位同學的錯誤行為～
普遍，希望大家引以為鑒。

【絕】 jué
極；最。表示程度達到了獨一無二的
地步。例：～妙｜～早｜～好。

【絕頂】 jué dǐng
極端；無比的。例：～聰明。

【蠻】 mán
挺。比「很」程度輕。例：～清楚｜
～漂亮。注意：不是「滿」。

【頗】 pō
〈書〉很；相當地。主要用來修飾形
容詞或動詞。例：～好｜～感意外｜
～為突出。

【甚】 shèn
〈書〉很；超出一般。表示程度重，
可修飾形容詞或作動詞的補語。例：
～好｜欺人太～。

【十分】 shí fēn
很。例：對這件事他～認真。

【殊】 shū
〈書〉極；特別。例：～感意外。

【死】 sǐ
表示程度達到了頂點。例：～冷｜～
硬｜～不要臉。

【太】 tài
表示程度極重，在肯定句中常與
「了」連用。多用於感歎句或否定句
中。例：～好了｜～棒了｜不～自
然｜不～合適。

【特別】 tè bié
非常；格外。例：媽媽做的飯～可
口｜這件事～令人感動。注意：也可
作形容詞。例：中國的無人駕駛月球
車叫「玉兔號」，這個名字很～。

【透】 tòu
表示程度極重，常用作補語。例：糟
～了｜壞～了。

【透頂】 tòu dǐng
超過了頂點。表示程度極重。含貶
義。例：聰明～｜糟糕～。

【萬般】 wàn bān
極；很。例：～無奈。注意：也指各
種各樣。例：～思緒。

【萬分】 wàn fēn
非常；極其。程度比「十分」重。
例：～高興｜～焦急。

【無比】 wú bǐ
沒有能夠與之相比的。表示程度重。
多用於好的方面。例：～自豪｜威力
～。

【無限】 wú xiàn
程度極重，沒有盡頭。例：我們的前
途～光明。

【無以復加】 wú yǐ fù jiā
表示達到了頂點，不能再增加了。多
用於貶義。例：這種卑劣的手法～，
令人髮指。

【無與倫比】 wú yǔ lún bǐ
沒有能夠與之相比的。與「無比」同
義，但應用範圍不如「無比」廣泛，
多用於具體事物。例：玉佛的造型、
工藝～，令人歎為觀止。

【相當】 xiāng dāng
表示程度比較重，但不到「很」的程
度。例：規格～高｜他的英語水平已
經～不錯了。

【尤其】 yóu qí
副詞，表示在原有程度上更進一步。
例：他喜歡體育，～喜歡打乒乓球。

【尤為】 yóu wéi
表示通過比較而特別突出。例：在眾
多運動員中，他的水平～突出。

【愈】 yù
同「越」。例：～來～好。

【愈加】 yù jiā
同「越發」。例：幾年不見，她長得
～漂亮了。

【越】 yuè
用「越……越……」的格式表示程
度隨條件發展而加重。例：～說～激
動｜生活～來～好。

【越發】 yuè fā
同「更加」。表示程度進一步增加。
例：你這孩子，怎麼～不聽話了。

【至】 zhì
極；最。例：～少｜～多｜感激之～。

【最】 zuì
極；無比的。表示某種屬性或程度超
過所有的同類，達到了頂點。常修飾
形容詞或表示心理活動的動詞。例：
～好｜～壞｜～喜歡｜～討厭。

【最為】 zuì wéi
〈書〉同「最」。例：～感人｜～重要。

第一 dì yī

【第一】 dì yī
居第一位。例：班級考試，他總是排
～。

【冠軍】 guàn jūn
體育運動等競賽中的第一名。例：
「牛下女車神」李慧詩曾獲得女子單
車比賽世界～。

【桂冠】 guì guān
月桂樹葉編的帽了，古希臘人用以獎
授傑出的詩人或競技的優勝者。後來
歐洲習俗以桂冠為光榮的稱號。現
多用來比喻在競賽中的第一名。例：
他後來居上，最終奪得一百米賽跑的
～。

【甲】 jiǎ
由天干「甲乙丙丁……」而來，甲居
天干第一位。例：～級｜～等｜桂林
山水～天下。

【魁】 kuí
居第一位的；首領。例：～首｜罪～
禍首｜運動員日夜苦練，決心在這次
大賽中奪～。

【魁首】 kuí shǒu
舊時稱在同輩中才華居首位的人。
例：文章～。注意：也指首領。例：
此人為該黨～，頗有聲望。

【首屈一指】 shǒu qū yì zhǐ
首：首先。屈指計數時首先彎下大拇

指，表示第一。指居第一位。例：他
是全校～的羽毛球選手。

【首位】 shǒu wèi
居第一位。例：居於～。

【天字第一號】 tiān zì dì yī hào
舊時對數目多和種類多的東西，常用
《千字文》的字來編排次序，「天」字
是《千字文》首句「天地玄黃」的第
一字，因此「天字第一號」就是第一
或第一類中的第一號，借指最尚、最
大、最強或最轟動的。例：張警官他
們最近破獲的這起案子，可以說是香
港有史以來～的盜竊案。

【頭號】 tóu hào
第一號；最大號。例：他是球隊裏的
～前鋒。

【無出其右】 wú chū qí yòu
出：超出。右：古時尚右，故指右為
高位。表示沒有超出他的。例：爺爺
的繪畫水平，在香港～者。

【無與倫比】 wú yǔ lún bǐ
沒有能比得上的。程度比「無出其
右」更重。例：大師的書法～，堪稱
傳世之寶。

【一等】 yī děng
排在第一的級別。例：～獎｜～功。

惟一 wéi yī

【狀元】 zhuàng yuán
科舉時代的一種稱號。唐代稱進士科及第的第一人,有時也泛稱新進士。宋代主要指第一名,有時也用於第二、三名。元代以後限於稱殿試一甲(第一等)第一名。現用來泛指各行業中成績最好的人。例:三百六十行,行行出~|文憑試七優~。

【最】 zuì
居第一位的。例:~好|~佳。

【不二法門】 bú èr fǎ mén
法門:佛教指入道的門徑。這裏指泯滅一切相對概念的差別,達到修成大道的門徑。現在比喻最好的或獨一無二的方法。例:勤奮學習是增長知識的~。

【定於一尊】 dìng yú yì zūn
尊:具有最高權威的人。舊時指思想、學術、道德等以一個最高權威的人做惟一標準。例:張教授知識淵博,他的學術思想被~。

【獨步一時】 dú bù yì shí
形容特別突出,一時間沒有第二個。例:他的畫在畫壇上~,深受群眾喜愛。

【獨一無二】 dú yī wú èr
形容惟一的,沒有相同或可以相比的。例:針灸是中國在世界上~的一種醫療技術。

【蓋世無雙】 gài shì wú shuāng
也說「舉世無雙」。蓋世:壓倒世界上所有的。獨一無二。例:這位老先生的微雕藝術~。

【絕代】 jué dài
絕世無雙;當代沒有可比的。例:~妙手|才華~。

【絕倫】 jué lún
獨一無二;無與倫比。例:才智~|荒謬~。

【絕世】 jué shì
絕代。例：～無雙｜～聰明。

【絕無僅有】 jué wú jǐn yǒu
只有一個，再沒有別的。例：這樣的微雕藝術傑作，目前在國內是～的。

【空前絕後】 kōng qián jué hòu
以前沒有過，以後也不會再出現。形容超絕古今，獨一無二。例：諾貝爾獎獲得者屠呦呦教授等人研製的青蒿素抗瘧藥可以說是～。

【破天荒】 pò tiān huāng
唐代時荊州每年都送舉人去考進士，卻無一人考中，當時被人稱為天荒。後來劉蛻考中了，稱為破天荒。比喻事情第一次出現。例：我們學校籃球隊～拿了學界比賽的第一名！

【史無前例】 shǐ wú qián lì
歷史上從未有過的。例：這場戰爭規模之大，～。

【碩果僅存】 shuò guǒ jǐn cún
碩：大。比喻經過淘汰，留存下的稀少可貴的人或物。例：參賽選手經過幾輪淘汰之後，到決賽階段已是～了。

【天下無雙】 tiān xià wú shuāng
天下再沒有第二個。例：這種雜技節目是一種獨創，可以說是～。

【惟我獨尊】 wéi wǒ dú zūn
惟：只有。獨：單獨。尊：尊貴、崇高。原為佛家稱頌釋迦牟尼的話。現形容極端狂妄自大。例：一個人倘若～，就難免落到孤立無援的地步。

【惟一】 wéi yī
只有一個。例：父母意外身亡後，爺爺就是她～的親人。

【無匹】 wú pǐ
無雙；沒有比得上的。例：中國的悠久文化，舉世～。

【無雙】 wú shuāng
獨一無二；沒有可相比的。例：舉世～｜天下～。

【無與倫比】 wú yǔ lún bǐ
倫比：類比。沒有比得上的。多用於頌揚正面事物。例：李教授對地質學的貢獻是～的。

多 duō

【比比皆是】 bǐ bǐ jiē shì
比比：處處。到處都是，形容非常
多。例：破壞環境的案例～，確實應
該好好管一管了。

【比肩接踵】 bǐ jiān jiē zhǒng
踵：腳後跟。肩挨肩，腳挨腳。形容
人多擁擠。例：旺角大街上的人～，
川流不息。

【不計其數】 bú jì qí shù
計：計算。數目極多，無法計算。
例：足球是巴西的國球，僅在歐洲踢
球的運動員就～。

【不可勝數】 bù kě shèng shǔ
勝：盡。沒辦法數完。形容非常多。
例：草場上的羊羣多得像天上的雲，
～。

【不勝枚舉】 bú shèng méi jǔ
也說「不可枚舉」。無法一個一個全
舉出來。形容數量很多。例：香港進
口世界各地的水果，種類～。

【不一而足】 bù yī ér zú
形容所說的現象或事物很多，不止一
種，不能一一列舉。例：展覽大廳裏
的展品五花八門，～。

【川流不息】 chuān liú bù xī
川：河流。息：停止。行人、車馬等
像流水一樣連續不斷。例：馬路上車
水馬龍，～。

【堆積如山】 duī jī rú shān
堆積得像山一樣。形容事物聚在一起
很多。例：問題～，必須儘快處理。

【多】 duō
與「少」、「寡」相對。數量大。例：
車上的人太～了。

【多才多藝】 duō cái duō yì
具備多方面的才能和技藝。例：張老
師是一個～的人。

【多多益善】 duō duō yì shàn
越多越好。例：像這種合理的建議
～。

【多方】 duō fāng
多方面。例：學校擴建的錢還不夠，
正在～籌措。

【多面手】 duō miàn shǒu
指擅長多方面技能的人。例：爸爸會
畫畫兒，會寫詩，還會作曲，是文藝
方面的～。

【多謀善斷】 duō móu shàn duàn
智謀多，善於決斷。例：我們的班長
是一個～的人，任何問題到她手裏都
會迎刃而解。

【多事】 duō shì
事故或事變多。例：～之秋。注意：
也指做沒必要的事。例：你這個人就
是～，管那個做甚麼呀？

【多數】 duō shù
佔比例大的數量。例：～人擁護你當
班長，你就別推辭了。

【繁多】 fán duō
指種類多而豐富。例：品種～｜花色
～。

【紛繁】 fēn fán
多而繁雜。例：頭緒～｜世事～。

【紛紛】 fēn fēn
形容多而雜亂的樣子。常形容議論或
東西往下落的樣子。例：議論～｜落
葉～。

【紛紛揚揚】 fēn fēn yáng yáng
形容雪、花、葉一類的東西飄灑得多
而雜亂的樣子。例：大雪～地下個不
停。

【紛紜】 fēn yún
繁多而雜亂。例：眾說～。

【紛至沓來】 fēn zhì tà lái
紛紛到來。例：求職者～，使他們應
接不暇。

【豐富多彩】 fēng fù duō cǎi
形容花樣多，內容豐富。例：晚會上
的節目～，大家看得很開心。

【俯拾即是】 fǔ shí jí shì
又說「俯拾皆是」。俯：低頭彎腰。
拾：取。只要彎下身子去撿，到處都

是。形容為數很多而且容易得到。
例：這種絕妙的比喻在他的小說中
～。

【浩繁】 hào fán
浩大而頭緒繁多。例：對於這樣一個
～的工程，最重要的就是要用嚴格的
科學態度去對待。

【浩瀚】 hào hàn
〈書〉廣大；繁多。多用於形容水
勢。例：水域～｜典籍～。

【浩如煙海】 hào rú yān hǎi
浩：廣大眾多。煙海：茫茫大海。比
喻廣大繁多。多用於形容書籍或資料
無法計量，非常豐富。例：讀書應該
提倡有選擇地精讀，因為典籍～，任
何一個人都是讀不完的。

【接踵而來】 jiē zhǒng ér lái
踵：腳後跟。一個跟着一個地來。含
多、快義。例：老爺爺生日這天，親
朋好友們從一大早就～，祝賀老人家
生日快樂。

【舉不勝舉】 jǔ bú shèng jǔ
勝：盡。例子舉也舉不完。形容多得
很。例：像這樣助人為樂的事，在我
們學校裏～。

【纍纍碩果】 léi léi shuò guǒ
比喻成績多而顯著。例：由於大家的
努力，政府近幾年取得了～。

【連綿】 lián mián
又作「聯綿」。(山脈、河流、雨雪等)接連不斷。例:山脈～起伏,像長龍一樣蜿蜒東去。

【連篇累牘】 lián piān lěi dú
形容篇幅多,文辭冗長。例:這樣～地做廣告,會引起觀眾的不滿。

【連續】 lián xù
一個接一個。例:他曾經～三次獲得奧運會乒乓球男單冠軍。

【林立】 lín lì
像樹林一樣密集地樹立着。形容很多。例:高樓～|大廈～。

【屢見不鮮】 lǚ jiàn bù xiān
經常看見,不覺得新鮮。形容多。例:像這樣遲到早退的事已經～,學校確實該採取強硬措施了。

【絡繹不絕】 luò yì bù jué
絡繹:連續不斷。形容來往的人或馬、車連續不斷。例:展覽到現在已經一星期了,參觀者還是～。

【滿】 mǎn
表示全部充實,達到容量的極點。含多義。例:影院客～|顆粒飽～。

【美不勝收】 měi bú shèng shōu
勝:盡。好的東西太多,一時看不過來。例:西貢的景致～,半天時間怎麼遊覽得過來呢?

【密密麻麻】 mì·mi má má
又多又密。例:這樣～的小字,叫奶奶怎麼看啊?

【目不暇接】 mù bù xiá jiē
暇:空閒。可看的東西太多,眼睛看不過來。形容吸引人的事物很多。例:博覽會上展出的內容豐富多彩,令人～。

【千變萬化】 qiān biàn wàn huà
形容變化極多。例:日出時,天空顏色～,景色美不勝收。

【千錘百煉】 qiān chuí bǎi liàn
比喻無數次的鍛煉和考驗。例:他經過～,才取得今天的成功。注意:也常用來比喻對文學藝術作品的多次精細修改。例:經過～,他的這篇作文已經無可挑剔。

【千方百計】 qiān fāng bǎi jì
形容想盡或用盡辦法。含多義。例:他～說服爸爸,給自己買了一雙名牌運動鞋。

【千夫】 qiān fū
〈書〉指眾多的人。例:橫眉冷對～指,俯首甘為孺子牛。

【千家萬戶】 qiān jiā wàn hù
又說「萬戶千家」。形容人家眾多。例:除夕之夜,～都聚集在電視機前觀看節目。

【千金】 qiān jīn
指很多的錢或比喻貴重、珍貴。例：
～難買｜價值～。注意：也指稱別人
的女兒。敬辭。例：～小姐｜令～。

【千軍萬馬】 qiān jūn wàn mǎ
形容雄壯的隊伍和浩大的聲勢。例：
～齊參戰。

【千奇百怪】 qiān qí bǎi guài
形容事物奇異怪誕而又多樣。例，他
被小明家裏那些～的石頭吸引住了。

【千頭萬緒】 qiān tóu wàn xù
頭：端。緒：絲頭。形容事物紛繁，
頭緒很多。例：事情～，必須抓住主
要矛盾才行。

【千言萬語】 qiān yán wàn yǔ
形容說的話很多。例：他這一句話勝
過～。

【人才濟濟】 rén cái jǐ jǐ
形容有才能的人很多。例：香港大學
～。

【人山人海】 rén shān rén hǎi
比喻人聚集得非常多。例：每逢假
日，商場和街道都是～的。

【人聲鼎沸】 rén shēng dǐng fèi
鼎：古代煮東西的器物。人嘈雜的聲
音像鍋裏水燒開了一樣。形容人多而
嘈雜。例：球場裏～，鑼鼓齊鳴。

【人頭攢動】 rén tóu cuán dòng
形容人很多，一片片人頭晃動。例：節
日的尖沙咀海旁～。

【人煙稠密】 rén yān chóu mì
煙：炊煙。稠：稠密。指人家、住戶
多而密。例：如今這裏～，已經很難
見到野生動物了。

【莘莘】 shēn shēn
〈書〉形容眾多。例：～學子。

【萬端】 wàn duān
（頭緒）極多而紛繁；各種各樣。
例：～感慨｜～變化。

【萬惡】 wàn è
極端惡毒；罪惡多端。含貶義。例：
～不赦。

【萬方】 wàn fāng
指姿態多種多樣。例：儀態～。

【萬貫】 wàn guàn
本義是一萬貫銅錢。形容錢財多。
例：～家財。

【萬機】 wàn jī
（當政者非常忙，要處理）很多重要
事情。例：日理～。

【萬籟】 wàn lài
籟：指從孔穴裏發出的聲音。這裏指
自然界發出的各種各樣的細微聲音。
例：～俱寂。

【萬能】 wàn néng
有很多種用途。例：～膠。注意：也指無所不能。例：金錢不是～的。

【萬千】 wàn qiān
形容多種多樣或非常多。例：氣象～｜思緒～。

【萬世】 wàn shì
很多世代，非常久遠。例：人們稱春秋時代的孔子為～師表。

【萬事】 wàn shì
指一切事情。例：～開頭難。

【萬水千山】 wàn shuǐ qiān shān
很多的河流和高山。多用來形容路途遙遠險阻。例：他走遍了中國的～。

【萬萬】 wàn wàn
數目，一萬個萬，也表示數量大。例：～年｜～歲。注意：也指絕對。例：～不可大意｜～沒有想到。

【萬物】 wàn wù
天地間的一切事物。例：其實，萬事～都有規律可循。

【萬象】 wàn xiàng
宇宙間的一切事物或景象。應用範圍比「萬物」更廣。例：春回大地，～更新。

【萬眾一心】 wàn zhòng yì xīn
千千萬萬的人團結成一條心。例：～，共創輝煌。

【萬狀】 wàn zhuàng
多種多樣。例：驚恐～。

【萬紫千紅】 wàn zǐ qiān hóng
形容無數的花朵競相開放，色彩絢爛。例：春天的花園裏百花齊放，～。

【無數】 wú shù
難以計數。形容極多。例：節日的夜空，有～煙花綻放。注意：也指不知底細。例：心中～。

【熙來攘往】 xī lái rǎng wǎng
來往的人很多，非常熱鬧的景象。例：節日這天，街上的人～，比平時多出幾倍。

【許多】 xǔ duō
很多。例：街上的樹，～都開花了。

【洋洋大觀】 yáng yáng dà guān
形容事物美好繁多，豐富多彩。例：博覽會上展出的東西～，令人目不暇接。

【洋洋萬言】 yáng yáng wàn yán
形容文字很長，上萬或數萬字。例：寫作文對他來說簡直輕而易舉，～，總是信手拈來。

窮盡 qióng jìn

【眾多】 zhòng duō
很多。多指人口。例：人口～。

【眾人】 zhòng rén
大家。例：～拾柴火焰高｜團結一致，把對手擊敗了。

【眾生】 zhòng shēng
一切有生命的東西。多指人。例：～相｜芸芸～。

【眾說】 zhòng shuō
多種多樣的說法。例：關於那件事，～紛紜，目前還沒有結果。

【眾望】 zhòng wàng
大家的希望。例：張老師當校長，是～所歸。

【乾淨】 gān jìng
比喻一點兒不剩。例：屋子裏的垃圾都打掃～了。注意：也指沒有塵土、雜質，很衞生。例：教室裏很～。

【告罄】 gào qìng
〈書〉（物資）用完；（貨物）售光。例：流感蔓延，藥品已經～，醫生十分焦急。

【光】 guāng
一點兒也不剩，全沒有了。例：練習本已經用～了。

【盡】 jìn
完。含淨盡義。例：費～心機。注意：也指達到極端。例：～頭。

【精光】 jīng guāng
一無所有；一點兒不剩。例：一鍋飯給他們三個人吃了個～。

【淨】 jìng
沒有剩餘。例：把飯吃～了，不要浪費。

【淨盡】 jìng jìn
一點兒也不剩。例：消滅～。

【絕】 jué
窮盡；完全沒有了。程度比「光」、「完」等重。例：彈盡糧～｜天無～人之路。

快 kuài

【空空如也】 kōng kōng rú yě
空空的甚麼也沒有。例：人走家搬，室內變得～。

【枯竭】 kū jié
（水源）乾涸、斷絕。例：小河早已～了。注意：也指（才智、資源等）匱乏。例：才智～｜資源～。

【了】 liǎo
一點兒也沒有。例：～無懼色。注意：也指完畢、結束。例：這件事就此～結。

【沒】 méi
沒有。例：這個月的工資全花～了。

【罄盡】 qìng jìn
沒有剩餘。例：這場病，使他積蓄～，再也沒有辦法撐下去了。

【窮】 qióng
窮盡。例：欲～千里目，更上一層樓。

【窮盡】 qióng jìn
到盡頭。例：知識沒有～｜宇宙不可～。

【完】 wán
消耗盡；沒有剩的。例：零食已經吃～了。

【長驅直入】 cháng qū zhí rù
迅速地、無阻擋地進入很遠的目的地。例：由於作戰計劃周密，我軍～，勢如破竹。

【飛快】 fēi kuài
像飛一樣快。形容非常迅速。例：速度～｜跑得～。注意：也形容刀刃鋒利。例：這把刀磨得～。

【飛速】 fēi sù
像飛一樣的快。形容非常迅速。例：～前進｜～發展。

【風馳電掣】 fēng chí diàn chè
像颶風和閃電那樣迅疾。例：警車～般趕往事發現場。

【高速】 gāo sù
速度很快。例：～公路｜～運行。

【火速】 huǒ sù
用最快的速度去做。多用於最緊急的事。例：消防員接到命令，立即出發，～趕往災場。

【急】 jí
快而急促。例：你怎麼走得這麼～呀？

【急促】 jí cù
急切而短促。例：一陣～的敲門聲響過，門被打開了。注意：也指時間短促。例：～之間，他把鞋都穿錯了。

【急劇】 jí jù
急速而劇烈。例：近幾天氣溫～下
降，同學們要注意保暖，防止感冒。

【急遽】 jí jù
同「急劇」。例：～變化。

【急忙】 jí máng
心裏着急，加快速度。例：眼看時間
到了，小明～吃了幾口飯，背上書包
就出了門。

【急速】 jí sù
非常快。比「迅速」還快。例：從醫
生～的腳步聲，就可以判斷出這是個
危重病人。

【急驟】 jí zhòu
急速。比「急速」力度更大。例：鑼
鼓聲愈加～，戲終於開場了。

【快】 kuài
速度高。例：這棵小樹長得真～，沒
半年時間已經比人高了。

【快馬加鞭】 kuài mǎ jiā biān
用鞭子抽快馬，使馬跑得更快。比喻
快上加快。例：～，迎頭趕上。

【快速】 kuài sù
速度快。例：這輛跑車～超過前面的
車輛。

【麻利】 má·li
〈口〉敏捷；動作快。例：手腳～。

【敏捷】 mǐn jié
迅速而靈敏。例：身手～｜動作～｜
思維～。

【輕捷】 qīng jié
輕快敏捷。例：張老師四十幾歲的年
紀了，身體還很好，腳步像年輕人一
樣～。

【神速】 shén sù
速度快得驚人。例：兵貴～｜進步
～。

【湍急】 tuān jí
形容水勢很急。例：水流～，波濤翻
滾。

【迅疾】 xùn jí
迅速；靈敏。例：～如飛｜～趕赴現
場｜～做出反應。

【迅捷】 xùn jié
迅速快捷。例：動作～｜信息反饋得
十分～。

【迅雷不及掩耳】
xùn léi bù jí yǎn ěr
突然響起雷聲，叫人來不及掩住耳
朵。比喻事情來得迅疾，令人不及防
備。例：警察以～之勢，向歹徒發動
猛烈進攻。

【迅猛】 xùn měng
迅速而猛烈。例：颱風來勢～，給沿
海地區造成很大損失。

【迅速】 xùn sù
速度高；行動快。例：～前進｜～發生變化。

【一日千里】 yí rì qiān lǐ
形容發展速度非常快。例：現今科技發展～，新事物很快又遭淘汰了。

慢 màn

【遲】 chí
速度慢；晚。例：對不起，我來～了。

【遲緩】 chí huǎn
緩慢。例：動作～｜進度～。

【遲滯】 chí zhì
緩慢甚至停止。程度比「遲緩」重。例：上級三令五申，你們為甚麼還～不辦？

【鵝行鴨步】 é xíng yā bù
〈書〉像鵝和鴨走路一樣。形容行動遲緩。例：他這人啊，火燒眉毛也不着急，總是～的。

【緩】 huǎn
速度慢。例：請把速度放～些。

【緩慢】 huǎn màn
不迅速，遲緩。例：動作～。

【慢】 màn
速度低；遲緩。例：動作太～了。

【慢手慢腳】 màn shǒu màn jiǎo
形容手腳不靈活，遲鈍；緩慢。例：老人～地收拾房間。

【慢騰騰】 màn téng téng
緩慢的樣子。例：你這樣～的，甚麼時候能做完啊？

【慢條斯理】 màn tiáo sī lǐ
很有條理；很文雅。形容從容不迫。

例：老教授講課總是～的，語言也非常幽默。

【慢吞吞】 màn tūn tūn
遲緩，不爽快。多形容說話。例：你有話就直說吧，～的到底甚麼意思呀？

【慢悠悠】 màn yōu yōu
遲緩；動作慢。例：老太太知道自己的心臟不好，幹活總是～的。

【磨蹭】 mó·ceng
比喻做事的動作遲緩。例：你還～，就要遲到了。

【冉冉】 rǎn rǎn
〈書〉慢慢地。多形容日、月慢慢升起。例：中秋節的晚上，一輪滿月～升起。

【姍姍】 shān shān
舊時形容女子舉止緩慢、從容的樣子。引申用來形容緩慢。例：～來遲。

【蝸行牛步】 wō xíng niú bù
〈書〉像蝸牛那樣爬行，像老牛那樣慢走。比喻行動緩慢，沒有效率。例：如此～，工程甚麼時候能完工啊！

【徐徐】 xú xú
慢慢移動、緩緩變化的樣子。例：列車～駛出站台。

【諳】 ān
〈書〉熟悉；熟練。例：他還是個不～世事的小青年，這件事你怎麼能怪他呢？

【諳練】 ān liàn
〈書〉熟練；有經驗。例：他～此道，叫他教你吧。

【純熟】 chún shú
熟練。例：他腳法～，但頭球技術很一般｜修車師傅的技術十分～。

【倒背如流】 dào bèi rú liú
憑記憶可以很熟練地倒着念出讀過的文章或詞句。形容極為熟練。例：對《岳陽樓記》，他可以～，大家都很佩服他的記憶力。

【得心應手】 dé xīn yìng shǒu
心裏摸索到規律，做起來就自然順手。形容技術純熟。例：做這一行他～，沒問題的。

【滾瓜爛熟】 gǔn guā làn shú
形容讀書背書流利純熟。例：小小年紀，能把幾十首唐詩背得～，真是太厲害了。

【駕輕就熟】 jià qīng jiù shú
駕：趕馬車。輕：指輕車。就：走上。熟：熟路。趕着輕車走熟路。比喻對事情很熟悉，做起來容易，運用自如。例：他熟悉貧民情況，寫起這方面的小說來，當然是～。

【爛熟於心】 làn shú yú xīn

記憶得十分熟練。例：對電腦技術，他早已～。

【爐火純青】 lú huǒ chún qīng

純青：爐火溫度達到最高點，火焰轉成青色。本指道家煉丹成功時的火候，後比喻技術或學問達到成熟、完美的境界。程度遠比「運用自如」重。例：他的書法技藝達到了～的地步。

【輕車熟路】 qīng chē shú lù

駕着輕快的車在熟路上走。比喻熟悉而又容易。例：幹這一行他是～，沒甚麼可擔心的。

【熟】 shú

指做某種工作時間久了，精通而有經驗。例：電腦方面的問題你問他好了，他太～了。

【熟諳】 shú ān

〈書〉也說「諳熟」。熟悉；熟練。例：這方面的技術他已經～於心了，沒有問題的。

【熟練】 shú liàn

動作、技巧、手藝等純熟。例：他對電腦操作太～了，你拜他為師好了。

【熟習】 shú xí

對某種技術或學問很熟練，不陌生。程度比「熟練」輕。例：這方面的工作他已經～了，還是叫他做吧。

【嫻熟】 xián shú

熟練。例：他書法技藝～，但缺少創意。

【遊刃有餘】 yóu rèn yǒu yú

遊刃：運轉刀刃，即用刀來操作。此語原指在肢解牛時，由於摸清了牛的筋絡骨骼，找到空隙處下刀，刀刃轉動，寬綽自由。用來比喻技藝熟練，能力強，辦事不費力。例：以他的才能和實踐經驗，處理這些問題應該是～。

【運用自如】 yùn yòng zì rú

運用得十分自然如意。例：他一個星期前買了台電腦，現在已經～了。

急迫 jí pò

【火急】 huǒ jí
像火燒一樣不容遲疑。比喻非常緊急。例：災情嚴重，十萬～，請速派部隊增援。

【火燒眉毛】 huǒ shāo méi·mao
〈口〉比喻非常緊急。例：都～了，你怎麼還不急？

【急巴巴】 jí bā bā
〈口〉急迫的樣子。例：還沒放學他就～地趕回家去，不知道是甚麼事？

【急不可待】 jí bù kě dài
急切的心情不能再等待了。例：離列車到站還有半個小時，他就～地等在出站口了。

【急不可耐】 jí bù kě nài
比喻着急得無法忍耐。例：父親病危的電話一到，小李就～地去買機票，恨不得立刻飛回家。

【急促】 jí cù
迅速而短促。含急迫義。例：～的腳步聲｜事情來得如此～，令人措手不及。

【急忙】 jí máng
心裏着急，行動加快。例：聽說爸爸住院了，他～請假去了醫院。

【急迫】 jí pò
事情緊急，需馬上處理。例：這件事非常～，你必須馬上處理。

【急切】 jí qiè
着急；迫切。例：他～地想參加學校舉辦的足球賽｜我～地盼望着爸爸從國外回來。

【急如星火】 jí rú xīng huǒ
星火：流星。像流星一樣急促閃過。形容非常緊急。例：幾十名傷者躺在車禍現場，救護車～，趕赴搶救。

【急性】 jí xìng
急劇發作的、迅速變化的（疾病）。例：～闌尾炎。注意：也指性格急躁，多與「兒」、「子」連用。例：他這人是個～子，辦事也粗心大意。

【急於】 jí yú
想要馬上實現。含急迫義。例：他～學會電腦，作業都忘了做了。

【急躁】 jí zào
激動不安；不耐煩。例：他的性格太～｜這件事還沒有搞清楚，先不要嘛！

【焦急】 jiāo jí
着急。例：～萬分｜等待。

【焦慮】 jiāo lù
着急；憂慮。例：他的病症日益嚴重，叫人～｜為這件事我內心十分～。

【焦躁】 jiāo zào
着急而煩躁。例：～不安。

【焦灼】 jiāo zhuó

〈書〉非常着急，內心火燒火燎。程度比「焦慮」和「焦躁」重。例：一想到時間不多了，他的內心就～不安。

【緊急】 jǐn jí

事情急迫，必須立即採取行動處理。例：～通知｜～措施。

【緊迫】 jǐn pò

急迫，沒有緩衝餘地。程度比「緊急」重。例：事情～，不容我們拖拖拉拉。

【刻不容緩】 kè bù róng huǎn

一刻也不能拖延。例：大賽即將開始，各項準備工作～。

【迫在眉睫】 pò zài méi jié

事情十分急迫，就像已經逼近了眉毛和睫毛一樣。程度比「刻不容緩」重。例：這件事情～，我們先處理吧。

【燃眉之急】 rán méi zhī jí

〈書〉如同火燒到了眉毛那樣緊急。比喻非常緊迫的情況。例：政府馬上調運一批糧食到災區，以解～。

【危急】 wēi jí

危險；緊急。例：～關頭｜～時刻。

【心急火燎】 xīn jí huǒ liǎo

〈口〉心裏急得像火燒一樣。例：電話怎麼也打不通，讓人～。

【心急如焚】 xīn jí rú fén

也說「心急如火」。焚：燒。心裏急得像火燒一樣。程度比「心急火燎」重。例：病人已幾次休克，可急救藥還沒送到，病人家屬～。

【心焦】 xīn jiāo

由於希望的事情遲遲不能實現而煩悶急躁。例：飛機馬上就要起飛了，可他還沒到機場，讓人等得～。

【一觸即發】 yí chù jí fā

觸：碰。即：就。一碰就爆發。比喻事態已發展到十分緊張危險的階段。例：兩國局勢十分緊張，戰爭～。

【一髮千鈞】 yí fà qiān jūn

也說「千鈞一髮」。千斤重量吊在一根頭髮絲上。比喻情況萬分危急。例：～之際，他把小明救了出來。

【着慌】 zháo huāng

形容着急、慌張。例：還有一點兒時間，不要～。

【着急】 zháo jí

〈口〉急躁不安。例：時間還早，你～有甚麼用啊？

精巧 jīng qiǎo

【工巧】 gōng qiǎo
做工細緻精巧。例：這座雕塑十分
～。

【工細】 gōng xì
做工細緻。例：這張電腦桌十分～，
小明非常喜歡。

【鬼斧神工】 guǐ fǔ shén gōng
形容物品製作得技藝精巧，仿佛非人
工所為。例：此處奇景絕倫，讓人不
能不歎服大自然的～。

【精良】 jīng liáng
精美優良。例：品質～｜設備～｜裝
備～。

【精美】 jīng měi
形容物品精緻優美。例：這隻錶真是
～。

【精美絕倫】 jīng měi jué lún
精緻美好得無與倫比。程度遠比「精
美」重。例：新出土的銅鏡～，可謂
無價之寶。

【精密】 jīng mì
精緻細密。例：構造～｜～的儀錶。

【精妙】 jīng miào
精美巧妙。例：這件雕塑作品真是～
無比，不知道是誰創作的。

【精巧】 jīng qiǎo
精緻而巧妙。例：製作～。

【精細】 jīng xì
精密工細。例：這件西服做工～。注
意：也用來形容人。例：她的心非常
～，連繫鞋帶這樣的小事都注意到了。

【精緻】 jīng zhì
製造得精巧細緻。應用範圍較「精
密」、「精巧」寬泛。例：這份禮物十
分～，實在感謝你！

【玲瓏】 líng lóng
（物品）精巧細緻。例：鳥籠十分
～，爺爺非常喜歡。注意：也指人靈
活機敏。例：八面～。

【玲瓏剔透】 líng lóng tī tòu
形容器物精巧細緻，孔穴明晰，結構
奇巧。例：這件石刻獅子滾繡球～，
最讓人不可思議的是，獅子口裏的圓
球是怎麼嵌進去的呢？

【靈巧】 líng qiǎo
靈活；巧妙。例：她的手非常～。

【奇巧】 qí qiǎo
新奇而精巧。例：做工～｜構造～。

【巧奪天工】 qiǎo duó tiān gōng
人工製作精巧，勝過天然的。形容技
藝、作品精妙無比。例：這座玉雕
～，令人愛不釋手。

【巧妙】 qiǎo miào
靈活精妙。例：這種玩具構造～，小
明非常喜歡。

【輕巧】 qīng qiǎo
輕快靈巧。例：這種自行車騎起來十分～。注意：也指說話沒認真思考，不負責任。例：你說得～，出了事誰負責？

【細密】 xì mì
細緻縝密。例：衣料～｜針腳～。

【細巧】 xì qiǎo
精細工巧。例：這家商店主要售賣一些～的小玩意。

【細緻】 xì zhì
細密精緻。應用範圍比「細密」廣泛。例：這個木匠做活非常～。

【纖巧】 xiān qiǎo
細巧；小巧。例：嫂子送給她一隻～的手機套。

【小巧】 xiǎo qiǎo
小而精巧。例：新款手機規格～，很受人們歡迎。

【小巧玲瓏】 xiǎo qiǎo líng lóng
小而靈巧，精妙細緻。比「小巧」更具體。例：這種女士手袋～，銷路很好。注意：也用來形容人。例：她長得～。

【新巧】 xīn qiǎo
新穎精巧。例：這種手機的樣式十分～。

【緻密】 zhì mì
細緻精密。例：這件衣服的做工十分～。

奧妙 ào miào

【奧妙】 ào miào

深奧；奇妙。例：越研究越覺得這宇宙真是～無窮。

【不可思議】 bù kě sī yì

不可理解。例：他做出這樣的舉動，真是叫人～。

【高深莫測】 gāo shēn mò cè

高不可攀，深奧難測。例：任何理論都不是～的，關鍵是要深入淺出地講解它。

【妙】 miào

奧妙；奇妙。例：這個辦法太～了 ｜ 這樣的設計～極了。

【妙不可言】 miào bù kě yán

奇妙得不可言說。例：三維電影使人仿佛置身其中，那種身臨其境的感覺～。

【深奧】 shēn ào

道理高深不易了解。例：再～的道理，只要深入淺出地講解，總能讓學生理解的。

【神祕】 shén mì

神奇而隱祕的，使人難以理解的。例：～的宇宙，有許多未解之謎。

【微妙】 wēi miào

深奧玄妙，細微處令人難以捉摸。例：這件事很～，你還是別插手了 ｜ 關係～。

【玄奧】 xuán ào

玄妙而又深奧難解。例：愛因斯坦的「相對論」十分～，沒有多少人能夠真正理解。

【玄妙】 xuán miào

奇妙而難以捉摸。例：把科學說得那麼～，恐怕這本身就背離了科學精神。

【玄之又玄】 xuán zhī yòu xuán

玄上加玄。形容非常玄奧。含貶義。例：你不必說得那樣～，究竟怎麼樣大家一看便知。

平常 píng cháng

【不過爾爾】 bú guò ěr ěr
〈書〉不過如此罷了。形容很平常，沒有甚麼突出的地方。含輕視義。例：你把他吹得神乎其神，今天我當面領教了，也～。

【不足掛齒】 bù zú guà chǐ
掛齒：放在口頭上。比喻事情不值得一提。例：區區小事，～。

【不足為奇】 bù zú wéi qí
不值得奇怪。例：這種事在我們那裏常見，～。

【等閒】 děng xián
〈書〉平常；平凡。例：他可不是～之輩，較量較量你就知道了。

【凡庸】 fán yōng
平平常常；普普通通。略含貶義。例：我們雖然都是～之人，但也都有各自的愛好和樂趣。

【屢見不鮮】 lǚ jiàn bù xiān
事物經常見到，也就不覺得新奇。例：這種事～，用不着大驚小怪。

【平常】 píng cháng
普通的；不特別的。例：～人｜～心。注意：也表示時間。例：～日子。

【平淡無奇】 píng dàn wú qí
平平常常，沒有出奇的地方。例：這種～的電影，卻被媒體大加宣傳，真叫人難以理解。

【平凡】 píng fán
平常的；普通的。例：我母親是個～的家庭主婦。

【平平】 píng píng
不好不壞；平平常常。例：他成績～，升讀名牌大學恐怕沒希望。

【平庸】 píng yōng
尋常；一般。略含貶義。例：才能～｜～的一生。

【普通】 pǔ tōng
平常的；一般的。例：～人。

【司空見慣】 sī kōng jiàn guàn
司空：古代官名。唐代孟棨《本事詩》裏記載：曾作過司空的李紳請劉禹錫喝酒，劉作了一首詩，其中有「司空見慣渾閒事」一句。後用來形容經常看到的、不足為奇的。例：男士悉心護膚，如今已是～的事了。

【無足輕重】 wú zú qīng zhòng
無關緊要。例：他來不來～，不來就算了。

【尋常】 xún cháng
平常。例：這種～小事，你就不要太計較了。

【一般】 yì bān
普通；平常。例：今天的比賽他表現～。

容易 róng yì

【垂手可得】 chuí shǒu kě dé
垂手：雙手下垂。只須雙手下垂，便可得到。形容做事簡單容易。例：～的事，你為甚麼放棄呢？

【簡易】 jiǎn yì
簡單容易。例：～手續｜～程序。注意：也指簡陋。例：～書架｜～住房。

【舉手之勞】 jǔ shǒu zhī láo
只要舉一下手便能做到。形容做事非常容易。例：這件事在您就是～，您就幫幫忙吧。

【輕而易舉】 qīng ér yì jǔ
非常容易，毫不費力。例：他～地賺了一筆錢。

【輕易】 qīng yì
副詞，容易簡單，不能說「很輕易」。例：～得手。注意：也指輕率，隨便。例：不可～下結論。

【容易】 róng yì
形容詞，好辦；不費力氣。例：這件事太～了，交給我辦好了。

【探囊取物】 tàn náng qǔ wù
伸手到口袋裏拿東西。比喻做事非常容易。例：以我們的實力，想勝出比賽，簡直就是～。

【唾手可得】 tuò shǒu kě dé
唾手：吐一下吐沫在手上。形容極容易得到。例：本來～的晉升機會，卻因為他犯的錯而失去了？

【一蹴而就】 yí cù ér jiù
蹴：踢。就：成功。用腳踢一下就成功。形容取得成果非常簡單容易。例：要學好書法，非下苦功不可，想～是辦不到的。

【易】 yì
與「難」相對，不可以「很易」。容易。例：～守難攻｜絕非～事。

【易如反掌】 yì rú fǎn zhǎng
形容辦事極為容易，如同翻一下手掌一樣輕鬆。例：辦這件事～，只要你點個頭就行。

【迎刃而解】 yíng rèn ér jiě
劈竹子只要破開頭上幾節，下面的也就隨着裂開了。比喻做事容易、順利。例：這件事在他幫助下，問題都～了。

適當 shì dàng

【當】 dàng
合適。例：運用得～｜大而無～。

【得當】 dé dàng
合適；恰當。例：話說得很～｜這篇作文詳略～。

【得體】 dé tǐ
言行得當；恰當。例：你穿這麼鮮豔去參加追悼會，不～吧？

【對路】 duì lù
合適；稱心；合乎要求。例：試銷～｜產品～。

【對頭】 duì tóu
合適；正確。例：方法～。注意：也指兩人投心對意，多用於否定句。例：這婆媳倆十分不～，常常吵架。注意：「對頭」讀輕聲 duì·tou 時，意為「敵人」。

【合適】 hé shì
形容詞，符合實際情況或客觀要求。例：這差使派你去最～，你就辛苦一趟吧。

【合宜】 hé yí
合適；適當。例：在這種場合你怎麼能亂講呀？｜這很不～啊！

【恰當】 qià dàng
正合適；很妥當。例：這件事處理得很～，各個方面都十分滿意。

【恰到好處】 qià dào hǎo chù
最適當的程度。程度比「恰當」重。例：這件小禮物送得～，老奶奶樂得合不攏嘴。

【恰好】 qià hǎo
正好；剛好。例：兩個人正爭得不可開交，～老師來了，他們便叫老師來評理。

【恰如其分】 qià rú qí fèn
恰當；正好。例：老師的批語～，小明心悅誠服接受。

【切中】 qiè zhòng
擊中；準確說中。例：～要害｜～時弊。

【適當】 shì dàng
合適；妥當。例：請你找一個～的機會和他談一下，問題總會解決的。

【適度】 shì dù
程度適合。例：看書時眼睛與書的距離要～，不然就容易近視。

【適合】 shì hé
動詞，後面可帶賓語，符合客觀實際情況。例：他的性格很～當教師。

【適可而止】 shì kě ér zhǐ
（說話做事）到了適當的時候就停止。例：他已經反省改過了，你就～吧！

【適量】 shì liàng
數量適合，不多不少。例：飲酒要
～｜老年人運動要～。

【適宜】 shì yí
適當；相宜。例：這樣風雨交加的天
氣，老年人不～出門。

【適中】 shì zhōng
適宜。不上不下，不多不少。例：氣
溫～，正是旅遊的好季節。

【妥帖】 tuǒ tiē
恰當；合適；周到。例：這件事他料
理得十分～。

【吻合】 wěn hé
完全符合。例：這種產品很～市場需
求。

【相當】 xiāng dāng
適宜；合適。例：這個工作還沒有找
到～的人。

【相配】 xiāng pèi
配合起來合適、相稱。例：這條裙子
和她的膚色很～。

【相宜】 xiāng yí
合適；適宜。例：欲把西湖比西子，
淡妝濃抹總～。

【言必有中】 yán bì yǒu zhòng
一說話就說到重點上，非常中肯。

例：他從來不亂說話，提出來的意見
總是～。

【宜】 yí
合適。例：少兒不～｜這種奶粉～於
老年人食用。

【熨帖】 yù tiē
妥帖；合適。例：這個詞用在這裏很
～。

【正好】 zhèng hǎo
恰好；剛好。例：我走進教室的時
候，上課的鈴聲～響起。

【中肯】 zhòng kěn
言論抓住要點，正中要害或恰到好
處。例：會議上，大家～地評論了我
的議案｜你的意見很～，我一定認真
對待。

燦爛 càn làn

【斑駁】 bān bó
〈書〉也作「班駁」。許多種顏色混雜在一起，花花搭搭的。例：秋天的山林色彩～，美麗極了。

【斑斕】 bān lán
〈書〉燦爛多彩。例：日出時，天空五彩～，美不勝收。

【繽紛】 bīn fēn
〈書〉繁多而又錯雜凌亂。例：落英～。

【燦爛】 càn làn
光彩鮮明耀眼。例：～奪目｜光輝～。注意：也常用來比喻抽象事物。例：～的前程｜～的未來。

【燦爛輝煌】 càn làn huī huáng
光輝燦爛。例：新建的音樂廳～。注意：也常用來比喻抽象事物。例：成就～。

【粲然】 càn rán
〈書〉形容鮮明發光。例：博覽會上，那些～的陶瓷製品，吸引了不少外國朋友的目光。注意：也形容笑時露出牙齒的樣子。例：～一笑。

【璀璨】 cuǐ càn
〈書〉形容珠寶等光彩鮮明。例：博覽會上的珠寶～奪目，令人歎為觀止。

【奪目】 duó mù
（光彩）耀眼。例：光彩～｜燦爛～。

【光怪陸離】 guāng guài lù lí
光怪：奇異的光彩。陸離：各式各樣。形容現象奇異、色彩繁雜。例：大都會霓虹閃爍，～。

【光輝】 guāng huī
明亮；燦爛。例：～前程。

【光輝燦爛】 guāng huī càn làn
光芒耀眼，色彩鮮明。常用來比喻抽象事物。例：～的未來。

【光芒四射】 guāng máng sì shè
光芒向四面發散。多用於具體事物。例：中間一盞吊燈～，照耀得大禮堂如同白晝。

【光芒萬丈】
guāng máng wàn zhàng
光芒：四射的光輝。形容光輝燦爛，照耀很高很遠。例：～的太陽把大地照得一片明亮。

【光焰萬丈】 guāng yàn wàn zhàng
同「光芒萬丈」。例：李杜文章在，～長。

【花花搭搭】 huā·hua dā dā
形容大小、疏密不一致。含顏色繁雜義。例：我這麼大年紀，這種～的衣服怎麼穿啊？

【花花綠綠】 huā huā lǜ lǜ
顏色鮮豔多彩。例：過年了，小孩子們都穿起了～的新衣服。

【花團錦簇】 huā tuán jǐn cù
錦：有色彩的絲織品。簇：叢聚，聚成團。形容五彩繽紛，繁盛豔麗的景象。例：巨大的會場佈置得～，令人目不暇接。

【煥然】 huàn rán
形容有光彩。例：～一新。

【輝煌】 huī huáng
光輝燦爛。一般形容燈光。例：燈火～。注意：也可用來形容戰果和業績。例：戰績～｜成果～。

【金碧輝煌】 jīn bì huī huáng
形容建築物裝飾異常華麗、光彩耀眼的樣子。例：～的酒店，在燈光映照下顯得更加富麗堂皇。

【金燦燦】 jīn càn càn
金光耀眼，非常明亮。例：～的獎章掛滿胸前。

【金晃晃】 jīn huǎng huǎng
像金子一樣耀眼閃光。例：在燈光映照下，天安門城樓～的，非常耀眼。

【金閃閃】 jīn shǎn shǎn
同「金燦燦」。但強調閃爍的樣子。例：當球員把～的獎杯舉過頭頂，全場響起一片歡呼聲。

【錦繡】 jǐn xiù
精美鮮豔的絲織品。比喻美麗或美好。例：～前程｜～河山。

【爛漫】 làn màn
又作「爛縵」、「爛熳」。顏色鮮明而美麗。例：山花～。注意：也可形容坦率，毫不做作。例：天真～的兒童。

【琳琅滿目】 lín láng mǎn mù
比喻各種美好的東西很多，映滿眼目。例：展覽會上的展品，～，美不勝收。

【美不勝收】 měi bú shèng shōu
形容美好的事物太多，一時無法看過來。例：走進風景區，景致～。

【綺麗】 qǐ lì
鮮豔美麗。例：夏日的西貢，風光～，十分迷人。

【五彩】 wǔ cǎi
指青、黃、赤、白、黑五種顏色。也泛指多種顏色。例：～繽紛｜～雲霞。

【五彩繽紛】 wǔ cǎi bīn fēn
五彩：泛指各種色彩。繽紛：錯雜紛繁的樣子。形容色彩鮮豔繁多。例：節日的煙花～。

豔麗 yàn lì

【五光十色】 wǔ guāng shí sè
形容色彩鮮豔，花樣紛繁。例：夜晚的霓虹燈～，令人眼花繚亂。

【五顏六色】 wǔ yán liù sè
形容顏色多。形容的範圍不如「五光十色」廣。例：春天一到，公園裏～的花全開了。

【絢爛】 xuàn làn
燦爛。例：～的早霞映紅了半邊天。

【絢麗】 xuàn lì
燦爛美麗。例：雨過天晴，半空中出現了一道～的彩虹。

【熠熠】 yì yì
〈書〉形容閃光發亮。例：～閃光｜光彩～。

【富麗】 fù lì
富饒美麗。例：～的山川大地。注意：也指宏偉華麗。例：～堂皇。

【華麗】 huá lì
華貴富麗。例：～晚裝｜裝飾～。

【華美】 huá měi
華貴美麗。例：這種絲綢做服裝，看上去十分～。

【美觀】 měi guān
好看；漂亮。例：這種設計很～。

【美好】 měi hǎo
好而美。例：夜色多～，我們出去走走吧。

【靡麗】 mǐ lì
〈書〉精美華麗。例：文筆～｜雕飾～。

【明麗】 míng lì
明淨美麗。例：山川～｜陽光～。

【明媚】 míng mèi
景色鮮明可愛。例：春光～。注意：也用來形容眼睛明亮動人。例：她那雙～的眼睛使我久久不能忘懷。

【鮮豔】 xiān yàn
豔麗。例：～奪目。

【豔麗】 yàn lì
鮮豔美麗。例：服飾～｜辭藻～。

乾脆 gān cuì

【妖嬈】 yāo ráo
豔麗嫵媚。例：紅裝素裹，分外～。

【壯麗】 zhuàng lì
壯觀美麗。多形容抽象事物。例：山河～｜～的氣魄。

【壯美】 zhuàng měi
壯觀美麗。多形容具體事物。例：泰山的～，令人震撼。

【大刀闊斧】 dà dāo kuò fǔ
比喻辦事果斷而有魄力。例：新校長一到任，就～地對學校進行了改革。

【當機立斷】 dāng jī lì duàn
抓住時機，立刻決定。例：這件事刻不容緩，何去何從請老闆～！

【斷然】 duàn rán
堅決；果斷。例：～拒絕。

【乾脆】 gān cuì
直截了當；果斷；爽快。例：他這個人辦事～，從不拖泥帶水。

【乾淨利落】 gān jìng lì·luo
形容說話、辦事果斷，毫不拖泥帶水。例：球隊齊心協力，～地拿下了第一局。

【果斷】 guǒ duàn
辦事有決斷，不猶豫。例：當老闆的做事就應該～，不能優柔寡斷。

【果敢】 guǒ gǎn
辦事有決斷，不畏懼。程度比「果斷」重。例：沒有主教練在終場前三分鐘～地換人，就沒有這場勝利。

【果決】 guǒ jué
堅決；果斷。例：他～地在協議書上簽了字。

卓越 zhuó yuè

【毫不猶豫】 háo bù yóu yù
一點兒也不猶豫，馬上決斷。例：看
見有人落水，他～地跳下去救人。

【爽快】 shuǎng kuài
直爽；乾脆。例：性格～｜辦事～。

【毅然】 yì rán
堅決地；義無反顧地。例：他～地踏
上了當醫生的路。

【毅然決然】 yì rán jué rán
堅決果斷，毫不猶豫，義無反顧。程
度比「毅然」重。例：他～地離開了
母親，到外國工作。

【斬釘截鐵】 zhǎn dīng jié tiě
比喻果斷堅決，毫不猶豫。例：他～
地拒絕了對方的無理要求。

【不同凡響】 bù tóng fán xiǎng
凡響：平凡的聲音。形容事物不平
常。例：這件事在學生中引起的反應
～。

【超羣】 chāo qún
超過一般的。例：智力～｜武藝～。

【超人】 chāo rén
能力等遠遠超過一般人。程度比「超
羣」重。例：記憶力～。

【出類拔萃】 chū lèi bá cuì
拔：超出。萃：草叢生的樣子。比喻
超出聚集在一起的同類。例：小明是
班裏～的人物，他不但功課好，也是
體育場上的好手。

【出人頭地】 chū rén tóu dì
形容高人一等。例：母親希望他考上
大學，將來在社會上～，成就一番事
業。

【出神入化】 chū shén rù huà
神：神妙。化：化境。形容達到極為
高超神妙、非常人所能的境界。例：
老先生的畫～，堪稱傳世精品。

【登峯造極】 dēng fēng zào jí
造：達到。極：最高點。比喻成績達
到了最高境界，再也無法超越。例：
國畫大師齊白石的藝術成就已經達到
了～的地步，後人很難超越。

【非凡】 fēi fán

不平凡的。例：這一～的業績將永載史冊。

【非同小可】 fēi tóng xiǎo kě

小可：尋常的。不同尋常的。例：這個人～，跟他對弈你要格外小心。

【高超】 gāo chāo

技能等高出一般水平。例：技藝～｜手法～。

【高明】 gāo míng

指見解、技能高超。例：您的見解實在～，我怎麼就沒想到呢！

【高強】 gāo qiáng

高超。例：武藝～。

【高深】 gāo shēn

水平高，程度深。例：～莫測｜這種理論十分～，很難懂。

【佼佼者】 jiǎo jiǎo zhě

〈書〉指勝過一般水平的人。例：他是這批小球員中的～。

【傑出】 jié chū

才能或成就超出一般。例：他是當代青年的～榜樣。

【爐火純青】 lú huǒ chún qīng

純青：爐火的溫度達到最高點，火焰由紅色轉成青色。原指道家煉丹的火候，後比喻技術或學問達到了成熟完美的境界。例：她的演技已達到～的境界。

【天下無雙】 tiān xià wú shuāng

天下再沒有第二個。形容獨一無二。例：這種方法燒製出來的瓷器，可以說～。

【無出其右】 wú chū qí yòu

出：超出。右：上。沒有能勝過他的。形容非常突出。例：這位老先生的書法，在書法界～者。

【無可比擬】 wú kě bǐ nǐ

沒有可以與之相比較的。形容非常突出。例：爺爺畢其一生精力，為中國棋苑做出了～的貢獻。

【無與倫比】 wú yǔ lún bǐ

倫比：類比。沒有能比得上的同類事物。形容極為突出。程度比「無出其右」和「無可比擬」重。例：這是世界上獨一無二的銅鑄寶塔，其造型～。

【陽春白雪】 yáng chūn bái xuě

原是楚國只供少數人欣賞的高級音樂。現比喻高雅脫俗的文藝作品。例：交響樂被很多人視為～。

【至高無上】 zhì gāo wú shàng

至：最、極。再沒有比它更高的了。例：～的權力｜～的榮譽。

堅固 jiān gù

【卓爾不羣】 zhuó ěr bù qún
卓爾：特立突出的樣子。不羣：與眾人不一樣。超乎尋常，與眾不同。例：他是一個～的人，獨來獨往，沒有人知道他在做甚麼。

【卓然】 zhuó rán
〈書〉卓越。例：成就～｜效果～。

【卓越】 zhuó yuè
極為優秀；超出一般。例：～貢獻｜成就～。

【卓著】 zhuó zhù
傑出；明顯；超出一般。例：功勳～｜成效～。

【鞏固】 gǒng gù
堅固；結實。多形容抽象事物。例：政權～｜基礎～。注意：也可用作動詞，表示「使堅固」。例：～已有的知識。

【固若金湯】 gù ruò jīn tāng
金：金屬造成的、堅固的城牆。湯：灌滿熱水的護城河。形容防守嚴密，無比堅固。例：我隊陣地～，對手無從入手，失誤頻頻。

【堅不可摧】 jiān bù kě cuī
非常堅固；不可摧毀。例：新修的大壩～，經受了這場百年不遇颱風的考驗。

【堅固】 jiān gù
牢固；結實。例：閘門修得很～。

【堅如磐石】 jiān rú pán shí
磐石：厚而大的石頭。形容非常堅固。多用比喻義。例：他的決心～，再怎麼說也不會改變了。

【堅實】 jiān shí
堅固；結實。常用比喻義。例：他從小就在繪畫方面打下了～的基礎。

【堅硬】 jiān yìng
硬。含堅固義。例：這種果皮十分～，吃起來很費力。

【結實】 jiē·shi

身體健壯；堅固。例：身體～｜這座橋很～。

【牢不可破】 láo bù kě pò

牢固，無法使其破裂。例：我們的友誼是～的。

【牢固】 láo gù

堅固；結實。例：鞋釘釘得十分～｜他們的友誼｜分～。

【牢靠】 láo kào

結實，足以憑藉依靠。例：這條索道十分～，你不必擔心。

【銅牆鐵壁】 tóng qiáng tiě bì

銅鐵鑄成的牆壁。比喻無比堅固，不可摧毀。例：對手陣地猶如～，我們久攻不下，失敗而回。

【矮小】 ǎi xiǎo

不高大。例：他人雖然～，但力氣很大。

【嬌小】 jiāo xiǎo

柔嫩細小，多用於女性。例：～的身材｜～的幼苗。

【渺小】 miǎo xiǎo

微小。例：同大自然相比，人類的力量是～的，因此我們一定要注意保護環境。

【弱小】 ruò xiǎo

與「強大」相對。又弱又小。例：～民族｜～動物。

【瘦小】 shòu xiǎo

又瘦又小。例：他剛來時很～，現在已經長高長胖了。

【微乎其微】 wēi hū qí wēi

形容非常小。例：我的努力～，工作是大家做的。

【微弱】 wēi ruò

小而弱。例：聲音～｜氣息～。

【微細】 wēi xì

極細小。例：～的鼾聲從房間裏傳出，看來她是睡着了。

【微小】 wēi xiǎo

極小。例：與突飛猛進的自然科技相比，人性的進步卻顯得～多了。

密實 mì·shi

【細微】 xì wēi
精細微小之處；不易察覺的地方。
例：～的變化｜～之處見功力。

【細小】 xì xiǎo
與「粗大」相對。小而細弱。例：～
的灰塵｜～的針孔。

【纖小】 xiān xiǎo
纖弱而細小。例：孩子～的手凍得通
紅。

【袖珍】 xiù zhēn
體積相對比較小的，便於攜帶的。
例：～地圖｜～詞典。

【窄小】 zhǎi xiǎo
空間、地方不大。例：房間～，勉強
住下三口人。

【稠】 chóu
液體中含某種固體成分多；稠密。
例：這粥很～｜這地方人太～。

【稠密】 chóu mì
多而密。例：香港人口～。

【繁茂】 fán mào
繁多而茂盛。例：草場～｜林木～。

【繁密】 fán mì
繁多而密集。例：～的集鎮｜～的灌
木叢。

【緊湊】 jǐn còu
事物部分之間聯繫密切，中間沒有多
餘的累贅或間隙。例：文章結構～，
說理清楚，深受讀者歡迎。

【緊密】 jǐn mì
非常密切，不可分離。例：～聯繫｜
～結合。注意：也指多而連續不斷。
例：鑼鼓聲突然～起來，看樣子是花
旦要登場了。

【林立】 lín lì
像樹林一樣密集地豎立。例：高樓～。

【茂密】 mào mì
草木茂盛而繁密。例：這裏有～的森
林，也有廣闊的草原。

【密】 mì
事物之間排列距離近，空隙小。例：
字寫得太～了｜人口稠～。

【密集】mì jí
數量很多地聚集在一起。例：槍聲十分～，看樣子仗打得很激烈。

【密密麻麻】mì·mi má má
多指細小的東西又多又密。例：一張信紙上～地寫滿了蠅頭小字。

【密密匝匝】mì·mi zā zā
指線或帶狀東西在物體上纏繞得又多又密。例：他看樣子傷得不輕，頭上～地纏滿了細帶。

【密如蛛網】mì rú zhū wǎng
用蜘蛛網來形容排列得多而密。例：發電站輸出的電線～。

【密實】mì·shi
〈口〉細密；緊密。例：這件毛衣織得真～。

【濃密】nóng mì
多而密。例：他有一頭～的黑髮。

【細密】xì mì
多指布料、織品質地細而仔密。例：這塊布料非常～。

【星羅棋佈】xīng luó qí bù
像星星和棋子一樣羅列、分佈。形容多而密。多用於較大範圍。例：這個地區大小湖泊～，水利資源十分豐富。

【嚴密】yán mì
事物或事物之間緊密地結合，沒有空隙。例：藥瓶封得很～。注意：也指周全而不疏漏。例：～監視｜組織～。

【嚴實】yán·shi
嚴密牢靠。例：窗戶擋得很～。

【櫛比鱗次】zhì bǐ lín cì
櫛：梳篦的總稱。比：排列；挨着。次：順序。像梳子齒和魚鱗那樣密密地排列着，形容密集。例：香港幾十層的高樓～，不愧是國際大都市。

茂盛 mào shèng

【蒼鬱】 cāng yù
〈書〉草木蒼翠茂盛。多形容面積較大的草木。例：過了一片小山坡，眼前出現了一大片～的松林。

【蔥翠】 cōng cuì
青綠的顏色。例：花園裏～的花草，遮出了很大一片蔭涼。

【蔥蘢】 cōng lóng
同「蔥翠」。但一般多指成片的植物。例：盛夏季節，草木～。

【蔥鬱】 cōng yù
同「蔥蘢」。例：走進～的竹林，渾身頓時感到十分清爽。

【繁茂】 fán mào
（草木）繁密茂盛。例：植物園裏～的熱帶植物，讓前來參觀的學生們興奮不已。

【豐茂】 fēng mào
草木豐美而茂盛。例：自然保護區裏水草～，十分安靜。

【豐美】 fēng měi
豐富；美好。例：水草～。

【扶疏】 fú shū
〈書〉形容枝葉茂盛，高低錯落有致。例：花木～｜枝葉～。

【離離】 lí lí
〈書〉繁茂，主要指草或草本植物。

例：～原上草，一歲一枯榮。

【莽莽】 mǎng mǎng
形容大面積的樹木茂盛。例：～的大森林裏，有無數的野生動物出沒。

【茂密】 mào mì
植物茂盛而繁密。例：這個郊野公園的樹木十分～。

【茂盛】 mào shèng
草木生長得繁多而茁壯。例：今年雨水好，莊稼長得特別～。

【蓬蓬】 péng péng
形容草木密而零亂。例：滿山都是～野草，路十分難走。

【萋萋】 qī qī
草木長得茂盛的樣子。例：晴川歷歷漢陽樹，芳草～鸚鵡洲。

【芊芊】 qiān qiān
〈書〉草木茂盛。例：野草～，牛羊遍地。

【茸茸】 róng róng
細小柔軟而繁密。多用來形容小草。例：山坡上長滿了～小草。

【森然】 sēn rán
森森。例：林木～。

【森森】 sēn sēn
樹木茂密。例：松柏～｜庭院～。

【旺盛】 wàng shèng

草木繁多而有生命力。例：槐樹長得十分～。注意：也形容人情緒高或生命力強。例：他雖然年過半百，但精力還很～。

【蔚然】 wèi rán

形容草木茂盛，多含由初長到茂盛的過程。例：幾年來，這果園已經～成林了。

【蔭翳】 yīn yì

〈書〉枝葉茂盛。例：盛夏時節，果園裏一片～。注意：也指樹木遮蔽。例：兩位老人在樹木的～之下下棋。

【鬱鬱葱葱】 yù yù cōng cōng

〈書〉草木茂盛。多形容大面積植物。例：經過多年植樹造林，山林如今已是～。

【敗】 bài

凋謝。例：枯枝～葉。注意：也指失敗、腐敗、敗落等。例：戰～｜家～人亡。

【敗落】 bài luò

由盛而衰；破落；衰落。例：一場秋霜，滿園的花草都～了。注意：多用來形容家道、事業等的衰落。例：爺爺出身貴族家庭，但在他十幾歲的時候家道就～了。

【凋零】 diāo líng

凋謝零落。例：一場暴雨打得滿園花草～｜深秋來臨，草木開始～。

【凋落】 diāo luò

凋謝零落。例：花兒～，令人傷感。

【凋謝】 diāo xiè

凋零脫落。例：這種花耐寒性很強，到了入冬還不肯～。

【乾巴】 gān·ba

〈口〉失去水分而萎縮或變硬。例：這葱都～了，怎麼吃啊？注意：也指文章語言枯燥、不生動。例：這篇作文構思不錯，但語言太～。

【乾枯】 gān kū

草木由於衰老或缺乏營養、水分等而失去生機。例：將近兩個月沒下雨，莊稼都快～了。

【枯】 kū
植物等失去水分。例：長時間不澆
水，花兒謝了，葉子～了。

【枯乾】 kū gān
枯萎乾巴。例：這樹苗已經～了，還
能栽種嗎？

【枯槁】 kū gǎo
（植物等）乾枯。例：一連一個月不
下雨，小苗都～了。注意：也用來形
容人的面容憔悴。例：看他那～的面
容，恐怕是不久於人世了。

【枯黃】 kū huáng
乾枯發黃。例：白菜的葉子～脫落，
該灌水了。

【枯萎】 kū wěi
乾枯萎蔫。例：冬天來了，花兒全部
～了。

【枯朽】 kū xiǔ
乾枯腐爛。程度比「枯乾」、「枯
槁」、「枯黃」、「枯萎」都重。例：
走在樹林子裏，腳下是一層～的樹
葉。

【零落】 líng luò
（花葉）脫落。例：一場狂風暴雨過
後，滿園花草被打得～不堪。

【落】 luò
凋謝。例：樹葉～了。

【飄零】 piāo líng
（花葉、樹葉等）凋謝墜落。例：一
場秋風，黃葉～。注意：也形容生活
不安定。例：他居無定所，四處～。

【萎謝】 wěi xiè
（花草）乾枯凋落。例：出差半月，
沒人澆水，花兒都～了。

【謝】 xiè
（花或葉子）脫落。例：因為沒有好
好照料，花兒全～了。

附近 fù jìn

【附近】 fù jìn
很近的地方。例：學校〜有個足球場，我們常去那兒踢球。

【跟前】 gēn qián
〈口〉身邊；附近。例：你到〜來，我有話說。

【接近】 jiē jìn
相距不遠。例：他們家住那個地方，已經〜鐵路線了。

【近】 jìn
與「遠」相對。指距離短。例：我家比他家離學校〜。

【近旁】 jìn páng
附近；旁邊。例：學校〜有一條小河。

【近在眼前】 jìn zài yǎn qián
形容距離很近。例：過了這條馬路，電視台就〜。注意：也形容時間迫近。例：過了元旦，春節就〜了。

【近在咫尺】 jìn zài zhǐ chǐ
咫：古代長度單位，周制八寸，合現在市尺六寸二分二釐。形容距離很近。例：遠在天涯，〜。

【靠近】 kào jìn
彼此間的距離近。例：我家〜百老匯電影院。

【旁邊】 páng biān
左右兩邊；靠近的地方。例：劇場〜停着許多小汽車。

【前後】 qián hòu
在某一東西的前面和後面。例：學校的〜都種了樹。注意：也指大致的時間。例：爸爸打來電話，說他在中秋節〜回國。

【四近】 sì jìn
指周圍很近的地方。例：〜都燃起了鞭炮。

【四旁】 sì páng
指前後左右很近的地方。比「四近」更近。例：房子〜都有花草樹木。

【四圍】 sì wéi
周圍。例：學校〜都有餐廳。

【四周】 sì zhōu
四圍。例：球場〜加了護欄｜〜都黑乎乎的，沒有一絲光亮。

【相近】 xiāng jìn
距離不遠，互相接近的。例：我家與學校〜，只有五分鐘的路。

【眼前】 yǎn qián
眼睛前邊，表示很近。例：近在〜。

【一箭之地】 yí jiàn zhī dì
也說「一箭地」。就像一支箭的射程

遙遠 yáo yuǎn

那麼遠。形容非常近。例：我們兩家很近，只～。

【一水之隔】 yì shuǐ zhī gé
僅隔着一條水。比喻距離很近。例：我們兩國～，人民之間有着傳統的友誼。

【一衣帶水】 yì yī dài shuǐ
水面窄得像一條衣帶。形容路很近。例：我們兩國是～的友好鄰邦。

【朝發夕至】 zhāo fā xī zhì
早晨出發晚上就能到達。形容兩地相距不遠，交通方便。例：這種～的列車旅客而言，真是方便極了。

【周圍】 zhōu wéi
環繞着中心的部分。例：院子～豎起了柵欄。

【左右】 zuǒ yòu
指左和右兩方面。例：大門～有一對石獅。注意：也指不相上下、差不多。例：他的體重在七十公斤～。

【邊遠】 biān yuǎn
遠離中心地區的；靠近邊界的。例：～山區｜～地方。

【長】 cháng
空間兩點之間的距離大。例：這條路走了一上午，太～了。

【遼遠】 liáo yuǎn
遙遠。例：～的邊疆｜～的海岸線。

【漫長】 màn cháng
長得看不見盡頭。例：～的海岸線。注意：也形容時間長。例：～的冬季。

【漫漫】 màn màn
長而無邊的樣子。程度比「漫長」重。例：～長路。注意：也形容時間長。例：～長夜。

【千里迢迢】 qiān lǐ tiáo tiáo
形容路程很遠。例：他～從北京來到香港，為的是尋找一份合適的工作。

【千山萬水】 qiān shān wàn shuǐ
形容路途遙遠而又艱險。例：～，也隔不斷他對故鄉的思念。

【天邊】 tiān biān
極遠的地方。例：遠在～。

【天南地北】 tiān nán dì běi
一在天南，一在地北。形容距離很遠。例：我們雖然身在～，但心卻是

連在一起的。

【天涯】 tiān yá
極遠的地方。例：～海角｜海內存知己，～若比鄰。

【迢迢】 tiáo tiáo
路途遙遠的樣子。例：千里～。

【迢遙】 tiáo yáo
〈書〉遙遠。例：～萬里。

【迢遠】 tiáo yuǎn
〈書〉遙遠。例：路途～｜道路～。

【遙】 yáo
遙遠。例：路～知馬力｜～看瀑布掛前川。

【遙遙】 yáo yáo
形容相隔距離非常遠。例：牛郎星和織女星，隔着天河～相對。

【遙遠】 yáo yuǎn
很遠。例：他的家離學校太～，每天上學都花很長時間。

【悠遠】 yōu yuǎn
指距離遠。例：山川～。注意：也形容時間長。例：從音樂室傳來～的鋼琴聲。

【遠】 yuǎn
指空間的距離很長。例：到你們家來太～了，我足足走了一個小時。

【平川】 píng chuān
地勢寬廣平坦的地方。例：～大地｜一馬～。

【平地】 píng dì
平坦的土地，面積比「平川」小。例：這一片～，修一個運動場再合適不過了。

【平滑】 píng huá
平而光滑。例：冰面～如鏡，讓人站不住腳。

【平緩】 píng huǎn
平坦；傾斜度小。例：地勢～｜山勢～。

【平坦】 píng tǎn
指土地沒有高低凹凸。例：草原十分～，一眼望不到邊。

【平野】 píng yě
廣闊平坦的原野。例：汽車進入廣闊的～，大家禁不住歡呼起來。

【平原】 píng yuán
陸地上起伏極小、海拔較低的大片平地。例：華北～｜遼闊的～。

【坦蕩如砥】 tǎn dàng rú dǐ
砥：細的磨刀石。比喻地勢像磨刀石一樣非常平坦。例：山頂～，簡直可以當球場了。

廣闊 guǎng kuò

【一馬平川】 yì mǎ píng chuān
形容地勢平坦。例：大草原～，讓人
一眼望不到邊。

【敞亮】 chǎng liàng
寬敞明亮。例：新建的酒店大堂十分
～，旅客非常滿意。注意：也比喻心
裏愉快，不憋悶。例：考試結束了，
心裏特別～。

【廣大】 guǎng dà
（面積、空間）寬闊。例：～地區。
注意：也指眾多。例：～羣眾｜～師
生。

【廣闊】 guǎng kuò
廣大而又寬闊。例：～的海面上，看
不見一艘輪船。

【廣闊無邊】 guǎng kuò wú biān
形容非常廣闊，沒有邊際。例：～的
大海上，萬噸巨輪正在航行。

【廣漠】 guǎng mò
（沙漠或荒原）廣大而空曠。例：～
的田野上只有幾棵小樹，孤零零地站
着。

【浩淼】 hào miǎo
也作「浩渺」。形容水面遼闊。例：
海上煙波～，無際無涯。

【浩淼無邊】 hào miǎo wú biān
水面遼闊，望不到邊。例：在～的大
海上，只有海燕在飛翔。

【浩無際涯】 hào wú jì yá
寬廣得沒有邊際。例：航行在～的太
平洋上，令人更加思念遠方的親人。

【空曠】 kōng kuàng
地方廣闊，寬敞。例：～的廠房裏一個工人也沒有。

【空闊】 kōng kuò
空曠；廣闊。比「空曠」範圍更大。例：～的原野上有一羣羊在吃草。

【寬】 kuān
與「窄」相對。橫的距離大；範圍廣。例：這條馬路可真～，並排能走二輛車。

【寬敞】 kuān·chang
寬大；敞亮。一般多指較大的房屋。例：我們的新教室很～。

【寬綽】 kuān·chuo
寬闊；不狹窄。多用於房屋，但不像「寬敞」那樣大。例：這套房三口之家住着還算～吧。

【寬大】 kuān dà
物體面積或容積大。例：廠房～，兩邊都是流水線，中間的通道還能並行兩輛車。注意：也指對犯罪或犯錯誤的人從輕處理。例：～處理｜～為懷。

【寬廣】 kuān guǎng
面積或範圍大。例：草原～無邊，牛羊遍地。

【寬曠】 kuān kuàng
寬廣空曠。例：廠區很～，佔地大概

有幾萬平方米。

【寬闊】 kuān kuò
面積大，範圍廣。形容對象一般比「寬曠」範圍大。例：～的江面上有幾條船在行駛。

【闊】 kuò
面積寬；廣闊。例：退一步，海～天空。

【遼闊】 liáo kuò
廣闊；寬廣。例：～的大草原｜大地多麼～。

【寥廓】 liáo kuò
〈書〉（天空）高遠空曠。例：～的天空，有一行大雁南飛。

【茫茫無邊】 máng máng wú biān
漫無邊際。例：大海～。

【莽莽】 mǎng mǎng
形容原野、森林面積遼闊，無邊無際。例：～的原始森林，走進去很容易迷路的。

【漠漠】 mò mò
廣漠而沉寂。例：～的荒野上，只有他們這一隊人馬在行進。

【無邊無際】 wú biān wú jì
形容非常廣闊。例：～的大草原上，到處都是雪白的羊羣。

顯著 xiǎn zhù

【無際】 wú jì

無邊。例：～無涯｜無邊～。

【無垠】 wú yín

〈書〉遼闊無邊。例：大草原一望～，想要一天走出去是根本不可能的。

【一望無際】 yí wàng wú jì

一眼看不到邊。例：駿馬奔馳在～的大草原上。

【一望無垠】 yí wàng wú yín

一眼望不到邊。例：～的大草原，到處都開滿了鮮花。

【明朗】 míng lǎng

明顯；清晰。例：烏雲散去，天空～起來。注意：也常用來比喻事物的本來面目顯露出來。例：態度～｜真相漸漸～。

【明顯】 míng xiǎn

清楚地顯露出來，很容易就讓人看出和感覺到。例：意圖～｜目標～。

【顯】 xiǎn

露在外面容易看出。例：沒有高山，～不出窪地。

【顯而易見】 xiǎn ér yì jiàn

事情、道理很明顯，容易看得清。例：老師的意圖～就是讓我們精神放鬆，別緊張。

【顯赫】 xiǎn hè

聲勢或名聲大。例：地位～｜名聲～。

【顯豁】 xiǎn huò

豁：敞亮。明白；明顯。例：位置～。

【顯然】 xiǎn rán

容易看出；非常明顯。例：從老師的反應，可知答案～是錯的。

【顯示】 xiǎn shì

很明白地表現出來。例：這次比賽的成績，很好地～了我們的實力。

【顯現】 xiǎn xiàn
顯露；呈現。例：霧散了，山巒漸漸
～出來。

【顯眼】 xiǎn yǎn
明顯；容易被看到。例：通知貼在校
門口，那麼～你沒看到？

【顯著】 xiǎn zhù
指非常明顯。例：成效～｜進步～。

【相得益彰】 xiāng dé yì zhāng
相得：相互配合。益：更加。彰：顯
著。由於互相配合得好，使彼此的作
用和能力能更明顯地發揮出來。例：
要考慮如何使畫面與文字～。

【醒目】 xǐng mù
明顯突出，引人注意。例：這雙鞋的
商標十分～。

【欲蓋彌彰】 yù gài mí zhāng
想要掩蓋事實真相，結果卻暴露得更
加明顯。例：這番表白，～，其用心
已大白於天下了。

【昭然若揭】 zhāo rán ruò jiē
昭然：很明顯的樣子。揭：舉。形容
真相大白，一切都清楚地顯現出來。
例：只要認真分析他這番話，他的目
的就～了。

【昭彰】 zhāo zhāng
明顯；顯著。例：這個歹徒罪惡～，
不監禁不足以平民憤。

【昭著】 zhāo zhù
明顯；顯著。例：臭名～｜功績～。

靜 jìng

【安靜】 ān jìng
沒有聲音。程度比「寧靜」輕。例：教室裏十分～。

【安謐】 ān mì
安寧；安靜。例：湖邊很～，一個人影也沒有。

【沉寂】 chén jì
死沉沉的一點兒聲音也沒有，含有一定的沉重的、令人不愉快的感覺。例：屋子裏～下來，人們的目光不由自主地望着爸爸。

【沉靜】 chén jìng
寂靜。含原來不靜，現在靜下來義。例：夜深了，村莊～下來。

【更深人靜】 gēng shēn rén jìng
形容深夜沒有人的聲響，非常寂靜。例：～，爸爸還在看書。

【寂靜】 jì jìng
沒有聲音；靜。例：寺廟裏很～，只偶爾有幾聲鳥兒的鳴唱。

【寂寥】 jì liáo
〈書〉寂靜；空曠；冷落。例：～的田野上，只有幾隻牛在吃草。

【寂然】 jì rán
〈書〉靜，沒有聲音；孤單冷清。例：冬天，公園裏～無聲，十分冷清。

【靜】 jìng
沒有聲響。例：教室裏一時～極了，掉地下一根針也聽得到。注意：和「動」相對。表示靜止。例：風平浪～。

【靜謐】 jìng mì
安靜。例：～的園林。

【靜穆】 jìng mù
安靜肅穆。例：禮堂十分～，紀念會按時開始了。

【靜悄悄】 jìng qiāo qiāo
形容非常安靜，沒有聲音。例：放暑假了，學校裏～的。

【冷寂】 lěng jì
冷清而寂靜。例：那個～的冬夜裏，她獨自哭泣。

【冷清】 lěng·qing
人少而靜，冷落淒涼。例：小鎮交通不便，總是比較～。

【寧靜】 níng jìng
安寧平靜，沒有騷擾。例：療養院裏十分～。

【僻靜】 pì jìng
偏僻；清靜。例：公園～的一角，有一對青年人在交談。

【悄悄】 qiāo qiāo
形容沒有聲音或聲音很小。例：這裏

的黎明靜～。

【悄然】 qiǎo rán
寂靜無聲。例：入夜，湖面上～無聲。注意：也形容憂戚的樣子。例：～垂淚。

【悄然無聲】 qiǎo rán wú shēng
寂靜無聲。用法同「悄然」。例：在寒冬的深夜裏，街道上～。

【悄然無息】 qiǎo rán wú xī
寂靜無聲。程度比「悄然無聲」重。例：他進了屋，裏面～，沒有一個人。

【清靜】 qīng jìng
安靜；不嘈雜。例：他喜歡住在鄉下，因為這裏比城裏～得多。

【闃無一人】 qù wú yì rén
〈書〉沒有人。形容環境非常寂靜。例：大雨天公園裏～。

【肅靜】 sù jìng
安靜。例：大廳裏人雖然多，但很～，大家都在靜靜地等待着。

【恬靜】 tián jìng
安靜。例：公園裏十分～，老人家多在那裏休憩。

【萬籟俱寂】 wàn lài jù jì
萬籟：自然界萬物發出的各種細微聲響。形容一點兒聲音都沒有。例：入

夜，～，只有他一個人還在寫作。

【萬籟無聲】 wàn lài wú shēng
同「萬籟俱寂」。例：夜晚，～，只有月光默默地灑照大地。

【鴉雀無聲】 yā què wú shēng
形容非常寂靜。多用於人都安靜的場合。例：會場裏～，人們等待着結果。

【夜闌人靜】 yè lán rén jìng
同「更深人靜」。例：每當～之時，他就禁不住想起遠方的親人。

【幽寂】 yōu jì
幽雅寂靜。程度比「幽靜」重。略含寂寞義。例：這裏很～，非常適合寫作。

【幽靜】 yōu jìng
幽雅；安靜。例：小公園裏遊人不多，十分～。

【幽深】 yōu shēn
形容山林、宮室等深而幽靜。例：庭院～｜～的岩洞。

【幽雅】 yōu yǎ
幽靜而雅致。含宜人義。例：這個公園環境～，是人們休閒的好去處。

亂 luàn

【繁蕪】 fán wú
文字繁多雜亂。例：文章如此～，不修改根本出版不了。

【繁雜】 fán zá
也作「煩雜」。形容事情多而雜亂。例：～的公事壓得他喘不過氣來。

【紛亂】 fēn luàn
雜亂；混亂。例：～的人羣中傳出呻吟聲，可能出車禍了。

【紛擾】 fēn rǎo
紛亂；干擾。例：排除～｜～太多，難以靜下心來看書。

【紛紜】 fēn yún
多而雜亂無緒。例：眾說～｜思緒～。

【混亂】 hùn luàn
沒條理；沒秩序。含貶義。例：思想～｜秩序～。

【混亂不堪】 hùn luàn bù kān
非常混亂。含貶義。例：秩序如此～，叫我們怎麼演出啊？

【繚亂】 liáo luàn
也作「撩亂」。紛亂。例：眼花～。

【凌亂】 líng luàn
也作「零亂」。雜亂；沒條理。含貶義。例：這屋子弄得太～了。

【亂】 luàn
沒有秩序；沒有條理。例：這地方太～了，怎麼沒人管理呀？

【亂紛紛】 luàn fēn fēn
形容雜亂紛擾，沒有秩序。例：起火了，人們～地撤離現場。

【亂蓬蓬】 luàn péng péng
形容鬚髮或草木凌亂。例：頭髮～｜～的雜草。

【亂七八糟】 luàn qī bā zāo
形容極其混亂，毫無秩序。含貶義。例：爸媽不在家，小明一個人把屋子弄得～的。

【亂套】 luàn tào
亂了秩序。含貶義。例：有人在劇場裏大聲尖叫，弄得挺安靜的場子一下子～了。

【亂騰】 luàn·teng
〈口〉混亂，沒有秩序。例：剛說到這裏，會場上就～起來了。

【亂騰騰】 luàn téng téng
同「亂騰」。程度加重。例：心裏～的，不知怎麼辦才好。

【亂糟糟】 luàn zāo zāo
形容事物極其雜亂。含貶義。例：因為正在搬家，東西～地放了一地。注意：也形容心裏煩亂。例：一想起那些惱人的事，他心裏就～的。

【麻亂】 má luàn
形容像麻團一樣紛亂。例：這幾天事情～得很，哪有時間看電視啊！注意：也用來形容心緒煩亂。例：一個電話，弄得他心裏～起來，真不知該怎樣應對了。

【忙亂】 máng luàn
因為繁忙而沒有條理。例：工作十分～。

【蓬亂】 péng luàn
鬆散雜亂。程度比「散亂」重。例：頭髮～。

【七零八落】 qī líng bā luò
多而雜亂。例：颱風吹襲，花園裏的花被打得～。

【散亂】 sǎn luàn
零散雜亂。例：頭髮被風吹得～了。

【紊亂】 wěn luàn
雜亂；沒有秩序。例：會場秩序～，主講人不得不停下來。

【蕪雜】 wú zá
隨意而雜亂；沒有條理。例：這屋子的擺設過於～，倒不如簡潔明快的好。

【雜亂】 zá luàn
多而混亂，沒有秩序或條理。例：～無章。

【雜亂無章】 zá luàn wú zhāng
亂七八糟，沒有章法和條理。例：聽他講話～，看不出甚麼水平。

歪斜 wāi xié

【偏】 piān

歪。例：你這領帶繫～了 | 子彈打～了。

【偏斜】 piān xié

不正；歪斜。例：太陽～，天已過半晌了。

【七扭八歪】 qī niǔ bā wāi

〈口〉指多個物體排列不成直線或擺放位置不正。例：瓷磚砌得～，太不雅觀了。

【傾側】 qīng cè

在豎直方向上向一旁歪斜。例：大雁塔已經～得很厲害了，專家們正積極想辦法維修。

【傾斜】 qīng xié

歪斜。例：這棟樓的質量有問題，剛蓋起來沒幾天就～了。

【歪】 wāi

不正。例：～戴着帽子。注意：也指偏離目標，偏離軌道。例：這一槍打～了，飛出了靶子。

【歪瓜裂棗】 wāi guā liè zǎo

〈口〉比喻不正。多形容人長得不周正。例：別看那個人長得～的，頭腦可聰明呢！

【歪歪扭扭】 wāi wāi niǔ niǔ

不正；不規整。例：你的字寫得～，誰認識啊？

【歪歪斜斜】 wāi wāi xié xié

不正或不直。例：簿子上寫滿～的字。

【斜】 xié

與平面或直線既不平行也不垂直。例：～坡 | ～面 | 比薩～塔。

漂浮 piāo fú

【泊】bó
浮在水上停留不動。多指船舶。例：
停～。

【蕩】dàng
隨水流而動。例：小船在激流中～來
～去。

【蕩漾】dàng yàng
本指水波一起一伏地動。也指物體浮
在水上隨水波一起一伏地動。例：他
完全放下了槳，任小船兒隨波浪～。

【泛】fàn
〈書〉漂浮。例：～舟江上。

【浮】fú
漂在液體表面上。例：油污～在水面
上久久不散。

【浮蕩】fú dàng
漂浮；蕩漾。例：失去了纜繩的小船
在水面上～着。

【浮動】fú dòng
漂在水面上，在水流帶動下游動。
例：一羣天鵝在水面上悠閒地～着。

【浮游】fú yóu
漂在水面隨水流游動。例：～生物。

【漂】piāo
浮在液體表面順風、順水移動。例：
海面上～着一截斷桅杆，看來是哪裏
出了海難。

【漂浮】piāo fú
也作「飄浮」。漂。例：輪船沉沒
後，他在海上～了一夜，天亮的時候
才得救。

【漂流】piāo liú
也作「飄流」。漂在水面隨水流浮
動。例：他獨身～黃河全程，經歷千
難萬險，終於獲得了成功。

【飄移】piāo yí
隨水流漂浮移動。例：小船順水～，
完全失去了控制。

飄 piāo

【飛舞】 fēi wǔ
像跳舞似地在空中飛。例：雪花～｜迎風～。

【飛揚】 fēi yáng
像飛一樣向上飄起。例：塵土～｜歌聲～。

【紛飛】 fēn fēi
雜亂地飛舞。例：大雪～｜柳絮～。

【紛紛揚揚】 fēn fēn yáng yáng
多而零亂地灑落。例：鵝毛大雪～。

【飄】 piāo
隨風飛動。例：天空～着小雪花。

【飄蕩】 piāo dàng
在空中隨風擺動或在水中隨波浮動。例：風箏在空中緩緩～，吸引了許多人佇足觀看。

【飄浮】 piāo fú
浮在空氣中輕輕地飄動。亦作「漂浮」。例：早晨，河面上～着一層乳白色的霧氣。

【飄忽】 piāo hū
（風、雲等）輕快地浮動。例：幾朵浮雲～着，不像有雨的樣子。注意：也指（行蹤）不定。例：行蹤～。

【飄然】 piāo rán
輕輕飄動的樣子。例：熱氣球～而過，漸漸消失在遠方。

【飄灑】 piāo sǎ
飄揚着灑落。例：雪花～。

【飄舞】 piāo wǔ
隨風飛舞或搖擺。例：氣球高高吊在空中，彩帶迎風～。

【飄搖】 piāo yáo
在空中隨風擺動。例：～不定。

【飄溢】 piāo yì
飄蕩洋溢。例：入夏，公園裏百花齊放，到處～着芳香。

忽然 hū rán

【暴】 bào

又急又猛;突然。例:河水～漲 | 一夜～富。

【陡然】 dǒu rán

突然。感覺比「忽然」更快。例:歌聲～停了,原來他激動得唱不下去了。

【猝不及防】 cù bù jí fáng

突然得來不及預防。例:這一手讓人～ | 病來得太突然,令人～。

【猝然】 cù rán

突然;出乎意料。例:會議中間,他～昏厥,大家都慌了手腳。

【忽】 hū

忽然;忽而。例:～高～低 | ～冷～熱。

【忽地】 hū dì

忽然;突然。例:他～轉過身,朝來的方向跑去。

【忽而】 hū ér

忽然。一般用於相對或相近的動詞、形容詞之前。例:他～哭～笑,叫人發毛。

【忽然】 hū rán

副詞,事件或動作來得迅速而又出乎意料。「突然」是形容詞,可以說「很突然」、「突然的消息」。例:電燈～熄滅了 | 他走着走着,～站住了。

【戛然】 jiá rán

形容聲音突然終止。例:不知為甚麼,樂聲～而止。

【遽然】 jù rán

〈書〉突然。表示時間很短、出人意料。例:～離去。

【冷不防】 lěng·bu fáng

〈口〉突然;沒有防備到。例:～背後一聲喊,嚇了他一人跳。

【猛地】 měng dì

突然;驟然。例:他～推開門,大吼一聲,把歹徒給震住了。

【猛然】 měng rán

突然;驟然。例:司機～剎車,我差點撞到擋風玻璃上。

【驀地】 mò dì

突然;出乎意料地。例:他～從橋上跳下去,像條魚似的入水了。

【驀然】 mò rán

〈書〉猛然地;不經心地。例:～回首 | ～想起。

【倏地】 shū dì

極快地。例:腳步一響,水中的魚～不見了。

【倏忽】 shū hū

很快地。例:～間,雲開日出,天又晴了。

變化 biàn huà

【倏然】 shū rán

〈書〉很快地；轉眼之間。例：一座大樓一間倒塌，住客均走避不及。

【突然】 tū rán

在短促的時間內發生，沒有意料到。例：他死得太～了，讓人接受不了。

【突兀】 tū wù

〈書〉突然發生，出乎意料。比「突然」更強調出乎意料義。例：他的問題提得～，一時誰也回答不上來。注意：也指高聳。例：奇峯～。

【驟然】 zhòu rán

突然；猛然。表示行為和狀態的變化迅速。例：剛剛還是晴天，～間電閃雷鳴，風雨大作。

【變】 biàn

和原來不同；改變；變化。例：山～水～人也～，甚麼都不是舊模樣了。

【變動】 biàn dòng

改變。例：工作～了，工作方式也要改變。

【變革】 biàn gé

改變事物的本質。多指社會制度。例：社會～｜體制～。

【變更】 biàn gēng

變動。例：計劃～｜時間～｜地點～。

【變卦】 biàn guà

已經決定的事忽然改變主意。含貶義。例：雙方約定好的，你怎麼～了？

【變化】 biàn huà

事物在形態或本質上產生新的狀況。例：這一區近幾年發生了很大～，讓人認不出了。

【變幻】 biàn huàn

不規則的、令人難以預料的改變。例：風雲～，時局動盪。

【變遷】 biàn qiān

情況或階段的變化轉移。例：時代～｜人事～。

【變質】 biàn zhì

事物的本質變得與原來不同。也借指

人的思想發生根本變化，一般指變向壞的方面。例：這東西已經～了，千萬別再吃了｜他已經～了，心裏根本就沒有父母。

【改變】 gǎi biàn
事物的形態、結構、內容等發生變化，與原來不同。例：隨着形式的～，內容也發生了根本的變化。

【改革】 gǎi gé
把事物中不合理的部分改成新的，使之適應客觀環境。與「改變」相比，「改革」是人的主觀能動作用的體現。例：教育～已經全面展開了。

【改觀】 gǎi guān
改變原來的樣子，呈現新的面貌。與「改變」相比，更強調外部形態的變化。例：幾年不見，這裏的環境已大有～。

【改換】 gǎi huàn
改掉原有的，換成另外的。例：這本書～一個封面就一定好銷了。

【改天換地】 gǎi tiān huàn dì
指從根本上改造大自然。常比喻巨大變革。例：有～的決心，還要有切實可行的方案。

【改頭換面】 gǎi tóu huàn miàn
比喻只在形式上改變，內容不變。多用於貶義。例：這種劣質化妝品經過～之後，又重新在市場上銷售。

【改弦易轍】 gǎi xián yì zhé
改換琴弦，變更行車路線。比喻改變方法或態度。例：他～開始學畫畫兒，進步還真挺快。

【幻化】 huàn huà
奇異的、令人難以預料的變化。例：風雨過後，天空～出一道彩虹｜螢幕上～出恐龍時代的情景，是那樣的逼真。

【進化】 jìn huà
生物由簡單到複雜，由低級到高級，種類由少到多的逐步發展變化。也指事物運動、發展過程中的量變方式。例：生物～是自然界的規律。

【趨向】 qū xiàng
（事物）朝着某個方向發展。例：隨着調查的深入，事情的真相已經～明朗。

【日漸】 rì jiàn
一天天慢慢地變化。例：爺爺的頭髮～稀少了｜他的英語掌握得～熟練。

【日趨】 rì qū
一天天地走向。形容變化。例：～好轉｜～嚴重。

【日新月異】 rì xīn yuè yì
每天每月都有新的變化。多用來形容進步、發展很快。例：近幾年智能電話設計～，變化非常快。

匯合 huì hé

【日益】rì yì
一天比一天更加。例：社會～進步｜
風氣～好轉。

【蛻變】tuì biàn
發生質的變化。例：蛹～成蟲，是需
要條件的。注意：用於人時多指變向
壞的方面。含貶義。例：他已經～成
了一個貪污腐敗的蛀蟲。

【退化】tuì huà
生物體在進化中某一部分器官變小，
構造簡化，機能減退甚至消失的過
程。也泛指事物由優變劣，由好變
壞。例：鯨魚和海豚的四肢～成鰭。

【演變】yǎn biàn
發展變化。指在較長的時期內逐漸變
化。例：和平～｜天體～。

【演化】yǎn huà
演變。多指大自然的變化。例：據地
質學家講，這裏曾經是汪洋大海，經
大自然億萬年的～，變成了現在這樣
一座山。

【越發】yuè fā
更加。例：入冬以後，天氣～冷了。

【轉化】zhuǎn huà
轉變。更強調本質上的變。例：在一
定條件下，好和壞是可以互相～的。

【湊】còu
〈口〉聚合或合在一起。例：大家～
一～，估計錢差不多夠了。

【湊合】còu·he
〈口〉把零碎的合在一起，使形成一
個整體。例：大家～起來，就是一個
不錯的樂隊嘛！注意：也指將就。
例：這輛車破點，但還可以～着騎。

【攢】cuán
拼湊。例：～成一堆。

【攢聚】cuán jù
緊緊地聚集在一起。例：暴風雪來
了，羊羣～在一起。

【歸】guī
合在一起。例：百川～海。注意：也
指回。例：～來｜～去。

【歸併】guī bìng
合在一起；歸攏。例：兩個班～在一
起，一共是一百三十二人。

【歸攏】guī lǒng
〈口〉匯合；聚集。例：這些東西亂
七八糟的，你不能～一下嗎？

【合併】hé bìng
結合到一起。例：兩個會議的代表～
在一起討論。

【合成】 hé chéng
由部分組成整體。例：影片已經進入了最後的～階段。注意：也指通過化學反應使成分比較簡單的物質變成成分複雜的物質。例：～鋼｜～纖維。

【合股】 hé gǔ
幾個人聚集資本（經營工商業）。例：～經營｜～做生意。

【合伙】 hé huǒ
合作成為一伙。例：～開公司。

【合計】 hé jì
合起來計算。例：全校～為山區小學捐款十萬元。注意：也指盤算、商量。此時讀輕聲 hé·ji。例：爸媽～了一下，決定送我去外國留學。

【合流】 hé liú
指河流匯合在一起。例：兩條河流在這座山的附近～。注意：比喻思想、行動趨於一致，或文學藝術等的不同流派融為一體。例：兩股思潮～一起，成了一個新的流派。

【合攏】 hé lǒng
合到一起。例：兩個小隊～後，大家的情緒立刻高漲起來。

【合作】 hé zuò
為了共同的目的一起工作或共同完成某項任務。含匯合義。例：十幾位專家通力～，歷時一年完成了書稿。

【匯】 huì
匯合。例：千言萬語～成一句話｜小河在三岔口～成一股，成為一條大江。

【薈萃】 huì cuì
〈書〉優秀的人或精美的東西會集在一起。例：精英～｜新詩～。

【匯合】 huì hé
水流聚集。例：兩股水流～，滾滾東去。

【會合】 huì hé
聚合在一起。一般用於規模較小的場合。例：在宿營地，兩支隊伍～了。

【會集】 huì jí
聚集，多用於人。例：大家～到一起。

【匯集】 huì jí
聚集；收集。例：我們～在廣場上看升旗｜全書～了當年所有的好詩。

【匯聚】 huì jù
聚集。例：大家～在校門口等待出發。

【會聚】 huì jù
同「匯聚」。例：朋友～一堂，共敘友情。

【會師】 huì shī
分別獨立行動的部隊在戰地會合。
例：勝利～。

【會同】 huì tóng
與有關方面一同（做某事）。例：此
事請～相關同事辦理。

【匯總】 huì zǒng
指較多類別或項目的匯集。例：他的
工作就是每季度搞資料～。

【積聚】 jī jù
逐漸積累、匯聚。例：～力量｜～雨
水，用於灌溉。

【積累】 jī lěi
逐漸聚集。例：～財富｜～經驗。

【積攢】 jī zǎn
一點一滴地聚集。例：～零錢｜～力
量。

【集】 jí
聚集；集合。例：～思廣益｜優點～
於一身。

【集大成】 jí dà chéng
融會各家成就而達到完備的程度。
例：～者｜這本書可以說是建築學方
面的～者。

【集合】 jí hé
把分散的人或物聚在一起。例：大家
到操場上～，聽校長講話。

【集結】 jí jié
指部隊等集合到一處。例：～兵力｜
～待命。

【集聚】 jí jù
集合；聚合。例：～力量。

【集中】 jí zhōng
把分散的聚集起來。例：請把大家的
意見～起來，然後向上司反映。

【結合】 jié hé
人或事物間發生密切聯繫。含匯合
義。例：理論～實際。注意：也指結
為夫妻。例：他們兩人幸福地～了。

【結集】 jié jí
（軍隊）調動到某地聚集。例：在山
谷地區～了大批的軍隊。注意：也指
把零散的文章編成集子。例：～出
版。

【結盟】 jié méng
指結成同盟。例：瑞士是一個不～國
家。

【聚】 jù
聚集。例：有機會～一～。

【聚合】 jù hé
聚集到一起。例：同學們到中環碼頭
～，然後乘船到長洲。

出現 chū xiàn

【聚會】 jù huì
指人與人會合。例：朋友～｜老同學
～。

【聚積】 jù jī
逐漸湊集、積累。例：～力量｜～錢
財。

【聚集】 jù jí
集合。例：人羣～起來，準備出發。

【聯合】 lián hé
聯繫起來，結合一處。例：日、韓兩
國～舉辦的世界杯足球賽非常成功。

【聯結】 lián jié
結合在一起。多指事物。例：畫一條
直線把這兩點～起來。

【聯絡】 lián luò
彼此聯繫、接洽。含匯合義。例：～
感情｜～會議相關事宜。

【聯袂】 lián mèi
〈書〉手拉手。比喻一同做某事。
例：～演出｜～發出倡議。

【羣集】 qún jí
成羣地結集。例：香港大學裏～着一
大批知識精英。

【暴露】 bào lù
顯露出（原來隱蔽的東西）。例：他
一句話就～了真實目的。

【表露】 biǎo lù
顯現流露出來。一般多用來描寫情
緒，不如「表明」那樣清晰。例：～
心跡。

【表明】 biǎo míng
表達清楚。例：面對眾多媒體的記
者，他公開～了立場。

【表示】 biǎo shì
用言語或行動顯出某種思想、感情、
態度等。例：他搖頭～反對｜你究竟
是甚麼態度？總應該有所～啊。

【表態】 biǎo tài
表明態度。例：這件事你不～，誰也
不敢輕舉妄動。

【表現】 biǎo xiàn
顯示出來。例：這次義工服務活動，
大家～得很好｜這次運動會，我們
班～出了強勁的實力。

【呈現】 chéng xiàn
顯露出來。例：大霧散去，大山又～
出它的雄姿。

【重現】 chóng xiàn
過去出現過的事物或現象再一次出
現。例：往事～，令他激動不已。

【出現】 chū xiàn
顯露出來。例：雲層後～了一縷陽光，看來飛機可以起飛了。

【浮現】 fú xiàn
過去經歷過的事情再次在頭腦中顯現。例：奶奶去世一年多了，但她的音容笑貌還常常～在我的眼前。注意：也指一般意義上的呈現、顯露。例：臉上～出得意的笑容。

【活現】 huó xiàn
逼真地表現出來。例：他的形象又～在我眼前了。

【露】 lòu
顯示，表現出來。例：～出馬腳｜太陽～了臉。

【閃出】 shǎn chū
指突然出現。例：大家散開，才～剛剛上場的主角。

【閃現】 shǎn xiàn
一瞬間的顯示。與「閃出」相比有很快又會消失的意思。例：夜晚，星空不時有流星～。

【突出】 tū chū
超出一般地顯露出來。例：一塊礁石～海面，小船費了好大力氣才繞過去。

【突現】 tū xiàn
突然呈現出來。強調突然性。例：轉過大路，一座大山～在我們眼前。

【現出】 xiàn chū
露出；顯現。例：東方海天交界的地方～一點紅色，太陽馬上就要躍出海面了。

【顯露】 xiǎn lù
看不見的變得能看見。程度不如「顯現」那樣清晰。例：小明這次考試科科都很出色，到家媽媽還沒問，他臉上就～出得意之色。

【顯示】 xiǎn shì
明顯地表現，多用於抽象事物。例：在奧運會上，中國運動員～了強大的實力。

【顯現】 xiǎn xiàn
呈現；顯露。例：霧氣散盡，山峯～出來。

【湧現】 yǒng xiàn
（人或事物）大量地出現。例：新人新作不斷～。

【再現】 zài xiàn
過去的事情再次出現。例：這部作品～了當時的歷史風貌。

【展出】 zhǎn chū
展覽出來給人觀看。例：他的處女作即將在美術館～。

火 huǒ

【展示】 zhǎn shì
擺出來；顯現出來。例：這座雕塑～了作者的深厚功力。

【展現】 zhǎn xiàn
呈現出來。例：來到尖沙咀海旁，維多利亞港的景色便～出來。

【烽火】 fēng huǒ
古代邊防報警的煙火。例：～台。注意：也指戰火或戰爭。例：～連天。

【篝火】 gōu huǒ
在空曠的地方或野外架木材燃燒的火。例：入夜，遊人們圍著～載歌載舞。

【火】 huǒ
物體燃燒時所發出的光和焰。例：～燒眉毛｜燈～。

【火光】 huǒ guāng
火燃燒時發出的光亮。例：～衝天｜～映紅了半邊天。

【火海】 huǒ hǎi
大面積的烈火。例：剎那間，整個商店變成一片～。

【火花】 huǒ huā
迸發的火星。例：電焊槍下～四濺。

【火龍】 huǒ lóng
形容連成一串的燈火。例：夜色之中，參加夜行的人手執燈籠，像一條舞動的～，蜿蜒而上。

【火苗】 huǒ miáo
火焰；火舌。例：鼓風機一吹，～熊熊燒起來了。

【火舌】 huǒ shé
大火苗。例：～躥起一丈多高。

【火星】 huǒ xīng
極小的火。例：～雖小，卻照樣可以引起火災。

【火焰】 huǒ yàn
燃燒着的可燃氣體，發光、發熱，閃爍而向上升。例：紅色的～映着每一張年輕的臉龐。

【火災】 huǒ zāi
因火的燃燒而引起的災害。例：春天風大，容易引起～。

【火種】 huǒ zhǒng
供引火用的火。經常用其引申義。例：學習是生命的～。

【烈火】 liè huǒ
燃燒猛烈的火。例：～熊熊。

【烈焰】 liè yàn
同「烈火」。例：～騰空。

【磷火】 lín huǒ
夜間在野地裏飄忽的藍綠色的火光，是人和動物的屍體腐爛時分解出來的磷化氫，在空氣中能自行燃燒。例：夜裏走在墓地裏，～點點，令人毛骨悚然。

【炮火】 pào huǒ
炮彈爆炸後發出的火焰。例：猛烈的～。

【文火】 wén huǒ
烹飪時所用的比較弱的火。例：燉肉要用～慢慢燉，肉才會好吃。

【星火】 xīng huǒ
火星。例：～燎原｜急如～。

【煙火】 yān huǒ
煙和火。例：這部電影的～效果非常好。

【焰火】 yàn huǒ
節日燃放禮花的火焰。例：節日的～，在夜空綻放。

【野火】 yě huǒ
在荒野燃燒的火。例：～燒不盡，春風吹又生。

【漁火】 yú huǒ
漁船上的燈光。例：江楓～對愁眠。

燃燒 rán shāo

【點】 diǎn
引着火。例：～燈｜～火。

【點燃】 diǎn rán
引着火，使燃燒。例：～鞭炮｜～篝火。

【焚】 fén
〈書〉燒。例：～毀｜自～｜～書坑儒。

【焚化】 fén huà
燒掉；火化。例：～爐｜～屍體。

【焚毀】 fén huǐ
燒壞；燒毀。例：圓明園當年是被英法聯軍～的。

【焚燒】 fén shāo
燒毀；燒掉。例：繳獲的假貨足足～了三個小時。

【付之一炬】 fù zhī yí jù
炬：火把。一把火燒光。例：幾十年辛辛苦苦寫下的文章手稿，不幸在這場大火中～。

【燎原】 liáo yuán
（大火）延燒原野。多用其比喻義。例：星星之火，可以～。

【燃】 rán
燒起火焰。也表示引火點着。例：～放鞭炮｜～起大火。

【燃燒】 rán shāo
物質劇烈氧化而發光、發熱。例：大火～了三天三夜。

【燒】 shāo
使東西着火。例：這場大火足足～了三個小時才被撲滅。

【燒毀】 shāo huǐ
燒掉；毀滅。例：汽車被～了｜大火～了鐘樓。

【燒火】 shāo huǒ
用火點燃柴、煤等。例：～做飯。

【着】 zháo
燃燒。例：火越～越旺。

【着火】 zháo huǒ
失火。例：夜裏，遠遠地傳來消防車的鳴笛聲，不知哪兒～了。

【自焚】 zì fén
自己燒掉自己。例：玩火～。

【自燃】 zì rán
指物質自發地着火燃燒。常由緩慢氧化作用引起。例：人體～現象令人匪夷所思。

倒塌 dǎo tā

【崩潰】 bēng kuì
完全破壞;垮台。例:大壩一旦～,後果不堪設想。注意:也常用來比喻政治、經濟、軍事的垮台或人的精神的徹底垮掉。例:一聽醫生的診斷,他的精神幾乎～了。

【崩塌】 bēng tā
崩裂而倒塌。例:那一帶的房屋都在地震中～了。

【倒塌】 dǎo tā
(建築物)倒下來。例:樓房～|橋樑～。

【垮】 kuǎ
倒塌;倒下來。例:洪水沖～了大壩。注意:也指潰敗。例:敵人被打～了。

【傾倒】 qīng dǎo
歪斜倒下。例:受到暴風雨吹襲,大樹紛紛～。注意:也比喻無比佩服、愛慕。例:他是個演技高超的演員,無數觀眾為之～。

【傾覆】 qīng fù
(物體)倒下。程度比「傾倒」重。例:這次地震據說有七級,連體育館都～了。注意:也指使垮台;使失敗。例:～社稷。

【塌】 tā
倒下或陷下。例:橋樑～了|房子～了。

【塌方】 tā fāng
堤壩、道路等旁邊的陡坡或坑道、隧道的頂部突然倒塌。例:一夜大雨,鐵路出現了～,工人們正在搶修。

【塌陷】 tā xiàn
往下陷;沉陷。例:由於地下水的過度開採,這一帶的地面已經出現了～。

【坍塌】 tān tā
山體、河堤、建築物或堆積物倒下來。例:大橋中段～,汽車得繞道行駛了。

上升 shàng shēng

【飛升】 fēi shēng

像飛一樣向上升起。例：直昇機又一次～，尋找失蹤者。

【飛揚】 fēi yáng

飛升揚起。與「飛升」比有「飄」的感覺。例：塵土～｜歌聲～。

【扶搖直上】 fú yáo zhí shàng

語出《莊子・逍遙遊》：「鵬之徙於南冥也，水擊三千里，摶扶搖而上者九萬里。」扶搖：急劇而上的大旋風。形容迅速上升。後比喻仕途得意，地位等迅速上升。例：雄鷹展翅，～，給人許多聯想。

【回升】 huí shēng

下降後又上升。例：氣溫～。

【凌空】 líng kōng

高升到天空中。例：飛機～而起，迎着太陽飛去。

【凌雲】 líng yún

直上雲霄。多用來比喻志向高遠。例：壯志～｜心有～志。

【上】 shàng

由低處到高處。例：～山｜～樓。

【上升】 shàng shēng

由低往高移動。例：飛機～到九千米高空時，地面上的物體就看不大清楚了。

【升騰】 shēng téng

向上升起。多用來表示煙霧、氣體等。例：煙霧～。

【騰】 téng

上升（到空中）。例：～空而起。

【騰飛】 téng fēi

衝向天空；飛起。比喻迅速發達起來。例：要為香港～貢獻力量。

【騰空】 téng kōng

向空中上升。例：熱氣球～而起，緩緩向東北方向飛去。

【漲】 zhǎng

（水位、物價）升高。例：～潮｜～水｜～價｜行情看～。

下降 xià jiàng

【低落】dī luò
下降；回落。例：水位～。注意：也表示情緒、價格等下降。例：情緒～｜物價～。

【掉】diào
落。例：一陣旋風把風箏颳得～下來了。

【跌】diē
（物價）下降。例：股票～了。注意：也指摔倒。例：～跤｜～傷。

【跌落】diē luò
（人或物體）往下掉。例：他不小心，從樓梯上～下去，傷得不輕。注意：也表示價格、產量等下降。例：金價～得很厲害。

【滾落】gǔn luò
滾動着掉下來。例：那根圓木從山坡上一直～下來。

【回落】huí luò
（水位、物價等）上漲後又下降。例：物價～｜水位開始～了。

【降落】jiàng luò
落下。例：飛機突遇雷暴，但駕駛員憑着高超的技術，還是使飛機安全～。

【落】luò
掉下來；下降。例：聽到他去世的噩耗，大家都～淚了｜跳傘運動員的～

點非常準確。

【飄落】piāo luò
飄着降下來。例：雪花～｜雨絲～。

【下】xià
降落。例：～雨了。注意：也指由高到低。例：～樓｜～山。

【下降】xià jiàng
指物體從高到低。也用來形容抽象事物。例：電梯～｜氣溫～｜成績～。

【下落】xià luò
下降。例：熱氣球開始～。注意：也指尋找中的人或物所在的地方。例：～不明。

【隕落】yǔn luò
星體或其他在高空運行的物體從高空掉下。常指偉大人物去世。例：流星～｜巨星～。

【墜】zhuì
〈書〉很快地落下；掉下。例：～入深淵。

【墜落】zhuì luò
很快地落下；掉下。例：線突然斷了，風箏從高空～下來。

附錄：小學生作文常見香港詞彙

衣

男士衣物

九分褲
大褸
牛仔褲
皮褸
休閒褲
西裝
羽絨
呔
波褲
背心
背囊
軍裝褸
恤衫
窄腳褲
乾濕褸
煲呔
襯衣

女士衣物

手袋
手襪

中褸
皮草
外套
冷衫
冷帽
風褸
迷你裙
連身裙
熱褲
頸鏈
頭箍

鞋

水鞋
休閒鞋
波鞋
拖鞋
高踭鞋
涼鞋
跑鞋
靴

個人衣物、物品

手巾

太陽眼鏡
皮篋
底衫
底褲
唇膏
銀包
頸巾
髮夾

食

茶樓點心

山竹牛肉
春卷
馬拉糕
棉花雞
鳳爪排骨
蝦餃
豬腸粉
燒賣
鹹水角

街頭小吃

白糖糕
生菜魚肉

豆腐花
炒栗子
咖喱魚蛋
砵仔糕
格仔餅
宵夜
蛋撻
滷味
碗仔翅
煨番薯
葱花餅
燉蛋
龍鬚糖
雞蛋仔

茶餐廳食物

皮蛋瘦肉粥
多士
車仔麵
沙爹牛肉麵
紅豆冰
炸兩
乾炒牛河
菠蘿冰

菠蘿油
絲襪奶茶
雲吞麵
鼓油皇炒麵
艇仔粥
楊枝甘露
豬紅粥
鴛鴦

酒樓食物
叉燒
乳豬
紅燒乳鴿
荷葉飯
滷水拼盤
深井燒鵝
糯米飯

蔬果
甘筍
生果
西蘭花
車厘子
芥蘭
青瓜
芽菜
芫茜
柑
桔

馬蹄
荷蘭豆
通菜
雪梨
菜心
黑加侖子
勝瓜
提子
勝瓜
粟米
雲耳
塘蒿
椰菜
橙
蕃茄
薯仔
士多啤梨

調味料、醬料
老抽
沙律醬
咕嚕醬
蛋黃醬
麻醬
甜醬
黃糖
鼓油
意粉醬
滷汁

蜜糖
蝦醬
雞粉

住
房屋
公屋
私人樓
村屋
居屋
度假屋
酒店式住宅

家俬、家居用品
入牆櫃
吊櫃
吧枱
牀單
咕啞
枱
被鋪
高架牀
梳化
貯物櫃
碌架牀
餐枱
櫈
櫃桶

廚具、餐具
三層架
平底鑊
多士爐
抽油煙機
盅
砧板
匙羹
焗盤
陶瓷刀
煲
鉸剪
鑊
鑊鏟
罐頭刀

浴室用品、用具
水喉
沐浴露
地氈
抽水馬桶
花灑
洗面乳
洗頭水
洗髮露
浴巾
浴缸
浴帽
番梘

漱口水
護髮素

清潔用品
天拿水
洗潔精
玻璃水
梘粉
梘液
漂白水
鎅水

電器、電子產品
手機
天花燈
平板電腦
耳筒
光管
冷氣機
抽濕機
風筒
相機
座地燈
雪櫃
插蘇
插頭
電芯
電掣
暖爐

燈膽
錄影機

行
交通工具
小巴
巴士
私家車
的士
渡輪
電車
纜車

景點
太平山頂
尖沙咀海旁
昂坪纜車
金紫荊廣場
青馬大橋
香港摩天輪
星光大道
維多利亞港

主題公園
九龍城寨公園
香港迪士尼樂園
香港海洋公園
香港濕地公園

特色街道
女人街
花園街
砵甸乍街
廟街
鴨寮街
蘭桂坊

離島
大澳
長洲
坪洲
南丫島
梅窩
蒲台島

博物館、文物徑
太空館
屏山文物徑
香港文化博物館
香港杜莎夫人
蠟像館
香港科學館
香港歷史博物館
茶具文物館

寺廟
天壇大佛
文武二帝廟

車公廟
志蓮淨苑
黃大仙祠
慈山寺
萬佛寺

海灘
大浪灣
半月灣
赤柱正灘
長洲東灣
咖啡灣
淺水灣
清水灣
深水灣
黃金海岸
銀線灣
蝴蝶灣

地區
大嶼山
上水
屯門
元朗
中環
尖沙咀
西貢
沙田
赤柱

	稱呼	後生仔	身體部位
東涌	**稱呼**	後生仔	**身體部位**
金鐘	家人	鬼佬	手指公
青衣	阿公	細蚊仔	手臂
旺角	阿婆	細路仔	耳仔
油麻地	阿爺		眉
紅磡	阿嫲	**時間**	脷
粉嶺	老公	上晝	膝頭
馬鞍山	老婆	下晝	額頭
馬灣	家公	晏晝	膊頭
荃灣	家婆	今日	
深水埗	爹哋	琴日	**錢**
黃大仙	媽咪	聽日	人工
葵芳		成日	出糧
銅鑼灣	其他人	日日	蚊
觀塘	人客	舊年	毫紙
灣仔	老世	出年	散紙
	波士	朝早	銀仔
		夜晚	銀紙

詞目音序索引

詞目筆畫索引